國家出版基金項目
NATIONAL PUBLICATION FOUNDATION

國家『十二五』重點圖書出版規劃項目

新編元稹集

五

[唐]元稹 原著
吴偉斌 輯佚 編年 箋注

陝西新華出版傳媒集團
三 秦 出 版 社

新編元稹集第五册目録

元和五年庚寅(810)三十二歲(續)

元和五年庚寅(810)　三十二歲(續)

◎狂　醉(一)①

一自柏臺爲御史,二年辜負兩京春②。峴亭今日顛狂醉,舞引紅娘亂打人③。

録自《元氏長慶集》卷一六

[校記]

(一)狂醉:本詩現存各本,包括楊本、叢刊本、《全詩》、《萬首唐人絶句》,均無異文。

[箋注]

① 狂醉:大醉。韓偓《訪同年虞部李郎中》:"地爐貰酒成狂醉,更覺襟懷得喪齊。"李中《獻喬侍郎》:"静吟窮野景,狂醉養天真。"

② "一自柏臺爲御史"兩句:元稹元和四年二月母喪服滿,隨即在宰相裴垍的賞識與提拔下,出爲監察御史。三月七日即前往東川按御案件,五六月間歸來,辜負了一個應該在長安欣賞春景的春天;接着又前往洛陽東臺任職,由於辦理案件過於認真,根本没有時間遊山玩水,直到元和五年二月底被召回京,聽候朝廷對自己的處罰,心情忐忑不安,三月即在回歸長安與出貶江陵的途中,心情灰暗,失去了欣賞洛陽與長安春日美景的興趣,故詩人有"二年辜負兩京春"的感嘆。　柏臺:御史臺的别稱。漢代御史府中列植柏樹,常有野鳥數千栖其上,事見《漢書・朱博傳》,後因以柏臺稱御史臺。苑咸《送大

理正攝御史判凉州别駕》:“天子念西疆,咨君去不遑。垂銀棘庭印,持斧柏臺綱。”孟浩然《聞裴侍御朏自襄州司户除豫州司户因以投寄》:“故人荆府掾,尚有柏臺威。移職自樊衍,芳聲聞帝畿。”

③ 峴亭:又名峴山碑,在襄陽,後人爲晉羊祜而建,稱爲“峴山碑”。《晉書·羊祜傳》:“襄陽百姓于峴山祜平生遊憩之所建碑立廟,歲時饗祭焉。望其碑者莫不流涕,杜預因名爲墮泪碑。”司空曙《登峴亭》:“峴山回首望秦關,南向荆州幾日還?今日登臨唯有泪,不知風景在何山?”李涉《過襄陽寄上于司空頔》:“方城漢水舊城池,陵谷依然世自移。歇馬獨來尋故事,逢人唯説峴山碑。” 舞引紅娘:曲名,元稹《痁卧聞幕中諸公徵樂會飲因有戲呈三十韵》:“紅娘留醉打,觥使及醒差。”自注:“《舞引》、《紅娘》、《抛打》,曲名。”《唐音癸籤·唐各朝樂》有“紅娘子”,《曲譜》也有《賽紅娘》之曲名,曲云:“我兒離家去。求顯迹。爹爹贈與你盤纏費。金共珠。去時休得戀歌妓。忘故里。文龍焉敢戀歌妓。忘故里。”

[編年]

《年譜》在元和五年“詩編年”條下《襄陽道》、《襄陽爲盧竇紀事》兩詩之後、元和五年六月十四日所作《泛江玩月十二韵》之前,亦即元稹貶赴江陵途中編入本詩,理由是:“《擬醉》題下注:‘與盧子蒙飲于竇晦之,醉後賦詩十九首,子蒙叙爲别卷。自此至《狂醉》,皆是夕所賦。’《狂醉》云:‘一自柏臺爲御史,二年辜負兩京春。峴亭今日顛狂醉,舞引紅娘亂打人。’元和四五年,元稹爲監察御史及東臺監察御史,故有‘二年辜負兩京春’之句。貶謫江陵,途經襄陽,與盧、竇會飲,故有‘峴亭今日顛狂醉’之句。可見《擬醉》至《狂醉》五首,皆元和五年元稹赴江陵途中作。”《編年箋注》没有對本詩給予編年説明,但排列在《襄陽道》、《襄陽爲盧竇紀事》兩詩之後、元和五年六月十四日所作《泛江玩月十二韵》之前,因此可以視爲元稹貶赴江陵途中。《年譜新編》編年曰:“詩云:‘峴亭今日顛狂醉。’元和五年赴江陵途中過襄陽時作。”

我們以爲《年譜》僅據元稹《擬醉》的題下注,就將元稹的十二首詩歌全部歸入元稹元和五年謫赴江陵途中,亦即在路經襄陽之時一個晚上所作顯然是不合適的。首先《年譜》在這裏有意無意地忽略了元稹原來一百卷的詩文集經過唐末五代的戰亂散失近半,至宋初劉麟父子重行整理成集之時衹剩六十卷的事實。而從現在能編年的詩歌排列來看,每卷的次序也已錯亂,排列在一起的詩歌往往不一定作於同時;即使同是五言詩或者七言詩,分别編入各卷的詩歌往往又是一時一地之作。總的來説元稹詩文集前後次序與詩歌的作年顛顛倒倒。在這樣的情况下《年譜》機械地依據詩歌的排列次序來進行詩歌編年,錯誤也就不可避免;其次,數目不等,詩注是“十九首”,而編年詩歌是“十二首”;第三,十二首詩歌所賦地點不同,有的在襄陽峴亭,如本詩《狂醉》,有的在洛陽韋氏池,如《同醉》;第四,十二首詩歌所涉及的人物也不同,如《同醉》中的“吕子元、庾及子、杜歸和、同隱客”(據我們考證隱客爲周姓,“同”字爲“周”字之形誤),《病醉》詩中的“盧十九經濟、張三十四弘、辛大丘度”,《擬醉》中的“盧子蒙”和“竇晦之”,他們有可能都在同一個晚上一起出現在襄陽嗎?第五,季節不同,如《擬醉》是九月,《狂醉》是春天,《懼醉》的季節又是秋天,同一個晚上的季節能够如此變化無常嗎?第六,詩人所述自己的年齡也不盡相同,在《狂醉》詩中詩人應是三十二歲,而《羨醉》詩中却有“虚度而今正年少”的詩句,三十二歲能够算“正年少”嗎?第七,《擬醉》詩題下所注:“與盧子蒙飲于竇晦之,醉後賦詩十九首,子蒙叙爲别卷。自此至《狂醉》,皆是夕所賦。”據《擬醉》與《狂醉》兩詩所表述的内容,根本不是作於一時一地,我們懷疑元稹詩文集中原來另有一首《狂醉》詩,後來散佚散失了,後人編集時不加辨别,將詩題衹有兩個字而第二字又帶“醉”字的統統編在一起,但也無法凑到“十九首”之數,勉勉强强凑成十二首,實在是出於無奈。第八,現有《元氏長慶集》卷十六也好,《全詩》卷四一一也罷,所謂"皆是夕所賦"僅僅是指《擬醉》、《勸醉》、《任醉》、《同醉》、《狂醉》五首,並没有包括《先醉》、《獨醉》、《宿醉》、《懼醉》、《羡醉》、《憶醉》、《病醉》等七首詩歌,而《年譜》却以"所詠雖非一時一事,或亦在'十九首'之中。爲了便於讀者閲讀,並繫於此"一句輕飄飄帶過,進一步擴大了後人編集的《元氏長慶集》與元稹原編詩文集《元氏長慶集》的差距,不是方便了"讀者閲讀",而是在不知不覺中更加誤導了讀者。

據現有資料,這些詩歌有的可以編年,有的却暫時無法確定作年。如本詩《狂醉》,根據詩中"一自柏臺爲御史,二年辜負兩京春"以及"峴亭今日顛狂醉"的詩句,可以確定爲元稹謫赴江陵途經襄陽所作,《年譜》認定的元稹作於謫赴江陵途中的十二首詩歌,僅此一首可以真正認定。但我們仍然認爲,《年譜》、《編年箋注》、《年譜新編》的編年意見仍然非常籠統模糊,元稹三月二十四日夜宿在曾峰館,有元稹的《三月二十四日宿曾峰館夜對桐花寄樂天》詩爲證,計其行程及時日,其到達襄陽當在四月,本詩即應該作于其時,列在《襄陽道》之後。

● 梦遊春七十韵①

昔君夢遊春(一),夢遊何所遇②?夢入深洞中,果遂平生趣③。清冷淺漫溪(二),畫舫蘭篙渡④。過盡萬株桃,盤旋竹林路⑤。長廊抱小樓,門牖相回互⑥。樓下雜花叢,叢邊繞鴛鴦⑦。池光漾彩霞(三),曉日初明煦⑧。未敢上階行,頻移曲池步⑨。烏龍不作聲,碧玉曾相慕⑩。漸到簾幙間,徘徊意猶懼⑪。閑窺東西閣,奇玩參差布⑫。格子碧油糊(四),駝鉤紫金鍍[13]。逡巡日漸高，影響人將寤(五)[14]。鸎鵡饑亂鳴，嬌娃睡猶怒(六)[15]。簾開侍兒起，見我遥相諭[16]。鋪設繡紅茵(七)，施張鈿妝具[17]。潛褰翡翠帷，瞥見珊瑚樹[18]。不見花貌人(八)，空驚香若霧(九)[19]。回身夜合偏(一〇)，斂態晨霞聚(一一)[20]。睡臉桃破風，汗妝蓮委露[21]。叢梳百葉髻，金蹙重臺履(一二)[22]。紕軟鈿頭裙(一三)，玲瓏合歡褌[23]。鮮妍脂粉薄，暗淡衣裳故[24]。最似紅牡丹(一四)，雨來春欲莫(一五)[25]。夢魂良易驚，靈境難久寓[26]。夜夜望天河，無由重沿泝[27]。結念心所期，返如禪頓悟[28]。覺來八九年，不向花回顧[29]。雜洽兩京春(一六)，喧闐衆禽護[30]。我到看花時，但作懷仙句[31]。浮生轉經歷，道性尤堅固[32]。近作夢仙詩，亦知勞肺腑[33]。一夢何足云，良時事婚娶(一七)[34]。當年二紀初，嘉節三星度[35]。朝蕣玉珮迎，高松女蘿附(一八)[36]。韋門正全盛，出入多歡裕[37]。甲第漲清池，鳴騶引朱輅[38]。廣榭舞萎蕤，長筵賓雜厝[39]。青春詎幾日？華實潛幽蠹[40]。秋月照潘郎，空山懷謝傅[41]。紅樓嗟壞壁，金谷迷荒戍[42]。石壓破闌干，門摧舊梐枑[43]。雖云覺夢殊，同是終難駐[44]。悰緒竟何如？棼絲不成絇[45]。卓女白頭吟，阿嬌金屋賦[46]。重壁盛姬臺，青冢明妃墓[47]。盡委窮塵骨，皆隨流波注[48]。幸有古如今，何勞縑比素[49]！况余當盛時，早歲諧如務[50]。詔冊冠賢良，諫垣陳好惡[51]。三十再登朝，一登還一仆[52]。寵榮非不早，邅迴亦云屢[53]。直氣在膏肓，氛氳日沈痼[54]。不言意不快，快意言多忤(一九)[55]。忤誠人所賊，性亦天之付[56]。乍可沈爲香，不能浮作瓠[57]。誠爲堅所守，未爲明所措[58]。事事身已經，營營計何誤[59]？美玉琢文珪，良金填武庫[60]。徒謂自堅貞，安知受礱鑄[61]！長絲羈野馬，密網羅陰兔[62]。物外各迢迢，誰能遠相錮[63]？時來既若飛，禍速當如騖[64]。曩意自未精，此行何所訴[65]？努力去江陵，笑言誰與晤[66]？江花縱可憐，奈非心所慕[67]。石竹逞奸黠，蔓青誇畝數(二〇)[68]。一種薄地生，淺深何足妒[69]！荷葉水上生，團團水中住[70]。瀉水置葉中，君看不相污[71]。

録自馬本《元氏長慶集》補遺卷一，原題作《夢遊春詞三十六韵》，後面的三十四韵，據《全詩》卷四二二補足，并參照《才調集》卷五、《全唐詩録》卷六六等校録。

[校記]

(一) 昔君夢遊春：楊本同，叢刊本、《全詩》、《全唐詩録》、《才調集》、《侯鯖録》作"昔歲夢遊春"，詩意相同，表達不一，不改。

(二) 清泠淺漫溪：楊本、《侯鯖録》同，叢刊本、《全詩》、《全唐詩録》、《才調集》作"清泠淺漫流"，詩意相同，表達不一，不改。

(三) 池光漾彩霞：楊本同，叢刊本、《全詩》、《全唐詩録》、《才調集》、《侯鯖録》作"池光漾霞影"，詩意相同，表達不一，不改。

(四) 格子碧油糊：楊本同，叢刊本、《全詩》、《全唐詩録》、《才調集》、《侯鯖録》作"隔子碧油糊"，兩字相通，不改。

(五) 影響人將寤：原本、楊本作"影嚮人將寤"，語義難通，據叢刊本、《全詩》、《全唐詩録》、《侯鯖録》改，《元稹集》、《編年箋注》失校。

(六) 嬌娃睡猶怒：楊本、叢刊本、《全詩》、《才調集》、《侯鯖録》同，《全唐詩録》作"嬌獍睡猶怒"，陳寅恪《元白詩箋證稿》以爲當作"獢狌睡猶怒"，兩意均可説通，不改。

(七) 鋪設繡紅茵：叢刊本、《全詩》、《全唐詩録》、《才調集》、《侯鯖録》同，楊本作"鋪設是紅茵"，語義不佳，不改。

(八) 不見花貌人：楊本同，叢刊本、《全詩》、《全唐詩録》、《才調集》、《侯鯖録》作“不辨花貌人”，語義相類，不改。

（九）空驚香若霧：楊本、《全詩》、《全唐詩録》、《侯鯖録》同，叢刊本、《才調集》作“空驚香若露”，語義不通，不從不改。

（一〇）回身夜合偏：楊本同，叢刊本、《才調集》、《全詩》、《全唐詩録》、《侯鯖録》作“身回夜合偏”，語義相同，不改。

（一一）斂態晨霞聚：楊本同，叢刊本、《才調集》、《全詩》、《全唐詩録》、《侯鯖録》作“態斂晨霞聚”，語義相同，不改。

（一二）金蹙重臺履：原本作“金蹙重臺屨”，楊本、《才調集》、《全詩》、《全唐詩録》同，《侯鯖録》作“金蹙重臺履”，“屨”爲單層鞋，與“重臺”之意義不符，據《侯鯖録》改。

（一三）紕軟鈿頭裙：叢刊本、《才調集》、《全詩》、《全唐詩録》、《侯鯖録》同，楊本作“批軟鈿頭裙”，不從不改。

（一四）最似紅牡丹：原本作“最是紅牡丹”，楊本、《侯鯖録》同，據《才調集》、《全詩》、《全唐詩録》改。

（一五）雨來春欲莫：《才調集》同，楊本、叢刊本、《全詩》、《全唐詩録》、《侯鯖録》作“雨來春欲暮”，兩字相通，不改。

（一六）雜洽兩京春：楊本同，叢刊本、《才調集》、《全詩》、《全唐詩録》作“雜合兩京春”，語義相類，不改。《侯鯖録》作“雜洽兩經春”，從時間看，也可，語義不同，不改。

（一七）良時事婚娶：原本作“良時自婚娶”，楊本、《全唐詩録》同，據《全詩》、《才調集》、《侯鯖録》改。

（一八）高松女蘿附：楊本、叢刊本、《才調集》、《全唐詩録》同，《侯鯖録》作“高松女蘿樹”，語義不同，不改。

（一九）快意言多忤：叢刊本、《才調集》、《全詩》同，《全唐詩録》作“快意多言忤”，語義相類，不改。

（二〇）蔓青誇畝數：叢刊本、《才調集》、《全唐詩録》作“蔓菁誇畝數”，語義相類，不改。

[箋注]

① 梦遊春七十韵:"昔君夢遊春"一百四十句,劉本《元氏長慶集》未見,但《才調集》卷五、馬本《元氏長慶集》補遺卷一、《全唐詩録》卷六六、《全詩》卷四二二等採録,故據補。　夢遊春詞七十韵:原本作《夢遊春詞三十六韵》,並在題下注云:"《樂天集》云七十韵,是,今盡缺其半矣!"白居易有和篇,酬和之篇是《和夢遊春詩一百韵(并序)》,序云:"微之既到江陵,又以《夢遊春詩七十韵》寄予,且題其序曰:'斯言也,不可使不知吾者知,知吾者亦不可使不知。樂天,知吾也,吾不敢不使吾子知。'予辱斯言,三復其旨,大抵悔既往而悟將來也。然予以爲苟不悔不寤則已,若悔於此則宜悟於彼也,反於彼而悟於妄,則宜歸於真也。況與足下外服儒風、内宗梵行者有日矣!而今而後,非覺路之返也,非空門之歸也,將安反乎?將安歸乎?今所和者,其章旨卒歸於此。夫感不甚則悔不熟,感不至則悟不深,故廣足下七十韵爲一百韵,重爲足下陳夢遊之中所以甚感者,叙婚仕之際所以至感者,欲使曲盡其妄,周知其非,然後返乎真歸乎實,亦猶《法華經》序火宅、偈化城,《維摩經》入淫舍、過酒肆之義也。微之,微之!予斯文也,尤不可使不知吾者知,幸藏之云爾。"詩曰:"昔君夢遊春,夢游仙山曲。怳若有所遇,似愜平生欲。因尋菖蒲水,漸入桃花谷。到一紅樓家,愛之看不足。池流渡清泚,草嫩蹋緑蓐。門柳暗全低,檐櫻紅半熟。轉行深深院,過盡重重屋。烏龍卧不驚,青鳥飛相逐。漸聞玉佩響,始辨珠履躅。遥見窗下人,娉婷十五六。霞光抱明月,蓮艷開初旭。縹緲雲雨仙,氛氲蘭麝馥。風流薄梳洗,時世寛妝束。袖軟異文綾,裾輕單絲縠。裙腰銀綫壓,梳掌金筐蹙。帶纈紫蒲萄,袴花紅石竹。凝情都未語,付意微相矚。眉斂遠山青,鬟低片雲緑。帳牽翡翠帶,被解鴛鴦襆。秀色似堪飡,穠華如可掬。半卷錦頭席,斜鋪繡腰褥。朱唇素指勻,粉汗紅綿撲。心驚睡易覺,夢斷魂難續。籠委獨栖禽,劍分連理木。存誠期有感,誓志貞無黷。京洛八九春,

未曾花裏宿。壯年徒自棄,佳會應無復。鸞歌不重聞,鳳兆徒滋蔔。韋門女清貴,裴氏甥賢淑。羅扇夾花燈,金鞍攢繡轂。既傾南國貌,遂坦東床腹。劉阮心漸忘,潘楊意方睦。新修履信第,初食尚書禄。九醞備聖賢,八珍窮水陸。秦家重蕭史,彦輔憐衛叔。朝饌饋獨盤,夜醪傾百斛。親賓盛輝赫,妓樂紛曄煜。宿醉纔解酲,朝歡俄枕曲。飲過君子争,令甚將軍酷。酩酊歌鷓鴣,顛狂舞鴝鵒。月流春夜短,日下秋天速。謝傅隙過駒,蕭娘風送燭。全凋蕣花折,半死梧桐秃。暗鏡對孤鸞,哀弦留寡鵠。淒淒隔幽顯,冉冉移寒燠。萬事此時休,百身何處贖?提携小兒女,將領舊姻族。再入朱門行,一傍青樓哭。櫪空無廄馬,水涸失池鶩。摇落廢井梧,荒凉故籬菊。莓苔上几閣,塵土生琴筑(似箏,十三弦)。舞榭綴蠨蛸,歌梁聚蝙蝠。嫁分紅粉妾,賣散蒼頭僕。門客思彷徨,家人泣咿噢。心期正蕭索,宦序仍拘局。懷策入崤函,驅車辭郟鄏。逢時念既濟,聚學思大畜。端詳筮仕蓍,磨拭穿楊鏃。始從讎校職,首中賢良目。一拔侍瑶墀,再升紆繡服。誓酬君王寵,願使朝廷肅。密勿奏封章,清明操憲牘。鷹韝中病下,豸角當邪觸。糺謬盡東周,申冤動南蜀。危言詆閽寺,直氣忤鈞軸。不忍曲作鉤,乍能折爲玉?捫心無愧畏,騰口有謗讟。只要明是非,何曾虞禍福!車摧太行路,劍落酆城獄。襄漢問修途,荆蠻指殊俗。謫爲江府掾,遣事荆州牧。趨走謁麾幢,喧煩視鞭樸。簿書常自領,縲囚每親鞫。竟日坐官曹,經旬曠休沐。宅荒渚宫草,馬瘦畬田粟。薄俸等涓毫,微官同桎梏。月中照形影,天際辭骨肉。鶴病翅羽垂,獸窮爪牙縮。行看須間白,誰勸杯中緑?時傷大野麟,命問長沙鵩。夏梅山雨漬,秋瘴海雲毒。巴水白茫茫,楚山青簇簇。吟君七十韵,是我心所蓄。既去誠莫追,將來幸前勖。欲除憂惱病,當取禪經讀。須悟事皆空,無令念將屬。請思遊春夢,此夢何閃倏?艷色即空花,浮生乃焦穀。良姻在佳偶,頃刻爲單獨。入仕欲榮身,須臾成黜辱。合者離之始,樂兮憂所伏。愁恨僧祇長,歡榮刹那促。覺悟因傍喻,迷執由當局。膏明誘暗蛾,陽焱奔痴鹿。貪爲苦聚落,愛是悲林麓。水蕩無明波,輪回死生輻。塵應甘露灑,垢待醍醐浴。障要智燈燒,魔須慧刀戮。外熏性易染,内戰心難衂。法句與心玉,期君日三復(微之常以《法句》及《心玉頭陁經》相示,故申言以卒其志也)。"拜請讀者對照閱讀,特别是"密勿奏封章……何曾虞禍福"十四句,讀者更應該關注。

② 遊春:遊覽春景。喬知之《定情篇》:"共君結新婚,歲寒心未卜。相與遊春園,各隨情所逐。"沈佺期《夜遊》:"今夕重門啓,遊春得夜芳。月華連晝色,燈影雜星光。" 夢遊:睡夢中遊歷。李白有《夢遊天姥吟留别》:"海客談瀛洲,烟濤微茫信難求。越人語天姥,雲霓明滅或可覩。"文瑩《玉壺清話》卷一:"李南陽至嘗作《亢宫賦》,其序略曰:'予少多疾,羸不勝衣,庚寅歲冬夕,忽夢遊一道宫,金碧明焕。'"但元稹白居易所説的夢遊,並非真正意義上的"睡夢中遊歷",而是借"夢遊"之名,記述生活中發生的事情,抒寫自己的所寓所感。"夢遊"這種方式,在唐代詩人的寫作中常常可以見到:除李白有《夢遊天姥吟留别》外,如儲光羲《酬綦毋校書夢耶溪見贈之作》:"校文在仙掖,每有滄洲心。况以北窗下,夢遊清溪陰。春看湖水漫,夜入迴塘深。往往纜垂葛,出舟望前林。山人松下飯,釣客蘆中吟。小隱何足貴?長年固可尋。還車首東道,惠言若黄金。以我采薇意,傳之天姥吟。"又如沈亞之《夢游秦宫》:"君王多感放東歸,從此秦宫不復期。春景似傷秦喪主,落花如雨泪臙脂。"再如貫休《夢遊仙四首》,其一:"夢到海中山,入箇白銀宅。逢見一道士,稱是李八伯。"其二:"三四仙女兒,身著瑟瑟衣。手把明月珠,打落金色梨。"其三:"車渠地無塵,行至瑶池濱。森森椿樹下,白龍來嗅人。"其四:"宫殿崢嶸籠紫氣,金渠玉砂五色水。守閽仙婢相倚睡,偷摘蟠桃幾倒地。"

③ 深洞:深邃的洞府。王維《過乘如禪師蕭居士嵩丘蘭若》:"迸水定侵香案濕,雨花應共石床平。深洞長松何所有?儼然天竺古先

生。”劉長卿《舊井》:“舊井依舊城,寒水深洞徹。下看百餘尺,一鏡光不滅。”　平生:平素,往常。杜甫《夢李白》:“出門搔白首,若負平生志。”元稹《酬樂天書懷見寄》:“懷我浩無極,江水秋正深。清見萬丈底,照我平生心。”

④ “清泠淺漫溪”十句:這是詩人對夢遊之所外部環境的具體描繪:有清泠的小溪,有華美的遊船,還有桃園,也有竹林,長廊小樓掩映其中,紅户緑窗有開有閉。樓下花叢接連不斷,池裹鴛鷺成群捉對,環境優美而幽静。　清泠:清涼寒冷。王延壽《魯靈光殿賦》:“鴻爌炾以爣閬,飂蕭條而清泠。”白居易《新構亭臺示諸弟侄》:“蘆簾前後卷,竹簟當中施。清泠白石枕,疏凉黄葛衣。”　淺漫溪:淺淺的流速很慢的溪流。元稹《緣路》:“總是玲瓏竹,兼藏淺漫溪。沙平深見底,石亂不成泥。”　溪:山間小河溝。《左傳·隱公三年》:“澗、溪、沼、沚之毛……可薦於鬼神,可羞於王公。”司馬相如《上林賦》:“振溪通谷,蹇産溝瀆。”　畫舫:裝飾華美的遊船。劉希夷《江南曲八首》二:“畫舫烟中淺,青陽日際微。”白居易《早春西湖閑遊悵然興懷憶與微之同賞因思在越官重事殷鏡湖之遊或恐未暇偶成十八韵寄微之》:“畫舫牽徐轉,銀船酌慢巡。野情遺世累,醉態任天真。”　蘭篙:義同“蘭舟”,亦即木蘭舟,亦用爲小舟的美稱。許渾《重遊練湖懷舊》:“西風渺渺月連天,同醉蘭舟未十年。”李清照《一剪梅》:“紅藕香殘玉簟秋,輕解羅裳,獨上蘭舟。”

⑤ 萬株桃:成片的桃林,萬株,極言其多。元稹《奉和浙西大夫李德裕述夢四十韵大夫本題言贈於夢中詩賦以寄一二僚友故今所和者亦止述翰苑舊遊而已次本韵》:“祇園一林杏,仙洞萬株桃。”曾布《高陽臺詩》:“樓臺丹碧照天涯,江北江南未足誇。千里烟波方種樹,萬株桃李未開花。”　盤旋:迂回而行。顧況《險竿歌》:“翻身挂影恣騰蹋,反綰頭髻盤旋風。盤旋風撇飛鳥驚,猿繞樹枝頭裹頭。”王建《送于丹移家洺州》:“羸馬不知去,過門常盤旋。會當爲爾鄰,有地容

一泉。” 竹林路：出入於竹子叢生處的小路。陳與義《立春日雨》：“容易江邊欺客袂，分明沙際濕年華。竹林路隔生新水，古渡船空集亂鴉。”張羽《九曲山》：“竹林路陰陰，尋幽不覺深。不比羊腸阪，空傷行客心。”

⑥ 長廊：長的廊屋。張衡《西京賦》：“長廊廣廡，途閣雲蔓。”李涉《題開聖寺》：“長廊無事僧歸院，盡日門前獨看松。” 小樓：層次不多面積不大的樓房。錢起《夜泊鸚鵡洲》：“月照溪邊一罩蓬，夜聞清唱有微風。小樓深巷敲方響，水國人家在處同。”元稹《離思五首》二：“山泉散漫繞階流，萬樹桃花映小樓。閑讀道書慵未起，水晶簾下看梳頭。” 門牖：門與窗户。魯詹《新建焕靈宣惠侯廟記》：“政和五年……十二月朔，廟前後殿成，若門牖、廊廡，蓋將有待於來者焉！”葉適《林正仲墓誌銘》：“而元章新造廣宅，東望海西，挹三港諸山，曲樓重坐，門牖洞徹。” 回互：回環交錯。柳宗元《夢歸賦》：“紛若喜而佁儗兮，心回互以壅塞。”元稹《和李餘古題樂府九首・捉捕歌》：“網羅布參差，鷹犬走回互。盡力窮窟穴，無心自還顧。”

⑦ 花叢：叢集的群花。謝朓《和王主簿季哲怨情》：“花叢亂數蝶，風簾入雙燕。”元稹《雜憶五首》三：“寒輕夜淺繞回廊，不辨花叢暗辨香。” 鴛鷺：鴛鴦和鷺鷥。杜甫《暮春》：“暮春鴛鷺立洲渚，挾子翻飛還一叢。”米芾《阮郎歸・海岱樓與客酌別作》：“雙雙鴛鷺戲蘋洲，幾行烟柳柔。”

⑧ 池光：池塘泛起的光彩。陳子昂《夏日遊暉上人房》：“對户池光亂，交軒巖翠連。色空今已寂，乘月弄澄泉。”韓愈《盆池五首》五：“池光天影共青青，拍岸纔添水數瓶。且待夜深明月去，試看涵泳幾多星？” 彩霞：色彩絢麗的雲霞。常建《古意》：“井底玉冰洞地明，琥珀轆轤青絲索。仙人騎鳳披彩霞，挽上銀瓶照天閣。”温庭筠《曉仙謠》：“碧簫曲盡彩霞動，下視九州皆悄然。” 明煦：明亮和暖。丁春澤《日觀賦》：“生齊魯之間，過嶺逾明煦；及草茅之内，由是遠挂寥

落。"義近"日煦",沈約《宗廟歌》:"悠悠億兆,天臨日煦兮!"

⑨ "未敢上階行"十四句:這裏描寫初入時所見所聞所感,傳神而逼真。　頻移:頻繁移動。李嘉祐《宋州東登望題武陵驛》:"明主頻移虎符守,幾時行縣向黔黎?"蔣洌《夜飛鵲》:"北林夜方久,南月影頻移。何啻飛三匝,猶言未得枝。"　曲池:曲折回繞的水池。盧照鄰《曲池荷》:"浮香繞曲岸,圓影覆華池。常恐秋風早,飄零君不知。"馮延巳《抛球樂》:"曲池波晚冰還合,芳草迎船緑未成。"

⑩ 烏龍:犬名。李時珍《本草綱目·狗》:"或云爲物苟且,故謂之狗……俗又諱之,以龍呼狗,有烏龍、白龍之號。"陶潛《搜神後記》卷九:"會稽句章民張然,滯役在都……養一狗,甚快,名曰烏龍。"也泛指犬。李商隱《題二首後重有戲贈任秀才》:"遙知小閣還斜照,羨殺烏龍卧錦茵。"柳永《玉樓春》五:"烏龍未睡定驚猜,鸚鵡能言防漏泄。"　碧玉:人名,南朝宋汝南王的妾。庾信《結客少年場行》:"定知劉碧玉,偷嫁汝南王。"蕭繹《採蓮賦》:"碧玉小家女,來嫁汝南王。"又另一人名,唐代喬知之妾,一名窈娘。張鷟《朝野僉載》卷二:"周補闕喬知之有婢碧玉,姝艷能歌舞,有文華。知之時幸,爲之不婚。僞魏王武承嗣暫借教姬人梳妝,納之,更不放還知之。知之乃作《緑珠怨》以寄之……碧玉讀詩,飲泪不食三日,投井而死。"這裏借指年輕貌美的婢妾或小家女。白居易《南園試小樂》:"紅萼紫房皆手植,蒼頭碧玉盡家生。"王維《洛陽女兒行》:"狂夫富貴在青春,意氣驕奢劇季倫。自憐碧玉親教舞,不惜珊瑚持與人。"

⑪ 簾幙:亦作"簾幕",用於門窗處的簾子與帷幕。杜牧《題宣州開元寺水閣》:"深秋簾幕千家雨,落日樓臺一笛風。"劉過《滿江紅·高帥席上》:"樓閣萬家簾幕捲,江郊十里旌旗駐。"　徘徊:往返迴旋,來回走動。元稹《和樂天過秘閣書省舊廳》:"聞君西省重徘徊,秘閣書房次第開。"白居易《贈皇甫庶子》:"何因散地共徘徊,人道君才我不才。"

⑫ 閑窺：偷偷觀察。李嘉祐《同皇甫侍御題薦福寺一公房》："虚室獨焚香，林空静磬長。閑窺數竿竹，老在一繩床。"趙嘏《空梁落燕泥》："帷卷閑窺户，床空暗落泥。誰能長對此，雙去復雙栖？" 閤：舊指女子的閨房。《樂府詩集·木蘭詩》："開我東閤門，坐我西間床。脱我戰時袍，著我舊時裳。" 奇玩：供玩賞的珍品。《後漢書·董卓傳》："塢中珍藏有金二三萬斤，銀八九萬斤，錦綺繢縠紈素奇玩，積如丘山。"李德裕《追和太師顔公同清遠道士遊虎丘寺》："乃知造化意，回斡資奇玩。" 參差：紛紜繁雜。元稹《含風夕》："參差簾牖重，次第籠虚白。"杜牧《阿房宫賦》："瓦縫參差，多於周身之帛縷。"

⑬ 格子：方形的空欄或框子，引申指上部有空欄格子的門或窗。李貞白《謁貴公子不禮書格子屏風》："道格何曾格？言糊又不糊？渾身總是眼，還解識人無？" 碧油：青緑色，青緑色的油漆。白居易《奉酬李相公見示絶句》："碧油幢下捧新詩，榮賤雖殊共一悲。涕泪滿襟君莫怪，甘泉侍從最多時。"張祜《櫻桃》："石榴未拆梅猶小，愛此山花四五株。斜日庭前風裹裹，碧油千片漏紅珠。" 駝鉤：彎鉤。暫無書證，僅清人朱彝尊《七夕詞六首》三提及："中庭兒女上駝鈎，夏果秋瓜列案頭。若使天孫有餘巧，只應先乞自痴牛。" 紫金：一種珍貴礦物。劉楨《魯都賦》："紫金揚暉於鴻岸，水精潜光乎雲穴。"《新唐書·康國》："南有鉢露種，多紫金。"

⑭ 逡巡：徘徊不進貌，滯留貌。《後漢書·隗囂傳》："舅犯謝罪文公，亦逡巡於河上。"李賢注："逡巡，不進也。"元稹《旱灾自咎貽七縣宰》："誅求與撻罰，無乃不逡巡！" 影響：影子和回聲，多用以形容感應迅捷。《書·大禹謨》："惠迪吉，從逆凶，惟影響。"孔傳："吉凶之報，若影之隨形，響之應聲，言不虚。"李諤《上隋高祖革文華書》："下民從上，有同影響，争騁文華，遂成風俗。"恍惚，模糊。李德裕《次柳氏舊聞》："〔張説〕因懷去胎藥三劑以獻，玄宗得其藥，喜，盡出左右，獨搆火殿中，煮未及熟，怠而假寢。影響之際，有神人長丈餘，身披金

甲,操戈繞藥三匝,藥盡覆而無遺焉!”

⑮ 鸚鵡:鳥名,頭圓,上嘴大,呈鉤狀,下嘴短小,舌大而軟,羽毛色彩美麗,有白、赤、黄、緑等色,能效人語,主食果實。段成式《酉陽雜俎·羽篇》:“鸚鵡,能飛,衆鳥趾前三後一,唯鸚鵡四趾齊分。凡鳥下瞼眨上,獨此鳥兩瞼俱動,如人目。”元稹《有鳥二十章》一五:“有鳥有鳥名鸚鵡,養在雕籠解人語。”　嬌娃:美人,少女。劉禹錫《館娃宫在舊郡西南硯石山前瞰姑蘇臺傍有采香徑梁天監中置佛寺曰靈岩即故宫也信爲絶境因賦二章》一:“宫館貯嬌娃,當時意太誇。艷傾吴國盡,笑入越王家。”王九思《村居漫興和馮孝甫》:“蟋蟀俄催織,家人解績麻。綺樓臨大道,羅扇舞嬌娃。”

⑯ 侍兒:使女,女婢。畢耀《古意》:“願得侍兒爲道意,後堂羅帳一相親。”白居易《長恨歌》:“侍兒扶起嬌無力,始是新承恩澤時。”諭:告曉,告知。《漢書·董仲舒傳》:“子大夫明先聖之業,習俗化之變,終始之序,講聞高誼之日久矣! 其明以諭朕。”顔師古注:“諭,謂曉告也。”《顔氏家訓·序致》:“止凡人之鬥鬩,則堯舜之道,不知寡妻之誨諭。”

⑰ 鋪設:設置安排。《顔氏家訓·歸心》:“縣廨被焚,寄寺而住……鋪設床坐,於堂上接賓。”孟元老《東京夢華録·娶婦》:“前一日,女家先來挂帳,鋪設房卧,謂之鋪房。”　紅茵:紅色的墊褥。元稹《寄吴士矩端公五十韵》:“藉草送遠遊,列筵酬博塞。萎蕤雲幕翠,燦爛紅茵艶。”楊巨源《邵州陪王郎中宴》:“西塞無塵多玉筵,貔貅鴛鷺儼相連。紅茵照水開罇俎,翠幕當雲發管弦。”　施張:安放,鋪陳。元稹《張舊蚊幬》:“獨有纈紗幬,憑人遠携得。施張合歡榻,展卷雙鴛翼。”白居易《青氊帳二十韵》:“合聚千羊毳,施張百子拳。骨盤邊柳健,色染塞藍鮮。”

⑱ 潛:秘密,暗中。《荀子·議兵》:“窺敵觀變,欲潛以深,欲伍以參。”吴曾《能改齋漫録·記文》:“蜀公先成,破題云:‘制動以静,善

勝不争。'景文見之,於是不復出其所作,潛於袖中毁之。" 褰:撩起,用手提起。《禮記·曲禮》:"冠毋免,勞毋袒,暑毋褰裳。"鄭玄注:"褰,揭也。"温庭筠《菩薩蠻》五:"玉鈎褰翠幕,妝淺舊眉薄。" 褰帷:撩起帷幔。葛洪《抱朴子·疾謬》:"開車褰幃,周章城邑。"《南史·潘淑妃》:"帝好乘羊車經諸房,淑妃每莊飾褰帷以候。" 翡翠:原爲鳥名,嘴長而直,生活在水邊,吃魚蝦之類。羽毛有藍、緑、赤、棕等色,可做裝飾品。這裏指翠羽,用以裝飾車服,編織簾帷。羅隱《簾二首》二:"翡翠佳名世共稀,玉堂高下巧相宜。"張孝祥《鷓鴣天·上元設醮》:"何人曾侍傳柑宴,翡翠簾開識聖顔?" 瞥見:看到,一眼看見。羅虬《比紅兒》一四:"若教瞥見紅兒貌,不肯留情付洛神。"晁端禮《水龍吟》:"馬上墻頭,縱教瞥見,也難相認。" 珊瑚:由珊瑚蟲分泌的石灰質骨骼聚結而成的東西,狀如樹枝,多爲紅色,也有白色或黑色的,鮮艷美觀,可做裝飾品。李時珍《本草綱目·珊瑚》:"珊瑚生海底,五七株成林,謂之珊瑚林。居水中直而軟,見風日則曲而硬,變紅色者爲上,漢趙佗謂之火樹是也。亦有黑色者,不佳,碧色者,亦良。昔人謂碧者爲青琅玕,俱可作珠。許慎《説文》云:'珊瑚色赤,或生於海,或生於山。'據此説,則生於海者爲珊瑚,生於山者爲琅玕,尤可征矣!"李嶠《床》:"傳聞有象床,疇昔獻君王。玳瑁千金起,珊瑚七寶妝。"白居易《新樂府·澗底松》:"沉沉海底生珊瑚,歷歷天上種白榆。"

⑲ 花貌:像花一樣美麗的容貌。白居易《長恨歌》:"中有一人字太真,雪膚花貌參差是。"吕巖《題廣陵妓屏二首》一:"他年鶴發雞皮媪,今日玉顔花貌人。" 空驚:莫名驚奇。錢起《同程九早入中書》:"漢家賢相重英奇,蟠木何材也見知。不意雲霄能自致,空驚鵷鷺忽相隨。"盧綸《至德中途中書事却寄李僩》:"亂離無處不傷情,况復看碑對古城。路繞寒山人獨去,月臨秋水雁空驚。" 香若霧:即"香霧",香氣。劉孝標《送橘啓》:"南中橙甘,青鳥所食。始霜之旦,采之

風味照座,劈之香霧噀人。”指霧氣。杜甫《月夜》:“香霧雲鬟濕,清輝玉臂寒。”仇兆鰲注:“霧本無香,香從鬟中膏沐生耳!”

⑳ 夜合:合歡的别名,此處一語雙關。《太平御覽》卷九五八引晉周處《風土記》:“夜合,葉晨舒而暮合。一名合昏。”元稹有《夜合》詩,有句云:“葉密烟蒙火,枝低繡拂墻。” 斂態:端正容態。王琚《美女篇》:“須臾破顔倏斂態,一悲一喜並相宜。”權德輿《雜興五首》三:“含羞斂態勸君住,更奏新聲刮骨鹽。” 晨霞:朝霞。崔國輔《古意》:“紅荷楚水曲,彪炳爍晨霞。未得兩回摘,秋風吹却花。”韋應物《長安道》:“晨霞出没弄丹闕,春雨依微自甘泉。”

㉑ “睡臉桃破風”兩句:意謂睡覺之後的女子臉如紅桃,點點汗珠猶如荷葉上滚動的露珠。 睡臉:醒後猶帶睡意的面龐。白居易《吴宫辭》:“淡紅花帔淺檀蛾,睡臉初開似剪波。”温庭筠《菩薩蠻》一一:“無言勾睡臉,枕上屏山掩。時節欲黄昏,無聊獨倚門。”

㉒ 叢:猶束縛。《宋史·曾公亮傳》:“三班吏叢猥,非賕謝不行,貴游子弟,多倚勢請謁。公亮掇前後章程,視以從車,吏不能舉手。”《朱子語類》卷一六〇:“大抵做官須是令自家常閑,吏胥常忙方得。若自家被文字來叢了,討頭不見,吏胥便來作弊。” 梳:以梳理發。揚雄《長楊賦》:“當此之勤,頭蓬不暇梳,飢不及餐。”劉猛《曉》:“朝梳一把白,夜泪千滴雨。” 百葉:指花重瓣,物體重疊。曹松《江西逢僧省文》:“百葉巖前霜欲降,九枝松上鶴初歸。”李洞《題晰上人賈島詩卷》:“賈生詩卷惠休裝,西葉蓮花萬里香。”桃花的一種。韓愈《題百葉桃花》:“百葉雙桃晚更紅,窺窗映竹見玲瓏。”蘇軾《書普慈長老壁》:“惟有兩株紅百葉,晚來猶得向人妍。” 髻:在頭頂或腦後盤成各種形狀的髮髻。《後漢書·馬廖傳》:“長安語曰:‘城中好高髻,四方高一尺。’”陸游《浣花女》:“江頭女兒雙髻丫,常隨阿母供桑麻。” 蹙:一種刺繡方法,刺繡時緊拈其綫,使之緊密匀貼。戎昱《贈别張駙馬》:“從奴斜抱敕賜錦,雙雙蹙出金麒麟。”范成大《瑞香三首》二:“紫

雲蹙繡被,團欒覆衣篝。” 金蹙:用金色的綫刺繡花朵圖案。皇甫松《拋毬樂》:“金蹙花毬小,真珠繡帶垂。幾回銜蠟燭,千度入春懷。”皮日休《以紫石硯寄魯望兼詶見贈》:“樣如金蹙小能輕,微潤將融紫玉英。石墨一研爲鳳尾,寒泉半勺是龍晴。” 重臺:複瓣的花,同一枝上開出的兩朵花。韓偓《妬媒》:“好鳥豈勞兼比翼! 異華何必更重臺!”毛文錫《月宫春》:“紅芳金蕊繡重臺,低傾馬腦杯。”由此引申出古代婦女脚下重重疊疊鞋底的高底鞋,重臺履,始于南朝之宋。五代馬縞《中華古今注·鞋子》:“〔東晉〕即有鳳頭之履……宋有重臺履。”

㉓ 紕:在衣冠或旗幟上鑲飾緣邊。《詩·鄘風·干旄》:“素絲紕之,良馬四之。”毛傳:“紕,所以織組也。”鄭玄箋:“素絲者以爲縷,以縫紕旌旗之旒縿,或以維持之。”指冠服等的緣飾。《禮記·玉藻》:“縞冠素紕,既祥之冠也。”鄭玄注:“紕,緣邊也。” 軟:稀疏柔軟。元稹《送嶺南崔侍御》:“火布垢塵須火浣,木綿温軟當綿衣。”張耒《春日遣興二首》二:“日烘烟柳軟於絲,桃李成塵緑滿枝。” 鈿頭:比喻華麗的鑲繡。元稹《雜憶五首》五:“憶得雙文衫子薄,鈿頭雲暎褪紅酥。”白居易《琵琶引》:“五陵年少争纏頭,一曲紅綃不知數。鈿頭雲篦擊節碎,血色羅帬翻酒污。” 裙:古謂下裳,男女同用,今專指婦女的裙子。《後漢書·明德馬皇后》:“常衣大練,裙不加緣。”馬縞《中華古今注·裙》:“古之前制,衣裳相連,至周文王令女人服裙,裙上加翟衣,皆以絹爲之。” 玲瓏:精巧貌。蘇鶚《杜陽雜編》卷中:“輕金冠以金絲結之爲鸞鶴狀,仍飾以五采細珠,玲瓏相續,可高一尺,秤之無二三分。”元稹《遣晝》:“密竹有清陰,曠懷無塵滓。况乃秋日光,玲瓏曉窗裏。” 合歡褲:飾有合歡樹圖案的褲子,一語雙關。合歡,植物名,一名馬纓花,落葉喬木,羽狀複葉,小葉對生,夜間成對相合,故俗稱“夜合花”。夏季開花,頭狀花序,合瓣花冠,雄蕊多條,淡紅色。古人以之贈人,謂能去嫌合好。崔豹《古今注·草木》:“合歡,樹似梧桐,枝葉繁互相交結,每風來,輒身相解,了不相牽綴,樹之階庭,使人不

忿,嵇康種之舍前。”蕭綱《聽夜妓》:“合歡蠲忿葉,萱草忘憂條。” 褲:古代指左右各一,分裹兩脛的套褲,以别於满襠的“褌”。《禮記·内則》:“衣不帛襦褲。”孫希旦集解:“褲,下衣。”《三國志·賈逵傳》:“口授兵法數萬言。”裴松之注引魚豢《魏略》:“逵世爲著姓,少孤家貧,冬常無褲,過其妻兄柳孚宿,其明無何,著孚褲去。”亦作“褲”,成人满襠褲及小兒開襠褲的通稱。《漢書·孝昭上官皇后》“窮絝”顔師古注:“絝,古褲字也,窮絝即今之緄襠褲也。”張萱《疑耀》卷二:“褌即褲也,古人褲皆無襠。女人所用,皆有襠者,其制起自漢昭帝時。上官皇后爲霍光外孫,欲擅寵有子,雖宫人使令,皆爲有襠之褲,多其帶,令不得交通,名曰窮褲,今男女皆服之矣!”

㉔ 鲜妍:鮮艷美好。元稹《遣畫》:“新菊媚鮮妍,短萍憐靃靡。”白居易《惜棆李花》:“樹小花鮮妍,香繁條軟弱。高低二三尺,重迭千萬萼。” 脂粉:胭脂和香粉。宋之問《傷曹娘二首》一:“鳳飛樓伎絶,鸞死鏡臺空。獨憐脂粉氣,猶著舞衣中。”王維《西施詠》:“邀人傅脂粉,不自著羅衣。” 暗淡:不鮮艷,不明亮。元稹《送孫勝》:“桐花暗淡柳惺憁,池帶輕波柳帶風。”歐陽修《雁》:“水闊天低雲暗澹,朔風吹起自成行。” 衣裳:古時衣指上衣,裳指下裙,後亦泛指衣服。《詩·齊風·東方未明》:“東方未明,顛倒衣裳。”毛傳:“上曰衣,下曰裳。”《陳書·沈衆傳》:“其自奉養甚薄,每於朝會之中,衣裳破裂,或躬提冠屨。”

㉕ 牡丹:著名的觀賞植物,古無牡丹之名,統稱芍藥,後以木芍藥稱牡丹。一般謂牡丹之稱在唐以後,但在唐前已見於記載,至唐開元中盛于長安,群花品中,牡丹第一,芍藥第二,故世謂牡丹爲花王,芍藥爲花相。李益《牡丹》:“紫蕊叢開未到家,却教遊客賞繁華。始知年少求名處,滿眼空中别有花。”王建《長安春遊》:“不覺愁春去,何曾得日長。牡丹相次發,城裏又須忙。” 莫:“暮”的古字。指日落時,傍晚時。《禮記·問傳》:“故父母之喪,既殯食粥,朝一溢米,莫一

溢米。”晏幾道《蝶戀花》:“朝落莫開空自許,竟無人解知心苦。”

㉖ 夢魂:古人以爲人的靈魂在睡夢中會離開肉體,故稱“夢魂”。劉希夷《巫山懷古》:“頽想卧瑶席,夢魂何翩翩!”晏幾道《鷓鴣天》:“春悄悄,夜迢迢。碧雲天共楚宫遥。夢魂慣得無拘檢,又踏楊花過謝橋。” 驚:使驚惶恐懼,震驚,驚醒。《左傳·隱公元年》:“莊公寤生,驚姜氏。”蘇軾《更漏子》:“柳絲長,春雨細。花外漏聲迢遞。驚塞雁,起城烏。畫屏金鷓鴣。” 靈境:莊嚴妙土,吉祥福地,多指寺廟所在的名山勝境,這裏指詩人的夢游之地。白居易《沃洲山禪院記》:“自齊至唐,兹山濅荒,靈境寂寥,罕有人遊。”蘇軾《次韵孫職方蒼梧山》:“或雲靈境歸賢者,又恐神功亦偶然。” 寓:寄居。《孟子·離婁》:“無寓人於我室,毁傷其薪木。”趙岐注:“寓,寄也。”元稹《鶯鶯傳》:“蒲之東十餘里,有僧舍曰普救寺,張生寓焉!”

㉗ 夜夜:一夜接著一夜,連續許多夜晚。王績《田家三首》二:“平生唯酒樂,作性不能無。朝朝訪鄉里,夜夜遣人酤。”崔融《關山月》:“漢兵開郡國,胡馬窺亭障。夜夜聞悲笳,征人起南望。” 天河:即銀河。庾信《鏡賦》:“天河漸没,日輪將起。”韋應物《擬古十二首》六:“天河横未落,斗柄當西南。” 無由:没有門徑,没有辦法。《儀禮·士相見禮》:“某也願見,無由達。”鄭玄注:“無由達,言久無因緣以自達也。”《漢書·刑法志》:“使其民所以要利於上者,非戰無由也。” 沿溯:亦作“沿泝”,順水下行與逆水上行。酈道元《水經注·江水》:“夏水襄陵,沿泝阻絶。”引申爲泛舟。何遜《曉發》:“且望沿泝劇,暫有江山趣。”孟浩然《南還舟中寄袁太祝》:“沿泝非便習,風波厭苦辛。忽聞遷谷鳥,來報武陵春。”

㉘ 結念:念念不忘。謝靈運《石門新營所住四面高山回溪石瀨修竹茂林》:“結念屬霄漢,孤景莫與諼。”沈佺期《鳳笙曲》:“豈無嬋娟子,結念羅幃中?” 心所期:即“心期”,心中相許。陶潛《酬丁柴桑》:“實欣心期,方從我遊。”王勃《山亭興序》:“百年奇表,開壯志於高明;

千里心期,得神交於下走。"引申爲相思。晏幾道《采桑子》:"心期昨夜尋思遍,猶負殷勤。齊斗堆金。難買丹誠一寸真。"期望。《南齊書·豫章王嶷傳》:"居今之地,非心期所及。"袁郊《甘澤謠·紅綫》:"憂往喜還,頓忘於行役;感知酬德,聊副於心期。"心願,心意。羅隱《讒言·越婦言》:"通達後,以匡國致君爲己任,以安民濟物爲心期。"陸淞《瑞鶴仙》:"待歸來先指花梢教看,却把心期細問。" 頓悟:佛教語,謂不假時間和階次,直接悟入真理。晉宋間已有道生立頓悟義,後爲"直指人心,頓悟成佛"之旨,禪宗南宗更主其説,與"漸悟"、"漸修"相對。《宋書·天竺迦黎國》:"宋世名僧有道生……幼而聰悟,年十五,便能講經。及長有異解,立頓悟義,時人推服之。"《壇經·般若品》:"我于忍和尚處,一聞言下大悟,頓見真如本性。是故將此教法流行後代,令學道者頓悟菩提,令自本性頓悟。"也謂頓然領悟。曾敏行《獨醒雜誌》卷二:"〔黄山谷〕紹聖中謫居涪陵,始見《懷素自叙》於石揚休家。因借之以歸,摹臨累日,幾廢寢食。自此頓悟草法,下筆飛動。"魏慶之《詩人玉屑·初學蹊徑·悟入》:"悟入之理,正在工夫勤惰間耳!如張長史見公孫大娘舞劍,頓悟筆法。"

㉙"覺來八九年"兩句:意謂自此醒悟至今的"八九年"間,從來没有再留戀其間尋花問柳。此與白居易酬詩"存誠期有感,誓志貞無黷。京洛八九春,未曾花裏宿。壯年徒自棄,佳會應無復。鸞歌不重聞,鳳兆徒滋卜"意同,亦即白居易酬篇之序所云"予辱斯言,三復其旨,大抵悔既往而悟將來也"之意。本詩接着撰寫元稹與韋叢的婚姻實況,而元稹與韋叢結婚在貞元十九年(803),從貞元十九年前推"八九年"、"八九春",應該是貞元十一二(795—796)間,那時元稹十六七歲,亦即元稹"夢遊春"的時間。有人以爲本詩是元稹以張生自寓的證據之一,大誤特誤,而恰恰與元稹與管兒的戀情相合,詳情拜請參閱拙稿《元稹評傳》與《元稹考論》以及本書稿中有關的内容。 花:這裏喻指美女。白居易《霓裳羽衣歌》:"嬌花巧笑久寂寥,娃館苧蘿

空處所。"秦觀《滿庭芳》:"漸酒空金榼,花困蓬瀛。" 回顧:回頭看,顧念,回想。白居易《燕詩示劉叟》:"一旦羽翼成,引上庭樹枝。舉翅不回顧,隨風四散飛。"蘇軾《歧下歲暮思歸寄子由弟・别歲》:"勿嗟舊歲别,行與新歲辭。去去勿回顧,還君老與衰。"

㉚ 雜治:相與混同。《太平廣記》卷一七二引馮翊《桂苑叢談・李德裕》:"群衆以某孤立,不雜治輩流,欲乘此擠排之。"猶"雜合"。《北史・魏本紀》:"自今有祭孔廟,制用酒脯而已,不聽婦女雜合以祈非望之福,犯者以違制論。" 兩京:兩個京城,中國歷史上"兩個京城"的情況不少,這裏指唐代的長安和洛陽。杜甫《戲贈閿鄉秦少府短歌》:"今日時清兩京道,相逢苦覺人情好。"元稹《狂醉》:"一自柏臺爲御史,二年辜負兩京春。" 喧闐:喧嘩,熱鬧。杜甫《鹽井》:"君子慎止足,小人苦喧闐。"蘇軾《竹枝歌》:"水濱擊鼓何喧闐?相將扣水求屈原。" 衆禽:諸鳥,普通的鳥。禰衡《鸚鵡賦》:"配鸞皇而等美,焉比德於衆禽?"《舊唐書・韋思謙傳》:"雕鶚鷹鸇,豈衆禽之偶?奈何設拜以狎之?"

㉛ 看花:唐時舉進士及第者有在長安城中看花的風俗。孟郊《登科後》:"昔日齷齪不足誇,今朝放蕩思無涯。春風得意馬蹄疾,一日看盡長安花。"錢易《南部新書》甲:"施肩吾與趙嘏同年不睦,嘏舊失一目,以假珠代其精,故施嘲之曰:'二十九人同及第,五十七隻眼看花。'" 仙:仙女,古代用爲艷婦、美女、妓女、女道士等的代稱。盧照鄰《懷仙引》:"若有人兮山之曲,駕青虬兮乘白鹿。往從之遊願心足,披澗户,訪巖軒,石瀨潺湲横石徑。"施肩吾《夜宴曲》:"青娥一行十二仙,欲笑不笑桃花然。"

㉜ 浮生:語本《莊子・刻意》,以人生在世,虚浮不定,因稱人生爲"浮生"。王績《獨酌》:"浮生知幾日?無狀逐空名。不如多釀酒,時向竹林傾。"駱賓王《樂大夫挽詞五首》一:"可嘆浮生促,籲嗟此路難。丘陵一起恨,言笑幾時歡?" 經歷:閲歷,親身經受。羅隱《廣陵

春日憶池陽有寄》:"烟水濛濛接板橋,數年經歷駐征橈。"文天祥《吊五木詩序》:"以其爲淮將,必經歷老成。"　道性:這裏指出家修道之情志。白居易《留别吴七正字》:"唯是塵心殊道性,秋蓬常轉水長閑。"徐鉉《奉和武功學士舍人寄贈文懿太師放慵》三:"詩情道性知無夢,頻見殘燈照曙窗。"　堅固:堅定。劉向《列女傳·楚平伯嬴》:"伯嬴自守,堅固專一,君子美之,以爲有節。"寒山《詩三百三首》二八五:"並無人教我,貧賤也尋常。自憐心的實,堅固等金剛。"

㉝ 夢仙詩:假託夢境與仙人交往的詩篇。白居易《夢仙》:"人有夢仙者,夢身升上清。坐乘一白鶴,前引雙紅旌羽。"祝元膺《夢仙謡》:"蟾蜍夜作青冥燭,螮蝀晴爲碧落梯。好個分明天上路,誰教深入武陵溪?"　肺腑:比喻内心世界。元稹《紀懷贈李六户曹崔二十功曹五十韵》:"投分多然諾,忘言少愛憎。誓將探肺腑,耻更辨淄澠。"杜荀鶴《自叙》:"平生肺腑無言處,白髮吾唐一逸人。"

㉞ 一夢:這裏指詩人貞元十一二年間的與管兒的艷遇,如今回憶起來如真如夢。李白《送舍弟》:"吾家白額駒,遠别臨東道。他日相思一夢君,應得池塘生春草。"梁鍠《詠木老人》:"刻木牽絲作老翁,雞皮鶴髮與真同。須臾弄罷寂無事,還似人生一夢中。"　良時:美好的時光,吉時。杜甫《隨章留後新亭會送諸君》:"新亭有高會,行子得良時。"徐夤《惜牡丹》:"南國好偷誇粉黛,漢宫宜摘贈神仙。良時雖作鶯花主,白馬王孫恰少年。"　婚娶:嫁娶,結婚。王建《自傷》:"衰門海内幾多人?滿眼公卿總不親。四授官資元七品,再經婚娶尚單身。"元稹《陽城驛》:"一夕不相見,若懷三歲憂。遂誓不婚娶,没齒同衾裯。"

㉟ 二紀初:《編年箋注》認爲:"二紀,舊以十二年爲一紀。二紀爲二十四年,即元稹與韋叢結婚之年。"確實不錯,紀是紀年的單位,十二年爲一紀。二紀爲二十四年。《文選·謝靈運〈永初三年七月十六日之郡初發都〉》:"從來漸二紀,始得傍歸路。"李善注引孔安國《尚

書傳》："十二年曰紀。"張銑注："自從仕來，漸進得二十四年。"《國語・晉語》："蓄力一紀，可以遠矣！"韋昭注："十二年歲星一周爲一紀。"既然一紀爲十二年，二紀應是二十四年，而"二紀"之"初"似乎應是"二紀"剛剛開始的時候，亦即元稹十三四歲的時候。我們一直懷疑"二紀初"是"三紀初"之誤，因爲"三紀初"是二十五六歲，正與元稹"事婚娶"的年齡相合；但因爲没有版本根據，衹能作爲懷疑，始終没有提出。但《編年箋注》將元稹與韋叢結婚的年歲從二十五歲改爲二十四歲肯定是錯誤的，而將"二紀初"牽强地解釋爲"二十四歲"也是不妥當的。　二紀：二十四年。韋應物《京師叛亂寄諸弟》："弱冠遭世難，二紀猶未平。羈離官遠郡，虎豹滿西京。"韋應物《登蒲塘驛沿路見泉谷邨墅忽想京師舊居追懷昔年》："荏苒斑鬢及，夢寢婚宦初。不覺平生事，咄嗟二紀餘。"　初：起始，開端。《史記・樂書》："佚能思初，安能惟始？"柳宗元《貞符序》："惟人之初，總總而生，林林而群。"　嘉節：美好的節日。曹植《冬至獻襪頌表》："千載昌期，一陽嘉節。四方交泰，萬物昭蘇。"韓愈《薦士》："霜風破佳菊，嘉節迫吹帽。"這裏應該指元稹與韋叢結婚的日子。　三星：《詩・唐風・綢繆》："三星在天。"毛傳："三星，參也。"鄭玄箋："三星，謂心星也。"均專指一宿而言。天空中明亮而接近的三星，有參宿三星，心宿三星，河鼓三星。據近人研究，《綢繆》首章"綢繆束薪，三星在天"，指參宿三星；二章"綢繆束芻，三星在隅"，指心宿三星；末章"綢繆束楚，三星在户"，指河鼓三星。李百藥《戲贈潘徐城門迎兩新婦》："秦晉稱舊匹，潘徐有世親。三星宿已會，四德婉而嬪。"岑參《送陝縣王主簿赴襄陽成親》："六月襄山道，三星漢水邊。求凰應不遠，去馬剩須鞭。"

㊱ 朝蕣：木槿的别名，亦喻時間的短暫。《英華》卷五二〇《里尹爲主判》："乙妹……榮落朝蕣，魂栖夜臺，生則事兄，義或遵夫。"沈德符《野獲編・征夢・儀銘袁中皋》："〔袁中皋〕雖贈謚有加，竟不及見，嘉靖改元，名爲入相，僅同朝蕣，視儀銘享受，真天淵矣！"　玉佩：古

人佩挂的玉製裝飾品。《詩·秦風·渭陽》:“我送舅氏,悠悠我思。何以贈之?瓊瑰玉佩。”梅堯臣《天上》:“紫微垣裏月光飛,玉佩腰間正陸離。”　女蘿:植物名,即松蘿,多附生在松樹上,成絲狀下垂。《詩·小雅·頍弁》:“蔦與女蘿,施于松柏。”毛傳:“女蘿,菟絲,松蘿也。”《漢書·禮樂志》:“豐草葽,女羅施。”

㊲ 韋門:這裏指韋夏卿之門,韋夏卿時爲太子賓客,元稹娶其季女韋叢爲妻。元稹《貽蜀五首·李中丞表臣》:“韋門同是舊親賓,獨恨潘床簟有塵。十里花溪錦城麗,五年沙尾白頭新。”白居易《和夢遊春詩一百韵》:“鸞歌不重聞,鳳兆從兹卜。韋門女清貴,裴氏甥賢淑。”　全盛:最爲興盛或强盛。鮑照《蕪城賦》:“當昔全盛之時,車挂轊,人駕肩,廛閈撲地,歌吹沸天。”曾鞏《太祖皇帝總序》:“漢祖承全盛之秦、二世之末,天下始亂。”　出入:出進。《史記·項羽本紀》:“所以遣將守關者,備他盜出入與非常也。”杜甫《石壕吏》:“有孫母未去,出入無完裙。”　歡裕:歡樂無比。梁潜《陳母王氏孺人墓誌銘》:“先世負郭田數十頃,皆爲豪武者占去,終歲之食不給也,然先生朝出而暮歸,視其家皆欣然歡裕,故終身泰然。”猶“怡裕”,怡豫。庾信《謝趙王示新詩啓》:“首憂清和,聖躬怡裕。”本句以下,馬本《元氏長慶集》無,據《才調集》、《全詩》録補後面的三十四韵,補足爲七十韵。由於本文均出自《元氏長慶集》之外,故文題前仍然以“●”標識,不同於《◎ ●册文武孝德皇帝赦文》,因《册文武孝德皇帝赦文》一半出自《元氏長慶集》,另一半出自《元氏長慶集》之外,故以“◎ ●”爲標識,特此説明。

㊳ 甲第:舊時豪門貴族的宅第。《史記·孝武本紀》:“賜列侯甲第,僮千人。”裴駰集解引《漢書音義》:“有甲乙第次,故曰第。”元稹《代曲江老人百韵》:“世族功勛久,王姬寵愛親。街衢連甲第,冠蓋擁朱輪。”　清池:池水清澈的池塘,對池塘的美譽。儲光羲《官莊池觀競渡》:“落日吹簫管,清池發櫂歌。船争先後渡,岸激去來波。”韋應

物《夏景端居即事》:“北齋有凉氣,嘉樹對層城。重門永日掩,清池夏雲生。” 鳴騶:古代隨從顯貴出行並傳呼喝道的騎卒,有時借指顯貴。孔稚珪《北山移文》:“及其鳴騶入谷,鶴書起隴,形馳魄散,志變神動。”高適《東平旅遊奉贈薛太守二十四韵》:“歌謡隨舉扇,旌旆逐鳴騶。” 朱輅:亦作“朱路”,天子所乘之車,因其漆以深紅色,故稱。《禮記·月令》:“〔孟夏之月〕天子居明堂左個,乘朱路,駕赤騮。”王維《故太子太師徐公挽歌四首》三:“北首辭明主,東堂哭大臣。猶思御朱輅,不惜污車茵。”

㊴ 廣榭:建在高臺上四面没有墻壁的木屋,多爲遊觀之所,也指無室的廳堂,多用作講軍習武或藏器之所。沈鯉《域外三槐記》:“蓋吾同里巷諸公,當年起大廈連雲治高臺廣榭以鳴得意者,何可勝數也!今皆不知其踵迹之所在。” 葳蕤:旗名,鹵簿中有之。元稹《寄吴士矩端公五十韵》:“藉草送遠遊,列筵酬博塞。葳蕤雲幕翠,燦爛紅茵絶。”温庭筠《嘲春風》:“春風何處好?别殿饒芳草。苒嫋轉鸞旗,葳蕤吹雉葆。” 長筵:寬長的竹席,多指排成長列的宴飲席位。孟浩然《歲除夜會樂城張少府宅》:“疇昔通家好,相知無間然。續明催畫燭,守歲接長筵。”權德輿《古意》:“長筵暎玉俎,素手彈秦箏。” 雜厝:亦作“雜錯”,間雜,混雜。張九齡《大唐涇州刺史牛公碑銘并序》:“六郡自古五方雜錯,負力怙利,尚氣好武,人庶相放,風俗不純。”元稹《高允恭授侍御史知雜事制》:“乞以臺郎,兼授憲簡,雜錯之務,一以咨之。”

㊵ “青春詎幾日”兩句:意謂春光爛漫能有多少時光?艷麗的花朵與可愛的果實,都白白被害蟲暗中糟蹋。 青春:指青年時期,年紀輕。宋之問《送姚侍御出使江東》:“帝憂河朔郡,南發海陵倉。坐嘆青春别,逶迤碧水長。”沈佺期《送友人任括州》:“青春浩無際,白日乃遲遲。胡爲賞心客,嘆遇此芳時?” 詎:副詞,表示反詰,相當於“豈”、“難道”。陶潛《讀山海經十三首》一〇:“徒設在昔心,良辰詎可

待?”王績《薛記室收過莊見尋率題古意以贈》:“追念甫如昨,奄忽成空虛。人生詎能幾,蹙迫常不舒?” 華實:花和果實。薛稷《九日幸臨渭亭登高應制得曆字》:“暮節乘原野,宣遊俯崖壁。秋登華實滿,氣嚴鷹隼擊。”元稹《表夏十首》一:“華實各自好,詎云芳意沉?”

㊶ 秋月:秋夜的月亮。陶潛《辛丑歲七月赴假還江陵夜行塗口》:“叩枻新秋月,臨流別友生。”杜甫《十七夜對月》:“秋月仍圓夜,江村獨老身。” 潘郎:指晉代潘岳,潘岳少時美容止,故稱。徐陵《洛陽道二首》一:“潘郎車欲滿,無奈擲花何?”史達祖《夜行船》:“白髮潘郎寬沈帶。怕看山,憶他眉黛。” 空山:幽深少人的山林。韋應物《寄全椒山中道士》:“落葉滿空山,何處尋行迹?”儲光羲《送王上人還襄陽》:“天花滿南國,精舍在空山。雖復時来去,中心長日閑。” 謝傅:指晉代謝安,安卒贈太傅,又稱“謝太傅”。楊巨源《酬盧員外》:“謝傅旌旗控上游,盧郎罇俎借前籌。舜城風土臨清廟,魏國山川在白樓。”元稹《追昔遊》:“謝傅堂前音樂和,狗兒吹笛膽娘歌。花園欲盛千場飲,水閣初成百度過。”這裏的潘郎是詩人自喻,謝傅應該指已經謝世的韋夏卿。

㊷ 紅樓:紅色的樓,泛指華美的樓房。段成式《酉陽雜俎續集·寺塔記上》:“長樂坊安國寺紅樓,睿宗在藩時舞榭。”李白《侍從宜春苑奉詔賦龍池柳色初青聽新鶯百囀歌》:“東風已緑瀛洲草,紫殿紅樓覺春好。池南柳色半青青,縈烟嫋娜拂綺城。”也指富貴人家女子的住房。李白《陌上贈美人》:“駿馬驕行踏落花,垂鞭直拂五雲車。美人一笑褰珠箔,遥指紅樓是妾家。”白居易《秦中吟》:“紅樓富家女,金縷繡羅襦。” 壞壁:已經損壞的墻壁。盧綸《客舍喜崔補闕司空拾遺訪宿》:“壞壁烟垂網,香街火照塵。悲榮俱是分,吾亦樂吾貧。”劉禹錫《傷愚溪三首》二:“草聖數行留壞壁,木奴千樹屬鄰家。唯見裏門通德榜,殘陽寂寞出樵車。” 金谷:這裏指晉代石崇所築的金谷園,潘岳《金谷集作》:“朝發晉京陽,夕次金谷湄。”李白《宴陶家亭子》:

"若聞弦管妙，金谷不能誇。" 荒戍：荒蕪的戍樓。杜甫《南極》："南極青山衆，西江白谷分。古城疏落木，荒戍密寒雲。"許渾《柏松江渡》："漠漠故宫地，月凉風露幽。雞鳴荒戍曉，雁過古城秋。"

㊸"石壓破闌干"兩句：一"壓"一"摧"，一"破"一"舊"，竭力描繪韋夏卿住宅的破敗，引人回想往事，對照今日，令人悲感交集。 闌干：欄杆，用竹、木、磚石或金屬等構製而成，設於亭臺樓閣或路邊、水邊等處作遮攔用。李白《清平調詞三首》三："解釋春風無限恨，沉香亭北倚闌干。"杜甫《飛仙閣》："土門山行窄，微徑緣秋毫。棧雲闌干峻，梯石結構牢。" 梐枑：用木條交叉製成的栅欄，置於官署前遮攔人馬，又稱行馬。《周禮・天官・掌舍》："掌王之會同之舍，設梐枑再重。"鄭玄注引杜子春曰："梐枑，謂行馬。"儲光羲《貽王侍御出臺掾丹陽》："清廟奉烝嘗，靈山扈鑾輅。天街時蹴踘，直指宴梐枑。"

㊹"雖云覺夢殊"兩句：意謂雖然現實與夢境有所差别，但它們都一一離我而去，都没有留下過去的時光。 駐：留住。李君房《石季倫金谷園》："流水悲難駐，浮雲影自翻。賓階餘蘚石，車馬詎喧喧。"賀鑄《臨江仙・雁後歸》："巧翦合歡羅勝子，釵頭春意翩翩。艷歌淺拜笑嫣然。願郎宜此酒。行樂駐華年。"這裏是指詩人竭力想留住與韋叢往日的美好回憶和時光不再的春夢。

㊺悰緒：心緒。張鎡《正月初四日聽新樂成絶句》："鰲抃鈞天沸廣場，渡江何翅紀鏗鏘。頻年遏密無悰緒，樂叟閑來説泰皇。"牟巘《送姚子敬》："風雨忽道别，悢悢寡悰緒。從今閉柴荆，何以慰衰暮？" 棼絲：亂絲，語本《左傳・隱公四年》："臣聞以德和民，不聞以亂。以亂，猶治絲而棼之也。"陸游《寓嘆》："俗心浪自作棼絲，世事元知似弈棋。" 絇：這裏作量詞。元稹《鶯鶯傳》："亂絲一絇，文竹茶碾子一枚。"王安石《促織》："只向貧家促機杼，幾家能有一絇絲？"

㊻卓女：指漢代卓文君。盧仝《卓女怨》："妾本懷春女，春愁不自任。迷魂隨鳳客，嬌思入琴心。"牛嶠《女冠子》二："錦江烟水，卓女

燒春濃美。”　白頭吟：樂府楚調曲名。《西京雜記》卷三：“(司馬)相如將聘茂陵人女爲妾，卓文君作《白頭吟》以自絶，相如乃止。”杜甫《寄楊五桂州譚》：“聞此寬相憶，爲邦復好音。江邊送孫楚，遠附白頭吟。”王昌齡《悲哉行》：“勿聽白頭吟，人間易憂怨。若非滄浪子，安得從所願？”　阿嬌金屋賦：阿嬌指漢武帝陳皇后。《漢武故事》：“膠東王數歲，公主抱置膝上問曰：‘兒欲得婦否？’長主指左右長御百餘人，皆云不用，指其女：‘阿嬌好否？’笑對曰：‘好！若得阿嬌作婦，當作金屋貯之。’長主大悦。”李白《妾薄命》：“漢帝寵阿嬌，貯之黄金屋。咳唾落九天，隨風生珠玉。”王安石《明妃曲二首》一：“君不見咫尺長門閉阿嬌，人生失意無南北。”王安石所説的長門是漢代宫名，司馬相如《長門賦序》：“孝武皇帝陳皇后時得幸，頗妒，别在長門宫，愁悶悲思。聞蜀郡成都司馬相如天下工爲文，奉黄金百斤，爲相如、文君取酒，因以解悲愁之辭。而相如爲文以悟主上，陳皇后復得親幸。”後以“長門”借指失寵女子居住的寂寥淒清的宫院。杜牧《長安夜月》：“獨有長門裏，蛾眉對曉晴。”辛棄疾《摸魚兒·淳熙己亥同官王正之置酒小山亭爲賦》：“長門事，準擬佳期又誤。蛾眉曾有人妬。千金縱買相如賦，脈脈此情誰訴？”

㊼ 重璧：古臺名。《穆天子傳》卷六：“天子乃爲之臺，是曰重璧臺。”郭璞注：“言臺狀如壘璧。”謝惠連《雪賦》：“臺如重璧，逵似連璐。”吴偉業《讀史有感》二：“重璧臺前八駿蹄，歌殘黄竹日輪西。”　盛姬臺：盛姬，周穆王妃子。重璧，古臺名，《穆天子傳》卷六：“天子乃爲之臺，是曰重璧之臺。”郭璞注：“言臺狀如壘璧。”謝惠連《雪賦》：“臺如重璧，逵似連璐。”温庭筠《題望苑驛(東有馬嵬驛，西有端正樹，一作相思樹)》：“花影至今通博望，樹名從此號相思。分明十二樓前月，不向西陵照盛姬。”唐彦謙《穆天子傳》：“王母清歌玉琯悲，瑶臺應有再來期。穆王不得重相見，恐爲無端哭盛姬。”　青冢：亦作“青塚”，指漢代王昭君墓，在今内蒙古自治區呼和浩特市南，傳説當地多

白草而此冢獨青，故名。杜甫《詠懷古迹五首》三："一去紫臺連朔漠，獨留青冢向黄昏。"仇兆鰲注："《歸州圖經》：邊地多白草，昭君冢獨青。" 明妃：漢元帝宫人王嫱字昭君，晉代避司馬昭（文帝）諱，改稱明君，後人又稱之爲明妃。楊凌《明妃怨》："漢國明妃去不還，馬駝絃管向陰山。匣中縱有菱花鏡，羞對單于照舊顔。"白居易《昭君怨》："明妃風貌最娉婷，合在椒房應四星。只得當年備宫掖，何曾專夜奉幃屏？"

㊽ 窮塵：深土，猶黄泉。鮑照《蕪城賦》："東都妙姬，南國麗人……埋魂幽石，委骨窮塵。"張祜《題蘇小小墓》："漠漠窮塵地，蕭蕭古樹林。臉濃花自發，眉恨柳長深。" 流波：流水。駱賓王《秋日送侯四得彈字》："夕漲流波急，秋山落日寒。"羅隱《蟋蟀詩》："美人在何，夜影流波。"

㊾ 何勞：猶言何須煩勞，用不着。李休烈《詠銅柱》："天門街裏倒天樞，火急先須卸火珠。計合一條絲綫挽，何勞兩縣索人夫？"劉長卿《奉陪鄭中丞自宣州解印與諸侄宴餘干後溪》："度雨諸峰出，看花幾路迷。何勞問秦漢，更入武陵溪？" 縑：雙絲織的淺黄色細絹。《淮南子·齊俗訓》："夫素之質白，染之以涅則黑；縑之性黄，染之以丹則赤。"《玉臺新詠·〈古詩〉》："織縑日一匹，織素五丈餘。" 素：白色生絹。《禮記·雜記》："純以素，紃以五采。"孔穎達疏："素，謂生帛。"李白《感興八首》三："裂素持作書，將寄萬里懷。"

㊿ "况余當盛時"兩句：意謂自己正當年輕盛年，做起事情來還算得心應手。 盛時：猶盛年。曹植《箜篌引》："盛時不可再，百年忽我遒。"白居易《東都冬日會諸同年宴鄭家林亭》："盛時陪上第，暇日會群賢。桂折因同樹，鶯遷各異年。" 早歲：早年。元稹《寄胡靈之》："早歲顛狂伴，城中共幾年？有時潛步出，連夜小亭眠。"白居易《適意二首》二："早歲從旅遊，頗諳時俗意。中年忝班列，備見朝廷事。"

51 詔册冠賢良：這是指元稹元和元年登第制科"才識兼茂明於

體用”之科，名列第一之事。　詔册：詔書。《史記·秦始皇本紀》："命爲‘制’，令爲‘詔’。”裴駰集解引蔡邕曰：“詔，詔書。”《漢書·董仲舒傳》：“陛下發德音，下明詔，求天命與情性，皆非愚臣之所能及也。”賢良：古代選拔統治人才的科目之一，由郡國推舉文學之士充選。亦爲“賢良文學”、“賢良方正”的簡稱。劉徹《賢良詔》：“賢良明於古今王事之體，受策察問，咸以書對，著之於篇，朕親覽焉！”高承《事物紀原·賢良》：“漢、唐逮宋，取士之制，有賢良方正、茂才異等六科，謂之制舉，亦曰大科，通謂之賢良，其制蓋自漢文帝始。”　諫垣陳好惡：這是指元和元年四月元稹拜職左拾遺之後，向當時的憲宗皇帝舉發朝廷中種種違制違法之事，同年九月十三日出爲河南尉的一段經歷。諫垣：指諫官官署。權德輿《酬南園新亭宴會璩新第慰慶之作時任賓客》：“予婿信時英，諫垣金玉聲。”歐陽修《謝知制誥啓》：“代言禁掖，已愧才難；兼職諫垣，猶當責重。”　好惡：喜好與嫌惡。《禮記·王制》：“命市納賈，以觀民之所好惡，志淫好辟。”葛洪《抱朴子·擢才》：“且夫愛憎好惡，古今不鈞，時移俗易，物同賈異。”

㉜ 三十再登朝：這裏指元稹元和三年十二月母喪服除，次年二月被裴垍識拔，拜爲監察御史，時元稹三十一歲，“三十”是約數。而《編年箋注》則把“元稹任左拾遺，上疏論政，爲執政所惡，旋出爲河南尉，隨之丁母憂”發生在元和元年之事歸在“三十”之時，誤。當時元稹二十八歲，非“三十”歲，同時也與“再登朝”云云不相符合。　再：兩次，第二次。《漢書·孔光傳》：“光凡爲御史大夫、丞相各再。”《隸釋·漢太尉陳球碑》：“三剖郡符，五入卿寺，再爲三公。”　登朝：進用於朝廷。《漢書·叙傳》：“賈生矯矯，弱冠登朝。”王翰《奉和聖製送張尚書巡邊》：“登朝身許國，出闔將辭家。”　一登還一仆：這裏是指元稹元和四年出拜監察御史之後，即所謂的“一登”，隨即出使東川，接著分務洛陽，懲辦更多的違制違法之事，得罪了更多的權貴重臣，於元和五年被出貶爲江陵士曹參軍之事，即所謂的“一仆”。　登：進

用,選拔。《後漢書・仲長統傳》:"善者早登,否者早去。"劉孝標《廣絶交論》:"是以王陽登則貢公喜,罕生逝而國子悲。" 仆:向前跌倒。《左傳・定公八年》:"偃且射子鉏。"孔穎達疏引《吴越春秋》:"臣迎風則偃,背風則仆。"韓愈《送窮文》:"五鬼相與張眼吐舌,跳踉偃仆。"這裏指元稹在仕途向前跌倒。

㊼ 寵榮:猶尊榮。《史記・禮書》:"德厚者位尊,禄重者寵榮。"曾鞏《寄歐陽舍人書》:"爲人之父祖者,孰不欲教其子孫?爲人之子孫者,孰不欲寵榮其父祖?" 邅回:困頓,不順利。《南史・張充傳》:"獨師懷抱,不見許於俗人;孤修神崖,每邅回於在世。"劉禹錫《洛中謝福建陳判官見贈》:"潦倒聲名擁腫材,一生多故苦邅回。"

㊽ 直氣在膏肓:意謂自己的正氣深入内心,永遠無法改變。直氣:正氣。杜甫《别李義》:"先朝納諫諍,直氣横乾坤。"文天祥《發高郵》:"不能裂肝腦,直氣摩斗牛。" 膏肓:古代醫學以心尖脂肪爲膏,心臟與膈膜之間爲肓。《左傳・成公十年》:"疾不可爲也,在肓之上,膏之下,攻之不可,達之不及,藥不至焉!不可爲也。"杜預注:"肓,鬲也,心下爲膏。"後遂用以稱病之難治者。孫楚《爲石仲容與孫皓書》:"夫治膏肓者,必進苦口之藥;决狐疑者,必告逆耳之言。"朱熹《題謝少卿藥園二首》二:"再拜藥園翁,何以起膏肓?" 氛氲:比喻心緒繚亂。陳子昂《入東陽峽》:"仙舟不可見,遥思坐氛氲。"李白《鳴皋歌送岑徵君》:"盤白石兮坐素月,琴松風兮寂萬壑。望不見兮心氛氲,蘿冥冥兮霰紛紛。" 沈痼:積久難治的病。劉楨《贈五官中郎將四首》二:"余嬰沈痼疾,竄身清漳濱。"《南齊書・褚淵傳》:"叨職未久,首歲便嬰疾篤,爾來沈痼,頻經危殆,彌深憂震。"也用以比喻積久難改的陋習積弊。范成大《初入大峨》:"烟霞沈痼不須醫,此去真同汗漫期。"

㊾ "不言意不快"兩句:意謂自己對世間不平不公之事如塊壘在胸,不痛痛快快説出來,心中就感到憋悶就感到難受。 不言:不説。

孫綽《天台山賦》:“恣語樂以終日,等寂默於不言。”韓愈《秋懷詩十一首》九:“空堂黄昏暮,我坐默不言。”　不快:不愉快,不高興。《易·艮》:“艮其腓,不拯其隨,其心不快。”王符《潜夫論·述赦》:“從事督察,方懷不快,而奸猾之黨,又加誣言。”　快意:謂心情爽快舒適。《史記·李斯列傳》:“快意當前,適觀而已矣!”陳師道《絶句》:“書當快意讀易盡,客有可人期不來。”　忤:違逆,觸犯。《史記·魏其武安侯列傳》:“灌將軍得罪丞相,與太后家忤,寧可救邪?”韓愈《胡良公墓神道碑》:“以剛直齟齬不阿,忤權貴,除獻陵令。”

㊻“忤誠人所賊”兩句:但社會非常複雜,一言既出,就常常侵犯了别人的既得利益,讓人仇恨讓人痛恨;但自己的本性就是如此,生來就是這樣,無法改變。元稹在這裏所言,應該不是虚言。元稹的六代祖元巖以及元稹舅族吴湊兄弟諍言直諫的精神,一直激勵着元稹以效忠皇上、犯顔直諫爲榮,本書已經多次提到這一點,想來讀者不會忘記。　賊:讒毁。《逸周書·皇門》:“是人斯乃讒賊媢嫉,以不利於厥家國。”孔晁注:“言賊仁賢,忌媢嫉妬以不利其君。”《莊子·漁父》:“析交離親謂之賊。”董仲舒《春秋繁露·仁義法》:“故自稱其惡謂之情,稱人之惡謂之賊。”害,傷害。《楚辭·招魂》:“歸來歸來,恐自遺賊些。”朱熹集注:“自遺賊,自予賊害也。”柳宗元《罵尸蟲文》:“陰幽跪側而寓乎人,以賊厥靈。”　性:人的本性。《易·繫辭》:“一陰一陽之謂道,繼之者善也,成之者性也。”孔穎達疏:“若能成就此道者,是人之本性。”《論語·陽貨》:“性相近也,習相遠也。”劉寶楠正義:“人性相近,而習相遠。”泛指天賦,天性。王安石《上執政書》:“鳥獸、魚鱉、昆蟲、草木,下所以養之,皆各得盡其性而不失也。”

㊼乍可沈爲香:比喻人的品性高貴如沉香一般不變,永遠芳香襲人。沉香,香木名,産於亞熱帶,木質堅硬而重,黄色,有香味。心材爲著名熏香料,中醫以含有黑色樹脂的樹根或樹幹加工後入藥,有鎮痛、健胃等作用,亦指這種植物的木材,又名“伽南香”或“奇南香”。

嵇含《南方草木狀·蜜香沉香》:"交趾有蜜香,樹幹似欅柳,其花白而繁,其葉如橘。欲取香,伐之,經年,其根幹枝節各有别色也。木心與節堅黑,沉水者爲沉香。"《南史·林邑國》:"沉木香者,土人斫斷,積以歲年,朽爛而心節獨在,置水中則沉,故名曰沉香。"楊凝《花枕》:"席上沈香枕,樓中蕩子妻。那堪一夜裏,長濕兩行啼?"李賀《答贈》:"本是張公子,曾名萼緑華。沈香薰小像,楊柳伴啼鴉。" 瓠:即葫蘆,這裏指用短頸大腹的老熟葫蘆製作的盛器,在水中飄浮不定,與沉香堅守一地始終如一的品行絶然不同。王褒《僮約》:"種瓜作瓠。"《埤雅·釋草》引蘇軾《物類相感志》:"以瓠盛酒,冬即暖,夏即冷。"武平一《妾薄命》:"有女妖且麗,裴回湘水湄……瓠犀發皓齒,雙蛾顰翠眉。"

㊽"誠爲堅所守"兩句:意謂自己雖然堅持自己的本性,但這樣的苦心並没有爲盛明時代的君主所重視。 堅:强勁,堅强。《詩·大雅·行葦》:"敦弓既堅,鍭既鈞。"朱熹集傳:"堅,猶勁也。"王勃《秋日登洪府滕王閣餞别序》:"老當益壯,寧知白首之心;窮且益堅,不墜青雲之志。" 明:聖明,明智,明察。諸葛亮《前出師表》:"恐託付不效,以傷先帝之明。"吴兢《貞觀政要·論君道》:"君之所以明者,兼聽也。"

㊾"事事身已經"兩句:意謂但事情一件件已經成爲過去,我細細思量,自己並没有做錯什麽。 事事:每事。《書·説命》:"惟事事乃其有備,有備無患。"孔傳:"事事,非一事。"元稹《贈崔元儒》:"些些風景閑猶在,事事顛狂老漸無。" 營營:勞而不知休息,忙碌。《莊子·庚桑楚》:"全汝形,抱汝生,無使汝思慮營營。"鍾泰發微:"營營,勞而不知休息貌。"范仲淹《與韓魏公書》:"吾輩須日夜營營,以備將來。"

㊿"美玉琢文珪"兩句:意謂自以爲自己是一塊美玉,可以雕琢成國家有用的人才,自以爲是一塊優質的金屬,可以製成精良的武

器。　玉:温潤而有光澤的美石。《詩·小雅·鶴鳴》:“它山之石,可以攻玉。”泛指玉石的製品,如圭璧、玉佩、玉簪、玉帶等。《禮記·曲禮》:“君無故玉不去身。”孔穎達疏:“玉,謂佩也。”謝惠連《擣衣》:“簪玉出北房,鳴金步南階。”　珪:“圭”的古字,瑞玉,常作祭祀、朝聘之用。《荀子·大略》:“聘人以珪,問士以璧。”謝惠連《雪賦》:“既因方而爲珪,亦遇圓而成璧。”　良金:指優質的金屬。徐夤《龍蟄》:“神劍觸星應變化,良金成器在陶鈞。”趙彦衛《雲麓漫鈔》卷一四:“願覓靈文窺秘鑰,更追遺範寫良金。”　武庫:儲藏兵器的倉庫。《漢書·毋將隆傳》:“武庫兵器,天下公用。”獨孤及《賈員外處見中書賈舍人巴陵詩集覽之懷舊代書寄贈》:“暫若窺武庫,森然矛戟寒。”

㉑“徒謂自堅貞”兩句:意謂不容忽视的事实是衹能自以为是罢了,哪里知道事事受人牵制,愿望、理想都难以实现。　堅貞:謂節操堅定不變。《後漢書·王龔傳》:“王公束修厲節,敦樂藝文,不求苟得,不爲苟行,但以堅貞之操,違俗失衆,横爲讒佞所構毁。”韋應物《睢陽感懷》:“甘從鋒刃斃,莫奪堅貞志。”也謂質地堅硬純正,經久不變。《晉書·王祥傳》:“西芒上土自堅貞,勿用甓石,勿起墳隴。”聶夷中《客有追嘆後時者作詩勉之》:“荆山産美玉,石石皆堅貞。”　安知:哪裏知道。盧照鄰《山行寄劉李二參軍》:“彼美參卿事,留連求友詩。安知倦遊子,兩鬢漸如絲?”周曇《前漢門·靈帝》:“榜懸金價鬻官榮,千萬爲公五百卿。公瑾孔明窮退者,安知高卧遇雄英?”　礱鑄:磨治鑄造,這裏含被人磨治鑄造之意。童軒《感寓》:“金玉瑩奇質,不爲礱鑄渝。”

㉒長絲羈野馬:意謂遊絲再長,也無法羈留住遊氣、灰塵。　野馬:這裏指野外蒸騰的水氣。《莊子·逍遥遊》:“野馬也,塵埃也,生物之以息相吹也。”郭象注:“野馬者,遊氣也。”成玄英疏:“此言青春之時,陽氣發動,遥望藪澤之中,猶如奔馬,故謂之野馬也。”虞羲《贈何郎》:“向夕秋風起,野馬雜塵埃。”韓偓《安貧》:“窗裏日光飛野馬,

案頭筠管長蒲盧。” 密網羅陰兔：意謂網路再密，也無法網住月亮與月亮裏的玉兔。 密網：桓寬《鹽鐵論·刑德》：“昔秦法繁於秋荼，而網密於凝脂。”後因以“密網”比喻繁苛的法令。《世説新語·政事》“賈充初定律令”劉孝標注引《晉諸公贊》：“充有才識，明達治體，加善刑法，由此與散騎常侍裴楷共定科令，蠲除密網，以爲《晉律》。” 陰兔：月亮的别名，月爲陰精，又相傳月中有玉兔，故稱。蕭綱《大法頌序》：“陰兔兩重，陽烏三足。”李白《大獵賦》：“陽烏沮色於朝日，陰兔喪精於明月。”

㊸ 物外：世外，謂超脱於塵世之外。張衡《歸田賦》：“苟縱心於物外，安知榮辱之所如！”《晉書·單道開傳》：“〔道開〕後至南海，入羅浮山，獨處茅茨，蕭然物外，年百餘歲，卒於山舍。” 迢迢：高貌。陸機《擬西北有高樓》：“高樓一何峻！迢迢峻而安。”深貌。李涉《六嘆》二：“美人清晝汲寒泉，寒泉欲上銀瓶落。迢迢碧甃千餘尺，竟日倚闌空嘆息。”道路遥遠貌，水流綿長貌。潘岳《内顧詩二首》一：“漫漫三千里，迢迢遠行客。”時間久長貌。戴叔倫《雨》：“歷歷愁心亂，迢迢獨夜長。” 錮：禁止參加任何活動。《新唐書·王起傳》：“起……因積雨，願寬逐臣過惡，又短鮑叔終身不忘人過，以解帝錮人意。”監禁，關押。《宋史·种世衡傳》：“且錮嵩穽中。”

㊹ “時來既若飛”兩句：意謂時運來了，機會如飛而來；倒楣時候，禍害一個跟着一個。 時：時機，機會。《論語·陽貨》：“好從事而亟失時，可謂知乎？”韓愈《寒食日出遊》：“桐花最晚今已繁，君不强起時難更。關山遠别固其理，寸步難見始知命。” 飛：迅速，疾速。崔國輔《王孫遊》：“自與王孫别，頻看黄鳥飛。應由春草誤，著處不成歸。”白居易《鸚鵡》：“暮起歸巢思，春多憶侣聲。誰能拆籠破，從放快飛鳴。” 禍速當如騖：義近“禍不旋踵”，形容灾禍很快來臨。踵，脚跟；不旋踵，來不及轉身，比喻時間極爲短暫。《北齊書·袁聿修傳》：“及在吏部，屬政塞道喪，若違忤要勢，即恐禍不旋踵，雖以清白自守，

猶不免請謁之累。”王定保《唐摭言·慈恩寺題名遊賞賦詠雜紀》:“座内甚欣媿,然不測其來,仍慮事連宮禁,禍不旋踵。”　騖:亂馳。《戰國策·齊策》:“魏王身被甲底劍,挑趙索戰。邯鄲之中騖,河山之間亂。”鮑彪注:“騖,亂馳也。”盧藏用《餞許州宋司馬赴任》:“零雨征軒騖,秋風別驥嘶。”

㉟“曩意自未精”兩句:意謂先前我自己没有考慮周密,招致今日的出貶江陵,又有什麼好説?　曩:先時,以前。《莊子·齊物論》:“曩子行,今子止;曩子坐,今子起。”成玄英疏:“曩,昔也,向也。”蘇軾《答陳師仲書》:“曩在徐州,得一再見。”　精:精密,嚴密。《公羊傳·莊公十年》:“精者曰伐。”何休注:“精,猶精密也。”白居易《與元九書》:“足下興有餘力,且與僕悉索還往中詩,取其尤長者……博搜精掇,編而次之,號《元白往還詩集》。”　訴:告訴,訴説。白居易《琵琶行》:“絃絃掩抑聲聲思,似訴平生不得意。”引申爲分辯,申辯。《後漢書·和熹鄧皇后》:“有囚實不殺人而被考自誣,羸困輿見,畏吏,不敢言,將去,舉頭若欲自訴。”

㊱努力:勉力,盡力。古樂府《長歌行》:“少壯不努力,老大乃傷悲。”蘇晉《過賈六》:“昨來屬歡游,於今盡成昔。努力持所趣,空名定何益!”　去:表示行爲的趨向。《漢書·溝洫志》:“禹之行河水,本隨西山下東北去。”梅堯臣《絶句五首》二:“上去下來船不定,自飛自語燕争忙。”　笑言:謂又説又笑,邊説邊笑。韓愈《自袁州還京行次安陸先寄隨州周員外》:“行行指漢東,暫喜笑言同。”薛用弱《集異記·裴珙》:“珙即大呼弟妹之名字,亦無應者,笑言自若。”　晤:對,面對,對答。蕭繹《關山月》:“夜長無與晤,衣單誰爲裁。”王安石《步月》:“惜哉此佳景,獨賞無與晤!”也作見面,會見。韓愈《玩月喜張十八員外以王六秘書至》:“君來晤我時,風露渺無涯。”

㊲“江花縱可憐”兩句:意謂襄江與江陵的女子雖然非常可愛,但她們却不是我心中所羡慕的。　花:花,喻指美女,喻指襄陽地區

與江陵地區的美女。白居易《霓裳羽衣歌》:"嬌花巧笑久寂寥,娃館苧蘿空處所。"秦觀《滿庭芳》:"漸酒空金榼,花困蓬瀛。"舊時也指妓女或跟妓女有關的女子。周密《武林舊事・歌館》:"平康諸坊,如上下抱劍營……皆群花所聚之地。"

㊳"石竹逞奸黠"四句:意謂石竹非常狡猾,蔓菁滿山遍野,到處都是,似乎都不好對付。　石竹:多年生草本植物,常植於庭院供觀賞。李白《宮中行樂詞八首》一:"山花插寶髻,石竹繡羅衣。"范成大《再游天平有懷舊事且得卓庵之處呈壽老》:"木蘭已老無花發,石竹依前有麝眠。"　奸黠:狡猾而聰明。韓愈《醉留東野》:"東野不得官,白首誇龍鍾。韓子稍奸黠,自慚青蒿倚長松。"唐庚《水東感懷》:"碑壞詩無敵,堂空德有鄰。吾今稍奸黠,終日酒邊身。"　蔓菁:即蕪菁。李時珍《本草綱目・蕪菁》:"蕪菁,北人名蔓菁。"元稹《村花晚(庚寅)》:"三春已暮桃李傷,棠梨花白蔓菁黄。村中女兒争摘將,插刺頭鬟相誇張。"白居易《玩迎春花贈楊郎中》:"金英翠萼帶春寒,黄色花中有幾般?憑君語向遊人道,莫作蔓菁花眼看!"

㊴"一種薄地生"兩句:意謂石竹也好蔓青也罷,都生長在貧瘠的土地上,雖然石竹奸黠,蔓青鋪天蓋地,都不值得忌妒!關於對這兩句的理解,可以參閲緊隨本詩之後的元稹《村花晚(庚寅)》。　一種:一樣,同樣。楊師道《詠舞》:"二八如回雪,三春類早花。分行向燭轉,一種逐風斜。"劉長卿《喜晴》:"曉日西風轉,秋天萬里明。湖天一種色,林鳥百般聲。"　薄地:土質貧瘠的土地,不肥沃的土地。白居易《茅城驛》:"地薄桑麻瘦,村貧屋舍低。"元稹《哀病驄呈致用》:"半夜雄嘶心不死,日高饑卧尾還摇。龍媒薄地天池遠,何事牽牛在碧霄?"　淺深:深和淺。《禮記・王制》:"意論輕重之序,慎測淺深之量以别之。"《文心雕龍・頌贊》:"雖淺深不同,詳略各異,其褒德顯榮,典章一也。"

㊵"荷葉水上生"四句:意謂荷葉雖然紮根於水中污泥,四周都

被污水包圍。　團團:簇聚貌。梅堯臣《賀永叔得山桂》:"團團緑桂叢,本自幽巖得。"圍繞、旋轉貌。蘇軾《伯父送先人下第歸蜀詩云人稀野店休安枕路入靈關穩跨驢安節將去爲誦此句因以爲韵作小詩十四首送之》一〇:"應笑謀生拙,團團如磨驢。"

⑦1 "瀉水置葉中"兩句:意謂如果把污水傾入荷葉之中,荷葉仍然保持自己清香潔净的品性,不受污水的侵襲。　污:污垢,髒東西,玷污,玷辱。韋應物《悲故友》:"白璧衆求瑕,素絲易成污。萬里顛沛還,高堂已長暮。"韓愈《原道》:"入者附之,出者污之。"

[編年]

《年譜》編年本詩於元和五年,理由是:"白居易和詩爲:《和夢遊春一百韵(并序)》序云:'微之既到江陵,又以《夢遊春詩七十韵》寄予。'《白香山年譜》繫於元和五年。"《編年箋注》編年本詩云:"《白香山年譜》繫此詩元和五年(八一〇),是。本年元稹由東臺監察御史貶江陵士曹參軍,《夢遊春七十韵》作於到任後。見下《譜》。"《年譜新編》編年本詩於元和五年"元稹貶江陵時所作詩",理由是:"白居易酬和爲《和夢遊春詩一百韵(并序)》,次韵酬和。"我們有點不明白,元詩七十韵,白詩一百韵,兩者如何次韵酬和?

我們以爲,本詩確實應該作於元和五年,但編年不應該如此籠統模糊,還可以也應該進一步細化:白居易和詩序云:"微之既到江陵,又以《夢遊春詩七十韵》寄予。"白居易《和答詩十首并序》又云:"並别録《和夢遊春詩》一章,各附與本篇之末,餘未和者,亦續致之。"白居易《夢遊春詩一百韵》應該與《和答詩十首》作於同時,並同時寄給江陵的元稹。"微之既到江陵"云云,説明元稹寄出本詩是在到達江陵之後,但這並不等於元稹《夢遊春詩七十韵》作於到江陵之後。本詩云:"努力去江陵。""去"的義項有多種,但主要是"離開"與"前往"兩種,元稹剛剛到達江陵,言離開尚早。而"努力去江陵"云云是表明前往江陵，既然如此，我們可以進一步斷定，本詩應該作於元稹前往江陵途中。

本詩有“江花縱可憐，奈非心所慕”，應該就是元稹在襄陽偶遇的襄陽風塵女子。但詩人認爲：“石竹逞奸黠，蔓菁誇畝數。一種薄地生，淺深何足妬？荷葉水上生，團團水中住。瀉水置葉中，君看不相汚。”認爲襄陽女子雖然也美色非常，但與自己的初戀情人管兒相比，與自己的結髮夫人韋叢相比，還是有不一樣的感覺。據此，本詩應該賦成於詩人在襄陽或者剛剛離開襄陽之時，具體時間應該是四月間。

▲夢遊春詩七十韵序(一)①

斯言也，不可使不知吾者知；知吾者，亦不可使不知②。樂天，知吾也，吾不敢不使吾子知③。

録自白居易《和夢遊春詩一百韵序》

[校記]

（一）夢遊春詩七十韵序：《白香山詩集》、《全詩》、《全唐詩録》同，未見異文。

[箋注]

① 夢遊春詩七十韵序：白居易《和夢遊春詩一百韵序》：“微之既到江陵，又以《夢遊春詩七十韵》寄予，且題其序曰：‘……’”元稹與白居易是親密無間的朋友，佚文的内容，切合元稹白居易之間的友情，據此補。　夢：做夢。《左傳·僖公二十八年》：“晉侯夢與楚子搏。”李白《夢遊天姥吟留别》：“我欲因之夢吴越，一夜飛度鏡湖月。”　遊春詩：遊覽春景。白居易《和梦游春诗一百韵》：“昔君夢遊春，夢遊仙

山曲。”這裏的“春”是指春情。《詩·召南·野有死麕》:“有女懷春，吉士誘之。”牛希濟《臨江仙》:“弄珠遊女，微笑自含春。”　韵:指詩賦中的韵脚或押韵的字。《文心雕龍·聲律》:“異音相從謂之和，同聲相應謂之韵。”范文瀾注:“同聲相應謂之韵，指句末所用之韵。”也指一聯詩句。王勃《秋日登洪府滕王閣餞别序》:“一言均賦，四韵俱成。”趙與時《賓退録》卷六:“路德延處朱友謙幕府，作《孩兒詩》五十韵以譏友謙。”　序:同“叙”，文體名稱，亦稱“序文”、“序言”，一般是作者陳述作品的主旨、著作的經過等，如司馬遷《太史公自序》。他人所作的對著作的介紹評述也稱序，如皇甫謐《三都賦序》。漢以前，序在書末，後列於書首。唐初，親友别離，贈言規勉，乃有贈序，如韓愈《送李愿歸盤谷序》。明代，又演爲壽序體，用以祝壽，亦謂作序文。楊嗣復《丞相禮部尚書文公權德輿文集序》:“唐有天下二百二十載，用文章顯於時，代有其人。”齊己《喜得自牧上人書》:“聞著括囊新集了，擬教誰與序離騷?”

② 斯:指示代詞，此。《論語·子罕》:“有美玉於斯。”《文心雕龍·時序》:“誠哉斯談！可爲歎息。”　不可:不可以，不可能。嵇康《釋私論》:“或讒言似信，不可謂有誠;激盜似忠，不可謂無私。”韋莊《章臺夜思》:“鄉書不可寄，秋雁又南迴。”　知:知遇，賞識。岑參《北庭西郊候封大夫受降回軍獻上》:“何幸一書生，忽蒙國士知。”司馬光《辭樞密副使第五札子》:“臣亦以受陛下非常之知，不可以全無報效。”　知:聞，聽到。《國語·楚語》:“夫爲臺榭，將以教民利也，不知其以匱之也。”韋昭注:“知，聞也。”《列子·仲尼》:“其徒曰:‘所願知也。’”張湛注:“知，猶聞也。”

③ 吾子:對對方的敬愛之稱，一般用於男子之間。《儀禮·士冠禮》:“某有子某，將加布於其首，願吾子之教之也。”鄭玄注:“吾子，相親之辭。吾，我也;子，男子之美稱。”沈約《報王筠書》:“擅美推能，寔歸吾子。”　知:曉得，瞭解。《孟子·梁惠王》:“王如知此，則無望民

之多於鄰國也。”柳宗元《封建論》:“天地果無初乎? 吾不得而知之也。”

[編年]

《年譜》將本文佚句作爲“附録”列入“元和五年”譜文,《編年箋注》將本文佚句作爲註釋引用,《年譜新編》衹編年元稹《夢遊春七十韵》,没有涉及本文佚句。

我們以爲,本文佚句與元稹《夢遊春七十韵》作於同時,應該賦成於元和五年四月間。

◎旅　眠(一)①

内外都無隔,帷幈不復張②。夜眠兼客坐,同在火爐床③。

録自《元氏長慶集》卷九

[校記]

(一) 旅眠:本詩存世各本,包括楊本、叢刊本、《萬首唐人絶句》、《全詩》諸本,未見異文。《記纂淵海》衹引録本詩前兩句,也無異文。

[箋注]

① 旅眠:同“旅枕”,旅途夜卧。吴融《秋日渚宫即事》:“静引荒城望,凉驚旅枕眠。更堪憔悴裏,欲泛洞庭船。”蘇軾《二十七日自陽平至斜谷宿於南山中蟠龍寺》:“板閣獨眠驚旅枕,木魚曉動隨僧粥。”

② 内外:内部和外部,里面和外面。《国语·楚语》:“夫美也者,上下、内外、小大、遠近皆無害焉! 故曰美。”韩愈《论淮西事宜状》:“爲統帥者盡力行之於前,而參謀議者盡心奉之於後,内外相應,其功

乃成。”　帷屛:亦作“帷屏”,帷帳和屏風,泛指室内陳設。潘岳《京陵女公子王氏哀辭》:“帷屏娟子,奄離顧復,哀無廢心,涕不輟目。”崔湜《婕妤怨》:“枕席臨窗曉,帷屏向月空。”

③ 夜眠:晚上睡覺。岑參《送李翥遊江外》:“匹馬關塞遠,孤舟江海寬。夜眠楚烟濕,曉飯湖山寒。”白居易《弄龜羅》:“一始學笑語,一能誦歌詩。朝戲抱我足,夜眠枕我衣。”　客坐:亦作“客座”,招待客人的屋室、房間、座位。張籍《贈箕山僧》:“久住空林下,長齋耳目清。蒲團借客坐,石磾甃人行。”許渾《春醉》:“酒醲花一樹,何暇卓文君!客坐長先飲,公閑半已曛。”　火爐:這裏指供取暖用的爐子。《東觀漢記・彭寵載記》:“又寵堂上聞蝦蟆聲,在火爐下,鑿地求之,不得。”元稹《晨起送使病不行因過王十一館居二首》二:“密宇深房小火爐,飯香魚熟近中厨。”　床:古代的床有兩種含義:供人睡卧的傢俱。崔珪《孤寢怨》:“燈暗愁孤坐,床空怨獨眠。自君遼海去,玉匣閉春弦。”王縉《古離别》:“高堂静秋日,羅衣飄暮風。誰能待明月,迴首見床空?”坐具。《禮記・内則》:“父母舅姑將坐,奉席請何鄉;將衽,長者奉席請何趾,少者執床與坐。”陳澔集説:“床,《説文》云:‘安身之几坐。’非今之卧床也。”《漢武帝内傳》:“〔西王母〕下車登床,帝拜跪問寒温畢,立如也,因呼帝共坐。”《編年箋注》編年本詩於元和四年,并對“火爐床”注云:“旅館爲一大間,無内外之分别,更不設帷帳屏風之類,夜眠白晝均在同一張床上,是所謂打通鋪也。火爐床者,即土炕,以土坯砌成,下留洞可燒火取暖,舊時北方習見。”首先,《旅眠》應該在旅途之中,元和四年元稹曾經出使東川歸來,接著前往洛陽分務東臺,時間都在“五六月”間,此時用“火爐床”不切合實際。如果是三月間前往東川,雖然天氣比較寒冷,但當時元稹是以監察御史的身份乘傳乘驛前往,作爲皇帝的使者,威風八面,又豈能住在“内外都無隔,帷屛不復張”的環境里,給予“夜眠兼客坐,同在火爐床”的待遇?讀者也許還記得,元和五年元稹從洛陽奉詔西歸,在敷水驛,宦官仇

士良、馬士元爲争奪元稹的“正廳”而大打出手，難道是爲了争奪區區的“内外都無隔，帷幄不復張”、“夜眠兼客坐，同在火爐床”的待遇？《編年箋注》在《旅眠》之後緊接編列《除夜》之詩，那意思是元稹這次“旅行”是在元和四年除夜之前。據元稹生平，元和四年除夜之前，元稹在東都辦案，繁忙異常，無論是“公”還是“私”，又豈能有時間外出“旅行”？元稹《答子蒙》：“報盧君，門外雪紛紛。紛紛門外雪，城中鼓聲絶。强梁御史人覰步，安得夜開沽酒户？”就是明證。我們以爲，元稹這時在前往江陵的途中，走的是由襄陽至江陵的水路，亦即漢水。在空間並不寬暢的船上，“内外都無隔，帷幄不復張”不難理解，“夜眠兼客坐，同在火爐床”更十分自然。何況，元稹這時是貶職江陵，并没有當時監察御史時乘驛乘傳的可能，因此境況頗同平民，没有什麽奇怪。因爲天氣尚並不暖和，又在水路之上，設火爐供客官取暖也很正常。

[編年]

《年譜》編年本詩於元和四年，没有説明理由。《編年箋注》編年：“《旅眠》……諸篇，俱作于元和四年（八〇九）。見下《譜》。”《年譜新編》編年元和五年：“詩云：‘内外都無隔，帷幄不復張。夜眠兼客坐，同在火爐床。’疑西歸長安途中作。”

我們以爲《年譜》、《編年箋注》編年本詩於元和四年是錯誤的，《年譜新編》編年本詩於元和五年“西歸長安途中作”也是不對的，本詩應該編年於元和五年四月或其後元稹貶職江陵自襄陽至江陵的漢水途中，我們已經在本詩“箋注”的最後部份作了詳盡的説明，這裏就不重複了。

◎ 合衣寢(一)①

良夕背燈坐，方成合衣寢②。酒醉夜未闌，幾回顛倒枕③。

録自《元氏長慶集》卷九

[校記]

(一) 合衣寢：本詩存世各本，包括楊本、叢刊本、《萬首唐人絶句》、《古詩鏡·唐詩鏡》、《全詩》諸本，未見異文。

[箋注]

① 合衣：謂睡不解衣。王建《織錦曲》："窗中夜久睡髻偏，横釵欲墮垂著肩。合衣臥時參没後，停燈起在雞鳴前。"義近"和衣"，謂不脱衣服。張先《南歌子》："醉後和衣倒，愁來殢酒醺。"　寢：睡，臥。《诗·小雅·斯干》："乃寢乃興，乃占我夢。"白行简《李娃传》："生將馳赴宣陽……計程不能達。乃弛其裝服，質饌而食，賃榻而寢。"

② "良夕背燈坐"兩句：意謂黑夜漫長，失妻的傷痛，出貶的不平，一時思緒紛亂，難以入眠，衹能背著油燈，迷迷糊糊中不知不覺迷糊過去，連外衣也没有脱掉。　良夕：義同"良宵"，長夜，深夜。李嶠《餞駱四二首》二："甲第驅車入，良宵秉燭遊。"顧敻《玉樓春》："鎮長獨立到黄昏，却怕良宵頻夢見。"　背燈：背向油燈。劉禹錫《秋晚病中樂天以詩見問力疾奉酬》："耳虚多聽遠，展轉晨雞鳴。一室背燈臥，中宵掃葉聲。"白居易《村雪夜坐》："南窗背燈坐，風霰暗紛紛。寂莫深村夜，殘雁雪中聞。"　方成：勉力而成。裴漼《奉和聖製龍池篇》："乾坤啓聖吐龍泉，泉水年年勝一年。始看魚躍方成海，即睹飛龍利在天。"韋應物《獨遊西齋寄崔主簿》："同心忽已别，昨事方成昔。

幽徑還獨尋，綠苔見行迹。”

③ 酒醉：飲酒過量而神志不清，失態。《魏書·屈拔傳》：“拔酒醉，不覺盛之逃去。”《魏書·高允傳》：“今之大會，内外相混，酒醉喧譊，罔有儀式。” 闌：將盡，將完。《史記·高祖本紀》：“酒闌，吕公因目固留高祖。”毛文錫《更漏子》：“春夜闌，春恨切，花外子規啼月。”顛倒：迴旋翻轉，翻來覆去。韓愈《秋懷詩十一首》八：“卷卷落地葉，隨風走前軒。鳴聲若有意，顛倒相追奔。”蘇軾《江上值雪效歐陽體次子由韵》：“隨風顛倒紛不擇，下滿坑谷高陵危。”

[編年]

《年譜》編年本詩於“己丑、庚寅在東都所作其他詩”欄内，没有説明理由。《編年箋注》編年：“此詩……作于元和四、五年間。見卞《譜》。”《年譜新編》編年本詩於“己丑、庚寅在東都所作其他詩”欄内，同樣也没有説明理由。

我們以爲，元稹合衣而寢，一方面固然是詩人傷妻之際貶官之時心情不佳，但無論是在洛陽，還是在江陵，都應該有女僕或者男僕侍候，絶不會如此狼狽而卧。衹有一種情況是例外，那就是元稹元和五年出貶江陵途中，在漢水南行江陵的船上，一人在旅途之中，又在酒醉之後，合衣而寢就非常自然。我們以爲，本詩應該與《旅眠》爲前後之作，亦即元和五年四月或其後的詩篇。

◎苦　雨[1]

江瘴氣候惡，庭空田地蕪[2]。煩昏一日内，陰暗三四殊[3]。巢燕污床席，蒼蠅點肌膚[4]。不足生詬怒，但苦寡歡娱[5]。夜来稍清晏，放體階前呼[6]。未飽風月思，已爲蚊蚋圖[7]。我受簪組身，我生天地爐[8]。炎蒸安敢倦？蟲豸何時無[9]？淩晨坐堂廡，努力泥中趨[10]。官家事不了，尤悔亦可虞[11]！門外竹橋折，馬驚不敢逾[12]。迴頭命僮御，向我色踟蹰[13]。自顧方濩落，安能相詰誅[14]？隱忍心憤恨，翻爲聲煦愉[15]。逡巡崔嵬日，杲曜東南隅(一)[16]。已復雲蔽翳，不使及泥塗[17]。良農盡蒲葦，厚地積潢汙[18]。三光不得照，萬物何由蘇[19]？安得飛廉車，磔裂雲將軀[20]！又提精陽劍，蛟螭支節屠[21]。陰沴皆電掃，幽妖亦雷驅[22]。煌煌啓閶闔，軋軋掉乾樞(二)[23]。東西生日月，晝夜如轉珠[24]。百川朝巨海，六龍蹋亨衢(三)[25]。此意倍寥廓，時来本須臾[26]。今也泥鴻洞，鼃黽真得途[27]。

録自《元氏長慶集》卷二

[校記]

(一) 杲曜東南隅：楊本、叢刊本、《全詩》同，宋蜀本作"果曜東南隅"，語義不同，不改。

(二) 軋軋掉乾樞：宋蜀本、蘭雪堂本、叢刊本、《全詩》同，楊本作"軋軋棹乾樞"，語義不同，不改。

(三) 六龍蹋亨衢：《全詩》同，楊本、叢刊本作"六龍踏亨衢"，語義相近，不改。

[箋注]

① 苦雨：爲久下不停大雨成灾而苦惱。《左傳·昭公四年》："春無淒風，秋無苦雨。"杜預注："霖雨爲人所患苦。"孔穎達疏："《詩》云'以祈甘雨'，此云苦雨，雨水一也，味無甘苦之異，養物爲甘，害物爲

苦耳!"陸機《贈尚書郎顧彦先二首》一:"淒風迕時序,苦雨遂成霖。"

② 江瘴:江上瘴氣,指江上的濕熱空氣。元稹《表夏十首》三:"江瘴炎夏早,蒸騰信難度。"蘇軾《杭州故人信至齊安》:"更將西庵茶,勸我洗江瘴。" 氣候:這裏指天氣。謝惠連《石壁精舍還湖中》:"昏旦變氣候,山水含清暉。"蘇舜欽《依韵和勝之暑飲》:"九夏苦炎烈,入伏氣候惡。况兹大旱時,其酷甚炮烙。" 惡:不好。杜甫《峽中覽物》:"形勝有餘風土惡,幾時回首一高歌?"李清照《憶秦娥》:"斷香殘酒情懷惡。西風催襯梧桐落。梧桐落。又還秋色,又還寂寞。" 庭空:即"空庭",幽寂的庭院。鮑照《秋夜二首》二:"荒徑馳野鼠,空庭聚山雀。"劉長卿《客舍喜鄭三見寄》:"窮巷無人鳥雀閑,空庭新雨莓苔緑。" 田地:耕種用的土地。《史記·蕭相國世家》:"今君胡不多買田地,賤貰貸以自污?"元稹《景申秋八首》六:"經雨籬落壞,入秋田地荒。" 蕪:田地荒廢,野草叢生。《墨子·耕柱》:"楚四竟之田,曠蕪而不可勝辟。"陶潛《歸去來辭》:"歸去來兮,田園將蕪胡不歸!" "江瘴氣候惡"六句:這是南方常見的初夏景象,但詩人來自北方,不太習慣,特地寫入自己的詩篇,以抒發自己的憂悶之情。以下各句,也是如此,作爲這首詩篇的主旨,貫穿始終。

③ "煩昏一日内"兩句:意謂讓人厭煩的是一日之内,氣候多變,一會兒風,一會兒雨,總也没有個陽光明媚的日子。 煩:厭煩,膩煩。虞世南《出塞》:"凛凛邊風急,蕭蕭征馬煩。雪暗天山道,冰塞交河源。"杜甫《上白帝城二首》一:"不是煩形勝,深慚畏損神。" 殊:差異,不同。《易·繫辭》:"天下同歸而殊塗。"桓寬《鹽鐵論·國疾》:"世殊而事異。"

④ 巢燕:築巢在自家屋子裏的燕子。錢起《賦得巢燕送客》:"能棲杏梁際,不與黄雀群。夜影寄紅燭,朝飛高碧雲。"秦系《題僧明惠房》"檐前朝暮雨添花,八十真僧飯一麻。入定幾時將出定?不知巢燕污袈裟。" 床席:指坐卧用具。《漢書·萬章傳》:"顯貲巨萬,當

去,留床席器物數百萬直,欲以與章,章不受。”元稹《秋堂夕》:“書卷滿床席,蠨蛸懸復升。”特指坐榻。《南史·王微傳》:“終日端坐,床席皆生塵埃,唯當坐處獨浄。”　蒼蠅:昆蟲名,通常指家蠅,身體和腿上多毛,頭部有一對複眼,體灰黑色,多出現于夏季,常集於腐臭物之上,能傳染疾病。曹植《贈白馬王彪》:“蒼蠅間白黑,讒巧令親疏。”徐夤《逐臭蒼蠅》:“逐臭蒼蠅豈有爲?清蟬吟露最高奇。多藏苟得何名富?飽食嗟來未勝飢。”　肌膚:肌肉與皮膚。《史記·孝文本紀》:“夫刑至斷支體,刻肌膚,終身不息,何其楚痛而不德也,豈稱爲民父母之意哉!”杜甫《哀王孫》:“已經百日竄荆棘,身上無有完肌膚。”

⑤ 不足:不值得,不必。《史記·高祖本紀》:“章邯已破項梁軍,則以爲楚地兵不足憂,乃渡河,北擊趙,大破之。”劉餗《隋唐嘉話》卷上:“余自髫丱之年,便多聞往説,不足備之大典,故繫之小説之末。”生:滋生,産生。《老子》:“道生一,一生二,二生三,三生萬物。”《莊子·盜蹠》:“〔爾〕不耕而食,不織而衣,摇脣鼓舌,擅生是非。”　詬怒:怒,嗔怒。元稹《蟲豸詩·蟆子三首》二:“晦景權藏毒,明時敢噬人。不勞生詬怒,衹足助酸辛。”《資治通鑑·唐穆宗長慶二年》:“弓高守備甚嚴,有中使夜至,守將不内,旦,乃得入,中使大詬怒。”　但苦:衹是苦於。李白《叙舊贈江陽宰陸調》:“時從府中歸,絲管儼成行。但苦隔遠道,無由共銜觴。”韋應物《長安道》:“既請列侯封部曲,還將金印授廬兒。歡榮若此何所苦?但苦白日西南馳。”　寡:缺少,没有。韓愈《利劍》:“故人念我寡徒侶,持用贈我比知音。”葉適《葉君宗儒墓誌銘》:“而君言:‘吾寡兄弟,子同姓,宜爲宗。’余謝不敢當,然内嘉其意。”　歡娱:歡樂。班固《東都賦》:“於是聖上親睹萬方之歡娱,久沐浴乎膏澤。”高適《别韋參軍》:“歡娱未盡分散去,使我惆悵驚心神。”元稹當時獨自一人寡居,故有此“寡歡娱”的感嘆。

⑥ 夜來:黄昏以後。張説《岳陽早霽南樓》:“山水佳新霽,南樓玩初旭。夜來枝半紅,雨後洲全緑。”祖詠《句》:“不知疊嶂夜來雨,清

曉石楠花亂流。”ㆍ清晏：清平安寧，無事煩惱。《三國志·鍾會傳》：“拓平西夏，方隅清晏。”吴兢《貞觀政要·政體》：“今陛下富有四海，内外清宴。” 放體：舒展身體，擺脱束縛。陳文蔚《克齋集》卷七：“劉叔通江文卿二人皆能詩，叔通放體，不拘束底詩如文卿有格律入規矩。” 階前：臺階之前。李百藥《詠螢火示情人》：“窗裏憐燈暗，階前畏月明。不辭逢露濕，祇爲重宵行。”楊浚《題武陵草堂》：“草堂列仙樓，上在青山頂。户外窺數峰，階前對雙井。” 呼：方言，猶鼾，睡著時粗重的呼吸。目前暫時没有找到合適的書證。

⑦ 風月：清風明月，泛指美好的景色。《宋書·始平孝敬王子鸞傳》：“上痛愛不已，擬漢武《李夫人賦》，其詞曰：‘……徙倚雲日，裴回風月。’”吕巖《酹江月》：“倚天長嘯，洞中無限風月。”也指閑適之事。《梁書·徐勉傳》：“常與門人夜集，客有虞暠求詹事五官，勉正色答云：‘今夕止可談風月，不宜及公事。’故時人咸服其無私。”指詩文。歐陽修《贈王介甫》：“翰林風月三千首，吏部文章二百年。”也指男女間情愛之事。韋莊《多情》：“一生風月供惆悵，到處烟花恨别離。” 蚊蚋：蚊子。韋應物《詠琥珀》：“曾爲老茯神，本是寒松液。蚊蚋落其中，千年猶可覿。”項斯《遙裝夜》：“蚊蚋已生團扇急，衣裳未了剪刀忙。” 圖：謀取。《戰國策·秦策》：“韓魏從，而天下可圖也。”秦觀《李泌論》：“故郭子儀李光弼自朔方起兵，皆欲先圖范陽。”

⑧ 簪組：冠簪和冠帶。王維《留别丘爲》：“親勞簪組送，欲趁鶯花還。一步一迴首，遲遲向近關。”韋應物《晚歸灃川》：“淩霧朝閶闔，落日返清川。簪組方暫解，臨水一翛然。” 天地爐：語出《莊子》：“今一以天地爲大爐，以造化爲大冶，惡乎往而不可哉？”意謂人人都要接受自然界與人間社會的磨難與冶煉。岑參《熱海行送崔侍御還京》：“陰火潛燒天地爐，何事偏烘西一隅？勢吞月窟侵太白，氣連赤阪通單於。”皮日休《奉酬崔璐進士見寄次韻》：“粤有造化手，曾開天地爐。文章鄴下秀，氣貌淹中儒。”

⑨ 炎蒸:暑熱薰蒸。庾信《奉和夏日應令》:“五月炎烝氣,三時刻漏長。”杜甫《熱三首》三:“歘翕炎蒸景,飄颻征戍人。” 安敢:怎麼敢。元稹《酬劉猛見送》:“六尺安敢主?方寸由自調。神劍土不蝕,異布火不燋。”韓偓《奉和峽州孫舍人肇荆南重圍中寄諸朝士二篇時李常侍洵嚴諫議龜李起居殷衡李郎中冉皆有繼和余久有是債今至湖南方暇牽韵》二:“征途安敢更遷延?冒入重圍勢使然。衆果却應存苦李,五瓶惟恐竭甘泉。” 倦:厭倦,懈怠。《荀子·堯問》:“執一無失,行微無怠,忠信無倦,而天下自來。”蘇軾《與梁先舒焕泛舟得臨釀字二首》一:“彭城古戰國,孤客倦登臨。” 蟲豸:小蟲的通稱。盧仝《冬行三首》一:“蟲豸臘月皆在蟄,吾獨何乃勞其形?小大無由知天命,但怪守道不得寧。”元稹《春蟬》:“及來商山道,山深氣不平。春秋兩相似,蟲豸百種鳴。” 何時:什麼時候,表示疑問。貫休《寄翰林陸學士》“寶輦千官捧,宫花九色開。何時重一見,爲我話蓬萊?”齊己《夏日梅雨中寄睦公》:“琢句心無味,看經眼亦昏。何時見清霽,招我憑巖軒?”

⑩ 淩晨:迫近天亮的時光,清晨,清早。徐敞《白露爲霜》:“入夜飛清景,淩晨積素光。”杜甫《自京赴奉先縣詠懷五百字》:“淩晨過驪山,御榻在嵽嵲。” 堂廡:堂及四周的廊屋,亦泛指屋宇。《列子·楊朱》:“庖厨之下,不絶烟火;堂廡之上,不絶聲樂。”鮑照《傷逝賦》:“忽若謂其不然,自惆悵而驚疑。循堂廡而下降,歷幃户而升基。” 努力:勉力,盡力。吴融《雪中寄盧延讓秀才》:“渚宫寒過節,華省試臨期。努力圖西去,休將凍餒辭。”韋莊《僕者楊金》:“半年辛苦葺荒居,不獨單寒腹亦虚。努力且爲田舍客,他年爲爾覓金魚。” 趨:向,趨向。《漢書·欒布傳》:“上召布駡曰:‘若與彭越反邪?吾禁人勿收,若獨祠而哭之,與反明矣!趣亨之。’方提趨湯,顧曰:‘願一言而死。’”楊萬里《憩楹塘驛》:“自是笋輿趍北去,薰風不是不南來。”

⑪ 官家:公家,官府。《三國志·張既傳》:“斬首獲生以萬數。”

裴松之注引魚豢《魏略》:“牢獄之中,非養親之處,且又官家亦不能久爲人養老也。”白居易《秋居書懷》:“丈室可容身,斗儲可充腹。況無治道術,坐受官家禄。” 不了:未完,没完。《晉書·庾純傳》:“且有小市井事不了,是以後來。”顧況《聽子規》:“栖霞山中子規鳥,口邊血出啼不了。山僧後夜初出定,聞似不聞山月曉。” 尤悔:指過失與悔恨,語出《論語·爲政》:“言寡尤,行寡悔,禄在其中矣!”《漢書·叙傳》:“淺爲尤悔,深作敦害。” 可虞:使人憂慮。元稹《酬樂天東南行詩一百韵》:“獷俗誠堪憚,妖神甚可虞。欲令仁漸及,已被瘧潛圖。”《舊唐書·馬植傳》:“當管羈縻州首領,或居巢穴自固,或爲南蠻所誘,不可招諭,事有可虞。”

⑫ 竹橋:用竹建造的小橋。白居易《張常侍池凉夜閑宴贈諸公》:“竹橋新月上,水岸凉風至。”楊萬里《記丘宗卿語紹興府學前景》:“竹橋斜度透竹門,墻根一竿半竿竹。” 逾:越過,經過。《詩·鄭風·將仲子》:“將仲子兮,無逾我墻。”韓愈《劉生詩》:“越女一笑三年留,南逾横嶺入炎洲。”

⑬ 迴頭:把頭轉向後方。杜甫《三絶句》二:“自説二女齧臂時,迴頭却向秦雲哭。”元稹《望雲騅馬歌》:“分騣擺杖頭太高,擘肘迴頭項難轉。” 僮御:僕婢。《後漢書·明德馬皇后》:“后時年十歲,幹理家事,敕制僮御,内外諮禀,事同成人。”李賢注引《廣雅》:“僮、御,皆使者。”元稹《曉將别》:“屑屑命僮御,晨裝儼已齊。將去復携手,日高方解携。” 踟蹰:徘徊不前貌,緩行貌。《詩·邶風·静女》:“愛而不見,搔首踟蹰。”戴叔倫《感懷二首》一:“踟蹰復踟蹰,世路今悠悠。”猶豫,遲疑。酈道元《水經注·沫水》:“命蜚螭,駕白駒。臨天水,心踟蹰。千載後,不知如。”白居易《食笋》:“且食勿踟蹰,南風吹作竹。”

⑭ 自顧:自念,自視。曹植《贈白馬王彪》:“自顧非金石,咄唶令心悲。”李善注:“鄭玄《毛詩箋》曰:‘顧,念也。’”杜甫《客堂》:“臺郎選才俊,自顧亦已極。” 濩落:原謂廓落,引申謂淪落失意。韓愈《贈族

侄》:“蕭條資用盡,濩落門巷空。”王昌齡《贈宇文中丞》:“僕本濩落人,辱當州郡使。”　安能:怎麽能够。《奉和聖製幸韋嗣立山莊應制》:“西京上相出扶陽,東郊别業好池塘。自非仁智符天賞,安能日月共回光?”周曇《唐虞門·莊公》:“齊甲强臨力有餘,魯莊爲戰念區區。魚麗三鼓微曹劌,肉食安能暇遠謨?”　詰誅:問罪並懲罰。《禮記·月令》:“〔孟秋之月〕詰誅暴慢,以明好惡。”鄭玄注:“詰,謂問其罪,窮治之也。”范祖禹《謝給事中表》:“言責無補,宜加詰誅。寵典惟行,乃被褒進。辭不獲命,以榮爲憂。”

⑮ 隱忍:克制忍耐。《史記·伍子胥列傳贊》:“方子胥窘於江上,道乞食,志豈嘗須臾忘郢邪? 故隱忍就功名,非烈丈夫孰能致此哉?”韓愈《送進士劉師服東歸》:“低頭受侮笑,隱忍硉兀冤。”　憤恨:憤懣悔恨。王充《論衡·死僞》:“田蚡獨然者,心負憤恨,病亂妄見也。”憤怒痛恨。《後漢書·南匈奴傳》:“比不得立,既懷憤恨。”元稹《賽神》:“憂虞神憤恨,玉帛意彌敦。”　翻爲:反而。岑參《送江陵黎少府》:“悔繫腰間綬,翻爲膝下愁。那堪漢水遠,更值楚山秋。”張彪《神仙》:“天地何蒼茫! 人間半哀樂。浮生亮多惑,善事翻爲惡。”　煦愉:温煦,和悦。儲光羲《田家即事答崔二東皋作四首》一:“煦愉命僮僕,可以樹桑麻。”元稹《後湖》:“鄭公理三載,其理用煦愉。”

⑯ 逡巡:從容,不慌忙。《莊子·秋水》:“東海之鱉,左足未入,而右膝已縶矣! 於是逡巡而却。”成玄英疏:“逡巡,從容也。”蘇轍《潁濱遺老傳》:“陛下端拱以享承平,大臣逡巡以安富貴。”　崔嵬:高聳貌,高大貌。《楚辭·九章·涉江》:“帶長鋏之陸離兮,冠切雲之崔嵬。”王逸注:“崔嵬,高貌。”劉長卿《歸沛縣道中晚泊留侯城》“訪古此城下,子房安在哉? 白雲去不反,危堞空崔嵬。”　杲:日出明貌,光明貌。《管子·内業》:“是故民氣杲乎如登於天,杳乎如入於淵。”曹植《橘賦》:“稟太陽之烈氣,嘉杲日之休光。”蕭綱《南郊頌》:“如海之深,如日之杲。”　曜:明亮,光輝。《後漢書·王暢傳》:“以明府上智之

才，日月之曜，敷仁惠之政，則海内改觀。”王儉《褚淵碑文》：“公稟川嶽之靈暉，含珪璋而挺曜。” 隅：邊遠的地方。《淮南子·原道訓》：“經營四隅，還反於樞。”高誘注：“隅，猶方也。”《樂府詩集·陌上桑》：“日出東南隅，照我秦氏樓。”余冠英注：“隅，方也。”白居易《與希朝詔》：“卿邊隅寄重，閫外事繁。”

⑰ 蔽翳：遮蔽，隱蔽。謝靈運《登永嘉緑嶂山》：“踐夕奄昏曙，蔽翳皆周悉。”梅堯臣《寄題周敦美琨瑤洞》：“因邃爲堂曲爲室，石乳溜壁光玲瓏。仙歸龍去草樹長，蔽翳不復人蹤通。” 泥塗：比喻灾難、困苦的境地，亦指陷入灾難、困苦之中。何遜《與建安王謝秀才箋》：“州民泥塗，何遜死罪。”高適《苦雨寄房四昆季》：“滴瀝檐宇愁，寥寥談笑疏。泥塗擁城郭，水潦盤丘墟。”

⑱ 良農：善於耕種的農夫。《荀子·修身》：“良農不爲水旱不耕。”徐幹《中論·民數》：“今之爲政者，未知恤已矣！譬由無田而欲樹藝也，雖有良農，安所措其疆力乎！” 蒲葦：蒲草與蘆葦。《荀子·不苟》：“與時屈伸，柔從若蒲葦，非懾怯也。”楊倞注：“蒲葦所以爲席，可卷者也。”《樂府詩集·焦仲卿妻》：“君當作磐石，妾當作蒲葦。蒲葦紉如絲，磐石無轉移。” 厚地：指大地。《後漢書·仲長統傳》：“當君子困賤之時，跼高天，蹐厚地，猶恐有鎮厭之禍也。”白居易《重賦》：“厚地植桑麻，所要濟生民。” 潢污：亦作“潢汙”，聚積不流之水。錢起《酬劉員外雨中見寄》：“潢污三徑絶，砧杵四鄰稀。”劉禹錫《酬皇甫十少尹暮秋久雨喜晴有懷見示》：“掃開雲霧呈光景，流盡潢污見路岐。”

⑲ 三光：日、月、星。《莊子·説劍》：“上法圓天以順三光，下法方地以順四時，中和民意以安四鄉。”沈佺期《度安海入龍編》：“我來交趾郡，南與貫胸連。四氣分寒少，三光置日偏。” 照：光綫照射，照耀。《易·恒》：“日月得天而能久照。”韓愈《山石》：“僧言古壁佛畫好，以火來照所見稀。” 萬物：統指宇宙間的一切事物。《史記·吕

不韋列傳》:"吕不韋乃使其客人人著所聞,集論……二十餘萬言。以爲備天地萬物古今之事,號曰《吕氏春秋》。"杜甫《哀江頭》:"憶昔霓旌下南苑,苑中萬物生顔色。"　蘇:蘇醒,復活。《左傳·宣公八年》:"晉人獲秦諜,殺諸絳市,六日而蘇。"杜甫《寒雨朝行視園樹》:"林香出實垂將盡,葉蒂辭枝不重蘇。"

⑳ 飛廉:風神,一説能致風的神禽名。《楚辭·離騷》:"前望舒使先驅兮,後飛廉使奔屬。"王逸注:"飛廉,風伯也。"洪興祖補注:"《吕氏春秋》曰:'風師曰飛廉。'應劭曰:'飛廉,神禽,能致風氣。'"白居易《題海圖屏風》:"噴風激飛廉,鼓波怒陽侯。鯨鯢得其便,張口欲吞舟。"　磔裂:車裂人體,後亦指淩遲處死。《後漢書·董卓傳》:"恨不得磔裂奸賊於都市,以謝天地。"李賢注:"磔,車裂之也。"王禹偁《諫議大夫臧公墓誌銘》:"不逾月,劫盜如故。公捕獲之,皆磔裂而徇,然後以聞。"　雲將:寓言中稱雲的主將。《莊子·在宥》:"雲將東遊,過扶摇之枝,而適遭鴻濛。"成玄英疏:"雲將,雲主將也。"白居易《和微之三月三十日》:"雨師習習灑,雲將飄飄翥。"

㉑ 精陽劍:寶劍名,具體不詳。除了元稹本詩書證之外,目前暫時没有找到其他合適的書證。　蛟螭:猶蛟龍,亦泛指水族。張九齡《出爲豫章郡途次廬山東巖下》:"兹山鎮何所,乃在澄湖陰? 下有蛟螭伏,上與虹蜺尋。"宋之問《入瀧州江》:"孤舟泛盈盈,江流日縱横。夜雜蛟螭寢,晨披瘴癘行。"　支節:四肢。《尉繚子·攻權》:"將帥者,心也;群下者,支節也。其心動以誠,則支節必力;其心動以疑,則支節必背。"《漢書·王莽傳》:"軍人分裂莽身,支節肌骨臠分。"指四肢關節。張仲景《傷寒論·太陽病下》:"傷寒六七日,發熱,微惡寒,支節煩疼,微嘔。"

㉒ 陰沴:指天地四時陰氣不和而産生的灾害。盧肇《漢堤詩》:"陰沴奸陽,來暴於襄。洎入大郛,波端若鋌。"《舊唐書·文宗紀》:"天或警予,示此陰沴,撫躬夕惕,予甚悼焉!"　電掃:像閃電劃過,比

喻迅速掃蕩净盡。李白《在水軍宴贈幕府諸侍御》:“月化五白龍,翻飛淩九天。胡沙驚北海,電掃落陽川。”李清照《浯溪中興頌詩和張文潛》:“五十年功如電掃,華清宫柳咸陽草。” 幽妖:隱藏的妖魔。韓愈《會合聯句》:“鬼窟脱幽妖,天居覿清栱。”元稹《遭風二十韵》:“那知否極休徵至,漸覺宵分曙氣催。怪族潛收湖黯湛,幽妖盡走日崔嵬。” 雷驅:雷電驅趕。吕温《謁舜廟文》:“雷驅四凶,雲起八元,火治陶世,璿璣轉天,垂衣巖廊,萬物浩然,是稱至理。”石介《喜雨》:“天捉乖龍鞭見血,雷驅和氣泄爲霖。農夫隴上閑論價,一寸甘膏一寸金。”

㉓ 煌煌:明亮輝耀貌,光彩奪目貌。《詩·陳風·東門之楊》:“昏以爲期,明星煌煌。”朱熹集傳:“煌煌,大明貌。”貫休《善哉行》:“識曲别音兮,令姿煌煌。”顯耀,盛美。《漢書·揚雄傳》:“明哲煌煌,旁燭之疆;遜於不虞,以保天命。” 閶闔:傳説中的天門。《楚辭·離騷》:“吾令帝閽開關兮,倚閶闔而望予。”王逸注:“閶闔,天門也。”李白《梁甫吟》:“倏爍晦冥起風雨,閶闔九門不可通。以額叩關閽者怒,白日不照吾精誠。” 軋軋:象聲詞。許渾《旅懷》:“征車何軋軋?南北極天涯。”柳永《採蓮令》:“翠娥執手送臨歧,軋軋開朱户。” 乾樞:猶乾軸。謝莊《迎神歌》:“地紐謐,乾樞回。”吕温《淩烟閣勛臣頌》:“我二后受成命,撫興運,轉坤軸,撼乾樞,鼓元氣而雷域中騰,百川而雨……”

㉔ 東西:方位名,東方與西方,東邊與西邊。韋應物《送澠池崔主簿》:“暮雨投關郡,春風别帝城。東西殊不遠,朝夕待佳聲。”岑參《經隴頭分水》:“隴水何年有?潺潺逼路傍。東西流不歇,曾斷幾人腸?” 日月:太陽和月亮。子蘭《短歌行》:“日月何忙忙,出没住不得?使我勇壯心,少年如頃刻。”貫休《聞王慥常侍卒三首》一:“世亂君巡狩,清賢又告亡。星辰皆有角,日月略無光。” 晝夜:白日和黑夜。林寬《關下早行》:“白首東西客,黄河晝夜清。相逢皆有事,唯我

是閑情。”方干《東溪言事寄於丹》:“日月晝夜轉,年光難駐留。軒窗才過雨,枕簟即知秋。”　轉珠:滚動的圓珠。劉憲《奉和幸白鹿觀應制》:“玄遊乘落暉,仙宇藹霏微。石梁縈澗,轉珠旆掃壇。”宋祁《秋夕池上》:“素蚌虧盈長伴月,戲魚南北各依蓮……伏檻臨流未成下,紫荷聲外轉珠蠙。”

㉕ 百川:陸地上江河湖澤的總稱。劉長卿《登東海龍興寺高頂望海簡演公》:“元氣遠相合,太陽生其中。豁然萬里餘,獨爲百川雄。”蕭昕《洛出書》:“既彰千國理,豈止百川溢。永賴至於今,疇庸未雲畢。”　巨海:巨大的海洋。喬知之《苦寒行》:“初寒涷巨海,殺氣流大荒。朔馬飲寒冰,行子履胡霜。”李白《贈昇州王使君忠臣》:“巨海一邊静,長江萬里清。應須救趙策,未肯棄侯嬴。”　六龍:指太陽,神話傳説日神乘車,駕以六龍,羲和爲御者。劉向《九嘆·遠遊》:“貫澒濛以東朅兮,維六龍於扶桑。”郭璞《遊仙詩》:“六龍安可頓,運流有代謝。時變感人思,已秋復願夏。”　亨衢:四通八達的大道。《易·大畜》:“何天之衢,亨。”孔穎達疏:“乃天之衢亨,無所不通也。”杜甫《贈韋左丞丈》:“鴒原荒宿草,鳳沼接亨衢。有客雖安命,衰容豈壯夫!”

㉖ 寥廓:空曠深遠。《楚辭·遠遊》:“下峥嵘而無地兮,上寥廓而無天。”洪興祖補注引顔師古曰:“寥廓,廣遠也。”韋應物《仙人祠》:“蒼岑古仙子,清廟閟華容。千載去寥廓,白雲遺舊蹤。”　須臾:片刻,短時間。盧仝《嘆昨日三首》一:“昨日之日不可追,今日之日須臾期。如此如此復如此,壯心死盡生鬢絲。”元稹《連昌宫詞》:“力士傳呼覓念奴,念奴潛伴諸郎宿。須臾覓得又連催,特敕街中許然燭。”

㉗ 鴻洞:虚空混沌,漫無涯際。《淮南子·精神訓》:“古未有天地之時,惟像無形,窈窈冥冥,芒芠漠閔,澒濛鴻洞,莫知其門。”高誘注:“皆無形之象。”柳宗元《天對》:“東西南北,其極無方,夫何鴻洞,而課校修長!”融通,連續貌。《淮南子·原道訓》:“靡濫振蕩,與天地鴻洞。”高誘注:“鴻,大也。洞,通也。”　黿鼉:大鱉和豬婆龍。《國

語·晉語》:"黿鼉魚鱉,莫不能化。"杜甫《玉臺觀》:"江光隱見黿鼉窟,石勢參差烏鵲橋。更有紅顏生羽翼,便應黄髮老漁樵。"

[編年]

《年譜》編年本詩在"庚寅至甲午在江陵所作其他詩"欄内,《編年箋注》編年:"此詩作於元和九年(八一四),元稹時在江陵士曹參軍任。"理由是:"參見卞《譜》頁二三八。"《年譜新編》亦編年"庚寅至甲午在江陵所作其他詩"欄内,没有説明理由。

《編年箋注》所云"參見卞《譜》頁二三八",但《年譜》"頁二三八"並没有編年《苦雨》,衹有《夜雨》;而《苦雨》在《年譜》"頁二三二";而且不僅僅是頁碼的疏忽,《年譜》編年本詩不在"元和九年",而在"庚寅至甲午在江陵所作其他詩"欄下,《編年箋注》顯然由於粗疏而誤編"元和九年"。

《元氏長慶集》卷一自《思歸樂》至卷二《苦雨》,正好是十七首詩歌,它們分别是:《思歸樂》、《春鳩》、《春蟬》、《兔絲》、《古社》、《松樹》、《芳樹》、《桐花》、《雉媒》、《箭鏃》、《賽神》、《大觜烏》、《分水嶺》、《四皓廟》、《青雲驛》、《陽城驛》、《苦雨》。但細察本詩詩意,並不是描寫在路情景,似乎不應該在"十七首"之内。但白居易《和答詩十首(并序)》云:"及足下到江陵,寄在路所爲詩十七章,凡五六千言。"原來十七首詩篇是在元稹到江陵後寄出的,"寄在路所爲詩"云云,僅僅是白居易的含糊之辭,因此也完全含有初到江陵的詩歌,亦即包括本詩在内。除了本詩之外,《夢遊春七十韵》也是作於途中而寄送白居易於江陵,説詳《夢遊春七十韵》編年。這種情況,元稹初到通州也曾如此,白居易《得微之到官後書備知通州之事悵然有感因成四章》與元稹《酬樂天得微之詩知通州事因成四首》就是這種性質的詩歌。而且本詩所示,均是初到江陵遇雨情景,因爲北方人不習慣南方雨天生涯,故苦而詠之,寄給北地的白居易。我們以爲,本詩應該列入"十七首”之列，初到江陵所作，屬於初到江陵寄給白居易的第一批詩歌之一。

那末本詩究竟作於何時何地？據《舊唐書·地理志》：“襄州……在京師東南一千一百八十二里……荆州江陵府……在京師東南一千七百三十里。”襄州至荆州，尚有五百四十八里，即使是接奉詔命“乘傳”而行，尚需五天的時間，何況元稹這次是貶謫赴任，不必急急趕路，時間肯定在五天以上。而且，元稹在襄陽尋花問柳，又耽誤了不少時日，元稹的《襄陽爲盧竇紀事》就是最有力的證據。元稹最終到達江陵，估計具體時間應該在五月底六月初，元稹《泛江翫月十二韵(并序)》“予以元和五年自監察御史貶授江陵士曹掾，六月十四日張季友、李景儉二侍御，王文仲同録、王衆仲判官兩昆季爲予載酒炙，選聲音，自府城之南橋，攀月泛舟，窮竟一夕，予賦詩以紀之”就是明證，本詩即賦成於元稹剛剛到達江陵不久，地點在江陵，元稹時任江陵士曹參軍。

◎ 表夏十首(一)①

夏風多暖暖，樹木有繁陰②。新笋紫長短，早櫻紅淺深③。烟花雲幕重(二)，榴艷朝景侵④。華實各自好，詎云芳意沈⑤？

初日滿階前，輕風動簾影⑥。旬時得休浣，高卧閱清景⑦。僮兒拂巾箱，鵶軋深林井⑧。心到物自閑，何勞遠箕潁⑨！

江瘴炎夏早，蒸騰信難度⑩。今宵好風月，獨此荒庭趣(三)⑪。露葉傾暗光，流星委餘素⑫。但恐清夜徂，詎悲朝景暮⑬？

孟月夏猶淺，奇雲未成峰[14]。度霞紅漠漠，壓浪白溶溶[15]。玉委有餘潤，飈馳無去蹤[16]。何如捧雲雨，噴毒隨蛟龍[17]！

流芳遞炎景，繁英盡寥落[18]。公署香滿庭，晴霞覆欄藥[19]。裁紅起高焰，綴緑排新蕚[20]。憑此遣幽懷，非言念將謔(四)[21]。

紅絲散芳樹，旋轉光風急[22]。烟泛繡籠香(五)，露濃妝面濕[23]。佳人不在此，悵望階前立[24]。忽厭夏景長，今春行已及(六)[25]。

百舌漸吞聲，黄鶯正嬌小[26]。雲鴻方警夜，籠鷄已鳴曉[27]。當時客自適，運去誰能矯[28]？莫厭夏蟲多，蜩螗定相擾(七)[29]。

翩翩簾外燕，戢戢巢内雛[30]。啖食筋力盡，毛衣成紫襦[31]。朝來各飛去，雄雌梁上呼[32]。養子將備老，惡兒那勝無[33]？

西山夏雪消，江勢東南瀉[34]。風波高若天，灩澦低於馬[35]。正被黄牛旋，難期白帝下[36]。我在平地行，翻憂濟川者[37]。

靈均死波後，是節常浴蘭[38]。綵縷碧筠粽，香稉白玉團[39]。逝者良自苦，今人反爲歡[40]。哀哉徇名士，没命求所難[41]。

録自《元氏長慶集》卷七

［校記］

（一）表夏十首：楊本、叢刊本、《全詩》同，《古詩鏡・唐詩境》作

“長夏”,選詩兩首,《佩文齋詠物詩選》作“表夏”,也選詩兩首,《古詩鏡·唐詩境》、《佩文齋詠物詩選》是選本,改動不足爲奇,不從不改。

(二) 烟花雲幕重:叢刊本、《全詩》、《古詩鏡·唐詩境》、《佩文齋詠物詩選》同,楊本作“烟光雲幕重”,盧校本作“楝花雲幕重”,語義不同,不改。

(三) 獨此荒庭趣:楊本、叢刊本、《全詩》同,宋蜀本作“獨此黄庭趣”,語義不同,不改。

(四) 非言念將謔:叢刊本、楊本、《全詩》同,宋蜀本作“非言念誰謔”,語義不同,不改。

(五) 烟泛繡籠香:原本、楊本、《全詩》作“烟泛被籠香”,宋蜀本作“烟泛繡籠香”,據改。

(六) 今春行已及:楊本、叢刊本、《全詩》同,宋蜀本作“合昏行已及”,語義不同,不合元稹生平,不從不改。

(七) 蜩螗定相擾:宋蜀本、叢刊本、《全詩》同,楊本作“蜩螳定相擾”,《詩·大雅·蕩》有句曰:“如蜩如螗。”楊本似誤,不從不改。

[箋注]

① 表夏:表述、述説夏天的景象與感受。　表:表述,述説。孔融《論盛孝章書》:“凡所稱引,自公所知,而復有云者,欲公崇篤斯義,因表。不悉。”元稹《和王侍郎酬廣宣上人觀放榜後相賀》:“渥窪徒自有權奇,伯樂書名世始知。競走墻前希得僞,高縣日下表無私。”　夏:夏季,四季的第二季,陰曆四月至六月。《書·洪範》:“日月之行,則有冬有夏。”韓愈《送孟東野序》:“以鳥鳴春,以雷鳴夏,以蟲鳴秋,以風鳴冬。”

② 夏風:夏天的風。黄滔《寄林寬》:“海鳴秋日黑,山直夏風寒。終始前儒道,昇沈盡一般。”齊已《寄山中叟》:“青泉碧樹夏風凉,紫蕨紅粳午爨香。應笑晨持一盂苦,腥羶市裏叫家常。”　暖暖:義同“暖

融融”，形容温暖宜人，温暖舒適。王禹偁《和馮中允爐邊偶作》：“春日雨絲暖融融，人日雪花寒慄慄。”劉敞《遊仙》：“豈與功明士，姝姝以暖暖。智極蝸角下，形敝陽榮間。” 樹木：木本植物的統稱。《禮記·月令》：“〔季夏之月〕樹木方盛，乃命虞人，入山行木，毋有斬伐。”曹操《苦寒行》：“樹木何蕭瑟，北風聲正悲。” 繁陰：義同“繁蔭”，濃密的樹蔭，樹蔭濃密。沈約《詠檐前竹》：“繁蔭上蓊茸，促節下離離。”柳中庸《江行》：“繁陰乍隱洲，落葉初飛浦。”

③ 新笋：剛剛破土而出的笋，顏色青紫不一。李頎《雙笋歌送李回兼呈劉四》：“並抽新笋色漸緑，迴出空林雙碧玉。春風解籜雨潤根，一枝半葉清露痕。”錢起《避暑納凉》：“木槿花開畏日長，時摇輕扇倚繩床。初晴草蔓緣新笋，頻雨苔衣染舊墻。” 長短：長和短，指距離、時間。《孟子·梁惠王》：“權然後知輕重，度然後知長短。”向秀《難嵇叔夜〈養生論〉》：“若性命以巧拙爲長短，則聖人窮理盡性，宜享遐期；而堯、舜、禹、湯、文、武、周、孔，上獲百年，下者七十，豈復疏於導養邪？顧天命有限，非物所加耳！”偏指長或長度。《齊民要術·蒹》引楊孚《異物志》：“蒹實雖名三蒹，或有五六，長短四五寸。”蘇軾《私試策問八首》四：“古者坐於席，故籩豆之長短、簠簋之高下，適與人均。”這裏指剛剛出土的新笋，因出土時間不同，故長短不一。櫻：落葉喬木，品種很多，産於我國各地，以江蘇、安徽等省栽培較多。花白色而略帶紅暈，春日先葉開放。核果多爲紅色，味甜或帶酸。《史記·司馬相如列傳》：“樗棗楊梅，櫻桃蒲陶。”司馬貞索隱：“張揖曰：‘一名含桃。’《吕氏春秋》：‘爲鶯鳥所含，故曰含桃。’《爾雅》云爲荆桃也。”李時珍《本草綱目·櫻桃》：“櫻桃樹不甚高，春初開白花，繁英如雪。葉團，有尖及細齒。結子一枝數十顆。”劉禹錫《和樂天宴李美周中丞宅賞櫻桃花》：“櫻桃千萬枝，照耀如雪天。” 淺深：深和淺。《文心雕龍·頌贊》：“雖淺深不同，詳略各異，其褒德顯榮，典章一也。”李世民《春日登陝州城樓俯眺原野迴丹碧綴烟霞密翠斑紅芳菲

花柳即目川岫聊以命篇》："碧原開霧隰，綺嶺峻霞城。烟峰高下翠，日浪淺深明。"

④"烟花雲幕重"兩句：意謂夏天的衆多花朵如烟花如雲幕，層層疊疊，應接不暇。而盛開的榴花，鮮艷耀眼，成爲美好早景的主角。烟花：霧靄中的花。劉希夷《歸山》："歸去嵩山道，烟花覆青草。草緑山無塵，山青楊柳春。"陳子昂《于長史山池三日曲水宴》："烟花飛御道，羅綺照昆明。日落紅塵合，車馬亂縱横。"　雲幕：原指由雲形成的帷幕。王融《净行頌·沉冥地獄篇頌》："羅城振雲幕，鋒樹鬱霜枝。"薛濤《上川主武元衡相國二首》一："東閣移尊綺席陳，貂簪龍節更宜春。軍城畫角三聲歇，雲幕初垂紅燭新。"這裏指由夏天盛開的花朵形成的如霧如雲如幕的花的海洋。

⑤華實：花和果實。《列子·湯問》："珠玕之樹皆叢生，華實皆有滋味，食之皆不老不死。"《後漢書·班固傳》："華實之毛，則九州之上腴焉！"　各自：指事物的各個自身。鮑照《擬行路難十八首》四："瀉水置平地，各自東西南北流。"杜甫《秋行官張望督促東渚耗稻》："上天無偏頗，蒲稗各自長。"　詎：副詞，表示反詰，相當於"豈"、"難道"。陶潛《讀山海經十三首》一〇："徒設在昔心，良辰詎可待？"《新唐書·突厥傳》："卜不吉，神詎無知乎？我自决之。"　芳意：指春意。張九齡《園中時蔬盡皆鋤理唯秋蘭數本委而不顧彼雖一物有足悲者遂賦二章》一："遇賞寧充佩，爲生莫礙門。幽林芳意在，非是爲人論。"陳子昂《感遇詩三十八首》二："蘭若生春夏，芊蔚何青青……歲華盡摇落，芳意竟何成！"

⑥初日：剛升起的太陽。何遜《曉發》："早霞麗初日，清風消薄霧。"虞世南《初晴應教》："初日明燕館，新溜滿梁池。"　階前：臺階之前。湯悦《再次前韵代梅答》："莫向階前老，還同鏡裏衰。更應憐墮葉，殘吹挂蟲絲。"唐代無名氏《雜詩十五首》一二："兩心不語暗知情，燈下裁縫月下行。行到階前知未睡，夜深聞放剪刀聲。"　輕風：輕捷

的風。張協《雜詩十首》三:"輕風摧勁草,凝霜竦高木。"微風。杜牧《早春閣下寓直蕭九舍人亦直内署因寄書懷四韵》:"玉漏輕風順,金莖淡日殘。" 簾影:門窗簾的影子。劉希夷《晚春》:"庭陰幕青靄,簾影散紅芳。寄語同心伴,迎春且薄粧。"雍陶《明月照高樓》:"朗月何高高? 樓中簾影寒。一婦獨含嘆,四坐誰成歡?"

⑦ 旬時:旬日,十天。李商隱《爲絳郡公上史館李相公啓》:"降卒征人,旬時併集,飛芻輓粟,星火爲期。"《資治通鑑·唐昭宗光化三年》:"自宫闈變故,已涉旬時。若不號令率先以圖反正,遲疑未决,一朝山東侯伯唱義連衡,鼓行而西,明公求欲自安,其可得乎?"胡三省注:"旬時,即旬日也。" 休浣:亦作"休澣",指官吏按例休假。袁枚《隨園隨筆·典禮》:"宋時百司,十日一休假,謂之休澣。"唐代也是如此,宋代制度,承唐代而來。鮑照《玩月城西門廨中》:"休澣自公日,宴慰及私辰。"包何《和程員外春日東郊即事》:"郎官休浣憐遲日,野老歡娱爲有年。" 高卧:安卧,悠閑地躺著。《晉書·陶潜傳》:"嘗言夏月虚閑,高卧北窗之下,清風颯至,自謂羲皇上人。"盧照鄰《山林休日田家》:"南澗泉初冽,東籬菊正芳。還思北窗下,高卧偃羲皇。" 清景:清麗的景色。張九齡《送宛句趙少府》:"解巾行作吏,尊酒謝離居。修竹含清景,華池澹碧虚。"劉希夷《嵩嶽聞笙》:"月出嵩山東,月明山益空。山人愛清景,散髪卧秋風。"

⑧ 僮兒拂巾箱:這裏的"僮兒"指童僕,"拂巾箱"的細節可見元稹當時没有續娶安仙嬪爲妾,家務衹有童僕料理。 僮兒:男孩。《漢書·禮樂志》:"初,高祖既定天下,過沛,與故人父老相樂,醉酒歡食,作'風起'之詩,令沛中僮兒百二十人習而歌之。"《後漢書·皇甫嵩傳》:"雖僮兒可使奮拳以致力,女子可使褰裳以用命。" 巾箱:古時放置頭巾的小箱子,後亦用以存放書卷、文件等物品。《太平御覽》卷七一一引《漢武内傳》:"武帝見西王母巾箱中有一卷書。"王讜《唐語林·補遺》:"廳之陳設頗極精異,巾箱、妝奩、冠蓋、首飾之盛,非人

間之物。” 鵶軋:象聲詞,井軲轆汲水聲。元稹《琵琶歌》:“逡巡彈得六麼徹,霜刀破竹無殘節。幽關鵶軋胡雁悲,斷弦砉騞層冰裂。”陸龜蒙《連昌宫詞二首・門》:“金鋪零落獸鐶空,斜揜雙扉細草中。日暮鳥歸宫樹緑,不聞鵶軋閉春風。” 深林:茂密的樹林。《荀子・宥坐》:“夫芷蘭生於深林,非以無人而不芳。”賈島《詠懷》:“中嶽深林秋獨往,南原多草夜無鄰。經年抱疾誰來問?野鳥相過啄木頻。”

⑨ 到:知,覺。李商隱《富平少侯》:“七國三邊未到憂,十三身襲富平侯。”黄庭堅《畫堂春》:“水風山影上修廊,不到晚來凉。” 自閑:悠閑自得。曹植《雜詩六首》五:“烈士多悲心,小人媮自閑。”李白《山中問答》:“問君何事栖碧山?笑而不答心自閑。” 何勞:猶言何須煩勞,用不著。李休烈《詠銅柱》:“天門街裏倒天樞,火急先須卸火珠。計合一條絲綫挽,何勞兩縣索人夫?”元稹《放言五首》四:“安得心源處處安,何勞終日望林巒?玉英惟向火中冷,蓮葉元來水上乾。” 箕潁:箕山和潁水,相傳堯時賢者許由曾隱居箕山之下、潁水之陽,後因以“箕潁”指隱居者或隱居之地。謝靈運《擬魏太子〈鄴中集〉詩・徐幹》詩序:“少無宦情,有箕潁之心事,故仕世多素辭。”《苕溪漁隱叢話前集・宋朝雜記》引了宗《滿江紅》:“三尺鱸魚真好膾,一瓢春酒宜閑飲。問此時,懷抱向誰論?惟箕潁。”

⑩ 江瘴:江上瘴氣,指江上的濕熱空氣。元稹《苦雨》:“江瘴氣候惡,庭空田地蕪。煩昏一日内,陰暗三四殊。”蘇軾《杭州故人信至齊安》:“更將西庵茶,勸我洗江瘴。故人情義重,説我必西向。” 炎夏:酷熱的夏天。曹植《離繳雁賦》:“遠玄冬於南裔,避炎夏於朔方。”朱慶餘《夏日訪貞上人院》:“炎夏尋靈境,高僧澹蕩中。” 蒸騰:氣體上升。元稹《秋堂夕》:“炎凉正迴互,金火鬱相乘。雲雷暗交構,川澤方蒸騰。”胡祗遹《塔吉甫透月嶺仲謀作記並詩》:“蒸騰雲雨神功具,限隔晨昏氣象同。正笑莊生齊小大,又從絶頂月生東。” 難度:難以度過。韋應物《寄子西》:“夏景已難度,懷賢思方續。喬樹落疏陰,微

風散煩燠。”元稹《會真詩三十韻》:“海闊誠難度,天高不易沖。行雲無處所,蕭史在樓中。”

⑪ 今宵:今夜。徐陵《走筆戲書應令》:“今宵花燭泪,非是夜迎人。”雍陶《宿嘉陵驛》:“今宵難作刀州夢,月色江聲共一樓。” 風月:清風明月,泛指美好的景色。《宋書·始平孝敬王子鸞傳》:“上痛愛不已,擬漢武《李夫人賦》,其詞曰:‘……徙倚雲日,裴回風月。’”吕巖《酹江月》:“倚天長嘯,洞中無限風月。” 荒庭:荒蕪的庭院。喬知之《哭故人》:“古木巢禽合,荒庭愛客疏。匣留彈罷劍,床積讀殘書。”杜甫《禹廟》:“禹廟空山裏,秋風落日斜。荒庭垂橘柚,古屋畫龍蛇。”

⑫ 露葉:沾露的葉子。崔善爲《答王無功九日》:“露葉疑涵玉,風花似散金。”蘇軾《菜羹賦》:“汲幽泉以揉濯,摶露葉與瓊根。” 暗光:亮度極低的光綫。元稹《落月》:“落月沈餘影,陰渠流暗光。蚊聲靄窗户,螢火繞屋梁。”王質《夜泊荻港二首》二:“野火參差度暗光,蕭蕭蒲稗自生涼。夜深雲上無星斗,古樹陰沈覺許長。” 流星:星際空間分佈的叫做流星體的細小物體飛進地球大氣層,跟大氣摩擦,燃燒發光而形成流星,通常所説的流星是指這種短時間發光的流星體。《楚辭·九辯》:“願寄言夫流星兮,羌儵忽而難當。”張鷟《遊仙窟》:“千嬌眼子,天上失其流星;一搦腰支,洛浦愧其迴雪。” 委:捨棄,丢棄。《孟子·公孫丑》:“委而去之,是地利不如人和也。”《楚辭·離騷》:“委厥美以從俗兮,苟得列乎衆芳。”王逸注:“委,棄。” 餘:餘剩的,多出來的。《詩·秦風·權輿》:“於我乎,夏屋渠渠。今也每食無餘。”韓愈《進士策問》一〇:“耕者不多而穀有餘,蠶者不多而帛有餘。” 素:白色生絹。《禮記·雜記》:“純以素,紃以五采。”孔穎達疏:“素,謂生帛。”李白《感興八首》三:“裂素持作書,將寄萬里懷。”

⑬ 清夜:清静的夜晚。司馬相如《長門賦》:“懸明月以自照兮,徂清夜於洞房。”李端《宿瓜州寄柳中庸》:“懷人同不寐,清夜起論文。” 徂:往,去。《詩·豳風·東山》:“我徂東山,慆慆不歸。”鄭玄

箋:"我往之東山,既久勞矣!"韓愈《河之水二首寄子侄老成》二:"我徂京師,不遠其還。"　朝景:早晨的景致。韋應物《西亭》:"亭宇麗朝景,簾牖散暄風。小山初搆石,珍樹正然紅。"高適《自淇涉黄河途中作十三首》一二:"朝景入平川,川長復垂柳。遙看魏公墓,突兀前山後。"

⑭ "孟月夏猶淺"兩句:意謂四月的時候,夏天才剛剛開始,奇麗的雲彩還是四分五散的,没有形成烏雲密佈的局面。　孟月:四季的第一个月,即农曆的正月、四月、七月、十月。張九齡《奉和聖製早登太行山率爾言志》:"孟月攝提貞,乘時我后征。晨嚴九折度,暮戒六軍行。"韓翃《送客歸廣平》:"孟月途中破,輕冰水上殘。到時楊柳色,奈向故園看。"　猶:副詞,還,仍。《詩・衛風・氓》:"士之耽兮,猶可説也。"杜牧《泊秦淮》:"烟籠寒水月籠沙,夜泊秦淮近酒家。商女不知亡國恨,隔江猶唱後庭花。"　淺:初,早。徐陵《侍宴》:"園林纔有熱,夏淺更勝春。嫩竹猶含粉,初荷未聚塵。"暢當《早春》:"獻歲春猶淺,園林未盡開。雪和新雨落,風帶舊寒來。"　奇雲:奇麗的雲彩。李白《江上望皖公山》:"奇峰出奇雲,秀木含秀氣。清宴皖公山,巉絶稱人意。"道潛《廬山雜興十五首》一一:"高巖吐奇雲,倏忽千萬丈。援毫欲名貌,卷縮非一状。"　成:變成,成爲。《荀子・勸學》:"積土成山,風雨興焉!"韓愈《重雲一首李觀疾贈之(觀字元賓,隴西人,與公同舉貞元八年進士,以十年死於京師。當其疾時,以詩贈云)》:"天行失其度,陰氣來干陽。重雲閉白日,炎燠成寒涼。"　峰:狀如山峰之物。劉長卿《留題李明府霅溪水堂》:"雲峰向高枕,漁釣入前軒。晚竹疏簾影,春苔雙履痕。"劉長卿《上巳日越中與鮑侍郎泛舟耶溪》:"蘭橈縵轉傍汀沙,應接雲峰到若耶。舊浦滿來移渡口,垂楊深處有人家。"

⑮ 漠漠:布列貌。許渾《送薛秀才南游》:"繞壁舊詩塵漠漠,對窗寒竹雨瀟瀟。"歐陽修《晉祠》:"晉水今入并州裏,稻花漠漠澆平

田。” 溶溶：水流盛大貌。《楚辭·劉向〈九嘆·逢紛〉》：“揚流波之潢潢兮，體溶溶而東回。”王逸注：“溶溶，波貌也。”江淹《哀千里賦》：“水則遠天相逼，浮雲共色，茫茫無底，溶溶不測。”

⑯ 玉委：這裏指白雲。温庭筠《經故翰林袁學士居》：“劍逐驚波玉委塵，謝安門下更何人？西州城外花千樹，盡是羊曇醉後春。”趙蕃《雨中憶花寄懷曾季永嚴從禮二首》一：“牡丹及酴醿，錦碎仍玉委。流年定何之？嘆息付流水。” 餘潤：無窮的潤澤。錢起《月下洗藥》：“露下添餘潤，蜂驚引暗香。寄言養生客，來此共提筐。”温庭筠《休澣日西掖謁所知》：“毫端蕙露滋仙草，琴上薰風入禁松。荀令鳳池春婉娩，好將餘潤變魚龍。” 飈馳：亦作“飆馳”，狂風疾吹。潘尼《釣賦》：“雲往飈馳，光飛電入。”疾速奔馳。蘇軾《昭陵六馬唐文皇戰馬也琢石象之立昭陵前客有持此石本示予爲賦之》：“飈馳不及視，山川儼莫回。” 去蹤：消逝的蹤影。皇甫曾《送著公歸越》：“石床埋積雪，山路倒枯松。莫學白居士，無人知去蹤！”元稹《度門寺》：“寶界留遺事，金棺滅去蹤。鉢傳烘瑪瑙，石長翠芙蓉。”

⑰ 何如：用反問的語氣表示勝過或不如。《北史·盧昶傳》：“卿若殺身成名，貽之竹素，何如甘彼芻菽，以辱君父？”蘇軾《諫買浙燈狀》：“如知其無用，何以更索？惡其厚費，何如勿買？” 雲雨：雲和雨。《詩·召南·殷其靁》“殷其靁，在南山之陽”毛傳：“山出雲雨，以潤天下。”李紳《南梁行》：“斜陽瞥映淺深樹，雲雨翻迷崖谷間。” 噴毒：噴射毒液。梅堯臣《感二鳥》：“雄雌雙好鳥，託栖空樹中。有蛇出旁穴，噴毒氣如虹。”《太平廣記·南海毒蟲》：“别有水蛇，形狀稍短，不居陸地，非噴毒齧人者(出《投荒雜録》)。” 蛟龍：古代傳説的兩種動物，居深水中，相傳蛟能發洪水，龍能興雲雨。《荀子·勸學》：“積土成山，風雨興焉！積水成淵，蛟龍生焉！”《楚辭·離騷》：“麾蛟龍以梁津兮，詔西皇使涉予。”王逸注：“小曰蛟，大曰龍。”即蛟。《莊子·秋水》：“夫水行不避蛟龍者，漁父之勇也。”文瑩《玉壺清話》卷七：“唐

陸禋《續水經》嘗言:‘蛇雉遺卵於地,千年而生蛟龍屬。漢武帝元封中,潯陽浮江親射蛟於江中,獲之乃是也。’”

⑱ 流芳:散發香氣。曹植《洛神賦》:“踐椒塗之郁烈,步蘅薄而流芳。”王安石《新花》:“汲水置新花,取慰以流芳。”　炎景:炎熱的日光。江淹《丹砂可學賦》:“左昆吾之炎景,右崦嵫之卿雲。”戴叔倫《花》:“花發炎景中,芳春獨能久。因風任開落,向日無先後。”　繁英:繁盛的花。劉琨《重贈盧諶》:“朱實隕勁風,繁英落素秋。”劉禹錫《百舌吟》:“曉星寥落春雲低,初聞百舌間關啼。花樹滿空迷處所,摇動繁英墜紅雨。”　寥落:稀疏,稀少。《文選·謝朓〈京路夜發〉》:“曉星正寥落,晨光復泱漭。”李善注:“寥落,星稀之貌也。”谷神子《博異志·崔無隱》:“漸暮,遇寥落三兩家,乃欲寄宿耳!”衰落,衰敗。陶潛《和胡西曹示顧賊曹》:“悠悠待秋稼,寥落將賒遲。”

⑲ “公署香滿庭”兩句:意謂辦公的官府院落裏香花滿地,香氣隨風飄逸,明媚的陽光照耀著花欄裏各不相同的藥草。　公署:古代官員辦公的處所。韓偓《寄遠》:“孤竹亭亭公署寒,微霜淒淒客衣單。”丁謂《丁晉公談録》:“忽一日,雜役兵士於公署壁題之曰:‘無了期,無了期! 營基纔了又倉基!’”　庭:廳堂。《詩·魏風·伐檀》:“不狩不獵,胡瞻爾庭有縣貆兮?”李石《續博物志》卷二:“昔洛陽北部,有母既生子,病不能自舉,乳求他婦負哺之……子長不識所育,負哺者盜其愛。二母忿,鬥於庭。”堂前地,院子。《楚辭·劉向〈九歎·思古〉》:“甘棠枯於豐草兮,藜棘樹於中庭。”王逸注:“堂下謂之庭。”白居易《晚秋閑居》:“地僻門深少送迎,披衣閑坐養幽情。秋庭不掃携藤杖,閑踏梧桐黄葉行。”這裏應該兩者兼而有之。　晴霞:明霞。楊廣《早渡淮》:“晴霞轉孤嶼,錦帆出長圻。”元稹《紅芍藥》:“晴霞畏欲散,晚日愁將墮。”　覆:覆蓋,遮蔽。《晉書·羊耽妻辛氏傳》:“祜嘗送錦被,憲英嫌其華,反而覆之,其明鑒儉約如此。”王安石《禁直》:“翠木交陰覆兩檐,夜天如水碧恬恬。帝城風月看常好,人世悲哀老

自添。” 欄藥:亦即“欄藥”,芍藥之欄,泛指花欄。庾肩吾《和竹齋》:“向嶺分花徑,隨階轉藥欄。蜂歸憐蜜熟,燕入重巢乾。”杜甫《賓至》:“竟日淹留佳客坐,百年麤糲腐儒餐。不嫌野外無供給,乘興還來看藥欄。”一説,藥、欄同義,指一物。李匡乂《資暇集》卷上:“今園廷中藥欄,欄即藥,藥即欄,猶言圍援,非花藥之欄也。有不悟者,以爲藤架蔬圃,堪作切對,是不知其由,乖之矣!”李匡乂《資暇集》之言,僅供參考。

⑳ 裁:裁製,剪裁。班婕妤《怨歌行》:“新裂齊紈素,皎潔如霜雪。裁爲合歡扇,團團似明月。”謝惠連《擣衣》:“裁用笥中刀,縫爲萬里衣。” 紅:借指紅色的花。韓愈《花源》:“叮嚀紅與紫,慎莫一時開。”歐陽修《蝶戀花》:“泪眼問花花不語,亂紅飛過鞦韆去。” 焰:火苗。庾信《對燭賦》:“光清寒入,燄暗風過。”晏殊《撼庭秋》:“念蘭堂紅燭,心長燄短,向人垂泪。”這裏借喻花朵,“高”是形容花的形狀。綴:縫合,連綴。《禮記·内則》:“衣裳綻裂,紉箴請補綴。”《戰國策·秦策》:“於是乃廢文任武,厚養死士,綴甲厲兵,效勝於戰場。”姚宏注:“綴,連也。”繫結,連接。《文選·張衡〈西京賦〉》:“左有崤函重險,桃林之塞,綴以二華。”李善注引賈逵《國語注》:“綴,連也。”沈括《夢溪筆談·雜誌》:“其法取新纊中獨繭縷,以芥子許蠟綴於針腰,無風處懸之,則針常指南。” 緑:青黄色。《詩·邶風·緑衣》:“緑兮衣兮,緑衣黄裏。”孔穎達疏:“緑,蒼黄之間色。”温庭筠《菩薩蠻》九:“小園芳草緑,家住越溪曲。”指緑色的東西。韓愈《晚春》:“誰收春色將歸去?慢緑妖紅半不存。”此指樹葉。 萼:花萼、萼片的總稱,萼位於花的外輪,呈緑色,在花芽期有保護花芽的作用。杜甫《花底》:“紫萼扶千蕊,黄鬚照萬花。”皮日休《桃花賦》:“開破嫩萼,壓低柔柯。”“新”是形容花萼的鮮嫩狀態。

㉑ 遣:發送,打發。《左傳·僖公二十三年》:“姜與子犯謀,醉而遣之。”《漢書·周昌傳》:“臣不敢遣王,王且亦疾,不能奉詔。” 幽

懷:隱藏在内心的情感。《水經注·廬江水》引吴猛詩:“曠載暢幽懷,傾蓋付三益。”皇甫枚《三水小牘·步飛烟》:“兼題短葉,用寄幽懷。”　謔:開玩笑,嘲弄。《詩·鄭風·溱洧》:“維士與女,伊其相謔,贈之以勺藥。”柳宗元《亡妻弘農楊氏志》:“髫稚好言,始於善謔,雖間在他國,終無異辭。”

㉒ 紅絲:王仁裕《開元天寶遺事·牽紅絲娶婦》:“郭元振少時,美風姿,有才藝,宰相張嘉貞欲納爲婿,元振曰:‘知公門下有女五人,未知孰陋,事不以倉卒,更待忖之。’張曰:‘吾女各有姿色,即不知誰是匹偶?以子風骨奇秀,非常人也。吾欲令五女各持一絲,幔前使子取便牽之,得者爲婿。’元振欣然從命。遂牽一紅絲綫,得第三女,大有姿色,後果然隨夫貴達也。”又傳説月下老人以赤繩繫夫妻之足,雖仇家異域,此繩一繫,終不可避,後因以“紅絲”爲婚姻或媒妁的代稱。林傑《乞巧》:“七夕今宵看碧霄,牽牛織女渡河橋。家家乞巧望秋月,穿盡紅絲幾萬條!”　芳樹:泛指佳木,花木。阮籍《詠懷八十二首》一三:“芳樹垂緑葉,清雲自逶迤。”李白《送友人入蜀》:“芳樹籠秦棧,春流繞蜀城。”　旋轉:謂圍繞著作圓周運動,轉動。《淮南子·原道訓》:“所謂志弱而事强者……恬然無慮,動不失時,與萬物回周旋轉。”《百喻經·口誦乘船法而不解用喻》:“船盤迴旋轉,不能前進。”　光風:雨止日出時的和風。《楚辭·招魂》:“光風轉蕙,氾崇蘭些。”王逸注:“光風,謂雨已日出而風,草木有光也。”權德輿《古樂府》:“光風澹蕩百花吐,樓上朝朝學歌舞。”指月光照耀下的和風。葉適《潘廣度》:“光風自泛靈草碧,朗月豈受頑雲吞!”

㉓ 繡籠:雕刻精美的薰籠。元稹《會真詩三十韵》:“更深人悄悄,晨會雨濛濛。珠瑩光文履,花明隱繡籠。”郭祥正《族人春飲》:“火焰高低紅躑躅,繡籠濃淡小薔薇。此中莫惜長歡醉,自古人生七十稀。”　妝面:經過化妝的臉面。李白《曉晴》:“野花妝面濕,山草紐斜齊。零落殘雲片,風吹挂竹谿。”羅虬《比紅兒詩》四五:“琥珀釵成恩

正深，玉兒妖惑蕩君心。莫教回首看妝面，始覺曾虛擲萬金。”

㉔ 佳人：美女。宋玉《登徒子好色賦》：“天下之佳人，莫若楚國；楚國之麗者，莫若臣里；臣里之美者，莫若臣東家之子。”司馬相如《長門賦》：“夫何一佳人兮，步逍遙以自虞；魂踰佚而不反兮，形枯槁而獨居？”蘇軾《虢國夫人夜遊圖》：“佳人自鞚玉花驄，翩如驚燕踏飛龍。” 悵望：惆悵地看望或想望。元凛《中秋夜不見月》：“吟詩得句翻停筆，玩處臨尊却掩扉。公子倚欄猶悵望，懶將紅燭草堂歸。”唐代無名氏《長門》：“悵望黄金屋，恩衰似越逃。花生針眼刺，月送剪腸刀。”

㉕ 厭：嫌棄，憎惡，厭煩。《論語・憲問》：“夫子時然後言，人不厭其言；樂然後笑，人不厭其笑；義然後取，人不厭其取。”《北史・周紀》：“天厭我魏邦，垂變以告，惟爾罔弗知。” 夏景：夏日，夏晝。李嶠《五月奉教作》：“緑樹炎氛滿，朱樓夏景長。池含凍雨氣，山映火雲光。”夏天的景色。張喬《送友人東歸》：“挂席春風盡，開齋夏景深。”

㉖ 百舌：鳥名，又名烏鶇，善鳴，喙尖，毛色黑黄相雜，其聲多變化，鳴聲圓滑。《淮南子・説山訓》：“人有多言者，猶百舌之聲。”高誘注：“百舌，鳥名，能易其舌效百鳥之聲，故曰百舌也，以喻人雖多言無益於事也。”蘇軾《安國寺尋春》：“卧聞百舌呼春風，起尋花柳村村同。” 吞聲：不出聲，不説話。《後漢書・曹節傳》：“群公卿士，杜口吞聲，莫敢有言。”劉禹錫《謝門下武相公啓》：“吞聲咋舌，顯白無路。” 黄鶯：黄鸝。陸璣《毛詩草木鳥獸蟲魚疏・黄鳥於飛》：“黄鳥，黄鸝留也，或謂之黄栗留，幽州人謂之黄鶯。”王維《左掖梨花》：“黄鶯弄不足，銜入未央宫。”邵雍《春盡後園閑步》：“緑樹成陰日，黄鶯對語時。” 嬌小：窈窕，小巧。李白《江夏行》：“憶昔嬌小姿，春心亦自持。爲言嫁夫婿，得免長相思。”李暇《怨詩三首》一：“羅敷初總髻，蕙芳正嬌小。月落始歸船，春眠恒著曉。”

㉗ 雲鴻：飛行於高空中的大雁。江淹《侍始安王石頭》：“何如塞

北陰，雲鴻盡來翔。”李白《觀獵》：“箭逐雲鴻落，鷹隨月兔飛。不知白日暮，歡賞夜方歸。”　警夜：謂夜間警戒。《文選·張衡〈西京賦〉》：“衛尉八屯，警夜巡晝。”薛綜注：“晝則巡行非常，夜則警備不虞也。”張讀《宣室志》卷三：“中使謂詵曰：‘此警夜之兵也，子疾去，無犯嚴禁。’”　籠鷄：關養在籠子裏的鷄。白居易《題贈平泉韋徵君拾遺》：“箕潁千年後，唯君得古風……籠鷄與梁燕，不信有冥鴻。”姜特立《歲稔》：“今歲稔熟收田禾，籠鷄擔穀主人家。農人時節一醉飽，撇□起舞相喧嘩。”　鳴曉：公鷄啼鳴報曉。鮑溶《途中旅思二首》一：“喔喔鷄鳴曉，蕭蕭馬辭櫪。草草名利區，居人少於客。”張耒《早起二首》一：“滄江初夜雨翻盆，將曉風聲戰亂雲。籬下寒鷄鳴曉苦，老人先起自開門。”

㉘ 當時：指過去發生某件事情的時候。《韓詩外傳》卷一：“臣先殿上絶纓者也。當時宜以肝膽塗地。負日久矣！未有所致。今幸得用於臣之義，尚可爲王破吴而强楚。”曹唐《劉阮再到天台不復見仙子》：“桃花流水依然在，不見當時勸酒人。”　自適：悠然閑適而自得其樂。《莊子·駢拇》：“夫適人之適，而不自適其適，雖盜蹠與伯夷，是同爲淫僻也。”薛戎《游爛柯山》：“二仙行自適，日月徒遷徙。”　運：命運，運氣。《晉書·曹毗傳》：“運屈則紆其清暉，時申則散其龍藻。”王珪《詠漢高祖》：“漢祖起豐沛，乘運以躍鱗。手奮三尺劍，西滅無道秦。”　矯：匡正，糾正。《韓非子·孤憤》：“能法之士，勁直聽用，且矯重人之奸行。”《漢書·成帝紀》：“間者，民彌惰怠，鄉本者少，趨末者衆，將何以矯之？”顔師古注：“矯，正也。”

㉙ “莫厭夏蟲多”兩句：此與元稹《蟲豸詩七篇序》所云“予掾荆州之地，洲渚濕墊，其動物宜介，其毛物宜翅羽。予所舍，又荆州樹木洲渚處，晝夜常有翅羽百族，鬧心不得閑静”正相符合。　夏蟲：夏天的昆蟲。杜甫《苦竹》：“青冥亦自守，軟弱强扶持。味苦夏蟲避，叢卑春鳥疑。”李建勛《新竹》：“懶嫌吟客倚，甘畏夏蟲傷。映水如争立，當

軒自著行。” 蜩螗:蟬的别名。元稹《春蟬》:“春秋兩相似,蟲豸百種鳴。風松不成韵,蜩螗沸如羹。”范成大《夏日田園雜興十二絶》一二:“蜩螗千萬沸斜陽,蛙黽無邊聒夜長。不把痴聾相對治,夢魂争得到藜床?” 相擾:打擾,叨擾。顧况《山居即事》:“世事休相擾,浮名任一邊。由來謝安石,不解飲靈泉。”白居易《渭村退居寄禮部崔侍郎翰林錢舍人詩一百韵》:“世慮休相擾,身謀且自强。猶須務衣食,未免事農桑。”

㉚ 翩翩:飛行輕快貌。《詩・小雅・四牡》:“翩翩者鵻,載飛載下,集於苞栩。”朱熹集傳:“翩翩,飛貌。”白居易《燕詩示劉叟》:“梁上有雙燕,翩翩雄與雌。” 簾外:窗簾之外、門簾之外。宋之問《望月有懷》:“天使下西樓,含光萬里秋。臺前似挂鏡,簾外如懸鉤。”沈佺期《古歌》:“落葉流風向玉臺,夜寒秋思洞房開。水晶簾外金波下,雲母窗前銀漢回。” 戢戢:象聲詞,形容細小之聲。蔡襄《茶壟》:“夜雨作春力,朝雲護日華。千萬碧玉枝,戢戢抽靈芽。”强至《若師院詠筍》:“戢戢新芽迸舊林,纔生有節便虚心。已鄰佛界黄金地,更學仙家碧玉簪。”魚張口貌。杜甫《又觀打魚》:“小魚脱漏不可記,半死半生猶戢戢。大魚傷損皆垂頭,屈强泥沙有時立。”張籍《采蓮曲》:“秋江岸邊蓮子多,采蓮女兒憑船歌。青房圓實齊戢戢,争前競折蕩漾波。”巢内:燕子的巢穴中。杜甫《杜鵑》:“生子百鳥巢,百鳥不敢嗔。反爲哺其子,禮若奉至尊。”吴旦生曰:“杜鵑不自哺子,寄哺於百鳥巢内,亦或有之。”吴芾《巢内燕園中鹿俱生子喜而有作》:“燕葺新巢方乳子,鹿遊故苑又生麛。眼前景物俱堪賦,落日何妨一杖藜。”

㉛ 啖食:吃,吞食。陳子昂《感遇詩三十八首》一〇:“深居觀群動,悱然争朵頤。讒説相啖食,利害紛噬噬。”李白《古風》一:“龍虎相啖食,兵戈逮狂秦。正聲何微茫,哀怨起騷人。” 筋力:猶體力。《禮記・曲禮》:“貧者不以貨財爲禮,老者不以筋力爲禮。”《後漢書・劉茂傳》:“少孤,獨侍母居。家貧,以筋力致養,孝行著於鄉里。” 毛

衣：禽鳥的羽毛。《漢書·五行志》："未央殿輅軨中雌鷄化爲雄，毛衣變化而不鳴。"杜甫《杜鵑行》："毛衣慘黑貌憔悴，衆鳥安肯相尊崇？"襦：短衣，短襖，襦有單、複，單襦則近乎衫，複襦則近襖。辛延年《羽林郎》："長裾連理帶，廣袖合歡襦。"温庭筠《菩薩蠻》一："新帖繡羅襦，雙雙金鷓鴣。"小兒涎衣。杜甫《別李義》："憶昔初見時，小襦繡芳蓀。"白居易《阿崔》："膩剃新胎髮，香綳小繡襦。"

㉜ 朝來：早晨。劉義慶《世説新語·簡傲》："西山朝來，致有爽氣。"張九齡《天津橋東旬宴得歌字韵》："清洛象天河，東流形勝多。朝來逢宴喜，春盡却妍和。"　雄雌：雄性和雌性。古樂府《木蘭詩》："兩兔傍地走，安能辨我是雄雌？"李紳《南梁行》："喬木幽谿上下同，雄雌不惑飛栖處。"

㉝ "養子將備老"兩句：意謂人人都説養兒爲了自己將來養老，又有誰能知道不争氣的兒女還不如没有的清净安寧。　養子：生育子女。杜甫《義鶻》："陰崖有蒼鷹，養子黑柏顛。白蛇登其巢，吞噬恣朝餐。"張籍《猛虎行》："年年養子在空谷，雌雄上山不相逐。谷中近窟有山村，長向村家取黄犢。"　備老：防備年老失去生活能力之時由兒女負責供養。元稹《樂府古題·憶遠曲》："嫁夫恨不早，養兒將備老。"

㉞ 西山：西方的山。《易·隨》："王用享於西山。"引申爲日入處。王粲《從軍詩五首》三："白日半西山，桑梓有餘暉。"《文選·李密〈陳情事表〉》："但以劉日薄西山，氣息奄奄。"李善注引揚雄《反騷》："臨汨羅而自隕兮，恐日薄於西山。"這裏指江陵西面的山嶺。　夏雪：高山上夏季没有消融的雪。孔稚珪《游太平山》："石險天貌分，林交日容缺。陰澗落春榮，寒巖留夏雪。"曹松《天台瀑布》："休疑寶尺難量度，直恐金刀易剪裁。噴向林梢成夏雪，傾來石上作春雷。"消：消失，消除，即溶化。《易·泰》："内君子而外小人，君子道長，小人道消也。"王昌齡《城傍曲》："邯鄲飲來酒未消，城北原平掣皂雕。"

江勢：江水的流勢。宋之問《自湘源至潭州衡山縣》："漸見江勢闊，行嗟水流漫。"劉禹錫《題招隱寺》："地形臨渚斷，江勢觸山回。" 東南：介於東與南之間的方位或方向。《易·説卦》："齊乎巽，巽，東南也。"高亨注："《説卦》又以八卦配八方，巽爲東南方，故曰'巽，東南也。'"《玉臺新詠·古詩〈爲焦仲卿妻作〉》："孔雀東南飛，五里一徘徊。"泛指國家領域内的東南地區。《宋書·自序》："（沈）警内足於財，爲東南豪士，無仕進意，謝病歸。" 瀉：傾瀉，水往下急流。謝靈運《入華子岡是麻源第三谷》："銅陵映碧澗，石磴瀉紅泉。"王安石《散發一扁舟》："秋水瀉明河，迢迢藕花底。"

㉟ 風波：風浪。《楚辭·九章·哀郢》："順風波以從流兮，焉洋洋而爲客。"元稹《江陵三夢》："驚覺滿床月，風波江上聲。"義同風浪，水面上的風和波浪。陸龜蒙《相和歌辭·江南曲》："寄語櫂船郎，莫誇風浪好。" 灩澦：長江瞿塘峽口著名險灘。《一統志》："瞿塘在夔州府城東，舊名西陵峽，乃三峽之門，兩崖對峙，中貫一江，灩澦堆當其口。"《太平寰宇記》："灩澦堆，周回二十丈，在夔州西南二百步蜀江中心瞿塘峽口。冬水淺，屹然露百餘尺。夏水漲，没數十丈，其狀如馬，舟人不敢進。諺曰：'灩澦大如馬，瞿塘不可下。灩澦大如鱉，瞿塘行舟絶。灩澦大如龜，瞿塘不可窺。灩澦大如襆，瞿塘不可觸。'"詩人所描述的是夏天的景色，故有"風波高若天，灩澦低於馬"的感嘆，與《太平寰宇記》描述一一印證。

㊱ 黄牛：地名，在長江中。樂史《太平寰宇記》卷一四七："黄牛山盛弘之《荆州記》云：南岸重嶺疊起，最大高岸間有石，色如人，負刀牽牛，人黑牛黄，成就分明，此巖既高，加以汗湍紆迴，雖塗經宿信猶望見之，行者歌曰：'朝發黄牛，暮宿黄牛。三日三暮，黄牛如故。'"李白《上三峡》："三朝上黄牛，三暮行太遲。三朝又三暮，不覺鬢成絲。" 白帝：古神話中五天帝之一，主西方之神。《周禮·天官·大宰》"祀五帝"賈公彦疏："五帝者，東方青帝靈威仰，南方赤帝赤熛怒，中央黄

帝含樞紐,西方白帝白招拒,北方黑帝汁光紀。"《史記·封禪書》:"文公夢黄蛇自天下屬地,其口止於鄜衍……於是作鄜畤,用三牲郊祭白帝焉!"古城名,故址在今四川省奉節縣東瞿塘峽口。酈道元《水經注·江水》:"江水又東徑魚復縣故城南,故魚國也……公孫述名之爲白帝,取其王色。"李白《早發白帝城》:"朝辭白帝彩雲間,千里江陵一日還。"

㊲ 平地:平坦的地面。《史記·吴王濞列傳》:"吴多步兵,步兵利險;漢多車騎,車騎利平地。"李頎《與諸公遊濟瀆泛舟》:"濟水出王屋,其源來不窮。洑泉數眼沸,平地流清通。"　濟川:猶渡河,語出《書·説命》:"爰立作相,王置諸其左右。命之曰:'朝夕納誨,以輔台德。若金,用汝作礪;若濟巨川,用汝作舟楫。'"後多以"濟川"比喻輔佐帝王。獨孤及《庚子歲避地至玉山酬韓司馬所贈》:"已無濟川分,甘作乘桴人。"元稹在這裏抒發的是"居廟堂之高,則憂其民;處江湖之遠,則憂其君"的感慨。

㊳ 靈均:戰國時代楚國偉大文學家屈原的字。《楚辭·離騷》:"名余曰正則兮,字余曰靈均。"趙冬曦《灉湖作》:"盈虚用舍輪輿旋,勿學靈均遠問天。"劉長卿《送李侍御貶郴州》:"洞庭波渺渺,君去吊靈均。幾路三湘水,全家萬里人。"　是節:這裏指端午節,在農曆五月初五,民間有划龍舟、包粽子的風俗,百姓是爲了紀念偉大詩人屈原五月五日自沉汨羅江而自發形成的紀念活動。杜甫《惜别行送向卿進奉端午御衣之上都》:"肅宗昔在靈武城,指揮猛將收咸京。向公泣血灑行殿,佐佑卿相乾坤平。"權德輿《端午日禮部宿齋有衣服綵結之貺以詩還答》:"良辰當五日,偕老祝千年。綵縷同心麗,輕裾映體鮮。"　浴蘭:即"浴蘭湯",浴於蘭湯,即用香草水洗澡。古人認爲蘭草避不祥,故以蘭湯潔齋祭祀。《楚辭·雲中君》:"浴蘭湯兮沐芳,華采衣兮若英。"王逸注:"蘭,香草也。"李白《沐浴子》:"沐芳莫彈冠,浴蘭莫振衣。"

㊴ 綵樓碧筠纓：民間包裹粽子的風俗。樂史《太平寰宇記》卷一四五："風俗：《襄陽風俗記》云：屈原五月五日投汨羅江，其妻每投食于水以祭之。原通夢告妻：所祭食皆爲蛟龍所奪，龍畏五色絲及竹。故妻以竹爲粽，以五色絲纏之。今俗其日皆帶五色絲食粽，言免蛟龍之患。又原五日先沉，十日而出，楚人於水次迅檝争馳，棹歌亂響，有悽斷之聲，意存拯溺，喧震川陸，遺風遷流，遂有競渡之戲，人多偷墮信鬼神崇釋教。" 香粳：亦作"香秔"，一种有香味的梗米，产江浙一带。《文选・张衡〈南都赋〉》："若其厨膳，則有華薌重秬，滍皋香秔。"吕向注："香秔，稻名。"李颀《赠张旭》："荷葉裹江魚，白甌貯香秔。" 白玉團：這裏借喻上好大米裹成的粽子，猶如白玉一般。馮山《戲謝趙良弼寄薏苡山藥》："稈珠春出真珠顆，山藥鍬開白玉團。本草經中俱上品，故人書寄善加餐。"喻良能《中秋終日霧雨予還自都下宿分水嶺夜漏約七八刻月出烏飯草蕩山之東徘徊窗牖間欣然把酒對之因賦長句》："烏飯山邊白玉團，瑞光千丈溢清寒。斜穿逆旅茆茨室，正照先生苜蓿盤。"

㊵ "逝者良自苦"兩句：從中可見元稹對傳統紀念活動的看法，可與他的《競舟》詩參看。 逝者：已經死去的人。包融《阮公嘯臺》："逝者共已遠，升攀想遺趣。静然荒榛門，久之若有悟。"李嘉祐《聞逝者自驚》："亦知死是人間事，年老聞之心自疑。黄卷清琴總爲累，落花流水共添悲。" 今人：當代人，與"古人"相對。陳陶《春歸去》："九十春光在何處？古人今人留不住。年年白眼向黔婁，唯放蠐螬飛上樹。"蘇拯《醫人》："古人醫在心，心正藥自真。今人醫在手，手濫藥不神。"

㊶ "哀哉徇名士"兩句：意謂那些日夜思念夢想自己成爲名士的人們，由於本來就不具備名士的氣質，即使丟掉性命恐怕也成不了所謂的名士。 名士：指名望高而不仕的人。《禮記・月令》："〔季春之月〕勉諸侯，聘名士，禮賢者。"鄭玄注："名士，不仕者。"孔穎達疏："名士者，謂其德行貞絶，道術通明，王者不得臣，而隱居不在位者也。"桓

寬《鹽鐵論·褒賢》:"萬乘之主,莫不屈體卑辭,重幣請交,此所謂天下名士也。"《晉書·劉頌傳》:"今閭閻少名士,官司無高能,其故何也?清議不肅,人不立德,行在取容,故無名士。"

[編年]

《年譜》"庚寅至甲午在江陵府所作其他詩"欄内將元稹的《表夏十首》編入,所述的理由僅僅是"第三首云:'江瘴炎夏早。'"《編年箋注》同意《年譜》意見,"組詩……《表夏十首》……作於元和五年(八一〇)至九年(八一四)期間,元稹時在江陵士曹參軍任。"理由是:"見下《譜》。"《年譜新編》編年於元和六年,没有列舉理由。

我們以爲《年譜》、《編年箋注》編年過於籠統。其實據元稹自己在詩中提供的詩句,結合元稹的生平行蹤,已清楚地表明瞭這十首詩的作年。元稹《蟲豸詩七篇序》:"始辛夘年,予掾荆州之地,洲渚濕墊,其動物宜介,其毛物宜翅羽。予所舍,又荆州樹木洲渚處,晝夜常有翅羽百族鬧心,不得閑静。"其中"始辛夘年,予掾荆州之地"上下連讀,是元稹對出貶江陵之事的回憶,而元稹出貶江陵在元和五年,亦即庚寅之年,不是元和六年的"辛卯",這裏的"辛卯"是"庚寅"之誤筆,説詳元稹《蟲豸詩七篇序》之箋注。但其描寫的情景,正是元稹描述自己初到江陵時北方之人不習慣南方生活的狼狽相。其第三首云:"今宵好風月,獨此荒庭趣。"第六首云:"佳人不在此,悵望階前立。"佳人,美女,宋玉《登徒子好色賦》:"天下之佳人,莫若楚國;楚國之麗者,莫若臣里;臣里之美者,莫若臣東家之子。"而我們聯繫《解秋十首》與《遣春十首》的内容,全部都是賦詠自己的個人生活,與楚辭裏的"香草"、"佳人"的含義並不一樣。這裏的"佳人"應該是借指妻妾,否則三組詩篇的内容難於融會貫通。以唐代詩歌爲例,詩中的佳人就大多指美女,例子多不勝舉,如張柬之的《大堤曲》:"南國多佳人,莫若大堤女。"又如李百藥《火鳳辭》:"佳人靚晚妝,清唱動蘭房。"

再如孫魴的《楊柳枝》:“不知天意風流處,要與佳人學畫眉。”還有白居易的《微之到通州日》:“昔教紅袖佳人唱,今遣青衫司馬愁。”以及張祜的《洞房燕》:“清曉洞房開,佳人喜燕來。”這是詩人獨自一人面對花好月圓之夜,流露無限悵望之情。考元稹之原配韋叢卒於元和四年七月九日,元稹於元和五年五月到達江陵,六年由李景儉撮合納安仙嬪爲妾,同年安氏生下兒子元荊,據“十月懷胎”的自然規律,元稹與安仙嬪結婚的最遲時日應是三月,因此不可能作於元和六年的夏天。據此可知這首訴説孤眠獨宿的《表夏十首》,結合詩題“表夏”並“江瘴炎夏早”句,應作於元和五年的夏天無疑。本詩第十首:“靈均死波後,是節常浴蘭。綵樓碧筠粽,香粇白玉團。逝者良自苦,今人反爲歡。哀哉徇名士,没命求所難!”所涉及的事是衆所周知的民衆吊念屈原的活動,大概是對當地吊念屈原活動的感慨,故具體時間應該是元稹五六月間到達江陵之後的夏天,亦即五六月間,地點在江陵,元稹時任江陵士曹參軍之職。《年譜新編》編年本詩於元和六年是錯誤的。《表夏十首》與《解秋十首》、《遣春十首》爲前後相接的姐妹篇,而《解秋十首》關於白髮的叙述,《遣春十首》關於“仰愧鵬無窠”的感嘆,一一符合詩人三十二歲、三十三歲,亦即元和五年初到江陵以及元和六年尚未與安仙嬪結婚之情景。

◎ 感石榴二十韵(一)①

何年安石國,萬里貢榴花②?迢遞河源道,因依漢使槎③。酸辛犯葱嶺,憔悴涉龍沙④。初到摽珍木,多來比亂麻⑤。深抛故園裏,少種貴人家⑥。唯我荆州見,憐君胡地賒(二)⑦。從教當路長,兼恣入檐斜⑧。緑葉裁烟翠,紅英動日華⑨。新簾裙透影,疏牖燭籠紗⑩。委作金爐焰,飄成玉砌瑕⑪。乍驚珠綴密,終誤繡幃奢⑫。琥珀烘梳碎,燕支懶頰搽(三)⑬。風翻一樹火,電轉五雲車⑭。絳帳迎宵日,芙蕖綻早牙⑮。淺深俱隱映,前後各分葩⑯。宿露低蓮臉,朝光借綺霞⑰。暗虹徒繳繞,濯錦莫周遮⑱。俗態能嫌舊?芳姿尚可嘉⑲。非專愛顔色,同恨阻幽遐⑳。滿眼思鄉泪,相嗟亦自嗟㉑。

録自《元氏長慶集》卷一三

[校記]

(一) 感石榴二十韵:楊本、叢刊本、《佩文齋廣群芳譜》、《全詩》同,《淵鑑類函》作"感石榴",《石倉歷代詩選》作"石榴",語義不同,不改。此外,《甘肅通志》、《白孔六帖》、《錦繡萬花谷》、《古今事文類聚》、《記纂淵海》、《山堂肆考》、《花木鳥獸集類》均引用本詩,都没有全引,句數不等,但未見異文。

(二) 憐君胡地賒:楊本、叢刊本、《佩文齋廣群芳譜》、《石倉歷代詩選》、《全詩》同,《淵鑑類函》作"憐君北地賒",語義相類,不改。

(三) 燕支懶頰搽:原本作"燕支懶頰塗",楊本、叢刊本、《全詩》同,《佩文齋廣群芳譜》作"燕支懶頰搽",考慮到前後押韵關係,據改。

[箋注]

① 感石榴:因石榴而發的感慨,即詩中所謂的"俗態能嫌舊?芳姿尚可嘉。非專愛顔色,同恨阻幽遐。滿眼思鄉泪,相嗟亦自嗟"之意。　石榴:亦作"石留",樹木名,亦指所開的花和所結的實。張説《戲題草樹》:"忽驚石榴樹,遠出渡江來。戲問芭蕉葉,何愁心不開?"段成式《酉陽雜俎·木篇》:"石榴,一名丹若。梁大同中東州後堂石榴皆生雙子。南詔石榴子大,皮薄如藤紙,味絶於洛中。"本詩是詩人因石榴的遭遇而引發對自身不幸的感慨,值得讀者注意。

②“何年安石國”兩句:《甘肅通志·安石榴》:“《博物志》:陸機與弟雲書曰:張騫爲漢使外國十八年,得塗林安石榴種。元稹詩:‘何年安石國,萬里貢榴花?迢遞河源道,因依漢使槎。’” 何年:哪一年。王昌齡《沙苑南渡頭》:“篷隔蒼茫雨,波連演漾田。孤舟未得濟,入夢在何年?”劉長卿《春日宴魏萬成湘水亭》:“何年家住此江濱?幾度門前北渚春?白髮亂生相顧老,黄鶯自語豈知人?” 安石國:即安息國,伊朗高原古國名,漢武帝時開始派使者到安息,以後遂互有往來。東漢時來中國的僧人安清即是安息國之王子。《後漢書·安息國》:“安息國居和櫝城,去洛陽二萬五千里,北與康居接,南與烏弋山離接,地方數千里,小城數百,户口勝兵,最爲殷盛。其東界木鹿城,號爲小安息,去洛陽二萬里。章帝章和元年,遣使獻師子符拔,符拔形似麟而無角。和帝永元九年,都護班超遣甘英使大秦,抵條支,臨大海,欲度而安息西界,船人謂英曰:‘海水廣大,往來者逢善風,三月乃得度,若遇遲風,亦有二歲者,故入海人皆齎三歲糧,海中善使人思土戀慕,數有死亡者。’英聞之,乃止。十三年,安息王滿屈復獻師子及條支大鳥,時謂之安息雀。自安息西行三千四百里,至阿蠻國。從阿蠻西行三千六百里,至斯賓國。從斯賓南行度河,又西南至於羅國九百六十里,安息西界極矣!自此南乘海,乃通大秦,其土多海西珍奇異物焉!”洪适《許倩報白榴已得玉茗未諧以詩趣之》:“萬里移根安石國,何年傅粉未知名。須邀玉茗來巖壑,便結瓊花作弟兄。”《陝西通志·物産》:“安石榴:上林苑有安石榴十株(《西京雜記》),漢張騫使西域,得塗林安石國榴種以歸,故名(《博物志》)。” 貢:進貢,進獻方物於帝王。《書·禹貢》:“任土作貢。”孔穎達疏:“貢者,從下獻上之稱。”杜甫《自京赴奉先縣詠懷五百字》:“彤庭所分帛,本自寒女出。鞭撻其夫家,聚斂貢城闕。” 榴花:石榴花。皇甫曾《韋使君宅海榴詠》:“淮陽卧理有清風,臘月榴花帶雪紅。閉閣寂寥常對此,江湖心在數枝中。”李商隱《茂陵》:“漢家天馬出蒲梢,苜蓿榴花遍近郊。内

苑只知含鳳觜,屬車無復揷雞翹。”

③ 迢遞:遙遠貌。嵇康《琴賦》:“指蒼梧之迢遞,臨迴江之威夷。”杜甫《送樊二十三侍御赴漢中判官》:“居人莽牢落,遊子方迢遰。” 河源:亦作“河原”,河流的源頭,古代特指黄河的源頭。《山海經·北山經》:“敦薨之山……敦薨之水出焉! 而西流注於泑澤,出於昆侖之東北隅,實惟河原。”《漢書·于闐國》:“于闐之西,水皆西流,注西海;其東,水東流,注鹽澤,河原出焉!” 因依漢使槎:《齊民要術·果蓏》:“《博物志》曰:張騫使西域,還,得安石榴、胡桃、蒲桃。”因依:倚傍,依託。阮籍《詠懷八十二首》八:“迴風吹四壁,寒鳥相因依。”辛棄疾《新荷葉·和趙德莊韵》:“南雲雁少,錦書無個因依。”槎:同“查”,木筏。张华《博物志》卷三:“年年八月,有浮槎去來不失期。”庾信《杨柳歌》:“流槎一去上天池,織女支機當見隨。”《古今事文類聚後集·榴花律詩》欄内録有元稹《石榴花》:“何年安石國,萬里貢榴花? 迢遰河源道,因依漢使槎。”四句似乎不應該被列入“律詩”欄内。且這四句詩雖然屬於元稹,但它們并不是單獨存在,其實這是元稹本詩中開頭的四句。

④ 酸辛:辛酸,悲苦。阮籍《詠懷八十二首》六四:“對酒不能言,悽愴懷酸辛。”杜甫《奉贈鮮于京兆二十韵》:“微生霑忌刻,萬事益酸辛。” 葱嶺:古代山脈名,傳説以山多青葱而得名。《穆天子傳》中的春山、《山海經》中的鍾山或即指此葱嶺。其地域甚廣:北起南天山、西天山,往南綿亘,包括帕米爾高原、西昆侖山、喀喇昆侖山和興都庫什山,都屬於葱嶺的範圍。葱嶺是中國古代西部的界山,中國前往中亞、南亞,必經葱嶺,中有縣度道、波謎羅川、勃達嶺等著名山道。唐代開元(713—741)間在故喝盤陀(今新疆塔什庫爾乾塔吉客自治縣一帶)置軍事戍所,爲安西都護府最西邊的軍事據點,地當中西交通之要道。于鵠《出塞》:“葱嶺秋塵起,全軍取月支。山川引行陣,蕃漢列旌旗。”方干《王將軍》:“保寧帝業青萍在,投棄儒書絳帳空。密雪

曙連葱嶺道,青松夜起柳營風。" 憔悴:困頓。《孟子·公孫丑》:"民之憔悴於虐政,未有甚於此時者也。"《戰國策·燕策》:"西困秦三年,民憔瘁,士罷弊。" 龍沙:即白龍堆,沙漠名,在新疆天山南路,簡稱龍堆。《漢書·匈奴傳》:"豈爲康居、烏孫能逾白龍堆而寇西邊哉?乃以制匈奴也。"顔師古注引孟康曰:"龍堆形如土龍身,無頭有尾,高大者二三丈,埤者丈餘,皆東北向,相似也,在西域中。"《後漢書·班超傳贊》:"定遠慷慨,專功西遐。坦步葱雪,咫尺龍沙。"李賢注:"葱嶺、雪山、白龍堆沙漠也。"

⑤ 摽:通"標",標榜。《宋書·謝靈運傳論》:"子建、仲宣以氣質爲體,並摽能擅美,獨映當時。"高舉貌。《管子·侈靡》:"摽然若冬雲之遠,動人心之悲。"尹知章注:"摽然,高舉貌。"李賀《畫角東城》:"帆長摽越甸,壁冷挂吴刀。"王琦匯解:"摽,高舉貌。" 珍木:珍貴的樹木。王嘉《拾遺記·秦始皇》:"窮四方之珍木,搜天下之巧工。"李白《叙舊贈江陽宰陸調》:"好鳥集珍木,高才列華堂。" 麻:麻類植物的總名,有大麻、亞麻、苧麻等,與桑樹並稱,爲常見農作物,並不珍貴。孟浩然《過故人莊》:"開筵面場圃,把酒話桑麻。"司空圖《漫書五首》二:"溪邊隨事有桑麻,盡日山程十數家。莫怪行人頻悵望,杜鵑不是故鄉花。"

⑥ 深:歷時久。白居易《琵琶行》:"夜深忽夢少年事,夢啼粧泪紅闌干。"蘇軾《上神宗皇帝書》:"且古陂廢堰,多爲側近冒耕,歲月既深,已同永業。" 抛:丢棄,撇開。《後漢書·安成孝侯賜傳》:"賜與顯子信賣田宅,同抛財産,結客報吏,皆亡命逃伏,遭赦歸。"元稹《琵琶歌》:"管兒不作供奉兒,抛在東都雙鬢絲。" 故園:古舊的園苑,荒廢的園林。杜審言《贈崔融二十韵》:"相逢慰疇昔,相對叙存亡。草深窮巷毀,竹盡故園荒。"李頎《送劉四》:"生事豈須問!故園寒草荒。從今署右職,莫笑在農桑!" 貴人:顯貴的人。《穀梁傳·襄公二十九年》:"賤人,非所貴也;貴人,非所刑也;刑人,非所近也。"杜牧《送

隱者一絶》:“公道世間唯白髮,貴人頭上不曾饒。”

⑦ 荆州:古代“九州”之一,在荆山、衡山之間,漢爲十三刺史部之一,轄境約相當於今湘、鄂二省及豫、桂、黔、粤的一部分,漢末以後轄境漸小,東晉定治江陵(現屬湖北),爲當時及南朝時期長江中游的重鎮。張九齡《登荆州城樓》:“天宇何其曠! 江城坐自拘。層樓百餘尺,迢遞在西隅。”張説《四月一日過江赴荆州》:“夏雲隨北帆,同日過江來。水漫荆門出,山平郢路開。” 胡地:古代泛稱北方和西方各族居住的地方。沈佺期《王昭君》:“嫁來胡地日,不並漢宫時。心苦無聊賴,何堪馬上辭!”孟浩然《凉州詞》:“渾成紫檀金屑文,作得琵琶聲入雲。胡地迢迢三萬里,那堪馬上送明君!” 賒:距離遠。葛洪《抱朴子·至理》:“豈能棄交修賒,抑遺嗜好,割目下之近欲,修難成之遠功哉!”吕巖《七言》四五:“常憂白日光陰促,每恨青天道路賒。”時間長久。何遜《秋夕仰贈從兄寘南》:“寸心懷是夜,寂寂漏方賒。”

⑧ 從教:聽任,任憑。徐凝《春寒》:“亂雪從教舞,回風任聽吹。春寒能作底,已被柳條欺。”韋驤《菩薩蠻》:“白髮不須量,從教千丈長。” 當路:路上,路中間。元稹《痁卧聞幕中諸公徵樂會飲因有戲呈三十韵》:“坐隅甘對鵩,當路恐遭豺。”蘇舜欽《獨遊輞川》:“暗林麋養角,當路虎留蹤。” 長:生長,成長。《吕氏春秋·圜道》:“物動則萌,萌而生,生而長,長而大。”蘇軾《京師哭任遵聖》:“十年不還鄉,兒女日夜長。” 恣:放縱,放肆。《吕氏春秋·適威》:“驕則恣,恣則極物。”《史記·吕太后本紀》:“王后從官皆諸吕,擅權,微伺趙王,趙王不得自恣。” 檐:屋檐,屋瓦邊滴水的部分。陶潛《歸園田居五首》一:“榆柳蔭後檐,桃李羅堂前。”韓愈《苦寒》:“懸乳零落墮,晨光入前檐。” 斜:向偏離正中或正前方的方向移動。賈誼《鵩鳥賦》:“單閼之歲兮,四月孟夏,庚子日斜兮,鵩集予舍。”杜甫《杜位宅守歲》:“四十明朝過,飛騰暮景斜。”指側斜或曲折地向前延伸。蕭綱《行雨山銘》:“玉岫開華,紫水迴斜。”韓愈《獨釣四首》二:“一徑向池斜,池塘

野草花。雨多添柳耳,水長減蒲芽。”

⑨ 緑葉:植物緑色的葉子。李頎《題僧房雙桐》:“青桐雙拂日,傍帶淩霄花。緑葉傳僧磬,清陰潤井華。”司空曙《衛明府寄枇杷葉以詩答》:“傾筐呈緑葉,重疊色何鮮? 詎是秋風裏,猶如曉露前。” 烟翠:狀植物的葉子翠緑可愛,如青濛濛的雲霧。岑參《峨眉東脚臨江聽猿懷二室舊廬》:“峨眉烟翠新,昨夜秋雨洗。”黄滔《奉和翁公堯員外見寄》:“山從南國添烟翠,龍起東溟認夜光。” 紅英:紅花。李煜《采桑子》:“亭前春逐紅英盡,舞態徘徊。細雨霏霏。不放雙眉時暫開。”秦觀《滿庭芳》:“古臺芳榭,飛燕蹴紅英。” 日華:太陽的光華。謝朓《和徐都曹》:“日華川上動,風光草際浮。”韓偓《漫作二首》一:“暑雨灑和氣,香風吹日華。”

⑩ 新:新潔,新鮮,清新。《禮記・郊特牲》:“明水涚齊,貴新也。”孔穎達疏:“貴其新潔之義也。”王維《送元二使安西》:“渭城朝雨裛輕塵,客舍青青柳色新。” 簾:以竹、布等製成的遮蔽門窗的用具。宋之問《望月有懷》:“天使下西樓,含光萬里秋。臺前似挂鏡,簾外如懸鉤。”崔湜《同李員外春園》:“落日啼連夜,孤燈坐徹明。捲簾雙燕入,披幌百花驚。” 透:通過,穿過。韓愈《題木居士二首》一:“火透波穿不計春,根如頭面幹如身。”透露,顯露。韓玉《感皇恩》:“遠柳緑含烟,土膏才透,雲海微茫露晴岫。” 影:人或物體因遮住光綫而投下的暗像或陰影。李白《月下獨酌四首》一:“花間一壺酒,獨酌無相親。舉懷邀明月,對影成三人。”張先《天仙子》:“沙上並禽池上暝,雲破月來花弄影。” 疏:稀疏,稀少。《老子》:“天網恢恢,疏而不失。”高亨注:“疏,稀疏,不密。”杜牧《雪中書懷》:“孤城大澤畔,人疏烟火微。” 牖:窗户。《書・顧命》:“牖間南嚮,敷重篾席。”孔穎達疏:“牖,謂窗也。”韓愈《東都遇春》:“朝曦入牖來,鳥唤昏不醒。” 籠紗:即紗籠,用絹紗作外罩的燈籠。戎昱《送王明府入道》:“輕雪籠紗帽,孤猨傍醮壇。懸懸老松下,金竈夜燒丹。”姜夔《鷓鴣天・正月十一日

觀燈》:"巷陌風光縱賞時,籠紗未出馬先嘶。"

⑪ 金爐:金屬鑄的香爐。趙蕤《長短經·論士第七》:"歐冶能因國君之銅鐵以爲金爐大鐘,而不能自爲壺鼎盤盂,無其用也。"桓寬《鹽鐵論·貧富》:"歐冶能因國君之銅鐵以爲金爐大鍾,而不能自爲壺鼎盤杅,無其用也。"馬非百注:"金爐,疑即金香爐。《西京雜記》:'趙飛燕爲皇后,其女弟遺以五層金博香爐。'"爲香爐之美稱。江淹《别賦》:"同瓊珮之晨照,共金爐之夕香。"劉禹錫《秋螢引》:"紛綸暉映平明滅,金爐星噴鐙花發。" 焰:火苗。庾信《對燭賦》:"光清寒入,燄暗風過。"晏殊《撼庭秋》:"念蘭堂紅燭,心長燄短,向人垂泪。" 玉砌:用玉石砌的臺階,亦用爲臺階的美稱。《文選·王融〈三月三日曲水詩序〉》:"鏡之虹於綺疏,浸蘭泉於玉砌。"李周翰注:"玉者,美言之也;砌,階也。"李煜《虞美人》:"雕闌玉砌應猶在,只是朱顔改。" 瑕:通"霞",彩雲。《文選·揚雄〈甘泉賦〉》:"吸清雲之流瑕兮,飲若木之露英。"李善注:"霞與瑕古字通。"《文選·郭璞〈江賦〉》:"若乃巴東之峽,夏后疏鑿。絶岸萬丈,壁立赮駮。"李善注:"盛弘之《荆州記》:古歌曰:'巴東三峽巫峽長,猨鳴三聲泪沾裳。'赮,古霞字。"

⑫ 乍驚:起先驚奇。柳宗元《龜背戲》:"乍驚散漫無處所,須臾羅列已如故。徒言萬事有盈虚,終朝一擲知勝負。"張籍《答白杭州郡樓登望畫圖見寄》:"畫得江城登望處,寄來今日到長安。乍驚物色從詩出,更想工人下手難。" 乍:初,剛剛。韓愈《和侯協律詠笋》:"竹亭人不到,新笋滿前軒。乍出真堪賞,初多未覺煩。"徐鉉《柳枝辭十二首》七:"水閣春來乍减寒,曉粧初罷倚欄干。" 珠綴:連綴珍珠爲飾的什物。蕭綱《東飛伯勞歌二首》二:"網户珠綴曲瓊鉤,芳茵翠被香氣流。"李華《詠史十一首》一一:"泥沾珠綴履,雨濕翠毛簪。" 終誤:最終失誤。齊己《辭主人絶句四首·放鶴》:"華亭來復去芝田,丹頂霜毛性可憐。縱與乘軒終誤主,不如還放却遼天。"韓琦《古風二十三首·瓊花》:"嘗聞好事家,欲移京轂地。既違孤絜情,終誤栽培

意。” 繡幃：繡花的香囊。羅虬《比紅兒詩》二一：“虢國夫人照夜璣，若爲求得與紅兒。醉和香態濃春睡，一樹繁花偃繡幃。”魚玄機《寄題鍊師》：“霞彩翦爲衣，添香出繡幃。”

⑬ 琥珀：古代松柏樹脂的化石，色淡黄、褐或紅褐，質優的用作裝飾品，質差的用於製造琥珀酸和各種漆。張華《博物志》卷四：“《神仙傳》云：‘松柏脂入地千年化爲茯苓，茯苓化琥珀。’琥珀一名江珠。”蘇軾《南歌子・楚守周豫出舞鬟因作之》：“琥珀裝腰佩，龍香入領巾。” 烘：燃燒。《詩・小雅・白華》：“樵彼桑薪，卬烘於煁。”鄭玄箋：“烘，燎也。”烤，物向火使熟或乾燥。楊萬里《垂絲海棠盛開》：“風攬玉皇紅世界，日烘青帝紫衣裳。” 梳：以梳理發。揚雄《長楊賦》：“當此之勤，頭蓬不暇梳，飢不及餐。”劉猛《曉》：“朝梳一把白，夜泪千滴雨。” 燕支：草名，可作紅色染料。崔豹《古今注・草木》：“燕支，葉似薊，花似蒲公，出西方。土人以染，名爲燕支，中國人謂之紅藍。”盧照鄰《和吴侍御被使燕然》：“胡笳折楊柳，漢使採燕支。” 搽：敷，塗抹。魏了翁《重九後三日後圃黄華盛開坐客有論近世菊品日繁未經前人賦詠惟明道嘗賦桃花菊外此無聞焉因相與第其品之稍顯者各賦一品某探題得桃花菊》：“玄都有俗士，品格固爾差。遺之以潘沐，强欲相塗搽。”万俟紹之《婢態》：“遷怒故將甌碗擲，傚矉剛借粉脂搽。隔屏竊聽賓朋語，汲汲訛傳又妄加。”

⑭ 風翻一樹火：意謂石榴樹迎風招展，遠遠看去，好像滿樹的火苗在風中飛舞。 火：物體燃燒時所發的光和焰，常常借喻紅色。《書・盤庚》：“若火之燎于原，不可嚮邇。”孔傳：“火炎不可嚮近。”《史記・項羽本紀》：“燒秦宫室，火三月不滅。” 五雲車：謂仙人所乘的雲車。庾信《道士步虚詞六首》六：“東明九芝蓋，北燭五雲車。”倪璠注引《漢武帝内傳》：“漢武帝好仙道，七月七日夜漏七刻，王母乘雲車而至於殿。”王維《奉和聖製幸玉真公主山莊因題石壁十韵之作應制》：“還瞻九霄上，來往五雲車。”也泛指華麗的車乘。劉長卿《聞沈

判官至》:"長樂宮人掃落花,君王正候五雲車。"本詩以五雲車比喻紅緑相間的石榴樹,猶如彩色的華麗車乘。

⑮ 絳帳:《後漢書·馬融傳》:"融才高博洽,爲世通儒,教養諸生,常有千數……居宇器服,多存侈飾。常坐高堂,施絳紗帳,前授生徒,後列女樂,弟子以次相傳,鮮有入其室者。"後因以"絳帳"爲師門、講席之敬稱。李商隱《過故崔兗海宅與崔明秀才話舊》:"絳帳恩如昨,烏衣事莫尋。"本詩爲借用之詞,以深紅色的帷幔,比喻盛開的石榴花。白居易《和杜録事題紅葉》:"似燒非因火,如花不待春。連行排絳帳,亂落剪紅巾。"　絳:深紅色。《史記·田單列傳》:"田單乃收城中得千餘牛,爲絳繒衣,畫以五彩龍文。"酈道元《水經注·汳水》:"其後有人著大冠,絳單衣,杖竹立冢前,呼採薪孺子伊永昌曰:'我,王子喬也,勿得取吾墳上樹也。'"　帳:一種張挂或支架起來作爲遮蔽用的器物,常指帷幔。《文選·班固〈東都賦〉》:"供帳置乎雲龍之庭。"李善注引張晏曰:"帳,帷幔也。"長孫無忌《新曲二首》二:"侍蘭房,芙蓉綺帳還開掩,翡翠珠被爛齊光。"　宵日:傍晚的太陽。陳獻章《浴日亭次東坡韵》:"殘月無光水拍天,漁舟數點落前灣。赤騰空洞昨宵日,翠展蒼茫何處山?"林俊《祭楊月湖父》:"王事程期,宵日斯征。俚文叙哀,有百斯情。嗚呼哀哉,尚饗!"　芙蕖:亦作"芙渠",荷花的别名。《爾雅·釋草》:"荷,芙渠。其莖茄,其葉蕸,其本蔤,其華菡萏,其實蓮,其根藕。"郭璞注:"〔芙渠〕别名芙蓉,江東呼荷。"曹植《洛神賦》:"遠而望之,皎若太陽升朝霞;迫而察之,灼若芙蕖出渌波。"江淹《蓮花賦》:"若其華實各名,根葉異辭,既號芙渠,亦曰澤芝。"　早牙:即早芽,萌發較其同類爲早的根芽。胡宿《齋祠小飲資政吴侍郎以真如茶二絶句爲寄》二:"寶刀玉尺裁佳句,雪溜雲腴試早芽。睡魄頓消清到骨,一成僧味似僧家。"程俱《生第三兒》:"人生各有分,豪末不可加。丹山無凡轂,寒根無早芽。"

⑯ 淺深:深和淺。《文心雕龍·頌贊》:"雖淺深不同,詳略各異,

其褒德顯榮,典章一也。"蘇軾《學士院試孔子從先進論》:"其志不同,故其術有淺深,而其成功有巨細。" 隱映:猶掩映。丘巨源《詠七寶扇》:"拂眄迎嬌意,隱映含歌人。"劉憲《夜宴安樂公主新宅》:"層軒洞户旦新披,度曲飛觴夜不疲。綺綴玲瓏河色曉,珠簾隱映月華窺。" 前後:用於空間,指事物的前邊和後邊。《書·冏命》:"惟予一人無良,實賴左右前後有位之士,匡其不及。"《左傳·隱公九年》:"戎人之前遇覆者奔,祝聃逐之。衷戎師,前後擊之,盡殪。" 葩:花。孟郊《和薔薇花歌》:"風枝嫋嫋時一颺,飛散葩馥繞空王。"王沂孫《露華》:"紺葩乍坼。笑爛熳嬌紅,不是春色。"

⑰ 宿露:夜裏的露水。李世民《詠雨》:"新流添舊澗,宿露足朝烟。"文同《露香亭》:"宿露濛曉花,婀娜清香發。" 蓮臉:美麗的荷花,美如荷花的臉。薛道衡《昭君辭》:"自知蓮臉歇,羞看菱鏡明。"李華《詠史十一首》一〇:"電影開蓮臉,雷聲飛蕙心。" 朝光:早晨的陽光。鮑照《代堂上歌行》:"陽春孟春月,朝光散流霞。"杜甫《晦日尋崔戢李封》:"朝光入甕牖,屍寢驚弊裘。" 綺霞:美麗的彩霞。何遜《七召》:"綺霞映水,蛾月生天。"唐彦謙《牡丹》:"開日綺霞應失色,落時青帝合傷神。"

⑱ 暗虹:即副虹,虹是大氣中一種光的現象,天空中的小水珠經日光照射發生折射和反射作用而形成的圓弧形彩帶,呈現紅、橙、黄、绿、藍、靛、紫七種顔色。這種圓弧常出現兩個,紅色在外,紫色在内,顔色鮮紅的稱"虹",也稱正(雄)虹;紅色在内,紫色在外,顔色較淡的稱"霓",也稱副(雌)虹。《禮記·月令》:"(季春之月)虹始見,萍始生。"陳潤《賦得浦外虹送人》:"日影化爲虹,彎彎出浦東。" 繳繞:圍繞,纏繞。元稹《江邊四十韵》:"總無籬繳繞,尤怕虎咆哮。"引申爲曲折迂回。元稹《韋氏館與周隱客杜歸和泛舟》:"輕舟閑繳繞,不遠池上樓。" 濯錦:成都一帶所産的織錦,以華美著稱,亦指漂洗這種織錦。這裏是以"濯錦"借喻石榴之花。錢起《蘇端林亭對酒喜雨》:"濯

錦翻紅蕊，跳珠亂碧荷。芳尊深幾許？此興可酣歌。"段成式《酉陽雜俎·廣知》："歷城北二里有蓮子湖，周環二十里，湖中多蓮花，紅緑間明，乍疑濯錦。" 周遮：遮掩，掩蓋。元稹《胡旋女》："傾天倒地用君力，抑塞周遮恐君見。"陳舜俞《中秋玩月宴友》："樓臺延皓魄，簾幕去周遮。交錯宴子女，嘈雜鳴簫笳。"

⑲ 俗態：世俗的情狀。王勃《澗底寒松賦》："見時華之屢變，知俗態之多浮。"杜甫《石笋行》："惜哉俗態好蒙蔽，亦如小臣媚至尊。" 芳姿：美妙的姿容。徐鉉《柳枝詞十首》八："新春花柳競芳姿，偏愛垂楊拂地枝。天子遍教詞客賦，宫中要唱洞簫詞。"李清照《臨江仙·梅》："庭院深深深幾許？雲窗霧閣春遲。爲誰憔悴損芳姿？" 可嘉：值得贊許。司馬相如《封禪文》："白質黑章，其儀可嘉。"元稹《芳樹》："芳樹已寥落，孤英尤可嘉。"

⑳ 非專：不僅僅是。宋庠《乞御前殿朔日立仗群臣朝服劄子》："臣愚以爲羽衛之設，非矜華侈，所以重主威也；朝會之作，非專拜揖，所以飾治體也。"宋祁《隴西都尉禪會圖》："法身寧滯相，世眼願瞻風。厨鑰方傳寶，非專巖壑中。" 愛：喜歡，愛好。《論語·顔淵》："愛之欲其生，惡之欲其死。"杜甫《戲爲六絶句》五："不薄今人愛古人，清詞麗句必爲鄰。" 顔色：姿色。《墨子·尚賢》："不論貴富，不嬖顔色。"貫休《偶作五首》五："君不見西施緑珠顔色可傾國，樂極悲來留不得。"色彩。杜甫《花底》："深知好顔色，莫作委泥沙。" 恨：遺憾。《史記·商君列傳》："梁惠王曰：'寡人恨不用公叔座之言也。'"杜甫《復愁十二首》一一："每恨陶彭澤，無錢對菊花。" 阻：阻隔，障隔。《周禮·夏官·司險》："司險，掌九州之圖，以周知其山林川澤之阻，而達其道路。"鄭玄注："達道路者，山林之阻則開鑿之，川澤之阻則橋梁之。"杜甫《遣興三首》三："烟塵阻長河，樹羽成皋間。"隔絶，斷絶。錢起《送費秀才歸衡州》："不畏心期阻，惟愁面會賒。" 幽遐：僻遠，深幽。《晉書·禮志》："故雖幽遐側微，心無壅隔。"包融《武陵桃源送

人》:“武陵川徑入幽遐,中有雞犬秦人家。”

㉑ 滿眼:充滿視野。陶潛《祭程氏妹文》:“尋念平昔,觸事未遠,書疏猶存,遺孤滿眼。”杜甫《千秋節有感二首》二:“桂江流向北,滿眼送波濤。” 思鄉:思念家鄉。劉長卿《送梁侍御赴永州》:“蕭蕭江雨暮,客散野亭空。憂國天涯去,思鄉歲暮同。”岑參《巴南舟中夜書事》:“見雁思鄉信,聞猿積泪痕。孤舟萬里外,秋月不堪論。” 相嗟:相互感嘆。錢起《淮上别范大》:“遊宦且未達,前途各修阻。分袂一相嗟,良辰更何許!”梅堯臣《次韵再和》:“古之賢人尚若此,我今貧陋休相嗟! 公不遺舊許頻往,何必絲管喧咬哇!” 自嗟:自我感嘆。戴叔倫《客中言懷》:“白髮照烏紗,逢人只自嗟。官閑如致仕,客久似無家。”楊凝《下第後蒙侍郎示意指於新先輩宣恩感謝》:“才薄命如此,自嗟兼自疑。遭逢好交日,黜落至公時。”

[編年]

《年譜》編年本詩於“庚寅至甲午在江陵府所作其他詩”欄内,理由是:“詩云:‘唯我荆州見。’”《編年箋注》編年:“此詩作于江陵時期。見下《譜》。”《年譜新編》編年本詩於“庚寅至甲午在江陵府所作其他詩”欄内,理由是:“詩云:‘唯我荆州見。’”

我們以爲,有“唯我荆州見”的詩句以及“非專愛顔色,同恨阻幽遐。滿眼思鄉泪,相嗟亦自嗟”的表述,本詩編年江陵時期自然没有任何問題。但如此粗疏的編年,是不是顯得太籠統了? 想來讀者一頭霧水,定然也不會滿意。本詩云:“初到摽珍木,多來比亂麻。深抛故園裏,少種貴人家。”説明石榴樹在荆州到處都有,並不難見,元稹元和五年出貶江陵之時,五月到達荆州之日,定然已經看到了迎風招展鮮艷如火的石榴花。根據“初到摽珍木”四句所表述石榴樹的悲慘歷史,結合元稹自己被無緣無故貶謫江陵的不幸遭遇,引起共鳴的詩人賦詠讚嘆石榴感嘆自己的詩作是再自然不過的事情,本詩即應該作於元稹剛剛到達江陵的元和五年五月間。

◎ 寄吴士矩端公五十韵(此後並江陵士曹時作)①

昔在鳳翔日,十歲即相識②。未有好文章,逢人賞顔色③。可憐何郎面(吴生小字何郎),二十纔冠飾④。短髪予近梳,羅衫紫蟬翼⑤。伯舅各驕縱,仁兄未摧抑⑥。事業若杯盤(一),詩書甚徽纆⑦。西州戎馬地,賢豪事雄特⑧。百萬時可贏,十千良易借(二)⑨。寒食桐陰下(三),春風柳林側⑩。藉草送遠遊,列筵酬博塞⑪。萎蕤雲幕翠,燦爛紅茵葩⑫。繪縷輕似絲,香醅膩如織(四)⑬。將軍頻下城,佳人盡傾國⑭。媚語嬌不聞,纖腰軟無力⑮。歌辭妙宛轉,舞態能剜刻⑯。箏弦玉指調,粉汗紅綃拭⑰。予時最年少,專務酒中職⑱。未能媿生獰(五),偏矜任狂直⑲。曲庇桃根盞,横講捎雲式⑳。亂布門分朋(六),惟新間讒慝㉑。耻作最先吐,羞言未朝食㉒。醉眼漸紛紛,酒聲頻餃餃㉓。扣節參差亂,飛觥往來織㉔。强起相維持,翻成兩匍匐㉕。邊霜颯然降,戰馬鳴不息㉖。但喜秋光麗,誰憂塞雲黑(七)㉗?常隨獵騎走,多在豪家匿㉘。夜飲天既明,朝歌日還昃㉙。荒狂歲云久,名利心潛逼㉚。時輩多得途,親朋屢相敕㉛。間因適農野,忽復愛稼穡(八)㉜。平生中聖人,翻然腐腸賊㉝。亦從酒仙去,便被書魔惑㉞。脱迹壯士場,甘心豎儒域㉟。矜持翠筠管,敲斷黄金勒㊱。屢益蘭膏燈,猶研兔枝墨㊲。崎嶇來掉蕩,矯枉事沈默㊳。隱笑甚艱難,斂容還屴崱(大山也)㊴。與君始分散,勉我勞修飾㊵。岐路各營營,别離長惻惻㊶。行看二十載,萬事䌓何極(九)㊷?相值或須臾,安能洞胸臆(一〇)㊸？昨來陜郏會，悲歡兩難克㊹。問我新相知，但報長相憶㊺。豈無新知者(一一)，不及小相得㊻。亦有生歲游，同年不同德㊼。爲别詎幾時，伊予墜溝洫㊽。大江鼓風浪，遠道參荆棘㊾。往事返無期，前途浩難測㊿。一旦得自由，相求北山北[51]。

録自《元氏長慶集》卷六

［校記］

（一）事業若杯盤：楊本、叢刊本、《全詩》、《全唐詩録》同，宋蜀本作"事業在杯盤"，語義不同，不改。

（二）十千良易借：叢刊本、《全詩》、《全唐詩録》同，楊本作"十千良易惜"，語義不通，不從不改，《元稹集》、《編年箋注》仍然作"十千良易惜"，失校于馬本、《全詩》、《全唐詩録》。

（三）寒食桐陰下：宋蜀本、蘭雪堂本、叢刊本、《全詩》、《全唐詩録》同，"桐陰"與"柳林"相對，楊本作"寒食樹陰下"，語義不同，不改。

（四）香醅膩如織：楊本、叢刊本同，《全詩》作"香醅膩如職"，誤；《全唐詩録》作"香醅膩如醷"，語義不同，不改。

（五）未能媿生獰：叢刊本、《全唐詩録》同，楊本、《全詩》作"未解愧生獰"，語義相類，不改。

（六）亂布鬥分朋：楊本、叢刊本、《全詩》、《全唐詩録》同，與下句"惟新間讒慝"相對。宋蜀本作"亂布鬥分明"，語義不同，不改。

（七）誰憂塞雲黑：楊本、叢刊本、《全詩》、《全唐詩録》同，宋蜀本作"誰愛塞雲黑"，語義不同，不從不改。

（八）忽復愛稼穡：楊本、叢刊本、《全詩》、《全唐詩録》同，宋蜀本作"忽復憂稼穡"，語義不同，不從不改。

（九）萬事紛何極：原本作"萬事絲何極"，楊本、叢刊本同，語義難通，據《全詩》、《全唐詩録》改。

（一〇）安能洞胸臆：楊本、叢刊本、《全詩》、《全唐詩録》同，宋蜀本作“安能動胸臆”，語義難通，不從不改。

（一一）豈無新知者：楊本、叢刊本、《全詩》、《全唐詩録》同，宋蜀本作“豈無新相知”，與上聯重複，不從不改。

[箋注]

① 吴士矩：元稹的從姨兄，另一位從姨兄是吴士則，我們在其他的詩文裹將會涉及。而吴士矩、吴士則兄弟的父輩吴湊與吴溆是章敬皇后的親弟弟，而可貴的是他們敢作敢爲，倍受人們讚譽而青史垂名。在元稹思想形成的青少年時期，吴湊、吴溆兄弟的所作所爲顯然深刻影響着元稹，使他們成爲自己終身學習的榜樣，《舊唐書・章敬皇后傳》：“肅宗章敬皇后吴氏，坐父事没入掖庭。開元二十三年玄宗幸忠王邸，見王服御蕭然，旁無媵侍，命將軍高力士選掖庭宫人以賜之。而吴后在籍中，容止端麗，性多謙抑，寵遇益隆，明年生代宗皇帝。二十八年薨，葬於春明門外。代宗即位之年十二月，群臣以肅宗山陵有期，準禮以先太后祔陵廟。宰臣郭子儀等上表曰：‘謹按謚法：敬慎高明曰章，法度明大曰章，夙興夜寐曰敬，齊莊中正曰敬。’敢遵先典，仰圖懿德，謹上尊謚曰章敬皇后。”二年三月祔葬建陵。啓春明門外舊壟，后容狀如生，粉黛如故，而衣皆赭黄色，見者駭異，以爲聖子符兆之先。”而《新唐書・吴溆傳》：“吴溆者，章敬皇后之弟。代宗立……建中初遷大將軍。溆循循有禮讓，無倨氣矜色，見重朝廷，時以爲材當所位，不自戚屬者。朱泚反，盧杞、白志貞皆謂泚有功，不宜首難，得大臣一人持節慰曉，惡且悛。德宗顧左右，無敢行，溆曰：“陛下不以臣亡能，願至賊中諭天子至意。”帝大悦。溆退謂人曰：“吾知死無益而决見賊者，人臣食禄死其難，所也。方危時，安得自計？且不使陛下恨下無犯難者。”即日齎詔見泚，具道帝待以不疑者。而泚

業僭逆，故留溆客省不遣，卒被害。帝悲梗甚，贈太子太保，謚曰忠，賜其家實户二百，一子五品正員官。京師平，官庀其葬。子士矩，别傳。"《新唐書・吴湊傳》："吴湊，章敬皇后弟也。繇布衣與兄溆一日賜官，封皆等，而湊畏太盛，乞解太子詹事，换檢校賓客兼家令，進累左金吾衛大將軍。湊才敏鋭而謙畏自將，帝數顧訪，尤見委信。是時令狐彰、田神功等繼没，其下乘喪挾兵，輒偃蹇摇亂。湊持節至汴滑，委悉慰説，裁所欲爲奏，各盡其情，亦度朝廷可行者，故軍中歡附。帝才其爲，重之……丁後母喪解職，既除，拜右衛將軍。德宗初出爲福建觀察使，政勤清，美譽四騰。與宰相竇參有憾，參數加短毁，又言湊風痹不良趨走。帝召還驗其疾，非是，繇是不直參。擢湊陝虢觀察使，代李翼。翼，參黨也。宣武劉玄佐死，以湊檢校兵部尚書領節度使馳代。未至汴軍亂，立玄佐子士寧。帝欲遣兵内湊，而參請授士寧以沮湊，還爲右金吾衛大將軍……初府中易湊貴戚子，不更簿領，每有疑獄，時其將出，則遮湊取决，幸蒼卒得容欺。湊叩鞍一視，凡指擿盡中其弊，初無留思，衆畏服，不意湊精裁遣如此。僚史非大過不榜責，召至廷，詰服原去，其下傳相訓勖，舉無稽事。文敬太子、義章公主仍薨，帝悼念，厚葬之，車土治墳，農事廢。湊候帝間徐言，極争不避。或勸論事宜簡約，不爾爲上厭苦，湊曰：'上明睿，憂勞四海，不以愛所鍾而疲民以逞也，顧左右鉗噤自安耳！若反復啓寤，幸一聽之，則民受賜爲不少。橋舌阿旨固善，有如窮民上訴，叵云罪何？'以能進兼兵部尚書。及屬病，門不内醫巫不嘗藥，家人泣請，對曰：'吾以庸謹起田畝，位三品，顯仕四十年，年七十，尚何求？自古外戚令終者可數，吾得以天年歸侍先人地下，足矣！'帝知之，詔侍醫敦進湯劑，不獲已，一飲之。卒，年七十一，贈尚書右僕射，謚曰成。先是街樾稀殘，有司莳榆其空，湊曰：'榆非人所蔭玩。'悉易以槐，及槐成而湊已亡，行人指樹懷之。唐興，后族退居奉朝請者，猶以事失職，而湊任中外，未嘗以罪過罷，爲世外戚表云。溆子士矩，文學蚤就，喜與豪英游，故人人助爲談説。”元稹在鳳翔,與吴士矩、吴士則等兄長們相從相遊,在不知不覺的潜移默化中,受到了吴溆與吴凑所作所爲的深遠影響,成爲詩人一生膜拜的典範。而艱難的時世、清貧的家庭、不幸的家庭變故,迫使元稹童年就過着投奔親友寄食他人的生活。這是元稹痛恨叛亂藩鎮爲禍國家、反對貪官污吏盤剥百姓、提出切中時弊利國安民政見、寫出反映現實同情百姓詩歌的最重要原因。　端公:唐代對侍御史的别稱。李肇《唐國史補》卷下:“外郎御史遺補相呼爲院長,上可兼下,下不可兼上,唯侍御史相呼爲端公。”《通典・職官》:“侍御史之職……臺内之事悉主之,號爲臺端,他人稱之曰端公。”盧綸《寶泉寺送李益端公歸邠寧幕》:“早晚登麟閣,慈門欲付公。”

② 鳳翔:李吉甫《元和郡縣志》卷一:“鳳翔府:今爲鳳翔節度使理所……開元户四萬四千五百三十二,鄉九十二。元和户七千五百八十,鄉八十八。”鳳翔,原來的意思是龍飛鳳翔之地,是聖人興旺之地,與洛陽、荆南、太原並稱四“陪都”,號稱“西都”。但中唐之後,元稹童年時已經開始變得荒凉起來。從開元鄉數“九十二”,到元和鄉數“八十八”,李唐國土已經開始減少,原來的内地,現在已經是邊陲。從開元户數“四萬四千五百三十二”,到元和户數“七千五百八十”,百姓紛紛内遷,人口急遽減少,繁榮的景象已經不復存在。不久,元稹的舅族也遷往西京,再次與元稹相聚。武元衡《摩訶池送李侍御之鳳翔》:“柳暗花明池上山,高樓歌酒换離顔。他時欲寄相思字,何處黄雲是隴闗?”張籍《送楊少尹赴鳳翔》:“詩名往日動長安,首首人家卷裏看。西學已行秦博士,南宫新拜漢郎官。”　十歲即相識:貞元四年,元稹十歲,因家庭生活困難,曾跟隨母親鄭氏,與兄長元積一起前往鳳翔依倚舅族生活。《年譜》認爲:“自元寬卒後,元沂、元秬不肯養活鄭氏以及元積、元稹”,不得不在元稹“八歲”時“母携元積、元稹赴鳳翔府‘依倚舅族,分張外姻’”。《編年箋注》、《年譜新編》完全採納《年譜》的意見,分别云:“貞元二年(七八六),元稹父卒,母携元積、元

積赴鳳翔府，寓居其地。”“爲減少家庭開支，鄭氏携元積、元稹赴鳳翔，‘依倚舅族’。”元稹離開長安赴鳳翔的時間，是父喪服中的“八歲”，還是父喪服滿之後的“十歲”？這個問題在别人看來也許是微不足道的小事，但我們認爲應該是元稹生平中的“大事”，必須加以辨别。我們以爲，元稹離開長安赴鳳翔的時間是父喪服滿之後的“十歲”，理由是：一、本詩云：“昔在鳳翔日，十歲即相識。”請注意是“十歲相識”而不是“八歲相識”。二、元稹《唐故朝議郎侍御史内供奉鹽鐵轉運河陰留後河南元君墓誌銘》云：貞元初元稹母鄭氏和仲兄争相貨女奴以足食；又云仲兄以三四萬的下士之禄贍養母弟，祭祀父親，極盡孝道，父喪中仍在一起的話可以信從；元寬在世之時，元稹母親鄭氏憐其仲兄學習之專誠，特向其父請求付《百葉書抄》給與元秬。可見他們雖非親生母子，但關係尚算融洽。三、元稹《誨侄等書》云：“吾幼乏歧嶷，十歲知方……是時尚在鳳翔。”所云在鳳翔時間是“十歲”，而非八歲之時。四、元稹《同州刺史謝上表》云：“臣八歲喪父，家貧無業。母兄乞丐，以供資養。衣不布體，食不充腸。”元稹《告贈皇考皇妣文》云：父喪之後，全家生活極爲艱難。由於“亡兄某（按：即元秬）得尉興平，然後衣服飲食之具粗有准常，而猶卑薄儉貧，給不暇足”，因而元稹在“遷换因循，遂階榮位，大有車馬，豐有俸秩”之時不得不感嘆：“嗚呼！生我者父母，享此者妻子。勤悴者兄嫂，優餘者婢僕。”由此可知父喪後是元稹的母親與二兄一起主持家道和喪祀，兄弟之間的感情也極深。五、元稹三十二歲時所作《答姨兄胡靈之序》云：“九歲解賦詩，飲酒至斗餘乃醉。時方依倚舅族……於今餘二十年！”時隔二十年，舊事重提，九歲是指其“解賦詩”之時，“時方依倚舅族”之“時”是泛指。詩云：“憶昔鳳翔城，齠年是事榮。”齠年即童年换齒之時，不一定非八歲之時。六、元稹《寒食日示侄晦及從簡》云：“我昔孩提從我兄，我今衰白爾初成。”詩題中的“從簡”即仲兄元秬之子。元稹八歲喪父，後來奔赴鳳翔，依倚舅族，投靠姐夫，十五歲明經及第時始回長安;如果元稹八歲父喪後即奔赴鳳翔,元稹八歲前父在不當"從我兄",十五歲後又不當稱"孩提"。"我昔孩提從我兄"正是指元稹八歲喪父後至十歲喪滿赴鳳翔前而言。七、元稹《夏陽縣令陸翰妻河南元氏墓誌銘》云:"冬之夜夏之日,環侍其側者週二三歲。"説明元稹兄弟和母親在鳳翔大姐家中度過了"週二三歲"的時間,亦即四個年頭的時間。元稹十五歲明經及第,根據唐代科舉慣例,他歸還京城當在十四歲時,從十歲至十四歲,正是他們母子在鳳翔度過的"週二三歲"的時間。

③ "未有好文章"兩句:意謂那時雖然自己的文章寫得並不好,但那些長輩還是給予許多鼓勵。　文章:文辭或獨立成篇的文字,特指文學作品。《史記·儒林列傳序》:"臣謹案詔書律令下者,明天人分際,通古今之義,文章爾雅,訓辭深厚,恩施甚美。"杜甫《偶題》:"文章千古事,得失寸心知。"　顔色:這裏作垂青解。長孫無忌《新曲二首》二:"芙蓉綺帳還開掩,翡翠珠被爛齊光。長願今宵奉顔色,不愛吹簫逐鳳皇。"崔顥《長安道》:"莫言貧賤即可欺,人生富貴自有時。一朝天子賜顔色,世上悠悠應始知。"

④ 可憐:值得憐憫。《莊子·庚桑楚》:"汝欲返性情而無由入,可憐哉!"成玄英疏:"深可哀滑也。"白居易《賣炭翁》:"可憐身上衣正單,心憂炭賤願天寒。"　小字:小名,乳名。《後漢書·傅燮傳》:"燮慨然而嘆,呼幹小字曰:别成,汝知吾必死邪?"周輝《清波雜誌》卷五:"子弟見父執必拜,或立受,或答半禮,呼以排行,或稱小字。"　冠飾:古代男子到成年則舉行加冠之禮,叫做冠,一般在二十歲。《禮記·曲禮》:"男子二十冠而字。"鄭玄注:"成人矣!敬其名。"《孟子·滕文公》:"丈夫之冠也,父命之。"

⑤ 短髮:稀少的頭髮,一般指老年,這裏指剛剛成年的吴士矩。杜甫《奉送郭中丞兼太僕充隴右節度使三十韵》:"隨肩趨刻漏,短髮寄簪纓。"張孝祥《念奴嬌·過洞庭》:"短髮蕭騷襟袖冷,穩泛滄浪空

闊。"宛新彬等注:"短髮,稀髮。" 羅衫:絲織衣衫。韋應物《白沙亭逢吴叟歌》:"龍池宫裏上皇時,羅衫寶帶香風吹。"章孝標《柘枝》:"柘枝初出鼓聲招,花鈿羅衫聳細腰。" 蟬翼:蟬的翅膀,常用以比喻極輕極薄的事物。《楚辭·卜居》:"蟬翼爲重,千鈞爲輕。"洪興祖補注:"李善云:'蟬翼,言薄也。'"杜牧《宫詞二首》一:"蟬翼輕綃傳體紅,玉膚如醉向春風。"

⑥ 伯舅:這裏指母親的哥哥,亦即吴湊與吴溆。元稹《答姨兄胡靈之見寄五十韵》:"憶昔鳳翔城,齠年是事榮。理家煩伯舅,相宅盡吾兄。"李貽孫《歐陽行周文集序》:"君于貽孫言舊故之分,於外氏爲一家,故其屬文之内名爲予伯舅所著者,有《南陽孝子傳》,有《韓城縣尉廳壁記》,有《與鄭居方書》,皆可徵於集。" 驕縱:驕傲放縱。《舊唐書·李元嬰傳》:"永徽中,元嬰頗驕縱逸遊,動作失度,高宗與書誡之。"《舊唐書·豆盧欽望傳》:"欽望作相兩朝,前後十餘年。張易之兄弟及武三思父子皆專權驕縱,圖爲逆亂,欽望獨謹其身,不能有所匡正,以此獲譏於代。" 仁兄:對同輩友人的尊稱。《後漢書·趙壹傳》:"實望仁兄,昭其懸遲。"李華《祭亡友張五兄文》:"仁兄先生,俯監悲懷。"這裏指弟對兄的尊稱。顏真卿《祭侄李明文》:"爾父竭誠常山作郡,余時受命亦在平原,仁兄愛我,俾爾傳書。"姚合《成名後留别從兄》:"却出關東悲復喜,歸尋弟妹别仁兄。"這裏指吴士矩、吴士則兄弟以及姨兄胡靈芝等。 摧抑:挫折壓制。《三國志·田豫傳》:"〔田豫〕爲校尉九年,其御夷狄,恒摧抑兼併,乖散强猾。"《舊唐書·劉栖楚傳》:"劉栖楚……改京兆尹,摧抑豪右,甚有鉤距,人多比之于西漢趙廣漢者。後恃權寵常,以詞氣淩宰相韋處厚,遂出爲桂州觀察使。"

⑦ "事業若杯盤"兩句:意謂把整天吃吃喝喝當作正經的事業,反而把書本看成對自己的約束。 事業:事情的成就,功業。《易·坤》:"美在其中,而暢于四支,發於事業,美之至也。"孔穎達疏:"所營

謂之事,事成謂之業。"《北史·拓跋澄傳》:"若非任城,朕事業不得就也。" 杯盤:杯與盤,亦借指酒肴。劉禹錫《和樂天洛下雪中宴集寄汴州李尚書》:"洛城無事足杯盤,風雪相和歲欲闌。"吴可《藏海詩話》:"草草杯柈供笑語,昏昏燈火話平生。" 詩書:《詩經》和《尚書》,也泛指一般的書籍。杜甫《聞官軍收河南河北》:"却看妻子愁何在?漫捲詩書喜欲狂。"胡證《句》:"詩書入京國,旌旆過鄉關。" 徽纆:繩索,古時常特指拘繫罪人者。《易·坎》:"上六,繫用徽纆,寘于叢棘。"陸德明釋文引劉表云:"三股曰徽,兩股曰纆,皆索名。"《新唐書·竇建德傳》:"琮率郡屬素服面縛軍門,建德親釋徽纆。"引申爲捆綁,囚禁。《後漢書·西羌傳論》:"壯悍則委身於兵場,女婦則徽纆而爲虜。"《魏書·高祖紀》:"詔曰:'隆寒雪降,諸在徽纆及轉輸在都或有凍餒,朕用潛焉!'"

⑧ 西州:古城名,東晉置,爲揚州刺史治所,故址在今江蘇省南京市。晉謝安死後,羊曇醉至西州門,慟哭而去,即此處。事見《晉書·謝安傳》,後遂用爲典實。《大清一統志》也有記載:"羊曇:泰山人,謝安之甥,爲安所重。安薨後,輟樂,彌年行不由西州路。嘗因石頭大醉,扶路唱樂,不覺至州門。左右白曰:'此西州門。'曇悲感不已,以馬策叩扉,誦曹子建詩曰:'生存華屋處,零落歸山邱。'慟哭而去"温庭筠《經故翰林袁學士居》:"劍逐驚波玉委塵,謝安門下更何人?西州城外花千樹,盡是羊曇醉後春。"蘇軾《日日出東門》:"百年寓華屋,千載歸山丘。何事羊公子,不肯過西州?"指巴蜀地區。《後漢書·廉範傳》:"範父遭喪亂,客死於蜀漢,範遂流寓西州。"常璩《華陽國志·漢中志》:"其珪璋瑚璉之器,則陳伯臺、李季子、申伯之徒,文秀暐曄,其州牧郡守冠蓋相繼,於西州爲盛,蓋濟濟焉!"唐貞觀十四年(640)滅麴氏高昌,以其地置西州,轄境相當今吐魯番盆地一帶,爲東西交通要衝。本詩指陝西地區,亦即元稹年少時依舅族的鳳翔地區。《戰國策·韓策》:"昔者秦穆公一勝於韓原而霸西州,晉文公

一勝於城濮而定天下。”《晉書·張軌傳》:“張凉州一時名士,威著西州。” 戎馬:戰亂,戰争。《顔氏家訓·風操》:“汝曹生於戎馬之間,視聽之所不曉,故聊記録,以傳示子孫。”杜甫《登岳陽樓》:“戎馬關山北,憑軒涕泗流。” 賢豪:賢士豪傑。《史記·刺客列傳》:“荆軻雖遊於酒人乎,然其爲人沈深好書;其所游諸侯,盡與其賢豪長者相結。”《新五代史·吴越世家·錢鏐》:“起乃爲置酒,悉召賢豪爲會,陰令術者遍視之,皆不足當。” 雄特:這裏指英勇出衆者。韋莊《南陽小將張彦射虎歌》:“張彦雄特制殘暴,見之叱起如叱羊。”郭祥正《青州作》:“吾視士大夫,赳赳半雄特。”

⑨“百萬時可贏”兩句:意謂在西州,人們的性格豪爽,賭博時轉眼之間可以贏得百萬,臨時向别人商借一萬八千不是個難事。 百萬:形容數目極大。《史記·平原君虞卿列傳》:“今楚地方五千里,持戟百萬,此霸王之資也。”韓愈《出門》:“長安百萬家,出門無所之。” 十千:一萬,極言其多。曹植《名都篇》:“我歸宴平樂,美酒斗十千。”王維《少年行四首》一:“新豐美酒斗十千,咸陽遊俠多少年?”

⑩ 寒食:節日名,在清明前一日或二日,相傳源於春秋時介之推的故事。孫逖《和上已連寒食有懷京洛》:“天津御柳碧遥遥,軒騎相從半下朝。行樂光輝寒食借,太平歌舞晚春饒。”盧象《寒食》:“子推言避世,山火遂焚身。四海同寒食,千秋爲一人。” 桐陰:桐樹的樹蔭。李郢《曉井》:“桐陰覆井月斜明,百尺寒泉古甃清。越女携瓶下金索,曉天初放轆轤聲。”陸龜蒙《奉酬襲美苦雨四聲重寄三十二句·平上聲》:“心將時人乖,道與隱者静。桐陰無深泉,所以逞短綆。” 春風:春天的風。宋玉《登徒子好色賦》:“寤春風兮發鮮榮,絜齋俟兮惠音聲。”李白《勞勞亭》:“天下傷心處,勞勞送客亭。春風知别苦,不遣柳條青。” 柳林:柳樹構成的樹林。盧象《竹里館》:“柳林春半合,荻笋亂無叢。回首金陵岸,依依向北風。”元稹《野狐泉柳林》:“去日野狐泉上柳,紫牙初綻拂眉低。秋來寥落驚風雨。葉滿空林踏

作泥。”

⑪ 藉草:坐卧在草地之上。《漢書·董賢傳》:“嘗晝寢,偏藉上袖,上欲起,賢未覺,不欲動賢,乃斷袖而起。”顔師古注:“藉謂身卧其上也。”張九齡《三月三日申王園亭宴集》:“藉草人留酌,銜花鳥赴群。向來同賞處,惟恨碧林曛。” 遠遊:謂到遠方遊歷。《論語·里仁》:“子曰:‘父母在,不遠遊。游必有方。’”杜甫《季秋江村》:“遠遊雖寂寞,難見此山川。” 列筵:張設酒席。謝靈運《從遊京口北固應詔》:“張組眺倒景,列筵矚歸潮。”孟浩然《寒夜張明府宅宴》:“瑞雪初盈尺,寒宵始半更。列筵邀酒伴,刻燭限詩成。” 博塞:即六博、格五等博戲。《管子·四稱》:“流於博塞,戲其工瞽。”《莊子·駢拇》:“問谷奚事,則博塞以遊。”成玄英疏:“行五道而投瓊(即骰子)曰博,不投瓊曰塞。”

⑫ 萎蕤:草名,即玉竹。李時珍《本草綱目·萎蕤》:“其根横生似黄精,差小,黄白色,性柔多須,最難燥。其葉如竹,兩兩相值。亦可采根種之,極易繁也,嫩葉及根並可煮淘食茹。”也作草木茂盛貌。潘岳《橘賦》:“既翁茸而萎蕤,且參差而橚矗。”張説《離會曲》:“可憐河樹葉萎蕤,關關河鳥聲相思。” 雲幕:輕柔飄灑如雲霧的帳幕,也泛指帳幕。杜甫《麗人行》:“就中雲幕椒房親,賜名大國虢與秦。”仇兆鰲注:“周注:謂鋪設幕帳如雲霧也。”又作由雲形成的帷幕。蘇軾《滿庭芳》:“幸對清風皓月,苔茵展、雲幕高張。” 燦爛:明亮貌,鮮明貌。《文選·張衡〈東京賦〉》:“瑰異譎詭,燦爛炳焕。”薛綜注:“燦爛炳焕,絜白鮮明之貌。”吕巖《漁父詞一十八首·燦爛》:“四象分明八卦周,乾坤男女論綢繆。交會處,更嬌羞,轉覺情深玉體柔。” 紅茵:紅色的墊褥。楊巨源《邵州陪王郎中宴》:“西塞無塵多玉筵,貔貅鴛鷺儼相連。紅茵照水開罇俎,翠幕當雲發管弦。”元稹《夢遊春七十韵》:“鋪設繡紅茵,施張鈿妝具。” 赩:赤色,火紅色。江淹《横吹賦》:“白山顥,赤山赩,匝流沙,經西極。”胡之驥注:“赩,許力切,大赤

色也。”獨孤及《奉和李大夫同吕評事太行苦熱行兼寄院中諸公》:“晝景絶可畏,凉飆何由發?”

⑬ 鱠縷:魚片、肉絲。段成式《酉陽雜俎·酒食》:“又鱠法,鯉一尺,鯽八寸,去排泥之羽,鯽員天肉腮後鬐前,用腹腴拭刀,亦用魚腦,皆能令鱠縷不著刀。”蘇軾《春菜》:“茵蔯甘菊不負渠,鱠縷堆盤纖手抹。” 香醅:美酒。白居易《花酒》:“香醅淺酌浮如蟻,雪鬢新梳薄似蟬。爲報洛城花酒道,莫辭送老二三年。”郭祥正《山居絶句六首·春》:“自掃松間葉,冰霜一半開。碧桃花未發,亭待漉香醅。”

⑭ 將軍:官名,戰國時始爲武將名,漢代皇帝左右的大臣稱大將軍、車騎將軍、前將軍、後將軍、左將軍、右將軍等,臨時出征的統帥有别加稱號者,如樓船將軍、材官將軍等,魏晉南北朝時,將軍有各種不同的職權和地位,如中軍將軍、龍驤將軍等,多爲臨時設置而有實權。如驍騎將軍、遊擊將軍等,則僅爲稱號。唐十六衛、羽林、龍武、神武、神策等軍,均於大將軍下設將軍之官。《墨子·非攻》:“昔者晉有六將軍。”孫詒讓閒詁:“六將軍,即六卿爲軍將者也,春秋時通稱軍將爲將軍。”《史記·項羽本紀》:“臣與將軍戮力而攻秦,將軍戰河北,臣戰河南。” 佳人:這裏指美女。宋玉《登徒子好色賦》:“天下之佳人,莫若楚國;楚國之麗者,莫若臣里;臣里之美者,莫若臣東家之子。”蘇軾《虢國夫人夜遊圖》:“佳人自鞚玉花驄,翩如驚燕踏飛龍。” 傾國:這裏是形容女子極其美麗。李隆基《好時光》:“莫倚傾國貌,嫁取個、有情郎。”張柬之《與國賢良夜歌二首》一:“柳臺臨新堰,樓堞相重複。窈窕鳳皇姝,傾城復傾國。”有時也指美女。李白《清平調詞三首》三:“名花傾國兩相歡,長得君王帶笑看。解釋春風無限恨,沈香亭北倚闌干。”齊賢注:“傾國指妃子。”皇甫冉《同李蘇州傷美人》:“玉珮石榴裙,當年嫁使君。專房猶見寵,傾國衆皆聞。”

⑮ 媚語:取悦於人的語言。趙昱《南宋雜事詩》:“媚語相依北斗光,園丁亦自頌師王。惟憐他日雙扉掩,零落寒亭晚節香。”毛晉《龍

川詞補遺跋》:“余正喜同甫不作妖語媚語,偶閲《中興詞》,選得《水龍吟》以後七闋,亦未能超然。”　纖腰:這裏指細腰。韋瓘《周秦行紀》卷上:“見前一人纖腰修眸,容甚麗。”周邦彦《解語花·元宵》:“衣裳淡雅,看楚女纖腰一把。”也指細腰美女。蘇軾《姝麗不肯開樽》:“莫嫌衰鬢聊相映,須得纖腰與共回。”　無力:没有力气,没有力量。《庄子·逍遥游》:“且夫水之積也不厚,則其負大舟也無力。”杜甫《茅屋为秋风所破歌》:“南村群童欺我老無力,忍能對面爲盜賊。”

⑯ 歌辭:石崇《思歸引序》:“今爲作歌辭,以述余懷。”《舊唐書·音樂志》:“太宗爲秦王之時,征伐四方,人間歌謡《秦王破陣樂》之曲。及即位,使吕才協音律……魏徵等製歌辭。”　宛轉:形容聲音抑揚動聽。陳恕可《齊天樂·蟬》:“琴絲宛轉,弄幾曲新聲,幾番淒惋。”也謂纏綿多情,依依動人。元稹《鶯鶯傳》:“天將曉,紅娘促去,崔氏嬌啼宛轉,紅娘又捧之而去。”　舞態:舞姿。戎昱《開元觀陪杜大夫中元日觀樂》:“今朝歡稱玉京天,况值關東俗理年。舞態疑迴紫陽女,歌聲似遏綵雲仙。”盧綸《倫開府席上賦得詠美人名解愁》:“舞態兼些醉,歌聲似帶羞。今朝總見也,只不觧人愁。”　剜刻:形容舞態優美動人,給人予非常深刻的印象,如刀刻一般難以抹去。唐無名氏《紀遊東觀山(山在桂林府城外三里)》:“詰曲通三湘,神鬼若剜刻。”

⑰ 筝:撥絃樂器,形似瑟,傳爲秦時蒙恬所作,其弦數歷代由五弦增至十二弦、十三弦、十六弦,後經改革,增至十八弦、二十一弦、二十五弦等。應劭《風俗通·筝》:“筝,謹按《禮·樂記》‘筝,五弦筑身也。’今并、凉二州筝形如瑟,不知誰所改作也。或曰秦蒙恬所造。”《隋書·樂志》:“絲之屬四:一曰琴,神農制爲五弦,周文王加二弦爲七者也。二曰瑟,二十七弦,伏羲所作者也。三曰筑,十二弦。四曰筝,十三弦,所謂秦聲,蒙恬所作者也。”　玉指:稱美人的手指。《樂府詩集·子夜歌》:“朱口發艷歌,玉指弄嬌弦。”孟浩然《宴張記室宅》:“玉指調筝柱,金泥飾舞羅。”　粉汗:指婦女之汗,婦女面多敷

粉，故云。元稹《生春二十首》二〇："柳誤啼珠密，梅驚粉汗融。"蘇軾《四時詞》三："新愁舊恨眉生緑，粉汗餘香在蘄竹。" 紅綃：紅色薄綢。白居易《琵琶行》："五陵年少争纏頭，一曲紅綃不知數。"馮延巳《應天長》三："枕上夜長衹如歲，紅綃三尺泪。"

⑱ "予時最年少"兩句：元稹十歲前往鳳翔，十四歲回京參加明經考試，在吆五喝六的飲酒場合，一個十一二歲的少年，自然是"最年少"的了。而所謂的"酒中職"，主要是負責篩酒、監督别人喝酒之類的事情。 年少：年輕。《戰國策・趙策》："寡人年少，蒞國之日淺，未嘗得聞社稷之長計。"韓愈《論淮西事宜狀》："恐其年少，未能理事。"猶少年。《三國志・先主傳》："好交結豪傑，年少争附之。"王讜《唐語林・政事》："其後補署，悉用年少。" 專務：專心致力。《史記・秦始皇本紀》："遠邇辟隱，專務肅莊。"蘇軾《上皇帝書》："我仁祖之馭天下也，持法至寬，用人有叙，專務掩覆過失，未嘗輕改舊章。"

⑲ 生獰：兇猛，兇惡。李賀《猛虎行》："乳孫哺子，教得生獰。"李覯《俞秀才山風亭小飲》："雨意生獰雲彩黑，秋容細碎樹枝紅。" 矜：自誇，自恃。《書・大禹謨》："汝惟不矜，天下莫與汝争能；汝惟不伐，天下莫與汝争功。"孔傳："自賢曰矜，自功曰伐。"孔穎達疏："矜與伐俱是誇義。"《管子・宙合》："功大而不伐，業明而不矜。" 狂直：疏狂率直。《漢書・朱雲傳》："此臣素著狂直於世，使其言是，不可誅；其言非，固當容之。"《陳書・周弘正傳》："雖盛德之業將絶，而狂直之風未墜。"

⑳ 曲庇：曲意包庇、袒護。歐陽修《論梁舉直事封回内降劄子》："伏以曲庇小臣，撓屈國法，自前世帝王苟有如此等事，史册書之。"《宋史・夏竦傳》："親事官夜入禁中欲爲亂，領皇城司者皆坐逐，獨楊懷敏降官領入内都知如故，言者以爲竦結懷敏而曲庇之。" 桃根：王獻之愛妾桃葉之妹。陳世宜《得天梅書却寄》四："斜陽寂寞烏衣巷，便是桃根也泪零。"也借指歌妓或所愛戀的女子。費昶《行路難》："君

不見長安客舍門,娼家少女名桃根。"周邦彦《點絳唇·傷感》:"憑仗桃根,説與淒凉意。""桃根"又作"桃葉",是晉代王獻之愛妾名。《樂府詩集·桃葉歌》郭茂倩解題引《古今樂録》:"桃葉,子敬妾名……子敬,獻之字也。"張敦頤《六朝事迹·桃葉渡》:"桃葉者,王獻之愛妾名也;其妹曰桃根。"借指愛妾或所愛戀的女子。皇甫松《江上送别》:"隔筵桃葉泣,吹管杏花飄。"周邦彦《三部樂·梅雪》:"倩誰摘取,寄贈情人桃葉?"　盞:淺而小的杯子。韓愈《酬振武胡十二丈》:"横飛玉盞家山曉,遠蹀金珂塞草春。"也作酒、茶或燈的計量單位。杜甫《撥悶》:"聞道雲安曲米春,纔傾一盞即醺人。"這裏以"盞"借稱飲酒一類的活動。　式:這裏指頭髮、衣服的樣式與格式。洪邁《容齋三筆·敕令格式》:"表奏、帳籍、關牒、符檄之類,有體制模楷者,皆爲式。"元稹《叙詩寄樂天書》就有"近世婦人暈淡眉目,綰約頭鬟,衣服修廣之度及匹配色澤,尤劇怪艷,"的表述。根據詩歌對偶的規律,本句中的"捎雲"應該與"桃根"一樣,也是一名歌伎類女子,而"横講"與"曲庇"類如,意謂隨便評論的意思。

㉑ 分朋:分群,分組,意即隨意分合前來參加遊戲的人群,成爲比賽的兩方。庾信《春賦》:"拂塵看馬埒,分朋入射堂。"《舊唐書·中宗紀》:"令中書門下供奉官五品已上、文武三品已上並諸學士等自芳林門入集梨園毬場,分朋拔河。"　讒慝:進讒陷害。李白《寓言三首》一:"賢聖遇讒慝,不免人君疑。天風拔大木,禾黍咸傷萎。"《金陀粹編》卷二八引岳珂《爲大父先臣飛準告追封鄂王稱謝事謝宰執啓》:"乃如大父之忠勤,昔被元奸之讒慝,横加不韙,濫及非辜。"

㉒ "耻作最先吐"兩句:意謂雖然喝得酩酊大醉,也强忍着不肯第一個嘔吐;因爲來得匆忙没有來得及吃早飯,也不好意思對别人明言。　羞言:羞於對他人言説。盧綸《落第後歸終南别業》:"久爲名所誤,春盡始歸山。落羽羞言命,逢人强破顔。"曹鄴《棄婦》:"嫁來未曾出,此去長别離。父母亦有家,羞言何以歸。"　朝食:早晨進餐,吃

早飯。陸機《從軍行》:"朝食不免胄,夕息常負戈。"韓愈《縣齋有懷》:"朝食不盈腸,冬衣纔掩骼。"

㉓ 醉眼:醉後迷糊的眼睛。杜甫《九日登梓州城》:"弟妹悲歌裏,乾坤醉眼中。"白居易《初致仕後戲酬留守牛相公并呈分司諸寮友》:"探花嘗酒多先到,拜表行香盡不知。炮笋烹魚飽飧後,擁袍枕臂醉眼時。" 紛紛:亂貌,醉眼中群像亂舞貌。《管子·樞言》:"紛紛乎若亂絲,遺遺乎若有從治。"王安石《桃源行》:"重華一去寧復得?天下紛紛經幾秦?" 酒聲頻餩餩:意謂醉後之言一聲跟著一聲。酒聲:醉後笑語之言。劉禹錫《路傍曲》:"南山宿雨晴,春入鳳凰城。處處聞弦管,無非送酒聲。"鄭谷《郊墅》:"韋曲樊川雨半晴,竹莊花院遍題名。畫成烟景垂楊色,滴破春愁壓酒聲。" 餩餩:象聲字。毛奇齡《古今通韵》卷一二:"元稹《寄吴士矩端公》詩有'醉眼漸紛紛,酒聲頻餩餩'句,宋韵俱無'餩'字。"

㉔ "扣節參差亂"兩句:意謂擊節而歌,節拍淩亂;傳杯而飲,往來不息。 扣節:打拍子。周南老《芷秀藥花》:"抽簪瑤盤擊,扣節歌樂章。"義近"擊節",左思《蜀都賦》:"巴姬彈弦,漢女擊節。起西音於促柱,歌江上之飉厲。"白居易《琵琶行》:"五陵年少争纏頭,一曲紅綃不知數。鈿頭雲篦擊節碎,血色羅裙翻酒汚。" 參差:不齊貌,紛亂貌。孟郊《旅行》:"野梅參差發,旅榜逍遥歸。"杜牧《阿房宫賦》:"瓦縫參差,多於周身之帛縷。" 飛觥:傳杯。羊昭業《皮襲美見留小宴次韵》:"澤國春來少遇晴,有花開日且飛觥。"梅堯臣《次韵答黄介夫七十韵》:"物理既難常,達生重飛觥。" 往來織:猶言酒杯不停來回,如織機的梭子來回穿行。 往來:来去,往返。《易·咸》:"憧憧往來,朋從爾思。"李镜池通义引王肃曰:"〔憧憧〕,往來不絶貌。"温庭筠《经李徵君故居》:"惆悵羸驂往來慣,每經門巷亦長嘶。" 織:編織。《韓詩外傳》卷九:"夫子以織屨爲食。"《戰國策·齊策》:"將軍之在即墨,坐而織蕢,立則丈插。"

㉕“强起相維持”兩句:描寫酒後醉態,意謂大家酒後坐立不住,看見有人摇晃欲倒,自己勉强起身前往攙扶,不想兩人一起跌到在地,手足並用,也難以站立起來。　强起:勉强起立。枚乘《七發》:“高歌陳唱,萬歲無斁,此真太子之所喜也,能强起而遊乎!”谷神子《博異志·趙昌時》:“俄而天明,趙生漸醒,乃强起。”　維持:維護,幫助,攙扶。鮑溶《宿悟空寺贈僧》:“前心宛如此,了了随静生。維持薝蔔花,却與前心行。”蘇洵《審勢論》:“冗兵驕狂,負力幸賞,而維持姑息之恩不敢節也。”　匍匐:手足並用,爬行而前。《詩·大雅·生民》:“誕實匍匐,克岐克嶷,以就口食。”朱熹注:“匍匐,手足並行也。”《漢書·叙傳》:“昔有學步於邯鄲者,曾未得其髣髴,又復失其故步,遂匍匐而歸耳!”也謂倒僕伏地,趴伏。《禮記·問喪》:“孝子親死,悲哀志懣,故匍匐而哭之。”鄭玄注:“匍匐,猶顛蹷。”王逸《九思·憫上》:“庇陰兮枯樹,匍匐兮岩石。”

㉖邊霜:邊地的寒霜。李益《聽曉角》:“邊霜昨夜墮關榆,吹角當城漢月孤。無限塞鴻飛不度,秋風捲入小單于。”曹唐《哭陷邊許兵馬使》:“北風裂地黯邊霜,戰敗桑乾日色黄。故國暗迴殘士卒,新墳空葬舊衣裳。”　颯然:迅疾、倏忽貌。杜甫《牽牛織女》:“颯然精靈合,何必秋遂通!”洪邁《夷堅丁志·郭簽判女》:“夜漏方上,女已颯然出。”　戰馬:通過訓練用於作戰的馬。庾信《見征客始還遇獵》:“猶言乘戰馬,未得解戎衣。”劉禹錫《令狐相公自太原累示新詩因以酬寄》:“飛蓬卷盡塞雲寒,戰馬閑嘶漢地寬。萬里胡天無警急,一籠烽火報平安。”　不息:不停止。《易·乾》:“天行健,君子以自强不息。”韓愈《上考功崔虞部書》:“行之以不息,要之以至死。”

㉗“但喜秋光麗”兩句:意謂年輕無知的我們,衹知道秋天秀麗的風光,哪里能爲悄悄來臨的戰争烏雲而憂愁!　秋光:秋日的風光景色。陳子昂《秋日遇荆州府崔兵曹使宴》:“秋光稍欲暮,歲物已將闌。”司空圖《重陽山居》:“滿目秋光還似鏡,殷勤爲我照衰顔。”　塞

雲:邊塞的烏雲。王昌齡《塞下曲四首》四:"功勛多被黜,兵馬亦尋分。更遣黄龍戍,唯當哭塞雲。"皎然《隴頭吟》:"素從鹽海積,緑帶柳城分。日落天邊望,逶迤入塞雲。"

㉘ 獵騎:這裏指騎馬行獵者。李白《觀獵》:"江沙横獵騎,山火繞行圍。"譚用之《塞上二首》二:"獵騎静逢邊氣薄,戍樓寒對暮烟微。" 豪家:指有錢有勢的人家。雍裕之《豪家夏冰詠》:"金錯銀盤貯賜冰,清光如聳玉山稜。無論塵客閒停扇,直到消時不見蠅。"封演《封氏聞見記·除蠹》:"蜀漢風俗,縣官初臨,豪家必先饋餉,令丞以下皆與之平交。"

㉙ "夜飲天既明"兩句:意謂夜晚飲酒,直到東方曉明;還没有天黑,喝酒的人們已經唱起早晨的歌曲。 夜飲:徹夜飲酒。王昌齡《長信秋詞五首》四:"真成薄命久尋思,夢見君王覺後疑。火照西宫知夜飲,分明複道奉恩時。"李白《陪宋中丞武昌夜飲懷古》:"清景南樓夜,風流在武昌。庾公愛秋月,乘興坐胡床。" 天明:天亮。杜甫《石壕吏》:"夜久語聲絶,如聞泣幽咽。天明登前途,獨與老翁别。"歐陽修《鵯鵊詞》:"龍樓鳳闕鬱峥嶸,深宫不聞更漏聲。紅紗蠟燭愁夜短,緑窗鵯鵊催天明。" 朝歌:清晨唱歌。袁邕《東峰亭各賦一物得陰崖竹》:"終歲寒苔色,寂寥幽思深。朝歌猶夕嵐,日永流清陰。"徐積《舞馬詩》:"開元天子太平時,夜舞朝歌意轉迷。繡榻盡容騏驥足,錦衣渾盖渥洼泥。" 昃:指日西斜。《易·離》:"日昃之離,何可久也!"《新唐書·李嗣業傳》:"嗣業出賊背合攻之,自日中至昃,斬首六萬級。"

㉚ 荒狂:荒唐瘋狂。元稹《酬李甫見贈十首》三:"十歲荒狂任博徒,挼莎五木擲梟盧。野詩良輔偏憐假,長借金鞍迓酒胡。"白居易《衰病》:"老辭遊冶尋花伴,病别荒狂舊酒徒。更恐五年三歲後,些些譚笑亦應無。" 名利:名位與利禄,名聲與利益。《尹文子·大道上》:"故曰禮義成君子,君子未必須禮義,名利治小人,小人不可無名

利。”韓愈《復志賦》:“惟名利之都府兮,羌衆人之所馳。”

㉛ 時輩:當時有名的人物以及同時期的同輩。王維《休假還舊業便使》:“時輩皆長年,成人舊童子。”岑參《潼關使院懷王七季友》:“王生今才子,時輩咸所仰。何當見顔色,終日勞夢想。”　得途:仕途得志。韓愈《游青龍寺贈崔太補闕》:“年少得途未要忙,時清諫疏尤宜罕。”陸長源《答東野夷門雪》:“好丹與素道不同,失意得途事皆别。”　親朋:親戚朋友。《晉書·謝安傳》:“安遂命駕出山墅,親朋畢集,方與玄圍棋賭别墅。”杜甫《登岳陽樓》:“親朋無一字,老病有孤舟。”　敕:誡飭,告誡。《史記·樂書序》:“余每讀《虞書》,至於君臣相敕,維是幾安,而股肱不良,萬事墮壞,未嘗不流涕也。”古時也作自上告下之詞,漢時凡尊長告誡後輩或下屬皆稱敕,南北朝以後也特指皇帝的詔書。《新唐書·百官志》:“凡上之逮下,其制有六:一曰制,二曰敕,三曰册,天子用之。”文同《送潘司理秘校》一:“下馬便呈新授敕,開箱争認舊縫衣?”

㉜ 農野:村野,田野。班昭《東征賦》:“到長垣之境界,察農野之居民。”也借指從事農耕。元稹《桐花》:“劍士還農野,絲人歸織紝。”稼穡:耕種和收穫,泛指農業勞動。《孟子·滕文公》:“後稷教民稼穡。”薛存誠《膏澤多豐年》:“候時勤稼穡,擊壤樂農功。”也指農作物,莊稼。儲光羲《晚次東亭獻鄭州宋使君文》:“林晚鳥雀噪,田秋稼穡黄。”

㉝ “平生中聖人”兩句:意謂平日把酒看成中聖人一般,這時幡然悔悟,覺得酒是毒害健康耽誤正事的壞東西。　平生:指平素的志趣、情誼、業績、一生、此生、有生以來等。陶潛《停雲》:“人亦有言,日月于征,安得促席,説彼平生?”韓愈《遣興聯句》:“平生無百歲,歧路有四方。”　中聖人:酒醉的隱語。《三國志·徐邈傳》:“魏國初建,爲尚書郎。時科禁酒,而邈私飲至於沈醉。校事趙達問以曹事,邈曰:‘中聖人。’達白之太祖,太祖甚怒。度遼將軍鮮于輔進曰:‘平日醉客

謂酒清者爲聖人，濁者爲賢人，邈性修慎，偶醉言耳！'"陸龜蒙《添酒中六詠》五："嘗作酒家語，自言中聖人。" 翻然：迅速反轉貌，徹底轉變貌。曹丕《與孟達書》："聞卿姿度純茂，器量優絶，當聘能明時，收名傳記。今者翻然濯鱗清流，甚相嘉樂。"谷神子《博異志·嘉陵江巨木》："江中巨木，由來東首，去夜無端翻然西顧。" 腐腸：古人有"嗜酒則腐腸，戀色則伐性，貪財則喪志，尚氣則戕生"之說，這裏指酒對人們的毒害作用。《晉書·張協傳》："服腐腸之藥，御亡國之器，雖子大夫之所榮，顧亦吾人之所畏，余病未能也。"《三朝北盟會編·炎興》："漢枚乘有云：出輿入輦，命曰蹷痿之機；洞房清宫，命曰寒熱之媒；皓齒蛾眉，命曰伐性之斧；甘脆肥濃，命曰腐腸之藥：此言可以戒也。"

㉞ 酒仙：嗜酒的仙人，多用於對酷愛飲酒者的美稱。白居易《對酒五首》三："賴有酒仙相暖熱，松喬醉即到前頭。"歐陽修《歸田録》卷二："〔石曼卿〕飲酒過人，有劉潛者，亦志義之士也，常與曼卿爲酒敵。聞京師沙行王氏新開酒樓，遂往造焉！對飲終日……至夕殊無酒色，相揖而去。明日，都下喧傳王氏酒樓有二酒仙來飲。" 書魔：謂嗜書入迷。白居易《白髪》："况我年四十，本來形貌羸。書魔昏兩眼，酒病沉四肢。"蘇轍《讀書》："習氣不易除，書魔閑即至。圖史紛滿前，展卷輒忘睡。" 惑：迷戀。《詩·衛風·碩人序》："莊公惑於嬖妾。"《新唐書·武宗王賢妃》："帝稍惑方士説，欲餌藥長年，後寖不豫。"洪邁《夷堅丁志·臨卭李生》："元夕觀燈，惑一遊女，隨其後不暫捨。"

㉟ 脱迹：亦作"脱迹"，謂脱略形迹。陸機《漢高祖功臣頌》："脱迹違難，披榛來洎。"韋驤《贈别伯升》："士林佳譽久飛揚，脱迹初筵本異常。盡道清朝隱方朔，不知白髪困馮唐。" 壯士：意氣豪壯而勇敢的人，勇士。《戰國策·燕策》："風蕭蕭兮易水寒，壯士一去兮不復還！"《新唐書·張巡傳》："〔賀蘭進明〕懼師出且見襲，又忌巡聲威，恐成功，初無出師意。又愛霽雲壯士，欲留之。" 甘心：願意。《詩·衛

風・伯兮》:"願言思伯,甘心首疾。"張鷟《遊仙窟》:"千看千意密,一見一憐深。但當把手子,寸斬亦甘心。"　豎儒:對儒生的鄙稱。《史記・酈生陸賈列傳》:"沛公罵曰:'豎儒! 夫天下同苦秦久矣! 故諸侯相率而攻秦,何謂助秦攻諸侯乎?'"司馬貞索隱:"豎者,僮僕之稱,沛公輕之,以比奴豎,故曰'豎儒'也。"《後漢書・馬援傳》:"惟陛下留思豎儒之言,無使功臣懷恨黄泉。"李賢注:"言如僮豎無知也。"

㊱ 矜持:竭力保持莊重。劉義慶《世説新語・雅量》:"王家諸郎,亦皆可嘉;聞來覓婿,咸自矜持。"又作自鳴得意、自負之意。《顔氏家訓・名實》:"有一士族,讀書不過二三百卷,天才鈍拙,而家世殷厚,雅自矜持,多以酒犢珍玩交諸名士,甘其餌者遞共吹嘘。"　翠筠:緑竹。白居易《寄蘄州簟與元九因題六韵》:"笛竹出蘄春,霜刀劈翠筠。"蔡伸《飛雪滿群山》:"翠筠敲竹,疏梅弄影,數聲雁過南雲。"這裏是指以緑竹製成的管笛等樂器。　黄金勒:黄金製成的帶嚼子的馬絡頭,有時也並非用黄金製成,僅僅是美化馬絡頭而已。杜甫《哀江頭》:"輦前才人帶弓箭,白馬嚼齧黄金勒。"司馬光《和道矩送客汾西村舍杏花盛開置酒其下》:"林間暫繫黄金勒,花下聊飛碼碯鍾。會待重來醉嘉樹,只愁風雨不相容。"

㊲ 蘭膏:古代用澤蘭子煉製的油脂,可以點燈。劉長卿《雜詠上禮部李侍郎・寒釭》:"戀君秋夜永,無使蘭膏薄。"李賀《傷心行》:"燈青蘭膏歇,落照飛蛾舞。古壁生凝塵,羈魂夢中語。"　兔枝:用兔毛製成的筆,亦泛指毛筆。羅隱《寄虔州薛大夫》:"海鵬終負日,神馬背眠槽。會得窺成績,幽窗染兔毫。"蘇頌《謝賜筆墨紙》:"皇帝陛下緝熙世烈,載述聖謨,選求叙事之良特,記開編之始輟,象管寶跗之副,兼兔枝鵝素之奇,三具惟精,愧乏仲將之敏手……"

㊳ 崎嶇:形容地勢或道路高低不平。元結《宿無爲觀》:"九疑山深幾千里,峰谷崎嶇人不到。"也作困厄、歷經險阻解。白居易《贖雞》:"與爾鏹三百,小惠何足論! 莫學銜環雀,崎嶇謾報恩。"蘇軾《書

黄子思詩集後》:“唐末司空圖,崎嶇兵亂之間,而詩文高雅,猶有承平之遺風。” 掉蕩:摇盪。元稹《代曲江老人百韵》:“掉蕩雲門發,蹁躚鷺羽振。”沈括《夢溪筆談·樂律》:“若以側垂之,其鍾可以掉蕩旋轉。” 矯枉:矯正彎曲,比喻糾正偏邪。《後漢書·朱佑景丹傳論》:“光武鑒前事之違,存矯枉之志。”李賢注:“矯,正也。枉,曲也。”元希聲《贈皇甫侍御赴都八首》四:“刺邪矯枉,非賢勿居。” 沉默:不説話,不出聲。雍陶《廬岳閑居十韵》:“養拙甘沈默,忘懷絶險艱。更憐雲外路,空去又空還。”王定保《唐摭言·升沉後進》:“二公沉默良久,曰:‘可於客户坊税一廟院。’”

㊴ 艱難:困苦,困難。蘇軾《賀歐陽少師致仕啓》:“功存社稷而人不知,躬履艱難而節乃見。”也作危難、禍亂解。韓愈《此日足可惜贈張籍》:“誰云經艱難,百口無夭殤?” 斂容:正容,顯出端莊的臉色。閻朝隱《采蓮女》:“薄暮斂容歌一曲,氛氲香氣滿汀洲。”白居易《琵琶行》:“沉吟放撥插弦中,整頓衣裳起斂容。” 岁崱:原本形容山峰高聳。徐鹿卿《福州請雨記》:“丁酉,黎明登岁崱,禮畢而雨,是夕大雨。”林希逸《題天風海濤》:“亭後千尋岁崱峰,亭前萬里見晴空。山藏落照生新月,海漲輕濤帶晚風。”這裏形容態度如山勢一般端莊。

㊵ “與君始分散”兩句:元稹於本年亦即元和五年三月六日從洛陽西歸長安,與吴士矩相會於陜州,有《元和五年予官不了罰俸西歸三月六日至陜府與吴十一兄端公崔二十二院長思愴曩遊因投五十韵》紀實,請參閲。據本詩所述,吴士矩曾經給元稹許多勉勵。 修飾:修養品德。白居易《李諒除泗州刺史張愉可岳州刺史同制》:“而愉亦學古入仕,甚自修飾。”也指有道德修養,不違禮義。蘇軾《薦何宗元十議狀》:“伏見蜀人朝奉郎新差通判延州事何宗元,吏道詳明,士行修飾,學古著文,頗適於用。”

㊶ 岐路:岔路,也指離别分手處。王勃《杜少府之任蜀州》:“海記憶體知己,天涯若比鄰。無爲在岐路,兒女共沾巾。”也比喻官場中

險易難測的前途。元稹《酬樂天得微之詩知通州事因成四首》三:"滿身沙虱無防處,獨脚山魈不奈何。甘受鬼神侵骨髓,常憂岐路處風波。"　營營:往來不絶貌,往來盤旋貌。白居易《白牡丹》:"城中看花客,旦暮走營營。"也作勞而不知休息、忙碌解。范仲淹《與韓魏公書》:"吾輩須日夜營營,以備將來。"　別離:即離別。李白《春日獨坐寄鄭明府》:"我在河南別離久,那堪坐此對窗牖? 情人道來竟不來,何人共醉新豐酒?"劉商《送楊行元赴舉》:"晚渡邗溝惜別離,漸看烽火馬行遲。千鈞何處穿楊葉? 二月長安折桂枝。"　惻惻:悲痛,淒涼。杜甫《夢李白二首》一:"死別已吞聲,生別常惻惻。"元稹《張舊蚊幬》:"昔透香田田,今無魂惻惻。"

㊷"行看二十載"兩句:元稹貞元十二年(796),十八歲的元稹寓居西京開元觀,有《開元觀閑居酬吴士矩侍御三十韵》詩,詩題下注云:"十八時作。"至元和五年(810),前後正是二十年。在這二十年間,對元稹來説,發生了許許多多讓人感嘆讓人哀傷的事情。　行看:且看。劉孝孫《送劉散員同賦陳思王詩遊人久不歸》:"稍覺私意盡,行看蓬鬢衰。如何千里外,佇立霑裳衣?"韓愈《郴州祈雨》:"行看五馬入,蕭颯已隨軒。"　萬事:一切事。《墨子・貴義》:"子墨子曰:'萬事莫貴於義。'"李白《古風》五九:"萬事固如此,人生無定期。"何極:用反問的語氣表示没有窮盡、終極。張九齡《感遇十二首》一〇:"馨香歲欲晚,感嘆情何極! 白雲在南山,日暮長太息。"宋之問《送永昌蕭贊府》:"戀本亦何極,贈言微所求。莫令金谷水,不入故園流。"

㊸"相值或須臾"兩句:承上而來,意謂二十年間,我與兄長匆匆見面,又匆匆分别,没有來得及向兄長述説我胸中的所思所想所感所傷。　相值:猶相遇。江淹《知己賦序》:"始於北府相值,傾蓋無已。"韓愈《寄皇甫湜》:"昏昏還就枕,惘惘夢相值。"　須臾:片刻,短時間。《荀子・勸學》:"吾嘗終日而思矣! 不如須臾之所學也!"儲光羲《田

家即事答崔二東皋作四首》三:“念别求須臾,忽至嚶鳴時。萊田燒故草,初樹養新枝。” 洞:明察,察看。寒山《詩》二七五:“廓然神自清,含虚洞玄妙。”葉適《覆瓿集序》:“洞前燭後,瞭至日月,渠不新其學!” 胸臆:内心,心中所藏。杜甫《别贊上人》:“異縣逢舊友,初忻寫胸臆。”也指胸襟和氣度。王安石《寄贈胡先生》:“先生天下豪傑魁,胸臆廣博天所開。”

㊹“昨來陜郟會”兩句:這裹是指元和五年亦即本年三月六日元稹與吴士矩相會於陜府之事,既爲兄弟的見面而高興,又爲元稹無辜被召回京而悲傷。這裹的“陜”是指陜府,代指吴士矩;“郟”指周朝的東都,在今河南省洛陽市,代指元稹。《左傳·桓公七年》:“秋,鄭人、齊人、衛人伐盟向,王遷盟向之民於郟。”楊伯峻注:“郟,以郟山得名(郟山即北邙山),即郟鄏。”又古縣名,春秋鄭邑,後屬楚,故地在今河南省郟縣。《左傳·昭公元年》:“楚公子圍使公子黑肱、伯州犁城犨、櫟、郟。”楊伯峻注;“郟本鄭邑,後已屬楚……郟今三門峽市西北之郟縣舊治。” 悲歡:悲哀與歡樂。顔延之《宋文皇帝元皇后哀策文》:“邑野淪藹,戎夏悲讙。”劉長卿《初貶南巴至鄱陽題李嘉祐江亭》:“流落還相見,悲歡話所思。”亦指悲喜交集。竇群《初入諫司喜家室至》:“一旦悲歡見孟光,十年辛苦伴滄浪。” 兩難:這樣或那樣都有難處。駱賓王《久戍邊城有懷京邑》:“擾擾風塵地,遑遑名利途。盈虚一易舛,心迹兩難俱。”《新五代史·唐莊宗紀》:“河中王重盈卒,其諸子珂、珙争立,克用請立珂,鳳翔李茂員、邠寧王行瑜、華州韓建請立珙。昭宗初兩難之,乃以宰相崔胤爲河中節度使。” 克:勝任。《易·大有》:“公用亨于天子,小人弗克。”孔穎達疏:“小人德劣,不能勝其位。”完成。《春秋·宣公八年》:“冬十月己醜,葬我小君敬嬴,雨,不克葬。庚寅,日中而克葬。”杜預注:“克,成也。”

㊺“問我新相知”兩句:意謂自己剛剛來到江陵,除了過去就認識的老朋友,還没有來得及結識新朋友,對身處異地的老朋友,衹有

在不盡的思念裏回顧過去相處的點點滴滴。　相知：互相知心的朋友。馬戴《下第再過崔邵池陽居》："關内相知少，海邊來信稀。"辛棄疾《夜遊宫·苦俗客》："幾個相知可喜，才厮見，説山説水。"　相憶：相思，想念。《樂府詩集·飲馬長城窟行》："上言加餐飯，下言長相憶。"杜甫《夢李白二首》一："故人入我夢，明我長相憶。"

㊻"豈無新知者"兩句：意謂雖然有幾個剛剛認識的新朋友，但又怎麼能够與兄長您與我從小就認識那般知心？　新知：新結交的知己。語本《楚辭·九歌·少司命》："悲莫悲兮生别離，樂莫樂兮新相知。"李商隱《風雨》："新知遭薄俗，舊好隔良緣。"陸游《次韵范參政書懷》："蠹篋有書供夙好，衡門無客作新知。"　相得：這裏指彼此投合。《史記·魏其武安侯列傳》："相得驩甚，無厭，恨相知晚也。"儲光羲《秋庭貽馬九》："迭宕孔文舉，風流石季倫。妙年一相得，白首定相親。"

㊼"亦有生歲遊"兩句：意謂雖然有從小就認識的光屁股朋友，年歲雖然相同，但各人的志趣並不一樣。　生歲：出生之年月，即從生下來就是的光屁股朋友，亦即時下所謂的"髮小"。柳宗元《三戒·永某氏之鼠》："永有某氏者……以爲己生歲直子。鼠，子神也，因愛鼠。"《新五代史·劉知俊傳》："知俊爲人色黑，而其生歲在丑，建之諸子皆以宗承爲名，乃於里巷構爲謡言曰……"　同年：年齡相同。《後漢書·樂成靖王黨傳》："〔劉黨〕與肅宗同年，尤相親愛。"劉義慶《世説新語·言語》："顧悦與簡文同年，而髮蚤白。"　同德：道德風範基本相同，道德追求基本一致。岑參《尹相公京兆府中棠樹降甘露詩》："王澤布人和，精心動靈祇。君臣日同德，禎瑞方潛施。"徐夤《菊花》："籬槿早榮還早謝，澗松同德復同心。陶公豈是居貧者？剩有東籬萬朶金。"

㊽"爲别詎幾時"兩句：意謂你我分别没有多少時候，却都被貶謫到荒遠的地方。　伊：這裏作"你"解。劉義慶《世説新語·品藻》：

"勿學汝兄,汝兄自不如伊。"元稹《遣病十首》一:"服藥備江瘴,四年方一癘。豈是藥無功?伊予久留滯。" 予:這裏作"我"解。《書·湯誓》:"時日曷喪?予及汝皆亡!"《公羊傳·襄公二十九年》:"天苟有吴國,尚速有悔予身。"何休注:"予,我也。" 墜溝洫:溝洫泛指田野,比喻朝廷之外的地方,這時元稹與吴士矩都在外任,故言。鮑照《代貧賤愁苦行》:"運圮津塗塞,遂轉死溝洫。"杜甫《與任城許主簿遊南池》:"秋水通溝洫,城隅進小船。晚凉看洗馬,森木亂鳴蟬。"

㊾ 大江:長江。儲光羲《臨江亭五詠》"山横小苑前,路盡大江邊。"蘇軾《念奴嬌·赤壁懷古》:"大江東去,浪淘盡、千古風流人物。" 風浪:水面上的風和波浪。崔顥《長干曲四首》四:"三江潮水急,五湖風浪湧。由來花性輕,莫畏蓮舟重!"陸龜蒙《相和歌辭·江南曲》:"寄語棹船郎,莫誇風浪好。" 遠道:猶遠路。杜甫《登舟將適漢陽》:"中原戎馬盛,遠道素書稀。"孟郊《怨别》:"秋風遊子衣,落日行遠道。君問去何之?賤身難自保。" 荆棘:泛指山野叢生多刺的灌木,這裏作芥蒂、嫌隙解。孟郊《擇友》:"雖笑未必和,雖哭未必戚。面結口頭交,肚裏生荆棘。"元稹《苦樂相倚曲》:"君心半夜猜恨生,荆棘滿懷天未明。"

㊿ "往事返無期"兩句:意謂過去的事情已經過去,要想辯明冤屈,遥遥無期;前程究竟怎樣?困難重重,無法預測。 往事:過去的事情。《荀子·成相》:"觀往事,以自戒,治亂是非亦可識。"劉長卿《南楚懷古》:"往事那堪問,此心徒自勞。"這裏指元稹元和元年在左拾遺任上直言敢諫以及元和四年與五年在監察御史任上懲辦違制藩鎮、跋扈宦官之事。 無期:無窮盡,無限度。《詩·小雅·白駒》:"爾公爾侯,逸豫無期。"《吕氏春秋·懷寵》:"上不順天,下不惠民,徵斂無期,求索無厭……若此者天之所誅也。"高誘注:"期,度;厭,足。"指無了期。徐陵《在北齊與楊僕射書》:"散有限之微財,供無期之久客。"猶言不知何時,難有機會。李頻《關東逢薛能》:"惟君一度别,便似見無期。" 前途:喻未來的處境。姚合《答韓湘》:"昨聞過春闈,名

係吏部籍。三十登高科，前塗浩難測。"元稹《酬樂天嘆損傷見寄》："前途何在轉茫茫？漸老那能不自傷！病爲怕風多睡月，起因花藥暫扶床。"　難測：無法預測。劉得仁《馬上別單于劉評事（時太和公主還京評事罷舉起職）》："廟謀宏遠人難測，公主生還帝感深。天下底平須共喜，一時閑事莫驚心！"薛能《行路難》："何處力堪殫？人心險萬端。藏山難測度，暗水自波瀾。"

㉛ 一旦：有朝一日。《戰國策·趙策》："今媪尊長安君之位……而不及今令有功於國，一旦山陵崩，長安君何以自託於趙？"白居易《秋池二首》二："有似泛泛者，附離權與貴。一旦恩勢移，相隨共顛頹。"　自由：由自己作主，不受限制和拘束，亦即元稹可以自己左右自己的行動。《玉臺新詠·古詩〈爲焦仲卿妻作〉》："吾意久懷忿，汝豈得自由？"劉商《胡笳十八拍》七："寸步東西豈自由！偷生乞死非情願。"　北山：山名，即北邙山，在今河南洛陽市東北。《左傳·昭公二十二年》："夏四月，王田北山，使公卿皆從。"杜預注："北山，洛北芒也。"《文選·陸機〈君子有所思行〉》："命駕登北山，延佇望城郭。"劉良注："謂登北邙望晉都。"元稹祖籍洛陽，故以歸隱北山喻指歸隱家鄉，亦即棄職歸田。從中可見元稹此時此地的思想脈絡，瞭解元稹在困難中前行的思想矛盾。

[編年]

《年譜》編年本詩於元和五年"初謫江陵"之時，理由是："題下注：'此後並江陵士曹時作。'詩云：'昨來陝郟會，悲歡兩難克。'指元和五年三月六日事。又云：'爲別詎幾時？伊予墜溝洫。大江鼓風浪，遠道參荆棘。往事返無期，前途浩難測。'是初謫江陵口吻。"《編年箋注》採録本詩，但没有編年，没有説明理由。《年譜新編》編年本詩於元和五年"貶江陵時所作詩"，理由是："題下注：'此後並江陵士曹時作。'詩云'昨來陝郟會'，指元和五年三月六日相會事。"

我們以爲，本詩確實作於元和五年初到江陵之時，但還應該進一步細化：本詩云："昨來陜郊會，悲歡兩難克。"説明離開元稹與吴士矩本年三月六日陜府相會不遠。詩又云："爲别詎幾時……大江鼓風浪。"這裏的"大江"，就是江陵附近的長江。結合元稹三月出貶，六月前已經在江陵的事實，本詩應該作於元和五年五月或六月間。

◎ 和樂天贈吴丹[①]

不識吴生面，久知吴生道[②]。迹雖染世名，心本奉天老[③]。雌一守命門，迴九填血腦[④]。委氣榮衛和，咽津顔色好[⑤]。傳聞共甲子，衰隤盡枯槁(一)[⑥]。獨有冰雪容，纖華奪鮮縞[⑦]。問人何能爾？吴實曠懷抱[⑧]。弁冕徒挂身，身外非所寶[⑨]。伊予固童昧，希真亦云早[⑩]。石壇玉晨尊，晝夜長自掃[⑪]。密印視丹田，遊神夢三島[⑫]。萬過黄庭經，一食青精稻[⑬]。冥搜方朔桃，結念安期棗[⑭]。緑髮幸未改，丹誠自能保[⑮]。行當擺塵纓，吴門事探討[⑯]。君爲先此詞，終期搴瑶草[⑰]。

録自《元氏長慶集》卷六

[校記]

(一) 衰隤盡枯槁：楊本、叢刊本同，《全詩》作"衰隤盡枯稿"，兩詞相通，各備一説，不改。

[箋注]

① 贈吴丹：白居易原唱《贈吴丹》："巧者力苦勞，智者心苦憂。

愛君無巧智,終歲閑悠悠。嘗登御史府,亦佐東諸侯。手操糺謬簡,心運決勝籌。宦途似風水,君心如虚舟。泛然而不有,進退得自由。今來脱豸冠,時往侍龍樓。官曹稱心静,居處隨迹幽。冬負南檐日,支體甚温柔。夏卧北窗風,枕席如凉秋。南山入舍下,酒瓮在床頭。人間有閑地,何必隱林丘?顧我愚且昧,勞生殊未休。一入金門直,星霜三四周。主恩信難報,近地徒久留。終當乞閑官,退與夫子遊。"可與本詩並讀。　吴丹:白居易的朋友,行七,貞元十六年與白居易同科進士,以儒學干禄,以玄學持身,喜讀道書,知足守中,淡泊名利,白居易《故饒州刺史吴府君神道碑銘并序》:"吾友吴君……諱丹,字真存……以進士第入官,官歷正字協律郎、大理評事、監察殿中侍御史、太子舍人、水部庫部員外郎、都官駕部郎中、諫議大夫、大理少卿、饒州刺史,職歷義成軍節度推官、浙西道節度判官、潼關防禦判官、鎮州宣慰副使、匭函使,階至中大夫,勛至上柱國。讀書數千卷,著文數萬言,寶曆元年六月某日薨於饒州官次,其年十月某日葬於常州晉陵縣仁和鄉北原……歷仕途二十七年,享壽命八十二歲,無室家累,無子孫憂,屈伸寵辱,委任而已,未嘗一日戚戚其心。"據徐松《登科記考》記載,吴丹曾任職鎮州宣慰副使,亦即成爲長慶二年李唐宣慰使韓愈的副手,一起前往鎮州宣慰叛鎮王庭湊。宣慰副使與宣慰使一樣,必須深入叛鎮的領地,他們既要保持朝廷的威嚴,宣諭朝廷的旨意;又要使出渾身的解數,違心地安撫慰勞跋扈的叛鎮。稍有不慎,即有被殺的危險;過分曲從叛鎮的要求,喪失朝廷應有的威儀,回朝後又可能遭到朝廷的譴責和懲罰,弄不好也有性命之憂,是一個難於讓雙方都滿意的苦差使。對韓愈、吴丹冒險深入叛鎮行營,元稹深爲擔憂,李翱《故正議大夫行尚書吏部侍郎上柱國賜紫金魚袋贈禮部尚書韓公行狀》:"(韓愈)既行,衆皆危之,元稹奏曰:'韓愈可惜。'"皇甫湜《韓文公墓誌銘(并序)》也有類似的記載:"王廷湊反圍牛元翼於深,救兵十萬望不敢前。詔擇庭臣往諭,衆栗縮,先生勇行。元稹言於上曰:'韓愈可惜!'穆宗悔,馳詔無徑入。"《新唐書·韓愈傳》:"鎮州亂,殺田弘正而立王廷湊,詔愈宣撫。既行,衆皆危之。元稹言:'韓愈可惜。'穆宗亦悔,詔愈度事從宜,無必入。"由此可見元稹對令韓愈、吴丹宣撫之事也是抱着憂心忡忡的同情態度的,並且冒着穆宗震怒的風險毅然向穆宗啓奏,希望能够挽救韓愈、吴丹免受王廷湊的殺戮。後人對元稹救援韓愈、吴丹的所作所爲大加讚揚,如宋代謝薖《竹友集·書元稹遺事》就是其中的一例,作者引古論今,讚譽備至,並感嘆於元稹解救韓愈之事"乃不載之本傳",全文如下:"余觀司馬遷遭李陵之禍蓋出於無辜,竊怪在廷之臣無有争之者。而遷亦自嘆恨,以爲交遊莫救,左右親近不爲一言,故作《史記》之書,大抵欲寓其憂憤之懷。爲《晏平仲列傳》,書其解左驂以贖越石父之罪,而卒稱之曰:'假令晏子而在,雖爲之執鞭,所欣慕焉!'余讀其書至此,三復其辭而悲之。使漢廷臣有一晏平仲,豈忍坐視遷之無辜以受刑而不一引手而救之耶?及觀《韓愈傳》,見王庭湊之圍牛元翼也,朝廷命愈使而人莫不危之。是時廷湊擁强兵,恣睢跋扈,天子遣一介之臣投餌虎狼之口,若萬一無生還理,得不爲朝廷失一賢士耶?得不貽天下後世笑耶?然當時公卿大臣無爲愈言者,獨元稹言:'韓愈可惜!'穆宗亦稍稍悔之。嗚呼!誰謂元稹而能如是哉!世之君子少而小人常多,小人不特偷安於朝又沮毁以害君子歟!君子一有受其害,從而擠之者皆是也。而稹乃能知愈之賢,不忍視其身之危,將無援以死,且重爲朝廷惜之。是亦可謂難能也已!觀稹之於愈如此,使其在漢廷,必能出一言以救司馬遷之禍,使後世復有司馬遷,亦必特書其事,且願爲之執鞭焉!彼作史者乃不載之本傳而特見於愈事之末,是可嘆也。稹與白居易同時,俱以詩名天下,然多纖艶無實之語,其不足論明矣!觀其立朝大概,交結魏弘簡,沮抑裴度之言,以浮躁險薄稱於時。至於知賢救難,奮激敢言,凜凜有古直臣之風!夫以元稹而猶能如是,又况不爲元稹者乎!"謝薖的話應該引起歷史學家與文學史研究者的深思,也值得我們與讀者的深思。當然,謝薖最後認爲“觀其立朝大概,交結魏弘簡,沮抑裴度之言,以浮躁險薄稱于時”云云,也是一時失察之言,我們已在拙稿《元稹考論》的多篇文章中論及此事,拜請讀者一併審察。

② “不識吴生面”兩句:詩句透露出詩人對吴丹的讚譽與欽佩。吴丹爲人處世,白居易《故饒州刺史吴府君神道碑銘并序》有較爲詳盡的描述。　不識:不知道,不認識。《詩·大雅·皇矣》:“不識不知,順帝之則。”鄭玄箋:“其爲人不識古,不知今,順天之法而行之者。”韓愈《閔己賦》:“行舟檝而不識四方兮,涉大水之漫漫。”　久知:很早就聽説。高適《酬秘書弟兼寄幕下諸公》:“獻封到關西,獨步歸山東。永意久知處,嘉言能亢宗。”柳宗元《覺衰》:“久知老會至,不謂便見侵。”　道:正直。《荀子·不苟》:“君子大心則敬天而道,小心則畏義而節。”梁启雄释引《尔雅·释诂》:“道,直也。”刘向《说苑·修文》:“樂之動於内,使人易道而好良。”

③ 迹雖染世名:關於吴丹“染世”的具體情況,請參見白居易《故饒州刺史吴府君神道碑銘并序》:“君生四五歲,弄泥沙時所作戲,輒象道家法事。八九歲弄筆硯時所出言,輒類詩家篇章。不自知其然,蓋宿集儒玄之業明矣!既冠,喜道書,奉真籙,每專氣入静,不粒食者累歲。顥氣充而丹田澤,飄然有出世心。既壯,在家爲長,屬有三幼弟、八稚侄,嗸嗸栗栗,不忍見其飢寒,慨然有干禄意,乃曰:‘肥遁不可以立訓,吾將業儒以馳名;名競不可以恬神,吾將體玄以育德;凍餒不可以安道,吾將强學以狗禄;禄位不可以多取,吾將知足而守中。由是去江湖,來京師,求名得名,求禄得禄,身榮家給之外,無長物,無越思。素琴在左,《黄庭》在右,澹乎自處,與天和始終。”　心本:猶本心。《漢書·郭解傳》:“既已振人之命,不矜其功,其陰賊著於心本發於睚眥如故云。”顔師古注:“心本,猶言本心也。”《資治通鑑·唐文宗大和八年》:“臣聞惟顔回能不貳過,彼聖賢之過,但思慮不至,或失中

道耳！至於仲言之惡，著於心本，安能悛改邪！”　天老：相傳爲黄帝輔臣。《後漢書·張衡傳》：“方將師天老而友地典，與之乎高睨而大談。”李賢注：“《帝王紀》曰：‘黄帝以風后配上臺，天老配中臺，五聖配下臺，謂之三公。’”後因以指宰相重臣。杜甫《奉留贈集賢院崔于二學士》：“天老書題目，春官驗討論。”

④ 雌一：宗教用語，喻指女性神仙。張君房《雲笈七籤》卷五〇：“又有玉帝宫，玉清神母居之。又有天庭宫，上清真女居之。又有極真宫，太極帝妃居之。又有太皇宫，太上君后居之。此四宫，皆雌真一也，道高於雄真一。”《紺珠集·雌一》：“父曰泥丸，母曰雌一。注云：明堂中有君神，洞房中有夫婦，丹田中有父母。”　命門：中醫一般指右腎。《難經·三十六難》：“左者爲腎，右者爲命門。命門者諸神精之所舍，原氣之所係也，故男子以藏精，女子以係胞。”《雲笈七籤》卷五六：“右腎謂之命門。”　九：《周易》以陽爻爲九。《易·乾》：“初九，潛龍勿用。”孔穎達疏：“陽爻稱九，陰爻稱六。”《易》卦的“離”配南方，其數配“九”，故以九指南方。《素問·五常政大論》：“眚於九。”王冰注：“九，南方也。”　血腦：醫學名詞，即大腦。《雲笈七籤·李筌傳》：“母曰：少年顴骨貫於生門，命輪齊於日角，血腦未減，心影不偏，賢而好法，神勇而樂智，真是吾弟子也！”李彭《迎陽閣》：“扶桑有玉書，鬱儀善相保。朝暾到頳檐，危坐填血腦。”

⑤ 榮衛：中醫學名詞，榮指血的循環，衛指氣的周流。榮氣行於脈中，屬陰。衛氣行於脈外，屬陽。榮衛二氣散佈全身，内外相貫，運行不已，對人體起着滋養和保衛作用。《素問·熱論》：“五藏已傷，六府不通，榮衛不行，如是之後，三日乃死。”也泛指氣血、身體。楊衡《贈羅浮易錬師》：“海上多仙嶠，靈人信長生。榮衛冰雪姿，嚥嚼日月精。”　顔色：面容，面色。宋之問《有所思》：“幽閨女兒惜顔色，坐見落花長嘆息。”崔興宗《和王維敕賜百官櫻桃》：“聞道令人好顔色，神農本草自應知。”

⑥“傳聞共甲子”八句:意謂自己與吴丹雖然出生在同一個甲子週期之内,又比自己年長不少,但兩者容貌絶然不同,唯一的原因是吴丹視功名富貴、財産名譽爲身外之物,不放在心上。　傳聞:非親見親聞,而出自他人的轉述,亦指所傳聞的事。董仲舒《春秋繁露·楚莊王》:“《春秋》分十二世以爲三等:有見,有聞,有傳聞;有見三世,有聞四世,有傳聞五世。”劉知幾《史通·采撰》:“訛言難信,傳聞多失。”因爲元稹“不識吴生面”,非親見親聞,而出自他人,其中包括白居易在内的轉述,故言“傳聞”。　甲子:甲,天干的首位;子,地支的首位。古代以天干和地支遞次相配,如甲子、乙丑、丙寅之類,統稱甲子。從甲子起至癸亥止,共六十,故又稱爲六十甲子,古人用以紀日或紀年。《後漢書·律曆志》:“記稱大橈作甲子,隸首作數。二者既立,以比日表,以管萬事。”劉昭注引《月令章句》:“大橈探五行之情,占斗綱所建,於是始作甲乙以名日,謂之干,作子丑以名月,謂之支,支干相配,以成六旬。”韓愈《息國夫人墓誌銘》:“元和七年甲子,日南至,以疾卒。”　共甲子:共有同一個甲子週期。《編年箋注》以爲是“共甲子即同齡人”,不妥。所謂同齡就是年齡相同,劉澤溥《金石史序》:“先生生與予父同齡,忘年友余,誼最篤,把酒論文,常繼日夜。”而據白居易《故饒州刺史吴府君神道碑銘并序》,吴丹“寶曆元年六月”病故,“年八十二”,以此推斷,吴丹年長白居易二十八歲,年長元稹三十五歲,年齡差距如許之大,怎麽還可以稱作“同齡人”?但他們三人都出生在同一甲子週期之中,即吴丹出生於天寶三年(744),白居易出生於大曆七年(772),元稹出生於大曆十四年(779),亦即他們都出生在開元十二年(724,甲子)至建中四年(783,癸亥)這一甲子週期之内,故言。“共甲子”不等於“同甲子”,“同甲子”才是“同齡人”,試看白居易、劉禹錫與崔群的例子:劉禹錫《樂天示過敦詩舊宅有感一篇吟之泫然追想昔事因成繼和以寄苦懷》:“本營歸計非無意,唯算生涯尚有餘。忽憶前言更惆悵,丁寧相約速懸車(敦詩與予及樂天三

人同甲子,平生相約同休洛中)。”白居易《新歲贈夢得》:“與君同甲子,歲酒合誰先?”劉禹錫《元日樂天見過因舉酒爲賀》:“與君同甲子,壽酒讓先杯。”據《舊唐書·白居易傳》:“大中元年卒,時年七十六。”《舊唐書·劉禹錫傳》:“會昌二年七月卒,時年七十一。”《舊唐書·崔群傳》:“大和……六年八月卒,年六十一。”由此逆推,白居易、劉禹錫與崔群,均出生在大曆七年(772),因此劉禹錫、白居易、崔群他們才可以在詩篇中説“同甲子”。本來“同”與“共”兩字就有明顯的區别,不應該混淆。同是相同,一樣。《易·睽》:“天地睽而其事同也。”司馬光《功名論》:“然則人主有賢不能知,與無賢同;知而不能用,與不知同;用而不能信,與不用同。”共是同用,共同具有或承受。《論語·公冶長》:“願車馬,衣輕裘,與朋友共,敝之而無憾。”《資治通鑒·漢獻帝建安十三年》:“此爲長江之險已與我共之矣!” 衰隤:這裏指身體、精神等衰弱頹廢。葛洪《抱朴子·自叙》:“今齒近不惑,素志衰頹。”米芾《鶂黍詩帖》:“傾倒不知情話密,衰隤深畏酒行頻。” 枯槁:這裏指身體消瘦,精神憔悴。《戰國策·秦策》:“〔蘇秦〕形容枯槁,面目犁黑。”徐彦伯《擬古三首》二:“何必巖石下,枯槁閑此生?”

⑦ 獨有:獨自具有,獨自據有。《管子·形勢》:“召遠者,使無爲焉;親近者,言無事焉;唯夜行者,獨有也。”支偉成通解:“夜行,謂陰行其德,則人不與之争,故獨有之也。”衹有,特有。張籍《賀周贇善聞子規》:“此處誰能聽?遙知獨有君。” 冰雪:形容肌膚潔白滑潤。《莊子·逍遥遊》:“藐姑射之山,有神人居焉!肌膚若冰雪,淖約若處子。不食五穀,吸風飲露。”郭慶藩集釋:“冰,古凝字,肌膚若冰雪,即《詩》所謂膚如凝脂。”《雲笈七籤》卷六四:“〔王屋真人〕夫婦之顔俱若冰雪,探幽索隱,每亦相隨。” 纖華:細巧華麗。皮日休《酬魯望見迎緑罽次韵》:“酬贈既無青玉案,纖華猶欠赤霜袍。”顧起綸《國雅品·士品》:“袁氏所刻《鸚鵡》五集,稍纖華,似齊梁語。” 鮮縞:新鮮之色,義近“鮮色”。夏侯湛《玄鳥賦》:“挺參差之修尾,發縕素之鮮色。”

孟郊《憑周況先輩於朝賢乞茶》:“錦水有鮮色,蜀山饒芳叢。”

⑧ 曠:豁達。向秀《思舊賦》:“嵇志遠而踈,吕心曠而放。”張端義《貴耳集》卷下:“漢人尚氣好博,晉人尚曠好醉。” 懷抱:心懷,心意。劉氏雲《有所思》:“浮雲遮却陽關道,向晚誰知妾懷抱?”引申爲抱負。王勃《寒夜思友三首》一:“久别侵懷抱,他鄉變容色。”

⑨ 弁冕:弁、冕皆古代男子冠名,吉禮之服用冕,通常禮服用弁,因以‘弁冕’指禮帽。《穀梁傳·僖公八年》:“弁冕雖舊,必加於首。”泛指漢官服式。楊億《皇帝御殿迎升御座奏隆安之曲》:“天威煌煌,嚮明負扆。玄覽穆清,弁冕端委。” 身外:自身之外。陸機《豪士賦序》:“心玩居常之安,耳飽從諛之説。豈識乎功在身外,任出才表者哉!”杜甫《絶句漫興九首》四:“莫思身外無窮事,且盡生前有限杯。” 寶:珍愛,珍視。陶潜《答龐參軍》:“人之所寶,尚或未珍;不有同好,云胡以親?”温庭筠《題賀知章故居疊韵作》:“老媪寶稿草,愚儒輸逋租。”

⑩ 伊:發語詞,無義。《詩·周頌·我將》:“伊嘏文王,既右饗之。”高亨注:“伊,發語詞。”劉知幾《史通·浮詞》:“伊、惟、夫、蓋,發語之端也;焉、哉、矣、兮,斷句之助也。去之則言語不足,加之則章句獲全。” 予:我。《書·湯誓》:“時日曷喪? 予及汝皆亡!”《公羊傳·襄公二十九年》:“天苟有吴國,尚速有悔予身。”何休注:“予,我也。” 童昧:猶愚昧。傅毅《迪志》:“誰能昭暗,啓我童昧?”《湖廣通志·世宗顯陵碑文》:“予方童昧,晨夕震顛。勉紀乃事,孤子誰憐?” 希:仰慕。《後漢書·王暢傳》:“府君不希孔聖之明訓,而慕夷齊之末操,無乃皎然自貴於世乎?”左思《詠史詩八首》三:“吾希段干木,偃息藩魏君。吾慕魯仲連,談笑却秦軍。” 真:爲道家探究與追求的自然之道,如悟真、修真。《鬼谷子·本經陰符》:“信心術,守真一而不化。”劉過《呈胡季解》:“前生縱使希真是,已死尚存忠簡知!”

⑪ 石壇:石頭築的高臺,古代多用於祭祀。《漢書·郊祀志》:

“紫壇僞飾女樂、鸞路、騂駒、龍馬、石壇之屬，宜皆勿修。”許渾《重遊飛泉觀題故梁道士宿龍池》：“雲開星月浮山殿，雨過風雷繞石壇。”玉晨：仙人之號。鮑溶《贈楊煉師》：“明月在天將鳳管，夜深吹向玉晨君。”元稹《酬東川李相公十六韵》：“門班香案上，奏語玉晨尊。” 晝夜：白日和黑夜。方干《東溪言事寄于丹》：“日月晝夜轉，年光難駐留。”李沛《四水合流》：“入河無晝夜，歸海有謙柔。”

⑫ 密印：佛教語，諸佛菩薩各有本誓，爲標誌此本誓，以兩手十指結種種之相，是爲印象印契，故云“印”；其理趣深奥秘密，故云“密”。密宗多修密印法門，以身、口、意“三密相應”，手結印，心觀想，口持咒，以求證佛果。《大日經・密印品》：“身分舉動住止，應知皆是密印；舌相所轉衆多言語，應知皆是真言。”也指佛教禪宗指達摩西來所傳的直指人心的“心印”，此“心印”爲“教外别傳”，故稱“密”。 丹田：人體部位名，道教稱人體有三丹田：在兩眉間者爲上丹田，在心下者爲中丹田，在臍下者爲下丹田。見葛洪《抱朴子・地真》，一般指下丹田。《黄庭外景經・上部經》：“呼吸廬間入丹田。”務成子注：“呼吸元氣會丹田中，丹田中者，臍下三寸陰陽户，俗人以生子，道人以生身。”白居易《仲夏齋戒月》：“已垂兩鬢絲，難補三丹田。” 遊神：這裏謂脱離塵俗，隱居成仙。酈道元《水經注・洹水》：“縣北有隆慮山，昔帛仲理之所遊神也。”趙中虚《遊清都觀尋沈道士得芳字》：“寓目雖靈宇，遊神乃帝鄉。” 三島：指傳説中的蓬萊、方丈、瀛洲三座海上仙山，亦泛指仙境。鄭畋《題緱山王子晉廟》：“六宫攀不住，三島互相招。”李紳《憶春日太液池亭候對》：“宫鶯報曉瑞烟開，三島靈禽拂水迴。”

⑬ 黄庭經：道教經名，指《上清黄庭内景經》和《上清黄庭外景經》，是道教上清派的主要經書之一，内容是以七言歌訣講説道教養生修煉的原理，爲歷代道教徒及修身養性之士所重視，更是全真派的重要功課之一。《黄庭經》因有晉代著名書法家王羲之的寫本而聞名

於世,但今天所流傳的王羲之所書寫的《黄庭經》,僅僅衹是《上清黄庭外景經》,世傳王羲之"寫經换鵝"即指此。而《晉書・王羲之傳》誤傳王羲之寫的是《道德經》,李白《送賀賓客歸越》:"鏡湖流水漾清波,狂客歸舟逸興多。山陰道士如相見,應寫黄庭换白鵝。"已經作了更正。　青精稻:又稱青精飯,即立夏吃的烏米飯。相傳首爲道家太極真人所制,服之延年,後佛教徒亦多於陰曆四月八日造此飯以供佛。杜甫《贈李白》:"豈無青精飯,使我顔色好?"林洪《山家清供》卷上:"青精飯,首以此重穀也。按《本草》:南燭木,今名黑飯草,又名旱蓮草,即青精也。采枝葉,搗葉,浸上白好粳米,不拘多少,候一二時,蒸飯。曝乾,堅而碧色,收貯。如用時,先用滚水量以米數,煮一滚,即成飯矣……久服,延年益顔。"

⑭ 冥搜:盡力尋找,搜集。孫綽《遊天台山賦》:"非夫遠寄冥搜,篤信通神者,何肯遥想而存之?"周密《齊東野語・書籍之厄》:"吾家三世積累,先君子尤酷嗜,至鬻負郭之田以供筆札之用。冥搜極討,不憚勞費,凡有書四萬二千餘卷。"　方朔桃:神話傳説,西王母種桃,三千年一結果,東方朔曾偷食,事見《漢武故事》,後用以喻仙果。衛宗武《爲徐進士天隱賦辟穀長吟》:"縱未能嘗方朔桃,亦須先致安期棗。"《甘肅通志・藝文》:"玉盤廣賫安期棗,綵袖榮携方朔桃。"　結念:念念不忘。謝靈運《石門新營所住四面高山回溪石瀨修竹茂林》:"結念屬霄漢,孤景莫與諼。"沈佺期《鳳笙曲》:"豈無嬋娟子,結念羅幃中?"　安期棗:傳説中的仙果名。《史記・封禪書》:"臣嘗遊海上,見安期生,安期生食巨棗大如瓜。"後因有"安期棗"之稱。劉攽《酬王定國五首》二:"蟠桃結實何難俟!况值安期棗似瓜。"蘇轍《贈吴子野道人》:"空車獨載王陽橐,遠遊屢食安期棗。"

⑮ 緑髮:即黑色頭髮,表示年輕有活力。李白《古風五十九首》五:"中有緑髮翁,披雲卧松雪。"元稹《開元觀閑居酬吴士矩侍御三十韵》:"赤誠祈皓鶴,緑髮代青縑。"　丹誠:赤誠的心。張説《南中贈高

六戳》:“丹誠由義盡,白髮帶愁新。”元稹《鶯鶯傳》:“則當骨化形銷,丹誠不泯。”

⑯ 行當:即將,將要。王績《在京思故園見鄉人問》:“行當驅下澤,去剪故園萊。”李嶠《奉敎追赴九成宮途中口號》:“行當奉麾蓋,慰此勞行役。” 塵纓:比喻塵俗之事。《文選·孔稚珪〈北山移文〉》:“昔聞投簪逸海岸,今見解蘭縛塵纓。”李周翰注:“塵纓,世事也。”白居易《長樂亭留别》:“塵纓世網重重縛,回顧方知出得難。” 吴門:漢代冀縣城門名,在今甘肅甘谷縣。《後漢書·五行志》:“王莽末,天水童謡曰:‘出吴門,望緹群……’吴門,冀郭門名也。緹群,山名也。”本文指春秋吴都閶門,一作昌門。李白《殷十一贈栗岡硯》:“灑染中山毫,光映吴門練。” 探討:探索研討,探索講求。沈佺期《同工部李侍郎適訪司馬子微》:“聞有參同契,何時一探討?”蘇軾《江瑶柱傳》:“閩越素多士人,聞媚川之來,甚喜,朝夕相與探討。”

⑰“君爲先此詞”兩句:意謂你白居易雖然詩篇先出,我的酬和後出,但最終勝者仍然還是你老兄。這是詩人之間的謙讓之詞。終:事物的結局,與“始”相對。《詩·大雅·蕩》:“靡不有初,鮮克有終。”元稹《鶯鶯傳》:“始亂之,終棄之,固其宜矣!” 期:希望,企求。《書·大禹謨》:“刑期於無刑,民協於中,時乃功。”蔡沈集傳:“其始雖不免於刑,而實所以期至於無刑之地。”韓愈《哭楊兵部凝陸歙州參》:“人皆期七十,纔半豈蹉跎!” 搴:拔取,採取。《晏子春秋·諫》:“寡人不席而坐地,二三子莫席,而子獨搴草而坐之,何也?”謝靈運《郡東山望溟海》:“采蕙遵大薄,搴若履長洲。” 瑶草:傳説中的仙草。儲光羲《題辛道士房》:“門帶江山静,房隨瑶草幽。”李白《送郄昂謫巴中》:“瑶草寒不死,移植滄江濱。”

[編年]

《年譜》編年:“居易原唱爲:《贈吴丹》,《白香山年譜》繫於元和五年。居易《贈吴丹》云:‘一入金門直,星霜三四周……終當乞閑官,退與夫子遊。’據《舊唐書·白居易傳》云:‘(元和)三年五月,拜左拾遺……五年,當改官……除京兆府户曹參軍。’《贈吴丹》詩是白居易‘改官’前作。”請讀者注意:《年譜》衹是給白居易的《贈吴丹》編年,並没有一字一句涉及元稹《和樂天贈吴丹》的編年。《編年箋注》沿襲《年譜》之誤,也跟着説:“白居易原唱《贈吴丹》,見《白居易集》卷五。《白香山年譜》繫於元和五年。”《年譜新編》編年本詩於元和五年,没有具體時間,也没有説明編年理由。

我們以爲,原唱詩篇寫作的時間是酬和詩篇寫作時間的重要依據,但情況往往有例外,不能一概而論,如元稹白居易的通州江州唱和的數十篇詩歌就是一個最明顯不過的例子。因此編年元稹的詩篇,自然應該以元稹詩篇爲主,僅僅編年白居易的原唱而不涉及元稹酬和詩篇,顯然是不合適的。白居易詩:“一入金門直,星霜三四周……終當乞閑官,退與夫子游。”據白居易生平,其“金門”亦即金馬門,原來是漢代宫門名,學士待詔之處。《史記·滑稽列傳》:“金馬門者,宦署門也。門傍有銅馬,故謂之曰‘金馬門’。”後世相沿,劉禹錫《爲郎分司寄上都同舍》:“籍通金馬門,身在銅駝陌。”這裏的“學士待詔之處”是指白居易元和三年四月二十八日拜職左拾遺,經過“星霜三四周”,也就是經過三度星霜,到了元和五年的四五月間。再據“終當乞閑官,退與夫子遊”云云以及白居易元和五年五月五日改官京兆府户曹參軍的事實,白居易原詩應當作於元和五年四月底五月五日之前。據元稹《酬樂天書懷見寄》所云“天明作詩罷,草草從所如。憑人寄將去,三月無報書。荆州白日晚,城上鼓鼕鼕。行逢賀州牧,致書三四封。封題樂天寄,未坼已沾裳。”元稹寄書白居易,在商山館,作於元和五年三月二十四日,有《三月二十四日宿曾峰館夜對桐花寄樂天》詩篇爲證,下推“三月”,應該是五月底六月中旬間。估計白居易的一批原詩寄達江陵應該在元和五年的五月底六月中旬間,因此元稹酬唱的本詩也應該作於五月底六月中旬間。

◎ 和樂天初授户曹喜而言志(樂天爲左拾遺,歲滿當遷,帝以資淺且家貧,聽自擇官。樂天請以翰林學士兼京兆户曹參軍以便養,詔可)①

王爵無細大,得請即爲恩②。君求户曹掾,貴以禄奉親③。聞君得所請,感我欲霑巾④。今人重軒冕,所重華與紛⑤。矜誇仕臺閣,奔走無朝昏⑥。君衣不盈篋,君食不滿囷⑦。君言養既薄,何以榮我門⑧?披誠再三請(一),天子憐儉貧⑨。詞曹直文苑,捧詔榮且忻⑩。歸來高堂上,兄弟羅酒罇(二)⑪。各稱千萬壽,共飲三四巡⑫。我實知君者,千里能具陳⑬。感君求禄意,求禄殊衆人⑭。上以奉顔色,餘以及親賓⑮。棄名不棄實,謀養不謀身⑯。可憐白華士,永願凌青雲⑰。

録自《元氏長慶集》卷六

[校記]

(一)披誠再三請:宋蜀本、蘭雪堂本、叢刊本、《全詩》同,楊本作"披誠丹三請",語義難通,不從不改。

(二)兄弟羅酒罇:叢刊本同,楊本作"兄弟羅酒樽",《全詩》作"兄弟羅酒尊",三字語義基本相類,不改。

[箋注]

① 和樂天初授户曹喜而言志:白居易原唱爲《初除户曹喜而言

志》,詩云:“詔授户曹掾,捧詔感君恩。感恩非爲己,禄養及吾親。弟兄俱簪笏,新婦儼衣巾。羅列高堂下,拜慶正紛紛。俸錢四五萬,月可奉晨昏。廩禄二百石,歲可盈倉囷。喧喧車馬來,賀客滿我門。不以我爲貪,知我家内貧。置酒延賀客,客容亦歡欣。笑云今日後,不復憂空樽。答云如君言,願君少逡巡。我有平生志,醉後爲君陳:人生百歲期,七十有幾人?浮榮及虚位,皆是身之賓。唯有衣與食,此事粗關身。苟免饑寒外,餘物盡浮雲。”可與本詩並讀。　户曹:掌管民户、祠祀、農桑等的官署,掌管籍賬、婚姻、田宅、雜徭、道路等事。《後漢書・百官志》:“户曹主民户、祠祀、農桑。”高承《事物紀原・户曹》:“漢公府有户曹掾,主民户祀農桑,州郡爲史,北齊與功倉曹同爲參軍,唐諸府曰户曹,餘州曰司户。”這裏借指官職,白居易元和五年五月五日改官京兆府户曹參軍,仍充翰林學士。　喜:快樂,高興。《詩・鄭風・風雨》:“既見君子,雲胡不喜?”杜甫《聞官軍收河南河北》:“卻看妻子愁何在,漫捲詩書喜欲狂。”白居易與元稹在這裏是反其意而用之,被迫離開翰林學士之職,選擇户曹之官,故作高興之態而已。　言志:指詩歌。語出《書・舜典》:“詩言志。”王洙《東陽夜怪録》:“去文不才,亦有兩篇言志奉呈。”崔湜《景龍二年余自門下平章事削階授江州員外司馬尋拜襄州刺史春日赴襄陽途中言志》:“余本燕趙人,秉心愚且直。群籍備所見,孤貞每自飭。”　樂天爲左拾遺,歲滿當遷,帝以資淺且家貧,聽自擇官。樂天請以翰林學士兼京兆户曹參軍以便養,詔可:此是遮人耳目之言,白居易這次改官,雖然是白居易自己提出的,但其實有不可明言的苦衷。《資治通鑑》卷二三八記載云:“白居易嘗因論事,言:‘陛下錯!’上色莊而罷,密召承旨李絳,謂:‘白居易小臣不遜,須令出院!’絳曰:‘陛下容納直言,故群臣敢竭誠無隱。居易言雖少思,志在納忠,陛下今日罪之,臣恐天下各思箝口,非所以廣聰明昭聖德也!’上悦,待居易如初。(《考異》曰:‘《舊居易傳》曰:吐突承璀爲招討使,諫官上章者十七八,居易面論,辭情切至。既而又請罷河北用兵，凡數千百言，皆人之所難言者，上多聽納。唯諫承璀事切，上頗不悦，謂李絳曰：‘白居易小子，是朕拔擢而無禮於朕，朕實難耐。’絳對曰：‘居易所以不避死亡之誅事無巨細必言者，蓋欲酬陛下特力拔擢耳！陛下欲開諫諍之路，不宜阻居易言。’上曰：‘卿言是也！’由是多見聽納。）”筆者認爲：白居易改官，除了上面的兩個原因之外，還應該與白居易爲了救解元稹出貶江陵，冒着得罪宦官與唐憲宗的風險，進呈《論元稹第三狀》有關。　歲滿：任職期滿。曾鞏《道山亭記》：“程公於是州以治行聞，既新其城，又新其學，而其餘功又及於此，蓋其歲滿，就更廣州。”《宋史・食貨志》：“三司使包拯亦以爲言，遂留再任。治平中，歲滿當去。”　遷：晉升或調動。《史記・張丞相列傳》：“〔申屠嘉〕以材官蹶張從高帝擊項籍，遷爲隊率。”葉適《江陵府修城記》：“天子遷趙公金紫光禄大夫，以寵褒之。”　資：資格、聲望、閲歷。《三國志・荀彧傳》：“紹憑世資，從容飾智，以收名譽，故士之寡能好問者多歸之。”歐陽詹《上鄭相公書》：“自兹循資歷級，然得太學助教。”　聽：聽從，接受。《戰國策・秦策》：“甘茂至魏，謂向壽：‘子歸告王曰：魏聽臣矣！然願王勿攻也。’”韓愈《送石處士序》：“無甘受佞人，而處敬正士；無昧於諂言，惟先生是聽。”　擇官：挑選官職。《韓詩外傳》卷一：“任重道遠者，不擇地而息；家貧親老者，不擇官而仕。”《後漢書・劉趙淳于江劉周趙列傳》：“張奉歎曰：‘賢者固不可測往日之喜，乃爲親屈也！斯蓋所謂家貧親老不擇官而仕者也。’”　便養：便於贍養。《宋史・太祖紀》：“（開寶）五年春正月壬辰朔……庚子，前盧縣尉鄢陵許永年七十有五，自言：‘父瓊年九十九，兩兄皆八十餘，乞一官以便養。’因召瓊厚賜之，授永鄢陵令。”《宋史・范杲傳》：“杲聞之喜，因上言：‘兄老，求典京兆以便養！’太宗從其請，改工部郎中，罷知制誥。杲既至，而晞吝如故，且常以不法事干公府，杲大悔。”

② 王：夏、商、周三代天子之稱號。《書・盤庚》：“王若曰：‘格，

汝衆。’”《周禮・天官序》:“惟王建國。”陸德明釋文引干寶云:“王,天子之號,三代所稱也。”《史記・殷本紀》:“於是周武王爲天子,其後世貶帝號,號爲王。”　爵:爵位,官位。《漢書・高帝紀》:“二月癸未,令民除秦社稷,立漢社稷。施恩德,賜民爵。”顔師古注引臣瓚曰:“爵者,禄位。民賜爵,有罪得以減也。”韓愈《清邊郡王楊燕奇碑文》:“階爲特進,勛爲上柱國,爵爲清邊郡王,食虚邑自三百户至三千户,真食五百户終焉!”　細大:大小。韓愈《進學解》:“先生口不絶吟於六藝之文,手不停披於百家之編,記事者必提其要,纂言者必鉤其玄。貪多務得,細大不捐。”陸龜蒙《藥魚》:“香餌綴金鉤,日中懸者幾? 盈川是毒流,細大同時死。”　得請即爲恩:意謂能够受到皇上的聘用,即是莫大的恩德。　得:獲得,得到。《詩・周南・關雎》:“求之不得,寤寐思服。”温庭筠《遐方怨》:“未得君書,斷腸瀟湘春雁飛。”　請:請求,要求。《左傳・隱公元年》:“〔武姜〕愛共叔段,欲立之。亟請於武公,公弗許。”劉餗《隋唐嘉話》卷下:“昆明池者,漢孝武所穿,有蒲魚利,京師賴之。中宗朝,安樂公主請焉! 帝曰:‘前代已來,不以與人。’”　恩:德澤,恩惠。《孟子・梁惠王》:“今恩足以及禽獸,而功不至於百姓者,獨何與?”張衡《東京賦》:“洪恩素蓄,民心固結。”

③ 掾:官府中佐助官吏的通稱。王灣《晚春詣蘇州敬贈武員外》:“蘇臺憶季常,飛櫂歷江鄉。持此功曹掾,幼稱華省郎。”綦毋潜《送賈恒明府兼寄温張二司户》:“花路西施石,雲峰句踐城。明州報兩掾,相憶二毛生。”　禄:俸給。古代制禄之法,或賜或頒無定;或田邑或粟米或錢物歷代差等不一。《國語・魯語》:“子冶歸,致禄而不出。”韋昭注:“致,歸也。歸禄,還采邑也。”《史記・孔子世家》:“衛靈公問孔子:‘居魯得禄幾何?’對曰:‘奉粟六萬。’”　奉親:奉養親人。李端《卧病聞吉中孚拜官寄元秘書昆季》:“雲歸暫愛青山出,客去還愁白髮生。年少奉親皆願達,敢將心事向玄成!”李頻《旅懷》:“萬里共心論,徒言吾道存。奉親無别業,謁帝有何門?”

④“聞君得所請”兩句：意謂聽説你的請求得到恩准，使我感動得霑湿手巾。盧照鄰《同崔録事哭鄭員外》：“僕本多悲泪，沾裳不待猿。聞君絶弦曲，吞恨更無言。”陳子昂《薊丘覽古贈盧居士藏用七首·田光先生》：“自古皆有死，狗義良獨稀。奈何燕太子，尚使田生疑？伏劍誠已矣，感我涕沾衣。”　霑巾：霑湿手巾，形容落泪之多。杜審言《和晉陵陸丞早春遊望》：“淑氣催黄鳥，晴光轉緑蘋。忽聞歌古調，歸思欲霑巾。”蘇頲《春晚送瑕丘田少府還任因寄洛中鏡上人》：“聚散同行客，悲歡屬故人。少年追樂地，遥贈一霑巾。”

⑤今人：當代人，與“古人”相對。宋之問《有所思》：“古人無復洛城東，今人還對落花風。年年歲歲花相似，歲歲年年人不同。”韓愈《與馮宿論文書》：“但不知直似古人，亦何得於今人也！”　軒冕：古時大夫以上官員的車乘和冕服，這裏借指官位爵禄。方干《登雪竇僧家》：“衆木隨僧老，高泉盡日飛。誰能厭軒冕？來此便忘機。”崔塗《過陶徵君隱居》：“田園三畝緑，軒冕一銖輕。衰柳自無主，白雲猶可耕。”　華：光采，光輝。《禮記·樂記》：“樂者，德之華也。”孔穎達疏：“樂者，德之華也者，德在於内，樂在於外，樂所以發揚其德，故樂爲德之光華也。”《淮南子·墬形訓》：“末有十日，其華照下地。”高誘注：“華，猶光也。”　紛：絲帶。《周禮·春官·司幾筵》：“設莞筵紛純。”鄭玄注：“紛如綬，有文而狹者。”《隋書·禮儀志》：“官有綬者，則有紛，皆長八尺，廣三寸，各隨綬色。若服朝服則佩綬，服公服則佩紛。”

⑥矜誇：誇耀。《顔氏家訓·文章》：“孫楚矜誇凌上。”王昌齡《塞下曲》：“莫學遊俠兒，矜誇紫騮好。”臺閣：漢時指尚書臺，後亦泛指中央政府機構。《後漢書·仲長統傳》：“光武皇帝愠數世之失權，忿强臣之竊命，矯枉過直，政不任下，雖置三公，事歸臺閣。”李賢注：“臺閣，謂尚書也。”蘇味道《贈封御史入臺》：“風連臺閣起，霜就簡書飛。凛凛當朝色，行行滿路威。”　奔走：謂爲一定的目的而忙碌。《書·武成》：“丁未，祀于周廟，邦甸侯衛，駿奔走，執豆籩。”柳宗元

《捕蛇者説》:“永之人争奔走焉!”　朝昏:早晚。謝靈運《入彭蠡湖口》:“千念集日夜,萬感盈朝昏。”劉長卿《至饒州尋陶十七不在寄贈》:“離心與流水,萬里共朝昏。”借指日子,生活。《宋書·王僧達傳》:“又妻子爲居,更無餘累,婢僕十餘,粗有田入,歲時是課,足繼朝昏。”王禹偁《甘菊冷淘》:“况吾草澤士,藜藿供朝昏。”

⑦ 篋:小箱子,藏物之具。大曰箱,小曰篋。《史記·樗里子甘茂列傳》:“樂羊返而論功,文侯示之謗書一篋。”韓愈《送文暢師北遊》:“開張篋中寶,自可得津筏。”　囷:圓形穀倉。《詩·魏風·伐檀》:“不稼不穡,胡取禾三百囷兮!”《新唐書·突厥傳》:“蘇禄略人畜,發囷貯。”用以指類囷倉形之物。《山海經·中山經》:“又東五十里,曰少室之山,百草木成囷。”郝懿行箋注:“言草木屯聚如倉囷之形也。”宋之問《自衡陽至韶州謁能禪師》:“湘岸竹泉幽,衡峰石囷閉。”

⑧ 君:古代大夫以上、據有土地的各級統治者的通稱,常用以專稱帝王,與本詩前面四個“君”的含義不同。韓愈《論今年權停舉選狀》:“臣又聞,君者陽也,臣者陰也。”白居易《杜陵叟》:“十家租税九家畢,虚受吾君蠲免恩。”　養:供給人食物及生活所必需,使生活下去,這裏指白居易生活必需的錢物。《書·梓材》:“引養引恬。”孔傳:“能長養民,長安民。”陸游《老學庵筆記》卷九:“初,蜀亡,有晨興過摩訶池上者,見錦箱錦衾覆一繈褓嬰兒,有紙片在其中,書曰:‘國中義士,爲我養之。’”　何以:用什麼,怎麼。《詩·召南·行露》:“誰謂雀無角,何以穿我屋?”《南史·陳後主紀》:“監者又言:‘叔寶常耽醉,罕有醒時。’隋文帝使節其酒,既而曰:‘任其性,不爾何以過日?’”用反問的語氣表示没有或不能。劉向《列女傳·楚江乙母》:“今令尹之治也,耳目不明,盜賊公行,是故使盜得盜妾之布,是與使人盜何以異也?”　榮:光榮,榮耀,與“辱”相對。《易·繫辭》:“樞機之發,榮辱之主也。”韓愈《贈崔復州序》:“丈夫官至刺史,亦榮矣!”　門:西周、春秋、戰國卿大夫的家,後指家庭,家族。《左傳·昭公十三年》:“晉政

多門，貳偷之不暇，何暇討?”杜預注:“政不出一家。”《史記・孟嘗君列傳》:“文聞將門必有將，相門必有相。”門第。《三國志・賈詡傳》:“男女嫁娶，不結高門。”《北史・劉昶傳》:“唯能是寄，不必拘門。”這裏借喻李唐朝廷。

⑨ 披誠:顯示忠誠。權德輿《奉和張僕射朝天行》:“日日披誠奉昌運，王人織路傳清問。”岳珂《桯史・楚齊僭册》:“貢禮時修，勿疑於述職。問音歲至，無緩於披誠。” 再三:第二次第三次，一次又一次，一遍又一遍。《史記・孔子世家》:“〔齊〕陳女樂文馬於魯城南高門外，季桓子微服往觀再三，將受。”李白《南陽送客》:“揮手再三别，臨岐空斷腸。” 天子:古以君權爲神所授，故稱帝王爲天子。魏徵《述懷》:“杖策謁天子，驅馬出關門。請纓繫南粤，憑軾下東藩。”盧照鄰《詠史四首》四:“願得斬馬劍，先斷佞臣頭。天子玉檻折，將軍丹血流。” 儉貧:元稹《誨侄等書》:“吾家世儉貧，先人遺訓，常恐置産怠子孫，故家無樵蘇之地，爾所詳也。”元稹《告贈皇考皇妣文》:“始亡兄某得尉興平，然後衣服飲食之具粗有准常，而猶卑薄儉貧，給不暇足。”

⑩ 詞曹:指文學侍從之官，亦借指翰林。高適《送柴司户充劉卿判官之嶺外》:“嶺外資雄鎮，朝端寵節旄。月卿臨幕府，星使出詞曹。”權德輿《湖南觀察使故相國袁公挽歌二首》二:“丹旐發江皋，人悲雁亦號。湘南罷亥市，漢上改詞曹。” 文苑:猶文壇、文學界，舊史中多立文苑傳，記載文士的言行。《文心雕龍・才略》:“觀夫後漢才林，可参西京;晉世文苑，足儷鄴都。”韋應物《寄洪州幕府盧二十一侍御》:“文苑臺中妙，冰壺幕下清。” 捧詔:雙手跪接皇上詔書，誠惶誠恐拜謝皇恩。張九齡《初發道中贈王司馬兼寄諸公》:“林園事益簡，烟月賞恒餘。不意栖愚谷，無階奉詔書。”李嶠《奉使築朔方六州城率爾而作》:“奉詔受邊服，總徒築朔方。驅彼犬羊族，正此戎夏疆。”榮:光榮，榮耀，與“辱”相對。元稹《思歸樂》:“身外皆委順，眼前隨所

營。此意久已定，誰能求苟榮?”儲光羲《觀范陽遞俘》：“草木同一色，誰能辨榮枯?”　忻：心喜。《墨子·經説》：“譽之，必其行也，其言之忻，使人督之。”孫詒讓閒詁：“其言可忻悦也。”韓愈《桃源圖》：“南宫先生忻得之，波濤入筆驅文辭。”

⑪ 歸來：回來。《楚辭·招魂》：“魂兮歸來！反故居些!”李白《長相思》：“昔時横波目，今作流泪泉。不信妾腸斷，歸來看取明鏡前。”　高堂：高大的廳堂，大堂。《楚辭·招魂》：“高堂邃宇，檻層軒些。”王逸注：“言所造之室，其堂高顯。”張説《幽州夜飲》：“凉風吹夜雨，蕭瑟動寒林。正有高堂宴，能忘遲暮心?”　兄弟：哥哥和弟弟。《爾雅·釋親》：“男子先生爲兄，後生爲弟。”曹植《求通親親表》：“婚媾不通，兄弟永絶。”　羅：陳列。《楚辭·招魂》：“軒輬既低，步騎羅些。”王逸注：“羅，列也。”杜甫《贈衛八處士》：“問答未及已，驅兒羅酒漿。”　酒罇：亦作“酒尊”、“酒樽”，古代盛酒器。《後漢書·章帝紀》：“岐山得銅器，形似酒罇，獻之。”羅隱《梅花》：“愁憐粉艷飄歌席，静愛寒香撲酒罇。”

⑫ 千萬：形容數目極多。王周《春答》：“花枝千萬趁春開，三月闌珊即自回。剩向東園種桃李，明年依舊爲君來。”吴商浩《長安春贈友人》：“幾多遠客魂空斷，何處王孫酒自醺? 各有歸程千萬里，東風時節恨離群。”　壽：祝壽，祝福，多指奉酒祝人長壽。《史記·高祖本紀》：“未央宫成，高祖大朝諸侯群臣，置酒未央前殿。高祖奉玉卮，起爲太上皇壽。”《漢書·高帝紀》：“莊入爲壽，壽畢，曰：‘軍中無以爲樂，請以劍舞。’”顔師古注：“凡言爲壽，謂進爵於尊者，而獻無疆之壽。”引申指問候。韓愈《送幽州李端公序》：“端公歲時來壽其親東都，東都之大夫士莫不拜於門。”　三四：猶言再三再四。《北齊書·崔暹傳》：“握手殷勤，至於三四。”表示爲數不多。歐陽修《歸自謠》：“春艷艷，江上晚山三四點。”　巡：指依次斟飲。張鷟《遊仙窟》：“酒巡到十娘……十娘詠盞曰：‘發初先向口，欲竟漸伸頭。’”量詞，遍，

頓。《左傳·桓公十二年》:“伐絞之役,楚師分涉於彭,羅人欲伐之,使伯嘉諜之,三巡數之。”杜預注:“巡,遍也。”楊伯峻注:“謂伯嘉數楚師之數。”

⑬ 千里:時元稹出貶江陵,而江陵距離西京在千里之外,“千里”是其約數。《舊唐書·地理志》:“荆州江陵府……在京師東南一千七百三十里,至東都一千三百一十五里。”張説《被使在蜀》:“即今三伏盡,尚自在臨邛。歸途千里外,秋月定相逢。”沈佺期《夜宿七盤嶺》:“獨遊千里外,高卧七盤西。曉月臨窗近,天河入户低。” 具陳:備陳,詳述。《古詩十九首·今日良宴會》:“今日良宴會,歡樂難具陳。”杜甫《奉贈韋左丞丈二十二韵》:“丈人試静聽,賤子請具陳。”

⑭ 求禄:求取俸禄。《南齊書·樂志》:“《伎録》云:‘求禄求禄,清白不濁。清白尚可,貪污殺我!’”皇甫冉《送田濟之揚州赴選》:“家貧不自給,求禄爲荒年。” 殊:差異,不同。《易·繫辭》:“天下同歸而殊塗。”《孟子·告子》:“富歲子弟多賴,凶歲子弟多暴,非天之降才爾殊也,其所以陷溺其心者然也。” 衆人:大家,指一定範圍内所有的人。《楚辭·漁父》:“舉世皆濁我獨清,衆人皆醉我獨醒。”儲光羲《田家雜興八首》二:“衆人耻貧賤,相與尚膏腴。我情既浩蕩,所樂在畋漁。”

⑮ 顔色:指尊嚴。《吕氏春秋·勿躬》:“蚤入晏出,犯君顔色,進諫必忠,不辟死亡。”劉向《九嘆·怨思》:“犯顔色而觸諫兮,反蒙辜而被疑。”借指頭。白居易《膠漆契》:“陋巷飢寒士,出門甚栖栖。雖然志氣高,豈免顔色低!” 親賓:親戚與賓客。江淹《别賦》:“左右兮魂動,親賓兮泪滋。”白居易《花下對酒二首》一:“故園音信斷,遠郡親賓絶。”

⑯ “棄名不棄實”兩句:元稹在這裹應對白居易原唱:“人生百歲期,七十有幾人?浮榮及虚位,皆是身之賓。唯有衣與食,此事粗關身。苟免饑寒外,餘物盡浮雲。” 棄名:放棄名位。費冠卿《答蕭

建》:“邊鄙籌賢相,黔黎託聖躬。君能棄名利,歲宴一相從。”史浩《鄮峰真隱漫録·第二劄子》:“臣惓惓之,實欲望陛下棄名取實,以集大勛;先近後遠,以安邊鄙;見利思害,以杜亂萌。”棄實:放棄實利。司馬光《誡勵舉人敦修行檢詔(限二百字以上成)》:“是以士或背本追末,弃實取華,不知從學所以立身,爲文所以行遠。”劉攽《貢舉議》:“人主之舉事則不然,度時之所宜,因俗之所安,不爲虚名而棄實效,不慕遠業而捐近功,使令出而言必信,事舉而俗必定。”　謀養:《太平御覽》卷四一二引《孔子家語》:“子路見孔子曰:負重涉遠,不擇地而遊;家貧親老,不擇禄而仕。”後以“謀養”謂爲養親而出仕。葉盛《水東日記·圭齋許氏贈公碑》:“爲貧謀養,不擇禄仕間,關外補四十餘年,僦屋以居,糴市以食。”　謀身:爲自身打算。盧綸《春日書情贈别司空曙》:“壯志隨年盡,謀身意未安。風塵交契闊,老大别離難。”張説《將赴朔方軍應制》:“劍舞輕離别,歌酣忘苦辛。從來思博望,許國不謀身。”

⑰ 可憐:可喜。王昌齡《蕭駙馬宅花燭》:“可憐今夜千門裏,銀漢星回一道通。”白居易《曲江早春》:“可憐春淺遊人少,好傍池邊下馬行。”可羨。岑參《衛節度赤驃馬歌》:“始知邊將真富貴,可憐人馬相輝光。”白居易《長恨歌》:“姊妹兄弟皆列土,可憐光彩生門户。”白華:《詩經·小雅》篇名,范處義《詩補傳》卷一五:“《南陔》,孝子相戒以養也;《白華》,孝子之絜白也;《華黍》,時和歲豐宜黍稷也,有其義而亡其辭。”儲光羲《酬李處士山中見贈》:“邀以青松色,同之白華潔。永願登龍門,相將持此節。”　淩:乘,駕馭。《楚辭·九章·悲回風》:“淩大波而流風兮,託彭咸之所居。”洪興祖補注:“言乘風波而流行也。”《文選·張衡〈思玄賦〉》:“淩驚雷之砊礚兮,弄狂電之淫裔。”舊注:“淩,乘也。升,登上。”　青雲:原指青色的雲,這裏喻高官顯爵。《史記·范雎蔡澤列傳》:“須賈頓首言死罪,曰:‘賈不意君能自致于青雲之上。’”揚雄《解嘲》:“當途者升青雲,失路者委溝渠。”

[編年]

《年譜》編年本詩元和五年，與《酬樂天書懷見寄》"當係一時所作"，亦即"元和五年秋作"。《編年箋注》編年云："作於元和五年（八一〇）初謫江陵時"。未見《年譜新編》對本詩的編年。

我們以爲白居易原唱作於元和五年的五月五日改官之後不久，其詩題已經透露其中的消息。據《和樂天贈吴丹》編年所述理由，元稹酬唱的本詩也應該作於五月底六月中旬間。

◎ 泛江玩月十二韵①（并序）

予以元和五年自監察御史貶授江陵士曹掾（一）②，六月十四日張季友、李景儉二侍御，王文仲司録、王衆仲判官兩昆季爲予載酒炙（二），選聲音，自府城之南橋乘月泛舟，窮竟一夕，予賦詩以紀之（三）③。

楚塞分形勢，羊公壓大邦④。朋儕多士子（四），参畫盡敦厖（五）⑤。岳壁閑相對，荀龍自有雙⑥。共將船載酒（六），况是月臨江（七）⑦。遠樹懸金鏡，深潭倒玉幢⑧。委波添浄練，洞照滅凝釭⑨。闐咽沙頭市，玲瓏竹岸窗⑩。巴童唱巫峽，海客話神瀧⑪。已困連飛盞，猶催未倒缸⑫。飲荒情爛熳，風棹樂峥摐（八）⑬。勝事他年憶（九），雄心此夜降（一〇）⑭。知君皆逸韵，須爲應莛撞⑮。

録自《元氏長慶集》卷一一

[校記]

（一）予以元和五年自監察御史貶授江陵士曹掾：楊本、叢刊本、

《全詩》同,《英華》作"余以元和五年自監察御史貶授江陵士曹掾",
"余"與"予"語義相同,不改。

(二) 六月十四日張季友、李景儉二侍御,王文仲司録、王衆仲判官兩昆季爲予載酒炙:楊本、叢刊本、《全詩》同,《英華》作"六月十四日張季友、李景儉二侍御,王文仲司録、王衆仲判官兩昆季爲余載酒炙","余"與"予"語義相同,不改。原本作"王文仲同録",據楊本、《全詩》、《英華》改。

(三) 府城之南橋乘月泛舟,窮竟一夕,予賦詩以紀之:原本作"府城之南淮乘月泛舟,窮竟一夕,予賦詩以紀之",叢刊本、《全詩》作"自府城之南橋乘月泛舟,窮竟一夕,予因賦詩以紀之",楊本作"自府城之南橋乘月泛舟,窮竟一夕,予賦詩以紀之",《英華》作"自府城之南橋乘月泛舟,窮一夕,予因賦詩以記之",除"乘月"可從據改原本"攀月"外,原本"南淮"據各本改作"南橋",其餘差别不大,語義相類,不改。

(四) 朋儕多士子:楊本、叢刊本、《全詩》、《英華》作"因依多士子",語義不同,不改。

(五) 參畫盡敦厖:原本作"參量盡敦厖",叢刊本同,據楊本、《全詩》、《英華》改。

(六) 共將船載酒:原本作"共將船繫泊",叢刊本同,楊本、《全詩》、《英華》作"共將船載酒",語義不同,但後者與詩題"泛江玩月"相合,也與詩序"自府城之南淮乘月泛舟,窮竟一夕"云云相合,據改。

(七) 况是月臨江:叢刊本同,楊本、《全詩》、《英華》作"同泛月臨江",語義不同,不改。

(八) 風棹槳峥摐:《全詩》、《英華》同,楊本、叢刊本作"風棹檗峥摐",不從不改。

(九) 勝事他年憶:原本作"勝事他年盡",叢刊本同,據楊本、《全詩》、《英華》改。

（一〇）雄心此夜降：叢刊本同，楊本、《全詩》、《英華》作“愁心此夜降”，語義不同，不改。

[箋注]

① 泛江玩月十二韵：當時江陵府在趙宗儒的幕下齊集了一班幕僚，如杜元穎、許康佐、張季友、王文仲、王衆仲等人，元稹的制科同年崔琯以及元稹的好友李景儉也都在江陵。衆人早就聽説了元稹在東川以及東都的所作所爲，爲元稹的敢作敢爲的言行而鼓舞，更爲元稹遭到的貶斥而憤憤不平，故有泛江玩月的親密舉動。　泛江：即泛江，謂乘船在江上浮行。陳琳《爲袁紹檄豫州》：“大軍泛黄河而角其前，荆州下宛葉而掎其後。”杜甫《泛江》：“方舟不用楫，極目總無波。長日容杯酒，深江净綺羅。”　玩月：賞月。沈佺期《和元舍人萬頃臨池玩月戲爲新體》：“春風摇碧樹，秋霧卷丹臺。復有相宜夕，池清月正開。”孟元老《東京夢華録·中秋》：“中秋夜，貴家結飾臺榭，民間争占酒樓玩月。”

② 予以元和五年自監察御史貶授江陵士曹掾：事見《舊唐書·元稹傳》：“服除，拜監察御史。四年，奉使東蜀，劾奏故劍南東川節度使嚴礪違制擅賦，又籍没塗山甫等吏民八十八户田宅一百一十、奴婢二十七人、草千五百束、錢七千貫。時礪已死，七州刺史皆責罰。稹雖舉職，而執政有與礪厚者惡之。使還，令分務東臺。浙西觀察使韓皋封杖决湖州安吉令孫澥，四日内死。徐州監軍使孟昇卒，節度使王紹傳送昇喪柩還京，給券乘驛，仍於郵舍安喪柩，稹並劾奏以法。河南尹房式爲不法事，稹欲追攝，擅令停務。既飛表聞奏，罰式一月俸，仍召稹還京。宿敷水驛，内官劉士元後至，争廳，士元怒，排其户，稹襪而走廳後。士元追之，後以箠擊稹傷面。執政以稹少年後輩，務作威福，貶爲江陵府士曹參軍。”　監察御史：關於監察御史的由來、職責與編制，《通典·監察侍御史》有較爲詳細的記載，文云：“監察御

史：初秦以御史監理諸郡，謂之監御史，漢罷其名。至晉太元中始置檢校御史，以吴混之爲之，掌行馬外事，亦蘭臺之職。宋齊以來無聞。後魏太和末亦置此官，宿直外臺，不得入宿内省。北齊檢校御史十二人。後周司憲旅下士八人，蓋亦其職。隋開皇二年改檢校御史爲監察御史，凡十二人。煬帝增置十六員，掌出使檢校。大唐監察御史十員，裹行五員，掌内外糾察並監祭祀及監諸軍、出使等。監察御史職知朝堂，正門無籍，非因奏事不得入至殿庭。在西鳳闕南，視殿中侍御史以上從觀象門出，若從天降。至開元七年三月飭並令隨仗入合。罪人當笞于朝者，亦監之。分爲左右巡，糾察違失。以承天、朱雀街爲界，每月一代。將晦，即巡刑部、大理、東西徒坊、金吾及縣獄。若搜狩，則監圍，察斷絶失禽者，量宜劾奏。開元初革以殿中掌左右巡，監察或權掌之，非本任也。職務繁雜，百司畏懼，其選拜多自京畿縣尉。又有監察御史裹行者，太宗置，自馬周始焉！武太后時復有員外監察、試監察，或有起家爲之而即真者。又有臺使八人，俸亦於本官請，餘同監察，吏部式其試監察。神龍以來無復員外及試，但有裹行。凡諸内供奉及裹行，其員數各居正官之半，唯俸禄有差，職事與正同。”《舊唐書·職官志》亦云：“監察御史十員(正八品上)。監察掌分察巡按郡縣、屯田、鑄錢、嶺南選補、知太府、司農出納，監决囚徒。監祭祀則閱牲牢，省器服，不敬則劾祭官。尚書省有會議，亦監其過謬。凡百官宴會、習射，亦如之。” 江陵：地名，地當今湖北沙市市，《舊唐書·地理志》：“荆州江陵府：隋爲南郡，武德初蕭銑所據。四年，平銑，改爲荆州，領江陵、枝江、長林、安興、石首、松滋、公安七縣。五年，荆州置大總管，管荆、辰、朗、澧、東松、沈、基、復、巴、睦、崇、硤、平等十三州，統潭、桂、交、循、夔、高、康、欽、尹九州……天寶元年改爲江陵郡，乾元元年三月復爲荆州大都督府。自至德後，中原多故，襄、鄧百姓，兩京衣冠，盡投江、湘，故荆南井邑十倍其初，乃置荆南節度使。上元元年九月，置南都，以荆州爲江陵府，長史爲尹，觀察、制置一準兩京。以舊相吕諲爲尹,充荆南節度使,領澧、朗、硤、夔、忠、歸、萬等八州……舊領縣八,户一萬二百六十,口四萬九百五十八。天寶領縣七,户三萬一百九十二,口十四萬八千一百四十九,在京師東南一千七百三十里,至東都一千三百一十五里。"李白《荆門浮舟望蜀江》:"流目浦烟夕,揚帆海月生。江陵識遥火,應到渚宫城。"岑參《送江陵黎少府》:"悔繫腰間綬,翻爲膝下愁。那堪漢水遠,更值楚山秋。" 士曹:即士曹參軍。據新舊《唐書·職官志》記載,士曹參軍是州府"尹、少尹、别駕、長史、司馬"之下的一個職位,"功曹、倉曹、户曹、田曹、兵曹、法曹"是其同事,"皆正七品下",職責是"參軍事,掌津梁、舟車、舍宅、工藝",元稹到江陵以後任職士曹參軍,管理着房舍與舟車之類的瑣事。韋應物《贈令狐士曹(自八月朔旦同使藍田,淹留涉季,事先半日而不相待,故有戲贈)》:"秋霜滴滴對床寢,山路迢迢聯騎行。到家俱及東籬菊,何事先歸半日程?"岑參《題李士曹廳壁畫度雨雲歌》:"似出棟梁裏,如和風雨飛。掾曹有時不敢歸,謂言雨過濕人衣。" 掾:官府中佐助官吏的通稱。《史記·項羽本紀》:"項梁嘗有櫟陽逮,乃請蘄獄掾曹咎書抵櫟陽獄掾司馬欣,以故事得已。"劉長卿《送陶十赴杭州攝掾》:"莫嘆江城一掾卑,滄州未是阻心期。"

③ 張季友:同游的朋友中,除李景儉外,張季友最爲著名,宋代祝穆《古今事文類聚·龍虎榜》有記載云:"唐貞元八年陸贄主司,試《明水賦》、《御溝新柳詩》,其人賈稜、陳羽、歐陽詹、李博、李觀、馮宿、王涯、張季友、齊孝若、劉遵古、許季同、侯繼、穆贄、韓愈、李絳、温商、庾承宣、員結、胡瓊、崔群、邢册、裴光輔、萬瑺。是年一榜多天下孤雋偉傑之士,號"龍虎榜"(《科舉記》)。韓愈《唐故虞部員外郎張府君墓誌銘》:"尚書虞部員外郎安定張君,諱季友,字孝權,年五十四病卒東都……父諱庭光,贈綏州刺史。綏州之卒,孝權蓋尚小。母曰太原縣君,卒既葬,孝權守墓樹松柏三年而後歸。選爲河南府文學,去官。徐州使拜章請爲判官,授協律郎。孝權始不痛絶,詔下大悔,即詐稱

疾不言三年。元和初，徐使死，孝權疾即日已。試判入高等，授鄠縣尉。明年，故相趙宗儒鎮荆南，以孝權爲判官，拜監察御史，經二年拜真御史。明年分司東臺，轉殿中。”張季友大約因爲李絳、崔群、韓愈、庾承宣等同年的關係，更重要的是元稹的所作所爲而與元稹相識相交。除此而外也許還有一個個人生活上的原因，這就是張季友這時也處在喪妻之痛中，元稹這年冬天有《獨夜傷懷贈呈張侍御(張生近喪妻)》紀實，詩云：“燼火孤星滅，殘燈寸焰明。竹風吹面冷，檐雪墜階聲。寡鶴連天叫，寒雛徹夜驚。只應張侍御，潛會我心情。”是的，衹有身處其境的人們才會有如此相近相似的感受，衹有同患一病的人們才會有如此相憐相惜的情感。　李景儉：元稹的朋友，字致用，兩人的友誼早就開始，也遠遠没有結束。李景儉這時也貶謫在江陵，爲有職無權的户曹參軍。《舊唐書·李景儉傳》云：“李景儉……韋夏卿留守東都，辟爲從事。竇群爲御史中丞，引爲監察御史。群以罪左遷，景儉坐貶江陵户曹。”元稹因韋夏卿的關係，更主要是政治見解相同，與李景儉過從甚密，詩篇往還甚多。在元稹的詩文中，我們常常可以看到他的身影。元稹《送致用》：“泪霑雙袖血成文，不爲悲身爲别君。望鶴眼穿期海外，待烏頭白老江濆。”元稹《留呈夢得子厚致用(題藍橋驛)》：“暗落金烏山漸黑，深埋粉喉路渾迷。心知魏闕無多地，十二瓊樓百里西。”　侍御：唐代稱殿中侍御史、監察御史爲侍御，後世因沿襲此稱。李白有《贈韋侍御黄裳》，王琦注引《因話録》：“御史臺三院，一曰臺院，其僚曰侍御史，衆呼爲端公；二曰殿院，其僚曰殿中侍御史，衆呼爲侍御；三曰察院，其僚曰監察御史，衆呼亦曰侍御。”錢起《送裴頔侍御使蜀》：“柱史纔年四十强，鬚髯玄髮美清揚。朝天繡服乘恩貴，出使星軺滿路光。”韓翃《送王侍御赴江西兼寄李袁州》：“中朝理章服，南國隨旌旆。臘酒湘城隅，春衣楚江外。”　王文仲王衆仲：當時爲江陵府的府僚，《新唐書·宰相世系表·太原王氏》：“大房王氏：文仲，王屋令……衆仲，衢州刺史。”但白居易《王衆仲可衡州刺史制》:“前虔州刺史王衆仲……可依前件。”白居易任職知制誥臣應該在元和十五年十二月二十八日至長慶二年七月間,王衆仲任職衡州刺史應該就在這一期間,郁賢皓《唐刺史考·衡州》“王衆仲:長慶二年”的判斷大致不錯。　司録:官名,晋时置录事参军,为公府官,非州郡职,掌总录众曹文簿,举弹善恶。北周称司录参军,属相府;同时州之刺史有军而开府者亦置之。唐开元初改为京尹属官,掌府事。《通典》卷三三:“隋初以録事參軍爲郡官,則并州郡主簿之職矣!煬帝又置主簿。大唐武德元年復爲録事參軍,開元初改京尹屬官曰司録參軍,掌府事,勾稽省署抄目,糾彈部内非違,監印給紙筆之事。”《舊唐書·王正雅傳》:“正雅從弟重,翊之子也,位止河東令。重子衆仲,登進士第,累官衡州刺史。”又據司空圖《唐故宣州觀察使檢校禮部王公行狀》,王衆仲卒後獲贈“司空”之榮銜。　判官:古代官名,唐代節度使、觀察使、防禦使均置判官,爲地方長官的僚屬,輔理政事。見《文獻通考·職官》。孫逖《送魏騎曹充宇文侍御判官分按山南》:“雲雨陽臺路,光華驛騎巡。勸農開夢土,恤隱惠荆人。”徐安貞《送王判官》:“明月開三峽,花源出五溪。城池青壁裏,烟火緑林西。”　昆季:兄弟,長爲昆,幼爲季。《顔氏家訓·風操》:“行路相逢,便定昆季,望年觀貌,不擇是非。”李德裕《次柳氏舊聞》:“玄宗於諸昆季,友愛彌篤,呼寧王爲大哥。”　酒炙:酒和肉,亦泛指菜肴。《漢書·韓延壽傳》:“吏民數千人送至渭城,老小扶持車轂,争奏酒炙。”蘇轍《龍川别志》卷下:“吏胥所在,手書、酒炙之餽日至,人人忻戴,爲之盡力。”　聲音:古指音樂、詩歌。葛洪《抱朴子·勖學》:“沈鱗可動之以聲音,機石可感之以精誠。”柳宗元《唐故萬年令裴府君墓碣》:“〔裴公〕喜博弈,知聲音。”　府城:舊時府級行政機構所在地。岑參《范公叢竹歌》:“世人見竹不解愛,知君種竹府城内。此君託根幸得地,種來幾時聞已大。”薛能《相國隴西公南征能以留務獨宿府城作》:“吾君賢相事南征,獨宿軍厨負請纓。燈室卧孤如怨别,月階簪草似臨行。" 南淮:據詩序表述,應該是江陵的小地名,具體不詳。 乘月:趁着月光。《樂府詩集·子夜四時歌夏歌一》:"乘月采芙蓉,夜夜得蓮子。"張若虛《春江花月夜》:"不知乘月幾人歸?落月摇情滿江樹。" 窮竟:盡其所有。柳宗元《唐鐃歌鼓吹曲十二篇·鐵山碎》:"破定襄,降魁渠,窮竟窟宅。斥余吾,百蠻破膽。"

④ 塞:險要之處,多指可以據險固守的要地。《左傳·文公十三年》:"春,晉侯使詹嘉處瑕,以守桃林之塞。"陸機《辯亡論》:"東負滄海,西阻險塞。"構築要塞。《書·秦誓序》:"秦穆公伐鄭,晉襄公帥師敗諸崤。"孔傳:"崤,晉要塞也。"孔穎達疏:"築城守道謂之塞。" 形勢:氣勢,聲勢。杜甫《新婚别》:"君今往死地,沈痛迫中腸。誓欲隨君去,形勢反蒼黄。"蘇洵《審敵》:"兵法曰:詞卑者進也,詞强者退也。今匈奴之君臣莫不張形勢以誇我,此其志不欲戰明矣!" 羊公:即羊祜,《晉書·羊祜傳》:"羊祜,字叔子,泰山南城人也。"出鎮荆州時,多有善政,惠及百姓,而家無餘財。羊祜病故,襄陽百姓爲他建碑立廟,年年祭祀。荆州百姓爲羊祜諱名,改户曹爲祠曹。劉長卿《送裴使君赴荆南充行軍司馬》:"故節辭江郡,寒笳發渚宫。漢川風景好,遥羨逐羊公。"孟浩然《初春漢中漾舟》:"羊公峴山下,神女漢皋曲。雪罷冰復開,春潭千丈緑。" 壓:鎮住,以威望、優勢或力量使人服從。劉希夷《從軍行》:"紛紛伊洛道,戎馬幾萬匹。軍門壓黄河,兵氣衝白日。"王維《送方尊師歸嵩山》:"仙官欲住九龍潭,旄節朱幡倚石龕。山壓天中半天上,洞穿江底出江南。" 大邦:大的州郡。朱浮《爲幽州牧與彭寵書》:"豈有身帶三綬,職典大邦,而不顧恩義,生心外叛者乎!"韓愈《河南府同官記》:"於時河東公爲左僕射宰相,出藩大邦,開府漢南。"

⑤ 朋儕:朋輩。陸倕《爲息纘謝敕賜朝服啓》:"姻族移聽,朋儕改矚。"元稹《痁卧聞幕中諸公徵樂會飲因有戲呈三十韵》:"鈿車迎妓樂,銀翰屈朋儕。" 士子:男子的美稱,多指年輕人。《詩·小雅·北

山》："陟彼北山，言采其杞；偕偕士子，朝夕從事；王事靡盬，憂我父母。"毛傳："偕偕，强壯貌。士子，有王事者也。"鄭玄箋："朝夕從事，言不得休止。"學子，讀書人。杜甫《别董頲》："士子甘旨闕，不知道裏寒。" 參畫：参與謀劃。元稹《授鄭仁弼檢校祠部員外充横海判官制》："諸侯辟士，古實有之。近制二千石以上，乘軺車者則開幕選才，由古道也。仁弼等有勞參畫，重胤以聞。"黄滔《司直陈公墓志铭》："今府相繼擁於節旄，益賢其參畫。" 敦厖：敦厚。《後漢書·孔融傳》："古者敦庬，善否不别，吏端刑清，政無過失。"孫光憲《北夢瑣言》卷一："以碩大敦厖之德，生於文明之運，矢厥謨猷，出入隆顯。"

⑥ 岳璧：猶潘岳璧。《晉書·夏侯湛傳》："夏侯湛，字孝若，譙國譙人也……湛幼有盛才，文章宏富，善構新詞，而美容觀。與潘岳友善，每行止，同輿接茵，京都謂之連璧。"《世説新語·容止》："潘岳妙有姿容，好神情。少時挾弹出洛陽道，婦人遇者莫不連手共縈之。左太冲絶醜，亦復效岳遊遨於是，群嫗齊共亂唾之，委頓而返。"這裏是讚譽李景儉與張季友等人。 荀龍：《後漢書·荀淑傳》："有子八人：儉、緄、靖、燾、汪、爽、肅、專，並有名稱，時人謂之八龍。"後以稱揚人家子弟或弟兄，這裏是稱揚王文仲、王衆仲兄弟，即所謂的"自有雙"。沈佺期《夏日梁王席送張岐州》："家傳七豹貴，人擅八龍奇。"李商隱《病中聞河東公樂營置酒口占寄上》："嵇鶴元無對，荀龍不在誇。只將滄海月，長壓赤城霞。"

⑦ "共將船載酒"兩句：意謂大家一起乘船緩緩行進在月光之下的江面之上。 載酒：隨船帶着酒與菜肴。劉長卿《送盧判官南湖》："漾舟仍載酒，愧爾意相寬。草色南湖緑，松聲小署寒。"盧綸《和李尚書命妓餞崔侍御》："何郎載酒别賢侯，更吐歌珠宴庾樓。莫道江南不同醉，即陪舟楫上京遊。" 月臨江：月光普照在江面之上。張説《送任御史江南發糧以賑河北百姓》："將興泛舟役，必仗濟川才。夜月臨江浦，春雲歷楚臺。"劉長卿《自夏口至鸚鵡洲夕望岳陽寄源中丞》：

“孤城背嶺寒吹角,獨戍臨江夜泊船。賈誼上書憂漢室,長沙謫去古今憐。”

⑧ 遠樹:遠山上的樹林。皇甫冉《澧水送鄭豐鄠縣讀書》:“麥秋中夏涼風起,送君西郊及澧水。孤烟遠樹動離心,隔岸江流若千里。”劉禹錫《歲杪將發楚州呈樂天》:“楚澤雪初霽,楚城春欲歸。清淮變寒色,遠樹含清暉。” 金鏡:比喻月亮。李華《海上生明月》:“皎皎秋中月,團團海上生。影開金鏡滿,輪抱玉壺清。”劉克莊《水調歌頭·癸卯中秋作》:“競看姮娥金鏡,争信仙人玉斧,費了一番修。衰晚筆無力,誰伴賦黄樓?” 深潭:深水池,亦指河流中水極深而有回流處。《淮南子·原道訓》:“〔舜〕釣於河濱,朞年,而漁者争處湍瀨,以曲隈深潭相予。”高誘注:“深潭,回流饒魚之處。”酈道元《水經注·資水》:“此縣之左右,處處有深潭。漁者咸輕舟委浪,謡詠相和。” 玉幢:經幢的美稱,刻著佛號或經咒的石柱。元稹《岳陽樓》:“岳陽樓上日銜窗,影到深潭赤玉幢。悵望殘春萬般意,滿櫺湖水入西江。”春臺仙《遊春臺詩》:“玉幢亘碧虛,此乃真人居。裴回仍未進,邪省猶難除。”

⑨ “委波添净練”兩句:意謂推波助瀾的江水好像白色的絲帶,光輝的月亮之下,淡淡的燈光好像黯然失色。 練:煮熟生絲或生絲織品,使之柔軟潔白。《周禮·天官·染人》:“凡染春暴練,夏纁玄。”鄭玄注:“暴練,練其素而暴之。”蘇軾《宥老楮》:“黄繒練成素,黝面頮作玉。”本詩形容水流。 洞照:明照。《南齊書·徐伯珍傳》:“館東石壁夜忽有赤光洞照,俄爾而滅。”李頎《雜興》:“沈沈牛渚磯,舊説多靈怪。行人夜秉生,犀燭洞照洪。” 釭:燈。王融《詠幔》:“但願置樽酒,蘭釭當夜明。”韓愈《病中贈張十八》:“玄帷隔雪風,照爐釘明釭。”

⑩ 闐咽:喧鬧。盧照鄰《行路難》:“昔日含紅復含紫,常時留霧亦留烟。春景春風花似雪,香車玉轝恒闐咽。”蘇軾《好事近·黄州送君猷》:“明年春水漾桃花,柳岸隘舟楫。從此滿城歌吹,看黄州闐咽。” 沙頭:古沙頭市的略稱,在江陵府附近,即今湖北省沙市市。

杜甫《送王十六判官》:“客下荆南盡,君今復入舟。買薪猶白帝,鳴櫓已沙頭。”蘇軾《荆州十首》五:“沙頭烟漠漠,來往厭喧卑。野市分麞鬧,官帆過渡遲。” 玲瓏:精巧貌。顧況《尋僧二首》一:“方丈玲瓏花竹閑,已將心印出人間。家家門外長安道,何處相逢是寶山?”蘇鶚《杜陽雜編》卷中:“輕金冠以金絲結之爲鸞鶴狀,仍飾以五采細珠,玲瓏相續,可高一尺,秤之無二三分。” 竹岸:秀竹成片的河岸。張説《扈從幸韋嗣立山莊應制序》:“嵐氣入野,榛烟出谷,魚潭竹岸,松齋藥畹。”徐凝《侍郎宅泛池》:“蓮子花邊回竹岸,鷄頭葉上盪蘭舟。誰知洛北朱門裏,便到江南緑水遊?”

⑪ 巴童:巴渝之童,善歌舞。《文選・鮑照〈舞鶴賦〉》:“燕姬色沮,巴童心耻。”劉良注:“巴童、燕姬,並善歌者。”岑參《赴犍爲經龍閣道》:“屢聞羌兒笛,厭聽巴童歌。”據白居易《聽竹枝贈李侍御》:“巴童巫女竹枝歌,懊惱何人怨咽多。暫聽遣君猶悵望,長聞教我復如何?”白居易《竹枝詞四首》其二:“竹枝苦怨怨何人?夜静山空歇又聞。蠻兒巴女齊聲唱,愁殺江南病使君。”其四:“江畔誰人唱竹枝?前聲斷咽後聲遲。怪來調苦緣詞苦,多是通州司馬詩。”詩篇中的“巴童”、“巴女”、“蠻兒”、“巫女”其實都是巴蜀地區的青年男女,是詠唱“竹枝歌”的歌手,而滯留通州五年的元稹,正是“竹枝歌”最先的文人創作者之一。諸多文獻認爲劉禹錫是先於元稹的“竹枝詞”首創者,肯定是不對的。 巫峽:宋玉《高唐賦》記楚襄王遊雲夢臺館,有楚懷王夢與巫山神女相會的故事,後遂以“巫峽”稱男女幽會之事。楊炯《巫峽》:“三峽七百里,唯言巫峽長。重巖窅不極,疊嶂凌蒼蒼。”李曄《巫山一段雲》:“冰眸蓮臉見長新,巫峽更何人!” 海客:謂航海者。駱賓王《餞鄭安陽入蜀》:“海客乘槎渡,仙童馭竹回。”指海商。李白《估客樂》:“海客乘天風,將船遠行役。”浪迹四海者,謂走江湖的人。張固《幽閑鼓吹》:“丞相牛僧孺應舉時,知於頔相奇俊,特詣襄陽求知。住數日,兩見,以海客遇之,牛公怒而去。” 瀧:水名,即今武水,又名

武溪，源出湖南省臨武縣境。酈道元《水經注·溱水》："武溪水又南入重山……懸湍迴注，崩浪震山，名之瀧水。"

⑫"已困連飛盞"兩句：意謂已經困於眼前的傳杯飲酒，但嘴裹還在指着没有倒滿酒的酒杯吵嚷。　飛盞：謂傳杯痛飲。元稹《放言五首》一："近來逢酒便高歌，醉舞詩狂漸欲魔。五斗解酲猶恨少，十分飛盞未嫌多。"劉禹錫《洛中逢白監同話遊梁之樂因寄宣武令狐相公》："開顔坐上催飛盞，迴首庭中看舞槍。借問風前兼月下，不知何客對胡床？"　倒缸：倒酒。張祐《投常州從兄中丞》："邀妓思逃席，留賓命倒缸。吏材誰是伍？經術世無雙。"

⑬"飲荒情爛熳"兩句：意謂雖然難得在一起喝酒，但感情却十分相投，船在風中前行，其樂融融。　飲：酒。《左傳·成公十六年》："王聞之，召子反謀穀陽豎獻飲於子反，子反醉而不能見。"徐珂《清稗類鈔·飲料食品》："茶、酒、湯、羹（湯之和味而中雜以菜蔬肉臛者，曰羹）、漿、酪之屬，皆飲料也。"　荒：匱乏，缺少。林逋《寄曹南任懶夫》："道深玄草在，貧久褐衣荒。料得心交者，微吟爲楚狂。"《宋史·蘇軾傳》："免役之害，掊斂民財，十室九空，斂聚於上，而下有錢荒之患。"　爛熳：謂情感真摯坦率。杜甫《與鄠縣源大少府宴渼陂得寒字》："主人情爛熳，持答翠琅玕。"蘇舜欽《和聖俞庭菊》："得書所賦詩，爛漫感懷抱。"引申爲盡情地，不受拘束地。司馬光《二月中旬過景靈宫門呈君倚》："周章連日忙，爛漫數宵睡。"辛棄疾《武陵春》："唤起笙歌爛熳遊，且莫管閑愁。"醉貌，痛飲貌。杜甫《寄高適》："定知相見日，爛熳倒芳樽。"仇兆鰲注："爛熳，醉貌。"　風棹：風中行駛的船。慧皎《高僧傳·杯度》："〔杯度〕至孟津河，浮木杯於水，憑之度河，無假風棹，輕疾如飛。"元稹《哭吕衡州六首》五："鐃吹臨江返，城池隔霧開。滿船深夜哭，風棹楚猿哀。"　摐：象聲詞。王建《霓裳詞十首》六："弦索摐摐隔綵雲，五更初發一山聞。"蘇軾《滿庭芳》："摐摐。疏雨過，風林舞破，烟蓋雲幢。"

⑭ 勝事:美好的事情。《南齊書·竟陵文宣王子良傳》:"子良少有清尚,禮才好士……善立勝事,夏月客至,爲設瓜飲及甘果,著之文教。"劉長卿《送孫逸歸廬山》:"常愛此中多勝事,新詩他日佇開緘。"他年:猶言將來,以後。《左傳·成公十三年》:"曹人使公子負芻守……負芻殺其大子而自立也,諸侯乃請討之。晉人以其役之勞,請俟他年。"杜牧《寄題甘露寺北軒》:"他年會著荷衣去,不向山僧道姓名。" 憶:回憶。庾信《奉和永豐殿下言志十首》八:"還思建鄴水,終憶武昌魚。"韓愈《送侯參謀赴河中幕》:"憶昔初及第,各以少年稱。"雄心:偉大的理想和抱負。阮瑀《爲曹公作書與孫權》:"示之以禍難,激之以耻辱,大丈夫雄心,能無憤發?"蘇軾《白帝廟》:"遠略初吞漢,雄心豈在夔?" 降:從高處往低處,與陟相對。《詩·大雅·公劉》:"陟則在巘,復降在原。"鄭玄箋:"陟,升;降,下也。"《左傳·僖公二十三年》:"公降一級而辭焉!"

⑮ 逸韻:高逸的風韻,具備高逸風韻的人。《藝文類聚》卷三六引庾亮《翟徵君贊》:"稟逸韵於天陶,含冲氣於特秀。"陸游《梅花絶句》:"高標逸韵君知否?正在層冰積雪時。" 莛:草莖。《莊子·齊物論》:"故爲是舉莛與楹,厲與西施,恢恑憰怪,道通爲一。"陳鼓應注:"莛,草莖。"《漢書·東方朔傳》:"語曰:'以筦闚天,以蠡測海,以莛撞鐘。'豈能通其條貫,考其文理,發其音聲哉!"用同"梃"。歐陽修《鐘莛説》:"削木爲莛,以莛叩鐘,則鏗然而鳴。"這裏是讚揚李景儉、張季友等人。

[編年]

《年譜》編年本詩於"元和五年六月十四日作"。《編年箋注》云:"據詩序,此詩作於元和五年(八一〇)六月十四日,時元稹乍到江陵士曹參軍任,諸同幕友爲元稹載酒泛江,有接風洗塵之意。"《年譜新編》亦編年元和五年"元稹貶江陵時所作詩",没有説明理由,在譜文

“六月”條下引述本詩詩序，但没有具體到“十四日”。

但有一點要提醒讀者注意：《年譜》、《編年箋注》、《年譜新編》在絶大多數情况下，衹是把元稹的詩篇編年到某一年或者是某一時期，並且不分詩文的先後排列，次序顛顛倒倒。大家千萬别以爲《年譜》、《編年箋注》、《年譜新編》衹是按他們自定的體例辦事，故意如此粗疏。其實，少數詩篇如果能够輕而易舉地編年到年到月到日，《年譜》、《編年箋注》、《年譜新編》還是要編年到年到月甚至到日，本詩即是其中的一個例子而已。對於其他的元稹詩文，常常籠統編年，含糊其詞，一言以蔽之：非不爲也，實不能也。

有元稹自己明明白白的詩序爲證，照理本詩編年於“元和五年六月十四日”不應該有任何問題。但本詩序：“予以元和五年自監察御史貶授江陵士曹掾，六月十四日張季友李景儉二侍御、王文仲同録王衆仲判官兩昆季爲予載酒炙，選聲音，自府城之南橋，攀月泛舟，窮竟一夕，予賦詩以紀之。”既稱“攀月泛舟，窮竟一夕”之後而“予賦詩以紀之”，賦詩時間應該在六月十五日，並非“六月十四日”，《年譜》、《編年箋注》的意見仍然失之粗疏。《年譜新編》“六月”的意見則更是粗疏。

■ 酬樂天禁中夜作書見寄(一)①

據白居易《禁中夜作書與元九》

[校記]

(一) 酬樂天禁中夜作書見寄：元稹本佚失詩所據白居易《禁中夜作書與元九》，見《白氏長慶集》、《白香山詩集》、《萬首唐人絶句》、《唐宋詩醇》、《全詩》，不見異文。

[箋注]

① 酬樂天禁中夜作書見寄：白居易《禁中夜作書與元九》："心緒萬端書兩紙，欲封重讀意遲遲。五聲宫漏初鳴夜，一點窗燈欲滅時。"現存元稹詩文中未見酬和之篇，今補。　禁中：指帝王所居宫内。蔡邕《獨斷》卷上："漢天子正號曰皇帝……所居曰禁中，後曰省中……禁中者，門户有禁，非侍御者不得入，故曰禁中。"王昌齡《蕭駙馬宅花燭》："青鸞飛入合歡宫，紫鳳銜花出禁中。可憐今夜千門裏，銀漢星回一道通。"《新唐書·柳芳傳》："芳始謫時，高力士亦貶巫州，因從力士質開元、天寶及禁中事，具識本末。"　作書：寫信。《樂府詩集·枯魚過河泣》："作書與魴鱮，相教慎出入。"《文選·孫楚〈爲石仲容與孫皓書〉》李善注："太祖遣徐劭孫郁至吴，將軍石苞令孫楚作書與孫皓。劭至吴，不敢爲通。"

[編年]

未見《元稹集》採録，也未見《年譜》、《編年箋注》、《年譜新編》採録與編年。

朱金城先生《白居易集箋校》編年白居易詩於元和五年。白居易元和五年五月五日改官京兆府户曹參軍，但仍然充翰林學士，故仍然活動在禁城之中，詩題既稱"禁中"，白居易詩應該撰作在元和五年。元稹在江陵的酬和之篇應該在他到達江陵之後的夏天或稍後，元稹時任江陵士曹參軍。

◎ 酬李甫見贈十首各酬本意次用舊韵（一）①

宋玉秋來續楚詞（二），陰鏗官漫足閑詩（三）②。親情書札相安慰，多道蕭何作判司③。

杜甫天材頗絶倫，每尋詩卷似情親④。憐渠直道當時語，不着心源傍古人⑤。

十歲荒狂任博徒(四)，挼(挼莎，兩手相切摩也)莎五木擲梟盧(五)⑥。野詩良輔偏憐假(六)，長借金鞍迓酒胡⑦。

曾經綽立侍丹墀(七)，綻蕊宫花拂面枝⑧。雉尾扇開朝日出，柘黄衫對碧霄垂⑨。

一自低心翰墨場，箭靫抛盡負書囊(八)⑩。近來兼愛休糧藥，柏葉紗羅雜豆黄(九)⑪。

莫笑風塵滿病顔，此生元在有無間⑫。卷舒蓮葉終難濕，去住雲心一種閑⑬。

無事抛棋侵虎口，幾時開眼復聯行⑭？終須殺盡緣邊敵，四面通同掩太荒(一〇)⑮。

原憲甘貧每自開，子春傷足少人哀⑯。巷南唯有陳居士，時學文殊一問來⑰。

每識閑人如未識，與君相識便相憐(一一)⑱。經旬不解來過宿(一二)，忍見空床夜夜眠⑲？

開折新詩展大璆(一三)，明珠炫轉玉音浮⑳。酬君十首三更坐，减却當時半夜愁(一四)㉑。

録自《元氏長慶集》卷一八

[校記]

(一) 酬李甫見贈十首各酬本意次用舊韵：原本作“酬孝甫見贈十首各酬本意次用舊韵”，楊本、叢刊本、《佩文齋詠物詩選》、《全詩》同，錢校、蘭雪堂本作“酬孝甫見贈十首”。“孝”字並無“姓”的義項，疑爲誤字，但各本俱作“孝”，僅洪邁《萬首唐人絶句》作“李”，據改。

據我們考證,此"李甫"當爲也在江陵任職的李景儉,而李景儉是元稹交情極密的朋友,我們以爲可從。蘭雪堂本將本組詩第一首作爲第十首。

（二）宋玉秋來續楚詞:楊本、叢刊本同,錢校、《全詩》、《萬首唐人絶句》作"宋玉悲秋續楚詞",語義相類,不改。

（三）陰鏗官漫足閑詩:叢刊本、《全詩》同,楊本、《萬首唐人絶句》作"陰鏗官慢足閑詩",語義相近,不改。

（四）十歲荒狂任博徒:楊本、叢刊本、《全詩》同,《萬首唐人絶句》作"千歲荒狂任博徒",語義不通,"千"應該是"十"之誤,不從不改。

（五）挼莎五木擲梟盧:楊本、叢刊本、《全詩》同,《萬首唐人絶句》作"援莎五木擲梟盧",語義不同,不改。

（六）野詩良輔偏憐假:楊本、叢刊本、《全詩》同,《萬首唐人絶句》作"野詩良輔偏伶假",語義難通,不從不改。

（七）曾經綽立侍丹墀:楊本、叢刊本、《全詩》同,錢校宋本、《萬首唐人絶句》作"曾經倬立侍丹墀",兩字語義不同,不改。

（八）箭靫拋盡負書囊:楊本、叢刊本、《全詩》、《佩文齋詠物詩選》同,《萬首唐人絶句》作"箭鞦拋盡負書囊",兩字語義不同,不改。

（九）柏葉紗羅雜豆黄:楊本、叢刊本、《全詩》同,錢校、《萬首唐人絶句》作"柏葉莎羅雜豆黄",《佩文齋詠物詩選》作"柏葉莎蘿雜豆黄",語義不同,不改。

（一〇）四面通同掩太荒:楊本、叢刊本、《全詩》同,錢校、《萬首唐人絶句》作"四面通流掩太荒",語義不同不改。

（一一）與君相識便相憐:楊本、叢刊本、《萬首唐人絶句》同,《全詩》作"與君相識更相憐",語義不同,不改。

（一二）經旬不解來過宿:楊本、叢刊本、《全詩》同,《萬首唐人絶句》作"經句不解來過宿","句"明顯是"旬"之誤,不從不改。

（一三）開拆新詩展大璆：楊本、叢刊本、《萬首唐人絶句》同，《全詩》作“開坼新詩展大璆”，兩字義同，不改。

（一四）减却當時半夜愁：叢刊本、《全詩》、《萬首唐人絶句》同，楊本作“减却常時半夜愁”，語義相近，不改。

［箋注］

① 甫：通“父”，古代爲男子美稱，多附於姓氏或表字之後。《儀禮・士冠禮》：“伯某甫，仲叔季，唯其所當。”鄭玄注：“甫是丈夫之美稱。”孔子爲尼甫，周大夫有嘉甫，宋大夫有孔甫，是其類。《禮記・曲禮》：“臨諸侯，畛于鬼神曰，有天王某甫。”孔穎達疏：“某者是字，甫者丈夫美稱。”《顔氏家訓・音辭》：“甫者，男子之美稱，古書多假借爲父字。”後尊稱别人的表字爲“臺甫”，本此。我們以爲本詩的“李甫”，就是指李景儉，無論是元稹與李景儉的交往，還是兩人當時都在江陵，李景儉應該正是“李甫”。　見贈：贈送給我，這是古代詩詞唱和中常見的情况，如孫翃的《奉酬張洪州九齡江上見贈》、王維的《故人張諲工詩善易蔔兼能丹青草隸頃以詩見贈聊獲酬之》、元稹的《答友封見贈》等。　本意：本來的意思，原來的意圖。杜甫《諸將五首》二：“韓公本意築三城，擬絶天驕拔漢旌。”李商隱《漫成五章》五：“郭令素心非黷武，韓公本意在和戎。”　次用：詩歌唱和中，依原唱詩篇韵脚的用字以及次序依次用韵用字。如柳宗元的《奉和楊尚書（於陵）郴州追和故李中書（吉甫）夏日登北樓十韵之作依本詩韵次用》、劉禹錫的《牛相公見示新什謹依本韵次用以抒下情》以及元稹《酬盧秘書序》：“予自唐歸京之歲，秘書郎盧拱作《喜遇白贊善學士詩二十韵》，兼以見貽，白詩酬和先出，予草蹙未暇，盧頻有致師之挑，故篇末不無憤辭。其次用本韵，習然也。”從目前研究的情况來看，元稹是“次韵”的首倡者，也是次韵詩作最多、成績最爲顯著者。　舊韵：原來的韵脚。如元稹《酬鄭從事四年九月宴望海亭次用舊韵》，又如羅隱《過廢江甯

縣(王昌齡曾尉此縣)》:“漫把文章矜後代,可知榮貴是他人。鶯偷舊韵還成曲,草賴餘吟盡解春。”

② 宋玉:戰國時楚人,辭賦家,或稱是屈原弟子,曾爲楚頃襄王大夫。其流傳作品,以《九辯》最爲可信。《九辯》首句爲“悲哉秋之爲氣也”,故後人常以宋玉爲悲秋憫志的代表人物。又傳説其人才高貌美,遂亦爲美男子的代稱。張鷟《遊仙窟》:“韓娥宋玉,見則愁生;絳樹青琴,對之羞死。”周邦彦《紅羅襖·秋悲》:“楚客憶江蘺,算宋玉未必爲秋悲。” 楚詞:亦作“楚辭”,本爲楚地歌謠,楚國屈原吸收其營養,創作出《離騷》等巨製鴻篇,後人仿效,名篇繼出,成爲一種有特點的文學作品,通稱楚辭。劉向編輯成《楚辭》集,東漢王逸又有所增益,分章加注成《楚辭章句》。孟浩然《陪張丞相自松滋江東泊渚宫》:“臘響驚雲夢,漁歌激楚辭。”魏慶之《詩人玉屑·詩體》:“有楚辭,屈宋以下效楚辭體者,皆謂之楚辭。” 陰鏗:《陳書·陰鏗傳》:“武威陰鏗字子堅,梁左衛將軍子春之子。幼聰慧,五歲能誦詩賦,日千言。及長,博涉史傳,尤善五言詩,爲當時所重。釋褐梁湘東王法曹參軍,天寒,鏗嘗與賓友宴飲,見行觴者,因回酒炙以授之,衆坐皆笑,鏗曰:‘吾儕終日酣飲,而執爵者不知其味,非人情也。’及侯景之亂,鏗嘗爲賊所擒,或救之獲免,鏗問其故,乃前所行觴者。天嘉中爲始興王府中録事參軍,世祖嘗燕群臣賦詩,徐陵言之于世祖,即日召鏗預燕,使賦新成安樂宫,鏗援筆便就,世祖甚嘆賞之。累遷招遠將軍、晉陵太守、員外、散騎常侍,頃之卒,有集三卷行於世。史臣曰:夫文學者,蓋人倫之所基歟!是以君子異乎衆庶。昔仲尼之論四科,始乎德行,終於文學,斯則聖人亦所貴也。至於杜之偉之徒,值於休運,各展才用之偉,尤著美焉!”王觀國《學林·陰鏗》:“或曰杜甫李白同時,以詩名相軋,不能無毁譽。甫贈白詩曰:‘李侯有佳句,往往似陰鏗。’此句乃所以鄙李白也。觀國案:子美夔府詠懷寄鄭監李賓客詩曰:‘鄭李光時論,文章並我先。陰何尚清省,沈宋欻聯翩。’蓋謂陰鏗、何遜、沈

約、宋玉也。四人皆能詩文,爲時所稱者。而子美又以陰鏗居四人之首,則知贈太白之詩非鄙之也,乃深美之也。《陳書·阮卓傳》曰:'武威陰鏗,字子堅,五歲能誦詩賦,日千言。及長,博涉史傳,尤善五言詩,爲當時所重,有集三卷行於世。'以此觀之,則子美贈太白詩云'往往似陰鏗'者,乃美太白善爲五言詩似陰鏗也。" 漫:放縱,散漫,不受約束。《新唐書·元結傳》:"公漫久矣!可以漫爲叟。"王安石《再用前韵寄蔡天啓》:"或嗤元郎漫,或詆白翁囁。"隨意,胡亂。杜甫《聞官軍收河南河北》:"却看妻子愁何在,漫捲詩書喜欲狂。"

③ 親情:指與親戚、朋友的情誼。王建《新嫁娘詞三首》二:"錦幛兩邊橫,遮掩侍娘行。遣郎鋪簟席,相並拜親情。"張籍《送李餘及第後歸蜀》:"鄉里親情相見日,一時携酒賀高堂。" 書札:李頎《寄萬齊融》:"名高不擇仕,委世隨虚舟……我有一書札,因之芳杜洲。"李白《蘇武》:"蘇武在匈奴,十年持漢節。白雁上林飛,空傳一書札。" 安慰:安頓撫慰。《後漢書·桓帝紀》:"百姓飢窮,流宂道路,至有數十萬户,冀州尤甚。詔在所賑給乏絶,安慰居業。"陳師道《黄樓銘》:"羸老困窮,安慰撫養。" 蕭何:《史記·蕭相國世家》:"蕭相國何者,沛豐人也。以文無害爲沛主吏掾,高祖爲布衣時,何數以吏事護高祖。高祖爲亭長,常左右之。"劉邦起事,蕭何佐劉,"沛公至咸陽,諸將皆争走金帛財物之府分之,何獨先人收秦丞相御史律令圖書藏之",成爲丞相,幫助劉邦平定天下,劉邦以"蕭何功最盛,封爲酇侯,所食邑多","功臣皆曰:'臣等身被堅執鋭,多者百餘戰,少者數十合,攻城掠地,大小各有差。今蕭何未嘗有汗馬之勞,徒持文墨議論不戰,顧反居臣等上,何也?'高帝曰:'諸君知獵乎?'曰:'知之。''知獵狗乎?'曰:'知之。'高帝曰:'夫獵追殺獸兔者,狗也。而發蹤指示獸處者,人也。今諸君徒能得走獸耳!功狗也。至如蕭何,發蹤指示,功人也。且諸君獨以身隨我,多者兩三人。今蕭何舉宗數十人皆隨我,功不可忘也。'群臣皆莫敢言。"推行與民休息政策,繁榮漢朝經

濟，制定《漢律》，成爲後世模仿的範本。元稹這裏引述白居易詩篇之語，喻指元稹有蕭何之才幹，衹是不得賞識與重用。　判司：古代官名，唐代節度使、州郡長官的僚屬，分別掌管批判文牘等事務，亦用以稱州郡佐吏，正符合元稹當時的身份。《舊唐書・職官志》："鎮軍滿二萬人以上諸曹判司。"白居易《自吟拙什因有所懷》："此外復誰愛？唯有元微之。謫向江陵府，三年作判司。"白居易《同微之贈别郭虚舟煉師五十韵》："我爲江司馬，君爲荆判司。"

④ 杜甫：唐代著名詩人，讀者耳熟能詳，我們不必贅言。元稹對杜甫及杜詩讚譽備至，是推舉杜甫與杜詩的第一人。元稹《叙詩寄樂天書》："又久之，得杜甫詩數百首，愛其浩蕩津涯，處處臻到，始病沈宋之不存寄興，而訝子昂之未暇旁備矣！"元稹《唐故工部員外郎杜君墓係銘并序》："叙曰：予讀詩至杜子美，而知小大之有所總萃焉……至於子美，蓋所謂上薄風騷，下該沈宋，古傍蘇李，氣奪曹劉，掩顔謝之孤高，雜徐庾之流麗，盡得古今之體勢而兼人人之所獨專矣！使仲尼考鍛其旨要，尚不知貴其多乎哉！苟以爲能所不能，無可不可，則詩人以來，未有如子美者！"對元稹的《唐故工部員外郎杜君墓係銘并序》，《舊唐書・杜甫傳》幾乎全文採入，值得讀者注意："元和中，詞人元稹論李杜之優劣曰：'……'自後屬文者，以稹論爲是。"後世對此評價也極高，如婁堅《題草書杜詩後》："元微之詩云：'杜甫天材頗絶倫，每尋詩卷似情親。憐渠直道當時語，不著心源傍古人。'可謂真知之矣！"　天材：天才。戴叔倫《酬贈張衆甫》："野人無本意，散木任天材。分向空山老，何言上苑來？"辛文房《唐才子傳・李白》："十歲通五經，自夢筆頭生花，後天才贍逸。"　絶倫：無與倫比。劉禹錫《酬國子崔博士立之見寄》："健筆高科早絶倫，後來無不揖芳塵。遍看今日乘軒客，多是昔年呈卷人。"歐陽衮《聽郢客歌陽春白雪》："寂聽郢中人，高歌已絶倫。臨風飄白雪，向日奏陽春。"　詩卷：詩集。杜甫《送孔巢父謝病歸游江東兼呈李白》："詩卷長留天地間，釣竿欲拂珊瑚

樹。"《舊五代史·羅隱傳》:"昄女幼有文性,嘗覽隱詩卷,諷誦不已。"情親:感情親切。杜甫《送路六侍御入朝》:"童稚情親四十年,中間消息兩茫然。"楊萬里《雨晴得毗陵故舊書》:"知我近來頭白盡,寒暄語外更情親。"

⑤ 憐:喜愛,疼愛。白居易《玩半開花贈皇甫郎中》:"人憐全盛日,我愛半開時。"曾鞏《趵突泉》:"已覺路傍行似鑒,最憐沙際湧如輪。" 渠:他,這裏指杜甫。《三國志·趙達傳》:"滕如期往,至,乃陽求索書,驚言失之,云:'女婿昨來,必是渠所竊。'"寒山《詩》三:"蚊子叮鐵牛,無渠下嘴處。" 直道:直接説出。張九齡《在郡秋懷二首》一:"平生去外飾,直道如不羈。"猶正道,指確當的道理、準則。《韓非子·三守》:"然則端言直道之人不得見,而忠直日疏。"吕巖《促拍滿路花》:"是非海裏,直道作人難。" 當時語:猶"時語",當時的口語。李涉《題宣化寺道光上人居》:"二十年前不繫身,草堂曾與雪爲鄰。常思和尚當時語,衣鉢留將與此人。"唐無名氏《高宗時語(閻立本善畫爲右相,姜格以邊將立功爲左相,時人語云)》:"左相宣威沙漠,右相馳譽丹青。" 心源:猶心性,佛教視心爲萬法之源,故稱。楊巨源《和元員外題升平里新齋》:"舊地已開新玉圃,春山仍展緑雲圖。心源邀得閑詩證,肺氣宜將慢酒扶。"元稹《度門寺》:"心源雖了了,塵世苦憧憧。" 古人:古時的人。《書·益稷》:"予欲觀古人之象。"班昭《東征賦》:"盍各言志,慕古人兮。"

⑥ "十歲荒狂任博徒"兩句:元稹有詩《寄吴士矩端公五十韵》,就是最好的具體描繪:"昔在鳳翔日,十歲即相識。未有好文章,逢人賞顔色。可憐何郎面,二十纔冠飾。短髪予近梳,羅衫紫蟬翼。伯舅各驕縱,仁兄未摧抑。事業若杯盤,詩書甚徽纆。西州戎馬地,賢豪事雄特。百萬時可贏,十千良易借。"可以作爲本詩這兩句的註釋。十歲:元稹十歲,時當貞元四年,亦即公元七八八年,時元稹在鳳翔,依舅族生活,與吴士矩、吴士則以及胡靈之一起嬉戲遊樂。 荒狂:

漫無目的嬉戲遊樂。元稹《寄吴士矩端公五十韵》:“夜飲天既明,朝歌日還昃。荒狂歲云久,名利心潜逼。”白居易《衰病》:“老辭遊冶尋花伴,病别荒狂舊酒徒。更恐五年三歲後,些些譚笑亦應無。” 博徒:賭徒。《史記·魏公子列傳》:“今吾聞之,乃妄從博徒賣漿者遊,公子妄人耳!”白居易《悲哉行》:“朝從博徒飲,暮有倡樓期。” 挼莎:揉搓,搓摩。原詩句下注云:“兩手相切摩也。”《禮記·曲禮》:“共飯不澤手。”鄭玄注:“擇,謂挼莎也。”楊萬里《凍蠅》:“隔窗偶見負暄蠅,雙脚挼挲弄晚晴。” 五木:古代博具,以斫木爲子,一具五枚。古博戲樗蒲用五木擲采打馬,其後則擲以決勝負,後世所用骰子相傳即由五木演變而來。劉義慶《世説新語·忿狷》:“桓宣武與袁彦道樗蒲,袁彦道齒不合,遂厲聲擲去五木。”程大昌《演繁露·投五木瓊橩玖骰》:“古惟斲木爲子,一具凡五子,故名五木,後世轉而用石,用玉,用象,用骨。” 梟盧:古代博戲樗蒲的兩種勝彩名,幺爲梟,最勝;六爲盧,次之。韓愈《送靈師》:“圍棋鬥白黑,生死隨機權。六博在一擲,梟盧叱迴旋。”陸游《樓上醉書》:“酒酣博簺爲歡娱,信手梟盧喝成采。”

⑦ 野詩:質樸的詩,這是詩人謙稱自己的詩篇。 野:質樸,不浮華。與“文”相對。《莊子·寓言》:“自吾聞子之言,一年而野,二年而從,三年而通。”成玄英疏:“野,質樸也。聞道一年,學心未熟,稍能樸素,去浮華耳!”柳宗元《柳宗直〈西漢文類集〉序》:“首紀殷周之前,其文簡而野;魏晉以降,則盪而靡。”謂天然而不加修飾。蘇軾《司馬君實獨樂園》:“中有五畝園,花竹秀而野。”元稹當時在鳳翔,鳳翔爲邊鄙之地,邊境之地,故稱流傳在那裏的詩篇爲“野詩”。《戰國策·齊策》:“〔秦〕今又刦趙魏,疏中國,封衛之東野。”指以之爲邊鄙或邊境。《公羊傳·桓公十一年》:“古者鄭國處於留。先,鄭伯有善於鄶公者,通乎夫人,以取其國而遷鄭焉! 而野留。”何休注:“野,鄙也。”陳立義疏:“鄭遷都於鄶地,故以留爲邊邑焉。”《戰國策·楚策》:“越

亂，故楚南察瀨湖而野江東。"鮑彪注："以江之東爲野。"　良輔：賢良的輔弼，好的助手。《後漢書・梁商傳》："商自以戚屬居大位，每存謙柔，虚己進賢，辟漢陽巨覽、上黨陳龜爲掾屬，李固、周舉爲從事中郎，於是京師翕然，稱爲良輔。"阮籍《詠懷八十二首》四〇："王業須良輔，建功俟英雄。"　金鞍：金色的馬鞍。盧照鄰《紫騮馬》："騮馬照金鞍，轉戰入皋蘭。塞門風稍急，長城水正寒。"宋之問《和趙員外桂陽橋遇佳人》："江雨朝飛浥細塵，陽橋花柳不勝春。金鞍白馬来從趙，玉面紅粧本姓秦。"　酒胡：古代用於酒席上佐酒助興之木偶戲具，刻木爲人形，置之盤中，左右欹側如舞，久之乃倒，視其傳籌所至或倒時所指向者飲酒，故又稱勸酒胡。盧注《酒鬍子》："酒胡一滴不入眼，空令酒胡名酒胡。"徐夤《酒鬍子》："紅筵絲竹合，用爾作歡娱。直指寧偏黨，無私絶覬覦。當歌誰擐袖？應節漸輕軀。恰與真相似，氈裘滿頷須。"元稹《指巡胡》："遣悶多憑酒，公心只仰胡。挺身唯直指，無意獨欺愚。"可以與本詩本句參讀。

⑧ 綽立：猶端立。元稹《和李校書新題樂府十二首・陰山道》："群臣利己要差僭，天子深衷空憫悼。綽立花磚鵷鳳行，雨露恩波幾時報？"白居易《行簡初授拾遺同早朝入閣因示十二韵》："鬥班花接萼，綽立雁分行。近職誠爲美，微才豈合當？"　丹墀：指宫殿的赤色臺階或赤色地面。《宋書・百官志》："殿以胡粉塗壁，畫古賢烈士。以丹朱色地，謂之丹墀。"李嘉佑《送王端赴朝》："君承明主意，日日上丹墀。"　綻蕊：開放的花。元稹《春月》："風柳結柔援，露梅飄暗香。雪含櫻綻蕊，珠蹙桃綴房。"　宫花：皇宫庭苑中的花木。元稹《行宫》："寥落古行宫，宫花寂寞紅。"白居易《禁中九日對菊花酒憶元九》："賜酒盈杯誰共持？宫花滿把獨相思。"　拂面枝：拂面的花枝。元稹《酬代書詩》詩並注云："山岫當街翠，墙花拂面枝（昔予賦詩云：爲見墻頭拂面花，時唯樂天知此）。"元稹《壓墻花》："野性大都迷里巷，愛將高樹記人家。春來偏認平陽宅，爲見墻頭拂面花。"

⑨ 雉尾扇：古代帝王儀仗用具之一。崔豹《古今注·輿服》："雉尾扇起于殷世，高宗時有雊雉之祥，服章多用翟羽。周制以爲王、后、夫人之車服，輿車有翣，即緝雉羽爲扇翣，以障翳風塵也。漢朝乘輿服之，後以賜梁孝王。魏晉以來無常，惟諸王皆得用之。"《新唐書·儀衛志》："次雉尾障扇四，執者騎，夾傘……次小團雉尾扇四，方雉尾扇十二。"亦省作"雉尾"、"雉扇"。梅堯臣《十二月十三日喜雪》："大明廣庭踏朝駕，雉尾不掃黏宮韡。"朱東潤注："雉尾，宋時有雉尾扇，皇帝大駕出，一人舉之以行。" 朝日：帝王坐朝聽政之日。《戰國策·齊策》："王至朝日，宜召田單而揖之於庭，口勞之。"《漢書·于定國傳》："上於是數以朝日引見丞相、御史，入受詔，條責以職事。"顏師古注："五日一聽朝，故云朝日也。" 柘黄衫：舊時皇帝所穿朝服的服色。張祜《馬嵬歸》："雲愁鳥恨驛坡前，孑孑龍旗指望賢。無復一生重語事，柘黄衫袖掩潸然。"亦作"柘黄袍"，赤黄色的袍，隋文帝始服，後泛指皇袍。宮天挺《七里灘》第三折："他往常穿一領麄布袍，被我常扯的扁襟旦領。他如今穿著領柘黄袍，我若是輕抹著，該多大來罪名？" 碧霄：青天。楊巨源《春日奉獻聖壽無疆詞十首》六："碧宵傳鳳吹，紅旭在龍旗。"蘇軾《虚飃飃三首》一："露凝殘點見紅日，星曳餘光横碧霄。"

⑩ 一自：犹言自从。杜甫《復愁十二首》五："一自風塵起，猶嗟行路難。"司空曙《雲陽寺石竹花》："一自幽山别，相逢此寺中。高低俱出葉，深淺不分叢。" 低心：猶屈意。韓愈《秋懷詩十一首》七："低心逐時趨，苦勉祇能暫。"曾鞏《游鹿門不果》："低心就薄禄，實負山水情。" 翰墨場：猶翰墨林。謝瞻《張子房詩》："濟濟屬車士，粲粲翰墨場。"杜甫《壯遊》："往昔十四五，出遊翰墨場。" 箭韣：即箭箙，皮革製成的藏箭器具。元稹《痁卧聞幕中諸公徵樂會飲因有戲呈三十韵》："蛇蠱迷弓影，雕翎落箭韣。"賈島《老將》："燕雀來鷹架，塵埃滿箭韣。" 書囊：盛書籍的袋子。岑参《送李别將攝伊吾令》："詞賦滿

書囊，胡爲在戰場？”陸龜蒙《自遣詩三十首》七：“長嘆人間發易華，暗將心事許烟霞。病來前約分明在，藥鼎書囊便是家。”

⑪ 近來：指過去不久到現在的一段時間。張紘《閨怨》：“去年離別雁初歸，今夜裁縫螢已飛。征客近來音信斷，不知何處寄寒衣。”柳渾《牡丹》：“近來無奈牡丹何，數十千錢買一顆。”　兼愛：同時愛不同的人或事物。元稹《見人詠韓舍人新律詩因有戲贈》：“喜聞韓古調，兼愛近詩篇。”白居易《得楊湖州書頗誇撫民接賓縱酒題詩因以絶句戲之》：“豈獨愛民兼愛客，不唯能飲又能文。”　休糧：謂停食穀物。葛洪《抱朴子・仙藥》：“朮餌，令人肥健，可以負重涉險，但不及黄精甘美易食，凶年可以與老小休糧，人不能別之，謂爲米脯也。”賈島《山中道士》：“頭髮梳千下，休糧帶瘦容。”　柏葉：柏樹的葉子，可入藥或浸酒，柏葉浸酒稱柏葉酒。杜甫《人日二首》二：“樽前柏葉休隨酒，勝裏金花巧耐寒。”仇兆鰲注：“崔寔《四民月令》：元旦進椒、柏酒。椒是玉樹星精，服之令人却老。柏是仙藥，能駐年却病。”劉禹錫《同樂天和微之深春二十首》一七：“當香收柏葉，養蜜近梨花。”　紗羅：輕軟細薄的絲織品的通稱。米芾《畫史》：“其後舉人始以紫紗羅爲長頂頭巾垂至背，以別庶人黔首。”宋應星《天工開物・過糊》：“凡糊用麵筋、小粉爲質，紗羅所必用，綾綢或用或不用。”這裏是合藥必備的工具，見孫思邈《備急千金要方》卷一。　豆黄：合藥材料。孫思邈《備急千金要方》卷一“凡用麥蘖曲末、大豆黄，卷澤蘭蕪荑，皆微炒乾漆炒，令烟斷，用烏梅入丸散者熬之，用熟艾者先炒細擘合諸藥，搗令細散，不可篩者内散中和之。”

⑫ 風塵：這裏包含多種含義：塵世，紛擾的現實生活境界。皇甫冉《送朱逸人》：“雖在風塵裏，陶潜身自閑。”宦途，官場。沈邁《五言送劉泌歸建州》：“東都宦遊客，風塵厭已久。”塵事，平庸的世俗之事。戴叔倫《贈殷亮》：“山中舊宅無人住，來往風塵共白頭。”也謂行旅辛苦勞頓。方干《送喻坦之下第還江東》：“風塵辭帝裏，舟檝到家林。”

病顔:病容。杜荀鶴《李昭象雲與二三同人見訪有寄》:“得君書後病顔開,雲拉同人訪我來。在路不妨衝雨雪,到山還免踏塵埃。”劉兼《登樓寓望》:“憑高多是偶汍瀾,紅葉何堪照病顔! 萬疊雲山供遠恨,一軒風物送秋寒。” 此生:這輩子。元稹《遣春十首》九:“沽酒過此生,狂歌眼前樂。”李商隱《馬嵬二首》二:“海外徒聞更九州,他生未卜此生休。” 有無:古代哲學範疇。有,指事物的存在,有“有形、有名、實有”等義;無,指事物的不存在,有“無形、無名、虚無”等義。《老子》:“天下皆知美之爲美,斯惡已;皆知善之爲善,斯不善已。故有無相生,難易相成。”《文心雕龍·論説》:“次及宋岱、郭象,鋭思於幾神之區;夷甫、裴頠,交辨於有無之域:並獨步當時,流聲後代。”

⑬ 卷舒:卷起與展開。韓愈《符讀書城南》:“燈火稍可親,簡編可卷舒。”猶進退,隱顯。韓愈《遣興聯句》:“蘧甯知卷舒,孔顔知行藏。” 蓮葉:即荷葉,蓮也稱芙蓉、芙蕖、菡萏等,多年生草本植物,生淺水中,地下莖肥大而長,有節。葉子圓形,花大,淡紅色或白色。地下莖叫藕,種子叫蓮子,藕可供食用或製藕粉,蓮子爲滋補食品,藕節、蓮子、荷葉可供藥用。《樂府詩集·江南》:“江南可採蓮,蓮葉何田田!”張籍《春别曲》:“長江春波緑堪染,蓮葉出水大如錢。” 去住:猶去留。蔡琰《胡笳十八拍》:“十有二拍兮哀樂均,去住兩情兮難具陳。”司空曙《峽口送友人》:“峽口花飛欲盡春,天涯去住泪沾巾。” 雲心:形容閑散如雲的心情。白居易《初夏閑吟兼呈韋賓客》:“雲鬢隨身老,雲心著處安。”黄滔《狎鷗賦》:“雲心瀟灑以薦往,鶴貌飄飖而迭至。”

⑭ 抛棋:下棋投子。皮日休《夏初訪魯望偶題小齋》:“半里芳陰到陸家,藜床相勸飯胡麻。林間度宿抛棋局,壁上經旬挂釣車。” 虎口:圍棋術語,意即圍棋中的一方如果落子於某點,對方可以馬上提吃,這個落子即被提吃的點就叫做虎口。元稹《酬段丞與諸棋流會宿弊居見贈二十四韵》:“異日玄黄隊,今宵黑白棋……狼牙當必碎,虎

口禍難移。”　開眼：圍棋術語，即所謂的氣眼。暫無其他合適的書證。　聯行：圍棋術語，即聯行成片，全盤皆活。暫無其他合適的書證。

⑮ 緣邊：沿邊。《史記·匈奴列傳》：“緣邊亦各堅守以備胡寇。”白居易《西涼伎》：“緣邊空屯十萬卒，飽食温衣閑過日。”本詩這裏比喻圍棋的邊綫。　通同：串通，勾結。《北史·魏紀·高宗文成帝》：“大商富賈，要射時利，上下通同，分以潤屋。爲政之弊，莫過於此。”拾得《詩》一九：“故林又斬新，剡源溪上人。天姥峽關嶺，通同次海津。灣深曲島間，淼淼水云云。借問松禪客，日輪何處暾？”　四面：東、南、西、北四個方位。《禮記·鄉飲酒義》：“四面之坐，象四時也。”柳宗元《至小丘西小石潭記》：“四面竹樹環合。”　太荒：即大荒，荒遠的地方，邊遠地區。《山海經·大荒東經》：“東海之外，大荒之中，有山名曰大言，日月所出。”《文選·左思〈吴都賦〉》：“出乎大荒之中，行乎東極之外。”劉逵注：“大荒，謂海外也。”

⑯ 原憲甘貧每自開：原憲是孔子弟子。韓嬰《詩外傳》卷一：“原憲居魯，環堵之室，茨以蒿萊，蓬户瓮牖，桷桑而無樞，上漏下濕，匡坐而弦歌。子貢乘肥馬，衣輕裘，中紺而表素，軒不容巷而往見之。原憲楮冠黎杖而應門，正冠則纓絶，振襟則肘見，納履則踵決。子貢曰：‘嘻！先生何病也？’原憲仰而應之曰：‘憲聞之：無財之謂貧，學而不能行之謂病，憲貧也，非病也。若夫希世而行，比周而友，學以爲人，教以爲己，仁義之匿，車馬之飾，衣裘之麗，憲不忍爲之也。’子貢逡巡，面有慚色，不辭而去。原憲乃徐步曳杖歌《商頌》，而反聲淪於天地，如出金石，天子不得而臣也，諸侯不得而友也，故養身者忘家，養志者忘身，身且不愛，孰能忝之？《詩》曰：‘我心匪石，不可轉也。我心匪席，不可卷也。’”後以“蓬户瓮牖”作爲安貧樂道的典故。王績《被召謝病》：“顏回唯樂道，原憲豈傷貧？”沈佺期《傷王學士》：“相貽原憲貧，無愁顏回樂。”　甘貧：安於貧窮。《孔叢子·連叢子》：“〔長

彦、季彦〕於是甘貧味道，研精墳典，十餘年間，會徒數百。”韓愈《舉張正甫自代狀》：“年齒雖高，氣力逾勵，甘貧苦節，不愧神明。” 開：寬解，舒暢。杜甫《秋盡》：“不辭萬里長爲客，懷抱何時好一開？”杜甫《往在》：“京都不再火，涇渭開愁容。” 子春傷足少人哀：《禮記注疏》卷四八：“樂正子春下堂而傷其足，數月不出，猶有憂色。門弟子曰：‘夫子之足瘳矣！數月不出，猶有憂色，何也？’樂正子春曰：‘善如爾之問也！善如爾之問也！吾聞諸曾子，曾子聞諸夫子，曰：‘天之所生，地之所養，無人爲大，父母全而生之，子全而歸之，可謂孝矣！不虧其體，不辱其身，可謂全矣！故君子頃步而弗敢忘，孝也！今予忘孝之道，予是以有憂色也。”權德輿《工部發引日屬傷足卧疾不遂執紼》：“子春傷足日，况有寢門哀。元伯歸全去，無由白馬来。” 少人：少數人。《三國志・劉劭傳》：“賊衆新至，心專氣鋭。寵以少人自戰其地，若便進擊，不必能制。”哀：憐憫，憐愛，同情。《穆天子傳》卷五：“天子作詩三章以哀民。”郭璞注：“哀，猶愍也。”元稹《唐故開府儀同三司檢校兵部尚書兼左驍衛上將軍充大内皇城留守御史大夫上柱國南陽郡王贈某官碑文銘》：“我父當得碑，家且貧，無以買其文，卿大夫誰我肯哀者？”

⑰ 居士：梵語意譯，原指古印度吠舍種姓工商業中的富人，因信佛教者頗多，故佛教用以稱呼在家佛教徒之受過“三歸”、“五戒”者。《維摩詰經》稱，維摩詰居家學道，號稱維摩居士。《南史・虞寄傳》：“寄因寶應不可諫，慮禍及己，乃爲居士服以拒絶之。常居東山寺，僞稱脚疾，不復起。”元稹《度門寺》：“舍利開層塔，香爐占小峰。道場居士置，經藏大師封。” 文殊：佛教菩薩名，文殊師利或曼殊室利的省稱，意譯爲“妙吉祥”、“妙德”等。其形頂結五髻，象徵大日如來的五智；持劍、騎青獅，象徵智慧鋭利威猛。爲釋迦牟尼佛的左脅侍，與司“理”的普賢菩薩相對。中國傳其説法道場爲山西省五臺山。殷晉安《文殊象贊》：“文殊淵睿，式昭厥聲。”白居易《答閑上人來問因何風疾》：“一床方丈向陽開，勞動文殊問疾來。欲界凡夫何足道！四禪天始免風灾（色界四天，初禪具

三災，二禪無火災，三禪無水災，四禪無風災）。”

⑱ 閑人：不相干的人。王維《新晴野望》：“白水明田外，碧峰出山後。農月無閑人，傾家事南畝。”元稹《西歸絶句十二首》四：“春明門外誰相待？不夢閑人夢酒卮。” 君：對對方的尊稱，猶言您。李商隱《夜雨寄北》：“君問歸期未有期，巴山夜雨漲秋池。”羅隱《酬章處士見寄》：“中原甲馬未曾安，今日逢君事萬端。”這裏指與元稹交情始終不替的李景儉。 相識：彼此認識。崔顥《長干曲四首》二：“家臨九江水，來去九江側。同是長干人，自小不相識。”顧況《行路難三首》一：“一生肝膽向人盡，相識不如不相識。” 相憐：相互憐愛，相互憐惜。《列子・楊朱》：“古語有之：‘生相憐，死相捐。’”司空曙《江園書事寄盧綸》：“嗜酒漸思渴，讀書多欲眠。平生故交在，白首遠相憐。”

⑲ 經旬：一旬以上，十多天。白居易《臼口阻風十日》：“魚鰕遇雨腥盈鼻，蚊蚋和烟癢滿身。老大光陰能幾日？等閑臼口坐經旬。”姚合《酬任疇協律夏中苦雨見寄》：“銀漢波瀾溢，經旬雨未休。細聽宜隔牖，遠望憶高樓。” 不解：不知道，不理解。嵇康《琴賦》：“推其所由，似元不解音聲。”李白《月下獨酌四首》一：“月既不解飲，影徒隨我身。” 過宿：猶過夜。錢起《酬盧十一過宿》：“閉門公務散，枉策故情深。遙夜他鄉宿，同君梁甫吟。”鄭巢《贈丘先生》：“原僧招過宿，沙鳥伴長閑。地與中峰近，殘陽獨不還。” 空床：指獨宿的卧具，亦比喻無偶獨居。《古詩十九首・青青河畔草》：“昔爲倡家女，今爲蕩子婦。蕩子行不歸，空床難獨守。”曾鞏《秋夜》：“念往不能寐，枕書嗟漏長。平生肺腑交，一訣餘空床。” 夜夜：一夜又一夜，一夜接着一夜。劉禹錫《代靖安佳人怨二首》二：“秉燭朝天遂不回，路人彈指望高臺。墻東便是傷心地，夜夜流螢飛去來。”盧仝《自君之出矣》：“自君之出矣，壁上蜘蛛織。近取見妾心，夜夜無休息。”

⑳ 開拆：拆開，開封。白居易《酬微之開拆新樓初畢相報末聯見戲之作》：“南臨瞻部三千界，東對蓬宫十二層。報我樓成秋望月，把

君詩讀夜回燈。"李紳《端州江亭得家書二首》一:"雨中鵲語喧江樹,風處蛛絲揚水潯。開拆遠書何事喜?數行家信抵千金。" 新詩:新的詩作。杜甫《酬韋韶州見寄》:"白髮絲難理,新詩錦不如。雖無南去雁,看取北來魚。"錢起《初至京口示諸弟》:"兄弟得相見,榮枯何處論?新詩添卷軸,舊業見兒孫。" 璆:同"球",美玉,這裏比喻李景儉的詩篇。《國語·晉語》:"官師之所材也,戚施直鎛,蘧蒢蒙璆。"韋昭注:"璆,玉磬。"劉琨《重贈盧諶》:"握中有懸璧,本自荆山璆。" 明珠:光澤晶瑩的珍珠。李白《白馬篇》:"龍馬花雪毛,金鞍五陵豪。秋霜切玉劍,落日明珠袍。"獨孤綬《投珠於泉》:"至道歸淳樸,明珠被棄捐。天真來照乘,成性却沈泉。" 炫轉:光彩轉動貌。元稹《西明寺牡丹》:"花向琉璃地上生,光風炫轉紫雲英。"白居易《新樂府·驃國樂》:"珠纓炫轉星宿摇,花鬘鬥藪龍蛇動。" 玉音:對别人言辭的敬稱。曹植《七啓》:"將敬滌耳,以聽玉音。"權德輿《新月與兒女夜坐聽琴舉酒》:"笑語向蘭室,風流傳玉音。愧君袖中字,價重雙南金。"

㉑ 三更:指半夜十一時至翌晨一時。《樂府詩集·子夜變歌》:"三更開門去,始知子夜變。"崔顥《七夕詞》:"班姬此夕愁無限,河漢三更看斗牛。" 半夜:一夜的一半。皎然《宿山寺寄李中丞洪》:"從他半夜愁猿驚,不廢此心長杳冥。"夜裏十二點左右,也泛指深夜。王維《扶南曲歌詞五首》四:"入春輕衣好,半夜薄妝成。"

[編年]

《年譜》編年本詩"庚寅至甲午在江陵府所作其他詩",理由是:"第一首云:'親情書札相安慰,多道蕭何作判司。''判司'指'荆州判司'(《書樂天紙》云:'乞與荆州元判司。')'江陵判司'(《論元稹第三狀》云:'今貶爲江陵判司。')"《編年箋注》編年云:"此詩作於江陵時期,元稹在江陵士曹任。見下《譜》。"《年譜新編》編年本詩"庚寅至甲午在江陵府所作其他詩",理由"其一云:'親情書札相安慰,多道蕭何作判司。’‘判司’指江陵士曹參軍。”

我們以爲，根據本詩“判司”之語，以及元稹《書樂天紙》的“荆州元判司”、白居易《論元稹第三狀》云：“今貶爲江陵判司。”編年本組詩於元稹江陵任内應該是没有任何問題的。元稹《酬段丞與諸棋流會宿弊居見贈二十四韵》“異日玄黄隊，今宵黑白棋……狼牙當必碎，虎口禍難移”云云，與本組詩之七所描述的在詩人家中下圍棋的情景非常相符。而《酬段丞與諸棋流會宿弊居見贈二十四韵》也作於江陵時期的元和五年。本組詩詩題“酬李甫見贈十首”，查閲元稹江陵任内李姓朋友中，唯李景儉可以當之，而李景儉離開江陵在元和七年前後，因此本組詩應該作於江陵任前期。且本組詩云：“宋玉秋來續楚詞。”又云：“卷舒蓮葉終難濕。”所述是夏天景色與秋天的感慨，應該作於元和五年至元和七年的某一年的夏秋之際。本組詩之九又云：“每識閑人如未識，與君相識便相憐。經旬不解來過宿，忍見空床夜夜眠。”明顯是元稹在江陵還是單身漢生涯，而且自己的女兒保子也不在身邊。保子來到江陵在元和五年的十月，有元稹《酬翰林白學士代書一百韵》之序“玄元氏之下元日，會予家居至，枉樂天《代書詩一百韵》……”爲證。而元稹與安仙嬪結婚在元和六年年初，與“空床”云云一一切合。因此本組詩應該作於元和五年夏秋之際，而不是籠統的“庚寅至甲午在江陵府所作其他詩”、“江陵時期”。

■ 酬樂天立秋日曲江見憶(一)①

據白居易《立秋日曲江憶元九》

[校記]

（一）酬樂天立秋日曲江見憶：元稹本佚失詩所據白居易《立秋

日曲江憶元九》,見《白氏長慶集》、《白香山詩集》、《歲時雜詠》、《佩文齋詠物詩選》、《全詩》,不見異文。

[箋注]

① 酬樂天立秋日曲江見憶:元稹本佚失詩所據白居易《立秋日曲江憶元九》:"下馬柳陰下,獨上堤上行。故人千萬里,新蟬三兩聲。城中曲江水,江上江陵城。兩地新秋思,應同此日情。"不見今存元稹詩文中有回酬,應該是元稹的佚失之篇,據補。　立秋:二十四節氣之一,在陽曆八月七日、八日或九日,農曆七月初。杜甫《立秋後題》:"日月不相饒,節序昨夜隔。玄蟬無停號,秋燕已如客。"李益《立秋前一日覽鏡》:"萬事銷身外,生涯在鏡中。唯將滿鬢雪,明日對秋風。"　曲江:水名,即曲江池,在今陜西省西安市東南。秦爲宜春苑,漢爲樂遊原,有河水水流曲折,故稱。隋文帝以曲名不正,更名芙蓉園,唐復名曲江,開元中更加疏鑿,爲都人中和、上巳等盛節遊賞勝地。高適《同薛司直诸公秋霁曲江俯见南山作》:"南山鬱初霽,曲江湛不流。若臨瑶池前,想望昆崙丘。"白居易《曲江早秋》:"秋波紅蓼水,夕照青蕪岸。獨信馬蹄行,曲江池四畔。"　見憶:被思念。李郢《和湖州杜員外冬至日白蘋洲見憶》:"白蘋亭上一陽生,謝朓新裁錦繡成。千嶂雪消溪影緑,幾家梅綻海波清?"杜牧《别沈處士》:"舊事參差夢,新程邐迤秋。故人如見憶,時到寺東樓。"

[編年]

未見《元稹集》採録,也未見《年譜》、《編年箋注》、《年譜新編》採録與編年。

朱金城先生《白居易集箋校》編年白居易詩於元和五年。元稹元和五年三月出貶江陵,白居易詩有"城中曲江水,江上江陵城。兩地新秋思，應同此日情”之句，白居易詩應該撰成於元和五年立秋日，元稹在江陵的酬和之篇應該立秋日之後，元稹時任江陵士曹參軍。

◎ 紀懷贈李六户曹崔二十功曹五十韵①

昔冠諸生首，初因三道徵②。公卿碧墀會(一)，名姓白麻稱③。日月光遥射，烟霄志漸弘④。榮班張錦纁(二)，諫路賜箋藤(三)⑤。便欲呈肝膽(四)，何言犯股肱(爲左拾遺遇事輒舉)⑥！椎埋衝斗劍，消碎瑩壺冰(五)⑦。赤縣纔分務(當事者惡公，出爲河南尉)，青驄已迴乘(謂拜御史)⑧。因騎度海鶻，擬殺蔽天鵬⑨。縛虎聲空壯，連鰲力未勝⑩。風翻波竟蹙，山壓勢逾崩(公按獄東川，劾節度使嚴礪，礪黨怒。俄分司東都，又劾治河南尹房式，詔召公還)⑪。僇辱徒相困，蒼黄性不能⑫。酣歌離峴頂，負氣入江陵(爲中人仇士良擊敗面，貶江陵士曹)⑬。華表當蟾魄，高樓挂玉繩⑭。角聲悲掉蕩，城影暗稜層⑮。軍幕威容盛，官曹禮數兢⑯。心雖出雲鶴，身尚觸籠鷹⑰。竦足良甘分(六)，排衙苦未曾⑱。通名參將校，抵掌見親朋⑲。呴沫求涓滴，滄波怯斗升⑳。荒居鄰鬼魅，羸馬步殑殑(欲死狀)㉑。白草堂檐短，黄梅雨氣蒸㉒。霑黏經汗席，颭閃盡油燈㉓。夜怯餐膚蚋，朝煩拂面蠅㉔。過從愁厭賤，專静畏猜仍㉕。旅寓誰堪託？官聯自可憑㉖。甲科崔並鶩，柱史李齊昇㉗。共展排空翼，俱遭激遠矰㉘。他鄉元易感，同病轉相矜㉙。投分多然諾，忘言少愛憎㉚。誓將探肺腑，耻更辨淄澠㉛會宿形骸遠(七)，論交意氣增㉜。一心吞渤澥，戮力拔嵩恒㉝。語到磨圭角，疑消破弩癥㉞。吹嘘期指掌，患難許擔簦(笠有柄者)㉟。鍛翮鸞栖棘，藏鋒箭在弸㊱。雪中方睹桂，木上莫施罾[37]！且泛夤沿水，兼過被病僧[38]。有時鞭款段，盡日醉傍僜[39]。蹋屐看秧稻，敲船和採菱[40]。叉魚江火合(八)，喚客谷神應[41]。嘯傲雖開口，幽憂復滿膺[42]。望雲鰭撥刺，透匣色騰凌[43]。每想潢池寇，猶稽赤族懲[44]。夔龍勞算畫，貔虎帶威稜[45]。逐鳥忠潛奮，懸旌意遠凝[46]。弢弓思徹札，絆驥悶牽絙[47]。運甓調辛苦，聞鷄屢寢興[48]。閑隨人兀兀，夢聽鼓鼞鼞[49]。班筆行看擲，黄陂莫漫澄(九)[50]。騏驎高閣上，須及壯時登[51]。

録自《元氏長慶集》卷一一

[校記]

(一) 公卿碧墀會：原本作"公卿碧鷄會"，叢刊本同，語義難通，據楊本、《全詩》改。

(二) 榮班張錦繡：叢刊本同，楊本、《全詩》作"榮班聯錦繡"，語義相類，不改。

(三) 諫路賜箋藤：叢刊本同，楊本、《全詩》作"諫紙賜箋藤"，語義不同，不改。

(四) 便欲呈肝膽：楊本、叢刊本同，《全詩》在"欲"字下注云："一作'務'。"語義不同，不改。

(五) 消碎瑩壺冰：原本作"清澈瑩壺冰"，叢刊本同，語義不通，據楊本、《全詩》改。

(六) 竦足良甘分：楊本、叢刊本、《全詩》同，盧校宋本作"竦足良安分"，語義不同，不改。

(七) 會宿形骸遠：楊本同，叢刊本、《全詩》作"會宿形骸達"，語義不同，不改。

(八) 叉魚江火合：原本作"义魚江火合"，叢刊本、《淵鑑類函》、

《全詩》、《後村詩話》同，據楊本改。

(九) 黄陂莫漫澄：楊本、叢刊本、《全詩》同，《淵鑑類函》作"黄波莫漫澄"，語義難通，不從不改。

[箋注]

① 紀懷：就是記録自己的心路歷程，抒發由此引發的感慨。劉安上《出局紀懷》："國爾忘家是所先，如何交搆競争權？霜臺白簡真可畏，一日五公俱左遷。"陸游《秋夜紀懷》："缺月淡欲盡，老雞鳴苦遲。聊爲待旦坐，不作感秋悲。" 紀：通"記"，記載，記録。《左傳·桓公二年》："文、物以紀之，聲、明以發之。"韓愈《祭柳子厚文》："富貴無能，磨滅誰紀？" 懷：胸懷，懷抱。劉義慶《世説新語·文學》："當共言詠，以寫其懷。"王安石《寄曾子固》："高論幾爲衰俗廢，壯懷難值故人傾。" 李六：即元稹早就結識的朋友李景儉，當時因竇群受政敵的攻擊，李景儉受到牽連而出貶爲江陵户曹參軍。《舊唐書·李景儉傳》云："李景儉……韋夏卿留守東都，辟爲從事。竇群爲御史中丞，引爲監察御史。群以罪左遷，景儉坐貶江陵户曹。"李景儉在江陵，不僅與元稹唱和不斷，而且還張羅元稹續娶小妾安仙嬪，元和七年，又促成元稹編集自己的詩文八百多篇成二十卷，是最早的元稹詩文集。但李景儉先元稹而離開江陵，此後他們友誼日增，直到李景儉謝世。户曹：掌管民户、祠祀、農桑等的官署。後漢、三國魏以下有户曹掾，北齊與功曹同爲參軍，隋有户曹參軍，唐諸府稱户曹，在州曰司户。户曹掌管籍賬、婚姻、田宅、雜徭、道路等事。《後漢書·百官志》："户曹主民户、祠祀、農桑。"高承《事物紀原·撫字長民·户曹》："漢公府有户曹掾，主民户祀農桑，州郡爲史，北齊與功倉曹同爲參軍，唐諸府曰户曹，餘州曰司户。" 崔二十：岑仲勉《唐人行第録》認爲："名未詳。"其實是指元稹的制科同年崔琯，他們元和元年同登"才識兼茂明於體用科"。《舊唐書·崔琯傳》："(崔)頲有子八人，皆至達官，時人

比漢之荀氏，號曰‘八龍’。長曰瑄，貞元十八年進士擢第，又制策登科，釋褐諸侯府。”所謂“制策登科”，應該就是元和元年的“才識兼茂明於體用科”，徐松《登科記考》元和元年制科及第名單中正有“崔琯”，並指出《册府元龜》作“崔韶”、《唐會要》作“崔綰”“皆誤”。據《唐大詔令集·放制舉人敕》以及《册府元龜》中均有“崔韶”在列，而“崔琯”亦有《舊唐書·崔琯傳》爲證，點閲《唐大詔令集·放制舉人敕》的名單，人數僅僅衹有十六人，與《舊唐書·元稹傳》所云“二十八應制舉才識兼茂明於體用科，登第者十八人，稹爲第一”的人數不符，同時也與本詩當事人元稹所云“甲科崔並騖”不合，因此我們以爲“崔琯”正是《唐大詔令集·放制舉人敕》以及《册府元龜》誤漏的“十八人”之一，崔韶、崔琯都應該是元稹的制科同年。而元和五年的三月六日，元稹與吴士矩、崔韶相會於陝州，時間僅僅過去了二三月，崔韶又如何能够突然離開陝州，出現在千里之外的江陵，又與李景儉、元稹成爲同僚？而“釋褐諸侯府”云云正是指崔琯來到江陵府任職功曹參軍之職。　功曹：官名，漢代郡守有功曹史，簡稱功曹，除掌人事外，得以參預一郡的政務。北齊後稱功曹參軍，唐時在府的稱爲功曹參軍，在州的稱爲司功。張九齡《送楊府李功曹》：“平生屬良友，結綬望光輝。何知人事拙，相與宦情非。”白居易《夜送孟司功》：“潯陽白司馬，夜送孟功曹。江暗管弦急，樓明燈火高。”

② 昔冠諸生首：這裏指元稹在元和元年的制科考試“才識兼茂明於體用科”中拔得頭籌，成爲十八名登第者的第一名。《唐大詔令集·放制舉人敕》：“才識兼茂明於體用科人第三次等：元稹、韋惇；第四等：獨孤郁、白居易、曹京伯、韋慶復；第四次等：崔韶、（崔琯）、羅讓、元修、薛存慶、韋珩；第五上等：蕭俛、李蟠、沈傳師、柴宿。達於吏理可使從政科第五上等：陳岵、（蕭睦）等……其第三次等人委中書門下優與處分。第四等、（第四次等）、第五上等中書門下即與處分。”諸生：衆有知識學問之士，衆儒生。《漢書·叔孫通傳》：“夫儒者難與

進取,可與守成。臣願徵魯諸生,與臣弟子共起朝儀。"任昉《爲范尚書讓吏部封侯第一表》:"臣本自諸生,家承素業。"　三道:三道試題。《新唐書·選舉志》:"答時務策三道。"元稹《酬樂天餘思不盡加爲六韵之作》:"次韵千言曾報答(樂天曾寄予千字律詩數首,予皆次用本韵酬和,後來遂以成風耳),直詞三道共經綸(樂天與予同應制科,並求前輩切直詞策以盡經邦之術,其事已具之字詩注中爾)。"所謂"已具之字詩注中",即元稹在《酬翰林白學士代書一百韵》詩中所云"那能作牛後,更擬助洪基"之下注云:"舊説:制策皆以惡訐取容爲美。予與樂天指病危言,不顧成敗,意在决求高等。初就業時,今裴相公戒予慎勿以策苑爲美。予深佩其言,然而怪其多大擬取。有可取,遂切求潛覽。功及累月,無所獲。先是穆員、盧景亮同年應制,俱以詞直見黜。予求獲其策,皆手自寫之,置在筐篋。樂天、損之輩常詛予篋中有不第之祥,而又哂予决求高第之僭也。"關於三道試題的具體内容,大約是與"時務"有關,《新唐書·選舉志》"答時務策三道"云云即是明證。

③ 公卿:三公九卿的簡稱。《儀禮·喪服》:"公卿大夫室老士貴臣。"《論語·子罕》:"出則事公卿,入則事父兄。"也泛指高官。孟浩然《自洛之越》:"扁舟泛湖海,長揖謝公卿。且樂杯中物,誰論世上名?"李白《聞李太尉大舉秦兵百萬出征東南懦夫請纓冀申一割之用半道病還留别金陵崔侍御十九韵》:"孤鳳向西海,飛鴻辭北溟。因之出寥廓,揮手謝公卿。"　碧墀:美稱青石臺階,亦指殿堂的玉石臺階。劉禹錫《葡萄歌》:"野田生葡萄,纏繞一枝蒿。移來碧墀下,張王日日高。"元稹《酬翰林白學士代書一百韵》:"出入稱金籍,東西侍碧墀。"這裏意謂三公九卿等諸多大臣也齊集殿堂的玉石臺階之下聽候今年制科登第的名單的宣佈。　名姓:即姓名。《史記·項羽本紀》:"書足以記名姓而已。"李復言《續幽怪録·張質》:"名姓偶同,遂不審勘。"　白麻:這裏指用苘麻製造的紙,唐制,由翰林學士起草的凡赦

書、德音、立後、建儲、大誅討及拜免將相等詔書都用白麻紙，因以指重要的詔書，制科登第的名單屬於重要詔書之列，自然應該是用白麻紙頒佈。白居易《杜陵叟》："白麻紙上書德音，京畿盡放今年稅。"元稹《酬樂天東南行詩一百韵》："白麻雲色膩，墨詔電光粗。"

④"日月光遙射"兩句：意謂元稹覺得自己感受到皇恩浩蕩，雖然自己衹是一名微不足道的左拾遺，與皇帝左右的重臣不可同日而語，但自己爲君爲國爲民的志向越來越宏大越來越强烈。　日月：這裹喻指帝與后。語本《禮記・昏義》："故天子之與后，猶日之與月"。《史記・魏其武安侯列傳論》："魏其之舉以吴楚，武安之貴在日月之際。"　遙：指距離遠。《禮記・王制》："自江至於衡山，千里而遙。"杜光庭《虬髯客傳》："妓遙呼靖（李靖）曰：'李郎且來拜三兄。'"　射：照射。孟元老《東京夢華録・駕幸瓊林苑》："上有横觀層樓，金碧相射。"《明史・謝榛傳》："榛方傾聽，王命姬出拜，光華射人。"　烟霄志：亦即雲霄志，志向遠大之意。李群玉《將之番禺留別湖南府幕》："本乏烟霄志，那隨鴛鷺遊！"《夜坐聞雨寄嚴十少府》："多負雲霄志，生涯歲序侵。風翻涼葉亂，雨滴洞房深。"　弘：大，廣。《後漢書・杜喬傳論》："夫稱仁人者，其道弘矣！"劉知幾《史通・惑經》："聖人設教，其理含弘。"

⑤ 榮班：榮幸的職務。錢起《裴僕射東亭》："致君超列辟，得道在榮班。"蘇舜欽《次韵和師黯寄王耿端公》："嫉惡曾收柱後冠，淹淪今未復榮班。"　錦繡：花紋色彩精美鮮艷的絲織品，這裹喻指美好的明天美好的前程。杜甫《清明二首》二："秦城樓閣鶯花裹，漢主山河錦繡中。"司馬光《看花四絶句》三："誰道群花如錦繡？人將錦繡學群花。"　諫路：進諫之路。司馬光《酬宋次道初登朝呈同舍》："清朝正求治，諫路方坦夷。"葉適《著作正字二劉公墓誌銘》："初，秦檜死，高宗開諫路，輪對群臣。"　箋藤：指越中以青藤为原料製成的紙張，喻指華美的稿紙。韓愈《順宗實録四》："外有韋皋、裴均、嚴綬等箋表。"

周紫芝《回張侍制啓》:“辱貺箋藤,獲玩摛章之麗,禮逾其分,愧切於中。”

⑥ 肝膽:這裏比喻真心誠意。《史記・淮陰侯列傳》:“臣願披腹心,輸肝膽,效愚計,恐足下不能用也。”曾鞏《送宣州杜都官》:“江湖一見十年舊,談笑相逢肝膽傾。”也比喻勇氣、血性。韓愈《贈别元十八協律六首》四:“窮途致感激,肝膽還輪囷。”　股肱:這裏比喻左右輔佐之臣。《書・益稷》:“臣作朕股肱耳目。”皇甫澈《賦四相詩・禮部尚書門下侍郎平章事李峴》:“時來遇明聖,道濟甯邦國。猗歟瑚璉器,竭我股肱力。”元稹這裏所言的股肱之臣,就是暗喻當時的朝廷重臣、三朝元老杜佑,元稹因爲《論追制表》以及彈劾杜兼,得罪了杜佑,受到杜佑瘋狂的報復,先分務東臺,繼出貶江陵,就是杜佑報復元稹的其中兩件。而馬本即原本所注“爲左拾遺遇事輒舉”云云,衹是涉及元稹出貶洛陽、外貶江陵的一般原因,而没有涉及元稹出貶與外貶的深層次原因。

⑦ 椎埋:劫殺人而埋之,亦泛指殺人。《史記・酷吏列傳》:“王温舒者,陽陵人也,少時椎埋爲奸。”裴駰集解引徐廣曰:“椎殺人而埋之。”李紳《州中小飲便别牛相》:“恥矜學步貽身患,豈慕醒狂躡禍階!從此别離長酩酊,洛陽狂狷任椎埋。”　冲斗劍:即名劍龍泉與太阿,《晉書・張華傳》:“初,吴之未滅也,斗牛之間常有紫氣,道術者皆以吴方强盛,未可圖也,惟華以爲不然。及吴平之後紫氣愈明,華聞豫章人雷焕妙達緯象,乃要焕宿,屏人曰:‘可共尋天文,知將來吉凶。’因登樓仰觀,焕曰:‘僕察之久矣! 惟斗牛之間頗有異氣。’華曰:‘是何祥也?’焕曰:‘寶劍之精上徹於天耳!’華曰:‘君言得之! 吾少時有相者言:吾出六十,位登三事,當得寶劍佩之。斯言豈效與?’因問曰:‘在何郡?’焕曰:‘在豫章豐城。’華曰:‘欲屈君爲宰,密共尋之,可乎?’焕許之,華大喜,即補焕爲豐城令。焕到縣,掘獄屋基,入地四丈餘,得一石函,光氣非常,中有雙劍,並刻題一曰龍泉,一曰太阿,其夕

斗牛間氣不復見焉！焕以南昌西山北岩下土以拭劍光芒，艷發。大盆盛水，置劍其上，視之者精芒炫目。遣使送一劍幷土與華，留一自佩。”　瑩壺冰：即玉壺冰，喻高潔清廉。王維《清如玉壺冰》：“若向夫君比，清心尚不如。”黄庭堅《奉和公擇舅氏送吕道人研長韵》：“奉身玉壺冰，立朝朱絲弦。”元稹在這裏以龍泉、太阿和瑩壺冰自喻，譴責杜佑公報私仇，排斥異己。“消碎”，原本作“清澈”，據楊本改。

⑧ 赤縣：“赤縣神州”的省稱。楊巨源《寄昭應王丞》：“瑞靄朝朝猶望幸，天教赤縣有詩人。”唐、宋、元各代指稱京都所治的縣爲赤縣。李白《贈宣城趙太守悦》：“赤縣揚雷聲，强項聞至尊。”王琦注：“《通典》：大唐縣有赤、畿、望、緊、上、中、下七等之差，京都所治爲赤縣，京之旁邑爲畿縣，其餘則以户口多少、資地美惡爲差。”這裏指洛陽所治之縣。　分務：義同“分司”，唐制，中央官員在陪都（洛陽）任職者，稱爲分司。王建《寄分司張郎中》：“江郡遷移猶遠地，仙官榮寵是分司。青天白日當頭上，會有求閑不得時。”白居易《達哉樂天行》：“達哉達哉白樂天，分司東都十三年。”　青驄：亦即驄馬，青白色相雜的馬，常常指御史所乘之馬或借指御史，稱爲“驄馬使”。丘爲《湖中寄王侍御》：“驄馬真傲吏，翛然無所求。”張南史《送李侍御入茅山采藥》：“聊聽驄馬使，却就紫陽仙。”　回乘：意謂返回自己的駕御。這裏指元和四年元稹從按御東川回京之後，又被杜佑以“分司東都”的名義排斥出京，企圖將元稹閑置在洛陽。但元稹不爲所屈，利用手中監察御史的權力，在洛陽懲辦數十起權貴、藩鎮違法亂紀之事，沉重打擊了洛陽的權貴，杜佑又一次揮舞手中的權力，抓住元稹處理河南尹房式違紀的所謂問題，剛剛半年，就將元稹召回京城，接着出貶江陵。而馬本在“赤縣才分務”句下所注“當事者惡公，出爲河南尉”，以及在“青驄已迴乘”句下所注“謂拜御史”云云都是錯誤的，元稹出爲河南尉在元和元年左拾遺任上被杜佑藉口“正常調動”出貶河南尉，不在任職監察御史之後。至於“青驄已迴乘”，應該是指元稹剛剛到達洛陽不

到一年，就被召回京城，而不是拜元稹爲監察御史之事。兩者都不符合元稹生平史實，存在理解上的嚴重錯誤。

⑨ 度海：渡過大海，極言任重道遠。盧照鄰《同臨津紀明府孤雁》：“横天無有陣，度海不成行。會刷能鳴羽，還赴上林鄉。”杜甫《見王監兵馬使説近山有白黑二鷹羅者久取竟未能得王以爲毛骨有異他鷹恐臘後春生騫飛避暖勁翮思秋之甚眇不可見請余賦詩二首》二：“黑鷹不省人間有，度海疑從北極來。正翮摶風超紫塞，立冬幾夜宿陽臺？”　鶻：鳥類的一科，翅膀窄而尖，嘴短而寬，上嘴彎曲並有齒狀突起，飛得很快，善於襲擊其他鳥類，也叫隼。李時珍《本草綱目·鴟》：“鶻，小於鴟而最猛捷，能擊鳩、鴿，亦名鷸子，一名籠脱。”杜甫《義鶻行》：“斯須領健鶻，痛憤寄所宣。”蘇軾《石鐘山記》：“而山上栖鶻，聞人聲亦驚起。”　蔽天：遮蔽天空。柳宗元《神堯皇帝破龍門賊》：“頃疾風如過矢，風塵蔽天，而過神堯默喜之。”吴融《平望蚊子二十六韵》：“平望有蚊子，白晝來相屠……擾擾蔽天黑，雷然隨舳艫。”這裏極言鵬之大。　鵬：傳説中最大的鳥。《莊子·逍遥遊》：“北冥有魚，其名爲鯤，鯤之大不知其幾千里也。化而爲鳥，其名爲鵬，鵬之背不知其幾千里也。怒而飛，其翼若垂天之雲。”韓愈《海水》：“海有吞舟鯨，鄧有垂天鵬。”詩人以“鶻”自喻，以“鵬”他喻社會的邪惡勢力，一小一大，一弱一强，相鬥的結果不難預料。

⑩ 縛虎：捆住猛虎，亦喻征服極難征服之人。李商隱《異俗二首》二：“點對連鰲餌，搜求縛虎符。賈生兼事鬼，不信有洪爐。”李商隱《太倉箴》：“長如獲禽，莫忘縛虎。”　連鰲：相傳渤海之東有一深壑，中有神仙所居之五山。然山浮於海，隨波而動。天帝遂命巨鰲十五分作三批，輪流負山，五山始屹立不動。“而龍伯之國有大人，舉足不盈數步而暨五山之所，一釣而連六鰲，合負而趣歸其國，灼其骨以數焉！”事見《列子·湯問》。後因以“連鰲”作善釣之典。李白《贈臨洺縣令皓弟》：“釣水路非遠，連鰲意何深！”劉攽《次韵酬李推官》：“傾

蓋强君留一醉，相看前路釣連鰲。”

⑪ “風翻波竟蹙”兩句：馬本原注：“公按獄東川，劾節度使嚴礪，礪黨怒。俄分司東都，又劾治河南尹房式，詔召公還。”大致説出了元稹在東川與洛陽的遭遇，詩人以自然界常見的景象，比喻自身遭到的殘酷打擊。　蹙：接近，迫近。賈思勰《齊民要術・園籬》：“其栽榆與柳……數年成長，共相蹙迫，交柯錯葉，特似房櫳。”羅隱《廣陵開元寺閣上作》：“江蹙海門帆散去，地吞淮口樹相依。”　崩：敗壞。《論語・陽貨》：“君子三年不爲禮，禮必敗；三年不爲樂，樂必崩。”王符《潛夫論・務本》：“守本離末則仁義興，離本守末則道德崩。”韓愈《與孟尚書書》：“楊墨交亂，而聖賢之道不明，則三綱淪而九法斁，禮樂崩而夷狄横。”

⑫ 僇辱：侮辱。《史記・范雎蔡澤列傳》：“賓客飲者醉，更溺雎，故僇辱以懲後，令無妄言者。”劉禹錫《天論》“賞不必盡善，罰不必盡惡，或賢而尊顯時以不肖參焉，或過而僇辱時以不辜參焉！”　蒼黄：《墨子・所染》：“子墨子言見染絲者而嘆曰：‘染於蒼則蒼，染於黄則黄，所入者變，其色亦變，五入而已爲五色矣！故染不可不慎也，非獨染絲然也，國亦有染。”張説《王氏神道碑》：“蒼黄反覆，哀哉命也！”元稹意謂自己本性永遠不變，不能如絲一般隨機應變。　“縛虎聲空壯”六句：這裏喻指元稹在監察御史任上連續懲辦權貴，表面上獲得了暫時的勝利，但最終都被一一推翻，在實質上，元稹仍然是一個失敗者。這裏僅僅以元稹東川之行爲例：元稹在東川處理嚴礪的貪狀剛剛結束，新任東川的節度使潘孟陽爲了自己今後能够中飽私囊時没有障礙，以十分消極的態度執行中書省的臺旨，秘密上疏爲嚴礪鳴冤叫屈，並且變换手法，以新的名目繼續盤剥那些苦主。潘孟陽爲什麽如此，讀讀《舊唐書・潘孟陽傳》也許就有了答案，文云：“潘孟陽，禮部侍郎炎之子也。孟陽以父蔭進，登博學宏辭科，累遷殿中侍御史，降爲司議郎。孟陽母，劉晏女也，公卿多父友及外祖賓從，故得薦

用,累至兵部郎中。德宗末王紹以恩幸,數稱孟陽之材,因擢授權知户部侍郎,年未四十。順宗即位,永貞内禪,王叔文誅,杜佑始專判度支,請孟陽代叔文爲副。時憲宗新即位,乃命孟陽巡江淮省財賦,仍加鹽鐵轉運副使,且察東南鎮之政理。時孟陽以氣豪權重,領行從三四百人,所歷鎮府但務遊賞,與婦女爲夜飲。至鹽鐵轉運院,廣納財賄補吏職而已。及歸,大失人望,罷爲大理卿。三年出爲華州刺史,遷梓州刺史、劍南東川節度使。與武元衡有舊,元衡作相復召爲户部侍郎判度支,兼京北五城營田使,以和糴使韓重華爲副。太府卿王遂與孟陽不協,議以營田非便,持之不下,孟陽忿憾形於言。二人俱請對,上怒不許,乃罷孟陽爲左散騎常侍,明年復拜户部侍郎。孟陽氣尚豪俊,不拘小節。居第頗極華峻,憲宗微行至樂游原,見其宏敞,工猶未已,問之,左右以孟陽對,孟陽懼而罷工作。性喜宴,公卿朝士多與之遊,時指怒者不一。俄以風緩不能行,改左散騎常侍。元和十年八月卒,贈兵部尚書。憲宗每事求理,常發江淮宣慰使,左司郎中鄭敬奉使,辭,上誡之曰:'朕宫中用度一匹已上皆有簿籍,唯賑恤貧民無所計算。卿經明行修,今登車傳命,宜體吾懷,勿學潘孟陽奉使所至但務酣飲遊山寺而已。'其爲人主所薄如此!"潘孟陽受到杜佑的恩遇與重用,又與武元衡有舊,而杜佑與元稹有過節,對元稹的所作所爲自然不會支援。潘孟陽迎合杜佑的喜惡,不問是非曲直拒不執行因元稹出使東川之後中書省所下的旨意,則是非常自然的事情。後來即元和十五年,武元衡之從父弟武儒衡在元稹拜職祠部郎中知制誥之後譏諷侮辱元稹"適從何來",大概也與潘孟陽有一定的關聯吧!幸請讀者記住這個話頭!

⑬ 酣歌:盡興高歌。《南史·蕭恭傳》:"豈如臨清風,對朗月,登山泛水,肆意酣歌也。"宋之問《寒食還陸渾別業》:"野老不知堯舜力,酣歌一曲太平人。" 峴頂:峴山之頂。峴山,山名,在湖北襄陽縣南,又名峴首山,東臨漢水,爲襄陽南面要塞。西晉羊祜鎮襄陽時,常登

此山，置酒吟詠。《晉書·羊祜傳》:“祜樂山水，每風景，必造峴山，置酒言詠，終日不倦。”韋居安《梅磵詩話》卷上:“羊叔子鎮襄陽，嘗與從事鄒湛登峴山，慨然有‘湮没無聞’之嘆，峴山因是以傳。” 負氣:憑恃意氣，不肯屈居人下。韋應物《贈舊識》:“少年游太學，負氣蔑諸生。蹉跎三十載，今日海隅行。”李商隱《酬令狐郎中見寄》:“補羸貪紫桂，負氣託青萍。萬里懸離抱，危於訟閤鈴。” 爲中人仇士良擊敗面，貶江陵士曹:馬注所言，有史傳的根據，《舊唐書·元稹傳》:“河南尹房式爲不法事，稹欲追攝，擅令停務。既飛表聞奏，罰式一月俸，仍召稹還京。宿敷水驛，内官劉士元後至，争廳，士元怒排其户，稹襪而走廳後，士元追之。後以箠擊，稹傷面。執政以稹少年後輩，務作威福，貶爲江陵府士曹参軍。”《新唐書·元稹傳》:“次敷水驛，中人仇士良夜至，稹不讓，中人怒，擊稹敗面。”《唐會要》云:“其年(元和五年)四月，御史臺奏:御史出使及却回，所在館驛逢中使等。舊例:御史到館驛，已於上廳下了，有中使後到，即就别廳。如有中使先到上廳，御史亦就别廳。因循歲年，積爲故實，訪聞近日多不遵守。中使若未諳往例，責欲逾越。御史若不守故事，懼失憲章。喧競道途，深乖事體。伏請各令遵奉舊例，冀其守分。敕旨:其三品官及中書門下尚書省官，或出銜制命或入赴闕庭，諸道節度使觀察使赴本道或朝覲，並前節度使觀察使追赴闕庭者，亦準此例(先，監察御史元稹自東臺赴闕至敷水驛，與中使劉士元争廳事。因士元以鞭擊元稹之面，稹跣而走，故有是命)。”在敷水驛事件中，元稹是受害一方，完完全全是無辜的。但事出有因，絶非偶然。這既與元稹在監察御史任上堅决懲辦違詔方鎮、不法朝臣、跋扈宦官有關，也與元稹的朋輩白居易、李絳、崔群、李夷簡、獨孤郁彈劾吐突承璀及其親信仇士良有關，《資治通鑒·元和四年》:“冬十月癸未制削奪承宗官爵，以左神策中尉吐突承璀爲左右神策、河中、河陽、浙西、宣歙等道行營兵馬使招討處置等使。翰林學士白居易上奏，以爲:‘國家征伐當責成將帥，近歲始以中使爲監軍。自古及今,未有征天下之兵專令中使統領者也。今神策軍既不置行營節度使,即承璀乃制將也。又充諸軍招討處置使,即承璀乃都統也。臣恐四方聞之必輕朝廷,四夷聞之必笑中國。陛下忍令後代相傳云以中官爲制將都統自陛下始乎! 臣又恐劉濟、茂昭及希朝、從史乃至諸道將校皆耻受承璀指麾,心既不齊,功何由立! 此是資承宗之計而挫諸將之勢也。陛下念承璀勤勞貴之可也,憐其忠赤富之可也。至於軍國權柄動關理亂,朝廷制度出自祖宗。陛下甯忍徇下之情而自隳法制? 從人之欲而自損聖明? 何不思于一時之間而取笑於萬代之後乎!'時諫官、御史論承璀職名太重者相屬,上皆不聽。戊子,上御延英殿,度支使李元素、鹽鐵使李鄘、京兆尹許孟容、御史中丞李夷簡、諫議大夫孟簡、給事中吕元膺、穆質、右補闕獨孤鬱等極言其不可。上不得已,明日削承璀四道兵馬使,改處置爲宣慰而已。李絳嘗極言宦官驕横,侵害政事,讒毁忠貞。上曰:'此屬安敢爲讒! 就使爲之,朕亦不聽。'絳曰:'此屬大抵不知仁義,不分枉直,唯利是嗜,得賂則譽蹠、蹻爲廉良,怫意則毁龔、黄爲貪暴,能用傾巧之智,構成疑似之端,朝夕左右浸潤以入之,陛下必有時而信之矣! 自古宦官敗國者備載方册,陛下豈得不防其漸乎!'"李絳揭示宦官"得賂則譽蹠、蹻爲廉良,怫意則毁龔、黄爲貪暴"一段話可謂一語中的,可見他們上下其手的可惡本質。而鄭薰《内侍省監楚國公仇士良神道碑》又進一步揭示了吐突承璀與仇士良之間的親密無間的關係,原來元和中吐突承璀出征上黨,誘擒盧叢史之時,仇士良正是吐突承璀的副手,其關係之親密自然非同一般,文云:"元和中盧從史倚上黨兵勁,陰結叛臣。憲宗皇帝命護軍中尉吐突公統戎專征,密勿神算,誘至幕下,縛送闕庭。是時公適在軍,助成丕績……銘曰……從史負力,潛通鎮郊。上將授詔,縛歸天朝。楚公佐成,衆不敢摇。東國大定,塵氛自消。"所有這些朝官與宦官之間錯綜複雜的矛盾和年深日久的積怨,在敷水驛終於爆發成了激烈的衝突。敷水驛成了這些矛盾和積怨的爆發點，而元稹則成了這場政治衝突的直接受害者。

⑭ 華表：古代設在橋梁、宫殿、城垣或陵墓等前兼作裝飾用的巨大柱子，一般爲石造，柱身往往雕有紋飾。杜甫《陪李七司馬皂江上觀造竹橋》："天寒白鶴歸華表，日落青龍見水中。"也指房屋外部的華美裝飾。《文選・何晏〈景福殿賦〉》："皓皓旰旰，丹彩煌煌，故其華表則鎬鎬鑠鑠，赫奕章灼。"李善注："華表，謂華飾屋外之表也。" 蟾魄：月亮的别名，亦指月色。莫宣卿《百官乘月早朝聽殘漏》："建禮儼朝冠，重門耿夜闌。碧空蟾魄度，清禁漏聲殘。"顧甄遠《惆悵詩九首》二："禁漏聲稀蟾魄冷，紗厨�簟波光净。獨坐愁吟暗斷魂，滿窗風動芭蕉影。" 玉繩：星名，也常常泛指群星。《文選・張衡〈西京賦〉》："上飛闥而仰眺，正睹瑶光與玉繩。"李善注引《春秋元命苞》曰："玉衡北兩星爲玉繩。"陸龜蒙《新秋月夕客有自遠相尋者作吴體二首以謝》二："清談白紵思悄悄，玉繩銀漢光離離。"

⑮ "角聲悲掉蕩"兩句：畫角聲聲，悠悠蕩蕩，忽近忽遠；月亮之下，城墻逶迤，起起伏伏，這是詩人對江陵城的具體描繪。 角聲：畫角之聲，古代軍中吹角以爲昏明之節。岑參《武威送劉判官赴磧西行軍》："火山五月行人少，看君馬去疾如鳥。都護行營太白西，角聲一動胡天曉。"李賀《雁門太守行》："黑雲壓城城欲摧，甲光向月金鱗開。角聲滿天秋色裏，塞上燕脂凝夜紫。" 掉蕩：摇盪。元稹《代曲江老人百韵》："掉蕩雲門發，蹁躚鷺羽振。"沈括《夢溪筆談・樂律》："若以側垂之，其鍾可以掉蕩旋轉。" 城影：月夜城墻留下的影子。耿湋《酬暢當》："月高城影盡，霜重柳條疏。且對尊中酒，千般想未如。"李端《關山月》："水凍頻移幕，兵疲數望鄉。只應城影外，萬里共胡霜。" 稜層：高聳突兀，崢嶸。宋之問《嵩山天門歌》："紛窃窕兮巖倚披以鵬翅，洞膠葛兮峰稜層以龍鱗。"劉禹錫《山南西道新修驛路記》："郗曲稜層，一朝坦夷。"

⑯ 軍幕：行軍宿營的帳幕，這裏指荆南節度使府。無名氏《黄石

公三略》:"軍幕未辦,將不言倦。"諸葛亮《將苑·將情》:"軍幕未施,將不言困。"　威容:謂儀容莊重。《東觀漢記·承宫傳》:"臣狀醜不可以示遠,宜選長大威容者。"也指莊重的儀容。唐順之《謝賜銀幣表》:"貯以滿籯,既生壯士之顔色;服以耀武,式增繡使之威容。"又解作威嚴的禮儀、軍容。白居易《泛太湖書事寄微之》:"軍府威容從道盛,江山氣色定知同。"在本詩中,三者兼而有之。　官曹:官吏辦事機關,官吏辦事處所。杜甫《投簡成華兩縣諸子》:"赤縣官曹擁材傑,軟裘快馬當冰雪。長安苦寒誰獨悲?杜陵野老骨欲折。"李益《入華山訪隱者經仙人石壇》:"三考西嶽下,官曹少休沐。久負青山諾,今還獲所欲。"　禮數:猶禮節。杜甫《哭韋大夫之晉》:"丈人叨禮數,文律早周旋。"仇兆鰲注:"禮數、周旋,相契之情。"朱熹《與魏元履書》:"一請猶是禮數,若又再請,則無謂矣!"　兢:小心謹慎貌。陳子昂《爲張著作謝父官表》:"夙夜兢兢,祇惕若厲。"俞文豹《吹劍四録》:"所恨衛王晚節不兢,故此盛美爲過所掩。"

⑰ 出雲鶴:亦即出雲而去的雲鶴,詩人自喻,比喻自己清奇的骨格與氣質。薛逢《鄰相反行》:"西家有兒纔弱齡,儀容清峭雲鶴形。"又指閑雲野鶴,比喻遠離塵世、隱居不仕的人。孟郊《送豆盧策歸别墅》:"短松鶴不巢,高石雲不栖。君今瀟湘去,意與雲鶴齊。"白居易《晚秋有懷鄭中舊隱》:"長閑羨雲鶴,久别愧烟蘿。"　觸籠鷹:意即關在牢籠中不得冲天而去的鷹,不得實現自己遠離塵世、隱居不仕的理想。錢起《同鄔戴關中旅寓》:"留滯慚歸養,飛鳴恨觸籠。橘懷鄉夢裏,書去客愁中。"《舊唐書·黄巢傳》:"既知四隅斷絶,百計奔衝,如窮鳥觸籠,似飛蛾赴燭。"

⑱ 竦足:肅敬貌,恭敬貌。　竦:肅敬,恭敬。《後漢書·黄憲傳》:"潁川荀淑至慎陽,遇憲於逆旅,時年十四,淑竦然異之,揖與語,移日不能去。謂憲曰:'子,吾之師表也。'"《新唐書·崔敦禮傳》:"武德中,官通事舍人。善辭令進止,觀者皆竦。"　甘分:甘願。王建《原

上新居十三首》四："甘分長如此，無名在聖朝。"張鷟《朝野僉載》卷五："有寡婦告其子不孝，其子不能自理，但云：'得罪於母，死所甘分。'" 排衙：舊時主官升座，衙署陳設儀仗，僚屬依次參謁，分立兩旁，謂之排衙。白居易《雨雪放朝因懷微之》："不知雨雪江陵府，今日排衙得免無？"王禹偁《除夜寄羅評事同年》："應笑排衙早，寒靴踏曉冰。"

⑲ 通名：通報姓名。《漢書·雋不疑傳》："〔不疑〕褒衣博帶，盛服至門上謁。"顏師古注："上謁，若今通名也。"蘇舜欽《舟至崔橋士人張生抱琴携酒見訪》："有士不相識，通名叩余舟。" 將校：軍官的通稱。《後漢書·王允傳》："吕布又欲以卓財物班賜公卿、將校，允又不從。"陸贄《重原宥淮西將士詔》："猶賴將校士旅，秉其誠心。" 抵掌：擊掌，指人在談話中的高興神情，亦因指快談。《戰國策·秦策》："〔蘇秦〕見説趙王于華屋之下，抵掌而談。"韓愈《送窮文》："抵掌頓脚，失笑相顧。" 親朋：親戚朋友。杜甫《登岳陽樓》："親朋無一字，老病有孤舟。戎馬關山北，憑軒涕泗流。"賈島《贈圓上人》："一雙童子澆紅藥，百八真珠貫綵繩。且説近來心裏事，仇讎相對似親朋。"

⑳ 呴沫：謂同在困境中互相幫助，語本《莊子·大宗師》："泉涸，魚相與處於陸，相呴以濕，相濡以沫。"蘇舜欽《寒夜十六韵答子履》："各閔傷弓翼，聊同煦沫鱗。" 涓滴：水點，極少的水。《藝文類聚》卷一〇〇引李顒《經渦路作》："亢陽彌十旬，涓滴未暫舒。"杜甫《倦夜》："重露成涓滴，稀星乍有無。" 滄波：碧波。《文心雕龍·知音》："閲喬岳以形培塿，酌滄波以喻畎澮。"李白《古風》一二："昭昭嚴子陵，垂釣滄波間。" 斗升：斗與升，喻少量、微薄。《莊子·外物》："君豈有斗升之水而活我哉？"劉禹錫《送張盥赴舉詩》："乞取斗升水，因之雲漢津。"蘇軾《上梅直講書》："其後益壯……方學爲對偶聲律之文，求斗升之禄。"

㉑ 荒居：荒僻的住處。楊素《贈薛播州十四首》一一："荒居接野

窮,心物俱非俗。”司空圖《雜題九首》二:“暑濕深山雨,荒居破屋燈。”也常用作對自己住處的謙稱。司空曙《喜外弟盧綸訪宿》:“静夜四無鄰,荒居舊業貧。雨中黄葉樹,燈下白頭人。”這裏指元稹在江邊的簡易住所,元稹剛剛來到江陵,就曾經被安置在那裏。　鬼魅:鬼怪。《韓非子·外儲説》:“鬼魅,無形者,不罄於前,故易之也。”齊己《謝高輦先輩寄新唱和集》:“洛浦精靈懾,邙山鬼魅愁。”　羸馬:指瘦馬。王昌齡《江上聞笛》:“羸馬望北走,遷人悲越吟。何當邊草白,旌節隴城陰?”張籍《行路難》:“湘東行人長嘆息,十年離家歸未得。弊裘羸馬苦難行,僮僕饑寒少筋力。”元稹《哀病驄呈致用》:“櫪上病驄啼裊裊,江邊廢宅路迢迢。”可與本詩并讀。　殑殑:原注:“欲死狀。”暫無書證,僅見《御製詩二集·駿骨歌題龔開真迹》:“東郊瘦馬見是卷,殑殑支立骨倚皮。”

㉒ 白草:草名。李中《王昭君》:“飛塵長翳日,白草自連天。誰貢和親策?千秋污簡編。”徐夤《追和常建嘆王昭君》:“紅顔如朔雪,日爍忽成空。泪盡黄雲雨,塵消白草風。”　堂檐:廳堂之頂向旁伸出的邊沿部分。《舊唐書·禮儀志》:“堂檐,徑二百八十八尺。”《詞林典故·翰林官入署》:“凡掌院學士、讀講學士、侍讀、侍講入署館,吏皆遞聲傳呼,其編檢辦院事者亦如之。凡庶起士入署,俱於二門外下馬,授職編檢則於登瀛門内下馬,侍讀、侍講於甬道近月臺前下馬,讀講學士、掌院學士于堂檐下馬。”　黄梅:亦稱梅雨,指初夏産生在江、淮流域持續較長的陰雨天氣,因時值梅子黄熟,故亦稱黄梅雨、黄梅天。此季節空氣長期潮濕,器物易黴,故又稱黴雨。李時珍《本草綱目·雨水》:“梅雨或作黴雨,言其沾衣及物,皆生黑黴也。芒種後逢壬爲入梅,小暑後逢壬爲出梅。又以三月爲迎梅雨,五月爲送梅雨。”《太平御覽》卷九七〇引應劭《風俗通》:“五月有落梅風,江、淮以爲信風。又有霜霪,號爲梅雨,沾衣服皆敗黦。”晏幾道《鷓鴣天》:“梅雨細,曉風微。倚樓人聽欲沾衣。”　雨氣:潮濕的空氣,水氣。沈佺期

《樂城白鶴寺》:“潮聲迎法鼓,雨氣濕天香。”蘇舜欽《杭州巽亭》:“凉翻簾幌潮聲過,清入琴尊雨氣來。”

㉓ 沾黏:聯結在一起,不可分離。《朱子語類》卷六七:“是各自開去,不相沾黏。” 汗席:凉席。黄之雋《夏十首》七:“螢影踈簾外,雲形繡户前。沾黏經汗席,須待月光眠。” 颭閃:飄動閃忽。元稹《酬樂天待漏入閣見贈》:“颭閃才人袖,嘔鴉軟舉鐶。”范成大《大暑舟行含山道中雨驟至霆奔龍挂可駭》:“伶俜愁孤鴛,颭閃亂饑燕。” 油燈:用植物油做燃料的燈。韓愈《月蝕詩效玉川子作》:“油燈不照席,是夕吐焰如長虹。”

㉔ “夜怯餐肤蚋”兩句:意謂在江陵,自己的住居條件非常惡劣,晚上害怕吸人鮮血的蚊蚋,早晨又爲四處亂飛、撲面而來的蒼蠅而煩惱。 蚋:蚊類害蟲,體形似蠅而小,吸人畜血液。《國語·晉語》:“蜹、蚁、蜂、蠆,皆能害人。”韓愈《送陸暢歸江南》:“我实门下士,力薄蚋与蚊。” 拂面:撲面。李嶠《琵琶》:“朱絲聞岱谷,鑠質本多端。半月分弦出,叢花拂面安。”元稹《酬翰林白學士代書一百韵》:“山岫當街翠,墻花拂面枝。鶯聲愛嬌小,燕翼玩逶迤。” 蠅:昆蟲名,種類很多,通稱蒼蠅。成蟲産卵在骯髒腐臭的東西上,能傳染傷寒、霍亂等疾病,幼蟲叫蛆。《詩·小雅·青蠅》:“營營青蠅。”鄭玄箋:“蠅之爲蟲,污白使黑,污黑使白,喻佞人變亂善惡也。”韓愈《秋懷詩十一首》四:“上無枝上蜩,下無盤中蠅。”

㉕ “過從愁厭賤”兩句:詩人非常逼真形象地刻畫了自己當時矛盾複雜的内心世界:意謂與人互相交往,擔心别人厭惡鄙視自己;一人獨處不與他人來往,又害怕遭到周圍人們的種種揣測。 過從:互相往來,交往。令狐楚《南宫夜直宿見李給事封題其所下制敇知奏直在東省因以詩寄》:“玉樹春枝動,金樽臘釀醲。在朝君最舊,休澣許過從。”李公佐《南柯太守傳》:“時生酒徒周弁、田子華並居六合縣,不與生過從旬日矣!” 厭賤:被人厭惡鄙視。白居易《贈鄰里往還》:

“但能斗藪人間事,便是逍遥地上仙。唯恐往還相厭賤,南家飲酒北家眠。”白居易《偶作二首》二:“名無高與卑,未得多健羨。事無小與大,已得多厭賤。”　專静:一人獨處,不與人接。李華《潤州丹陽縣復練塘頌》:“公正直而和,專静而斷,嫉惡宥過,惠人察奸。”范祖禹《右武衛大將軍康州團練使妻安平縣君江氏墓誌銘》:“銘曰:婦道專静,亦克盡性。屬纊弗華,其終以正。”　猜仍:被人無端猜測。元稹《酬别致用》:“研幾未淳熟,與世忽參差。意氣一爲累,猜仍良已隨。”

㉖ 旅寓:旅居。王勃《春思賦序》:“春秋二十有二,旅寓巴蜀。”司空圖《書屏記》:“今旅寓華下,于進士姚顗所居獲覽《書品》及徐公評論。”　官聯:官吏聯合治事。《周禮・天官・大宰》:“以八法治官府……三曰官聯,以會官治。”鄭玄注:“官聯,謂國有大事,一官不能獨共,則六官共舉之。”《樂府詩集・隋太廟歌》:“官聯式序,奔走在庭。”

㉗ 甲科:古代考試科目名,漢時課士分甲乙丙三科。《漢書・儒林傳序》:“平帝時王莽秉政……歲課甲科四十人爲郎中,乙科二十人爲太子舍人,丙科四十人補文學掌故云。”唐初明經有甲乙丙丁四科,唐宋進士分甲乙科。白行簡《李娃傳》:“於是遂一上登甲科,聲振禮闈。”王建《送薛蔓應舉》:“一士登甲科,九族光彩新。”也泛指科舉考試。高適《送桂陽孝廉》:“桂陽少年西入秦,數經甲科猶白身。”　崔:即上面提及的崔二十二瑨,他們元和元年制科及第,爲同年,故言“並騖”。　並騖:並馳。《文選・班固〈西都賦〉》:“撫鴻罿,御繒繳,方舟並騖,俛仰極樂。”吕延濟注:“言持網繳射,並舟而騖。”《文選・韋昭〈博弈論〉》:“百行兼苞,文武並騖;博選良才,旌簡髦俊。”張銑注:“騖,馳也。”　柱史:“柱下史”的省稱,指御史,因其常侍立殿柱之下,故名。《史記・張丞相列傳》:“而張蒼乃自秦時爲柱下史,明習天下圖書計籍。”司馬貞索隱:“周秦皆有柱下史,謂御史也,所掌及侍立恒在殿柱之下。”李白《贈宣城趙太守悦》:“公爲柱下史,脱繡歸田園。”

亦借指侍郎等朝官。劉商《題楊侍郎新亭》:"毗陵過柱史,簡易在茅茨。" 李:即李景儉,《舊唐書·李景儉傳》:"李景儉……竇群爲御史中丞,引爲監察御史。群以罪左遷,景儉坐貶江陵户曹。"因爲同爲監察御史,故言"齊升"。

㉘"共展排空翼"兩句:意謂自己與李景儉、崔琯都有遠大的理想,很想爲君王效忠,很想像大鵬一樣展開翅膀翱翔天空,但可惜都遭到遠處冷箭的暗算。 排空:淩空。何遜《贈韋記室黯别》:"無因生羽翰,千里暫排空。"魏澹《園樹有巢鵲戲以詠之》:"早晚時應至,輕舉一排空。" 矰:繫有生絲繩以射飛鳥的箭。杜甫《寄劉峽州伯華使君四十韵》:"咄咄寧書字,冥冥欲避矰。"也作短箭。《山海經·海内經》:"帝俊賜羿彤弓素矰,以扶下國。"郭璞注:"矰,矢名,以白羽羽之。"

㉙他鄉:異鄉,家鄉以外的地方。《樂府詩集·飲馬長城窟行》:"夢見在我傍,忽覺在他鄉。"杜甫《江亭王閬州筵餞蕭遂州》:"離亭非舊國,春色是他鄉。" 同病:比喻遭遇相同。杜甫《送韋郎司直歸成都》:"竄身來蜀地,同病得韋郎。"也指遭際相同者。劉長卿《碧澗别墅喜皇甫侍御相訪》:"不爲憐同病,何人到白雲?" 相矜:互相誇耀。陳子昂《題李三書齋》:"灼灼青春仲,悠悠白日昇。聲容何足恃,榮吝坐相矜。"曾鞏《道山亭記》:"人以屋室巨麗相矜,雖下貧必豐其居。"

㉚"投分多然諾"兩句:這裏在述説自己與李景儉、崔琯進入忘我境界的友情。 投分:定交,意氣相合。駱賓王《夏日游德州贈高四》:"締交君贈縞,投分我忘筌。"李白《秋日鍊藥院鑷白髮贈元六兄林宗》:"投分三十載,榮枯同所歡。" 然諾:然、諾皆應對之詞,表示應允,引申爲言而有信。虞世南《結客少年場行》:"韓魏多奇節,倜儻遺聲利。共矜然諾心,各負縱横志。"張謂《題長安壁主人》:"縱令然諾暫相許,終是悠悠行路心。" 忘言:謂心中領會其意,不須用言語來説明,語本《莊子·外物》:"言者所以在意,得意而忘言。"曹植《苦

思行》:“中有耆年一隱士,鬚髮皆皓然。策杖從我遊,教我要忘言。”也指不借語言爲媒介而相知於心的友誼。《晉書·山濤傳》:“後遇阮籍,便爲竹林之交,著忘言之契。”韓愈《祭薛中丞文》:“况某等忘言斯久,知我俱深。”　愛憎:猶好惡。《韓非子·説難》:“故彌子之行未變于初也,而以前之所以見賢而後獲罪者,愛憎之變也。”也謂憎恨。袁宏《後漢紀·獻帝紀》:“〔董卓〕刑罰殘酷,愛憎相害,冤死者數千人。”

㉛“誓將探肺腑”兩句:詩人在這裏進一步描述元稹與李景儉、崔琯推心置腹無所不談的深摯友誼。　肺腑:比喻内心。白居易《代書詩一百韵寄微之》:“肺腑都無隔,形骸兩不覊。”蘇軾《讀孟郊詩二首》二:“詩從肺腑出,出輒愁肺腑。”　淄澠:淄水和澠水的並稱,皆在今山東省,相傳二水味各不同,混合之則難以辨别。《戰國策·齊策》:“黄金横帶而馳乎淄澠之間,有生之樂,無死之心,所以不勝者也。”也比喻性質截然不同的兩種事物。《舊唐書·馬懷素傳》:“或古書近出,前志闕而未編;或近人相傳,浮辭鄙而猶記。若無編録,難辨淄澠。”

㉜會宿:朋友夜晚聚宿在一起,談論、賦詩、喝酒。李白《友人會宿》:“滌蕩千古愁,留連百壺飲。良宵宜清談,皓月未能寢。”賈島《寄賀蘭朋吉》:“會宿曾論道,登高省議文。苦吟遥可想,邊葉向紛紛。”形骸:人的軀體。《莊子·天地》:“汝方將忘汝神氣,墮汝形骸,而庶幾乎?”范縝《神滅論》:“死者之形骸,豈非無知之質邪?”也指外貌,容貌。唐寅《感懷》:“鏡裏形骸春共老,燈前夫婦月同圓。”　論交:争論與交談。李頎《行路難》:“秋風落葉閉重門,昨日論交竟誰是?”也作結交、交朋友解。高適《送前衛縣李寀少府》:“怨别自驚千里外,論交却憶十年時。”　意氣:志向與氣概。葉紹翁《四朝聞見録·岳侯追封》:“意氣如祖豫州,而誓清冀朔。”也指志趣。杜甫《贈王二十四侍御契四十韵》:“由來意氣合,直取性情真。”又指情誼,恩義。駱賓王《帝京篇》:“故人有湮淪,新知無意氣。”

㉝ 一心：一條心，同心，齊心。《韓詩外傳》卷六："故近者競親而遠者願至，上下一心，三軍同力。"杜甫《高都護驄馬行》："此馬臨陣久無敵，與人一心成大功。" 渤澥：即渤海，我國的內海，位於遼、冀、魯、津三省一市間，東至遼東半島南端，南至山東半島北岸。《文選・司馬相如〈子虛賦〉》："浮渤澥，游孟諸。"李善注引應劭曰："渤澥，海別支也。"駱賓王《浮查》："渤海三千里，泥沙幾萬重。" 戮力：勉力，並力。《書・湯誥》："聿求元聖，與之戮力，以與爾有衆請命。"孔穎達疏："戮力，猶勉力也。"《國語・吴語》："今伯父曰：'戮力同德。'"韋昭注："戮，並也。" 嵩：中嶽嵩山的簡稱，嵩山在河南省登封縣北，爲五嶽之中嶽，古稱外方、太室，又名崇高、嵩高。其峰有三：東爲太室山，中爲峻極山，西爲少室山。韓愈《謁衡嶽遂宿嶽寺題門樓》："五嶽祭秩皆三公，四方環鎮嵩當中。"白居易《八月十五日夜同諸客玩月》："嵩山表裏千重雪，洛水高低兩顆珠。" 恒：即恒山，山名，五嶽中的北嶽，主峰在今河北省曲陽縣西北。《書・禹貢》："太行恒山，至於碣石，入於海。"酈道元《水經注・〈禹貢〉山水澤地所在》："恒山爲北嶽，在中山上，曲陽縣西北。"

㉞ 圭角：圭的棱角，泛指棱角，比喻鋒芒。《禮記・儒行》："毁方而瓦合。"鄭玄注："去己之大圭角，下與衆人小合也。"孔穎達疏："圭角謂圭之鋒鋩有楞角，言儒者身恒方正，若物有圭角。"歐陽修《張子野墓誌銘》："〔子野〕遇人渾渾不見圭角，而守志端直，臨事敢决。" 疑消破弩症：亦即"杯弓蛇影"的成語故事：應劭《風俗通・怪神・世間多有見怪驚怖以自傷者》載：杜宣夏至日赴飲，見酒杯中似有蛇，然不敢不飲。酒後胸腹痛切，多方醫治不愈。後得知壁上赤弩照於杯中，影如蛇，病即愈。《晉書・樂廣傳》等亦有類似記述，後因以"杯弓蛇影"比喻疑神疑鬼，自相驚擾。兩句仍然述説元稹與李景儉、崔琯的相互信任友誼日深，不過是反用其意。

㉟ 吹嘘：比喻獎掖，汲引。《宋書・沈攸之傳》："卵翼吹嘘，得升

官秩。”杜甫《贈獻納使起居田舍人澄》:“揚雄更有河東賦,唯待吹嘘送上天。”吹捧,誇口,説大話。《顔氏家訓·名實》:“有一士族,讀書不過二三百卷,天才鈍拙……多以酒犢珍玩,交諸名士,甘其餌者,遞共吹嘘。朝廷以爲文華,亦嘗出境聘。” 指掌:抵掌,擊掌,相得甚歡。徐幹《中論·譴交》:“然擲目指掌,高談大語。”薛能《送浙東王大夫》:“報後功何患!投虚論素精。徵還真指掌,感激自關情。” 擔簦:背着傘,謂奔走跋涉。吴邁遠《長相思》:“虞卿棄相印,擔簦爲同歡。”張孝祥《卜算子》:“萬里去擔簦,誰識新豐旅?” 簦:古代長柄笠,猶今日之雨傘。《史記·平原君虞卿列傳》:“躡蹻檐簦,説趙孝成王。”崔塗《入蜀赴舉秋夜與先生話别》:“雲門一萬里,應笑又擔簦。”

㊱ 鎩翮:猶鎩羽。左思《蜀都賦》:“鳥鎩翮,獸廢足。”劉禹錫《韓十八侍御見示岳陽樓别竇司直詩因令屬和重以自述故是成六十二韵》:“鎩翮重迭傷,兢魂再三褫。” 鸞栖:鸞鳥栖止,比喻賢士在位。《晉書·苻堅載記》:“百姓歌之曰:‘長安大街,夾樹楊槐。下走朱輪,上有鸞栖。英彦雲集,誨我萌黎。’”伍喬《送江少府授延陵後寄》:“莫因官小慵之任,自古鸞栖有異人。” 棘:木名,即酸棗樹,落葉灌木或喬木,枝上有刺,果實較棗小,味酸,核仁可入藥,是北方常見的野生棗樹。《詩·魏風·園有桃》:“園有棘,其實之食。”毛傳:“棘,棗也。”《資治通鑑·梁簡文帝大寶二年》:“使突騎左右守之,墻垣悉布枳棘。”胡三省注:“棘似棗而多刺。” 藏鋒:書法用語,謂筆鋒隱而不露。《太平御覽》卷七四八引徐浩《論書》:“用筆之勢,特須藏鋒。鋒若不藏,字則有病。”姜夔《續書譜·用筆》:“筆正則藏鋒,筆偃則鋒出。”這裏比喻才華不外露。劉肅《大唐新語·聰敏》:“公詞翰若此,何忍藏鋒,以成鄙夫之過!” 弸:弓弦。《説文·弓部》:“弸,弓强貌。”揚雄《太玄·止》:“絶弸破車,終不偃。”范望注:“弸,弦也。”

㊲ 桂:謂桂籍,科第名籍,指科舉登第,元稹這裏用典喻指自己和崔琯的科舉及第。杜甫《哭長孫侍御》:“禮闈曾擢桂,憲府屢乘

驄。”這裏用的是“桂林一枝”的典故,《晉書·郤詵傳》:“〔詵〕累遷雍州刺史,武帝於東堂會送,問詵曰:‘卿自以爲何如?’詵對曰:‘臣舉賢良對策,爲天下第一,猶桂林之一枝,昆山之片玉。’”原爲自謙之詞,謂己衹是群才之一,後用以喻科舉考試中出類拔萃的人。 罾:用木棍或竹竿做支架的方形魚網,形似仰傘。《楚辭·九歌·湘夫人》:“鳥何萃兮蘋中,罾何爲兮木上!”王逸注:“罾,魚網也。”本句“木上莫施罾”即變用《楚辭》而來,意即雖然自己憑才幹科舉及第,但仍然用錯了地方,好比緣木求魚一般。杜甫《寄劉峽州伯華使君四十韻》:“林居看蟻穴,野食行魚罾。筋力交雕喪,飄零免戰兢。”

㊳ 泛:謂乘船浮行。陳琳《爲袁紹檄豫州》:“大軍泛黄河而角其前,荆州下宛葉而掎其後。”葉適《李仲舉墓誌銘》:“繇永嘉泛枝港,盡汐而至枏溪。” 夤沿:沿,同“緣”。夤緣,循依而行。宋之問《宿雲門寺》:“雲門若邪裏,泛鷁路纔通。夤緣緑筱岸,遂得青蓮宫。”劉長卿《泛曲阿後湖簡同游諸公》:“夤緣白蘋際,日暮滄浪舟。渡口微月進,林西殘雨收。” 過:前往拜訪。《詩·召南·江有汜》:“子之歸,不我過。”《史記·魏公子列傳》:“臣有客在市屠中,願枉車騎過之。” 被病:謂疾病纏身。班昭《爲兄超求代疏》:“超年最長,今且七十,衰老被病……扶杖乃能行。”《新唐書·鄭權傳》:“昌被病入朝,度其軍必亂,以權寬厚容衆,檄主後務。”

㊴ 款段:馬行遲緩貌。《後漢書·馬援傳》:“士生一世,但取衣食裁足,乘下澤車,御款段馬……斯可矣!”李賢注:“款,猶緩也,言形段遲緩也。”康駢《劇談録·續坤蹶馬》:“馬之骨相甚奇,然步驟多蹶,雖制以銜勒,加之鞭策,而款段之性竟莫能改。”這裏借指馬。劉灣《對雨愁悶寄錢大郎中》:“龍鍾驅款段,到處倍思君。”王安石《再用前韻寄蔡天啓》:“蕭晨秣款段,歸騎得追躡。” 盡日:猶終日,整天。《淮南子·氾論訓》:“盡日極慮而無益於治,勞形竭智而無補於主。”鄭璧《奉和陸魯望白菊》:“終朝疑笑梁王雪,盡日慵飛蜀帝魂。” 僂

僜:亦即“懵懂”,半睡半醒的樣子。張炎《江城子·爲滿春澤賦横空樓》:“老樹無根雲懵懂,憑寄語,米家船。”

㊵ 躡屐:拖着木屐,穿着木屐。《百喻經·毗舍闍鬼喻》:“此人即抱篋捉杖躡屐而飛。”范攄《雲溪友議》卷五:“端端得此詩,憂心如病,使院飲回,遥見女子躡屐而行,於道傍再拜,戰惕曰:‘端端衹候三郎六郎,伏望哀之。’” 秧稻:猶育稻。白居易《題施山人野居》:“春泥秧稻暖,夜火焙茶香。”黄庭堅《新喻道中寄元明》:“唤客煎茶山店遠,看人秧稻午風凉。” 采菱:古代歌曲名。《楚辭·招魂》:“《涉江》、《采菱》,發《揚荷》些。”王逸注:“楚人歌曲也。”謝靈運《道路憶山中》:“采菱調易急,江南歌不緩。” 敲船:即是敲打船幫作爲節拍,和著歌詞詠唱。暫無書證。 採菱:乐府清商曲名,又称《採菱歌》、《採菱曲》。郭璞《江赋》:“忽忘夕而宵歸,詠《採菱》以叩舷。”鲍照《代春江行》:“奏《採菱》,歌《鹿鳴》。”本詩指南方常常見到的採菱活動。郭震《子夜四時歌六首·秋歌》:“邀歡空佇立,望美頻迴顧。何時復採菱?江中密相遇。”王維《山居即事》:“绿竹含新粉,紅蓮落故衣。渡頭烟火起,處處采菱歸。”

㊶ 叉魚:用漁具扎水中的魚。韓愈《叉魚招張功曹》:“叉魚春岸闊,此興在中宵。大炬然如晝,長船縛似橋。”李群玉《仙明洲口號》:“半浦夜歌聞盪槳,一星幽火照叉魚。二年此處尋佳句,景物常輸楚客書。” 叉:刺,扎取。《後漢書·楊政傳》:“旄頭又以戟叉政,傷胷,政猶不退。”韓愈《叉魚招張功曹署》:“叉魚春岸闊,此興在中宵。大炬然如晝,長船縛似橋。” 江火:江船上的燈火,因爲叉魚,紛紛向一處靠攏。孟浩然《陪盧明府泛舟回作》:“鷁舟隨雁泊,江火共星羅。”李白《夜下征虜亭》:“山花如繡頰,江火似流螢。” 唤客:招呼客人。李白《金陵酒肆留别》:“風吹柳花滿店香,吴姬壓酒唤客嘗。金陵子弟來相送,欲行不行各盡觴。”戴叔倫《暮春感懷》:“杜宇聲聲唤客愁,故園何處此登樓?落花飛絮成春夢,剩水殘山異昔遊。” 谷神:古代

道家用語，谷和神本分用，後多並稱。《老子》："神得一以靈，谷得一以盈。"又："谷神不死。"《列子·天瑞》引"谷神不死"句，謂出自黄帝書，諸家解釋歧異，主要有三説：一、谷，山谷；神，一種渺茫恍惚無形之物，谷神即指空虚無形而變化莫測、永恒不滅的"道"。《老子》"谷神不死"三國魏王弼注："谷中央無谷也，無形無影，無逆無違，處卑不動，守静不衰，谷以之成而不見其形，此至物也。"司馬光《道德真經論》："中虚故曰谷，不測故曰神，天地有窮而道無窮，故曰不死。"二、谷，通"穀"，義爲生養，谷神謂生養之神，亦即"道"，"道能生天地養萬物，故曰谷神，不死言其長在也。"三、谷，通"穀"，義爲保養，神指五臟神。《老子》"谷神不死"河上公注："人能養神則不死，神謂五藏之神也。"引申指導引養生之術。《太平廣記》卷二七引杜光庭《仙傳拾遺》："若山嘗好長生之道，弟若水爲衡岳道士，得胎元谷神之要。"

㊷ 嘯傲：放歌長嘯，傲然自得，形容放曠不受拘束。郭璞《遊仙十四首》八："嘯傲遺世羅，縱情在獨往。"張矩《應天長·南屏晚鐘》："前度湧金樓，嘯傲東風，鷗鷺半相識。" 幽憂：過度憂勞，憂傷。《莊子·讓王》："我適有幽憂之病，方且治之，未暇治天下也。"成玄英疏："幽，深也；憂，勞也。"皮日休《潔死》："意汩没以瘉淪兮，永幽憂而怫鬱。" 滿膺：義同"義憤填膺"，李商隱《聞著明凶問哭寄飛卿》："昔嘆讒銷骨，今傷泪滿膺。空餘雙玉劍，無復一壺冰。"羅隱《銅雀臺》："强歌强舞竟難勝？花落花開泪滿膺。秖合當年伴君死，免交憔悴望西陵。"

㊸ 望雲：仰望白雲，謂仰慕君王，語出《史記·五帝本紀》："帝堯者，放勛。其仁如天，其知如神。就之如日，望之如雲。"駱賓王《夏日游德州贈高四序》："因仰長安而就日，赴帝鄉以望雲。"也作仰望白雲，謂思念家鄉，思念父母。杜甫《客堂》二："老馬終望雲，南雁意在北。别家長兒女，欲起慚筋力。"也謂企求自由。《文選·陶潛〈始作鎮軍參軍經曲阿作〉》："望雲慚高鳥，臨水愧遊魚。"李善注："言魚鳥

咸得其所，而己獨違其性也。”　鰭：魚類和其他水生脊椎動物的運動器官，由刺狀的硬骨或軟骨支撐薄膜而成，按它所在的部位，可分爲胸鰭、腹鰭、背鰭、臀鰭和尾鰭。《禮記·少儀》：“羞濡魚者進尾，冬右腴，夏右鰭，祭膴。”孔穎達疏：“鰭，謂魚脊。”《文選·郭璞〈江賦〉》：“揚鰭掉尾，噴浪飛涎。”劉良注：“揚舉其鬐鬣，搖掉其尾也。”　撥剌：魚尾撥水聲，喻魚疾游，追求自由。杜甫《漫成一首》：“沙頭宿鷺聯拳静，船尾跳魚撥剌鳴。”白居易《自江州司馬授忠州刺史仰荷聖澤聊書鄙誠》：“炎瘴抛身遠，泥塗索脚難。網初鱗撥剌，籠久翅摧殘。”　騰淩：騰躍。顔真卿《贈裴將軍》：“戰馬若龍虎，騰淩何壯哉！”錢起《巨魚縱大壑》：“巨魚縱大壑，遂性似乘時。奮躍風生鬣，騰淩浪鼓鰭。”

㊹ 潢池：池塘。唐順之《海上凱歌贈湯將軍九首》二：“自吒一身都是膽，欲將巨海作潢池。”也作“潢池弄兵”，《漢書·龔遂傳》：“海瀕遐遠，不沾聖化，其民困於饑寒而吏不恤，故使陛下赤子盜弄陛下之兵于潢池中耳！”後因以“潢池弄兵”謂叛亂，造反。樓鑰《論帥臣不可輕出奏議》：“水旱、饑饉，既不能免，潢池弄兵，安保其無？”亦省作“潢池”，庾信《周隴右總管長史贈太子少保豆盧公神道碑》：“緑林兵息，潢池盜静。名振赤山，威高青嶺。玄獸浮河，飛螟出境。”元稹《劉悟可依前昭義軍節度使制》：“昔潢池驟變，則龔遂亟行；河内去思，而寇恂來復，所以順人情而急時病也。”　赤族：誅滅全族。《漢書·揚雄傳》：“客徒欲朱丹吾轂，不知一跌，將赤吾之族也。”顔師古注：“誅殺者必流血，故云赤族。”杜甫《壯遊》：“朱門任傾奪，赤族迭罹殃。”

㊺ 夔龍：相傳舜的兩個大臣，夔爲樂官，龍爲諫官。《書·舜典》：“伯拜稽首，讓于夔、龍。”孔傳：“夔、龍，二臣名。”杜甫《奉贈蕭十二使君》：“巢許山林志，夔龍廊廟珍。”後用以喻指輔弼良臣。王維《韋侍郎山居》：“良游盛簪紱，繼迹多夔龍。”　算畫：猶計畫，謀劃。元稹《加裴度鎮州四面招討使制》：“上臺居鎮，算畫無遺，操晉陽之利兵，驅屈産之良馬。”杜牧《上李司徒相公論用兵書》：“雖樽俎之謀，算畫已定。而賤

末之士，芻蕘敢陳。”　貔虎：原指貔和虎，這裏比喻勇猛的將士。《後漢書·光武帝紀贊》：“尋邑百萬，貔虎爲群。”岑參《陪狄員外早秋登府西樓因呈院中諸公》：“階下貔虎士，幕中鴛鷺行。”　威棱：威力，威勢。《漢書·李廣傳》：“是以名聲暴於夷貉，威棱憺乎鄰國。”《梁書·武帝紀》：“旍麾所指，威棱無外，龍驤虎步，並集建業。”

㊻ 逐鳥忠潛奮：典出《晏子春秋》，意謂及時進諫，顯示忠君之心。　逐鳥：驅趕飛鳥。《晏子春秋·諫》：“景公射鳥，野人駭之。公怒，令吏誅之。晏子曰：‘野人不知也。臣聞賞無功謂之亂，罪不知謂之虐，兩者，先王之禁也。以飛鳥犯先王之禁，不可。今君不明先王之制，而無仁義之心，是以從欲而輕誅。夫鳥獸固人之養也，野人駭之，不亦宜乎！’公曰：‘善！自今已來，弛鳥獸之禁，無以苛民也。’”後以此爲典實。蘇頲《對投諸奭寄判》：“伺行父之逐鳥，豈殆庶乎；征楚子之奪牛，理固深也。”　懸旌：挂起旌旗，指進軍。葛洪《抱朴子·廣譬》：“故秦始皇築城遏胡，而禍發幃幄；漢武懸旌萬里，而變起蕭墻。”《三國志·魏武帝紀》：“天子進公爵爲魏王。”裴松之注引漢代劉艾《獻帝傳》：“蕩定西陲，懸旌萬里，聲教振遠，甯我區夏。”

㊼ 弢弓：藏弓入弢，謂平息兵事。馬植《奉和白敏中聖道和平致兹休運歲終功就合詠盛明呈上》：“四帥有征無汗馬，七關雖戍已弢弓。”韋應物《射雉》：“方將悦羈旅，非關學少年。弢弓一長嘯，憶在灞城阡。”　徹札：謂穿透鎧甲。語出《左傳·成公十六年》：“潘尫之黨與養由基蹲甲而射之，徹七札焉！”楊弘貞《貫七札賦》：“望正鵠以進旅，奉弧矢之成列，然後徹札之人，庶驗其工拙。”張耒《魯直惠洮河緑石研冰壺次韵》：“新編來如徹札箭，勁筆更似劃沙錐。”　絆驥：《淮南子·俶真訓》：“身蹈於濁世之中，而責道之不行也，是猶兩絆騏驥而求其致千里也。”後因以“絆驥”喻人受拘束不能施展其所長。庾信《謹贈司寇淮南公》：“絆驥還千里，垂鵬更九飛。”杜甫《李鹽鐵二首》一：“鹽官雖絆驥，名是漢庭來。”　縆：即組，粗繩索。《三國志·王昶

傳》:“昶詣江陵,兩岸引竹絙爲橋,渡水擊之。”《新唐書·康承訓傳》:“諸道兵屯海州,度賊至,作機橋,維以長絙,賊半渡,絙絶,半溺死。”

㊽ 運甓:典出《晉書·陶侃傳》:“侃在州無事,輒朝運百甓於齋外,暮運於齋内。人問其故,答曰:‘吾方致力中原,過爾優逸,恐不堪事。’其勵志勤力,皆此類也。”後以“運甓”比喻刻苦自勵。白居易《渭村退居寄禮部崔侍郎翰林錢舍人詩一百韵》:“眼爲看書損,肱因運甓傷。”蘇軾《送公爲遊淮南》:“負米萬里緣其親,運甓無度憂其身。”　辛苦:辛勤勞苦。《左傳·昭公三十年》:“吴光新得國,而親其民,視民如子,辛苦同之,將用之也。”元稹《遣行十首》二:“射葉楊纔破,聞弓雁已驚。小年辛苦學,求得苦辛行。”　聞鷄:亦即“聞鷄起舞”的故事,《晉書·祖逖傳》:“〔祖逖〕與司空劉琨俱爲司州主簿,情好綢繆,共被同寢。中夜聞荒鷄鳴,蹴琨覺曰:‘此非惡聲也。’因起舞。”後以“聞鷄起舞”爲志士仁人及時奮發之典。張籍《早朝寄白舍人嚴郎中》:“鼓聲初動未聞鷄,羸馬街中踏凍泥。”元稹《遣行十首》三:“就枕回轉數,聞鷄撩亂驚。一家同草草,排比送君行。”　寢興:睡下和起床,泛指日夜或起居。潘岳《悼亡詩三首》二:“寢興目存形,遺音猶在耳。”《舊唐書·王承宗傳》:“朕念此方,亦猶赤子,一物失所,寢興靡寧。”

㊾ 兀兀:勤勉貌。韋應物《寄廬山棕衣居士》:“兀兀山行無處歸,山中猛虎識棕衣。俗客欲尋應不遇,雲溪道士見猶稀。”韓愈《進學解》:“焚膏油以繼晷,恒兀兀以窮年,先生之業,可謂勤矣!”　鼕鼕:猶“鼕鼕”,象聲詞,常指鼓聲。顧況《公子行》:“朝遊鼕鼕鼓聲發,暮遊鼕鼕鼓聲絶。”晁補之《富春行贈范振》:“鼓聲鼕鼕櫓咿喔,争凑富春城下泊。”

㊿ 班筆:典出《後漢書·班超傳》:“〔超〕家貧,常爲官傭書以供養。久勞苦,嘗輟業投筆嘆曰:‘大丈夫無它志略,猶當效傅介子、張騫立功異域以取封侯,安能久事筆研間乎!’”後以“班筆”比喻文書瑣

事。元稹在江陵,正是從事類似的差使。李俊民《酹江月·承濟之和復用元韵》:"未著祖鞭,先投班筆,老恨無才力。"沈鯨《鮫綃記·成婚被拿》:"温臺已遂室家謀,班筆須從盛世投。" 行看:且看。韓愈《郴州祈雨》:"行看五馬入,蕭颯已隨軒。"賈島《送去華法師》:"默聽鴻聲盡,行看葉影飛。" 黄阪:黄土高坡。曹植《應詔》:"遵彼河滸,黄阪是階。"趙幼文校注:"黄阪,《爾雅·釋地》:'陂者曰阪。'即《贈白馬王彪》之修阪。"

51 騏驎高閣:即麒麟閣,漢代閣名,在未央宫中。漢宣帝時曾圖霍光等十一功臣像於閣上,以表揚其功績。封建時代多以畫像於"麒麟閣"表示卓越功勛和最高的榮譽。《三輔黄圖·閣》:"麒麟閣,蕭何造,以藏秘書、處賢才也。"《漢書·蘇武傳》:"甘露三年,單于始入朝。上思股肱之美,乃圖畫其人於麒麟閣。"顔師古注引張晏曰:"武帝獲麒麟時作此閣,圖畫其像於閣,遂以爲名。"李白《鳴皋歌奉餞從翁清歸五厓山居》:"麒麟閣上春還早,著書却憶伊陽好。"高適《塞下曲》:"畫圖麒麟閣,入朝明光宫。"亦省稱"麒閣"、"麒麟"。劉禕之《酬鄭沁州》:"麒閣一代良,熊軒千里躅。"杜甫《前出塞九首》三:"功名圖麒麟,戰骨當速朽。" 壯時:男子三十爲"壯",即壯年,後泛指成年。《禮記·曲禮》:"人生十年曰幼學,二十曰弱冠,三十曰壯,有室。"《顔氏家訓·兄弟》:"及其壯也,各妻其妻,各子其子,雖有篤厚之人,不能不少衰也。"

[編年]

《年譜》編年本詩於元和五年"元稹在江陵府作"。《編年箋注》編年:"元稹此詩作於元和五年(八一〇),時在士曹參軍任。見卞《譜》。"《年譜新編》編年本詩於元和五年"元稹貶江陵時所作詩",没有説明理由。排在作於元和五年十月之後的《酬翰林白學士代書一百韵》之後,又排在作於元和五年六月十四日所作的《泛江玩月十二韵》之前,矛盾百出,讓讀者成丈二和尚。

我們以爲,本詩確實應該作於元和五年,但從本詩後半部分提及的“班筆行看擲”、“有時鞭款段,盡日醉傍僜。躡屐看秧稻,敲船和采菱”來看,從“看秧稻”“和采菱”出現的節候上看,曹唐有《小游仙詩九十八首》九四“宫殿寂寞人不見,碧花菱角滿潭秋”之句,故本詩應該作於元和五年的秋初,亦即七月之時,不應該是初到江陵之時。

◎ 張舊蚊幬[①]

逾年間生死,千里曠南北[②]。家居無見期,况乃異鄉國(一)[③]!破盡裁縫衣,忘收遺翰墨[④]。獨有纈紗幬,憑人遠携得[⑤]。施張合歡榻,展卷雙鴛翼[⑥]。已矣長空虚,依然舊顔色[⑦]!徘徊將就寢(二),徙倚情何極[⑧]!昔透香田田,今無魂惻惻[⑨]。隙穿斜月照,燈背空床黑[⑩]。達理强開懷,夢啼還過臆[⑪]。平生貧寡歡,夭枉勞苦憶(三)[⑫]。我亦詎幾時?胡爲自摧逼[⑬]!燭蛾焰中舞,繭蠶叢上織[⑭]。燋爛各自求,他人顧何力[⑮]!多離因苟合,惡影當務息[⑯]。往事勿復言,將來幸前識[⑰]!

録自《元氏長慶集》卷九

[校記]

(一)况乃異鄉國:楊本、叢刊本、《全詩》、《全唐詩録》同,宋蜀本作“况此異鄉國”,語義類似,不改。

(二)徘徊將就寢:楊本、叢刊本、《全唐詩録》同,《全詩》作“裴回將就寢”,語義相類,不改。

(三)夭枉勞苦憶:原本作“天枉勞苦憶”,《全唐詩録》同,語義不佳,據楊本、叢刊本、《全詩》改。

[箋注]

① 張舊蚊幬:白居易有《和元九悼往(感舊蚊幮作)》詩酬和,詩云:"美人別君去,自去無處尋。舊物零落盡,此情安可任?唯有䙰紗幌,塵埃日夜侵。馨香與顔色,不似舊時深。透影燈耿耿,籠光月沉沉。中有孤眠客,秋凉生夜衾。舊宅牡丹院,新墳松柏林。夢中咸陽泪,覺後江陵心。含此來年恨,發爲中夜吟。無論君自感,聞者欲沾巾。"可與本詩並讀。其中"沾巾",《石倉歷代詩選》同,《白香山詩集》、《全詩》作"沾襟",均可説通,僅録以備考。 張:張開,展開。《莊子·天運》:"予口張而不能嗋。"成玄英疏:"心懼不定,口開不合。"韓愈《三星行》:"牛奮其角,箕張其口。" 蚊幬:亦作"蚊裯",蚊帳。《南史·崔祖思傳》:"宋武節儉過人,張妃房唯碧綃蚊幬,三齊苮席。"陸游《夏日雜題》二:"新縫細葛作蚊裯,簟展風漪凜欲秋。"

② "逾年間生死"兩句:元稹妻子病故于元和四年七月九日,至元和五年,越過已經過去的春節,時間已經過去了一年,現在兩個人生死間隔,陰陽異路。不僅如此,現在詩人出貶江陵,與病故在洛陽、安葬在咸陽的韋叢相隔千里,無由言面。 逾年:謂時間超過一年。《公羊傳·莊公三十二年》:"君薨稱子某,既葬稱子,逾年稱公。"韓愈《唐故贈絳州刺史馬府君行狀》:"夫人滎陽鄭氏……有賢行,侍君疾,逾年不下堂。"一年以後,第二年。《太平廣記》卷四三七引薛用弱《集異記·齊瓊》:"逾年牝死,犬加勤效。"文瑩《玉壺清話》卷二:"〔朱昂〕敭歷清貴三十年,晚以工部侍郎懇求歸江陵,逾年方允。"本詩取義後者,逾作"越过"解,《史記·趙世家》:"王曰:'今發百萬之軍而攻,逾年歷歲,未得一城也。"《讀史記十表·秦楚之際月表》:"《周禮》:逾年改元,例之孔氏之言,未可爲非。" 間:亦作"閑",空隙,縫隙,隔著。《莊子·養生主》:"彼節者有間,而刀刃者無厚;以無厚者入有間,恢

恢乎其於遊刃,必有餘地矣!"《史記·管晏列傳》:"晏子爲齊相,出,其御之妻從門閒而闚其夫。"　生死:生和死,生或死。《荀子·禮論》:"禮者,謹於治生死者也。生,人之始也;死,人之終也。"白居易《夢裴相公》:"五年生死隔,一夕魂夢通。"　千里:指路途遥遠或面積廣闊。《左傳·僖公三十二年》:"師之所爲,鄭必知之,勤而無所,必有悖心,且行千里,其誰不知?"孟郊《喜雨》:"朝見一片雲,暮成千里雨。"　曠:遥遠。陸機《擬涉江采芙蓉》:"故鄉一何曠!山川阻且難。"任昉《爲蕭揚州薦士表》:"室邇人曠,物疏道親。"

③ 家居:這裏指家業,家宅以及自己的兒女。張説《九日進茱萸山詩五首》一:"家居洛陽下,舉目見嵩山。刻作茱萸節,情生造化間。"元稹《酬翰林白學士代書一百韵》序云:"玄元氏之下元日,會予家居至……"　况乃:何况,况且,而且。《後漢書·王符傳》:"以罪犯人,必加誅罰,况乃犯天,得無咎乎?"謝靈運《登臨海嶠初發强中作與從弟惠連見羊何共和之》:"兹情已分慮,况乃協悲端。"　鄉國:故國。趙曄《吴越春秋·勾踐入臣外傳》:"吾已絶望,永辭萬民,豈料再還,重復鄉國。"張籍《送新羅使》:"悠悠到鄉國,還望海西天。"家鄉。《顔氏家訓·勉學》:"父兄不可常依,鄉國不可常保。"杜儼《客中作》:"容顔歲歲愁邊改,鄉國時時夢裏還。"

④ 裁縫:裁剪縫綴衣服。《周禮·天官·縫人》:"女工八十人。"鄭玄注:"女工,女奴曉裁縫者。"鮑照《代陳思王〈白馬篇〉》:"僑裝多闕絶,旅服少裁縫。"這裏指韋叢裁剪縫綴過的衣服,而現在,人去物在,能不傷感?　翰墨:筆墨。張衡《歸田賦》:"揮翰墨以奮藻,陳三皇之軌模。"借指文章書畫。曹丕《典論·論文》:"是以古之作者,寄身於翰墨,見意於篇籍。"顔真卿《干禄字書序》:"既考文辭,兼詳翰墨。"《宋史·米芾傳》:"特妙於翰墨,沉著飛翥,得王獻之筆意。"這裏指元稹因爲走得匆忙而遺留在洛陽的筆墨以及文稿。

⑤ 獨有:獨自具有,獨自據有。《管子·形勢》:"召遠者,使無爲

焉;親近者,言無事焉;唯夜行者,獨有也。”支偉成通解:“夜行,謂陰行其德,則人不與之争,故獨有之也。”《史記·孔子世家》:“孔子在位聽訟,文辭有可與人共者,弗獨有也。”衹有,特有。《史記·曆書》:“是時,獨有鄒衍,明於五德之傳,而散消息之分,以顯諸侯。”張籍《賀周贊善聞子規》:“此處誰能聽?遥知獨有君。” 纈:染有彩文的絲織品。韓愈《許國公神道碑銘》:“既至,獻馬三千匹,絹五十萬匹,他錦紈綺纈又三萬,金銀器千。”《資治通鑑·唐德宗貞元三年》:“請發左藏惡繒染爲綵纈。”胡三省注:“撮綵以綫結之而後染色,既染則解其結,凡結處皆元白,餘則入染色矣!其色斑斕,謂之纈。” 紗:絹之輕細者,古作“沙”。王充《論衡·程材》:“白紗入緇,不染自黑。”白居易《寄生衣與微之》:“淺色縠衫輕似霧,紡花紗褲薄於雲。” 幬:帳子。丁廙《寡婦賦》:“刷朱扉以白堊,易玄帳以素幬。”孔平仲《續世説·汰侈》:“朱梁、朱瑾,有所乘名馬,冬以錦帳貯之,夏以羅幬護之。” 憑人遠携得:意謂依靠别人從遠處携帶而來。元稹《酬樂天書懷見寄》:“天明作詩罷,草草隨所如。憑人寄將去,三月無報書。”元稹《城外回謝子蒙見諭》:“稚女憑人問,病夫空自哀。潘安寄新詠,仍是夜深來。”許渾《秋夜櫂舟訪李隱君》:“望月憶披襟,長溪柳半陰。高齋初釀酒,孤棹遠携琴。”

⑥ 施張:安放,鋪陳。元稹《夢遊春七十韵》:“鋪設繡紅茵,施張鈿裝具。”白居易《青氊帳二十韵》:“合聚千羊毳,施張百子卷。骨盤邊柳健,色染塞藍鮮。” 合歡榻:即夫妻用的雙人床。盧照鄰《望宅中樹有所思》:“我家有庭樹,秋葉正離離。上舞雙栖鳥,中秀合歡枝。”李頎《題合歡》:“蝶繞西枝露,風披東幹陰。黄衫漂細蕊,時拂女郎砧。” 展卷:指展開卷狀物。元稹《遣興十首》五:“晚荷猶展卷,早蟬遽蕭嘹。露葉行已重,况乃江風摇。”陸游《初寒在告有感》:“數櫺留得西窗日,更取丹經展卷看。” 雙鴛:一對鴛鴦,常用以比喻夫妻。庾信《彭城公夫人爾朱氏墓誌銘》:“偃松千古,無寡鶴之悲;文梓百

尋,還見雙鴛之集。”倪璠注引《列異傳》:“宋康王埋韓馮夫婦,宿昔文梓生,有鴛鴦雌雄各一,恒栖樹上,聲音感人。”指女子的一雙繡鞋。吴文英《風入松》:“惆悵雙鴛不到,幽階一夜苔生。”李演《醉桃源》:“雙鴛初放步雲輕,香簾蒸未晴。”

⑦ 已矣:完了,逝去。舊題李陵《答蘇武書》:“陵不難刺心以自明,刎頸以見志,顧國家於我已矣!”王安石《傷杜醇》:“悲哉四明山,此士今已矣!”嘆詞,罷了,算了。《漢書·蘇武傳》:“收族陵家,爲世大戮,陵尚復何顔乎? 已矣! 令子卿知吾心耳!”楊炯《西陵峽》:“四維不復設,關塞良難恃。洞庭且忽焉,孟門終已矣!”　空虚:空無,不充實。《史記·龜策列傳》:“竹外有節理,中直空虚。”韓愈《符讀書城南》:“詩書勤乃有,不勤腹空虚。”　依然:依舊。《大戴禮記·盛德》:“故今之人稱五帝三王者,依然若猶存者,其法誠德,其德誠厚。”曹唐《劉阮再到天台不復見仙子》:“桃花流水依然在,不見當時勸酒人。”形容思念、依戀的情態。江淹《别賦》:“惟世間兮重别,謝主人兮依然。”高適《遇冲和先生》:“拊背念離别,依然出户庭。”　顔色:面容,面色。《禮記·玉藻》:“凡祭,容貌顔色,如見所祭者。”江淹《古離别》:“願一見顔色,不異瓊樹枝。”表情,神色。《論語·泰伯》:“正顔色,斯近信矣!”《新唐書·韋思謙傳》:“性謇諤,顔色莊重,不可犯,見王公,未嘗屈禮。”

⑧ 徘徊:往返迴旋,來回走動。《荀子·禮論》:“今夫大鳥獸則失亡其群匹,越月逾時,則必反鉛;過故鄉,則必徘徊焉! 鳴號焉! 躑躅焉! 踟蹰焉! 然後能去之也。”楊倞注:“徘徊,迴旋飛翔之貌。”猶彷徨,遊移不定貌。《漢書·高後紀》:“産不知禄已去北軍,入未央宫欲爲亂。殿門弗内,徘徊往來。”顔師古注:“徘徊猶仿偟,不進之意也。”向秀《思舊賦》:“惟古昔以懷今兮,心徘徊以躊躇。”　就寢:上床睡覺,睡眠。《宋書·檀道濟傳》:“將廢之夜,道濟入領軍府就謝晦宿。晦其夕竦動不得眠,道濟就寢便熟,晦以此服之。”姚合《洛下夜會寄賈島》:“憶君難

就寢，燭滅復星沉。” 徙倚：猶徘徊，逡巡。《楚辭・遠遊》：“步徙倚而遙思兮，怊惝怳而乖懷。”王逸注：“彷徨東西，意愁憒也。”曹植《洛神賦》：“於是洛靈感焉，徙倚傍徨，神光離合，乍陰乍陽。” 何極：用反問的語氣表示没有窮盡没有終極。王勃《寒夜思友三首》：“久別侵懷抱，他鄉變容色。月下調鳴琴，相思此何極！”董思恭《感懷》：“望望情何極，浪浪泪空泫。無復昔時人，芳春共誰遣？”

⑨ 田田：原指蓮葉盛密貌，鮮碧貌。《樂府詩集・江南》：“江南可采蓮，蓮葉何田田。”謝朓《江上曲》：“蓮葉尚田田，淇水不可渡。”這裏以荷葉濃郁的清香，轉而喻指韋叢的淡淡體香。 惻惻：悲痛，淒涼。揚雄《太玄・翕》：“翕繳惻惻。”范望注：“鳥而失志，故高飛，飛而遇繳，欲去不得，故惻惻也。惻，痛也。”杜甫《夢李白二首》一：“死別已吞聲，生別常惻惻。”

⑩ “隙穿斜月照”兩句：意謂西斜的月光透過墻壁之間的隙空照到窗前，燈光背床，空空的卧床上一片漆黑。 斜月：東升的夜月或西斜的落月。《樂府詩集・子夜四時歌秋歌》：“凉風開窗寢，斜月垂光照。”張若虚《春江花月夜》：“斜月沈沈藏海霧，碣石瀟湘無限路。”空床：指獨宿的卧具，亦比喻無偶獨居。《古詩十九首・青青河畔草》：“昔爲倡家女，今爲蕩子婦。蕩子行不歸，空床難獨守。”曹丕《離居賦》：“惟離居之可悲，廓獨處於空床。”

⑪ 達理：通事理，懂道理。《吕氏春秋・不屈》：“察而以達理明義，則察爲福矣！察而以飾非惑愚，則察爲禍矣！”王嘉《拾遺記・前漢》：“悠哉杳昧，非通神達理者，難可語乎斯道矣！”王通《中説・事君》：“陳思王可謂達理者也，以天下讓，時人莫之知也。” 開懷：心中無所拘束，十分暢快。喻鳧《得子侄書》：“雁天霞脚雨，漁夜葦條風。無復琴杯興，開懷向爾同。”賈島《老將》：“膽壯亂鬚白，金瘡蠹百骸。旌旗猶入夢，歌舞不開懷。” 夢啼：夢中啼哭。白居易《琵琶行》：“去來江口守空船，繞船月明江水寒。夜深忽夢少年事，夢啼妝泪紅闌

干。"韓偓《江樓二首》一:"夢啼嗚咽覺無語,杳杳微微望烟浦。樓空客散燕交飛,江静帆稀日亭午。"　過:到達,前往。張仲景《金匱要略·肺痿肺癰咳嗽上氣病》:"熱之所過,血爲之凝滯。"韓愈《過襄城》:"郾城辭罷過襄城,潁水嵩山刮眼明。"　臆:心間。《文心雕龍·神思》:"神居胸臆,而志氣統其關鍵。"葉適《朝請大夫陳公墓誌銘》:"余客錢塘,不擇晨暮過,疑難填臆,至其舍,論辨從横。"

⑫ 平生:一生,此生,有生以來。《陳書·徐陵傳》:"歲月如流,平生幾何? 晨看旅雁,心赴江淮;昏望牽牛,情馳揚越。"韓愈《遣興聯句》:"平生無百歲,歧路有四方。"　寡歡:缺少歡樂。白居易《遊悟真寺詩一百三十韵》:"拙直不合時,無益同素餐。以此自慚惕,戚戚常寡歡。"元稹《苦雨》:"巢燕污床席,蒼蠅點肌膚。不足生詬怒,但苦寡歡娱。"　夭枉:短命早死。謝靈運《廬陵王墓下作》:"脆促良可哀,夭枉特兼常。"李中《哭舍弟二首》二:"浮生多夭枉,惟爾最堪悲。同氣未歸日,慈親臨老時。"這裏指妻子韋叢,其病故時年僅二十七歲。苦憶:苦苦思憶,難以忘懷。張繼《寄鄭員外》:"經月愁聞雨,新年苦憶君。何時共登眺,整屐待晴雲?"白居易《見殷堯藩侍御憶江南詩三十首詩中多叙蘇杭勝事余嘗典二郡因繼和之》:"江南名郡數蘇杭,寫在殷家三十章。君是旅人猶苦憶,我爲刺史更難忘。"

⑬ "我亦詎幾時"兩句:意謂我自己留在世上又有多少時光? 又爲什麽自己這樣苦苦摧殘逼迫自己?　詎:副詞,表示反詰,相當於"豈"、"難道"。陶潛《讀山海經十三首》一〇:"徒設在昔心,良辰詎可待?"《新唐書·突厥傳》:"卜不吉,神詎無知乎? 我自決之。"　胡爲:爲什麽。張九齡《雜詩五首》一:"孤桐亦胡爲,百尺傍無枝? 疏陰不自覆,修幹欲何施?"沈佺期《送友人任括州》:"青春浩無際,白日乃遲遲。胡爲賞心客,嘆遇此芳時?"　摧逼:猶"侵偪",侵犯逼迫。《管子·君臣上》:"奸心之積也,其大者有侵偪殺上之禍,其小者有比周内争之亂。"《後漢書·董卓傳》:"明年春,將數萬騎入寇三輔,侵逼園

陵，托誅宦官爲名。"

⑭ 燭蛾：謂撲燈之蛾。白居易《江州赴忠州至江陵已來舟中示舍弟五十韵》："燭蛾誰救活？蠶繭自纏縈。"元稹《景申秋八首》二："蚊幌雨來卷，燭蛾燈上稀。" 繭蠶：吐絲做繭之蠶。李賀《南園十三首》二："宫北田塍曉氣酣，黄桑飲露窣宫簾。長腰健婦偷攀折，將餧吴王八繭蠶。"杜牧《句溪夏日送盧霈秀才歸王屋山將欲赴舉》："野店自紛谿，繭蠶初引絲。行人碧溪渡，繫馬緑楊枝。"

⑮ 燋爛：燒焦糜爛。王充《論衡·説日》："火中無生物，生物入火中，燋爛而死焉！"《法苑珠林》卷七八："所見一物牛頭人身，捉鐵叉，叉禮著熬上，宛轉身體燋爛，求死不得。"指死亡，滅亡。嵇康《養生論》："夫爲稼於湯之世，偏有一溉之功者，雖終歸燋爛，必一溉者後枯。"丘遲《與陳伯之書》："北虜僭盜中原，多歷年所，惡積禍盈，理至燋爛。" 自求：自作自受。韓愈《送進士劉師服東歸》："公心有勇氣，公口有直言。奈何任埋没，不自求騰軒？"李商隱《燈》："皎潔終無倦，煎熬亦自求。花時隨酒遠，雨後背窗休。" 他人：别人。白居易《太行路》："人生莫作婦人身，百年苦樂由他人。"李建勛《宿友人山居寄司徒相公》："溪凍聲全減，燈寒焰不高。他人莫相笑，未易會吾曹。"

⑯ "多離因苟合"兩句：意謂少聚多離的夫妻生活已經結束，回憶起來猶如惡夢一般折磨着你也煎熬着我。此情此景，誠如白居易和篇所云："舊宅牡丹院，新墳松柏林。夢中咸陽泪，覺後江陵心。" 苟合：附和，迎合。《晏子春秋·問》："不苟合以隱忠，可謂不失忠；不持利以傷廉，可謂不失行。"《戰國策·秦策》："吴起事悼王，使私不害公，讒不蔽忠，言不取苟合，行不取苟容。"

⑰ "往事勿復言"兩句：意謂過去的已經過去，現在無法挽回；祇有來世再能够重做夫妻，再續前緣。 往事：過去的事情。《史記·太史公自序》："此人皆意有所鬱結，不得通其道也，故述往事，思來者。"劉長卿《南楚懷古》："往事那堪問？此心徒自勞。" 將來：未來，

下一輩子。《漢書·匈奴傳》:"消往昔之恩,開將來之隙。"陳亮《書文中子附録後》:"得其理足以知百世之變,明其數足以計將來之事。"前識:原謂先見之明。《老子》:"前識者,道之華而愚之始。"王弼注:"前識者,前人而識也,下德之倫也。竭其聰明以爲前識,役其智力以營庶事。"《韓非子·解老》:"先物行先理動之謂前識。前識者,無緣而忘意度也。"這裏指將來的後世能知今日結緣夫妻之事。

[編年]

《年譜》在元和五年條下將本詩編入,理由是:"《張舊蚊幬》云:'逾年間生死,千里曠南北……獨有纈紗幬,憑人遠携得。'皆應作於元和五年十月元稹家屬至江陵之前。"《編年箋注》編年云:"《張舊蚊幬》……作於元和五年(八一〇),元稹時在江陵士曹參軍任。見下《譜》。"《年譜新編》全文引述本詩後編年元和五年"元稹貶江陵時所作詩",理由是:"韋叢元和四年卒,'逾年'當爲五年。白居易《和元九悼亡(感舊蚊幬作)》云:'……中有孤眠客,秋凉生夜衾……夢中咸陽泪,覺後江陵心。含此來年恨,發爲中夜吟。'元和五年秋作。"

我們以爲《年譜》、《編年箋注》、《年譜新編》"元和五年"、"元和五年秋"的編年過於籠統也欠合理,理由也不充分。本詩有句云:"逾年間生死,千里曠南北。家居無見期,况乃異鄉國。破盡裁縫衣,忘收遺翰墨。"韋叢病故於元和四年七月九日,本詩既云"逾年間生死",具體時間應該在元和五年七月九日之後。元稹的"家居"亦即女兒保子元和五年十月來到江陵,本詩又應該賦成於保子來到江陵之前。"破盡"兩句更説明是在元稹元和六年年初續娶安仙嬪之前,才有這般單身漢的狼狽相。但"元稹家屬至江陵之前"到底"之前"到什麼時候尚没有落實,仍然是個籠統含糊的概念。本詩又云:"燭蛾焰中舞,繭蠶叢上織。"以筆者的家鄉吴江以及筆者的第二故鄉南京爲例:春蠶結繭在農曆五月底,夏蠶結繭在農曆六月底,秋蠶結繭分别在農曆七月、八月、九月。江陵與吴江,江陵與南京同處在長江流域,大致在同一緯度之上,農事應該大致相近。元稹來到江陵在五月,所説的"繭蠶叢上織",應該是春蠶結繭,具體時間當在五月底。而南方的五月,正是蚊蟲猖獗之時,如果没有蚊帳,夜晚是無法安睡的。本詩:"獨有纐紗幬,憑人遠携得。施張合歡榻,展卷雙鴛翼。已矣長空虚,依然舊顔色。徘徊將就寢,徙倚情何極!"完全是初到江陵安置就寢的口氣。當時元稹還是獨身,故有"燈背空床黑"之嘆,時間應該在七月九日之後。而白居易接到元稹詩篇並賦詠和詩之時,時令已經到了秋天,晚上睡覺需要被子才行,故白居易和詩有"中有孤眠客,秋凉生夜衾"的感慨。本詩應該賦成於七月九日之後,地點在江陵,元稹時任江陵士曹參軍之職。

■ 荆南寄白二十二郎書(一)①

據白居易《代書詩一百韵寄微之》

[校記]

(一) 荆南寄白二十二郎書:元稹佚失之本"書"所據白居易《代書詩一百韵寄微之》,分别見《元氏長慶集》、《才調集》、《唐宋詩醇》、《全詩》、《全唐詩録》,有關文字相同。

[箋注]

① 荆南寄白二十二郎書:白居易《代書詩一百韵寄微之》:"素書三往復,明月七盈虧(自與微之别經七月,三度得書)。"知元稹在七個月内,曾經三次致書白居易。今元稹詩文集中未見,據補。 荆南:

唐方鎮之名。《舊唐書·地理志》:“荆南節度使:治江陵府,管歸、夔、峽、忠、萬、澧、朗等州,使親王領之。”張説《幽州新歲作》:“去歲荆南梅似雪,今年薊北雪如梅。共知人事何常定,且喜年華去復來。”劉長卿《江中晚釣寄荆南一二相識》:“楚郭微雨收,荆門遥在目。漾舟水雲裏,日暮春江緑。” 郎:對男子的敬稱。杜甫《題柏大兄弟山居屋壁二首》一:“叔父朱門貴,郎君玉樹高。”白居易《夢微之》:“君埋泉下泥銷骨,我寄人間雪滿頭。阿衛韓郎相次去,夜臺茫昧得知不(阿衛,微之小男。韓郎,微之愛婿)?”

[編年]

未見《元稹集》收録,也未見《編年箋注》收録與編年,《年譜》、《年譜新編》編年於元和五年“佚文”欄内。但《年譜》分元稹佚失之書爲“(一)、(二)、(三)”,其實白居易《代書詩一百韵寄微之》“素書三往復,明月七盈虧(自與微之别經七月,三度得書)”是指元稹與白居易分手的七個月内,元稹白居易之間分别已經有三次“往復”之書信來往,但《年譜》却忘記了三次“往復”之書信應該包括《年譜》認定的《商山寄樂天書》在内,因此再編輯“《江陵寄樂天書》(一)、(二)、(三)”是不合適的。《年譜新編》編輯爲“《江陵寄樂天書》(一)、(二)”是合適的。

元稹元和五年三月初出貶江陵,經過“明月七盈虧”的時間推移,時序已經到了元和五年的九月,元稹本佚失之書,亦即《年譜》、《年譜新編》之“《江陵寄樂天書》(一)”,它應該撰成於元和五年四月至九月間的前期,亦即在元稹《貶謫江陵途中寄樂天書》之後,在元稹《江陵寄白二十二郎書》之前,地點在江陵,元稹時任江陵士曹參軍。

◎ 寄劉頗二首(一)①

平生嗜酒顛狂甚，不許諸公占丈夫②。唯愛劉君一片膽，近來還敢似人無③？

前年碣石烟塵起，共看官軍過洛城④。無限公卿因戰得，與君依舊緑衫行⑤。

録自《元氏長慶集》卷一八

[校記]

（一）寄劉頗二首：本詩存世各本，包括楊本、叢刊本、《萬首唐人絶句》、《全詩》，均無異文。

[箋注]

① 劉頗：元稹的朋友，元稹有《劉頗詩》、《劉頗可河中府河西縣令制》以及《唐故使持節萬州諸軍事萬州刺史賜緋魚袋劉君墓誌銘》詳細述及，請參閲。《唐國史補·劉頗償瓮直》："澠池道中，有車載瓦瓮塞于隘路。屬天寒冰雪峻滑，進退不得。日向莫，官私客旅，群隊鈴鐸數千羅擁在後，無可奈何。有客劉頗者，揚鞭而至，問曰：'車中瓮直幾錢？'答曰：'七八千。'頗遂開囊取縑，立償之。命僮僕登車，斷其結絡，悉推瓮于崖下。須臾車輕得進，群噪而前。"

② 平生：平素，往常。《論語·憲問》："見利思義，見危授命，久要不忘平生之言，亦可以爲成人矣！"杜甫《夢李白》："出門搔白首，若負平生志。"指平素的志趣、情誼、業績等。陶潛《停雲》："人亦有言，日月于征，安得促席，説彼平生？"裴度《中書即事》："鹽梅非擬議，葵藿是平生。" 嗜酒：過度飲酒，飲酒成癮。李頎《贈張旭》："張公性嗜

酒，豁達無所營。皓首窮草隸，時稱太湖精。”韋應物《與村老對飲》：“鬢眉雪色猶嗜酒，言辭淳樸古人風。鄉村年少生離亂，見話先朝如夢中。”　癲狂：謂言語行動失常的病理現象，亦指玩世不恭，放縱不羈。元稹《廳前柏》：“我本癲狂耽酒人，何事與君爲對敵？”義近“狂狂”，《庄子·盜跖》：“子之道，狂狂汲汲，詐巧虛僞事也，非可以全真也，奚足論哉！”成玄英疏：“狂狂，失性也。”柳宗元《东明张先生墓志》：“世皆狂狂，奔利死名；我獨浩浩，端一以生。”　諸公：泛稱各位人士。杜甫《醉時歌》：“諸公衮衮登臺省，廣文先生官獨冷。”李頎《送馬録事赴永陽》：“手持三尺令，遣决如流泉。太守既相許，諸公誰不然？”　丈夫：猶言大丈夫，指有所作爲的人。權德輿《建除詩》：“建節出王都，雄雄大丈夫。除書加右職，騎吏擁前驅。”孟郊《答姚怤見寄》：“君有丈夫泪，泣人不泣身。”

③“唯愛劉君一片膽”兩句：意謂我最欣賞劉君過人的膽氣，不知分手之後你還如過去一般在人才濟濟的場合高視闊步如入無人之境？　膽：膽氣，膽量。《荀子·修身》：“勇膽猛戾，則輔之以道順。”楊倞注：“膽，有膽氣。”劉叉《自問》：“酒腸寬似海，詩膽大於天。”無：副詞，用於句末，表示疑問，相當於“否”。白居易《問劉十九》：“晚來天欲雪，能飲一杯無？”楊巨源《寄江州白司馬》：“江州司馬平安否？惠遠東林住得無？”

④ 前年碣石烟塵起：事見《舊唐書·憲宗紀》：“（元和四年）九月甲辰朔，庚戌，以成德軍都知兵馬使、鎮府右司馬王承宗起復檢校工部尚書，充成德軍節度使；以德州刺史薛昌朝檢校左常侍，充保信軍節度、德隸等州觀察等使。昌朝，薛嵩之子，婚於王氏，時爲德州刺史。朝廷以承宗難制，乃割二州爲節度，以授昌朝。制纔下，承宗以兵虜昌朝歸鎮州……冬十月癸酉朔……癸未，詔：‘成德軍節度使王承宗頃在苫廬，潛窺戎鎮。而内外以事君之禮，叛而必誅；分土之儀，專則有辟。朕念其先祖嘗有茂勛，貸以私恩，抑於公議。使臣旁午以

告諭，孽童俯伏以陳誠，願獻兩州，期無二事。朕亦收其後效，用以曲全，授節制於舊疆，齒勛賢於列位。况德棣本非成德所管，昌朝又是承宗懿親，俾撫近鄰，斯誠厚澤，外雖兩鎮，内是一家。而承宗象恭懷奸，肖貌稔惡，欺裴武於得位之後，囚昌朝於授命之中。加以表疏之間，悖慢斯甚，義士之所興嘆，天地之所不容。恭行天誅，蓋示朝典，承宗在身官爵，並宜削奪。'以神策左軍中尉吐突承璀爲鎮州行營招討處置等使，以龍武將軍趙萬敵爲神策先鋒將，内官宋惟澄、曹進玉、馬朝江等爲行營館驛糧料等使。京兆尹許孟容與諫官面論，征伐大事不可以内官爲將帥，補闕獨孤鬱其言激切。詔旨秖改處置爲宣慰，猶存招討之名。己丑，詔軍進討，其王武俊、士真墳墓。軍士不得樵採。其士平、士則各守本官，仍令士則各襲武俊之封……己亥，吐突承璀軍發京師，上御通化門勞遣之。"　前年：有多種含義，其一是往時。《後漢書・馮衍傳》："上黨復有前年之禍。"李賢注："前年，猶往時。"其二是去年。黄宗羲《明夷待訪録題辭》："前年壬寅夏，條具爲治大法，未卒數章，遇火而止。癸卯，梨洲老人識。""壬寅"緊接"癸卯"，這就表明"前年"應該是去年。其三是去年的前一年。岑参《送張秘書充劉相公通汴河判官便赴江外覲省》："前年見君時，見君正泥蟠。去年見君處，見君已風摶。"高適《同河南李少尹畢員外宅夜飲時洛陽告捷遂作春酒歌》："前年持節將楚兵，去年留司在東京。今年復拜二千石，盛夏五月西南行。"這裏的"前年"就是指元和四年，亦即去年。　碣石：山名，在河北省昌黎縣北，自漢末起已逐漸沉没海中，這裏以"碣石"代喻河朔地區。《漢書・武帝紀》："行自泰山，復東巡海上，至碣石。"盧照鄰《關山月》："塞垣通碣石，虜障抵祁連。相思在萬里，明月正孤懸。"　烟塵：烽烟和戰場上揚起的塵土，喻指戰亂。蕭統《七契》："當朝有仁義之師，邊境無烟塵之驚。"高適《燕歌行》："漢家烟塵在東北，漢將辭家破殘賊。"這裏指元和四年九月成德軍節度使、鎮冀深趙等州觀察使王承宗叛亂，形成戰亂的局面。　共看官軍過洛城：指元和四年十月宦官吐突承璀以鎮州行營招討使的名義統軍出征，李唐朝廷的部隊路經洛陽前往鎮州。　共看：一起看。喬知之《銅雀妓》："哀弦調已絶，艷曲不須長。共看西陵暮，秋烟起白楊。"李白《把酒問月》："古人今人若流水，共看明月皆如此。唯願當歌對酒時，月光長照金樽裏。"這裏指元稹與劉頗一起看。　官軍：舊稱政府的軍隊。葛洪《抱朴子·至理》："昔吴遣賀將軍討山賊，賊中有善禁者，每當交戰，官軍刀劍皆不得拔，弓弩射天皆還向。"杜甫《悲陳陶》："都人迴面向北啼，日夜更望官軍至。"這裏指以吐突承璀爲統帥的征討王承宗的李唐軍隊。　洛城：這裏指洛陽城。陸敬《遊隋故都》："洛城聊顧步，長想遂留連。水門宫初毁，風變鼎將遷。"楊師道《初宵看婚》："洛城花燭動，戚里畫新蛾。隱扇羞應慣，含情愁已多。"

⑤ 無限：猶無數，謂數量極多。《史記·河渠書》："漢中之谷可致，山東從沔無限，便於砥柱之漕。"張守節正義："無限，言多也。"白居易《詔授同州刺史病不赴任因詠所懷》："白髮來無限，青山去有期。"　公卿：三公九卿的簡稱。《儀禮·喪服》："公卿大夫室老士貴臣。"《論語·子罕》："出則事公卿，入則事父兄。"也泛指高官。荀悦《漢紀·昭帝紀》："始元元年，春二月。黄鵠下建章宫太液池中，公卿上壽。"　依舊：照舊。《南史·梁昭明太子統傳》："天監元年十一月立爲皇太子。時年幼，依舊居内。"趙璜《題七夕圖》："明年七月重相見，依舊高懸織女圖。"　緑衫：唐代下級官員的朝服爲緑色，因以"緑衫"表示官位卑微。白居易《憶微之》："與君何日出屯蒙？魚戀江湖鳥厭籠。分手各抛滄海畔，折腰俱老緑衫中。"周密《齊東野語·鄭安晚前讖》："緑衫尚未能得著，乃思量繫玉帶乎？"

[編年]

《年譜》元和五年"詩編年"欄内編入元稹《寄劉頗二首》，理由是：

“第二首云：‘前年碣石烟塵起，共看官軍過洛城。’……‘烟塵起’指元和四年成德軍節度使、鎮冀深趙等州觀察使王承宗叛亂。此詩元和五年作。”明確賦詩地點是“在東都作”。《編年箋注》同意《年譜》意見：“此詩作於元和五年（八一〇），元稹時由東臺返西京，旋貶江陵士曹。”理由是：“見下《譜》。”自然，賦詩地點也是《年譜》所示的“東都”。《年譜新編》編年元和五年“在洛陽作”，理由是：“其二云：‘前年碣石烟塵起，共看官軍過洛城。無限公卿因戰得，與君依舊緑衫行。’‘碣石’指恒州，‘烟塵起’指元和四年成德軍節度使、鎮冀深趙等州觀察使王承宗叛亂。《舊唐書・憲宗紀》：‘（元和四年十月）癸未，詔：“恭行天誅，蓋示朝典，承宗在身官爵並宜削奪。”以神策左軍中尉吐突承璀爲鎮州行營招討處置等使……’”

我們以爲，“前年”在古代漢語中的具體含義，主要有“去年的前一年”、“去年”和“往時”三種，詞義是不確定的，因此僅據詩中“前年”一詞就决然斷言“此詩元和五年作”是不妥當的，而《年譜》、《編年箋注》、《年譜新編》的賦詩地點“東都”、“洛陽”也都是錯誤的，如果作於元稹在洛陽時，元稹離開洛陽在二月，那時鎮州之亂還没有平定，根本談不上“無限公卿因戰得，與君依舊緑衫行”的問題。

我們以爲，所有這些都還必須結合其他材料來佐證。據《舊唐書・憲宗紀》，成德軍節度使、鎮冀深趙等州觀察使王承宗叛亂發生在元和四年九月，宦官吐突承璀以鎮州行營招討使的名義統軍出征在元和四年十月。平定叛亂在元和五年七月，《舊唐書・憲宗紀》：“秋七月已亥朔，庚子，王承宗遣判官崔遂上表自首，請輸常賦，朝廷除授官吏。丁未，詔昭洗王承宗，復其官爵，待之如初。諸道行營將士，共賜物二十八萬四百三十端匹。時招討非其人，諸軍解體，而藩鄰觀望養寇，空爲逗撓，以弊國賦。而李師道、劉濟亟請昭雪。乃歸罪盧從史而宥承宗。不得已而行之也、幽州劉濟加中書令，魏博田季安加司徒，淄青李師道加僕射，並以罷兵加賞也。”推其干支，“丁未”爲七月九日。而時逢其時的元積與劉頗却没有機會直接參與戰事,元稹衹是在《爲河南府百姓訴車狀》中間接爲河朔平叛獻計獻策,但這份功勞又被朝廷記到河南尹房式的頭上,因而寸功也没有,故有本詩第二首之句。我們在拙稿《元稹評傳》中對此已經有詳細的論述,拜請參閲。此詩應作於元和五年七月九日之後元稹江陵士曹參軍任上。據元稹《劉頗墓誌》,元稹、劉頗相識元和四年元稹以監察御史分務東臺和劉頗以主簿履任壽安之時。元和五年三月元稹出貶江陵,而劉頗不久受懷汝節度使烏重胤之聘爲監察御史。因一個肯定在江陵,另外一個或者在洛陽,或者在懷汝節度府,故詩題曰“寄”。

■ 江陵寄白二十二郎書(一)①

據白居易《代書詩一百韵寄微之》

[校記]

(一) 江陵寄白二十二郎書:元稹佚失之本“書”所據白居易《代書詩一百韵寄微之》,分别見《元氏長慶集》、《才調集》、《唐宋詩醇》、《全詩》、《全唐詩録》,有關部份文字相同。

[箋注]

① 江陵寄白二十二郎書:白居易《代書詩一百韵寄微之》:“素書三往復,明月七盈虧(自與微之别經七月,三度得書)。”今存元稹詩文集中未見,知元稹有佚失之文,據補。　江陵:唐方鎮荆南節度使之首府,地當今湖北江陵市。李白《早發白帝城》:“朝辭白帝彩雲間,千里江陵一日還。兩岸猿聲啼不盡,輕舟已過萬重山。”岑參《送江陵泉

少府赴任便呈衛荆州》:"神仙吏姓梅,人吏待君來。渭北草新出,江南花已開。" 白二十二:即白居易,二十二是白居易在兄弟中的排行。張籍《寄白二十二舍人》:"早知内詔過先輩,蹭蹬江南百事疏。湓浦城中爲上佐,爐峰寺後著幽居。"元稹《病減逢春期白二十二辛大不至十韵》:"琴待嵇中散,杯思阮步兵。世間除却病,何者不營營?"

[編年]

未見《元稹集》收録,也未見《編年箋注》收録與編年,《年譜》、《年譜新編》編年於元和五年"佚文"欄内。但《年譜》編輯"《江陵寄樂天書》(三)"是不合適的。

元稹本佚失之書應該與元稹《荆南寄白二十二郎書》賦作於同一時期,亦即元和五年四月至九月間,但應該在元稹《荆南寄白二十二郎書》之後,地點在江陵,元稹時任江陵士曹參軍。

◎ 寄胡靈之(一)①

早歲顛狂伴,城中共幾年②?有時潛步出,連夜小亭眠③。月影侵床上,花叢在眼前④。今宵正風雨,空宅楚江邊⑤。

録自《元氏長慶集》卷一四

[校記]

(一) 寄胡靈之:本詩存世各本,包括楊本、叢刊本、《全詩》諸本,未見異文。

[箋注]

① 胡靈之:元稹的姨兄,排行三,他們青少年時期曾在鳳翔與長

安結伴嬉戲,關係十分親密。元稹有多篇詩歌涉及,如《清都春霽寄胡三吴十一》、《憶靈之》等。元稹《答姨兄胡靈之見寄五十韻序》:“九歲解賦詩,飲酒至斗餘乃醉。時方依倚舅族,舅憐,不以禮數檢,故得與姨兄胡靈之之輩十數人爲晝夜遊,日月跳擲,於今餘二十年矣!”元稹《酬胡三憑人問牡丹》:“竊見胡三問牡丹,爲言依舊滿西欄。花時何處偏相憶?寥落衰紅雨後看。”本詩所述,即是元稹回憶自己與姨兄胡靈之貞元後期在長安結伴嬉戲的情景。

② 早歲:早年。王僧達《祭顔光禄文》:“惟君之懿,早歲飛聲。”王維《喜祖三至留宿》:“行人返深巷,積雪帶餘暉。早歲同袍者,高車何處歸?”　顛狂:形容放浪不受約束。姚合《寄王度》:“顯領王居士,顛狂不稱時。”劉過《憶鄂渚》:“空餘黄鶴舊題詩,醉筆顛狂驚李白。”　城中:城市之中。沈佺期《邙山》:“北邙山上列墳塋,萬古千秋對洛城。城中日夕歌鐘起,山上唯聞松柏聲。”崔顥《七夕》:“長安城中月如練,家家此夜持針綫。仙裙玉佩空自知,天上人間不相見。”這裏指長安城中。　共:副詞,皆,共同,一起。鮑照《代白頭吟》:“古來共如此,非君獨撫膺。”韓愈《秋懷詩十一首》二:“白露下百草,蕭蘭共雕悴。”

③ 有時:有時候,表示間或不定。《周禮·考工記序》:“天有時以生,有時以殺;草木有時以生,有時以死。”張喬《滕王閣》:“疊浪有時有,閑雲無日無。”　潛步:暗暗移步。郭璞《蟻賦》曰:“濟齊桓之窮師兮,由東山之高垤;感萌陽以潛步兮,知將雨而封穴。”猶“輕步”,謂躡手躡足。毛熙震《南歌子》:“晚來輕步出閨房,髻慢釵横無力縱倡狂。”　連夜:夜以繼日,徹夜。宋之問《廣州朱長史座觀妓》:“歌舞須連夜,神仙莫放歸。”元稹《哭子十首》三:“爾母溺情連夜哭,我身因事有時悲。鐘聲欲絶東方動,便是尋常上學時。”　亭:亭子,設在路旁或園林、風景名勝等處供來往之人休息和賞景的小型建築物,多用竹、木、磚、石等材料建成。平面一般呈圓形、方形、扇形和八角形等,

大多有頂無墻。杜甫《登牛頭山亭子》:"路出雙林外,亭窺萬井中。"劉禹錫《酬樂天小亭寒夜有懷》:"寒夜陰雲起,疏林宿鳥驚。斜風閃燈影,迸雪打窗聲。"

④ 月影:月光。邢邵《冬夜酬魏少傅直史館詩》:"風音響北牖,月影度南端。"元稹《江陵三夢》:"月影半床黑,蟲聲幽草移。" 侵:接近,臨近。杜甫《陪諸貴公子丈八溝携妓納凉晚際遇雨二首》二:"纜侵堤柳繫,幔卷浪花浮。"仇兆鰲注:"侵,迫近也。"蘇軾《是日宿水陸寺寄北山清順僧二首》一:"農事未休侵小雪,佛燈初上報黄昏。" 花叢:叢集的群花。謝朓《和王主簿季哲怨情》:"花叢亂數蝶,風簾入雙燕。"元稹《雜憶詩五首》三:"寒輕夜淺繞回廊,不辨花叢暗辨香。" 眼前:眼睛面前,跟前。沈約《和左丞庾杲之病》:"待漏終不溢,囂喧滿眼前。"杜甫《草堂》:"眼前列杻械,背後吹笙竽。"

⑤ 今宵:今夜。徐陵《走筆戲書應令》:"今宵花燭泪,非是夜迎人。"雍陶《宿嘉陵驛》:"今宵難作刀州夢,月色江聲共一樓。" 風雨:颳風下雨。《書·洪範》:"月之從星,則以風雨。"干寶《搜神記》卷一四:"王悲思之,遣往視覓,天輒風雨,嶺震雲晦,往者莫至。" 空宅:義同"空房",謂夫或妻獨居的房屋。曹丕《燕歌行》:"賤妾煢煢守空房,憂來思君不敢忘,不覺泪下霑衣裳。"蘇軾《薄薄酒二首》一:"薄薄酒,勝茶湯,粗粗布,勝無裳,醜妻惡妾勝空房。" 楚江:楚境内的江河。李白《望天門山》:"天門中斷楚江開,碧水東流至北迴。兩岸青山相對出,孤帆一片日邊來。"元稹《酬樂天江樓夜吟稹詩因成三十韵次用本韵》:"忽見君新句,君吟我舊篇。見當巴徼外,吟在楚江前。"

[編年]

《年譜》編年本詩於"庚寅至甲午在江陵府所作其他詩",理由是:"詩云:'空宅楚江邊。'"《編年箋注》編年:"《寄胡靈之》……作於江陵時期。見下《譜》。"《年譜新編》編年"庚寅至甲午在江陵府所作其他詩”,理由是:“詩云:‘今宵正風雨,空宅楚江邊。’”

我們以爲,《年譜》、《編年箋注》、《年譜新編》的編年太籠統了:《年譜》編年“庚寅至甲午在江陵府所作其他詩”一百一十三首,而作於元和六年的祇有二十一首,作於元和七年的祇有十首,作於元和八年的祇有十四首,三年之和,還不到其一半。其實,編年“庚寅至甲午在江陵府所作其他詩”一百一十三首,大部份都是可以具體編年的,我們已經在這本拙稿里大致這樣做了。《編年箋注》、《年譜新編》的情況與《年譜》基本相似,大致相類。如果按照這種辦法,我們一句話就可以將真正屬於元稹的全部詩歌都給予編年:“作於己未(779)至辛亥(831)。”而且保證不錯。但這樣的編年,無論是對自己的研究還是對讀者的欣賞,還有一點點意義嗎?

我們以爲,本詩前六句是回憶,後面兩句“今宵正風雨,空宅楚江邊”才是眼前實景。“楚江”已經鎖定是原楚國境内的河流即長江,元稹一生履職長江邊上的祇有江陵士曹參軍與武昌軍節度使。而“空宅”表明元稹當時孤身獨居,此情景與武昌任元稹始終有裴淑陪伴在旁不符。元和九年元稹與安仙嬪的兒子元荆已經四歲,據此計算,元稹與安仙嬪結婚時間當在元和六年的三月底四月初:元稹《葬安氏誌》:“予稚男荆母曰安氏,字仙嬪,卒於江陵之金隈鄉莊敬坊沙橋外二里嫗樂之地焉!始辛卯歲,予友致用憫予愁,爲予卜姓而授之,四年矣!”據此,元稹在江陵的“空宅”應該是元和五年夏天到達江陵之後至元稹與安仙嬪結婚之前居住的“空宅”,本詩即應該作於其時。但據元稹《酬翰林白學士代書一百韵序》,元稹的女兒保子元和五年十月來到江陵,與父親生活在一起,元稹的居所,在女兒來之後就不應該稱爲“空宅”,因此本詩應該作於元稹元和五年五月初到達江陵之後,保子本年十月來到江陵之前。

◎夜　飲(一)①

燈火隔簾明，竹梢風雨聲②。詩篇隨意贈，杯酒越巡行③。漫唱江朝曲，閑徵藥草名④。莫辭終夜飲，朝起又營營⑤。

録自《元氏長慶集》卷一四

[校記]

（一）夜飲：本詩存世各本，包括楊本、叢刊本、《古詩鏡·唐詩鏡》、《全詩》，未見異文。

[箋注]

① 夜飲：通夜飲酒。張説《幽州夜飲》："凉風吹夜雨，蕭瑟動寒林。正有高堂宴，能忘遲暮心？"元稹《與李十一夜飲》："寒夜燈前賴酒壺，與君相對興猶孤。忠州刺史應閑卧，江水猿聲睡得無？"《古詩鏡·唐詩鏡》評述本詩："三四語創獲。"

② 燈火：燃燒著的燈燭等照明物，亦指照明物的火光。葛洪《抱朴子·極言》："夫損之者，如燈火之消脂，莫之見也，而忽盡矣！"蘇軾《水調歌頭》："昵昵兒女語，燈火夜微明。"　簾：以竹、布等製成的遮蔽門窗的用具。元稹《夜閑》："感極都無夢，魂銷轉易驚。風簾半鈎落，秋月滿床明。"白居易《凉夜有懷》："念别感時節，早蛩聞一聲。風簾夜凉入，露簟秋意生。"　竹梢：竹子的末端。元稹《雨後》："倦寢數殘更，孤燈暗又明。竹梢餘雨重，時復拂簾驚。"李德裕《晨起見雪憶山居》："忽憶巖中雪，誰人拂薜蘿？竹梢低未舉，松蓋偃應多。"　風雨聲：颳風下雨的聲響。孟浩然《春曉》："春眠不覺曉，處處聞啼鳥。

夜來風雨聲,花落知多少?"韋莊《摇落》:"摇落秋天酒易醒,淒淒長似别離情。黄昏倚柱不歸去,腸斷緑荷風雨聲。"

③ 詩篇:詩的總稱。劉禹錫《白舍人見酬拙詩因以寄謝》:"雖陪三品散班中,資歷從來事不同。名姓也曾鎸石柱,詩篇未得上屏風。"張籍《贈别王侍御赴任陜州司馬》:"京城在處閑人少,唯共君行並馬蹄。更和詩篇名最出,時傾杯酒户常齊。" 隨意:任情適意,隨便。《三國志·程曉傳》:"官無局業,職無分限,隨意任情,唯心所適。"庾信《蕩子賦》:"遊塵滿床不用拂,細草横階隨意生。" 杯酒:斟在酒杯裏的酒。王維《渭城曲》:"渭城朝雨浥輕塵,客舍青青楊柳春。勸君更盡一杯酒,西出陽關無故人。"孟浩然《永嘉别張子容》:"日夕故園意,汀洲春草生。何時一杯酒,重與季鷹傾?" 巡行:席間依次斟酒。劉恂《嶺表録異》卷上:"滿斟一杓,内鞘入鼻,仰首徐傾之,飲盡,傳杓如酒巡行之。"猶"巡酒",宴饮时依次斟酒。章碣《癸卯歲毗陵登高會中貽同志》:"流落常嗟勝會稀,故人相遇菊花時。鳳笙龍笛數巡酒,紅樹碧山無限詩。"

④漫唱:隨意而唱,不受任何拘束。蔡哲《武夷九曲漁歌》一:"昔日群仙跨鶴翎,至今猿鳥嘯青冥。草堂亦有逃名客,漫唱漁歌仔細聽!"猶"謳唱"。張齊賢《洛陽搢紳舊聞記·少師佯狂》:"每令謳唱,言詞捷給,聲韵清楚。" 江朝曲:疑指謝朓的《入朝曲》一類的詩篇。謝朓《入朝曲》:"江南佳麗地,金陵帝王州。逶迤帶緑水,迢遞起朱樓。"李白《入朝曲》:"日出照萬户,簪裾爛明星。朝罷沭浴閑,遨遊閬風亭。濟濟雙闕下,歡娱樂恩榮。" 閑:悠閑。《文心雕龍·雜文》:"夫文小易周,思閑可贍。"詹锳義證:"閑,悠閑。"韋莊《謁金門》一:"閑抱琵琶尋舊曲,遠山眉黛緑。" 徵:求取,索取,徵取。《吕氏春秋·達鬱》:"管仲觴桓公,日暮矣!桓公樂之而徵燭。"高誘注:"徵,求也。"韓偓《欲明》:"岳僧互乞新詩去,酒保頻徵舊債來。" 藥草:可以入藥的草本植物。蕭統《陶淵明集序》:"莊周垂釣于濠,伯成躬耕

於野,或貨海東之藥草,或紡江南之落毛。"陸龜蒙《奉和襲美題達上人藥圃二首》二:"浄名無語示清羸,藥草搜來喻更微。"以藥草之名入詩,在唐代之前已經開始。《野客叢書·藥名詩》:"《西清詩話》云:'藥名詩起自陳亞,非也,東漢已有離合體,至唐始著藥名之號,如張籍《答鄱陽客》詩云"江皋歲暮相逢地,黄葉霜前半夏枝。子夜吟詩向松桂,心中萬事豈君知"是也。'僕謂此説亦未深考,不知此體已著於六朝,非起於唐也。當時如王融、梁簡文、元帝、庾肩吾、沈約、竟陵王皆有,至唐而是體盛行,如盧受采權張皮陸之徒多有之。吴曾《漫録》謂:'藥名詩,庾肩吾、沈約亦各有一者,非始於唐。'所見亦未廣也,本朝如錢穆父、黄山谷之輩,亦多此作。"

⑤ 辭:推辭,辭謝。《書·大禹謨》:"禹拜,稽首固辭。"《孟子·萬章》:"爲貧者,辭尊居卑,辭富居貧。" 終夜:通宵,徹夜。《論語·衛靈公》:"吾嘗終日不食,終夜不寢,以思,無益,不如學也。"錢起《江行無題一百首》三五:"睡穩葉舟輕,風微浪不驚。任君蘆葦岸,終夜動秋聲。" 朝起:早起。李白《早望海霞邊》:"四明三千里,朝起赤城霞。日出紅光散,分輝照雪厓。"歐陽詹《汝川行》:"汝墳春女蠶忙月,朝起採桑日西没。輕綃裙露紅羅襪,半蹋金梯倚枝歇。" 營營:勞而不知休息,忙碌。《莊子·庚桑楚》:"全汝形,抱汝生,無使汝思慮營營。"鍾泰發微:"營營,勞而不知休息貌。"范仲淹《與韓魏公書》:"吾輩須日夜營營,以備將來。"

[編年]

未見《年譜》編年本詩,《編年箋注》列入"未編年詩"欄内,《年譜新編》列於"無法編年作品"欄内。

我們以爲,根據本詩表達的"江朝曲"、"藥草名"的詩意,本詩應該作於江陵時期,而與詩人能够如此親密無間如此無話不談的"夜飲"者,在江陵,非李景儉莫屬。而李景儉元和七年離開江陵,因此本詩應該作於元和五年元稹到達江陵之後,元和七年李景儉離開江陵之前,今暫時編排在元和五年。

◎夜　雨(一)①

水怪潛幽草,江雲擁廢居②。雷驚空屋柱,電照滿床書③。竹瓦風頻裂,茅檐雨漸疏④。平生滄海意,此去怯爲魚⑤。

錄自《元氏長慶集》卷一四

[校記]

(一)夜雨:本詩存世各本,包括楊本、叢刊本、《石倉歷代詩選》、《全詩》諸本,未見異文。

[箋注]

① 夜雨:夜間的雨。張説《幽州夜飲》:"涼風吹夜雨,蕭瑟動寒林。正有高堂宴,能忘遲暮心?"韋應物《簡郡中諸生》:"守郡卧秋閣,四面盡荒山。此時聽夜雨,孤燈照窗間。"

② 水怪:水中的怪物。木華《海賦》:"其垠則有天琛水怪,鮫人之室。"杜甫《秋日夔府詠懷一百韵》:"風期終破浪,水怪莫飛涎。"潛:隱藏,隱蔽。《詩·小雅·鶴鳴》:"魚潛在淵,或在於渚。"《文選·揚雄〈劇秦美新〉》:"甘露嘉醴,景曜浸潭之瑞潛。"李善注:"潛,藏也。"　幽草:幽深地方的草叢。《詩·小雅·何草不黄》:"有芃者狐,率彼幽草。"韋應物《滁州西澗》:"獨憐幽草澗邊生,上有黄鸝深樹鳴。春潮帶雨晚來急,野渡無人舟自横。"　江雲:江面附近流動的雲層。韋承慶《江樓》:"獨酌芳春酒,登樓已半曛。誰驚一行雁,衝斷過江

雲?”宋之問《度大庾嶺》:“山雨初含霽,江雲欲變霞。但令歸有日,不敢恨長沙。” 廢居:廢棄頹敗的住所。張籍《廢居行》:“胡馬崩騰滿阡陌,都人避亂唯空宅。宅邊青桑垂宛宛,野蠶食葉還成繭。”黄彦平《夢山堂記》:“後三年,自信徙家衢,得徐氏廢居於孟瀆村。”這裏指元稹初到江陵之後,被安排在江邊的廢舊居所。

③ 雷:雲層放電時發出的響聲。《淮南子·原道訓》:“電以爲鞭策,雷以爲車輪。”韋莊《喜遷鶯》:“鳳銜金榜出雲來,平地一聲雷。” 空屋:義同“空房”,謂夫或妻獨居的房屋。儲光羲《行次田家澳梁作》:“桑間禾黍氣,柳下牛羊群。野雀栖空屋,晨昏不復聞。”元稹《空屋題》:“朝從空屋裹,騎馬入空臺。盡日推閑事,還歸空屋來。” 電:閃電。《文心雕龍·檄移》:“震雷始於曜電,出師先乎威聲。”韓愈《送窮文》:“駕塵彍風,與電争先。” 滿床書:詩人大概有卧床看書的習慣。元稹《夜坐》:“螢火亂飛秋已近,星辰早没夜初長。孩提萬里何時見?狼籍家書滿卧床。”牟融《有感》:“無客空塵榻,閑門閉草廬。不勝岑絶處,高卧半床書。”

④ 竹瓦:以破開的毛竹作上下鋪瓦和蓋瓦,代替泥土製造的瓦,用作屋頂,南方比較常見。齊己《荆渚偶作》:“竹瓦雨聲漂永日,紙窗燈焰照殘更。”鄭剛中《去冬》:“去冬竹瓦迎新雪,曾下珠璣到酒盤。” 茅檐:茅草的屋檐。杜甫《春歸》:“苔徑臨江竹,茅檐覆地花。别來頻甲子,倏忽又春華。”張繼《山家》:“板橋人渡泉聲,茅檐日午鷄鳴。莫嗔焙茶烟暗,却喜晒穀天晴。”

⑤ 平生:指平素的志趣、情誼、業績等。陶潜《停雲》:“人亦有言,日月于征。安得促席,説彼平生?”裴度《中書即事》:“鹽梅非擬議,葵藿是平生。白日長懸照,蒼蠅漫發聲。” 滄海意:乘風破浪,横行大海。劉長卿《曲阿對月别岑况徐説》:“白雲心自遠,滄海意相親。何事須成别?汀洲欲暮春。”文天祥《聽羅道士琴》二:“如何碧一泓,乃此並二美?藍田滄海意,請問玉溪子。” 怯:害怕,畏懼。《左傳·

襄公二十四年》:"曩者志入而已,今則怯也。"《朱子語類》卷一三二:"虜人大敗,方有怯中國之意。"

[編年]

《年譜》編年本詩於"庚寅至甲午在江陵府所作其他詩",理由是:"詩云:'水怪潛幽草,江雲擁廢居……竹瓦風頻裂,茅檐雨漸疏。'"《編年箋注》編年:"《夜雨》作于江陵時期。見卞《譜》。"《年譜新編》編年"庚寅至甲午在江陵府所作其他詩",理由是:"詩云:'水怪潛幽草,江雲擁廢居'"

我們以爲,《年譜》、《編年箋注》、《年譜新編》的編年過於籠統,根據本詩"雷驚空屋柱,電照滿床書",結合《寄胡靈之》提及的"今宵正風雨,空宅楚江邊","空宅"與"空屋"相應,"今宵正風雨"與本詩詩題"夜雨"以及電閃雷鳴的情況一一相符。而本詩的"廢居"與元稹《江邊四十韵》"官借江邊宅,天生地勢坳。敧危饒壞構,迢遰接長郊"的詩句兩兩切合。據此我們可以認定,本詩應該與《寄胡靈之》作於同時,時間是元稹元和五年五月到達江陵之後至元稹與安仙嬪結婚之前。但據元稹《酬翰林白學士代書一百韵序》,元稹的女兒保子元和五年十月來到江陵,與父親生活在一起,元稹的居所,在女兒來之後就不應該稱爲"空屋",因此本詩應該作於元稹元和五年五月之後,保子本年十月十五日來到江陵之前。

◎雨　後(一)①

倦寢數殘更,孤燈暗又明②。竹梢餘雨重,時復拂簾驚③。

録自《元氏長慶集》卷一五

[校記]

(一) 雨後:本詩存世各本,包括楊本、叢刊本、《萬首唐人絶句》、《全詩》,未見異文。

[箋注]

① 雨後:下雨之後。李百藥《雨後》:"晚來風景麗,晴初物色華。薄雲向空盡,輕虹逐望斜。"張説《岳陽早霽南樓》:"山水佳新霽,南樓玩初旭。夜來枝半紅,雨後洲全緑。"

② 倦寢:精神疲倦而難以入睡。孟郊《卧病》:"倦寢意蒙昧,强言聲幽柔。承顔自俛仰,有泪不敢流。"趙嘏《倦寢聽晨鷄》:"去去邊城騎,愁眠掩夜閨。披衣窺落月,拭泪待鳴鷄。" 數:計算,查點。《周禮·地官·廩人》:"以歲之上下數邦用,以知足否,以詔穀用,以治年之凶豐。"鄭玄注:"數,猶計也。"《文心雕龍·諧隱》:"尤而效之,蓋以百數。" 殘更:舊時將一夜分爲五更,第五更時稱殘更。沈傳師《寄大府兄侍史》:"積雪山陰馬過難,殘更深夜鐵衣寒。"劉克莊《風入松·癸卯至石塘迢和十五年前韵》:"殘更難睚抵年長,曉月凄凉。"孤燈:孤單的燈,多喻孤單寂寞。謝惠連《秋懷》:"寒商動清閨,孤燈暖幽幔。耿介繁慮積,展轉長宵半。"白居易《長恨歌》:"夕殿螢飛思悄然,孤燈挑盡未成眠。" 暗又明:忽明忽暗。王安石《詠月》:"追隨落日盡還生,點綴浮雲暗又明。江有蛟龍山虎豹,清光雖在不堪行。"張耒《夜坐》:"半消爐火夜三更,欲滅青燈暗又明。閉户無人瞑目坐,此時一念悟浮生。"

③ 竹梢:竹子的末梢。元稹《夜飲》:"燈火隔簾明,竹梢風雨聲。詩篇隨意贈,杯酒越巡行。"白居易《病假中南亭閑望》:"西檐竹梢上,坐見太白山。遥愧峰上雲,對此塵中顔。" 餘雨:滯留的雨珠。韋應物《還闕首途寄精舍親友》:"山澤含餘雨,川澗注驚湍。"儲嗣宗《秋

墅》:“欲暮候樵者,望山空翠微。虹隨餘雨散,鴉帶夕陽歸。” 重:分量重,與“輕”相對。《孟子·梁惠王》:“權,然後知輕重。”庾信《謹贈司寇淮南公》:“寒谷梨應重,秋林栗更肥。” 時復:猶時常。劉義慶《世説新語·品藻》:“不才時復託懷玄勝,遠詠老莊。”杜甫《溪上》:“西江使船至,時復問京華。” 拂簾:拂動窗簾。盧綸《顏侍御廳叢篁詠送薛存誠》“玉幹百餘莖,生君此堂側。拂簾寒雨響,擁砌深溪色。”元稹《哭子十首》九:“烏生八子今無七,猿叫三聲月正孤。寂寞空堂天欲曙,拂簾雙燕引新雛。” 驚:驚慌,恐懼。《莊子·達生》:“譬之若載鼷以車馬,樂鴳以鐘鼓也,彼又惡能無驚乎哉?”成玄英疏:“何能無驚懼者也。”江淹《恨賦》:“僕本恨人,心驚不已。直念古者,伏恨而死。”這裏詩人無意間披露了自己被排擠被打擊之後虚弱的心態。

[編年]

未見《年譜》、《年譜新編》編年本詩,《編年箋注》列入“未編年詩”。

我們以爲,本詩可以編年。本詩“孤燈”表明,元稹一人獨卧,並無他人在傍邊,疲倦不堪而又無法入睡。在元稹一生,婚後孤眠獨寢有二:其一是韋叢病故之後的元和四年七月九日至元和六年春天,其二是小妾安仙嬪病故之後的元和九年秋天至元和十年年底。而後者元稹一直在奉詔回京、出貶通州、奔赴興元治病途中,停留通州的三個月,元稹一直在九死一生的大病之中,與本詩描述的情景不符,可以排除。前者應該分作兩段:洛陽與江陵。在洛陽,元稹生活在履信坊,有諸多韋家的僕人在侍候,情景也不會如此孤單,而且元稹白日忙於公務,心情不會如此空閑,故也可以排除。而在江陵,元稹心情灰暗,前途茫茫,又孤眠獨卧,整夜失眠也就在所難免了,心境不安也不足爲奇了。而元稹《夜雨》“雷驚空屋柱,電照滿床書。竹瓦風頻裂,茅檐雨漸疏”中的大雨情景,與本詩有不少相似之處。而《夜雨》就作於江陵時期的元和五年,兩詩應該是同期先後之作。

◎夜　坐①

雨滯更愁南瘴毒，月明兼喜北風凉②。古城樓影横空館，濕地蟲聲繞暗廊③。螢火亂飛秋已近，星辰早没夜初長④。孩提萬里何時見？狼籍家書滿卧床(一)⑤。

録自《元氏長慶集》卷二〇

［校記］

(一) 狼籍家書滿卧床：《全詩》同，楊本作"狼藉家書卧滿床"，叢刊本作"狼籍家書卧滿床"，《石倉歷代詩選》作"狼藉家書滿卧床"，語義相類，不改。

［箋注］

① 夜坐：夜間難於入睡，枯坐不眠。韋莊《愁》："避愁愁又至，愁至事難忘。夜坐心中火，朝爲鬢上霜。"路洵美《夜坐》："簾捲竹軒清，四鄰無語聲。漏從吟裏轉，月自坐来明。"

② 雨滯：同"滯雨"，即久雨不晴。杜甫《風疾舟中伏枕書懷三十六韵奉呈湖南親友》："水鄉霾白屋，楓岸疊青岑。鬱鬱冬炎瘴，濛濛雨滯淫。"李商隱《滯雨》："滯雨長安夜，殘燈獨客愁。故鄉雲水地，歸夢不宜秋。"　南瘴：瘴氣，多發生在我國南方，故稱"南瘴"。劉恂《嶺表録異》："嶺表山川，盤鬱結聚，不易疏泄，故多嵐霧作瘴。人感之，多病腹脹成蠱。"楊萬里《明發龍川》："山有濃嵐水有氛，非烟非霧亦非雲。北人不識南中瘴，只到龍川指似君。"　月明：月光明朗。張九齡《耒陽溪夜行》："乘夕棹歸舟，緣源路轉幽。月明看嶺樹，風静聽溪流。"白居易《崔十八新池》："見底月明夜，無波風定時。忽看不似水，

一泊稀琉璃。”　北風：北方吹來的風，亦指寒冷的風。《詩·邶風·北風》：“北風其凉，雨雪其雱。”楊衒之《洛陽伽藍記·城北》：“是時八月，天氣已冷，北風驅雁，飛雪千里。”

③ 古城：這裏指江陵古城，《舊唐書·地理志》：“江陵，漢縣南郡治所也。故楚都之郢城，今縣北十里紀南城是也。後治於郢，在縣東南。今治所，晉桓温所築城也。”在唐代，它已經是歷史名城，故詩中稱爲古城。李百藥《秋晚登古城》：“日落征途遠，悵然臨古城。頹墉寒雀集，荒堞晚烏驚。”王維《輞川集二十首·孟城坳》：“結廬古城下，時登古城上。古城非疇昔，今人自來往。”　空館：指元稹剛剛來到江陵寓居的江邊破舊的住所，環境相當惡劣，參見元稹《江邊四十韵(官爲修宅卒然有作因招李六侍御，此後並江陵時作)》，有“官借江邊宅，天生地勢坳。欹危饒壞構，迢遰接長郊。怪鵩頻栖息，跳蛙頗溷殽。總無籬繳繞，尤怕虎咆哮。停潦魚招獺，空倉鼠敵猫”之句。直到這年的冬天，才爲元稹的住宅作了簡單的修理。郎士元《送錢拾遺歸兼寄劉校書》：“墟落歲陰暮，桑榆烟景昏。蟬聲静空館，雨色隔秋原。”戎昱《秋館雨後得弟兄書即事呈李明府》：“弟兄書忽到，一夜喜兼愁。空館復聞雨，貧家怯到秋。”　濕地蟲聲繞暗廊：元稹《蟲豸詩七首并序》云：“始辛卯(筆者按：‘辛卯’是元稹誤記，應爲‘庚寅’)年，予掾荆州之地，洲渚濕墊，其動物宜介，其毛物宜翅羽。予所舍，又荆州樹木洲渚處，晝夜常有翅羽百族鬧，心不得閑静。”　濕地：地勢低窪、常年積水的地方。張均《岳陽晚景》：“洲白蘆花吐，園紅柿葉稀。長沙卑濕地，九月未成衣。”白居易《西樓》：“小郡大江邊，危樓夕照前。青蕪卑濕地，白露泬寥天。”　蟲聲：昆蟲的鳴叫聲。崔道融《擬樂府子夜四時歌四首》三：“月色明如晝，蟲聲入户多。狂夫自不歸，滿地無天河。”李中《秋夕病中作》：“卧病當秋夕，悠悠枕上情。不堪抛月色，無計避蟲聲。”　暗廊：外面有墻壁圍住的走廊。陸游《新作火閤》二：“木槁不知年自往，雲閑已與世相忘。更闌坐穩人聲静，時聽風簾響

暗廊。”陸游《夜賦》:“月暈知將雨,風聲報近秋。暗廊行熠燿,深樹嘯鵂鶹。”

④ 螢火:螢火蟲。崔豹《古今注·魚蟲》:“螢火,一名耀夜,一名夜光,一名宵燭,一名景天,一名熠耀,一名燐,一名良鳥,腐草爲之,食蚊蚋。”杜甫《見螢火》:“巫山秋夜螢火飛,疏簾巧入坐人衣。” 亂飛:没有規律没有目的的飛行。李白《走筆贈獨孤駙馬》:“都尉朝天躍馬歸,香風吹人花亂飛。銀鞍紫鞚照雲日,左顧右盼生光輝。”岑參《山房春事二首》二:“梁園日暮亂飛鴉,極目蕭條三兩家。庭樹不知人死盡,春來還發舊時花。” 星辰:星的通稱。劉禹錫《早春對雪奉寄澧州元郎中》:“新賜魚書墨未乾,賢人暫出遠人安。朝驅旌旆行時令,夜見星辰憶舊官。”元稹《新政縣》:“新政縣前逢月夜,嘉陵江底看星辰。已聞城上三更鼓,不見心中一個人。” 夜初長:據我國的曆法,夏至之後白天時間開始越來越短,晚上的時間開始越來越長。夏至,二十四節氣之一,在西曆六月二十一日或二十二日,這天北半球晝最長,夜最短;南半球則相反,至,指陽氣至極,陰氣始至和日行北至。《周禮·春官·馮相氏》:“冬夏致日。”鄭玄注:“夏至,日在東井,景尺五寸。”《逸周書·時訓》:“夏至之日,鹿角解;又五日,蜩始鳴。”

⑤ “孩提萬里何時見”兩句:元稹貶職江陵,女兒保子没有也不可能隨行,獨自留在長安委託他人照料。想來爲女兒的安危與健康,長安與江陵之間定然書信不斷,故詩人有此詩句抒發自己的感受。元稹《江陵夢三首》“君在或有託,出門當付誰”云云,就是這種心態的真實流露。 孩提:幼兒,兒童。《孟子·盡心》:“孩提之童,無不知愛其親也。”趙岐注:“孩提,二三歲之間,在繈褓知孩笑,可提抱者也。”元稹《紅荆》:“庭中栽得紅荆樹,十月花開不待春。直到孩提盡驚怪,一家同是北來人。”元稹《寒食日毛空路示侄晦及從簡》:“我昔孩提從我兄,我今衰白爾初成。分明寄取原頭路,百世長須此路行。” 萬里:江陵府距長安有近兩千里之遥,所謂“萬里”云云,是詩人的誇

張之詞。《舊唐書・地理志》:"荆州江陵府……在京師東南一千七百三十里,至東都一千三百一十五里。"　狼籍:亦作"狼藉",縱横散亂貌。《史記・滑稽列傳》:"日暮酒闌,合尊促坐,男女同席,履舄交錯,杯盤狼藉。"指多而散亂堆積。陳子昂《上西蕃邊州安危事》:"屯田廣遠,倉蓄狼籍,一虜爲盜,恐成大憂。"元稹《酒醒》:"未解縈身帶,猶傾墜枕冠。呼兒問狼藉,疑是夢中歡。"　家書:與家人來往的書信。《宋書・武帝紀》:"皇后寢疾之際,湯藥不周,手與家書,多所求告。"杜甫《春望》:"烽火連三月,家書抵萬金。"　卧床:睡具。李益《晚春卧病喜振上人見訪》:"卧床如舊日,窺户易傷春。靈壽扶衰力,芭蕉對病身。"王建《原上新居十三首》六:"自埽一間房,唯鋪獨卧床。野羹溪菜滑,山紙水苔香。"

[編年]

《年譜》將本詩編年於元和十年,理由是:"詩云:'雨滯更愁南瘴毒。'又云:'螢火亂飛秋已近。'又云:'孩提萬里何時見?狼籍家書滿床卧。'"結論是:"初到通州時作。"《編年箋注》採納《年譜》意見:"此詩作於元和十年(八一五)初到通州司馬任時。"理由是:"見卞《譜》。"《年譜新編》亦編本詩於元和十年,没有説明理由。

關於本詩的編年,我們與《年譜》、《編年箋注》、《年譜新編》完全不同。本詩中的"南瘴",是指我國南部山林江表地區因濕熱氣候而形成的致病之氣。同時代人劉恂《嶺表録異》所言,就是最好的明證。它既存在於通州,也存在於江陵等其他南方地區,不能僅僅憑此編年通州。元稹有《遣病十首》,《年譜》、《編年箋注》、《年譜新編》和我們都同意編年在元稹江陵任内的元和八年秋天,其一云:"服藥備江瘴,四年方一癘。豈是藥無功,伊予久留滯。滯留人固薄,瘴久藥難制。去日良已甘,歸途奈無際。"説明江陵也有瘴氣和因瘴氣引起的瘴病。這首詩歌是元和五年元稹出貶江陵士曹參軍,於初夏來到江陵,但女兒保子還留在西京。轉眼數月,時届夏末,爲思念女兒而寫下本詩。元稹《江陵三夢》之一云元稹已故妻子韋叢"撫稚再三囑,泪珠千萬行",擔心"君在或有托,出門當付誰",元稹夢醒之後,也悲愁不已,"悲君所嬌女,棄置不我隨",因而"坐見天欲曙,江風吟樹枝"。本詩大約與《江陵三夢》作於同時,因而也引發了元稹要將女兒接到江陵的念頭。據元稹《酬翰林白學士代書一百韵并序》,元稹女兒保子於同年十月"下元日"亦即十月十五日來到江陵。詩歌的大意是:初秋的夜晚,没有夜雨,更覺悶熱,更感毒瘴蒸人,唯偶爾吹來的北風讓人感到一絲凉意。不遠處的江陵古城,在月光的照映下,影子歪歪斜斜横在自已暫住的空館之中。螢火亂飛,星辰早没。初秋已近,夜晚初長。綿綿長夜,看着滿床的家書,如何能够不思念遠在萬里之外的孩提!

按照《年譜》、《編年箋注》、《年譜新編》的編年,元稹初到通州,時在六月,"秋已近",秋天將至而實際上還没有來到,時序倒也相合。孩提没有隨同前來通州,家事亦合。衹是元稹在通州很快病倒(據元稹《感夢》詩,至同年十月初二,詩人已經大病百日有餘,其發病應該在六月),"瘧病將死,一見外不復記憶",連白居易的贈詩也没有酬和,而且剛剛來到通州,又何來滿床的"家書"?還有,"濕地蟲聲繞暗廊"云云,不符通州山城景色,倒是江陵江城實際情况,元稹《蟲豸詩七首并序》所云,就已經清楚不過地説明了當時的實際。兩相對比,本詩非通州詩,而是江陵詩無疑。賦詩的具體時間,而據本詩"螢火亂飛秋已近,星辰早没夜初長",應該在元和五年夏至之後、秋天即將來臨之際,亦即六七月之時。

《年譜新編》在元和十年有譜文"家屬至通州"説明:"元稹《夜坐》云:'螢火亂飛秋已近,星辰早没夜初長。孩提萬里何時見?狼籍家書卧滿床。''秋已近'時猶未至通州,而九月底赴興元時已到,故家屬至通州約在此時。又,元稹《酬樂天聞李尚書拜相以詩見賀》:'百口共經三峽水，一時重上兩漫天。’‘百口’謂全家。”我們以爲，《年譜新編》的結論是不能成立的錯誤結論：元稹前往通州之時，有白居易等人送行，詩人獨自赴任。元稹《灃西别樂天博載樊宗憲李景信兩秀才侄谷三月三十日相餞送》就是明證：“今朝相送自同遊，酒語詩情替别愁。忽到灃西總回去，一身騎馬向通州。”而元稹《感夢（夢故兵部裴尚書相公）》説明元稹北上興元治病，仍然是獨身前往，僅有童僕侍候，並無家屬陪同：“十月初二日，我行蓬州西。三十里有館，有館名芳溪。荒郵屋舍壞，新雨田地泥。我病百日餘，肌體顧若刲。氣填暮不食，早早掩竇圭。陰寒筋骨病，夜久燈火低。忽然寢成夢，宛見顔如珪……覺來身體汗，坐卧心骨悲。閃閃燈背壁，膠膠鷄去塒。倦童顛倒寢，我泪縱横垂。泪垂啼不止，不止啼且聲。啼聲覺僮僕，僮僕撩亂驚。問我何所苦？問我何所思？我亦不能語，慘慘即路岐。”元稹的女兒保子、兒子元荆，是第二年，亦即元和十一年秋天之前自長安直接前往興元的，他們並非先到通州，而後又隨元稹前往興元的。

◎ 閑二首(一)①

晻淡洲烟白，籬篩日脚紅②。江喧過雲雨，船泊打頭風③。艇子收魚市，鵶兒噪荻叢④。不堪堤上立，滿眼是蚊蟲⑤。

青衫經夏黕，白髮望鄉稠⑥。雨冷新秋簟，星稀欲曙樓⑦。連鴻盡南去，雙鯉本東流⑧。北信無人寄，蟬聲滿樹頭⑨。

録自《元氏長慶集》卷一四

[校記]

(一) 閑二首：楊本、叢刊本、《全詩》同，《石倉歷代詩選》、《唐詩鏡·古詩鏡》選録本組詩第二首，題作“閑”，體例不同，不改。

[箋注]

① 閑:閑暇。《史記·吕不韋列傳》:"華陽夫人以爲然,承太子閑,從容言子楚質於趙者絶賢,來往者皆稱譽之。"韓愈《把酒》:"擾擾馳名者,誰能一日閑?"

② 晻淡:亦作"晻澹",暗淡,不鮮明。岑參《天山雪送蕭沼歸京》:"晻澹寒氛萬里凝,闌干陰崖千丈冰。"元稹《江陵夢三首》一:"依稀舊妝服,晻淡昔容儀。" 洲烟:義同"渚烟",籠罩在小洲上的烟霧。李華《寄趙七侍御》:"渚烟見晨釣,山月聞夜舂。"劉禹錫《和東川王相公新漲驛池》:"渚烟籠驛樹,波日漾賓筵。" 籬篩:穿過籬笆的孔隙。范浚《暮春病起絶句二首》二:"老去長閑百不營,推書習静更真清。西窗日脚籬篩動,時有飛蟲撲紙聲。"王安石《春雪》:"春雪墮如篩,渾家醉不知。" 日脚:太陽穿過雲隙射下來的光綫。岑參《送李司諫歸京》:"雨過風頭黑,雲開日脚黄。"范成大《眼兒媚·萍鄉道中乍晴卧輿中困甚小憩柳塘》:"酣酣日脚紫烟浮,妍暖試輕裘。"

③ 喧:嘈雜吵鬧。庾信《同州還》:"上林催獵響,河橋争渡喧。"王安石《金山寺》:"夜風一何喧!大舶夾雙櫓。" 雲雨:雲和雨。《詩·召南·殷其靁》:"殷其靁,在南山之陽。"毛傳:"山出雲雨,以潤天下。"李紳《南梁行》:"斜陽瞥映淺深樹,雲雨翻迷崖谷間。" 打頭風:逆風。白居易《小舫》:"黄柳影籠隨棹月,白蘋香起打頭風。"鄭谷《江上阻風》:"水天春暗暮寒濃,船閉篷窗細雨中。聞道漁家酒初熟,夜來翻喜打頭風。"

④ 艇子:小船。辛棄疾《賀新郎》:"艇子飛來生塵步,唾花寒,唱我新番句。"船夫。《樂府詩集·莫愁樂》:"艇子打兩槳,催送莫愁來。" 魚市:賣魚的市場。焦贛《易林·益之咸》:"陸居千里,不見河海,無有魚市。"陸游《出行湖山間雜賦》:"魚市樵風口,茶村穀雨前。" 鴉兒:烏鴉。晁以道《贈柳三解》一:"莫道垂楊管别離,與春離别自依依。若教兼有征人恨,只恐鴉兒不肯歸。"曹勛《和蘇養直題孫郎中扶

疏堂》"白頂鵶兒趁曉啼,梢梢寒柳出疏籬。未飛臘雪連天白,且看江雲四面垂。"　荻:多年生草本植物,與蘆同類,生長在水邊,根莖都有節似竹,葉抱莖生,秋天生紫色或白色、草黄色花穗,莖可以編席箔。李時珍《本草綱目·蘆》:"蘆有數種:其長丈許中空皮薄色白者,葭也,蘆也,葦也。短小於葦而中空皮厚色青蒼者,菼也,荻也,萑也。其最短小而中實者蒹也,薕也。"《韓非子·十過》:"公宫之垣,皆以荻蒿楛楚墻之。"《南史·蕭正德傳》:"及景至,正德潛運空舫,詐稱迎荻,以濟景焉!"

⑤ 不堪:忍受不了。《孟子·離婁》:"顏子當亂世,居於陋巷,一簞食,一瓢飲,人不堪其憂,顏子不改其樂。"干寶《搜神記》卷二〇:"自言其遠祖,不知幾何世也,坐事繫獄,而非其罪,不堪拷掠,自誣服之。"　滿眼:充滿視野。陶潛《祭程氏妹文》:"尋念平昔,觸事未遠,書疏猶存,遺孤滿眼。"杜甫《千秋節有感二首》二:"桂江流向北,滿眼送波濤。"　蚊蟲:即蚊子。陶潛《搜神後記》卷二:"〔吴猛〕性至孝,小兒時在父母傍卧,時夏日多蚊蟲,而終不摇扇。"李覯《苦熱夜》:"熒熒背明燈,黯黯垂疏帷。階庭豈不好? 蚊蟲苦相期。"

⑥ 青衫:唐制,文官八品、九品服以青。白居易《琵琶引》:"座中泣下誰最多? 江州司馬青衫濕!"後因借指失意的官員。蘇軾《古纏頭曲》:"青衫不逢湓浦客,紅袖謾插曹綱手。"　黖:黑斑,污垢。《楚辭·九辯》:"竊不自聊而願忠兮,或黖點而污之。"馬茂元注:"黖,滓垢;點,也是污的意思。"李時珍《本草綱目·雨水》:"梅雨或作黴雨,言其沾衣及物,皆生黑黴也。"　白髮:白頭髮。王維《嘆白髮》:"宿昔朱顏成暮齒,須臾白髮變垂髫。一生幾許傷心事? 不向空門何處銷?"劉長卿《偶然作》:"書劍身同廢,烟霞吏共閑。豈能將白髮,扶杖出人間?"　望鄉:望見故鄉,遥望故鄉,思念故鄉。李益《夜上受降城聞笛》:"不知何處吹蘆管? 一夜征人盡望鄉。"　稠:多。王符《潛夫論·述赦》:"近時以來,赦贖稠數。"韓愈《駑驥》:"駑駘誠齷齪,市者

何其稠。"繁密。賈思勰《齊民要術·大小麥》:"麥生黄色,傷於太稠。"杜甫《涪城縣香積寺官閣》:"含風翠壁孤雲細,背日丹楓萬木稠。"

⑦ "雨冷新秋簟"兩句:意謂秋天來了,天氣涼了,雨兒冷了,簟席也涼了。天快亮了,星兒稀了,遠近的大小建築慢慢清晰起來了。簟:供坐卧鋪墊用的葦席或竹席。《詩·小雅·斯干》:"下莞上簟,乃安斯寢。"鄭玄箋:"竹葦曰簟。"杜甫《陪鄭廣文游何將軍山林十首》六:"酒醒思卧簟,衣冷欲裝綿。" 樓:古代茶肆、酒店、歌舞廳及妓院等場所稱樓。劉邈《萬山見采桑人詩》:"倡妾不勝愁,結束下青樓。"孟浩然《盧明府早秋宴張郎中海園即事得秋字》:"鬱島藏深竹,前溪對舞樓。"

⑧ 連鴻:鴻雁飛行時排列成隊。鄭愔《塞外三首》一:"遥嶂侵歸日,長城帶晚霞。斷蓬飛古戍,連雁聚寒沙。"錢起《送王使君赴太原行營》:"漢驛雙旌度,胡沙七騎過。驚蓬連雁起,牧馬入雲多。"時届秋天,正是大雁南飛的時候。 雙鯉:兩條鯉魚。典出干寶《搜神記》卷一一:"母常欲生魚,時天寒,冰凍,(王)祥解衣,將剖冰求之,冰忽自解,雙鯉躍出,持之而歸。"這裏指一底一蓋,能把書信夾在裏面的魚形木板,常指代書信。韓愈《寄盧仝》:"先生有意許降臨,更遣長鬚致雙鯉。"錢仲聯集釋引孫汝聽曰:"古樂府云:'客從遠方來,遺我雙鯉魚。呼兒烹鯉魚,中有尺素書。'"張輯《垂楊柳·寓謁金門》:"前度蘭舟送客,雙鯉沈沈消息。"

⑨ 北信:北方來信,寄往北方的信。這裏指詩人擬寄往家鄉長安的信,因長安在北江陵在南,故言。張説《岳州作》:"山川臨洞穴,風日望長沙。物土南州異,關河北信賒。"李白《秋浦寄内》:"我今尋陽去,辭家千里餘……我自入秋浦,三年北信疏。" 蟬聲:知了的鳴叫聲。王維《早秋山中作》:"草間蛩響臨秋急,山裏蟬聲薄暮悲。寂寞柴門人不到,空林獨與白雲期。"劉長卿《宿嚴維宅送包

佶》:"草色村橋晚,蟬聲江樹稀。夜深宜共醉,時難忍相違?"　樹頭:樹幹以上的部分。韓偓《殘春旅舍》:"樹頭蜂抱花鬚落,池面魚吹柳絮行。"梅堯臣《和公儀龍圖小桃花》:"三分春色一分休,始見桃花著樹頭。"

[編年]

《年譜》編年本詩於"庚寅至甲午在江陵府所作其他詩"欄内,理由是:"第一首云:'不堪堤上立,滿眼是蚊蟲。'與《蟲豸詩》序所云:'(荆州)其毛物宜翅羽'相合。第二首云:'青衫經夏黖。'與《酬代書》所云'南方衣服經夏謂之度梅,顔色盡黖'相合。"《編年箋注》編年:"此詩……作于江陵時期。見下《譜》。"《年譜新編》編年本詩於"庚寅至甲午在江陵府所作其他詩"欄内,理由是:"其一云:'江喧過雲雨……不堪堤上立,滿眼是蚊蟲。'"需要指出的是:在同一欄内,《閑二首》先後被《年譜新編》編年兩次,應該屬於因疏忽造成的錯誤重複。

我們認爲《年譜》、《編年箋注》、《年譜新編》對本詩的編年過於籠統,其實本詩不難編年:本詩"不堪堤上立,滿眼是蚊蟲","蟬聲滿樹頭","雨冷新秋簟","連鴻盡南去"諸句,描述的都是夏末秋初的景色。而"青衫經夏黖",則又顯然是初來南方之人没有經驗才會發生的尷尬。元稹與安仙嬪結婚在元和六年年初,同年他們的兒子元荆就降生人間。而安仙嬪就是當地人,元稹《葬安氏誌》:"予稚男荆母曰安氏,字仙嬪,卒於江陵之金隈鄉莊敬坊沙橋外二里嫗樂之地焉!"如果元稹與安仙嬪已經結婚,這樣尷尬的情景就不會發生。因此我們可以斷定,本詩應該作于元和五年的夏末秋初,當時元稹的女兒保子還在長安,還没有來到江陵,故詩人有"北信無人寄"的感嘆。

◎ 秋相望[①]

檐月驚殘夢，浮凉滿夏衾[②]。蠨蛸低户綱[(一)]，螢火度墻陰[③]。爐暗燈光短[(二)]，床空帳影深[④]。此時相望久，高樹憶横岑[⑤]。

録自《元氏長慶集》卷一四

［校記］

（一）蠨蛸低户綱：楊本、叢刊本、《石倉歷代詩選》、《全詩》同，《佩文齋詠物詩選》作"蠨蛸低户晚"，語義不同，不改。

（二）爐暗燈光短：楊本、叢刊本、《石倉歷代詩選》、《全詩》同，《佩文齋詠物詩選》作"爐暗燈花短"，語義相類，不改。

［箋注］

① 秋：秋季。《詩·衛風·氓》："將子無怒，秋以爲期。"《韓詩外傳》卷七："夫春樹桃李，夏得陰其下，秋得食其實。" 相望：對峙，相向。銀雀山漢墓竹簡《孫臏兵法·威王問》："兩軍相當，兩將相望，皆堅而固，莫敢先舉，爲之奈何？"韋應物《同德閣期元侍御李博士不至各投贈二首》二："官榮多所繫，閑居亦愆期。高閣猶相望，青山欲暮時。"

② 檐月：屋檐上空的月亮。獨孤及《與韓侍御同尋李七舍人不遇題壁留贈》："三徑何寂寂！主人山上山。亭空檐月在，水落釣磯閑。"李中《秋夕書事寄友人》："信斷關河遠，相思秋夜深。砌蛩聲咽咽，檐月影沈沈。" 殘夢：謂零亂不全之夢。李賀《同沈駙馬賦得御溝水》："别舘驚殘夢，停杯泛小觴。"陸游《殘夢》："風雨滿山窗未曉，

只將殘夢伴殘燈。”　浮凉：淡淡的凉意。錢起《蘇端林亭對酒喜雨》：“小雨飛林頂，浮凉入晚多。能知留客處，偏與好風過。”皇甫冉《同裴少府安居寺對雨》：“溽暑銷珍簟，浮凉入綺疏。歸心從念遠，懷此復何如？”　夏衾：夏天用的薄被。潘岳《悼亡詩三首》二：“清商應秋至，溽暑隨節闌。凛凛凉風升，始覺夏衾單。”虞儔《有懷廣文俞同年》四：“日晏僅餘晨粥半，夜凉更覺夏衾單。憐渠許國丹心在，付與窮途白眼看。”

③ 蠨蛸：蜘蛛的一種，脚很長，通稱蟢子。《詩·豳風·東山》：“伊威在室，蠨蛸在户。”孔穎達疏：“蠨蛸，長踦，一名長脚。荆州河内人謂之喜母，此蟲來著人衣，當有親客至有喜也。幽州人謂之親客，亦如蜘蛛爲羅網居之，是也。”江淹《待罪江南思北歸賦》：“共魍魎而相偶，與蠨蛸而爲鄰。”　網：指網狀物。左思《魏都賦》：“薄戍綿幂，無異蛛蝥之網。”毛文錫《虞美人》：“垂楊低拂麴塵波，蛛絲結網露珠多，滴圓荷。”　螢火：螢火蟲。沈佺期《雜詩三首》一：“落葉驚秋婦，高砧促暝機。蜘蛛尋月度，螢火傍人飛。”李白《長門怨二首》一：“天迴北斗挂西樓，金屋無人螢火流。月光欲到長門殿，别作深宫一段愁。”　墻陰：光綫不到的墻側。何頻瑜《墻陰殘雪》：“積雪還因地，墻陰久尚殘。影添斜月白，光借夕陽寒。”元稹《春病》：“望山移坐榻，行藥步墻陰。車馬門前度，遥聞哀苦吟。”這裏指月光照不到的墻側。

④ 爐：供烹飪、冶煉、取暖等用的盛火器具或裝置。《韓非子·内儲説》：“奉熾爐，炭火盡亦紅。”宋之問《冬夜寓直麟閣》：“廣庭憐雪净，深屋喜爐温。”　燈光：燈的亮光。杜甫《送嚴侍郎到綿州同登杜使君江樓》：“燈光散遠近，月彩静高深。”李商隱《正月十五夜聞京有燈恨不得觀》：“月色燈光滿帝都，香車寶輦隘通衢。”　床：供人睡卧的傢俱。《詩·小雅·斯干》：“乃生男子，載寢之床。”鄭玄箋：“男子生而卧於床，尊之也。”杜甫《新婚别》：“結髮爲妻子，席不暖君床。”帳：床帳。王宋《雜詩》：“翩翩床前帳，張以蔽光輝。”辛棄疾《祝英臺

近·晚春》:"羅帳燈昏,哽咽夢中語。"

⑤ 此時:這時候。李華《晚日湖上寄所思》:"與君爲近别,不啻遠相思。落日平湖上,看山對此時。"白居易《琵琶引》:"别有幽愁暗恨生,此時無聲勝有聲。" 岑:小而高的山。《爾雅·釋山》:"山小而高曰岑。"阮籍《詠懷八十二首》十三:"松柏翳岡岑,飛鳥鳴相過。"山峰,山頂。陸機《猛虎行》:"静言幽谷底,長嘯高山岑。"《文選·謝靈運〈晚出西射堂〉》:"步出西城門,遥望城西岑。"吕向注:"岑,峰也。"

[編年]

未見《年譜》、《年譜新編》編年本詩。《編年箋注》列入"未編年詩"欄内。

我們以爲本詩可以編年,本詩云:"床空帳影深。"説明其時元稹的妻子韋叢已經病故,但還没有與小妾安仙嬪結婚。在元稹没有妻子也没有小妾陪伴的"秋天"衹有兩個:一個是元和四年七月九日韋叢病故之後的秋天,另一個是元和五年的秋天。而元和四年七月九日之後的秋天,韋叢的靈柩還停留在家,還没有安葬在咸陽奉賢鄉洪瀆原元氏家族的墳塋地,同時元稹的女兒保子也在家中,時時需要元稹關顧。直到同年的十月十四日,韋叢的靈柩才離開洛陽前往咸陽,但那已經是冬天而不是秋天。而元和五年的秋天,元稹孤身一人在江陵,女兒保子直到這年的"下元日"亦即十月十五日才來到江陵,所以我們以爲本詩應該作於元和五年的秋天。而從"浮凉滿夏衾"的詩句,本詩應該賦詠於元和五年初秋時節較爲合適。

◎ 酬樂天書懷見寄(本題云:"初與微之别後,忽夢見之,及寤而微之書至,兼覽《桐花》之什,悵然書懷。"此後五章,並次用本韵)①

新昌北門外,與君從此分②。街衢走車馬,塵土不見君[③]。君爲分手歸，我行行不息[(一)④]。我上秦嶺南，君直樞星北[⑤]。秦嶺高崔嵬，商山好顔色[⑥]。月照山館花，裁詩寄相憶[⑦]。天明作詩罷，草草從所如[(二)⑧]。憑人寄將去，三月無報書[⑨]。荆州白日晚，城上鼓鼕鼕[⑩]。行逢賀州牧，致書三四封[⑪]。封題樂天寄[(三)]，未坼已霑裳[⑫]。坼書八九讀，泪落千萬行[⑬]。中有酬我詩，句句截我腸[⑭]。仍云得詩夜，夢我魂悽凉[⑮]。終言作書處，上直金鑾東[⑯]。詩書費一夕，萬恨緘其中[⑰]。中宵宫中出，復見宫月斜[⑱]。書罷月亦落，曉燈垂暗花[(四)⑲]。想君書罷時，南望勞所思[⑳]。况我江上立，吟君懷我詩[㉑]。懷我浩無極，江水秋正深[㉒]。清見萬丈底[(五)]，照我平生心[㉓]。感君求友什，因報壯士吟[㉔]。持謝衆人口，銷盡猶是金[㉕]。

録自《元氏長慶集》卷六

[校記]

(一) 我行行不息：楊本、叢刊本、《全詩》、《全唐詩録》同，宋蜀本作“我爲行不息”，語義不同，不改。

(二) 草草從所如：楊本、叢刊本、《全唐詩録》同，《全詩》作“草草隨所如”，語義相似，不改。

(三) 封題樂天寄：楊本、叢刊本、《全詩》、《全唐詩録》作“封題樂天字”，意義相類，不改。

(四) 曉燈垂暗花：楊本、叢刊本、《全唐詩録》同，《全詩》作“曉燈隨暗花”語義難通，不從不改。

(五) 清見萬丈底：原本作“清見萬丈厎”，“底”與“厎”兩字雖有相通之處，但“厎”字無“到底”義項，故據楊本、叢刊本、《全詩》、《全唐詩録》改。

[箋注]

① 酬樂天書懷見寄：白居易原唱是《初與元九别後忽夢見之及寤而書適至兼寄桐花詩悵然感懷因以此寄(元九初謫江陵)》，詩云："永壽寺中語，新昌坊北分。歸來數行泪，悲事不悲君。悠悠藍田路，自去無消息。計君食宿程，已過商山北。昨夜雲四散，千里同月色。曉來夢見君，應是君相憶。夢中握君手，問君意何如？君言苦相憶，無人可寄書。覺來未及説，叩門聲鼕鼕。言是商州使，送君書一封。枕上忽驚起，顛倒著衣裳。開緘見手札，一紙十三行。上論遷謫心，下説離别腸。心腸都未盡，不暇叙炎凉。云作此書夜，夜宿商州東。獨對孤燈坐，陽城山館中。夜深作書畢，山月向西斜。月前何所有，一樹紫桐花。桐花半落時，復道正相思。殷勤書背後，兼寄桐花詩。桐花詩八韵，思緒一何深！以我今朝意，憶君此夜心。一章一遍讀，一句十回吟。珍重八十字，字字化爲金。"可與本詩並讀。《桐花》之什：即元稹《三月二十四日宿曾峰館夜對桐花寄樂天》詩，元稹後來有《桐孫詩并序(此後元和十年詔召入京及通州司馬已後詩)》進一步加以説明："元和五年，予貶掾江陵。三月二十四日宿曾峰館，山月曉時，見桐花滿地，因有八韵寄白翰林詩。"亦即白居易原唱中所云："殷勤書背後，兼寄桐花詩。桐花詩八韵，思緒一何深！以我今朝意，憶君此夜心。一章一遍讀，一句十回吟。珍重八十字，字字化爲金。"兩者一一對應一一相符。

② "新昌北門外"兩句：白居易《和答詩十首序》："五年春，微之從東臺來，不數日又左轉爲江陵士曹掾。詔下日，會予下内直歸，而微之已即路，邂逅相遇於街衢中。自永壽寺南抵新昌里北，得馬上話别，語不過相勉保方寸外形骸而已，因不暇及他。"即是兩句的背景。新昌北門：即長安新昌坊的北門，新昌坊，白居易當時的居所所在坊區。新昌坊緊挨長安東向城門延興門，《長安志·新昌坊》："南街東出延興門。"白居易《題新昌所居》："院窄難栽竹，墻高不見山。唯應

方寸内,此地覺寬閑。”白居易《吾廬》:“新昌小院松當户,履道幽居竹繞池。莫道兩都空有宅,林泉風月是家資。”

③ 街衢:通衢大道。《文選·班固〈西都賦〉》:“内則街衢洞達,閭閻且千。”李善注:“《説文》曰:‘街,四通也……’《爾雅》曰:‘四達謂之衢。’”楊巨源《賀田僕射子弟榮拜金吾》:“街衢燭影侵寒月,文武珂聲疊曉天。” 車馬:車和馬,古代陸地主要交通工具。宋之問《長安路》:“秦地平如掌,層城出雲漢。樓閣九衢春,車馬千門旦。”杜審言《春日懷歸》:“花雜芳園鳥,風和緑野烟。更懷歡賞地,車馬洛橋邊。” 塵土:細小的灰土。李中《書小齋壁》:“塵土侵閑榻,烟波隔故林。竹風醒晚醉,窗月伴秋吟。”劉昭禹《懷華山隱者》:“神清峰頂立,衣冷瀑邊吟。應笑干名者,六街塵土深。”

④ 君:對對方的尊稱,猶言您,這裏指白居易。《書·君奭序》:《史記·張儀列傳》:“張儀曰:‘嗟乎!此在吾術中而不悟,吾不及蘇君明矣!’”劉商《送王閈歸蘇州》:“深山窮谷没人來,邂逅相逢眼漸開。雲鶴洞宫君未到,夕陽帆影幾時回?” 分手:别離。江淹《别賦》:“造分手而銜涕,感寂寞而傷神。”杜甫《逢唐興劉主簿弟》:“分手開元末,連年絶尺書。” 不息:不停止。《易·乾》:“天行健,君子以自强不息。”韓愈《上考功崔虞部書》:“行之以不息,要之以至死。”

⑤ 秦嶺:山名,又名秦山、終南山,位於今陝西省境内。《三秦記》:“秦嶺東起商雒,西盡汧隴,東西八百里。”《文選·班固〈西都賦〉》:“睎秦嶺,睋北阜。”李善注:“秦嶺,南山也。《漢書》曰:‘秦地有南山。’”也指横貫我國中部,東西走向的山脈。西起甘肅青海邊境,東到河南中部,爲我國地理上的南北分界綫。秦嶺南,這裏指江陵地區,江陵地區在秦嶺之南。李嘉祐《登秦嶺》:“南登秦嶺頭,回望始堪愁。漢闕青門遠,高山藍水流。”韓愈《左遷至藍關示侄孫湘》:“雲横秦嶺家何在?雪擁藍關馬不前。” 直:當值,值勤。蕭綱《與蕭臨川書》:“八區内侍,厭直御史之廬;九棘外府,且息官曹之務。”張喬《秘

省伴直》:“待月當秋直,看書廢夜吟。” 樞星:瞿曇悉達《唐開元占經》卷六七:“皇甫謐年曆曰:斗者,天樞也。天有七紀,故斗有七星。星間相去七度百二十分,曜各百里,周七千里,分得日月五星九州島島之地。自一至四曰魁,自五至七曰杓。一曰樞星,太白主之,雍州屬焉! 二曰璿星,填星主之,冀州屬焉! 三曰璣星,熒惑主之,青兗州屬焉! 四曰權星,辰星主之,徐揚州屬焉! 五曰玉衡,歲星主之,荊州屬焉! 六曰闓陽,日主之,梁州屬焉! 七曰摇光,月主之,豫州屬焉!”楊億《承天節頌序》:“故炎帝有姜水之徵,軒轅有樞星之異,少昊有流渚之應,顓頊有襲月之感。”鄭獬《請建壽聖節表》:“樞星炳耀,華渚流祥。盖神靈之告期,兹帝王之應運,是爲慶節,適在聖時,蔚有舊章,敢申虔請。”這裏比喻中央機構,即當時的中央政權的所在地大明宫,白居易當時職任翰林學士,正工作在皇帝的身邊。宋敏求《長安志》:“東内大明宫在禁苑之東南,南接京城之北面,西接宫城之東北隅,南北五里,東西三里。貞觀八年置爲永安宫,後改名曰大明宫……東面左銀臺門,西面右銀臺門……次北翰林門,内翰林院、學士院,又東翰林院。”

⑥ 崔嵬:高聳貌,高大貌。《楚辭·九章·涉江》:“帶長鋏之陸離兮,冠切雲之崔嵬。”王逸注:“崔嵬,高貌。”李中《舟中望九華山》:“排空蒼翠異,輟櫂看崔嵬。一面雨初歇,九峰雲正開。” 商山:山名,在今陝西商縣東,地形險阻,景色幽勝。李白《商山四皓》:“白髮四老人,昂藏南山側。偃卧松雪間,冥翳不可識。”戎昱《過商山》“雨暗商山過客稀,路傍孤店閉柴扉。卸鞍良久茅檐下,待得巴人樵採歸。” 顔色:色彩。吴少微《古意》:“陽春白日不少留,紅花碧樹無顔色。碧樹風花先春度,珠簾粉澤無人顧。”劉希夷《代悲白頭翁》:“洛陽城東桃李花,飛來飛去落誰家? 洛陽女兒好顔色,坐見落花長嘆息。”

⑦ 月照山館花:元稹在元和五年出貶江陵途中,另有《三月二十

四日宿曾峰館夜對桐花寄樂天》“微月照桐花,月微花漠漠。怨澹不勝情,低徊拂簾幕”之句,所謂“月照山館花”就是指此。 月照:月光所及。張若虛《春江花月夜》:“何處春江無月明,江流宛轉遶芳甸。月照花林皆似霰。”李頎《琴歌》:“主人有酒歡今夕,請奏鳴琴廣陵客。月照城頭烏半飛,霜凄萬樹風入衣。” 山館:山中館驛。李郢《送劉谷》:“郵亭已送征車發,山館誰將候火迎?落日千峰轉迢遞,知君回首望高城。”柳永《臨江仙引》:“況繡幃人静,更山館春寒。今宵怎向漏永?頓成兩處孤眠。” 裁詩寄相憶:元稹另一詩篇《桐孫詩序》已經作了詳細的説明:“三月二十四日宿曾峰館,山月曉時,見桐花滿地,因有八韵寄白翰林詩。”想來讀者不會忘記。 裁詩:作詩。杜甫《江亭》:“寂寂春將晚,欣欣物自私。故林歸未得,排悶强裁詩。”沈遼《西舍》:“已知筋力不自任,況復華髮如霜林。少年裁詩喜言老,誰知老大都無心。” 相憶:李白《寄遠十一首》二:“本作一行書,殷勤道相憶。一行復一行,滿紙情何極!”岑參《寄宇文判官》:“二年領公事,兩度過陽關。相憶不可見,別來頭已斑。”

⑧ 天明:天亮。杜甫《石壕吏》:“天明登前途,獨與老翁别。”歐陽修《鵯鶋詞》:“紅紗蠟燭愁夜短,緑窗鵯鶋催天明。” 草草:匆忙倉促的樣子。李白《南奔書懷》:“草草出近關,行行昧前筭。”梅堯臣《令狐秘丞守彭州》:“前時草草别,渺漫二十年。”草率,苟簡。《新五代史·李業傳》:“兵未出,威已至滑州。帝大懼,謂大臣曰:‘昨太草草耳!’”

⑨ 憑:請求,煩勞。杜甫《公安送李二十九弟晉肅入蜀余下沔鄂》:“憑將百錢卜,漂泊問君平。”李商隱《寄酬韓冬郎》:“爲憑何遜休聯句,瘦盡東陽姓沈人。” 三月:三個月,元稹所作《三月二十四日宿曾峰館夜對桐花寄樂天》詩篇寄給白居易應該是元和五年的三月二十四日,據此推算,至六月二十四日,元稹還没有接到白居易的酬和詩作。從中可見,即使在長安與荆州這樣交通方便兩地來往甚多的

情况下，白居易與元稹之間的唱和也不應該以現代條件設想，“三月無報書”，不是白居易不報，而是實際上没有方便合適之人。京城尚且如此，荆州報書長安就更加困難了。幸請今日的讀者，不要離開古代的實際，不要以今日“伊妹兒”的快捷去想像一千多年前唐代社會。報書：回信。陳琳《飲馬長城窟行》：“報書往邊地：君今出言一何鄙！”杜甫《重過何氏》：“問訊東橋竹，將軍有報書。”

⑩ 白日晚：意謂白日很長，太陽落山很晚，因爲節候已經到了夏季，應該是白日時間最長的時候了。陳子昂《感遇詩三十八首》二：“遲遲白日晚，嫋嫋秋風生。歲華盡摇落，芳意竟何成！”韋應物《相逢行》：“寧知白日晚，暫向花間語。忽聞長樂鐘，走馬東西去。” 城上：城樓之上。唐彦謙《登興元城觀烽火》：“漢川城上角三呼，扈蹕防邊列萬夫。褒姒冢前烽火起，不知泉下破顔無？”韋莊《咸陽懷古》：“城邊人倚夕陽樓，城上雲凝萬古愁。山色不知秦苑廢，水聲空傍漢宫流。” 鼓：古代計時單位，因擊鼓報時，故稱。《晉書·鄧攸傳》：“紞如打五鼓，鷄鳴天欲曙。”韓愈《南海神廟碑》：“五鼓既作，牽牛正中，公乃盛服執笏以入即事。” 鼕鼕：象聲詞，常指鼓聲。顧况《公子行》：“朝遊鼕鼕鼓聲發，暮遊鼕鼕鼓聲絶。”晁補之《富春行贈范振》：“鼓聲鼕鼕櫓咿喔，争湊富春城下泊。”

⑪ 賀州牧：自京師赴治所在今廣東賀縣境内的賀州任職之刺史，經由荆州，順路捎信元稹，但賀州牧爲何人，不詳。《唐刺史考》標定“元和間”、“元和中”的賀州刺史僅兩人：韋説與李宙，或者就是這兩人中的其中一人。 賀州：州名，州治當今廣東省賀縣地。《元和郡縣志·賀州》：“漢蒼梧郡地，今州即蒼梧郡之臨賀縣也。吴黄武五年，割蒼梧置臨賀郡。賀水出州東北界西流，又注臨水郡對臨賀二水，故取名焉！吴屬荆州，晉屬廣州，隋開皇元年以郡爲賀州，大業二年廢州以縣，屬蒼梧郡，武德五年復置賀州。……管縣六：臨賀、封陽、馮乘、桂嶺、蕩山、富州。”吕温《道州送戴簡處士往賀州謁楊侍

郎》:"羸馬孤童鳥道微,三千客散獨南歸。山公念舊偏知我,今日因君泪滿衣。"符載《賀州刺史武府君墓誌銘》:"武氏之得姓遠矣!府君之世家貴矣!左右僕射、司徒、太尉、尚書令、楚僖王士讓之元孫,九江王宏度之曾孫,納言、司徒、同中書門下平章事、定王攸暨之孫,尚書膳部員外郎、徐州刺史勝之子……"　致書:送到書信。殷堯藩《過雍陶博士邸中飲》:"落葉下蕭蕭,幽居遠市朝。偶成投轄飲,不待致書招。"杜荀鶴《投長沙裴侍郎》:"此身雖賤道長存,非謁朱門謁孔門。秖望至公將卷讀,不求朝士致書論。"　三四:表示爲數不多。張九齡《戲題春意》:"一作江南守,江林三四春。相鳴不及鳥,相樂喜關人。"歐陽修《歸自謠》:"春艷艷,江上晚山三四點。"

⑫ 封題:物品封裝妥善後,在封口處題簽。干寶《搜神記》卷一七:"誕曰:'吾膏久致梁上,人安得盗之?'給使曰:'不然,府君視之。'誕殊不信,試爲視之,封題如故。"齊己《詠茶十二韵》:"封題從澤國,貢獻入秦京。"特指在書札的封口上簽押。白居易《與微之書》:"封題之時,不覺欲曙。"　坼:拆毁。韓愈《御史臺上論天旱人饑狀》:"至聞有棄子逐妻以求口食,坼屋伐樹以納税錢。"　霑:浸潤,沾濕。《詩·小雅·信南山》:"既霑既足,生我百穀。"孔穎達疏:"既已沾潤,既已豐足。"江淹《别賦》:"掩金觴而誰御?横玉柱而霑軾。"

⑬ 八九:八個或九個,極言次數不少。司馬相如《子虚賦》:"吞若雲夢者八九於其胸中,曾不蔕芥!"《南史·梁元帝紀》:"帝姑義興昭長公主子王銓兄弟八九人有盛名。"　千萬:形容數目極多。劉庭琦《從軍》:"朔風吹寒塞,胡沙千萬里。陣雲出岱山,孤月生海水。"張若虚《春江花月夜》:"春江潮水連海平,海上明月共潮生。灧灧隨波千萬里,何處春江無月明?"

⑭ "中有酬我詩"兩句:意謂白居易的詩篇就在賀州牧捎來的書信之内,每一篇詩歌每一句詩文,都説到我的心裏頭,引起我感情的强烈共鳴。　句句:每一句。李白《望鸚鵡洲懷禰衡》:"吴江賦鸚鵡,

落筆超群英。鏘鏘振金玉，句句欲飛鳴。”盧仝《蕭宅二三子贈答詩二十首·客許石》：“石公説道理，句句出凡格。相知貴知心，豈恨主爲客！”

⑮ 得詩夜：這裏指白居易得到元稹詩篇的時候。華鎮《詩酒六首》三：“辭宦各歸千里外，滿城不出數家中。得詩夜共嘲騷客，次韵時來寄子翁。”姚合《送費驤》：“兄寒弟亦飢，力學少閑時。何路免爲客？無門賣得詩。” 悽凉：寂寞冷落。喬知之《哭故人》：“生死久離居，淒凉歷舊廬。嘆兹三徑斷，不踐十年餘。”張説《五君詠五首·蘇許公瓌》：“朱户傳新戟，青松拱舊塋。淒凉丞相府，餘慶在玄成。”

⑯ 作書：寫信。《樂府詩集·枯魚過河泣》：“作書與魴鱮，相教慎出入。”《文選·孫楚〈爲石仲容與孫皓書〉》李善注：“太祖遣徐劭孫郁至吴，將軍石苞令孫楚作書與孫皓。劭至吴，不敢爲通。” 上直：上班，當值。《晉書·王濟傳》：“和嶠性至儉，家有好李，帝求之，不過數十。濟候其上直，率少年詣園，共啖畢，伐樹而去。”王建《贈田將軍》：“自執金吾長上直，蓬萊宫裏夜巡更。” 金鑾：即“金鑾殿”，唐朝宫殿名，文人學士待詔之所。李白《贈從弟南平太守之遥二首》一：“承恩初入銀臺門，著書獨在金鑾殿。”沈括《夢溪筆談·故事》：“唐翰林院在禁中，乃人主燕居之所，玉堂、承明、金鑾殿皆在其間。”也泛指皇宫正殿，亦省作“金鑾”。白居易《賀雨》：“小臣誠愚陋，職忝金鑾宫。”蘇軾《武昌西山》：“當時相望不可見，玉堂正對金鑾開。”

⑰ 詩書：詩作和書信。杜淹《寄贈齊公》：“冠蓋游梁日，詩書問志年。佩蘭長阪上，攀桂小山前。”白居易《醉後狂言酬贈蕭殷二協律》：“勞將詩書投贈我，如此小惠何足論？” 一夕：一夜。劉向《九嘆·逢紛》：“思南郢之舊俗兮，腸一夕而九運。”常建《贈三侍御》：“托身未知所，謀道庶不刊。吟彼喬木詩，一夕常三嘆。” 萬恨：極言怨恨之多。皇甫曾《哭陸處士》：“從此無期見，柴門對雪開。二毛逢世難，萬恨掩泉臺。”武元衡《酬太常從兄留别》：“澤國烟花度，銅梁霧雨

愁。别離無可奈,萬恨錦江流。” 緘:閉藏,封閉。《莊子·齊物論》:“其厭也如緘,以言其老洫也。”王先謙集解引宣穎曰:“厭然閉藏。”《梁書·賀琛傳》:“獨緘胸臆,不語妻子。辭無粉飾,削稿則焚。” 其中:這裏面,那裏面。《論語·爲政》:“言寡尤,行寡悔,禄在其中矣!”于鵠《山中訪道者》:“觸烟入溪口,茫茫唯樫櫟。其中盡碧流,十里不通屐。”白居易《旅次華州贈袁右丞》:“渭水緑溶溶,華山青崇崇。山水一何麗!君子在其中。”

⑱ 中宵:中夜,半夜。陸機《贈尚書郎顧彦先二首》二:“迅雷中宵激,驚電光夜舒。”陸贄《貞元九年大赦制》:“中宵屢興,終食累嘆。”宫月:照臨宫廷之月。白居易《答馬侍御見贈》:“苑花似雪同隨輦,宫月如眉伴直廬。”李商隱《宫中曲》:“雲母濾宫月,夜夜白於水。”

⑲ 曉燈:黎明前還亮着的燈。李端《送袁稠遊江南》:“空城寒雨細,深院曉燈青。欲去行人起,徘徊恨酒醒。”白居易《閨怨詞三首》二:“珠箔籠寒月,紗窗背曉燈。夜來巾上泪,一半是春冰。” 暗花:昏暗的燈花。白居易《寒食夜》:“無月無燈寒食夜,夜深猶立暗花前。忽因時節驚年幾,四十如今欠一年。”韋承慶《直中書省》:“禁宇庭除闊,閑宵鐘箭移。暗花臨户發,殘月下簾欹。”

⑳ 南望:向南眺望。李嶠《清明日龍門遊泛》:“紛紛洛陽道,南望伊川闕。衍漾乘和風,清明送芬月。”崔融《關山月》:“漢兵開郡國,胡馬窺亭障。夜夜聞悲笳,征人起南望。” 所思:所思慕的人,所思慮的事。《楚辭·九歌·山鬼》:“被石蘭兮帶杜衡,折芳馨兮遺所思。”孟郊《同年春宴》:“幽蘅發空曲,芳杜綿所思。”泛指思考。劉孝孫《賦得春鶯送友人》:“翅掩飛燕舞,啼惱婕妤悲。料取金閨意,因君問所思。”

㉑ 江上:江岸上。李百藥《途中述懷》:“拔心悲岸草,半死落巖桐。目斷衡陽雁,情傷江上楓。”宋之問《登粤王臺》:“江上粤王臺,登高望幾回?南溟天外合,北户日邊開。” 懷我:懷念我,思念我。元

稹《酬樂天赴江州路上見寄三首》二:“萬竿高廟竹,三月徐亭樹。我昔憶君時,君今懷我處。”白居易《酬和元九東川路詩十二首·江樓月》:“誰料江邊懷我夜,正當池畔望君時!今朝共語方同悔,不解多情先寄詩。”

㉒ 無極:無窮盡,無邊際。《左傳·僖公二十四年》:“女德無極,女怨無終。”元稹《奉和竇容州》:“自嘆風波去無極,不知何日又相逢?” 江水:即長江。《淮南子·墬形訓》:“何謂六水?曰河水、赤水、遼水、黑水、江水、淮水。”高誘注:“江水出岷山。”韓愈《除官赴闕至江州寄鄂岳李大夫》:“盆城去鄂渚,風便一日耳!不枉故人書,無因帆江水。” 秋正深:即秋深,深秋,指晚秋時節。劉長卿《九日登李明府北樓》:“霜降鴻聲切,秋深客思迷。”李紳《重別西湖》:“雪欺春早摧芳蕚,隼勵秋深拂翠翹。”

㉓ 清:水明澈貌,與“濁”相對。曹植《又贈丁儀王粲》:“山岑高無極,涇渭揚濁清。”孟浩然《宿建德江》:“野曠天低樹,江清月近人。” 萬丈:形容很長很高或很深,本詩形容很深。《淮南子·兵略訓》:“是故善用兵者,勢如決積水於千仞之堤,若轉員石於萬丈之溪。”權德輿《古興》:“月中有桂樹,無翼難上天。海底有龍珠,下隔萬丈淵。” 平生:平素,往常。《論語·憲問》:“見利思義,見危授命,久要不忘平生之言,亦可以爲成人矣!”杜甫《夢李白》:“出門搔白首,若負平生志。” 心:思想、意念、感情的通稱。鄒陽《獄中上書自明》:“義不苟取比周於朝,以移主上之心。”杜甫《秋興八首》一:“叢菊兩開他日淚,孤舟一繫故園心。”本性,性情。《韓非子·觀行》:“西門豹之性急,故佩韋以自緩;董安於之心緩,故佩弦以自急。”陳奇猷集釋:“性既自心而生,故此文心緩即性緩也。”

㉔ 求友:尋求朋友,語本《詩·小雅·伐木》:“嚶其鳴矣!求其友聲。”阮籍《詠懷詩十七首》三:“鳴鳥求友,谷風刺愆。”王建《求友》:“鑒形須明鏡,療疾須良醫。若無傍人見,形疾安自知?” 什:《詩經》

中《雅》、《頌》部分多以十篇爲一組，稱之爲“什”，如《鹿鳴之什》、《清廟之什》等，後用以泛指詩篇、文卷，猶言篇什。任昉《奉答敕示七夕詩啓》：“竊惟帝迹多緒，俯同不一，託情風什，希世罕工。”柳宗元《故大理評事柳君墓誌》：“其嗣曰寬，字存諒，讀其世書，揚于文辭，南方之人多諷其什。” 壯士：意氣豪壯而勇敢的人。《戰國策・燕策》：“風蕭蕭兮易水寒，壯士一去兮不復還。”駱賓王《於易水送人》：“此地别燕丹，壯士髪衝冠。昔時人已没，今日水猶寒。”蘇軾《送李公恕赴闕》：“願隨壯士斬蛟蜃，不願腰間纏錦絛。” 吟：古代詩歌體裁的一種。《三國志・諸葛亮傳》：“亮躬畊隴畝，好爲《梁父吟》。”元稹《樂府古題序》：“《詩》訖于周，《離騷》訖于楚。是後詩之流爲二十四名：賦、頌、銘、贊、文、誄、箴、詩、行、詠、吟、題、怨、嘆、章、篇、操、引、謡、謳、歌、曲、詞、調，皆詩人六義之餘。”

㉕ “持謝衆人口”兩句：《史記・張儀傳》：“臣聞之積羽沉舟，群輕折軸，衆口鑠金，積毁銷骨。”這裏元稹借用典故，反其義而用之，表明自己堅持始終，不改初衷的决心。詩人在這裏以金自喻，表明自己始終不變的品行。在今天，這是對“元稹變節論者”最有力的回答。衆人：一般人，群衆。《孟子・告子》：“君子之所爲，衆人固不識也。”元稹《酬樂天赴江州路上見寄三首》三：“人亦有相愛，我爾殊衆人。”大家，指一定範圍内所有的人。《楚辭・漁父》：“舉世皆濁我獨清，衆人皆醉我獨醒。”《百喻經・乘船失釪喻》：“爾時衆人無不大笑。”銷：加熱使金屬變成液態。賈誼《過秦論》：“收天下之兵，聚之咸陽，銷鋒鍉，鑄以爲金人十二。”張祜《悲納鐵》：“誰謂今來正耕墾，却銷農器作干矛？”溶化，消融。韓愈《春雪》：“拂花輕尚起，落地暖初銷。”金：是一種貴金屬，色赤黄，質柔軟，延展性大，用來製造貨幣、裝飾品等，通稱金子或黄金，因其化學性質穩定，常常比喻人堅定不變的可貴品性。《書・舜典》：“金作贖刑。”孔傳：“金，黄金。”王褒《九懷・匡機》：“寶金兮委積，美玉兮盈堂。”李紳《答章孝標》：“假金方用真金

鍍,若是真金不鍍金。”

[編年]

《年譜》編年本詩於元和五年秋,理由是:“居易原唱……‘元九初謫江陵。’元詩云:‘懷我浩無極,江水秋正深。’元和五年秋作。”《編年箋注》云:“此詩……作於元和五年(八一〇)初謫江陵時。見卞《譜》。”《年譜新編》亦編年元和五年秋天:“居易原唱爲《初與元九别後忽夢見之及寤而書適至兼寄桐花詩悵然感懷因以此寄》,次韵酬和。元詩云:‘懷我浩無極,江水秋正深。’當是元和五年秋作。”

我們以爲,僅僅以“元和五年秋”來回應是籠統的。據我們考證,元稹出貶江陵在元和五年三月十七日。三月二十四日已經在商山途中,寄出自己的詩作,托人寄達西京的白居易。詩云:“秦嶺高崔嵬,商山好顔色。月照山館花,裁詩寄相憶。天明作詩罷,草草從所如。憑人寄將去,三月無報書。”從三月二十四日下推“三月”,當是六月下旬,亦即是夏末之日、望秋之時,意即到了這個時候元稹還没有收到白居易的“報書”,我們在本詩的“箋注”裏面已經作了詳盡的説明。據此,本詩即是回酬白居易之詩,應該作於夏末之日之後的望秋之後,參照元稹《酬樂天早夏見懷》之篇,具體時間應該在八月九日,地點是在江陵。《年譜》“元和五年深秋”的判斷與《編年箋注》“初謫江陵時”的斷言以及《年譜新編》“元和五年秋”的結論都是籠統的,也是非常不合適的。

◎酬樂天登樂遊園見憶(一)①

昔君樂遊園,悵望天欲曛②。今我大江上,快意波翻雲③。秋空壓澶漫,澒洞無垢氛④。四顧皆豁達,我眉今日伸⑤。長安隘朝市，百道走埃塵⑥。軒車隨對列，骨肉非本親⑦。誇遊丞相第，偷入常侍門⑧。愛君直如髪，勿念江湖人⑨！

録自《元氏長慶集》卷六

[校記]

(一) 酬樂天登樂遊園見憶：本詩存世各本，包括楊本、叢刊本、《全詩》，均無異文。

[箋注]

① 酬樂天登樂遊園見憶：元稹本詩與白居易原唱次韵酬和，白居易原唱《登樂遊園望》："獨上樂遊園，四望天日曛。東北何靄靄？宫闕入烟雲。愛此高處立，忽如遺垢氛。耳目暫清曠，懷抱鬱不伸。下視十二街，緑樹間紅塵。車馬徒滿眼，不見心所親。孔生死洛陽，元九謫荆門。可憐南北路，高蓋者何人？"可與本詩並讀。又白居易《與元九書》云："聞《登樂遊園》寄足下詩，則執政柄者扼腕矣！"可探知本詩之主旨。　樂遊園：陳耀文《天中記》卷四："樂遊園，漢宣帝所立。唐長安中，太平公主於原上置亭，遊賞其地，四望寬敞。每三月上巳、九月重陽、七夕遊戲，就此祓禊登高。幄幕雲布，車馬填塞，綺羅耀日，馨香滿路，朝士詞人賦詩，翌日傳于京師(《西京記》)。後賜甯、申、岐、薛王其地，居京城之最高，京師之内，俯視指掌。每正月晦日、三月三日、九月九日，京城士女咸就此登賞祓禊(《長安志》)。"張説《恩賜樂遊園宴》："漢苑佳遊地，軒庭近侍臣。共持榮幸日，來賞艷陽春。"楊憑《樂遊園望月》："炎靈全盛地，明月半秋時。今古人同望，盈虧節暗移。"　見憶：思念，見，用在動詞前面表示被動，相當於被，受到。劉禹錫《答樂天見憶》："與老無期約，到來如等閑。偏傷朋友

盡，移興子孫間。”元稹《酬樂天見憶兼傷仲遠》：“死別重泉閟，生離萬里賒。瘴侵新病骨，夢到故人家。”

② 昔君樂遊園：意謂過去您高高興興地遊覽樂遊園。這裏的“樂遊園”是一語雙用，既是“高高興興地遊覽樂遊園”的表達，又是“樂遊園”地名的敘述。　悵望：惆悵地看望或想望。謝朓《新亭渚別范零陵》：“停驂我悵望，輟棹子夷猶。”杜甫《詠懷古迹五首》二：“悵望千秋一灑泪，蕭條異代不同時。”　曛：黄昏，傍晚。鮑照《冬日》：“曛霧蔽窮天，夕陰晦寒地。”常建《鄂渚招王昌齡張僨》：“楚山隔湘水，湖畔落日曛。春雁又北飛，音書固難聞。”

③ 大江：長江。《楚辭·九歌·湘君》：“望涔陽兮極浦，横大江兮揚靈。”李白《奔亡道中五首》五：“歸心落何處？日没大江西。歇馬傍春草，欲行遠道迷。”　快意：謂恣意所欲。《國語·晉語》：“快意而喪君，犯刑也。”杜甫《壯遊》：“快意八九年，西歸到咸陽。”謂心情爽快舒適。《史記·李斯列傳》：“快意當前，適觀而已矣！”皮日休《奉酬魯望夏日四聲四首·平去聲》：“怡神時高吟，快意乍四顧。村深啼愁鵑，浪霽醒睡鷺。”

④ 秋空：秋天的天空。盧殷《悲秋》：“秋空雁度青天遠，疏樹蟬嘶白露寒。階下敗蘭猶有氣，手中團扇漸無端。”徐凝《八月十五夜》：“皎皎秋空八月圓，常娥端正桂枝鮮。一年無似如今夜，十二峰前看不眠。”　澶漫：寬長貌，廣遠貌。《文選·張衡〈西京賦〉》：“澶漫靡迤，作鎮於近。”劉良注：“澶漫靡迤，寬長貌。”杜甫《承聞河北諸道節度入朝歡喜口號絶句十二首》八：“澶漫山東一百州，削成如案抱青丘。”仇兆鰲注：“澶漫，廣遠貌。”　澒洞：綿延，彌漫。賈誼《旱雲賦》：“運清濁之澒洞兮，正重遝而並起。”獨孤及《觀海》：“澒洞吞百谷，周流無四垠。廓然混茫際，望見天地根。”　垢氛：污濁的氣氛。謝靈運《述祖德詩》：“達人貴自我，高情屬天雲。兼抱濟物性，而不纓垢氛。”元稹《大雲寺》：“地勝宜臺殿，山晴離垢氛。現身千佛國，護世四

王軍。”

⑤ 四顧：環視四周。李白《行路難三首》一：“金樽清酒斗十千，玉盤珍羞直萬錢。停杯投筯不能食，拔劍四顧心茫然。”韓愈《暮行河堤上》：“暮行河堤上，四顧不見人。” 豁達：通達曉暢。李頎《贈張旭》：“張公性嗜酒，豁達無所營。皓首窮草隸，時稱太湖精。”高適《崔司録宅燕大理李卿》：“上卿才大名不朽，早朝至尊暮求友。豁達常推海内賢，殷勤但酌尊中酒。”

⑥ 長安：古都城名，漢高祖七年（前 200）定都於此，此後東漢獻帝初、西晉湣帝、前趙、前秦、後秦、西魏、北周、隋、唐皆於此定都。西漢末緑林、赤眉，唐末黄巢領導的農民起義軍也曾建都於此。故城有二：漢城築於惠帝時，在今西安市西北。隋城築於文帝時，號大興城，故址包有今西安城和城東、南、西一帶，唐末就舊城北部改築新城，即今西安城。王績《過酒家五首》一：“洛陽無大宅，長安乏主人。黄金銷未盡，衹爲酒家貧。”劉長卿《時平後送范倫歸安州》：“萬里遙懸帝鄉憶，五年空帶風塵色。却到長安逢故人，不道姓名應不識。” 朝市：朝廷和市集。《史記・張儀列傳》：“臣聞争名者於朝，争利者於市，今三川、周室，天下之朝市也。”白居易《過紫霞蘭若》：“朝市日喧隘，雲林長悄寂。猶存住寺僧，肯有歸山客？” 百道：猶百股，極言其多。沈佺期《奉和春初幸太平公主南莊應制》：“雲間樹色千花滿，竹裏泉聲百道飛。自有神仙鳴鳳曲，併將歌舞報恩暉。”元稹《酬段丞與諸棋流會宿弊居見贈二十四韵》：“旁攻百道進，死戰萬般爲。異日玄黄隊，今宵黑白棋。” 埃塵：塵土。《後漢書・光武帝紀》：“瞰臨城中，旗幟蔽野，埃塵連天，鉦鼓之聲聞數百里。”孟郊《羅氏花下奉招陳侍御》：“眼見枝上春，落地成埃塵。不是風流者，誰爲攀折人？”

⑦ 軒車：有屏障的車，古代大夫以上所乘，後亦泛指車。《莊子・讓王》：“子貢乘大馬，中紺而表素，軒車不容巷，往見原憲。”沈佺期《嶺表逢寒食》：“花柳争朝發，軒車滿路迎。” 骨肉：比喻至親，指

父母兄弟子女等親人。《墨子·尚賢》:"當王公大人之於此也,雖有骨肉之親,無故富貴,面目美好者,誠知其不能也,不使之也。"沈亞之《上壽州李大夫書》:"亞之前應貢在京師,而長幼骨肉萍居於吴。" 本親:親生父母。《通典·禮》引譙周《縗服圖》:"童子不降成人,小功親以上,皆服本親之縗。"曾鞏《爲人後議》:"故前世人主有以支子繼立,而崇其本親,加以號位,立廟奉祀者,皆見非於古今。"

⑧ 丞相:古代輔佐君主的最高行政長官,戰國秦悼武王二年始置左右丞相,秦以後各朝時廢時設。明朝洪武十三年革去中書省,權歸六部,至此丞相之制遂廢。陳琳《檄吴將校部曲文》:"丞相銜奉國威,爲民除害。"杜甫《蜀相》:"丞相祠堂何處尋?錦官城外柏森森。" 常侍:官名,皇帝的侍從近臣。秦漢有中常侍,魏晉以來有散騎常侍,隋唐内侍省有内常侍,均簡稱常侍,也常常作爲外任官員的榮銜。曹操《讓縣自明本志令》:"故在濟南,始除殘去穢,平心選舉,違迕諸常侍。"元稹《自責》:"犀帶金魚束紫袍,不能將命報分毫。他時得見牛常侍,爲爾君前捧佩刀。"

⑨ 直:公正,正直。《後漢書·五行志》:"順帝之末,京都童謡曰:'直如弦,死道邊;曲如鉤,反封侯。"《新唐書·李夷簡傳》:"夷簡致位顯處,以直自閑,未嘗苟辭氣悦人。" 江湖人:浪迹江湖的人,這裏是詩人自喻。沈遘《五言次韵和冲卿省直》:"嗟我江湖人,胡爲投此間?"元稹這時仍舊挂著士曹參軍的官職,而這裏以"江湖人"自稱,是調侃,是自嘲,是無奈。

[編年]

《年譜》編年云:"白詩云:'孔生死洛陽,元九謫荆門。'元詩云:'今我大江上,快意波翻雲。秋空壓澶漫,澒洞無垢氛。'元和五年秋作。"《編年箋注》編年云:"《酬樂天登樂遊園見憶》……作於元和五年(八一〇)初謫江陵時。見下《譜》。"未見《年譜新編》對本詩編年。

我們以爲,本詩:"秋空壓澶漫,澒洞無垢氛。"應該是秋天的詩篇,參照元稹《酬樂天早夏見懷》之篇,具體時間應該在八月九日,地點在江陵,元稹時任江陵士曹參軍之職。

◎酬樂天早夏見懷①

庭柚有垂實,燕巢無宿雛②。我亦辭社燕,茫茫焉所如③!君詩夏方早,我嘆秋已徂④。食物風土異,衾裯時節殊⑤。荒草滿田地,近移江上居⑥。八月復初九(一),月明侵半除⑦。

録自《元氏長慶集》卷六

[校記]

(一)八月復初九:原本、楊本、叢刊本、《全詩》均作"八日復切九",《元稹集》疑爲:"八日復切九:日,疑作'月';切,疑作'初'。"與《佩文韵府》卷六之四意見相同:"半除:元稹《酬樂天詩》:'八月復初九,月明侵半除。'"對此,《編年箋注》也引用贊同。我們以爲,"切九"語義難通,可能就是"初九"之誤;而"八日"疑作"八月",與本詩"我嘆秋已徂"云云相符,我們以爲是"八日復初九",亦即八月九日之時。

[箋注]

① 酬樂天早夏見懷:白居易原唱是《春暮寄元九》,詩云:"梨花結成實,燕卵化爲雛。時物又若此,道情復何如?但覺日月促,不嗟年歲徂。浮生都是夢,老小亦何殊!唯與故人别,江陵初謫居。時時一相見,此意未全除。"讀白居易詩,可以進一步加深對元稹本詩的理

解。　早夏：初夏。枚乘《梁王菟園賦》："於是晚春早夏，邯鄲、襄國、易陽之容麗人，及其燕飾子，相予雜遝而往款焉！""春暮"、"初夏"之時是原唱的時間，而元稹酬和之時已經是"秋徂"的季節。在信使來往不絕的西京與江陵之間尚且如此困難，何况是信使非常罕見的通州與江州之間，元稹本詩所云"君詩夏方早，我嘆秋已徂"云云是歷史的真實，值得將元稹白居易通江唱和現代化的《年譜》、《編年箋注》、《年譜新編》的著者深思。

② 庭柚：生長在庭院裏的的柚樹。　柚：木名，常緑喬木，葉大而闊，花白色，果實大，圓形或扁圓形，皮厚，果味甜酸，産於我國南部地區。亦指其果實，又名文旦，通稱柚子。《書·禹貢》："厥篚織貝，厥包橘柚錫貢。"孔傳："小曰橘，大曰柚。"柳宗元《同劉二十八院長禹錫述舊言懷贈二君子》："寒初榮橘柚，夏首薦枇杷。"　垂實：這裏指累累下垂的柚子，因柚子果實體積較大，樹枝承受不起衆多柚子的總量，故而下垂。杜甫《樹間》："岑寂雙甘樹，婆娑一院香。交柯低幾杖，垂實礙衣裳。"崔元翰《奉和聖製重陽旦日百寮曲江宴示懷》："平皋行雁下，曲渚雙鳧出。沙岸菊開花，霜枝果垂實。"　燕巢：燕子的窩。干寶《搜神記》卷六："魏黄初元年，未央宫中有鷹生燕巢中，口爪俱赤。"雍陶《秋居病中》："荒檐數蝶懸蛛網，空屋孤螢入燕巢。"　宿雛：栖息的幼鳥，暫無書證，義近"宿鳥"，栖息的鳥。吴融《西陵夜居》："林風移宿鳥，池雨定流螢。"蘇軾《和人回文五首》四："烟鎖竹枝寒宿鳥，水沉天色霽横參。"這句反映了元稹的内心世界，其時元稹的唯一女兒保子年僅五六歲，猶如宿雛，這時留在西京，還不在身邊，故詩人有此感嘆。

③ 社燕：燕子春社時來，秋社時去。故有"社燕"之稱。羊士諤《郡樓晴望》："地遠秦人望，天晴社燕飛。"蘇軾《送陳睦知潭州》："有如社燕與秋鴻，相逢未穩還相送。"　茫茫：渺茫，模糊不清。揚雄《法言·重黎》："神怪茫茫，若存若亡，聖人曼云。"高適《苦雨寄房四昆

季》:"茫茫十月交,窮陰千餘里。"　如:往,去。《左傳·隱公六年》:"鄭伯如周,始朝桓王也。"韓愈《祭田横墓文》:"貞元十一年九月,愈如東京,道出田横墓下。"《編年箋注》注云:"燕春社來,秋社去,故用以自比。"誤讀元稹詩歌原意,元稹春社時節從長安南來,與燕子春天自南而北不同;秋天燕子南飛,而元稹盼望的是北歸,兩者猶如南轅北轍,無法類比。而且"辭社燕"是告别社燕,如何"自比"?"所如"又要到哪里去,讓人如在五里霧中。我們以爲這裹的社燕,應該是長安元稹家中的燕子,元稹元和五年三月離開長安之時,燕子已經北上長安,開始爲累窩生子而忙碌,而元稹却在這時離開家告别女兒而南謫,茫茫不明自己何以有理反而出貶,不知前途如何,不知明天怎樣。

④"君詩夏方早"兩句:意謂您賦寫寄我詩篇之時還是初夏時節,而我收到您詩作而感嘆不已的時候已經是秋天。　徂:及,至。《詩·周頌·絲衣》:"絲衣其紑,載弁俅俅。自堂徂基,自羊徂牛,鼐鼎及鼒。"王引之《經傳釋詞》卷八:"徂,亦'及'也,互文耳!"葉適《故吏部侍郎劉公墓誌銘》:"自浙徂淮,凡北使送迎之事,經公裁定,後皆爲成式。"始,開始。《詩·小雅·四月》:"四月維夏,六月徂暑。"鄭玄箋:"徂,猶始也,四月立夏矣!而六月乃始盛暑。"盧照鄰《七夕泛舟二首》一:"河葭肅徂暑,江樹起初凉。"

⑤食物:吃的東西。《史記·范雎蔡澤列傳》:"秦昭王……加賜相國應侯食物日益厚。"白居易《贈友五首》二:"畢竟金與銀,何殊泥與塵!且非衣食物,不濟饑寒人。"　風土:本指一方的氣候和土地。《國語·周語》:"是日也,瞽帥、音官以(省)風土。廩于籍東南,鍾而藏之,而時布之于農。"韋昭注:"風土,以音律省風土,風氣和則土氣養也。"白居易《春遊西林寺》:"陽叢抽茗芽,陰竇泄泉脈。熙熙風土暖,藹藹雲嵐積。"泛指風俗習慣和地理環境。《後漢書·張堪傳》:"帝嘗召見諸郡計吏,問其風土及前後守令能否。"劉長卿《自江西歸至舊任官舍贈袁贊府》:"南方風土勞君問,賈誼長沙豈不知?"　衾

裯:指被褥床帳等卧具。語出《詩・召南・小星》:“肅肅宵征,抱衾與裯,寔命不猶。”孟浩然《送王昌齡之嶺南》:“數年同筆硯,兹夕異衾裯。意氣今何在? 相思望斗牛。”《宋史・趙君錫傳》:“母亡,事父良規,不違左右,夜則寢於旁。凡衾裯薄厚、衣服寒温……如《内則》所載者,無不親之。” 時節:四時的節日。《吕氏春秋・尊師》:“敬祭之術,時節爲務。”高誘注:“四時之節。”元稹《種竹》:“可憐亭亭幹,一一青琅玕。孤鳳竟不至,坐傷時節闌。”時光,時候。孔融《論盛孝章書》:“歲月不居,時節如流。”《朱子語類》卷六九:“那時節無可做,只得恐懼。”這兩句是指元稹對江陵的方方面面的不適應,明顯是第一年初謫江陵的口吻。

⑥ 荒草:荒地的野草。于鵠《登古城》:“獨上閑城却下遲,秋山慘慘冢累累。當時還有登城者,荒草如今知是誰?”楊巨源《贈史開封》:“天低荒草誓師壇,鄧艾心知戰地寬。鼓角迥臨霜野曙,旌旗高對雪峰寒。”因爲當時元稹所居四面荒草,蟲豸特多,故有如此感嘆。田地:地方,處所。楊巨源《月宫詞》:“宫中月明何所似? 如積如流滿田地。迴過前殿曾學眉,回照長門慣催泪。”陸龜蒙《奉酬苦雨見寄》:“不如驅入醉鄉中,只恐醉鄉田地窄。” 近移江上居:元稹《蟲豸詩七首序》:“始辛卯年,予掾荆州之地,洲渚濕墊,其動物宜介,其毛物宜翅羽。予所舍,又荆州樹木洲渚處,晝夜常有翅羽百族鬧,心不得閑静,因爲《有鳥二十章》以自達。”應該説明,“辛卯年”應該是“庚寅年”之誤。大概元稹剛到江陵,居所確實不宜居住,故有移居“江上”之舉,接着才有“官爲修宅”之事。

⑦ 月明:月光明朗。王維《闕題二首》二:“相看不忍發,慘淡暮潮平。語罷更携手,月明洲渚生。”白居易《崔十八新池》:“見底月明夜,無波風定時。” 侵:漸進。杜甫《西閣夜》:“恍惚寒山暮,逶迤白霧昏。山虚風落石,樓静月侵門。”李商隱《獨居有懷》:“麝重愁風逼,羅疏畏月侵。怨魂迷恐斷,嬌喘細疑沈。” 半除:即半階。李世民

《過舊宅二首》一:"新豐停翠輦,譙邑駐鳴笳。園荒一徑斷,苔古半階斜。"李縠《和皮日休悼鶴》:"露滴誰聞高葉墜?月沈休藉半階明。人間華表堪留語,剩向秋風寄一聲。"

[編年]

《年譜》編年:"白詩云:'唯與故人别,江陵初謫居。'元詩云:'君詩夏方早,我嘆秋已徂。'元和五年秋作。"《編年箋注》編年云:"《酬樂天早夏見懷》……作於元和五年(八一〇)初謫江陵時。見下《譜》。"《年譜新編》編年本詩於元和五年"元稹貶江陵時所作詩":"元詩云:'君詩夏方早,我嘆秋已徂。'元和五年深秋作。"

我們以爲本詩賦成於元和五年的八月九日,"我嘆秋已徂"云云已經充分説明秋天已經開始,或者即將成爲過去,賦詩的地點在江陵。當然,白居易的原唱作於早夏,"梨花結成實,燕卵化爲雛"就充分説明了這一點,但元稹酬和之篇却是八月九日所作。我們以爲《元稹集》"八日復初九"的懷疑可以採信,因爲與現在我們掌握的元稹的材料一一吻合,並且有《佩文韵府》作爲有力的佐證,所以我們以爲本詩應該作於元和五年八月九日。《年譜》"元和五年秋"的判斷與《編年箋注》"初謫江陵時"的斷言都是不合適的,而《年譜新編》所云"深秋"云云也仍然是不合適的,具體日期應該是九月的八日,這也應該是本詩篇的確切作期。

◎ 酬樂天勸醉(一)①

神麯清濁酒,牡丹深淺花②。少年欲相飲,此樂何可涯③?沈機造神境,不必悟楞迦(二)④。酡顔返童貌,安用成丹砂⑤!劉伶稱酒德,所稱良未多⑥。願君聽此曲,我爲盡稱嗟[7]。一杯顏色好，十盞膽氣加[8]。半酣得自恣，酩酊歸太和[9]。共醉真可樂，飛觥撩亂歌[10]。獨醉亦有趣，兀然無與他[11]。美人醉燈下，左右流横波[12]。王孫醉床上，顛倒眠綺羅[13]。君今勸我醉，勸醉意如何[14]？

録自《元氏長慶集》卷六

[校記]

（一）酬樂天勸醉：叢刊本、錢校、楊本目録、《全詩》同，楊本作"酬樂天歡醉"，不從不改。

（二）不必悟楞迦：楊本、《全詩》作"不必悟楞伽"，叢刊本作"不必悟楞加"，語義相類，不改。《全詩》在"伽"字下注："一作'加'"，語義不通，不從不改。

[箋注]

① 酬樂天勸醉：白居易原唱是《勸酒寄元九》，詩云："薤葉有朝露，槿枝無宿花。君今亦如此，促促生有涯。既不逐禪僧，林下學楞伽。又不隨道士，山中煉丹砂。百年夜分半，一歲春無多。何不飲美酒？胡然自悲嗟？俗號消愁藥，神速無以加。一杯驅世慮，兩杯反天和。三杯即酩酊，或笑任狂歌。陶陶復兀兀，吾孰知其他！況在名利途，平生有風波。深心藏陷穽，巧言織網羅。舉目非不見，不醉欲如何?"可與本詩並讀。　勸醉：義近"勸酒"，勸人飲酒。杜甫《隨章留後新亭會送諸君》："絶葷終不改，勸酒欲無詞。已墮峴山泪，因題零雨詩。"獨孤及《陪王員外北樓宴待月》："勸酒論心夜不疲，含情有待問誰思？佇看晴月澄澄影，来照江樓酩酊時。"

② 神麯：中藥名，主治食積、瀉痢等。賈思勰《齊民要術・造神麯並酒》："造神麯黍米酒方：細剉麯，燥曝之。麯一斗，水九斗，米三

石。須多作者,率以此加之,其瓮大小任人耳!"李時珍《本草綱目·神麯》:"昔人用麯,多是造酒之麯,後醫乃造神麯,專以供藥,力更勝之,蓋取諸神聚會之日造之,故得神名。"王績《看釀酒》:"六月調神曲,正朝汲美泉。從來作春酒,未省不經年。"元稹《飲致用神曲酒三十韵》:"七月調神曲,三春釀緑醽。雕鎸荆玉盞,烘透内丘瓶。"　清濁酒:清酒與濁酒。方岳《送滕廣叔銓試》:"别久不論清濁酒,情親或夢短長亭。一生科目十名上,自有君家舊典刑。"陳著《遊慈雲二首》一:"今夕是何夕?相携踏雪乾。弟兄清濁酒,僧俗素葷盤。"　清酒:清醇的酒。杜甫《哭台州鄭司户蘇少監》:"情乖清酒送,望絶撫墳呼。"劉禹錫《酬樂天偶題酒瓮見寄》:"門外紅塵人自走,瓮頭清酒我初開。三冬學任胸中有,萬户侯須骨上來。"　濁酒:用糯米、黄米等釀製的酒,較混濁。戎昱《九日賈明府見訪》:"獨掩衡門秋景閑,洛陽才子訪柴關。莫嫌濁酒君須醉,雖是貧家菊也斑。"張孝祥《浣溪沙》:"萬里中原烽火北,一尊濁酒戍樓東。"　牡丹:著名的觀賞植物,世謂牡丹爲花王,芍藥爲花相。元稹《酬胡三憑人問牡丹》:"竊見胡三問牡丹,爲言依舊滿西欄。花時何處偏相憶?寥落衰紅雨後看。"姚合《和李紳助教不赴看花》:"年華未是登朝晚,春色何因向酒疏?且看牡丹吟麗句,不知此外復何如?"　深淺:原指水的深淺程度,後引申指事物的輕重、大小、多少等,這裏指花顔色的深淺。元稹《桃花》:"桃花淺深處,似勻深淺妝。春風助腸斷,吹落白衣裳。"白居易《新樂府·牡丹芳》:"曉露輕盈泛紫艷,朝陽照耀生紅光。紅紫二色間深淺,向背萬態隨低昂。"

③ 少年:古稱青年男子,與老年相對,而與今稱介於童年與青年之間的年紀的人不完全相同。曹植《送應氏二首》一:"不見舊耆老,但睹新少年。"高適《邯鄲少年行》:"且與少年飲美酒,往來射獵西山頭。"　涯:邊際,極限。《莊子·養生主》:"吾生也有涯,而知也無涯。"《文心雕龍·序志》:"生也有涯,無涯惟智。"

④ 沈機：亦作“沈幾”、“沉機”、“沉幾”，事物隱微的徵兆。《後漢書·光武帝紀贊》：“光武誕命，靈貺自甄，沈幾先物，深略緯文。”李賢注：“幾者，動之微也。物，事也。沈深之幾，先見於事也。”元稹《酬竇校書二十韵》：“麗句慚虚擲，沉機懶强牽。粗酬珍重意，工拙定相懸。”猶深謀。温庭筠《秋日》：“佳節足豐穰，良朋阻遊集。沈機日寂寥，葆素常呼吸。” 神境：神仙境界，神妙的意境。江淹《蕭讓前部羽葆鼓吹表》：“炎耀仙都，崇麗神境。”吴澄《次韵靈興避暑》：“夜堂月影清，劇談神境超。” 楞迦：這裏指《楞迦經》，梵名，有四種漢文譯本，今存三種。此經提出五法、三性、八識等大乘教義，後人在詩文中常有徵引。韋應物《寄恒璨》：“今日郡齋閑，思問楞伽字。”白居易《見元九悼亡詩因以此寄》：“人間此病治無藥，唯有楞伽四卷經。”

⑤ 酡顔：喝酒之後，酒色上臉，色紅如童子。白居易《醉中戲贈鄭使君（時使君先歸留妓樂重飲）》：“密坐移紅毯，酡顔照淥杯……醉耳歌催醒，愁眉笑引開。”劉禹錫《酬牛相公獨飲偶醉寓言見示》：“歌眉低有思，舞體輕無骨。主人啓酡顔，酣暢浹肌髮。” 童貌：兒童紅撲撲的臉蛋，猶兒貌。徐積《誰何哭》：“架上有兒書，篋中有兒衣。兒聲不復聞，兒貌不復窺。”林同《孝詩·路隨》：“父泌陷敵，隨尚嬰孺，及長，日夜號泣，母告以其貌酷類父，終身不引鏡。兒貌酷類父，母知兒不知，可堪引鏡照正，復益兒悲。” 丹砂：即朱砂，礦物名，色深紅，古代道教徒用以化汞煉丹，中醫作藥用，也可製作顔料。《管子·地數》：“上有丹沙者，下有黄金。”葛洪《抱朴子·金丹》：“凡草木燒之即燼，而丹砂燒之成水銀，積變又還成丹砂。”本詩指丹砂煉成的丹藥。江淹《蓮花賦》：“味靈丹沙，氣驗青臒。”張籍《不食仙姑山房》：“月出溪路静，鶴鳴雲樹深。丹砂如可學，便欲住幽林。”

⑥ 劉伶：《晉書·劉伶傳》：“劉伶字伯倫，沛國人也。身長六尺，容貌甚陋。放情肆志，常以細宇宙齊萬物爲心。澹默少言，不妄交遊。與阮籍、嵇康相遇，欣然神解，攜手入林。初不以家産有無介意，

常乘鹿車,携一壺酒,使人荷鍤而隨之,謂曰:‘死便埋我!’其遺形骸如此。嘗渴甚,求酒于其妻,妻捐酒毁器,涕泣諫曰:‘君酒太過,非攝生之道,必宜斷之!’伶曰:‘善! 吾不能自禁,惟當祝鬼神自誓耳! 便可具酒肉!’妻從之,伶跪祝曰:‘天生劉伶,以酒爲名。一飲一斛,五斗解酲。婦兒之言,慎不可聽!’仍引酒御肉,隗然復醉。嘗醉,與俗人相忤,其人攘袂奮拳而往,伶徐曰:‘雞肋不足以安尊拳!’其人笑而止。伶雖陶兀昏放,而機應不差,未嘗厝意文翰,惟著《酒德頌》一篇,其辭曰:‘有大人先生,以天地爲一,朝萬期爲須臾,日月爲扃牖,八荒爲庭衢,行無轍迹,居無室廬,幙天席地,縱意所如,止則操卮執觚,動則挈榼提壺,惟酒是務,焉知其餘! 有貴介公子、搢紳處士聞吾風聲,議其所以,乃奮袂攘襟,怒目切齒,陳説禮法,是非鋒起,先生於是方捧罌承槽,銜杯漱醪,奮髯箕踞,枕曲藉糟,無思無慮,其樂陶陶,兀然而醉,恍爾而醒,静聽不聞雷霆之聲,熟視不睹泰山之形,不覺寒暑之切肌,利欲之感情,俯觀萬物擾擾焉,若江海之載浮萍;二豪侍側焉! 如蜾蠃之與螟蛉。’嘗爲建威參軍,泰始初對策,盛言無爲之化,時輩皆以高第得調,伶獨以無用罷,竟以壽終。”柳宗元《善謔驛和劉夢得酬淳于先生(驛在襄州之南即淳于髡放鵠之所)》:“荒壠遽千古,羽觴難再傾。劉伶今日意,異代是同聲。”白居易《效陶潛體詩十六首》一二:“楚王疑忠臣,江南放屈平。晉朝輕高士,林下棄劉伶。” 酒德:謂酒後的行爲表現,指酒後昏亂。《書·無逸》:“無若殷王受之迷亂,酗於酒德哉!”孔傳:“言紂心迷政亂,以酗酒爲德。”蔡沈集傳:“酗酒謂之德者,德有凶有吉,韓子所謂道與德爲虚位也。”《晉書·劉隗周顗等傳論》:“顗招時論,尤其酒德。《禮經》曰‘瑕不掩瑜’,未足韜其美也。”謂酒後的行爲表現,指多飲不亂。顔延之《陶徵士誄》:“心好異書,性樂酒德。”杜甫《殿中楊監見示張旭草書圖》:“念昔揮毫端,不獨觀酒德。” 所稱良未多:意謂劉伶雖然賦有《酒德》,聞名於世,但他自己嗜酒如命,爲了終日酗酒,不惜戲弄妻子,即使劉伶有酒德,酒德也不會太多。

⑦ 願:希望。聶夷中《傷田家》:“我願君王心,化作光明燭。”祝願,祈求。范仲淹《老人星賦》:“實贊天靈之數,允葉華封之願。” 稱嗟:猶讚嘆。宋之問《浣紗篇贈陸上人》:“欽子秉幽意,世人共稱嗟。”韓愈《奉和杜相公太清宫紀事》:“唱妍酬亦麗,俛仰但稱嗟。”

⑧ 一杯:特指一杯酒。杜甫《臺上》:“老去一杯足,誰憐屢舞長?”楊萬里《立春日有懷二首》一:“白玉青絲那得説? 一杯咽下少陵詩!” 顔色:李端《折楊柳》:“雨烟輕漠漠,何樹近君鄉? 贈君折楊柳,顔色豈能久?”崔顥《長安道》:“莫言貧賤即可欺,人生富貴自有時。一朝天子賜顔色,世上悠悠應始知。” 十盞:義同十杯,意謂多杯。高適《同河南李少尹畢員外宅夜飲時洛陽告捷遂作春酒歌》:“飲君春酒數十杯,不然令我愁欲死。”任華《懷素上人草書歌》:“駿馬迎來坐堂中,金盈盛酒竹葉香。十杯五杯不解意,百杯已後始顛狂。” 膽氣:膽量和勇氣。《後漢書·光武帝紀》:“諸將既經累捷,膽氣益壯,無不一當百。”元稹《戴光弓》:“因君懷膽氣,贈我定交情。”

⑨ 半酣:雖然喝得高興但還没有完全盡興,意猶未盡。李白《行行且遊獵篇》:“金鞭拂雪揮鳴鞘,半酣呼鷹出遠郊。”孟浩然《聽鄭五愔彈琴》:“阮籍推名飲,清風滿竹林。半酣下衫袖,拂拭龍唇琴。” 酣:謂飲酒盡興。《書·伊訓》:“敢有恒舞于宫,酣歌于室,時謂巫風。”孔傳:“樂酒曰酣,酣歌則廢德。”白居易《秦中吟·輕肥》:“食飽心自若,酒酣氣益振。” 自恣:放縱自己,不受約束。《楚辭·大招》:“自恣荆楚安以定只,逞志究欲心意安只。”《後漢書·梁冀傳》:“少爲貴戚,逸遊自恣。” 酩酊:大醉貌。焦贛《易林·井之師》:“醉客酩酊,披發夜行。”岑參《邯鄲客舍歌》:“邯鄲女兒夜沽酒,對客挑燈誇數錢。酩酊醉時日正午,一曲狂歌壚上眠。” 太和:人的精神、元氣歸於平和的心理狀態。劉長卿《同姜浚題裴式微餘干東齋》:“藜杖全吾道,榴花養太和。”陸游《蓬户》:“白頭萬事都經遍,莫爲悲傷損

太和。"

⑩ 共醉:一起喝酒一起醉酒。劉昚虚《贈喬琳》:"去年上策不見收,今年寄食仍淹留。羨君有酒能共醉,羨君無錢能不憂。"竇庠《醉中贈符載》:"白社會中嘗共醉,青雲路上未相逢。時人莫小池中水,淺處無妨有卧龍。" 飛觥:傳杯。羊昭業《皮襲美見留小宴次韵》:"澤國春來少遇晴,有花開日且飛觥。"梅堯臣《次韵答黄介夫七十韵》:"物理既難常,達生重飛觥。" 撩亂:紛亂,雜亂。韋應物《答重陽》:"坐使驚霜鬢,撩亂已如蓬。"元稹《除夜》:"傷心小兒女,撩亂火堆邊。"

⑪ 獨醉:獨自酒醉。陶潛《飲酒二十首》一三:"一士長獨醉,一夫終年醒。醒醉還相笑,發言各不領。"白居易《池上早春即事招夢得》:"偶遊難得伴,獨醉不成狂。" 兀:獨立貌,無知貌,昏沉貌。劉伶《酒德頌》:"兀然而醉,豁爾而醒。"武元衡《秋日對酒》:"百憂紛在慮,一醉兀無思。"

⑫ 美人:容貌美麗的人,多指女子。李白《邯鄲南亭觀妓》:"把酒顧美人,請歌邯鄲詞。清箏何繚繞?度曲緑雲垂。"劉商《銅雀妓》:"魏主矜蛾眉,美人美於玉。高臺無晝夜,歌舞竟未足。" 左右:左面和右面。《史記·孫子吴起列傳》:"汝知而心與左右手背乎?"李紳《憶東湖》:"菱歌唱罷鷁舟回,雪鷺銀鷗左右來。霞散浦邊雲錦截,月臨湖面鏡波開。" 横波:比喻女子眼神流動,如水横流。《文選·傅毅〈舞賦〉》:"眉連娟以增繞兮,目流睇而横波。"李善注:"横波,言目邪視,如水之横流也。"畢耀《古意》:"璿閨繡户斜光入,千金女兒倚門立。横波美目雖往來,羅袂遥遥不相及。"

⑬ 王孫:原指王的子孫,後泛指貴族子弟。杜甫《哀王孫》:"腰下寶玦青珊瑚,可憐王孫泣路隅。問之不肯道姓名,但道困苦乞爲奴。"白居易《賦得古原草送别》:"遠芳侵古道,晴翠接荒城。又送王孫去,萋萋滿别情。" 床:在古代,坐具稱床,卧具也稱床。孟郊《吊

盧殷十首》七："夜踏明月橋，店飲吾曹床。"元稹《西州院》："文案床席滿，卷舒贓罪名。"　顛倒：迴旋翻轉，翻來覆去。韓愈《秋懷詩十一首》八："卷卷落地葉，隨風走前軒。鳴聲若有意，顛倒相追奔。"蘇軾《江上值雪效歐陽體次子由韵》："隨風顛倒紛不擇，下滿坑谷高陵危。"　綺羅：泛指華貴的絲織品或絲綢衣服。徐幹《情詩》："綺羅失常色，金翠暗無精。"秦韜玉《貧女》："蓬門未識綺羅香，擬托良媒益由傷。"也指華美的帷帳。儲光羲《官莊池觀競渡》："水葉藏魚鳥，林花間綺羅。踟蹰仙女處，猶似望天河。"

⑭ "君今勸我醉"兩句：白居易看到元稹無辜被貶，自己雖然爲之不平代之憤怒，但又無力回天，衹能勸導元稹借酒澆愁。元稹明白朋友白居易的一片苦心，順勢讚揚飲酒的諸多樂事，以應付眼前不公平的社會現實。兩位詩人在這裏是自我嘲解自我調侃，其内心的苦悶，正是通過這種不落痕迹的自嘲得以釋放。　勸醉：勸導他人喝酒。元結《夜宴石魚湖作》："醉昏能誕語，勸醉能忘情。坐無拘忌人，勿限醉與醒！"元稹《勸醉》："竇家能釀銷愁酒，但是愁人便與銷。願我共君俱寂寞，只應連夜復連朝。"

[編年]

《年譜》編年本詩與元和五年，没有説明理由。《編年箋注》編年："《酬樂天勸醉》……作於元和五年（八一〇）初謫江陵時。見卞《譜》。"《年譜新編》亦編年元和五年"元稹貶江陵時所作詩"，也没有説明理由。

白居易原唱《勸酒寄元九》，朱金城先生《白居易集箋校》編年於元和五年。根據元稹《酬樂天書懷見寄》題注："此後五章，並次用本韵。"我們以爲此詩與《酬樂天早夏見懷》應該作於同時，亦即元和五年的八月九日，籠統的"元和五年"、"元和五年初謫江陵時"、"元和五年元稹貶江陵時所作詩"云云都是不合適的。

■ 酬樂天重題西明寺牡丹見寄[(一)①]

據白居易《重題西明寺牡丹(時元九在江陵)》

[校記]

(一) 酬樂天重題西明寺牡丹見寄:元稹本佚失詩所據白居易《重題西明寺牡丹(時元九在江陵)》,見《白氏長慶集》、《白香山詩集》、《全詩》,未見異文。

[箋注]

① 酬樂天重題西明寺牡丹見寄:白居易《重題西明寺牡丹(時元九在江陵)》:"往年君向東都去,曾嘆花時君未回。今年況作江陵別,惆悵花前又獨來。只愁離別長如此,不道明年花不開。"現存元稹詩文也不見酬和之篇,它應該是元稹佚失的詩歌中的一篇,據此補。題:書寫,題署。杜甫《重題鄭氏東亭》:"華亭入翠微,秋日亂清暉。崩石欹山樹,清漣曳水衣。"白居易《桐樹館重題》:"階前下馬時,梁上題詩處……自嗟還自哂,又向杭州去。"　西明寺:《唐會要・寺》:"西明寺:在延康坊,本隋越國公楊素宅,武德初萬春公主居住,貞觀中賜濮王泰,泰死,乃立爲寺。"《關中勝迹圖志・古迹》:"西明寺:《通志》:在鄠縣西南二十里,顯慶三年爲元奘法師建。《酉陽雜俎》:孫思邈隱終南石室,與宣律師互參元旨於此。"元稹《尋西明寺僧不在》:"春來日日到西林,飛錫經行不可尋。蓮池舊是無波水,莫逐狂風起浪心。"温庭筠《題西明寺僧院》:"曾識匡山遠法師,低松片石對前墀。爲尋名畫來過院,因訪閑人得看棋。"　牡丹:花卉名,唐時甚重牡丹,西明寺是當時觀賞牡丹的勝地。李益《牡丹》:"紫蕊叢開未到家,却教遊

客賞繁華。始知年少求名處,滿眼空中別有花。”王建《賞牡丹》:“此花名價別,開艷益皇都。香遍苓菱死,紅燒躑躅枯。” 見寄:被寄呈。劉長卿《酬李侍御登岳陽見寄》:“想見孤舟去,無由此路尋。暮帆遥在眼,春色獨何心!”韋應物《酬盧嵩秋夜見寄五韵》:“喬木生夜涼,月華滿前墀。去君咫尺地,勞君千里思。”

[編年]

未見《元稹集》採録,也未見《年譜》、《年譜新編》、《年譜新編》採録與編年。

朱金城先生《白居易集箋校》編年白居易詩於元和五年。白居易詩“今年况作江陵别”云云,表明白居易必定賦作於元和五年。“往年君向東都去,曾嘆花時君未回”兩句是指白居易《西明寺牡丹花時憶元九》中的詩句:“前年題名處,今日看花來。一作芸香吏,三見牡丹開……何况尋花伴,東都去未回。”詩中的“往年”是指貞元二十一年。元稹出貶江陵在元和五年的三月,其抵達江陵應該在四月或稍後,正是牡丹盛開的季節,故白居易見景生情,舊事重提。白居易詩作於元和五年四月五間,元稹已經佚失的酬詩應該在其後撰成,應該與《酬樂天書懷見寄》、《酬樂天登樂遊園見憶》、《酬樂天早夏見懷》、《酬樂天勸醉》作於同時,亦即元和五年八月九日是元稹一次性酬和白居易五篇詩歌之一,地點在江陵,元稹時任江陵士曹參軍之職。

◎ 解秋十首(一)①

清晨頮寒水,動摇襟袖輕②。翳翳林上葉,不知秋暗生③。迴悲鏡中髪,華白三四莖④。豈無滿頭黑?念此衰已萌⑤。

微霜纔結露，翔鳩初變鷹(二)⑥。無乃天地意，使之行小懲⑦。鴟鴞誠可惡，蔽日有高鵬⑧。捨大以擒細，我心終不能⑨。

往歲學仙侶，各在無何鄉⑩。同時鶩名者，次第鵷鷺行⑪。而我兩不遂，三十鬢添霜(三)⑫。日暮江上立(四)，蟬鳴楓樹黄⑬。

後伏火猶在，先秋蟬已多⑭。雲色日夜白，驕陽能幾何⑮？壤隙漏江海，忽微成網羅(五)⑯。勿言時不至，但恐歲蹉跎⑰。

新月纔到地，輕河如泛雲⑱。螢飛高下火，樹影參差文⑲。露簟有微潤，清香時暗焚⑳。夜閑心寂默，洞庭無垢氛㉑。

霽麗床前影，飄蕭簾外竹㉒。簟凉朝睡重，夢覺茶香熟㉓。親烹園内葵，憑買家家麴(六)㉔。釀酒并毓蔬，人來有棋局㉕。

寒竹秋雨重，凌霄晚花落㉖。低徊翠玉梢，散亂梔黄萼㉗。顔色有殊異，風霜無好惡㉘。年年百草芳，畢竟同蕭索㉙。

春非我獨春，秋非我獨秋㉚。豈念百草死？但念霜滿頭㉛。頭白古所同，胡爲坐煩憂㉜？茫茫百年内，處身良未休㉝。

西風冷衾簟，展轉布華茵㉞。來者承玉體，去者流芳塵㉟。適意醜爲好，及時疏亦親㊱。衰周仲尼出，無乃爲妖人㊲！

漠漠江面燒，微微風樹烟㊳。今日復今夕，秋懷方浩然[39]。况我頭上髮，衰白不待年[40]。我懷有時極，此意何由詮[41]？

錄自《元氏長慶集》卷七

[校記]

（一）解秋十首：本組詩十首詩歌的次序，楊本、叢刊本、《全詩》同，而宋蜀本與原本、楊本、《全詩》有所不同，除第一首次序不變外，第六首移作第二首，原本與楊本以及《全詩》的第二、第三、第四、第五首分别是其第三、第四、第五、第六首，下面其餘次序與原本、楊本、《全詩》同。而且宋蜀本的"第二首"詩文内容也有所不同："釀酒並毓蔬，人來有棋局。簟涼朝睡重，夢覺茶香熟。親烹園内葵，憑買家家麴。霽麗床前影，飄蕭簾外竹。"亦即第一二句與第七八句换位，盧文弨云："宋本以首二句作末句，不可從。"

（二）翔鳩初變鷹：楊本、叢刊本、《全詩》同，宋蜀本作"鳴鳩初變鷹"，語義不同，不改。

（三）三十鬢添霜：楊本、叢刊本、《全詩》同，宋蜀本作"二十鬢添霜"，元稹三十一歲"始生白髮"，"二十"是刊刻之誤，或由於印刷不清所致，不從不改。

（四）日暮江上立：楊本、叢刊本、《全詩》同，宋蜀本作"旦暮江上立"，語義不同，不改。

（五）忽微成網羅：楊本、叢刊本、《全詩》同，宋蜀本作"絲微成網羅"，語義不同，不改。

（六）憑買家家麴：楊本、叢刊本、《全詩》同，盧校作"憑買鄰家麴"，《元稹集》疑爲"憑買鄰家麴"，語義不同，不改。

[箋注]

① 解秋:對秋天的解释,理解。《孟子·公孙丑》:"燕人畔,王曰:'吾甚慚於孟子。'陳賈曰:'王無患焉……賈請見而解之。'"陆游《老学庵笔记》卷一:"周(周子充)笑解之曰:'所謂志千里者,正以老驥已不能行,故徒有千里之志耳!'"

② 清晨:早晨,指日出前後的一段時間。賈誼《新書·官人》:"清晨聽治,罷朝而議論。"杜甫《白水崔少府十九翁高齋三十韵》:"清晨陪躋攀,傲睨俯峭壁。" 頮:洗臉。《書·顧命》:"甲子,王乃洮頮水。"唐扶《使南海道長沙題道林岳麓寺》:"逢迎侯伯轉覺貴,膜拜佛像心加尊。稍揖皇英頮濃汨,試與屈賈招清魂。" 寒水:涼水。《史記·扁鵲倉公列傳》:"臣意即以寒水拊其頭,刺足陽明脈,左右各三所,病旋已。"沈約《游沈道士館》:"開衿濯寒水,解帶臨清風。"常指清冷的河水。杜牧《泊秦淮》:"烟籠寒水月籠沙,夜泊秦淮近酒家。" 動摇:摇擺,晃動。班昭《怨歌行》:"裁爲合歡扇,團團似明月。出入君懷袖,動摇微風發。"杜甫《閣夜》:"五更鼓角聲悲壯,三峽星河影動摇。" 襟袖:衣襟衣袖。謝惠連《白羽扇贊》:"揮之襟袖,以禦炎熱。"杜牧《秋思》:"微雨池塘見,好風襟袖知。"

③ "翳翳林上葉"兩句:意謂陰暗的光綫下,草木茂密的樹林之葉還不知道秋天已經悄悄來臨,生長勢頭依然不見減退。 翳翳:晦暗不明貌。《文选·陆机〈文赋〉》:"理翳翳而愈伏,思軋軋其若抽。"吕延济注:"翳翳,暗貌。"陶潜《癸卯岁十二月中作与从弟敬远》:"凄凄歲暮風,翳翳經日雪。"草木茂密成蔭貌。許渾《題四皓廟》:"紫芝翳翳多青草,白石蒼蒼半緑苔。"王安石《半山春晚即事》:"翳翳陂路静,交交園屋深。" 暗生:暗中發生。白居易《雜興三首》三:"伍員諫已死,浮屍去不迴。姑蘇臺下草,麋鹿暗生麑。"施肩吾《望夫詞》:"手爇寒燈向影頻,回文機上暗生塵。自家夫婿無消息,却恨橋頭賣卜人。"

④ "迴悲鏡中髮"兩句:意謂回頭在鏡子裏看看自己的頭髮,已經出現三四根白髮。宋之問《和趙貟外桂陽橋遇佳人》:"妬女猶憐鏡中髮,侍兒堪感路傍人。蕩舟爲樂非吾事,自嘆空閨夢寐頻。"李白《峨眉山月歌送蜀僧晏入中京》:"黄鶴樓前月華白,此中忽見峨眉客。峨眉山月還送君,風吹西到長安陌。" 三四:表示爲數不多。李頎《照公院雙橙》:"種橙夾階生得地,細葉隔簾見雙翠。抽條向長未及肩,泉水繞根日三四。"歐陽修《歸自謠》:"春艷艷,江上晚山三四點。"

⑤ "豈無滿頭黑"兩句:意謂粗粗看去,自己還是滿頭黑髮,但想到已經出現的三四根白髮,感傷悲哀的情緒不由自主萌動擴展。張九齡《同綦毋學士月夜聞雁》:"栖宿豈無意?飛飛更遠尋。長途未及半,中夜有遺音。"吴儼《壽大理陳少卿母九十》:"種桃直待三千歲,屈指纔過九十年。嫁日舊衣何太窄!滿頭黑髮尚依然。"《古詩鏡·唐詩鏡》在本詩後面評云:"語趣歷落。"

⑥ 微霜:薄霜。王褒《九懷·蓄英》:"微霜兮眇眇,病殀兮鳴蜩。"左思《蜀都賦》:"白露凝,微霜結。" 露:夜晚或清晨近地面的水汽遇冷凝結於物體上的水珠,通稱露水。《詩·召南·行露》:"豈不夙夜,謂行多露。"杜甫《月夜憶舍弟》:"露從今夜白,月是故鄉明。" 鳩:鳥名,常指山斑鳩及珠頸斑鳩兩種。鄭谷《書村叟壁》:"草肥朝牧牛,桑緑晚鳴鳩。列岫檐前見,清泉碓下流。"徐夤《白鴿》:"振鷺堪爲侶,鳴鳩好作雙。狎鷗歸未得,睹爾憶晴江。"

⑦ 無乃:相當於"莫非"、"恐怕是",表示委婉測度的語氣。《論語·雍也》:"居敬而行簡,以臨其民,不亦可乎?居簡而行簡,無乃太簡乎?"韓愈《行難》:"由宰相至百執事凡幾位,由一方至一州凡幾位,先生之得者,無乃不足充其位邪?" 天地:天和地,指自然界或社會。《荀子·天論》:"星隊木鳴,國人皆恐……是天地之變、陰陽之化,物之罕至者也。"柳宗元《封建論》:"天地果無初乎?吾不得而知之也。" 懲:懲罰。《詩·魯頌·閟宫》:"戎狄是膺,荆舒是懲。"孔穎達疏:"荆

楚群舒叛逆者,於是以此懲創之。"《漢書·董仲舒傳》:"殷人執五刑以督奸,傷肌膚以懲惡。"

⑧ 鴟鴞:鳥名,俗稱猫頭鷹,常用以比喻貪惡之人。孟郊《感懷》:"極目何蕭索! 驚風正離披。鴟鴞鳴高樹,衆鳥相因依。"元稹《賽神(村落事妖神)》:"蜉蝣生濕處,鴟鴞集黄昏。主人邪心起,氣燄日夜繁。"　可惡:令人厭惡惱恨。干寶《搜神記》卷一七:"其身如兔,兩眼如鏡,形甚可惡。"王安石《白鶴吟示覺海元公》:"白鶴聲可憐,紅鶴聲可惡。"　蔽日:遮蔽日光。《楚辭·九章·涉江》:"山峻高以蔽日,下幽晦以多雨。"《舊唐書·劉乃傳》:"干霄蔽日,誠巨樹也,當求尺寸之材,必後於椓杙。"　鵬:傳説中最大的鳥。《莊子·逍遥遊》:"北冥有魚,其名爲鯤。鯤之大不知其幾千里也。化而爲鳥,其名爲鵬。鵬之背不知其幾千里也。怒而飛,其翼若垂天之雲。"白居易《喜楊六侍御同宿》:"二三月裏饒春睡,七八年來不早朝。濁水清塵難會合,高鵬低鷃各逍遥。"

⑨ "捨大以擒細"兩句:意謂放過作惡多端的權臣,抓住地方上狗鼠竊盗的可惡小人,我的本性與志向並不在此。　捨:捨棄,放下。陶潛《桃花源記》:"山有小口,髣髴若有光,便捨船從口入。"鄭穀《自適詩》:"浮蟻滿盃難暫捨,貫珠一曲莫辭聽。春風秖有九十日,可合花前半日醒?"　擒:捕捉,捉拿。《國語·吴語》:"員不忍稱疾辟易,以見王之親爲越之擒也。"抓住,握著。《清平山堂話本·快嘴李翠蓮記》:"扯碎了網巾你休要怪,擒了你四鬢怨不得咱。"　心:本性,性情。《韓非子·觀行》:"西門豹之性急,故佩韋以自緩;董安於之心緩,故佩弦以自急。"陳奇猷集釋:"性既自心而生,故此文心緩即性緩也。"嵇康《釋私論》:"物情順通,故大道無違;越名任心,故是非無措也。"　能:勝任,能做到。《史記·項羽本紀》:"東陽少年殺其令,相聚數千人,欲置長,無適用,乃請陳嬰,嬰謝不能。"《明史·李德傳》:"〔李德〕洪武三年以明經薦授洛陽典史,歷南陽、西安二府幕官,並能

其職。”能够。《書·西伯戡黎》:“乃罪多參在上,乃能責命於天?”《史記·淮陰侯列傳》:“信能死,刺我;不能死,出我袴下。”

⑩ 往歲:以往的歲月。獨孤及《丙戌歲正月出洛陽書懷》:“往歲衣褐見,受服金馬門。擬將忠與貞,來酬主人恩。”白居易《酬和元九東川路詩十二首·南秦雪》:“往歲曾爲西邑吏,慣從駱口到南秦。三時雲冷多飛雪,二月山寒少有春。” 仙侶:仙人之輩。錢起《宴鬱林觀張道士房》:“仙侶披雲集,霞杯達曙傾。同歡不可再,朝暮赤龍迎。”盧綸《過終南柳處士》:“自愧非仙侶,何言見道心?悠哉宿山口,雷雨夜沈沈。” 無何鄉:“無何有之鄉”之省稱。《莊子·逍遥遊》:“今子有大樹,患其無用,何不樹之於無何有之鄉、廣莫之野?彷徨乎無爲其側,逍遥乎寢卧其下,不夭斤斧,物無害者,無所可用,安所困苦哉!”岑參《林卧》:“惟愛隱幾時?獨遊無何鄉。”竇參《登潜山觀》:“既入無何鄉,轉嫌人事難。”

⑪ 同時:同時代,同一時候。《莊子·盜蹠》:“今夫此人,以爲與己同時而生,同鄉而處者,以爲夫絶俗過世之士焉!是專無主正。”杜甫《蘇大侍御訪江浦賦八韵紀異》:“乾坤幾反覆,揚馬宜同時。” 騖名:追求聲譽。劉禹錫《爲鄂州李大夫祭柳員外文》:“昔者與君交臂相傳,一言一笑,未始有極。馳聲日下,騖名天衢。射策差池,高科齊驅。” 次第:次序,順序。《詩·大雅·行葦》“序賓以賢”鄭玄箋:“謂以射中多少爲次第。”依次。《漢書·燕刺王劉旦傳》:“及衛太子敗,齊懷王又薨,旦自以次第當立,上書求入宿衛。”劉禹錫《秋江晚泊》:“暮霞千萬狀,賓鴻次第飛。” 鵷鷺:鵷和鷺飛行有序,比喻班行有序的朝官。《隋書·音樂志》:“懷黄綰白,鵷鷺成行。文贊百揆,武鎮四方。”白居易《戲和微之答竇七行軍之作》:“旌鉞從櫜鞬,賓僚禮數全。夔龍來要地,鵷鷺下遼天。”這裏指與元稹元和元年同時制科登第而當時正在朝廷效力的白居易等人。

⑫ 兩不遂:指詩人既無效忠皇上的名位又無爲民效力的實權。

徐鉉《送薛少卿赴青陽》:“我愛陶靖節,吏隱從絃歌。我愛費徵君,高卧歸九華……我志兩不遂,漂淪浩無涯。”陸游《雨夜》:“出當飲美酒,歸當讀奇書。可憐兩不遂,兀兀如枯株。”　三十鬢添霜:元稹三十一歲已經生有白髮,“三十”云云,是因受詩歌字數限制而概略的説法。元稹《酬翰林白學士代書一百韵》“甯牛終夜永,潘鬢去年衰(予今年始三十二,去歲已生白髮)”就是最有力最直接的證據。　鬢添霜:義同“鬢霜”,形容鬢髮斑白如霜。梅堯臣《依韵和誠之淮上相遇》:“形槁已能同散木,鬢霜從聽著寒蓬。”謝晉《聽雨》:“多病驚寒早,無眠覺夜長。明朝如覽鏡,知自髩添霜。”

⑬ 日暮:傍晚,天色晚。《六韜・少衆》:“我無深草,又無隘路,敵人已至,不適日暮。”杜牧《金谷園》:“日暮東風怨啼鳥,落花猶似墮樓人。”　江上:江岸上。《史記・伍子胥列傳》:“吴人憐之,爲立祠於江上,因命曰胥山。”岑參《餞王岑判官赴襄陽道》:“津頭習氏宅,江上夫人城。”這裏指荆州地區的漢水或長江。　蟬:昆蟲名,夏秋間由幼蟲蜕化而成,吸樹汁爲生,雄的腹部有發聲器,能連續發聲,種類很多,俗稱蜘蟟、知了。《荀子・大略》:“飲而不食者,蟬也。”李白《夏日諸從弟登汝州龍興閣序》:“夫槿榮芳園,蟬嘯珍木,蓋紀乎南火之月也,可以處臺榭,居高明。”　楓:木名,即楓香樹,落葉大喬木,通稱楓樹,葉互生,通常三裂,邊緣有細鋸齒,花單性,雌雄同株,秋葉艷紅,可供觀賞。李時珍《本草綱目・楓香脂》:“楓木,枝幹修聳,大者連數圍。其木甚堅,有赤有白,白者細膩。”嵇含《南方草木狀・楓香》:“楓香樹似白楊,葉圓而岐分,有脂而香。”《山海經・大荒南經》“有木生山上,名曰楓木”郭璞注:“即今楓香樹。”

⑭ 伏:時令名,指伏日,有初伏、中伏、末伏三伏,後伏即“末伏”。《後漢書・和帝紀》:“〔永元〕六月己酉,初令伏閉盡日。”李賢注引《漢官舊儀》:“伏日萬鬼行,故盡日閉,不幹它事。”潘岳《在懷縣作》:“初伏啓新節,隆暑方赫羲。”　先秋:指秋季的七月,亦即孟秋,又稱上

秋。秋季三個月，七月稱孟秋、八月稱仲秋、九月稱季秋，合稱三秋。裴迪《夏日過青龍寺謁操禪師》："鳥飛争向夕，蟬噪已先秋。煩暑自兹適，清凉何所求？"皇甫冉《送劉兵曹還隴山居》："先秋雪已滿，近夏草初新。唯有聞羌笛，梅花曲裏春。"

⑮ 雲色：雲層的顔色。元稹《生春二十首》一："何處生春早？春生雲色中。籠葱閑著水，晻淡欲隨風。"白居易《孤山寺遇雨》："拂波雲色重，灑葉雨聲繁。水鷺雙飛起，風荷一向翻。" 日夜：白天黑夜，日日夜夜。宋之問《途中寒食題黄梅臨江驛寄崔融》："北極懷明主，南溟作逐臣。故園腸斷處，日夜柳條新。"盧僎《初出京邑有懷舊林》："回首思洛陽，喟然悲貞艱。舊林日夜遠，孤雲何時還？" 驕陽：猛烈的陽光。杜甫《阻雨不得歸瀼西甘林》："三伏適已過，驕陽化爲霖。欲歸瀼西宅，阻此江浦深。"李白《感時留别從兄徐王延年從弟延陵》："鳴蟬遊子意，促織念歸期。驕陽何火赫！海水爍龍龜。" 幾何：猶若干，多少。《詩·小雅·巧言》："爲猶將多，爾居徒幾何？"馬瑞辰通釋："爾居徒幾何，即言爾徒幾何也。"《史記·白起王翦列傳》："於是始皇問李信：'吾欲攻取荆，於將軍度用幾何人而足？'"

⑯ 壤隙：這裏指大堤上的螞蟻巢穴。《韓非子·喻老》："千丈之堤，以螻蟻之穴潰；百尺之室，以突隙之烟焚。" 江海：江和海。《荀子·勸學》："不積小流，無以成江海。"岑參《送張秘書充劉相公通汴河判官便赴江外覲省》："萬里江海通，九州天地寬。" 忽微：古代極小的度量單位名。《漢書·律曆志》："銖者，物繇忽微始，至於成著，可殊異也。"極言細微。鄭棨《開天傳信記》："發於忽微，形於音聲，播於歌詠，見之於人事。"《新五代史·伶官傳序》："夫禍患常積於忽微，而智勇多困於所溺，豈獨伶人也哉！" 網羅：這裏比喻比喻法網。《韓非子·解老》："好用其私智而棄道理，則網羅之爪角害之。"司空曙《酬張芬有赦後見贈》："紫鳳朝銜五色書，陽春忽布網羅除。"

⑰"勿言時不至"兩句：請注意詩人念念不忘的仍然是積極用

世,效忠皇上效民百姓,同時與下文"況我頭上發,衰白不待年"相呼應。　時:時機,機會。《論語·陽貨》:"好從事而亟失時,可謂知乎?"韓愈《寒食日出遊》:"桐花最晚今已繇,君不强起時難更。"時運。《左傳·文公十三年》:"死之短長,時也。"《史記·項羽本紀》:"力拔山兮氣蓋世,時不利兮騅不逝。"　蹉跎:虛度光陰。謝朓《和王長史卧病》:"日與歲眇邈,歸恨積蹉跎。"李頎《放歌行答從弟墨卿》:"由是蹉跎一老夫,養鷄牧豕東城隅。"

⑱ 新月:農曆每月初出的彎形的月亮。陰鏗《五洲夜發》:"夜江霧裏闊,新月迥中明。"農曆月逢十五日新滿的月亮。白居易《八月十五日夜禁中獨直對月憶元九》:"三五夜中新月色,二千里外故人心。"　輕河:指銀河。元稹《含風夕》:"悵望牽牛星,復爲經年隔。露網裹風珠,輕河泛遙碧。"元稹《冬夜懷李侍御王太祝段丞》:"泛覽星粲粲,輕河悠碧虛。纖雲不成葉,脈脈風絲舒。"　泛雲:飄浮的雲層。張錫《晦日宴高文學林亭同用華字》:"雪盡銅駝路,花照石崇家。年光開柳色,池影泛雲華。"

⑲ 螢:螢火蟲。《禮記·月令》:"(季夏之月)腐草爲螢。"鄭玄注:"螢,飛蟲,螢火也。"杜牧《秋夕》:"紅燭秋光冷畫屏,輕羅小扇撲流螢。"　高下:上和下,高和低。《老子》:"長短相形,高下相傾。"《國語·楚語》:"地有高下,天有晦明。"高處和低處。《淮南子·修務訓》:"於是神農乃始教民播種五穀,相土地,宜燥濕肥墝高下。"高誘注:"高,陵也;下,隰也。"杜甫《謁文公上方》:"野寺隱喬木,山僧高下居。"　樹影:樹木的影子。杜甫《送韓十四江東覲省》:"黄牛峽静灘聲轉,白馬江寒樹影稀。"花蕊夫人《宫詞》二三:"翔鸞閣外夕陽天,樹影花光遠接連。"　參差:不齊貌。張衡《西京賦》:"華嶽峨峨,岡巒參差。"孟郊《旅行》:"野梅參差發,旅榜逍遙歸。"紛紜繁雜。謝朓《酬王晉安》:"悵望一塗阻,參差百慮依。"杜牧《阿房宫賦》:"瓦縫參差,多於周身之帛縷。"

⑳ 露簟:竹席,因其清涼如沾露,故稱。白居易《前庭涼夜》:"露簟色似玉,風幌影如波。坐愁樹葉落,中庭明月多。"白居易《立秋夕有懷夢得》:"露簟荻竹清,風扇蒲葵輕。一與故人别,再見新蟬鳴。" 微潤:細小的水珠。姚合《萬年縣中雨夜會宿寄皇甫甸》:"縣齋還寂寞,夕雨洗蒼苔。清氣燈微潤,寒聲竹共來。"皮日休《以紫石硯寄魯望兼酬見贈》:"樣如金蹙小能輕,微潤將融紫玉英。石墨一研爲鳳尾,寒泉半勺是龍睛。" 清香:清淡的香味。謝靈運《山居賦》:"怨清香之難留,矜盛容之易闌。"韓偓《野塘》:"捲荷忽被微風觸,瀉下清香露一杯。" 暗焚:默默焚燒。元稹《玉泉道中作》:"微露上弦月,暗焚初夜香。谷深烟壒净,山虚鐘磬長。"

㉑ 夜閑:由於古代字體的問題,"夜閑"可以有兩種解釋,但都能够説通:夜裏閑空。王昌齡《少年行》:"高閣歌聲遠,重關柳色深。夜閑須盡醉,莫負百年心!"時處晚上。李嶷《淮南秋夜呈周偘》:"天浮河漢高,夜閑砧杵發。清秋忽如此,離恨應難歇。" 寂默:心有所思,口無所言。元稹《廟之神》:"予一拜而一祝,祝予心之無涯。涕汍瀾而零落,神寂默而無嘩。神兮神兮,奈神之寂默而不言何!"子蘭《觀棋》:"寂默親遺景,凝神入過思。共藏多少意,不語兩相知。" 洞庭:廣闊的庭院。《莊子·天運》:"帝張《咸池》之樂於洞庭之野。"成玄英疏:"洞庭之野,天池之間,非太湖之洞庭也。"上官昭容《綵書怨》:"葉下洞庭初,思君萬里餘。露濃香被冷,月落錦屏虚。" 垢氛:污濁的氣氛。謝靈運《述祖德詩》:"兼抱濟物性,而不纓垢氛。"元稹《大雲寺》:"地勝宜臺殿,山晴離垢氛。"

㉒ 霽麗:雨後風和日麗的景色,義近"霽媚"。吕令問《掌上蓮峰賦》:"嵐氣霽媚,烟光晚濃。"義近"霽霞"。葉紹翁《四朝聞見録·易安齋梅岩亭》:"孝宗時,在潛邸恭和聖作云:'秀色環亭擁霽霞,修筠冰艷數枝斜。'"趙汝茪《夢江南》:"簾不捲,細雨熟櫻桃。數點霽霞天又曉。" 床前:坐具之前,卧床之前。王維《鄭果州相過》:"麗日照殘

春,初晴草木新。床前磨鏡客,樹下灌園人。”王昌齡《初日》:“初日凈金閨,先照床前暖。斜光入羅幕,稍稍親絲管。”　飄蕭:飄逸瀟灑。白居易《箏》:“雲髻飄蕭綠,花顔旖旎紅。”狀風聲。元稹《書異》:“飄蕭北風起,皓雪紛滿庭。”　簾外:門簾、窗簾之外。康庭芝《詠月》:“天使下西樓,光含萬里秋。臺前疑挂鏡,簾外似懸鉤。”權德輿《臘日龍沙會絶句》:“簾外寒江千里色,林中罇酒七人期。寧知臘日龍沙會,却勝重陽落帽時。”

㉓“簟凉朝睡重”兩句:意謂竹席凉快,早上的覺又香又甜,一覺醒來,僕人煮泡的茶香味遠遠飄來。　重:指酣沉。程垓《愁倚欄》:“昨夜酒多春睡重,莫驚他。”也可作副詞解,表示程度深,相當於“極”、“甚”。《吕氏春秋·悔過》:“今行數千里,又絶諸侯之地以襲國,臣不知其可也,君其重圖之。”高誘注:“重,深。”　夢覺:猶夢醒。《太平寰宇記》卷一三六引干寶《搜神記》:“忽如夢覺,猶在枕旁。”韓愈《宿龍宫灘》:“夢覺燈生暈,宵殘雨送凉。”　熟:表示程度深。《吕氏春秋·博志》:“故曰精而熟之,鬼將告之。非鬼告之也,精而熟之也。”《北史·尒朱榮傳》:“及醉熟,帝欲誅之,左右苦勸乃止。”

㉔“親烹園内葵”兩句:意謂起來之後,親自烹飪園内的蔬菜,聽任僕人買來當地的釀酒。　烹:煮。《左傳·昭公二十年》:“水火醯醢鹽梅,以烹魚肉,燀之以薪。”杜預注:“烹,煮也。”王昌齡《留别岑參兄弟》:“何必念鐘鼎,所在烹肥牛!”　葵:蔬菜名,我國古代重要蔬菜之一,可醃製,稱葵菹。李時珍《本草綱目·葵》:“葵菜古人種爲常食,今之種者頗鮮,有紫莖、白莖二種,以白莖爲勝。大葉小花,花紫黄色,其最小者名鴨脚葵,其實大如指頂,皮薄而扁,實内子輕虚如榆莢仁。”《詩·豳風·七月》:“七月亨葵及菽。”皮日休《吴中苦雨因書一百韵寄魯望》:“惡陰潜過午,未及烹葵菽。”　麯:指酒。張矩《應天長·曲院荷風》:“四面水窗如染,香波釀春麯。”岑參《尹相公京兆府中棠樹降甘露詩》:“却笑趙張輩,徒稱今古稀。爲君下天酒,麯蘗將

用時。”

㉕ 釀酒：造酒。《史記·孟嘗君列傳》：“〔馮驩〕乃多釀酒，買肥牛，召諸取錢者。”劉禹錫《和令狐相公初歸京國賦詩言懷》：“口不言功心自適，吟詩釀酒待花開。” 毓蔬：自己種植的蔬菜。柳宗元《道州文宣王廟碑》：“節用以制貨財，乘時以僦功役，逾年而克有成。廟舍峻整，階序廓大。講肄之位，師儒之室。立廩以周食，圃畦以毓蔬。”李洪《苦益菜賦序》：“李子閑居，自暇從老圃灌畦毓蔬，日忘其勞。” 棋局：棋盤，古代多指圍棋棋盤。史游《急就篇》卷三：“棋局博戲相易輕。”王應麟補注：“所以行棋謂之局。”《文選·韋昭〈博弈論〉》：“枯棋三百，孰與萬人之將？”李善注引邯鄲淳《藝經》：“棋局縱横各十七道，合二百八十九道，白黑棋子各一百五十枚。”按唐以前圍棋棋局之制如此，今則縱横各十九道，合爲三百六十一道。《晉書·天文志》：“天員如張蓋，地方如棋局。”杜甫《江村》：“老妻畫紙爲棋局，稚子敲針作釣鈎。”指弈棋。《後漢書·張衡傳》：“弈秋以棋局取譽，王豹以清謳流聲。”

㉖ 寒竹：即竹，因其經冬不凋，故稱。劉長卿《送鄭十二還廬山別業》：“舊笋成寒竹，空齋向暮山。”許渾《送薛秀才南游》：“繞壁舊詩塵漠漠，對窗寒竹雨瀟瀟。” 秋雨：秋天的雨。庾抱《卧痾喜霽開扉望月簡宫内知友》：“秋雨移弦望，疲痾倦苦辛。忽對荆山璧，委照越吟人。”宋之問《晚泊湘江》：“五嶺恓惶客，三湘顦顇顔。況復秋雨霽，表裏見衡山！” 淩霄：植物名，落葉藤本植物，攀援莖，羽狀複葉，小葉卵形，邊緣有鋸齒，花鮮紅色，花冠漏斗形，結蒴果。花、莖、葉都可入藥。李頎《題僧房雙桐》：“青桐雙拂日，傍帶淩霄花。緑葉傳僧磬，清陰潤井華。”張鎡《北山早興》：“啄木聲穿竹，淩霄色映松。” 晚花：比正常節候晚開的花。劉禹錫《初夏曲三首》二：“巢禽命子戲，園果墜枝斜。寂寞孤飛蝶，窺叢覓晚花。”張籍《和左司元郎中秋居十首》七：“每憶舊山居，新教上墨圖。晚花迴地種，好酒問人沽。”

㉗ 低徊：徘徊，流連。《漢書·司馬相如傳》："低徊陰山翔以紆曲兮，吾乃今日睹西王母。"韓愈《駑驥》："騏驥不敢言，低徊但垂頭。"　翠玉：綠色的玉石。蔡邕《胡栗賦》："形猗猗以艷茂兮，似翠玉之清明。"《宋書·周朗傳》："金魄翠玉，錦繡縠羅，奇色異章，小民既不得服，在上亦不得賜。"這裏借喻綠色的竹子。　散亂：零亂，雜亂。賈誼《過秦論》："然陳涉率散亂之衆數百，奮臂大呼，不用弓戟之兵，鉏耰白梃，望屋而食，橫行天下。"歐陽修《醉翁亭記》："已而夕陽在山，人影散亂，太守歸而賓客從也。"　梔：木名，即梔子，常綠灌木或小喬木，葉子對生，長橢圓形，有光澤。春夏開白花，香氣濃烈，可供觀賞。夏秋結果實，生青熟黄，可做黄色染料，也可入藥，性寒味苦，爲解熱消炎劑。杜甫《梔子》："梔子比衆木，人間誠未多。"唐彦謙《離鸞》："庭前佳樹名梔子，試結同心寄謝娘。"　蕚：花蕚、蕚片的總稱。蕚位於花的外輪，呈綠色，在花芽期有保護花芽的作用。杜甫《花底》："紫蕚扶千蕊，黄鬚照萬花。"李清照《臨江仙》："庭院深深深幾許？雲窗霧閣常扃。柳梢梅蕚漸分明。"

㉘ 顏色：色彩。賈曾《有所思》："洛陽城東桃李花，飛來飛去落誰家？幽閨女兒愛顏色，坐見落花長嘆息。"李益《長干行》："自憐十五餘，顏色桃花紅。那作商人婦，愁水復愁風。"　殊異：不相同。《詩·魏風·汾沮洳》："美無度，殊異乎公路。"韓愈《感二鳥賦》："惟進退之殊異，增余懷之耿耿。"　風霜：風和霜。《後漢書·盧植傳論》："風霜以别草木之性，危亂而見貞良之節。"杜審言《贈蘇味道》："雨雪關山暗，風霜草木稀。"　好惡：好的與壞的。張籍《白頭吟》："人心回互自無窮，眼前好惡那能定？君恩已去若再返，菖蒲花開月長滿。"元稹《三月二十四日宿曾峰館夜對桐花寄樂天》："是夕遠思君，思君瘦如削。但感事暌違，非言官好惡。"

㉙ 年年：每年。盧照鄰《元日述懷》："草色迷三徑，風光動四鄰。願得長如此，年年物候新。"宋之問《有所思》："古人無復洛城東，今人

還對落花風。年年歲歲花相似,歲歲年年人不同。" 百草:各種草類,亦指各種花木。《莊子·庚桑楚》:"夫春氣發而百草生,正得秋而萬寶成。"杜甫《自京赴奉先縣詠懷五百字》:"歲暮百草零,疾風高岡裂。" 畢竟:到底,終歸。許渾《聞開江宋相公申錫下世二首》一:"畢竟成功何處是? 五湖雲月一帆開。"辛棄疾《菩薩蠻·書江西造口壁》:"青山遮不住,畢竟東流去。" 蕭索:蕭條冷落,淒涼。陶潛《自祭文》:"天寒夜長,風氣蕭索,鴻雁於征,草木黄落。"劉過《謁金門》:"休道旅懷蕭索,生怕香濃灰薄。"

㉚"春非我獨春"兩句:意謂春天不是我一個人獨有的春天,秋天也不是我一個人獨有的秋天。 春:春天。韋應物《長安道》:"晨霞出没弄丹闕,春雨依微自甘泉。春雨依微春尚早,長安貴遊愛芳草。"邢鳳《夢中美人歌》:"長安少女踏春陽,何處春陽不斷腸? 舞袖弓彎渾忘却,羅衣空换九秋霜。" 獨:單獨,獨自。鮑照《代放歌行》:"君今有何疾? 臨路獨遲迴。"杜甫《月夜》:"今夜鄜州月,閨中只獨看。" 秋:秋天。韋應物《送顔司議使蜀訪圖書》:"山館夜聽雨,秋猿獨叫群。無爲久留滯,聖主待遺文。"《田四郎求婚聯句(元和十三年,江陵編户成叔弁有女興娘,年十七,忽有人自稱田四郎,偕媒氏求婚,叔弁不許。四郎笑一聲,有二人自空下,曰:"安有不可?"媒氏請爲聯句定婚,聯句訖,媒與三人大絶倒,不復見。其女初若醉,人去後亦醒)》:"一點紅裳出翠微,秋天雲静月離離。天曹使者徒回首,何不從他九族卑(田請叔弁繼作,叔弁不知詩,固辭,聞堂上有人教其云云)?"

㉛"豈念百草死"兩句:意謂我並不是憂慮世間百草紛紛枯萎死去,衹是憂慮自己頭上星星點點的白髮已經是滿頭。 豈念:哪裏顧及。儲光羲《華陽作貽祖三詠》:"夫君獨輕舉,遠近善文雄。豈念千里駕,崎嶇秦塞中?"常建《湖中晚霽》:"豈念客衣薄,將期永投袂。遲回漁父間,一雁聲嘹唳。" 百草:各種草類,亦指各種花木。韓愈《秋

懷詩十一首》二:"白露下百草,蕭蘭共雕悴。青青四墻下,已復生滿地。"王維《贈裴十迪》:"春風動百草,蘭蕙生我籬。" 但念:衹是顧及。韓愈《落齒》:"憶初落一時,但念豁可恥。及至落二三,始憂衰即死。"元稹《遣病》:"前身爲過迹,來世即前程。但念行不息,豈憂無路行?" 滿頭:頭上都是。戎昱《採蓮曲二首》二:"涔陽女兒花滿頭,毵毵同泛木蘭舟。秋風日暮南湖裏,争唱菱歌不肯休。"王建《謝李續主簿》:"衰卧朦朧曉,貧居冷落春。少年無不好,莫恨滿頭塵。" 霜:喻白色或變成白色。范雲《送别》:"不愁書難寄,但恐鬢將霜。望懷白首約,江上早歸航。"李白《古風》四:"徒霜鏡中髮,羞彼鶴上人。桃李何處開? 此花非我春。"

㉜ "頭白古所同"兩句:意謂頭髮發白是人人都要經歷的衰老過程,自古以來就是如此。那麽我爲什麽獨獨要煩惱不已呢? 胡爲:何爲,爲什麽。《漢書・黥布傳》:"胡爲廢上計而出下計?"顔師古注:"胡,何也。"李白《蜀道難》:"嗟爾遠道之人,胡爲乎來哉!" 煩憂:煩惱憂愁。王融《敬重正法篇頌》:"翼善開賢敷教義,照蒙啓惑滌煩憂。"皎然《伏日就湯評事衡湖上避暑》:"釋悶命雅瑟,放情思亂流。更持無生論,可以清煩憂。"

㉝ 茫茫:廣大而遼闊。《關尹子・一宇》:"道茫茫而無知乎? 心儻儻而無羈乎?"王安石《化城閣》:"俯視大江奔,茫茫與天平。"遙遠。荀悦《漢紀論》:"茫茫上古,結繩而治。"楊衡《桂州與陳羽念别》:"茫茫從此去,何路入秦關?" 百年:指人壽百歲。《禮記・曲禮》:"百年曰期。"陳澔集説:"人壽以百年爲期,故曰期。"嵇康《贈兄秀才入軍》:"人生壽促,天地長久。百年之期,孰云其壽?" 處身:立身處世。班固《答賓戲》:"敢問上古之士,處身行道,輔世成名,可述於後者,默而已乎?"司馬彪《贈山濤》:"處身孤且危,於何託余足?"

㉞ 西風:西面吹來的風,多指秋風。李白《長干行二首》二:"八月西風起,想君發揚子。"尚能《中秋旅懷》:"望鄉連北斗,聽雨帶西

風。稼穡村坊遠，烟波路徑通。” 衾簟：被子和竹席。元稹《遣病十首》八：“卧悲衾簟冷，病覺支體輕。”李中《新秋有感》：“漸添衾簟爽，頓覺夢魂清。” 展轉：翻身貌，多形容憂思不寐、卧不安席。《楚辭·劉向〈九嘆·惜賢〉》：“憂心展轉，愁怫鬱兮。”王逸注：“展轉，不寤貌。”李咸用《山中夜坐寄故里友生》：“展轉檐前睡不成，一床山月竹風清。” 華：華美，有文采。鍾會《孔雀賦》：“五色點注，華羽參差。”《文心雕龍·時序》：“岳湛曜聯璧之華，機雲標二俊之采。” 茵：襯墊，褥子。《儀禮·既夕禮》：“加茵，用疏布。”鄭玄注：“茵，所以藉棺者。”賈公彦疏：“加茵者謂以茵加於炕席之上。”洪邁《夷堅丁志·白崖神》：“至官府，極宏麗，廳事對設二錦茵，廷下侍衛肅然。”

㉟ 玉體：猶言尊貴的身體。《戰國策·趙策》：“恐太后玉體之有所郤也，故願望見太后。”錢起《題嵩陽焦道士石壁》：“三峰花畔碧堂懸，錦裏真人此得仙。玉體纔飛西蜀雨，霓裳欲向大羅天。” 芳塵：指美好的風氣與聲譽、名賢的蹤迹。《宋書·謝靈運傳論》：“屈平、宋玉導清源於前，賈誼、相如振芳塵於後。”韋應物《送雲陽鄒儒立少府侍奉還京師》：“甲科推令名，延閣播芳塵。”

㊱ 適意：寬心，舒適。《古詩十九首·凛凛歲雲暮》：“眄睞以適意，引領遥相睎。”樓穎《東郊納涼憶左威衛李録事收昆季太原崔參軍三首》三：“林間求適意，池上得清飆。”稱心，合意。葛洪《抱朴子·行品》：“士有顔貌修麗，風表閑雅，望之溢目，接之適意……然心蔽神否，才無所堪。”蘇軾《上皇帝書》：“小不適意，則有飛揚跋扈之心。” 及時：逢時，謂得到有利時機。孟郊《長安羈旅行》：“萬物皆及時，獨余不覺春。”適時。沈作喆《寓簡》卷一〇：“吾自高曾世傳種花，但栽培及時，無他奇巧。”《詩·召南·摽有梅序》：“《摽有梅》，男女及時也。召南之國，被文王之化，男女得以及時也。”孔穎達疏：“謂紂時俗衰政亂，男女喪其配耦，嫁娶多不以時，今被文王之化，故男女皆得以及時。”後因以“及時”指男女已到婚嫁之年。

㊲ 衰周：即“東周”，朝代名，從公元前七七〇年周平王把國都從鎬京東遷至洛邑起，至公元前二五六年被秦所滅爲止，其間是戰國時代，作爲中央政權的東周王朝已名存實亡，故曰“衰周”。皮日休《追和虎丘寺清遠道士詩并序》：“成道自衰周，避世窮炎漢。荆杞雖雲梗，烟霞尚容竄。”韋莊《咸陽懷古》：“山色不知秦苑廢，水聲空傍漢宫流……莫怪楚吟偏斷骨，野烟蹤迹似東周。”　仲尼：孔子的字，孔子名丘，春秋魯國人。《文心雕龍・銘箴》：“周公慎言于金人，仲尼革容於欹器。”張説《大唐祀封禪頌》：“仲尼叙帝王之書。”　無乃：相當於“莫非”、“恐怕是”，表示委婉測度的語氣。《論語・雍也》：“居敬而行簡，以臨其民，不亦可乎？居簡而行簡，無乃太簡乎？”韓愈《行難》：“由宰相至百執事凡幾位，由一方至一州凡幾位，先生之得者，無乃不足充其位邪？”　妖人：美女，有學問者。應瑒《報龐惠恭書》：“發明月之輝光，照妖人之窈窕。”杜牧《將赴池州道中作》：“妖人笑我不相問，道者應知歸路心。南去南來盡鄉國，月明秋水只沈沈。”

㊳ 漠漠：廣闊貌。王維《積雨輞川莊作》：“積雨空林烟火遲，蒸藜炊黍餉東菑。漠漠水田飛白鷺，陰陰夏木囀黄鸝。”羅隱《省試秋風生桂枝》：“漠漠看無際，蕭蕭别有聲。遠吹斜漢轉，低拂白榆輕。”　江面：江上。劉滄《宿題金山寺》：“海門烟樹潮歸後，江面山樓月照時。獨鶴唳空秋露下，高僧入定夜猨知。”李煜《憶江南》：“閑夢遠，南國正芳春。船上管絃江面緑，滿城飛絮混輕塵。愁殺看花人。”　微微：輕微，稍微。陳子昂《酬暉上人秋夜山亭有贈》：“皎皎白林秋，微微翠山静。禪居感物變，獨坐開軒屏。”猶濛濛。曹植《誥咎文》：“遂乃沈陰坱圠，甘澤微微，雨我公田，爰暨於私。”宋之問《緱山廟》：“天路何其遠！人間此會稀。空歌日雲暮，霜月漸微微。”

㊴ 今日：本日，今天。《孟子・公孫丑》：“今日病矣！予助苗長矣！”韓愈《送張道士序》：“今日有書至。”　今夕：今晚，當晚。左思《蜀都賦》：“樂飲今夕，一醉累月。”韓愈《玩月喜張十八員外以王六秘

書至》:“況當今夕圓,又以嘉客隨。” 秋懷:秋日的思緒情懷。李白《郢門秋懷》:“郢門一爲客,巴月三成弦。朔風正摇落,行子愁歸旋。”皮日休《臨頓爲吴中偏勝之地陸魯望居之不出郛郭曠若郊墅余每相訪款然惜去因成五言十首奉題屋壁》七:“寂歷秋懷動,蕭條夏思殘。”浩然:正氣,正大剛直之氣。《孟子・公孫丑》:“我善養吾浩然之氣……其爲氣也,至大至剛,以直養而無害,則塞於天地之間。”陳子昂《感遇詩三十八首》二八:“朝發宜都渚,浩然思故鄉。故鄉不可見,路隔巫山陽。”

㊵ “況我頭上髮”兩句:意謂我頭上的頭髮已經開始衰白,全部衰白也要不了多少年頭。 衰白:謂人老體衰鬢髮疏落花白,語本嵇康《養生論》:“至於措身失理,亡之於微,積微成損,積損成衰,從衰得白,從白得老,從老得終,悶若無端。”杜甫《收京三首》二:“生意甘衰白,天涯正寂寥。” 待年:謂等待不了多少年。曾鞏《祭致仕湛郎中文》:“維公早以郎潛,安於養志;晚而家食,曾不待年。治績紀於朝廷,行實推於鄉里。”范公偁《過庭録》:“蜀公表謝曰:‘六十三而告老,蓋不待年;七十五而復來,孰云中禮?’”

㊶ 我懷:我的理想、志向。徐彦伯《和李適答宋十一入崖口五渡見贈》:“我懷滄洲想,懿爾白雲吟。秉願理方協,存期迹易尋。”高適《答侯少府》:“君意定何適?我懷知所遵。浮沈各異宜,老大貴全真。” 極:著急。《淮南子・精神訓》:“隨其天資而安之不極。”高誘注:“極,急也。”也可作程度副詞解,猶甚,最,很,狠。《史記・高祖本紀》:“高祖曰:‘豐,吾所生長,極不忘耳!’”韓愈《吊武侍御所畫佛文》:“極西之方有佛焉!其土大樂。” 詮:詳盡解釋,闡明。《淮南子・要略》:“差擇微言之眇,詮以至理之文。”邵雍《寄謝三城太守韓子華舍人》:“予敢對客曰,事有難其詮。”文體名,史傳論贊的别稱。劉知幾《史通・論贊》:“既而班固曰贊,荀悦曰論,《東觀》曰序,謝承曰詮,陳壽曰評,王隱曰議,何法盛曰述,揚雄曰譔,劉昞曰奏,袁宏、

裴子野自顯姓名,皇甫謐、葛洪列其所號。”元稹採用此字,有暗喻自喻之意。

[編年]

《年譜》編年本詩於“庚寅至甲午在江陵府所作其他詩”欄内,理由是:“第三首云:‘日暮江上立。’第十首云:‘漠漠江面燒。’”《編年箋注》編年:“組詩……《解秋十首》……作於元和五年(八一〇)至九年(八一四)期間,元稹時在江陵士曹參軍任。”理由是:“見下《譜》。”《年譜新編》編年元和六年,理由是:“其三云:‘而我兩不遂,三十鬢添霜。日暮江上立,蟬鳴楓樹黄。’”

我們以爲《年譜》、《編年箋注》將本詩編年元稹江陵任内顯得籠統。本詩第一首云:“回悲鏡中發,華白三四莖。豈無滿頭黑?念此衰已萌。”説明詩人剛剛開始萌生白髮,所以如此注意又這樣哀嘆。元稹《酬翰林白學士代書一百韵》詩云:“甯牛終夜永,潘鬢去年衰(予今年始三十二,去歲已生白髮)。”本詩第三首所言:“而我兩不遂,三十鬢添霜。”與此意同。元和四年由於東臺監察御史任上的操勞和妻子亡故的哀痛,元稹開始萌生白髮,但粗心的詩人並未注意。直到左降江陵無所事事才開始注意,並一再在詩裏詠嘆。元稹出貶江陵之年正是三十二歲,此詩即應作於元和五年秋天,組詩中反反復復歌詠的是江陵。

《年譜新編》引用了本詩的詩句,但却没有正確加以理解,擅自編年元和六年,是没有任何道理的。元和六年元稹三十三歲,與“三十鬢添霜”有何特定的聯繫?元稹三十歲丁母憂在家居喪,三十一歲在監察御史任,並没有貶任江陵士曹參軍,這是人所共知的史實,没有争議,與組詩中描述的江陵風光不合,可以排除。既然不是“三十歲”、“三十一歲”,那麽因詩歌的字數限制而不得不作簡約表示的“三十”,究竟是哪一年?爲何不是三十二歲,偏偏是三十三歲的元和六年?《年譜新編》没有舉出其他有力的證據加以論證,而"華白三四莖"的狀態,應該是剛剛萌生白髮的"三十二歲",不應該是"三十三歲"。

◎遣　晝(一)①

密竹有清陰,曠懷無塵滓②。況乃秋日光,玲瓏曉窗裏③。旬休聊自適,今辰日高起④。櫛沐坐前軒,風輕鏡如水⑤。開卷恣詠謠,望雲閑徙倚⑥。新菊媚鮮妍,短萍憐霾(同霾)靡⑦。掃除田地静,摘掇園蔬美⑧。幽玩愜詩流,空堂稱居士⑨。客來傷寂寞,我念遺煩鄙⑩。心迹兩相忘,誰能驗行止⑪?

録自《元氏長慶集》卷六

[校記]

(一) 遣晝:本詩存世各本,包括楊本、叢刊本、《古詩鏡·唐詩鏡》、《全詩》在内,未見異文。

[箋注]

① 遣晝:謂久雨至午稍停。徐光啓《農政全書》卷一一:"凡久雨至午少止,謂之遣晝。在正午遣或可晴,午前遣則午後雨不可勝。"本詩作消遣中午時光解。唐庚《雜詠二十首》七:"團扇侵時令,方書遣晝長。此間吾所樂,便擬卜林塘。"劉克莊《循州雜詠》四:"花開不旋踵,草薙復齊腰。團扇侵時令,方書遣晝長。"

② 密竹:密生之竹。何遜《夕望江橋示蕭諮議楊建康江主簿》:"風聲動密竹,水影漾長橋。"柳宗元《永州龍興寺東丘記》:"屏以密

竹,聯以曲梁,桂檜松杉楩柟之植,幾三百本,嘉卉美石,又經緯之。” 清陰:清凉的樹陰。陶潛《歸鳥詩》:“顧儔相鳴,景庇清陰。”薛能《楊柳枝》:“遊人莫道栽無益,桃李清陰却不如。”這裏指竹陰。　曠懷:豁達的襟懷。白居易《酬楊八》:“君以曠懷宜静境,我因蹇步稱閑官。”陸游《龜堂獨酌》:“曠懷與世元難合,幽句何人可遣聽?”　塵滓:比喻世間煩瑣的事務。李德裕《舴艋舟》:“永日歌濯纓,超然謝塵滓。”也喻污穢或污穢的事物。陶弘景《周氏冥通記》卷二:“太霞郁紫蓋,景風飄羽輪;直造塵滓際,萬穢澆我身。”

③ 况乃:何况,况且,而且。《後漢書·王符傳》:“以罪犯人,必加誅罰,况乃犯天,得無咎乎?”謝靈運《登臨海嶠初發强中作與從弟惠連見羊何共和之》:“兹情已分慮,况乃協悲端。”　秋日:秋天的太陽。鮑照《園葵賦》:“春風夕來,秋日晨映。獨酌南軒,擁琴孤聽。”杜甫《雨四首》一:“紫崖奔處黑,白鳥去邊明。秋日新沾影,寒江舊落聲。”　玲瓏:明徹貌。《文選·揚雄〈甘泉賦〉》:“前殿崔巍兮,和氏玲瓏。”李善注引晉灼曰:“玲瓏,明見皃也。”鮑照《中興歌十首》四:“白日照前窗,玲瓏綺羅中。”　曉窗:清晨的窗户。王建《春詞》:“良人早朝半夜起,櫻桃如珠露如水。下堂把火送郎回,移枕重眠曉窗裏。”元稹《元和五年予官不了罰俸西歸三月六日至陜府與吴十一兄端公崔二十二院長思愴曩遊因投五十韵》:“小年閑愛春,認得春風意。未有花草時,先醲曉窗睡。”

④ 旬休:旬假,唐人一旬有一次休息的假日。元稹《元和五年予官不了罰俸西歸三月六日至陜府與吴十一兄端公崔二十二院長思愴曩遊因投五十韵》:“朝士遇旬休,豪家得春賜。提携好音樂,剪鏟空田地。”李建勛《薔薇二首》二:“裛露早英濃壓架,背人狂蔓暗穿墻。彩箋蠻榼旬休日,欲召親賓看一場。”　自適:悠然閑適而自得其樂。《莊子·駢拇》:“夫適人之適,而不自適其適,雖盗蹠與伯夷,是同爲淫僻也。”薛戎《遊爛柯山》:“二仙行自適,日月徒遷徙。不語寄手談,

無心引樵子。” 今辰：義同“今晨”，“辰”通“晨”。白居易《自問行何遲》：“前月發京口，今辰次淮涯。二旬四百里，自問行何遲？”黄滔《寄友人》“當年識君初，指期非一朝。今辰見君意，日暮何蕭條！” 日高：太陽高高升起。李彦遠《采桑》：“采桑畏日高，不待春眠足。攀條有餘態，那矜貌如玉！”孟郊《吊房十五次卿少府》：“日高方得起，獨賞些些春。可惜宛轉鶯，好音與佗人！”

⑤ 櫛沐：梳洗。白居易《和櫛沐寄道友》：“櫛沐事朝謁，中門初動關。盛服去尚早，假寐須臾間。”司馬光《張行婆傳》：“女僕之幼者，則爲之櫛沐紉縫，視之如己女。” 前軒：處在房屋前部的亭閣。劉長卿《留題李明府霅溪水堂》：“雲峰向高枕，漁釣入前軒。晚竹疏簾影，春苔雙履痕。”羊士諤《山郭風雨朝霽悵然秋思》：“桐竹離披曉，涼風似故園。驚秋對旭日，感物坐前軒。” 軒：房室。崔立之《南至隔仗望含元殿香爐》：“飄飄縈内殿，漠漠澹前軒。聖日開如捧，卿雲近欲渾。”以敞朗爲特點的建築物，如亭、閣、棚之類。韓愈《和侯協律詠笋(侯喜也)》：“竹亭人不到，新笋滿前軒。乍出真堪賞，初多未覺煩。” 風輕：微風輕吹。王涯《春閨思》：“雪盡萱抽葉，風輕水變苔。玉關音信斷，又見發庭梅。”元稹《八月六日與僧如展前松滋主簿韋戴同遊碧澗寺賦得扉字韵寺臨蜀江内有碧澗穿注兩廊又有龍女洞能興雲雨詩中噴字以平聲韵》：“草引風輕馴虎睡，洞驅雲入毒龍歸。” 鏡如水：水如鏡，鏡似水。江淹《後讓太傅揚州牧表》：“詳圖辨箴，如鏡如水。撿崖覽志，匪雕匪文。”王結《與臨川吴先生問答》：“雖燕居獨處，不與物接，又安能寂然不動如鏡如水？”

⑥ 開卷：打開書本，借指讀書。王融《天監三年策秀才文》：“閉户自精，開卷獨得。”韓愈《出門》：“開卷讀且想，千載若相期。” 詠謠：吟誦詩歌。張説《延州豆盧使君萬泉縣主薛氏神道碑》：“辭人於是詠謠，華秀從風，君子爲之嘆息。”元稹《秋堂夕》：“泛覽昏夜目，詠謡暢煩膺。况吟獲麟章，欲罷久不能。” 望雲：仰望白雲，謂仰慕君

王，語出《史記・五帝本紀》："帝堯者，放勛。其仁如天，其知如神。就之如日，望之如雲。"駱賓王《夏日游德州贈高四序》："因仰長安而就日，赴帝鄉以望雲。"仰望白雲，謂思念家鄉思念父母。杜甫《客堂》二："老馬終望雲，南雁意在北。别家長兒女，欲起慚筋力。"　徙倚：猶徘徊，逡巡。《楚辭・遠遊》："步徙倚而遥思兮，怊惝怳而乖懷。"王逸注："彷徨東西，意愁憤也。"曹植《洛神賦》："於是洛靈感焉！徙倚徬徨，神光離合，乍陰乍陽。"

⑦ 新菊：剛剛開放的菊花。鄭絪《奉和武相公省中宿齋酬李相公見寄》："寒露滋新菊，秋風落故蕖。同懷不同賞，幽意竟何如？"白居易《和錢員外早冬玩禁中新菊》："禁署寒氣遲，孟冬菊初拆。新黄間繁緑，爛若金照碧。"　鮮妍：鮮艷美好。元稹《夢遊春七十韵》："鮮妍脂粉薄，暗淡衣裳故。"范成大《吴船録》卷上："峰巒草木，皆鮮妍絢蒨，不可正視。"　短萍：剛剛出水的浮萍。王洋《壬戌立冬十月十一日陪路文周朋携禔祖同訪後山道人庵道人出就庵烹茶庵外采菊拾橡實以歸偶成即事》："試撥柴烟尋宿火，旋添泉水洗茶瓶。黄花采采盈衣袖，橡實離離傍短萍。"　萍：浮萍。《禮記・月令》："〔季春之月〕萍始生。"韓愈《南山詩》："喁喁魚闖萍，落落月經宿。"　靃靡：草木細弱，隨風披拂貌。《楚辭・劉安〈招隱士〉》："青莎雜樹兮，薠草靃靡。"王逸注："隨風披敷。"洪興祖補注："靃靡，弱貌。"顧况《白鷺汀》："靃靡汀草碧，淋森鷺毛白。"

⑧ 掃除：打掃，清除塵穢。李栖筠《張公洞》："我本道門子，願言出塵籠。掃除方寸間，幾與神靈通。"皮日休《南陽潤卿將歸雷平因而有贈》："東卿旄節看看至，静啓茅齋慎掃除。"　田地：耕種用的土地。元稹《景申秋八首》六："經雨籬落壞，入秋田地荒。"地方，處所。陸龜蒙《奉酬苦雨見寄》："不如驅入醉鄉中，只恐醉鄉田地窄。"　摘掇：採摘，義近"拾掇"，收羅，拾取。陸龜蒙《杞菊賦序》："前後皆樹以杞菊……及夏五月，枝葉老硬，氣味苦澀，旦暮猶責兒童輩拾掇不已。"

王令《原蝗》:"寒禽冬飢啄地食,拾掇穀種無餘遺。" 園蔬:菜園中的蔬菜。元稹《江邊四十韵》:"庭草傭工薙,園蔬稚子掊。本圖閑種植,那要擇肥磽?"請讀者注意,元稹《江邊四十韵》所詠,與本詩本句"摘掇園蔬美"實爲一事,實爲前後之作,可以參讀。白居易《官舍閑題》"禄米麞牙稻,園蔬鴨脚葵。飽餐仍晏起,餘暇弄龜兒(龜兒即小侄名)"意境相近。

⑨ 幽玩:幽雅的遊玩。白居易《題小橋前新竹招客》:"筠翠如可餐,粉霜不忍觸。閑吟聲未已,幽玩心難足。"亦作"玩幽",劉長卿《入白沙渚夤緣二十五里至石窟山下懷天台陸山人》:"遠嶼靄將夕,玩幽行自遲。歸人不計日,流水閑相隨。" 詩流:指詩人。杜甫《送長孫九侍御赴武威判官》:"樽前失詩流,塞上得國寶。"楊萬里《都下和同舍客李元老承信贈詩之韵》:"詩流倡和秋蟲鳴,僧房問答獅子吼。" 空堂:空曠寂寞的廳堂。阮籍《詠懷八十二首》一七:"獨坐空堂上,誰可與歡者?"王維《秋夜獨坐》:"獨坐悲雙鬢,空堂欲二更。" 居士:佛教稱在家佛教徒之受過"三歸"、"五戒"者爲居士。《維摩詰經》稱,維摩詰居家學道,號稱維摩居士。慧遠義記:"在家修道,居家道士,名爲居士。"元稹《度門寺》:"舍利開層塔,香爐占小峰。道場居士置,經藏大師封。"也有文人雅士自稱居士。如李白自稱青蓮居士,歐陽修自稱六一居士,蘇軾自稱東坡居士等。

⑩ 寂寞:冷清,孤單。曹植《雜詩五首》四:"閑房何寂寞,緑草被階庭。"李朝威《柳毅傳》:"山家寂寞兮難久留,欲將辭去兮悲綢繆。" 煩鄙:繁雜卑俗。《北史·蘇威傳》:"平陳之後,牧人者盡改變之,無長幼悉,使誦五教威,加以煩鄙之辭,百姓嗟怨。"薛季宣《釣臺阻風去得風便》:"東風回我舟,江步時須艤。仰觀巖像設,敬拜豁煩鄙。"

⑪ 心迹:思想與行爲。謝靈運《齋中讀書》:"昔余游京華,未嘗廢丘壑。矧乃歸山川,心迹雙寂漠。"韓愈《寄崔二十六立之》:"西城員外丞,心迹兩屈奇。"猶心事,心情。李白《與韓荊州書》:"此疇曩心

迹,安敢不盡于君侯哉?”　相忘:彼此忘却。《莊子·大宗師》:“泉涸,魚相與處於陸,相呴以濕,相濡以沫,不如相忘於江湖。”蘇軾《送穆越州》:“江海相忘十五年,羨君松柏蔚蒼顔。”　行止:行蹤。杜甫《奉送王信州崟北歸》:“别離同雨散,行止各雲浮。”《喜陸侍御破石埭草寇東峰亭賦詩》:“絶景西溪寺,連延近郭山。高深清扃外,行止翠微間。”

[編年]

《年譜》在“庚寅至甲午在江陵府所作其他詩”欄内將本詩編入,理由是:“《全唐詩》卷四零一載元稹詩二十三首,第一首《寄吴士矩端公五十韵》題下注:‘此後並江陵士曹時作。’”《編年箋注》同意《年譜》編年意見,理由是“見卞《譜》”。《年譜新編》亦編年“庚寅至甲午在江陵府所作其他詩”,没有列舉理由。

我們無法苟同《年譜》的編年結論。前面我們已説過詩歌以及文章的編年不是根據文集的編排次序,而要考察詩文的具體内容。本詩云:“密竹有清陰,曠懷無塵滓。况乃秋日光,玲瓏曉窗裏……新菊媚鮮妍,短萍憐靃靡……”據詩意,本詩是詩人描寫在秋天的旬沐之日幽閑地消磨自己的時光,而詩歌描寫的風光確實有江陵的特色。從詩人所詠“旬休聊自適,今辰日高起”、“客來傷寂寞,我念遣煩鄙”、“空堂稱居士”的生活裏,我們估計元稹當時還過着單身漢的生活,亦即元和五年秋天,那時詩人的妻子韋叢已亡故,但還没有續娶安仙嬪爲妾,來客可能正是李景儉,憐憫元稹狼狽的單身漢生活,隨後就爲元稹張羅續娶安仙嬪。而元稹《江邊四十韵》:“庭草傭工薙,園蔬稚子掊。本圖閑種植,那要擇肥磽?”與本詩所詠“掃除田地静,摘掇園蔬美”實爲一事,應該是前後之作。本詩“秋日光”,“新菊”表明,應該是秋天的詩篇,亦即元和五年秋天間所作。

◎ 江陵夢三首(一)[1]

平生每相夢，不省兩相知[2]。況乃幽明隔，夢魂徒爾爲[3]。情知夢無益，非夢見何期[4]？今夕亦何夕，夢君相見時[5]？依稀舊妝服，晻淡昔容儀[6]。不道間生死，但言將别離[7]。分張碎針綫，襵疊故幈幃[8]。撫稚再三囑，泪珠千萬垂[9]。囑云唯此女，自嘆總無兒[10]。尚念嬌且騃，未禁寒與饑[11]。君復不憘事，奉身猶脱遺[12]。況有官縛束，安能長顧私[13]？他人生間别，婢僕多謾欺[14]。君在或有託，出門當付誰[15]？言罷泣幽噎，我亦涕淋漓[16]。驚悲忽然寤，坐卧若狂痴[17]。月影半床黑，蟲聲幽草移[18]。心魂生次第(二)，覺夢久自疑[19]。寂默深想像，泪下如流澌[20]。百年永已訣，一夢何太悲[21]！悲君所嬌女，棄置不我隨[22]。長安遠於日，山川雲間之[23]。縱我生羽翼，網羅生縶維[24]。今宵泪零落，半爲生别滋[25]。感君下泉魄，動我臨川思[26]。一水不可越，黄泉況無涯[27]。此懷何由極？此夢何由追[28]？坐見天欲曙，江風吟樹枝[29]。

古原三丈穴，深葬一枝瓊[30]。崩剥山門壞，烟綿墳草生[31]。久依荒隴坐，却望遠村行[32]。驚覺滿床月，風波江上聲[33]。

君骨久爲土，我心長似灰[34]。百年何處盡，三夜夢中來[35]？逝水良已矣！行雲安在哉[36]？坐看朝日出，衆鳥雙徘徊[37]。

録自《元氏長慶集》卷九

[校記]

(一) 江陵夢三首：楊本、叢刊本、《全詩》作"江陵三夢"，語義相類，不改。

(二) 心魂生次第：楊本、叢刊本、《全詩》同，張校宋本作"心魂方次第"，語義不佳，不改。

[箋注]

① 江陵夢：發生在江陵的夢，是詩人思念已故妻子韋叢的夢。夢是睡眠时局部大脑皮质还没有完全停止活动而引起的脑中的表象活动。張九齡《巫山高》："巫山與天近，烟景長青熒。此中楚王夢，夢得神女靈。"李澄之《秋庭夜月有懷》："遊客三江外，單栖百慮違。山川憶處近，形影夢中歸。"本組詩三首，但每首句數前後不一，正説明詩人哀傷不已，想到哪裏，就寫到那裏，是哀痛心情的自然流露。

② 平生：平素，往常。《論語·憲問》："見利思義，見危授命，久要不忘平生之言，亦可以爲成人矣！"杜甫《夢李白二首》二："出門搔白首，若負平生志。冠蓋滿京華，斯人獨顦顇。"　不省：不領悟，不明白。《史記·留侯世家》："〔張良〕爲他人言，皆不省。"《新唐書·宇文士及傳》："又嘗割肉，以餅拭手，帝屢目，陽若不省，徐啗之。"　相知：互相瞭解，知心。《楚辭·九歌·少司命》："悲莫悲兮生别離，樂莫樂兮新相知。"韓愈《論薦侯喜狀》："或接膝而不相知，或異世而相慕，以其遭逢之難，故曰士爲知己者死。"

③ 况乃：何况，况且，而且。《後漢書·王符傳》："以罪犯人，必加誅罰，况乃犯天，得無咎乎？"謝靈運《登臨海嶠初發强中作與從弟惠連見羊何共和之》："兹情已分慮，况乃協悲端。"　幽明：指生與死，陰間與人間。陳子昂《同旻上人傷壽安傅少府》："杳杳泉中夜，悠悠世上春。幽明長隔此，歌哭爲何人？"《太平廣記》卷四八九引唐代無

名氏《冥音録》:“幽明路異,人鬼道殊,今者人事相接,亦萬代一時,非偶然也。” 夢魂:古人以爲人的靈魂在睡夢中會離開肉體,故稱“夢魂”。劉希夷《巫山懷古》:“頹想卧瑤席,夢魂何翩翩!”晏幾道《鷓鴣天》:“春悄悄。夜迢迢。碧雲天共楚宫遥。夢魂慣得無拘檢,又踏楊花過謝橋。” 徒爾:徒然,枉然。任昉《述異記》卷四:“石犬不可吠,銅駞徒爾爲。”李頎《放歌行答從弟墨卿》:“徒爾當年聲籍籍,濫作詞林兩京客。”

④ 情知:深知,明知。駱賓王《艷情代郭氏答盧照鄰》:“情知唾井終無理,情知覆水也難收,不復下山能借問,更向盧家字莫愁。”辛棄疾《鷓鴣天》:“情知已被山遮斷,頻倚欄干不自由。” 無益:没有利益的事。《書·旅獒》:“不作無益害有益,功乃成。”没有好處,没有裨益。《論語·衛靈公》:“吾嘗終日不食,終夜不寢以思,無益,不如學也。” 期:期限。《詩·王風·君子于役》:“君子于役,不知其期。”《文選·謝靈運〈過始寧墅〉》:“揮手告鄉曲,三載期歸旋。”李善注:“三載黜陟幽明,故以爲限。”

⑤ 今夕:今晚,當晚。左思《蜀都賦》:“樂飲今夕,一醉累月。”韓愈《玩月喜張十八員外以王六秘書至》:“况當今夕圓,又以嘉客隨。” 相見:彼此會面。耿湋《贈興平鄭明府》:“悽惶忽相見,欲語泪霑巾。”竇群《贈劉大兄院長》:“萬年枝下昔同趨,三事行中半已無。路自長沙忽相見,共驚雙鬢别來殊。”這裏指詩人與已故妻子韋叢的夢境相遇。

⑥ 依稀:隱約,不清晰。謝靈運《行田登海口盤嶼山》:“依稀採菱歌,彷彿含嚬容。”郭良《早行》:“月從山上落,河入斗間横。漸至重門外,依稀見洛城。” 妝服:打扮與服色。元稹《楊子華畫三首》一:“依然古妝服,但感時節移。念君一朝意,遺我千載思。”《舊唐書·楚王靈龜妃上官氏》:“丈夫以義烈標名,婦人以守節爲行,未能即先犬馬以殉溝壑,寧可復飾粧服有他志乎?” 晻澹:暗淡,不鮮明。岑參

《天山雪送蕭沼歸京》:“晻濸寒氛萬里凝,闌干陰崖千丈冰。”元稹《桐花》:“朧月上山館,紫桐垂好陰。可惜暗澹色,無人知此心。”　容儀:容貌舉止,容貌儀錶。《漢書·成帝紀贊》:“成帝善修容儀,升車正立,不内顧,不疾言,不親指,臨朝淵嘿,尊嚴若神,可謂穆穆天子之容者矣!”蔣防《霍小玉傳》:“其夕,生澣衣沐浴,修飾容儀,喜躍交並,通夕不寐。”

⑦ 不道:不説。《後漢書·曹世叔妻傳》:“擇辭而説,不道惡語。”蘇轍《龍川别志》卷上:“丁謂既逐李公於衡州,遣中使齎詔賜之,不道所以。”　間:阻隔,間隔。《穆天子傳》卷三:“道里悠遠,山川閑之。”柳宗元《李赤傳》:“其友與俱遊者有姻焉!間累日,乃從之館。”生死:生和死。喬知之《哭故人》:“生死久離居,淒凉歷舊廬。嘆兹三徑斷,不踐十年餘。”白居易《夢裴相公》:“五年生死隔,一夕魂夢通。”别離:離别。《楚辭·九歌·少司命》:“悲莫悲兮生别離,樂莫樂兮新相知。”聶夷中《勸酒二首》二:“人間榮樂少,四海别離多。”

⑧ 分張:分配,分施。《南齊書·張岱傳》:“岱初作遺命,分張家財,封置箱中,家業張減,隨復改易,如此十數年。”元稹《告贈皇考皇妣文》:“先夫人備極勞苦,躬親養育。截長補敗,以禦寒凍。質價市米,以給餔旦。依倚舅族,分張外姻。奉祀免喪,禮無遺者。”　針綫:亦作“針縱”,針和綫。白居易《秋霽》:“獨對多病妻,不能理針綫。”段成式《酉陽雜俎續集·寺塔記》:“太宗常賜三藏衲,約直百餘金,其工無針緵之迹。”　褔疊:義同“打疊”,折疊,收拾,安排。劉昌詩《蘆蒲筆記·打字》:“收拾爲打疊,又曰打迸。”龔鼎臣《東原録》:“江南城破,曹彬見李國主,即放入宅,言令打疊金銀。”　幈幃:帡幃。元稹《月三十韵》:“綺幕殘燈斂,妝樓破鏡飛。玲瓏穿竹樹,岑寂思幈幃。”《敦煌曲子詞·臨江仙》:“錦帳幈幃冷落多,何復戀嬌娥,迴來直擬苦過磨。”

⑨ 撫稚:撫養兒女。元稹《論子蒙》:“撫稚君休感,無兒我不

傷。”李軫《泗州刺史李君神道碑》：“庶務親臨，存孤撫稚。” 再三：第二次第三次，一次又一次，一遍又一遍。《易·蒙》：“初筮告，再三瀆，瀆則不告。”孔穎達疏：“師若遲疑不定，或再或三，是褻瀆，瀆則不告。”李白《南陽送客》：“揮手再三别，臨岐空斷腸。” 囑：關照；叮囑。杜甫《潼關吏》：“請囑防關將，慎勿學哥舒。”戎昱《聽杜山人彈胡笳歌》：“當時海内求知音，囑付胡笳入君手。” 泪珠：傳説海中鮫人泪滴而成的寶珠。舊題郭憲《洞冥記》：“〔吠勒國人〕乘象入海底取寶，宿於鮫人之舍，得泪珠，則鮫人所泣之珠也，亦曰泣珠。”泪滴，眼泪。黄滔《馬嵬三首》一：“鐵馬嘶風一渡河，泪珠零便作驚波。” 千萬：形容數目極多。王粲《從軍詩五首》四：“連舫踰萬艘，帶甲千萬人。”韓愈《秋懷詩十一首》三：“歸還閲書史，文字浩千萬。” 垂：落泪或流涕，指哭泣。《荀子·禮論》：“垂涕恐懼，然而幸生之心未已，持生之意未輟也。”《後漢書·光武帝紀》：“老吏或垂涕曰：‘不圖今日復見漢官威儀！’”

⑩ 唯此女：衹有這一個女兒，元稹與韋叢前後生有五個子女，其他四個都一一夭折，保子是詩人與韋叢留下來的唯一子女。韓愈《監察御史元君妻京兆韋氏夫人墓誌銘》：“夫人之先，累公累卿。有赫外祖，相我唐明。歸逢其良，夫夫婦婦。獨不與年，而卒以夭。實生五子，一女之存。” 自嘆：自己感嘆自己。韋應物《贈王侍御》：“上陽秋晚蕭蕭雨，洛水寒來夜夜聲。自嘆猶爲折腰吏，可憐驄馬路傍行。”李嘉祐《送竇拾遺赴朝因寄中書十七弟》：“自嘆未霑黄紙詔，那堪遠送赤墀人？老爲儒客偏相戀，素是詩家倍益親。” 總：老是，一直。王昌齡《從軍行七首》二：“琵琶起舞换新聲，總是關山舊别情。撩亂邊愁聽不盡，高高秋月照長城。”李白《子夜吴歌·秋歌》：“長安一片月，萬户擣衣聲。秋風吹不盡，總是玉關情。” 兒：特指男孩。《仓颉篇》卷下：“男曰兒，女曰嬰。”韩愈《游西林寺》：“中郎有女能傳業，伯道無兒可保家。”

⑪ 嬌騃:猶嬌痴。白居易《二年三月五日齋畢開素當食偶吟贈妻弘農郡君》:"嬌騃三四孫,索哺繞我傍。"蘇舜欽《雨中聞鶯》:"嬌騃人家小女兒,半啼半語隔花枝。"　禁:勝任,忍受。杜牧《邊上聞笳三首》一:"遊人一聽頭堪白,蘇武争禁十九年?"晁補之《一叢花》:"西城未有花堪採,醉狂興,冷落難禁。"　寒饑:亦作"寒飢",寒冷和饑餓。陸賈《新語·明誡》:"窮涉寒飢,織履而食。"韓愈《符讀書城南》:"不見三公後,寒飢出無驢。"

⑫ 憘事:好事,喜歡多事。　憘:喜歡,喜悦。同"喜"、"憙"。《集韵·去志》:"憙,《説文》:'説也。'亦省,或作憘。"《北史·常景傳》:"柳下三黜,不愠其色;子文三陟,不憘其情。"《大戴禮記·曾子立事》:"兄弟憘憘,朋友切切。"　奉身:養自身,守自身。鄭處誨《明皇雜録》卷上:"〔盧懷慎〕爲黄門侍郎,在東都掌選事,奉身之具,纔一布囊耳!"王禹偁《官舍偶題》:"奉身無實事,困我爲虚名。"　脱遺:遺漏。元稹《故金紫光禄大夫檢校司徒兼太子少傅贈太保鄭國公食邑三千户嚴公行狀》:"恐他人纂撰益復脱遺,感念曩懷,遂書行實。"洪邁《容齋三筆·漢人希姓》:"兩《漢書》所載人姓氏,有後世不著見者甚多,漫紀於此,以助氏族書之脱遺。"捨棄,亦謂超然物外。蘇轍《李誠之待制挽詞》:"脱遺章句事經綸,滿腹龍蛇自屈伸。"

⑬ 縛束:約束。《史記·義縱傳》:"吏之治,以斬殺縛束爲務。"王韜《平賊議》:"即有一二狷潔自好賢豪自命者,亦止於上下縛束,無可措手。"　顧私:顧念私情。曹植《白馬篇》:"名在壯士籍,不得中顧私。"徐鉉《賦得霍將軍辭弟》:"漢將承恩久,圖勛肯顧私?"

⑭ 他人:别人。《詩·小雅·巧言》:"他人有心,予忖度之。"白居易《太行路》:"人生莫作婦人身,百年苦樂由他人。"　間别:義近"閑介"、"間介",語本《孟子·盡心》:"山徑之蹊,閑介然,用之而成路。爲閑不用,則茅塞之矣!"後用"閑介"指隔絶,阻礙。《文選·馬融〈長笛賦〉》:"是以閑介無蹊,人迹罕到。"李善注:"言山閑隔絶,無

有蹊徑也。”　婢僕：謂男女奴僕。《顔氏家訓·後娶》：“况夫婦之義，曉夕移之，婢僕求容，助相説引，積年累月，安有孝子乎？”白居易《續古詩十首》七：“豪家多婢僕，門内頗驕奢。”　謾欺：欺誑。《史記·秦始皇本紀》：“上不聞過而日驕，下懾伏謾欺以取容。”蘇轍《送柳子玉》：“老成慎趨好，後生守淳魯。豈效相謾欺，衒牛沽馬脯？”

⑮ 託：憑藉，依賴。《韓非子·外儲説》：“夫獵者，託車輿之安，用六馬之足，使王良佐轡，則身不勞而易及輕獸矣！”曹丕《典論·論文》：“不假良史之辭，不託飛馳之勢，而聲名自傳於後。”　出門：離開家鄉遠行。韋應物《幽居》：“貴賤雖異等，出門皆有營。獨無外物牽，遂此幽居情。”元稹《出門行》：“出門不數年，同歸亦同遂。”這裏指元稹被貶到江陵任職。　付：託付。阮瑀《爲曹公作書與孫權》：“若能内取子布，外擊劉備，以效赤心，用復前好，則江表之任，長以相付。”杜甫《暮秋枉裴道州手札率爾遣興寄遞呈蘇涣侍御》：“致君堯舜付公等，早據要路思捐軀。”

⑯ 幽噎：同“幽咽”，謂聲音低沉、輕微，常形容水聲和哭泣聲。庾信《秦州天水郡麥積崖佛龕銘》：“冀城餘俗，河西舊風。水聲幽咽，山勢崆峒。”杜甫《石壕吏》：“夜久語聲絶，如聞泣幽咽。天明登前途，獨與老翁别。”　淋漓：亦作“淋離”，沾濕或流滴貌。范縝《擬招隱士》：“嶔崟兮嶮巇，岌峨兮傾欹。飛泉兮激沫，散漫兮淋灕。”韓愈《醉後》：“淋漓身上衣，顛倒筆下字。人生如此少，酒賤且勤置。”

⑰ 驚悲：又驚又悲。盧綸《增嘆因呈河中鄭倉曹暢參軍昆季》：“鬢似衰蓬心似灰，驚悲相集老相催。故友九泉留語别，逐臣千里寄書來。”元稹《樂府古題·夢上天》：“哭聲厭咽旁人惡，唤起驚悲泪飄露。千慚萬謝唤厭人，向使無君終不寤。”　寤：醒，睡醒，蘇醒。《詩·邶風·柏舟》：“静言思之，寤辟有摽。”崔鴻《十六國春秋·劉淵》：“其夜，夢所見魚變爲人，左手把一物，大如鷄子，光景非常，授呼延氏曰：‘此是日精，服之生貴子。’寤以告豹，豹曰：‘吉徵也。’”　坐

卧:坐和卧,坐或卧。《漢書・杜周傳》:“延年居父官府,不敢當舊位,坐卧皆易其處。”李頎《題璿公山池》:“指揮如意天花落,坐卧閑房春草深。”　狂痴:癲狂痴呆。陸賈《新語・慎微》:“視之無優游之容,聽之無仁義之辭,忽忽若狂痴,推之不往,引之不來。”蔡琰《悲憤詩》:“見此崩五内,恍惚生狂痴。”

⑱ 月影:月光。邢邵《冬夜酬魏少傅直史館詩》:“風音響北牖,月影度南端。”陸游《霜月》:“枯草霜花白,寒窗月影新。”　半床:不滿一床。庾信《小園賦》:“落葉半床,狂花滿屋。”韋莊《清平樂》二:“夢覺半床斜月,小窗風觸鳴琴。”　蟲聲:昆蟲的鳴叫聲。盧象《永城使風》:“蟲聲出亂草,水氣薄行衣。一别故鄉道,悠悠今始歸。”錢起《秋夜梁七兵曹同宿二首》一:“星影低驚鵲,蟲聲傍旅衣。卑栖歲已晚,共羨雁南飛。”　幽草:幽深地方的草叢。《詩・小雅・何草不黄》:“有芃者狐,率彼幽草。”韋應物《滁州西澗》:“獨憐幽草澗邊生,上有黄鸝深樹鳴。”

⑲ 心魂:心神,心靈。江淹《雜體詩・效左思〈詠史〉》:“百年信荏苒,何用苦心魂!”蘇舜欽《和菱溪石歌》:“畫圖突兀亦頗怪,張之屋壁驚心魂。”　次第:次序,順序。《詩・大雅・行葦》:“序賓以賢。”鄭玄箋:“謂以射中多少爲次第。”依次。劉禹錫《秋江晚泊》:“暮霞千萬狀,賓鴻次第飛。”　自疑:自己懷疑自己。李嘉祐《聞逝者自驚》:“亦知死是人間事,年老聞之心自疑。黄卷清琴總爲累,落花流水共添悲。”李益《照鏡》:“衰鬢朝臨鏡,將看却自疑。慚君明似月,照我白如絲。”

⑳ 寂默:静默不語,不出聲音。孫綽《游天台山賦》:“恣語樂以終日,等寂默於不言。”韓愈《遣興聯句》:“獨居久寂默,相顧聊慨慷。”　想像:亦作“想象”,緬懷,回憶。《楚辭・遠遊》:“思舊故以想像兮,長太息而掩涕。”李商隱《及第東歸次灞上却寄同年》:“下苑經過勞想像,東門送餞又差池。”猶設想。《列子・湯問》:“伯牙乃舍琴而嘆曰:

‘善哉,善哉！子之聽夫！志想像猶吾心也。’”高適《和賀蘭判官望北海作》:“迹非想像到,心以精靈猜。” 流澌:流水。李頎《寄司勛盧員外》:“流澌臘月下河陽,草色新年發建章。秦地立春傳太史,漢宫題柱憶仙郎。”白居易《馬上晚吟》:“人少街荒已寂寥,風多塵起重蕭條。上陽落葉飄宫樹,中渡流澌擁渭橋。”

㉑ 百年:一生,終身。陶潛《擬古九首》二:“不學狂馳子,直在百年中。”杜甫《登高》:“萬里悲秋常作客,百年多病獨登臺。” 訣:將遠離或久别而告别,多指生死告别。《史記·孫子吴起列傳》:“〔吴起〕與其母訣,齧臂而盟曰:‘起不爲卿相,不復入衛。’”鮑照《代東門行》:“涕零心斷絶,將去復還訣。” 悲:哀痛,傷心。《詩·豳風·七月》:“女心傷悲,殆及公子同歸。”温庭筠《玉蝴蝶》:“摇落使人悲,斷腸誰得知?”

㉒ 君:對對方的尊稱,猶言您,亦用在人姓名後表示尊敬。顧況《送李道士》:“人境年虚擲,仙源日未斜。羨君乘竹杖,辭我隱桃花。”耿湋《雪後宿王純池州草堂》:“宿君湖上宅,琴韵静參差。夜雪入秋浦,孤城連貴池。” 嬌女:愛女。左思《嬌女》:“吾家有嬌女,皎皎頗白皙。”李白《寄東魯二稚子》:“嬌女字平陽,折花倚桃邊。” 棄置:拋棄,扔在一邊。丘遲《答徐侍中爲人贈婦》:“糟糠且棄置,蓬首亂如麻。”陸游《讀書未終卷而睡有感》:“暮年緣一懶,百事俱棄置。” 隨:跟從,追從。《老子》:“音聲相和,前後相隨。”蘇軾《南鄉子·雙荔枝》:“自小便相隨,綺席歌筵暫不離。”這裏指元稹與韋叢的唯一存世的女兒保子並没有隨從元稹一起前來江陵,而是獨自留在長安。

㉓ 長安遠於日:典出《世説新語·夙惠》:“晉明帝數歲,坐元帝膝上。有人從長安來,元帝問洛下消息,潸然流涕。明帝問何以致泣?具以東渡意告之。因問明帝:‘汝意謂長安何如日遠?’答曰:‘日遠。不聞人從日邊來,居然可知。’元帝異之。明日,集群臣宴會,告以此意,更重問之,乃答曰:‘日近。’元帝失色,曰:‘爾何故異昨日之

言邪?'答曰:'舉目見日,不見長安。'"後因以"長安日"指長安。李嶠《扈從還洛呈侍從群官》:"將交洛城雨,稍遠長安日。"張説《幽州新歲作》:"邊鎮戍歌連夜動,京城燎火徹明開。遥遥西向長安日,願上南山壽一杯。"這裏指因爲長安離開江陵實在太遠,一時無法對女兒加以照料,遺憾痛惜之情溢以言表。　山川:山嶽、江河。《易·坎》:"天險,不可升也,地險,山川丘陵也,王公設險以守其國。"沈佺期《興慶池侍宴應制》:"漢家城闕疑天上,秦地山川似鏡中。"　雲:由水滴、冰晶聚集形成的在空中懸浮的物體。《易·小畜》:"密雲不雨,自我西郊。"韓愈《别知賦》:"雨浪浪其不止,雲浩浩其常浮。"　間:阻隔,間隔。《穆天子傳》卷三:"道裏悠遠,山川閑之。"柳宗元《李赤傳》:"其友與俱遊者有姻焉!間累日,乃從之館。"

㉔ 縱:縱令,即使。《史記·魏公子列傳》:"且公子縱輕勝,棄之降秦,獨不憐公子姊邪?"杜甫《兵車行》:"縱有健婦把鋤犁,禾生隴畝無東西。"　羽翼:禽鳥的翼翅。《管子·霸形》:"寡人之有仲父也,猶飛鴻之有羽翼也。"嚴忌《哀時命》:"勢不能淩波以徑度兮,又無羽翼而高翔。"　網羅:捕捉鳥獸的工具。《淮南子·兵略訓》:"飛鳥不動,不絓網羅。"鮑照《代空城雀》:"高飛畏鴟鳶,下飛畏網羅。"比喻法網。司空曙《酬張芬有赦後見贈》:"紫鳳朝銜五色書,陽春忽布網羅除。"歐陽修《江鄰幾文集序》:"其間又有不幸罹憂患,觸網羅,至困阨流離以至。"　縶維:拴馬的繩索,引申指束縛。葛洪《抱朴子·博喻》:"若乃求千里之迹於縶維之駿,責匠世之勛於劇碎之賢,謂之不惑,吾不信也。"蘇軾《次韵孔文仲推官見贈》:"聞聲自決驟,那復受縶維!"

㉕ 今宵:今夜。徐陵《走筆戲書應令》:"今宵花燭泪,非是夜迎人。"雍陶《宿嘉陵驛》:"今宵難作刀州夢,月色江聲共一樓。"　零落:借指掉下的眼泪。韋應物《過扶風精舍舊居簡朝宗巨川兄弟》:"年深念陳迹,迨此獨忡忡。零落逢故老,寂寥悲草蟲。"劉商《緑珠怨》:"從來上臺榭,不敢倚欄干。零落知成血,高樓直下看。"　生别:謂生生

别離。沈佺期《擬古别離》:“奈何生别者,戚戚懷遠遊。”杜甫《夢李白二首》一:“死别已吞聲,生别常惻惻。”這裏意謂自己的夢後飲泣,一半是爲亡故的妻子,而另一半則是爲不得不被丟棄長安的女兒保子。

㉖ 下泉:地下,猶言黄泉。《南史·任昉傳》:“范、張款款於下泉,尹、班陶陶於永夕。”白居易《思舊》:“再思今何在? 零落歸下泉。” 臨川:面對川流。潘岳《秋興賦》:“臨川感流以嘆逝兮,登山懷遠而悼近。”杜甫《水檻》:“臨川視萬里,何必欄檻爲!”“臨河羨魚”的緊縮語,比喻空有願望,而無實際行動。《淮南子·説林訓》:“臨河而羨魚,不若歸家織網。”揚雄《河東賦》:“雄以爲臨川羨魚,不如歸而結網。”

㉗ “一水不可越”兩句:意謂一條河流,如果没有借指的工具,尚且難於越過,何況黄泉無邊無涯,又如何能够隨意飛越與亡妻相見? 黄泉:指人死後埋葬的地方,陰間。《管子·小匡》:“應公之賜,殺之黄泉,死且不朽。”王建《寒食行》:“三日無火燒紙錢,紙錢那得到黄泉? 但看壠上無新土,此中白骨應無主。” 無涯:無窮盡,無邊際。朱慶餘《吴興新堤》:“春堤一望思無涯,樹勢還同水勢斜。深映菰蒲三十里,晴分功利幾千家。”唐彦謙《中秋夜玩月》:“一夜高樓萬景奇,碧天無際水無涯。”

㉘ 懷:留戀,愛惜。《楚辭·九歌·東君》:“長太息兮將上,心低佪兮顧懷。”曹植《白馬篇》:“棄身鋒刃端,性命安可懷?” 何由:從何處,從什麼途徑。《楚辭·天問》:“上下未形,何由考之?”王昌齡《送韋十二兵曹》:“出處兩不合,忠貞何由伸?” 極:窮盡,竭盡。《禮記·大學》:“是故君子無所不用其極。”鄭玄注:“極猶盡也,君子日新其德,常盡心力不有餘也。”柳宗元《蝜蝂傳》:“又好上高,極其力不已,至墜地死。” 追:尋求,追求。《韓非子·外儲説》:“臧獲之所願託其足於驥者,以驥之可以追利辟害也。”韓愈《順宗實録》:“萬福倍道追而殺之,免者十二三。”

㉙ 坐見:猶言眼看著,徒然看著。盧思道《聽鳴蟬篇》:“一夕復

一朝，坐見凉秋月。”陳子昂《登澤州城北樓宴》：“復來登此國，臨望與君同。坐見秦兵壘，遥聞趙將雄。”　曙：天亮，破曉。《楚辭·九章·悲回風》：“涕泣交而淒淒兮，思不眠以至曙。”王逸注：“曙，明也。”曹植《洛神賦》：“夜耿耿而不寐，霑繁霜而至曙。”　江風吟樹枝：意謂江面上的微風，輕輕吹拂著岸邊的樹林，樹枝發出低低的吟唱。王昌齡《送魏二》：“醉别江樓橘柚香，江風引雨入舟凉。憶君遥在瀟湘月，愁聽清猿夢裏長。”岑參《天山雪歌送蕭治歸京》：“正是天山雪下時，送君走馬歸京師。雪中何以贈君别？惟有青青松樹枝。”

㉚ 古原：未經開墾的原野。盧綸《和金吾裴將軍使往河北宣慰因訪張氏昆季舊居兼寄趙侍郎趙卿拜陵未迴》：“古原收野燎，寒笛怨空鄰。書此達良友，五陵風雨頻。”白居易《賦得古原草送别》：“離離原上草，一歲一枯榮。野火燒不盡，春風吹又生。”　穴：墓壙。《詩·王風·大車》：“穀則異室，死則同穴。”鄭玄箋：“穴，謂冢壙中也。”韓愈《祭十二郎文》：“斂不憑其棺，窆不臨其穴。”　瓊：美玉，這裏比喻韋叢。《詩·衛風·木瓜》：“投我以木瓜，報之以瓊琚。”毛傳：“瓊，玉之美者。”蘇軾《次韵答王鞏》：“我有方外客，顔如瓊之英。”

㉛ 崩剥：倒塌，剥落。楊衒之《洛陽伽藍記·正始寺》：“纖列之狀如一古，崩剥之勢似千年。”韋應物《答河南李士巽題香山寺》：“墻宇或崩剥，不見舊題名。”　山門：墓門。《宋書·袁顗傳》：“奈何毁擲先基，自蹈凶戾。山門蕭瑟，松庭誰掃？”宋之問《楊將軍挽歌》：“亭寒照苦月，隴暗積愁雲。今日山門樹，何處有將軍？”　烟綿：義近“綿延”，延續不斷。蕭綱《七勵》：“中宿綿延，長廊周密。”韋應物《登西南岡卜居遇雨》：“紆曲水分野，綿延稼盈疇。”　墳草：散佈在墳墓四周的野草。杜牧《再宿蕪湖感舊傷懷因成十六韵》：“蒼生未經濟，墳草已芊綿。往事惟沙月，孤燈但客船。”方干《哭王大夫》：“峴亭惋咽知無極，渭曲馨香莫計年。從此心喪應畢世，忍看墳草讀殘篇。”

㉜ 荒：偏僻，荒凉。《北史·魏孝文帝紀》：“庚寅，詔雍州士人百

年以上，假華郡太守；九十以上，假荒郡。”劉兼《對鏡》：“青鏡重磨照白鬢，白鬢閑撚意何如？故園迢遞千山外，荒郡淹留四載餘。” 隴：通“壟”，墳墩，墳墓。《墨子·節葬》：“葬埋必厚，衣衾必多，文繡必繁，丘隴必巨。”孫詒讓間詁：“《禮記·曲禮》鄭注云：‘丘，壟也。壟，冢也。隴，壟之假字。’《淮南子·説林訓》云：‘或謂冢，或謂隴，名異實同也。’”駱賓王《爲李總管祭趙郎將文》：“因原爲隴，即壤成棺。” 遠村：偏遠的村落。宋之問《江亭晚望》：“浩渺浸雲根，烟嵐出遠村。鳥歸沙有迹，帆過浪無痕。”王維《奉和聖製登降聖觀與宰臣等同望應制》：“遠村出野曠，寒山静帝城。雲裏深渭水，天邊映佳氣。”

㉝ 驚覺：受驚而覺醒，驚醒。干寶《搜神記》卷九：“充帳下周勤，時晝寢，夢見百餘人録充，引入一徑，勤驚覺。”陸游《夜夢與宇文子友譚德會山寺若餞予行者乃作此詩》：“鄰鐘忽驚覺，鴉翻窗欲明。” 風波：風浪。《楚辭·九章·哀郢》：“順風波以從流兮，焉洋洋而爲客？”張説《送岳州李十從軍桂州》：“送客之江上，其人美且才。風波萬里闊，故舊十年來。”

㉞ “君骨久爲土”兩句：意謂你的屍骨時經一年，想來早就已經化爲泥土；從你離開這個世界離開我之後，我的内心一直痛苦不已，心似死灰。 骨：指屍骨。《左傳·僖公三十二年》：“必死是間，余收爾骨焉！”杜甫《自京赴奉先縣詠懷五百字》：“朱門酒肉臭，路有凍死骨。” 灰：沮喪，消沉。李白《結客少年場行》：“燕丹事不立，虚没秦帝宫。舞陽死灰人，安可與成功！”張祜《走筆贈許玖赴桂州命》：“直氣自消瘴，遠心無暫灰。”

㉟ 百年：一生，終身。杜甫《登高》：“萬里悲秋常作客，百年多病獨登臺。”蘇軾《渚宫》：“百年人事知幾變？直恐荒廢成空陂。” 何處：哪里，什麽地方。《漢書·司馬遷傳》：“且勇者不必死節，怯夫慕義，何處不勉焉！”王昌齡《梁苑》：“萬乘旌旗何處在？平臺賓客有誰憐？” 盡：死。《莊子·齊物論》：“一受其成形，不亡以待盡。”郭象

注:“言物各有分,故知者守知以待終,而愚者抱愚以至死。”《史記·扁鵲倉公列傳》:“後五日死者,肝與心相去五分,故曰五日盡,盡即死矣!”　夢中:睡夢之中。《列子·周穆王》:“西極之南隅有國焉……其民不食不衣而多眠,五旬一覺,以夢中所爲者實,覺之所見者妄。”沈約《别范安成》:“勿言一樽酒,明日難重持。夢中不識路,何以慰相思?”

㊱ 逝水:指一去不返的流水,比喻流逝的光陰。《顔氏家訓·勉學》:“光陰可惜,譬諸逝水。”許渾《重遊練湖懷舊》:“榮枯盡寄浮雲外,哀樂猶驚逝水前。”　已矣:嘆詞,罷了,算了。《莊子·人間世》:“已矣!勿言之矣,散木也。”《漢書·蘇武傳》:“收族陵家,爲世大戮,陵尚復何顔乎?已矣!令子卿知吾心耳!”　行雲:用巫山神女之典,比喻人行蹤不定。戎昱《送零陵妓》:“寶鈿香蛾翡翠裙,裝成掩泣欲行雲。”馮延巳《鵲踏枝》:“幾日行雲何處去?忘却歸來,不道春將暮。”　安在:在哪裏。李適《汾陰後土祠作》:“雄圖今安在?飛飛有白雲。”陳子昂《燕昭王》:“丘陵盡喬木,昭王安在哉?霸圖悵已矣!驅馬復歸來。”

㊲ 坐看:猶行看,旋見,形容時間短暫。李白《古風》二六:“坐看飛霜滿,凋此紅芳年。”杜甫《鳳凰臺》:“坐看彩翮長,縱意八極周。”　朝日:早晨初升的太陽。《藝文類聚》卷一八引蔡邕《協初賦》:“面若明月,輝似朝日。”謝朓《始出尚書省》:“紛虹亂朝日,濁河穢清濟。”　衆鳥:衆多的鳥類。儲光羲《同王十三維偶然作十首》九:“空山暮雨來,衆鳥竟栖息。斯須照夕陽,雙雙復撫翼。”李白《獨坐敬亭山》:“衆鳥高飛盡,孤雲獨去閑。相看兩不厭,只有敬亭山。”　雙:禽鳥兩隻。《周禮·秋官·掌客》:“乘禽日九十雙。”鄭玄注:“乘禽,乘行群處之禽,謂雉雁之屬,於禮以雙爲數。”孫詒讓正義:“《方言》云:‘飛鳥曰雙,雁曰乘。’《廣雅·釋詁》曰:‘雙、耦、匹、乘,二也。’”《左傳·襄公二十八年》:“公日膳雙鷄。”張泌《臨江仙》:“五雲雙鶴去無蹤。”　徘

徊：流連，留戀。曹植《上責躬詩表》："是以愚臣徘徊於恩澤，而不敢自棄者也。"蘇舜欽《滄浪亭記》："予愛而徘徊，遂以錢四萬得之，構亭北碕，號滄浪焉！"安行貌，徐行貌。《文選・張衡〈南都賦〉》："揔萬乘兮徘徊，按平路兮來歸。"李善注："徘徊即遲遲也。《毛詩》曰：行道遲遲。"張銑注："徘徊，安行狀。"蘇軾《前赤壁賦》："少焉，月出於東山之上，徘徊於斗牛之間。"

［編年］

《年譜》編年本詩於元和五年"元稹在江陵府作"，没有説明理由。《編年箋注》編年："此詩……作于元和五年（八一〇），元稹時在江陵府士曹參軍任。見下《譜》。"《年譜新編》編年元和五年"元稹貶江陵時所作詩"，理由是："元詩云：'長安遠於日，山川雲間之……坐見天欲曙，江風吟樹枝。'當爲元和五年作。"

我們以爲，本組詩確實作於元和五年元稹在江陵士曹參軍任，但仍然有不少信息可供我們進一步細化編年，本詩云："君在或有託，出門當付誰？"這是詩人以韋叢的名義説出自己對女兒保子獨自在長安的擔憂。"悲君所嬌女，棄置不我隨。長安遠於日，山川雲間之。縱我生羽翼，網羅生縶維。"這是元稹以自己的口吻説出不能照料遠在長安女兒的苦惱。説明元稹賦詠本組詩之時，保子在長安，并没有與貶謫在江陵的元稹生活在一起。而元稹《酬翰林白學士代書一百韵序》："玄元氏之下元日，會予家居至。"而"下元"是節日名，時在十月十五日，與正月十五日的"上元"、七月十五日的"中元"一起，是三大著名的節日。而所謂的"家居"，對當時的元稹來説，就是女兒保子，除此之外，元稹已經没有第二個親人。據此，本組詩肯定應該作於十月十五日之前。而元稹《泛江玩月十二韵序》："予以元和五年自監察御史貶授江陵士曹掾，六月十四日張季友、李景儉二侍御，王文仲同録、王衆仲判官兩昆季，爲予載酒炙，選聲音，自府城之南橋攀月泛舟，窮竟一夕，予賦詩以紀之。”從詩序可知，元和五年六月十五日，元稹的女兒還不在身邊，否則元稹不能與人宴集遊玩而徹夜不歸。本詩：“撫稚再三囑，泪珠千萬垂。囑云唯此女，自歎總無兒。尚念嬌且騃，未禁寒與饑。”詩中提及的“寒與饑”，應該是天氣漸漸變冷的徵候。綜合上述材料，結合當時長安、江陵之間的現狀，以及年幼的保子不可能一個人獨自前來，必須有順道之人同行照料等情況，保子雖然到達江陵在十月十五日，但啓動詩人接女兒來江陵的想法，應該早在九月初就已經决定，這個時間大致也就是本組詩賦詠的時間，地點自然在江陵。

◎酬樂天八月十五夜禁中獨直玩月見寄①

一年秋半月偏深，况就烟霄極賞心(一)②。金鳳臺前波漾漾(二)，玉鈎簾下影沉沉③。宴移明處清蘭路，歌待新詞促翰林④。何意枚皋正承詔，瞥然塵念到江陰⑤？

録自《元氏長慶集》卷一七

[校記]

(一) 况就烟霄極賞心：楊本、叢刊本、《全詩》、《佩文齋詠物詩選》同，《歲時雜詠》作“况就青霄極賞心”，語義不同，不改。

(二) 金鳳臺前波漾漾：楊本、叢刊本、《全詩》、《佩文齋詠物詩選》同，《歲時雜詠》作“金鳳樓前波漾漾”，語義不同，不改。

[箋注]

① 酬樂天八月十五夜禁中獨直玩月見寄：白居易原唱爲《八月十五日夜禁中獨直對月憶元九》，詩云：“銀臺金闕夕沉沉，獨宿相思

在翰林。三五夜中新月色，二千里外故人心。渚宫東面烟波泠，浴殿西頭鐘漏深。猶恐清光不同見，江陵卑濕足秋陰。"白居易詩篇賦成於八月十五日夜，元稹酬篇應該在其後。　八月十五夜：即中秋，指農曆八月十五日。白居易《效陶潛體詩十六首》七："中秋三五夜，明月在前軒。"吴自牧《夢粱録·中秋》："八月十五日，中秋節，此日三秋恰半，故謂之中秋。"　禁中：指帝王所居宫内。蔡邕《獨斷》卷上："漢天子正號曰皇帝……所居曰禁中，後曰省中。"又云："禁中者，門户有禁，非侍御者不得入，故曰禁中。"王昌齡《蕭駙馬宅花燭》："青鸞飛入合歡宫，紫鳳銜花出禁中。"　直：當值，值勤。《晉書·庾珝傳》："珝爲侍中，直於省内。"蕭綱《與蕭臨川書》："八區内侍，厭直御史之廬；九棘外府，且息官曹之務。"張喬《秘省伴直》："喬枝聚暝禽，疊閣鎖遥岑。待月當秋直，看書廢夜吟。"　玩月：賞月。元稹《泛江玩月十二韵》："共將船載酒，同泛月臨江。遠樹懸金鏡，深潭倒玉幢。"孟元老《東京夢華録·中秋》："中秋夜，貴家結飾臺榭，民間争占酒樓玩月。"　見寄：義同寄贈，古人常常用於詩題之中。張籍《答白杭州郡樓登望畫圖見寄》："畫得江城登望處，寄來今日到長安。乍驚物色從詩出，更想工人下手難。"元稹《答姨兄胡靈之見寄五十韵》："媿捧芝蘭贈，還披胇腑呈。此生如未死，未擬變平生。"見，用在動詞前面表示被動，相當於被，受到。李白《早秋贈裴十七仲堪》："明主儻見收，烟霄路非賒。"鄧倚《春雲》："洗處無瑕玷，添時識滿盈。蘭亭如見用，敲戛有金聲。"

② 秋半：秋季過半之時，即中秋。韓愈《獨釣四首》四："秋半百物變，溪魚去不來。風能坼芡觜，露亦染梨腮。"姚合《酬李廓精舍南臺望月見寄》："露寒僧梵出，林静鳥巢疏。遠色當秋半，清光勝夜初。"　烟霄：雲霄。陳子昂《春日登金華觀》："山川亂雲日，樓榭入烟霄。鶴舞千年樹，虹飛百尺橋。"這裏喻顯赫的地位，意謂白居易任職翰林學士，地位顯赫。白居易《秋夜感懷呈朝中親友》："詞賦擅名來

已久,烟霄得路去何遲? 漢庭卿相皆知己,不薦楊雄欲薦誰?”黄滔《陳皇后因賦復寵賦》:“已爲無雨之期,空懸夢寐;終自淩雲之制,能致烟霄。”　賞心:心意歡樂。謝靈運《晚出西射堂》:“羈雌戀舊侶,迷鳥懷故林。含情尚勞愛,如何離賞心?”李嶷《林園秋夜作》:“林卧避殘暑,白雲長在天。賞心既如此,對酒非徒然。”

③ 金鳳臺:即鳳凰池,禁苑中池沼。魏晉南北朝時設中書省於禁苑,掌管機要,接近皇帝,故稱中書省爲“鳳凰池”。唐代宰相稱同中書門下平章事,故多以“鳳凰池”指宰相職位。王建《宫詞一百首》六:“千牛仗下放朝初,玉案旁邊立起居。每日進來金鳳紙,殿頭無事不多書。”劉禹錫《湖南觀察使故相國袁公挽歌》:“五驅龍虎節,一入鳳凰池。”　漾漾:閃耀貌。皇甫曾《山下泉》:“漾漾帶山光,澄澄倒林影。”許渾《春望思舊遊》:“花光晴漾漾,山色晝峨峨。”飄蕩貌。孫光憲《漁歌子》:“草芊芊,波漾漾。湖邊草色連波漲。沿蓼岸,泊楓汀,天際玉輪初上。”　玉鉤:玉製的挂鉤,亦爲挂鉤的美稱。丁仙芝《長寧公主舊山池》:“平陽舊池館,寂寞使人愁。座卷流黄簟,簾垂白玉鉤。”李璟《攤破浣溪沙》:“手卷真珠上玉鉤。依前春恨鎖重樓。”　沉沉:宫室深邃貌。《史記·陳涉世家》:“入宫,見殿屋帷帳,客曰:‘夥頤! 涉之爲王沉沉者!’”裴駰集解引應劭曰:“沉沉,宫室深邃之貌也。”魏徵《暮秋言懷》:“沉沉蓬萊閣,日久鄉思多。”

④ 明處:明亮的地方,有光亮的地方。李紳《却望無錫芙蓉湖五首》二:“丹橘村邊獨火微,碧流明處雁初飛。蕭條落葉垂楊岸,隔水寥寥聞擣衣。”趙希鵠《洞天清録集·古今石刻辨》:“以紙加碑上,貼於窗户間,以遊絲筆就明處圈却字畫,填以濃墨,謂之響搨。”　歌待新詞促翰林:此處借用唐玄宗召李白賦寫《清平調詞三首》的故事,以李白比白居易。《説郛》卷五二記述此事甚詳:“開元中,禁中初重木芍藥,即今牡丹也(開元天寶《花木記》云:‘木芍藥,禁中呼爲牡丹花。’)得四本,紅、紫、淺紅、通白者,上因移植于興慶池東沉香亭前。

會花方繁開，上乘月夜召太真妃以步輦從，詔特選梨園弟子中尤者，得樂十六色。李龜年以歌擅一時之名，手捧檀板押衆樂前欲歌之，上曰：'賞名花，對妃子，焉用舊樂詞爲？'遂命龜年持金花箋宣賜翰林學士李白，進《清平調詞》三章。白欣承詔旨，猶苦宿酲未解，因援筆賦之：'雲想衣裳花想容，春風拂檻露華濃。若非群玉山頭見，會向瑤臺月下逢。一枝紅艷露凝香，雲雨巫山枉斷腸。借問漢宫誰得似？可憐飛燕倚新妝。名花傾國兩相歡，長得君王帶笑看。解釋春風無限恨，沉香亭北倚闌干。'龜年遽以詞進，上命梨園弟子約略調撫絲竹，遂促龜年以歌。" 新詞：新作的詩詞。劉禹錫《踏歌詞四首》一："唱盡新詞歡不見，紅霞映樹鷓鴣鳴。"辛棄疾《丑奴兒》："少年不識愁滋味，愛上層樓。愛上層樓，爲賦新詞强説愁。" 翰林：即翰林學士，官名，唐玄宗開元初以張九齡、張説、陸堅等掌四方表疏批答、應和文章，號"翰林供奉"，與集賢院學士分司起草詔書及應承皇帝的各種文字。唐德宗以後，翰林學士成爲皇帝的親近顧問兼秘書官，常值宿内廷，承命撰擬有關任免將相和册后、立太子等事的文告，有"内相"之稱。唐代後期，往往即以翰林學士升任宰相。楊巨源《張郎中段員外初直翰林報寄長句》："秋空如練瑞雲明，天上人間莫問程。丹鳳詞頭供二妙，金鑾殿角直三清。"劉禹錫《翰林白二十二學士見寄詩一百篇因以答貺》："吟君遺我百篇詩，使我獨坐形神馳。玉琴清夜人不語，琪樹春朝風正吹。"

⑤ 何意：豈料，不意。吴質《答魏太子箋》："自謂可終始相保，並騁材力，效節明主，何意數年之閑，死喪略盡。"于良史《田家秋日送友》："殘雨北山裏，夕陽東渡頭……何意君迷駕？山林應有秋。" 枚皋：漢代著名文章高手，與司馬相如並稱於世，這裏比白居易。《説郛・枚皋長卿》記述甚詳："枚皋文章敏疾，長卿製作淹遲，皆盡一時之譽。而長卿首尾温麗，枚皋時有累句，故知疾行無善迹矣！揚子雲曰：'軍旅之際，戎馬之間，飛書馳檄，用枚皋；廊廟之下，朝廷之中，高

文典册,用相如。”杜牧《見劉秀才與池州妓别》:“金釵横處緑雲墮,玉筯凝時紅粉和。待得枚皋相見日,自應粧鏡笑蹉跎。”趙嘏《憶山陽》:“家在枚皋舊宅邊,竹軒晴與楚坡連。芰荷香繞垂鞭袖,楊柳風横弄笛船。” 承詔:奉詔旨。張籍《同將作韋二少監贈水部李郎中》:“舊年同是水曹郎,各罷魚符自禁鄉。重著青衫承詔命,齊趨紫殿異班行。”商倚《初入試院》:“承詔掄材敢倦行?廣庭深鎖待群英。分場自敵三千客,决勝誰降七十城?” 瞥然:忽然,迅速地。錢起《銜魚翠鳥》:“有意蓮葉間,瞥然下高樹。擘波得潛魚,一點翠光去。”白居易《與微之書》:“平生故人,去我萬里;瞥然塵念,此際暫生。” 塵念:塵俗之念。包融《酬忠公林亭》:“持我興來趣,采菊行相尋。塵念到門盡,遠情對君深。”黄滔《題山居逸人》:“世人誰到此?塵念自應忘。” 江陰:江的南邊,古以水的南面爲陰,這裏指江陵,代指元稹自己。包何《送王汶宰江陰》:“郡北乘流去,花間竟日行。海魚朝滿市,江鳥夜喧城。”許渾《守風淮陰》:“遥見江陰夜漁客,因思京口釣魚時。一潭明月萬株柳,自去自來人不知。”

[編年]

《年譜》編年本詩於元和五年八月十五日,《編年箋注》編年云:“元稹此詩作於元和五年(八一〇),時在江陵士曹任。見下《譜》。”《年譜新編》亦編年元和五年“元稹貶江陵時所作詩”。

我們以爲,有白居易原唱《八月十五日夜禁中獨直對月憶元九》以及元稹自己的詩題《酬樂天八月十五夜禁中獨直玩月見寄》爲證,《年譜》編年本詩於元和五年雖然没有問題,但具體日期仍然應該商榷:白居易原唱作於元和五年八月十五日夜,但慮及白居易原唱寄達江陵的時日,本詩無論如何不應該作於元和五年八月十五日夜,而應該在八月十五日夜之後,我們以爲九月應該是本詩賦詠的時日。《編年箋注》編年雖然説“見下《譜》”,但並没有看清《年譜》的具體編年日期，以“作於元和五年（八一〇），時在江陵士曹任”作爲結論，顯得籠統，至少元和五年八月十五日夜之前的歲月應該排除。《年譜新編》編年於元和五年“元稹貶江陵時所作詩”，同樣顯得籠統，錯誤性質與《編年箋注》相類。

我們還以爲，《酬樂天書懷見寄》題下有“此後五章，並次用本韵”云云，《年譜》、《編年箋注》、《年譜新編》都將《酬樂天書懷見寄》、《酬樂天登樂遊園見憶》、《酬樂天早夏見懷》、《酬樂天勸醉》以及《和樂天初授户曹喜而言志》作爲“五章”，但問題是：一、詩題不一，前面四首是“酬樂天”，後面一首是“和樂天”，明顯不是一時所作。二、《和樂天初授户曹喜而言志》雖然與白居易原唱韵脚相同，但不是屬於次韵。元稹應該有一首次韵詩篇佚失，那就是《■酬樂天重題西明寺牡丹見寄》，我們已經在上面提及，此不重複。

◎ 和樂天秋題曲江①

七載定交契（一），七年鎮相隨②。長安最多處，多是曲江池③。梅杏春尚小，芰荷秋已衰④。共愛寥落境，相將偏此時⑤。綿綿紅蓼水，颺颺白鷺鷥⑥。詩句偶未得，酒杯聊久持⑦。今來雲雨曠，舊賞魂夢知⑧。况乃江楓夕，和君秋興詩⑨。

録自《元氏長慶集》卷六

［校記］

（一）七載定交契：原本、楊本、叢刊本、《全詩》均作“十載定交契”，並無異文。但我們認爲“十載”云云不符元稹白居易的生平，應該是“七載”之誤，説詳本詩“箋注”，并據此徑改。

[箋注]

① 和樂天秋題曲江:白居易原唱是《曲江感秋(五年作)》,詩云:“沙草新雨地,岸柳凉風枝。三年感秋意,並在曲江池。早蟬已嘹唳,晚荷復離披。前秋去秋思,一一生此時。昔人三十二,秋興已云悲。我今欲四十,秋懷亦可知。歲月不虚設,此身隨日衰。暗老不自覺,直到鬢成絲。” 曲江:水名,即曲江池。在今陝西省西安市東南。高適《同薛司直诸公秋霁曲江俯见南山作》:“南山鬱初霽,曲江湛不流。”劉禹錫《終南秋雪》:“霧散瓊枝出,日斜鉛粉殘。偏宜曲江上,倒影入清瀾。”

② “七載定交契”兩句:意謂七年相識,七載心心相隨,從未離開。元稹與白居易相識於貞元十九年(803)兩人吏部乙科及第之時,至元和五年(810),正是七整年。兩句意謂,相識七年,七年一直心心緊緊相隨。“七載”原本作“十載”,但無法説通:從元稹白居易相識的貞元十九年(803),下推“十載”,應該是元和七年(812)或元和八年(813),而其時元稹雖然仍然在江陵士曹參軍任,但白居易於元和六年(811)因母親陳氏不慎落井謝世,退居義津縣金氏村丁憂母喪,直到元和九年(814)冬天回京任職太子左贊善大夫。白居易在母喪期間,不在長安,無論如何不可能作《曲江感秋》之類的詩篇。白居易在《曲江感秋》題下自注“五年作”,已經明示此詩即作於元和五年,時白居易三十九歲,正是“欲四十”之年。而如果據詩題下所注“元和五年”上推“十年”,那麼元稹與白居易相識而“定交契”的時間應該是貞元十七年(801),而貞元十七年,白居易的行蹤是:春天在符離,七月在宣州,秋天歸洛陽。而元稹,據他自己的詩篇《贈吴渠州從姨兄士則》所云,正是在長安與吴士則、吴士矩兄弟以及姨兄胡靈之一起在長安城里一邊讀書一邊嬉戲的時候,詩云“二十年前城裹狂”就是明證。他的另一首詩篇《元和五年予官不了罰俸西歸三月六日至陝府與吴十一兄端公崔二十二院長思愴

囊游因投五十韵》更有詳細的叙述，因此白居易、元稹這時不可能相識，更不可能“定交契”。此事衆多前輩研究者往往發生錯誤，原因就在於對本詩“七載定交契”的誤讀。《白居易集箋校・秋雨中贈元九》箋云：“作于貞元十八年(802)，三十一歲，長安。城按：元白當訂交於是年之前，陳《譜》謂相識於貞元十九年，恐非是。白氏元和五年所作《酬元九對新栽竹有懷見寄》詩亦云：‘昔我十年前，與君始相識。’以時間逆數，亦當爲十八年之前。”《佩文齋詠物詩選》、《白香山詩集》、《全詩》同。出現問題的關鍵也在于：“昔我十年前”應該是“昔我七年前”之誤。同時“作於貞元十八年(802)，三十一歲，長安”的編年結論自然也應該是錯誤的。　交契：交情，情誼。王勃《與契苾將軍書》：“僕與此公，早投交契，夷險之際，始終如一。”張孝祥《浣溪沙》：“去路政長仍酷暑，主公交契更情親。”也作朋友解。孟郊《贈韓郎中愈》：“何以結交契？贈君高山石。何以保貞堅？贈君青松色。”也謂結交，交好。杜甫《徒步歸行》“青袍朝士最困者，白頭拾遺徒步歸。人生交契無老少，論交何必先同調？”　鎮：這裏指猶常，長久。李世民《詠燭》：“鎮下千行泪，非是爲思人。”高觀國《祝英臺近》：“遙想芳臉輕顰，淩波微步，鎮輪與沙邊鷗鷺。”　相隨：謂互相依存。《老子》：“高下相傾，音聲相和，前後之相隨。”伴隨，跟隨。《史記・蘇秦列傳》：“是何慶吊相隨之速也？”楊巨源《早春即事呈劉員外》：“明朝晴暖即相隨，肯信春光被雨欺！且任文書堆案上，免令杯酒負花時！”

③ 曲江池：在今陝西省西安市東南，秦爲宜春苑，漢爲樂遊原，有河水水流曲折，故稱。隋文帝以曲名不正，更名芙蓉園。唐復名曲江。開元中更加疏鑿，爲都人中和、上巳等盛節遊賞勝地。元稹《遣行十首》七：“褒縣驛前境，曲江池上情。”白居易《溢浦早冬》：“蓼花始零落，蒲葉稍離披。但作城中想，何異曲江池。”

④ 梅杏：梅花與杏花及其它們的果實。齊己《夏日草堂作》：“園

林坐清影，梅杏嚼紅香。誰住原西寺，鐘聲送夕陽?”董俞《長相思·雨後》:“梅花天。杏花天。春在前溪梅杏邊。花開兩岸烟。” 芰荷：指菱葉與荷葉。《楚辭·離騷》:“製芰荷以爲衣兮，集芙蓉以爲裳。”楊巨源《大堤曲》:“二八嬋娟大堤女，開壚相對依江渚……細雨濛濛濕芰荷，巴東商侣挂帆多。”羅隱《宿荆州江陵館》:“西游象闕愧知音，東下荆溪稱越吟。風動芰荷香四散，月明樓閣影相侵。”

⑤ 寥落：這裏指冷落，冷清。元稹《行宫》:“寥落古行宫，宫花寂寞紅。”司馬光《和道矩紅梨花二首》一：“繁枝細葉互低昂，香敵酴醾艷海棠。應爲窮邊太寥落，並將春色付穠芳。” 相將：相偕，相共。王符《潛夫論·救邊》:“相將詣闕，諧辭禮謝。”王安石《次韵答平甫》:“物物此時皆可賦，悔予千里不相將。”

⑥ 綿綿：連續不斷貌。《詩·王風·葛藟》:“綿綿葛藟，在河之滸。”毛傳：“綿綿，長不絶之貌。”白居易《長恨歌》:“天長地久有時盡，此恨綿綿無絶期。” 紅蓼：蓼的一種，多生水邊，花呈淡紅色。白居易《曲江早秋》:“秋波紅蓼水，夕照青蕪岸。獨信馬蹄行，曲江池四畔。”杜牧《歙州盧中丞見惠名醖》:“猶念悲秋更分賜，夾溪紅蓼映風蒲。” 颺颺：飄揚貌，飛舞貌。閭伯璵《歌賦》:“如趨曲以熙熙，終沿風以颺颺。”元稹《月臨花》:“淩風颺颺花，透影朧朧月。” 鷺鷥：鷺，因其頭頂、胸、肩、背部皆生長毛如絲，故稱。李紳《姑蘇臺雜句》:“江浦回看鷗鳥没，碧峰斜見鷺鷥飛。”文同《蓼嶼》:“時有雙鷺鷥，飛來作佳景。”

⑦ 詩句：詩的句子，亦泛指詩。庾光先《奉和劉採訪縉雲南嶺作》:“幸陪謝客題詩句，誰與王孫此地歸?”韓愈《和侯協律詠笋》:“侯生來慰我，詩句讀驚魂。” 酒杯：喝酒用的杯子。王維《戲題盤石》:“可憐盤石臨泉水，復有垂楊拂酒杯。若道春風不解意，何因吹送落花來?”杜甫《登高》:“萬里悲秋常作客，百年多病獨登臺。艱難苦恨繁霜鬢，潦倒新停濁酒杯。” 久持：長久保持，長期維持。陸機《豪士

賦》:“知盡不可益,盈難久持。”張籍《寄孫洛陽格》:“久持刑憲聲名遠,好是中朝正直臣。赤縣上來應足事,青山老去未離身。”

⑧ 今來:當今,如今。曹植《情詩》:“始出嚴霜結,今來白露晞。”韓愈《落齒》:“今來落既熟,見落空相似。”也謂從今以後。潘岳《西征賦》:“古往今來,邈矣悠哉!”元稹《遣病十首》三:“憶作孩稚初,健羡成人列……今來漸諱年,頓與前心别。” 雲雨:王粲《贈蔡子篤詩》:“風流雲散,一别如雨。”因用“雲雨”比喻分離,永别。鮑照《登雲陽九里埭》:“既成雲雨人,悲緒終不一。”李群玉《廣州重别方處士之封川》:“七年一雲雨,常恨輝容隔。”杜甫《貧交行》:“翻手作雲覆手雨。”因用“雲雨”比喻人情世態反復無常。辛棄疾《玉樓春・客有遊山者以詞來索酒再和》:“人間反復成雲雨,鳧雁江湖來又去。”劉因《人情》:“人情雲雨九疑山,世路風濤八節灘。”《後漢書・鄧騭傳》:“托日月之末光,被雲雨之渥澤。”因用“雲雨”比喻恩澤。曹植《封二子爲公謝恩章》:“洪恩罔極,雲雨增加。”葉適《寄李季章參政》:“誤蒙兼金重,自視一羽輕。唯當刮老眼,雲雨看施行。” 舊賞:老相識老朋友。李白《秋日與張少府楚城韋公藏書高齋作》:“舊賞人雖隔,新知樂未疏。彩雲思作賦,丹壁間藏書。”吴融《追詠棠梨花十韵》:“舊賞三年斷,新期萬里賒。長安如種得,誰定牡丹誇?” 魂夢:夢,夢魂。李嘉佑《江湖秋思》:“嵩南春遍傷魂夢,壺口雲深隔路歧。”方文《寄懷齊方壺》:“千里家山魂夢遠,三江雨雪信音稀。”

⑨ 况乃:恍若,好像。謝靈運《游赤石進帆海》:“周覽倦瀛壖,况乃陵窮發。”杜甫《江邊星月二首》一:“餘光隱更漏,况乃露華凝。”何况,况且,而且。《後漢書・王符傳》:“以罪犯人,必加誅罰,况乃犯天,得無咎乎?”謝靈運《登臨海嶠初發强中作與從弟惠連見羊何共和之》:“兹情已分慮,况乃協悲端。” 楓:木名,即楓香樹,因其葉經霜變紅,有“紅楓”、“丹楓”之稱,故古詩詞中,秋令紅葉植物也稱“楓”。《楚辭・招魂》:“湛湛江水兮上有楓,目極千里兮傷春心。”張衡《西京

賦》:"林麓之饒,於何不有? 木則樅栝椶柟,梓棫楩楓。" 秋興:秋日的情懷和興會。孟浩然《奉先張明府休沐還鄉海亭宴集》:"何以發秋興? 陰蟲鳴夜階。"胡曾《詠史詩・西園》:"高情公子多秋興,更領詩人入醉鄉。"也指本有某種感慨,於秋日而發。潘岳《秋興賦序》:"僕野人也,偃息不過茅屋茂林之下,談話不過農夫田父之客,攝官承乏,猥厠朝列,匪遑底寧,譬猶池魚籠鳥有江湖山藪之思。於是染翰操紙,慨然而賦。于時秋也,以秋興命篇。"

[編年]

《年譜》編年元和五年,理由是:"居易原唱爲:《曲江感秋》。題下注:'五年作。'元詩云:'况乃江楓夕,和君秋興詩。'是謫居江陵口吻。"《編年箋注》編年云:"居易原唱爲《曲江感秋》,見《白居易集》卷九。題下注:'(元和)五年作。'元稹和作當在同年。"《年譜新編》亦編年云:"白居易原唱爲《曲江感秋》,依韵酬和。白詩題下注云:'五年作。'元詩云:'况乃江楓夕,和君《秋興》詩。'"

《年譜》、《編年箋注》、《年譜新編》都没有注意"十載定交契,七年鎮相隨"的錯誤,如果依照他們的認定,我們不禁要問:元稹白居易究竟相識於何年? 貞元十六年(800)之時,白居易參加了進士考試,並且一舉及第。第二年白居易奔波於符離、宣州、洛陽,而元稹則在長安,元稹與白居易那時不可能相識,至今没有一條證據能够證明這一點。

我們以爲,本詩應該作於元和五年秋天,白居易原唱詩題"五年作"云云即證明了白居易原唱作於元和五年。而元和五年,元稹白居易一在江陵一在西京,往來順便,唱和不斷,没有如他們通江時期中斷唱和的事情發生。而從元稹"芰荷秋已衰"的詩句,我們又可以知道本詩應該作於元和五年晚秋季節。

◎ 和樂天別弟後月夜作(一)①

聞君别愛弟，明天照夜寒②。秋雁拂檐影，曉琴當砌彈③。悵望天澹澹，因思路漫漫④。吟爲别弟操，聞者爲辛酸⑤。况我兄弟遠，一身形影單⑥。江波浩無極，但見時歲闌⑦。

録自《元氏長慶集》卷六

[校記]

(一) 和樂天别弟後月夜作：本詩存世各本，包括楊本、叢刊本、《全詩》，均未見異文。

[箋注]

① 和樂天别弟後月夜作：白居易原唱是《别舍弟後月夜》，詩云："悄悄初别夜，去住兩盤桓。行子孤燈店，居人明月軒。平生共貧苦，未必日成歡。及此暫爲别，懷抱已憂煩。况是庭葉盡，復思山路寒。如何爲不念，馬瘦衣裳單？" 弟：即白行簡，元稹與白行簡也是非常不錯的朋友。《舊唐書·白行簡傳》："行簡字知退，貞元末登進士第，授秘書省校書郎。元和中，盧坦鎮東蜀，辟爲掌書記。府罷，歸潯陽。居易授江州司馬，從兄之郡。十五年，居易入朝爲尚書郎，行簡亦授左拾遺，累遷司門員外郎、主客郎中。長慶末，振武奏水運營田使賀拔志言營田數過實，詔令行簡按覆之，不實，志懼，自刺死。行簡寶曆二年冬病卒，有文集二十卷。行簡文筆有兄風，辭賦尤稱精密，文士皆師法之。居易友愛過人，兄弟相待如賓客。行簡子龜兒，多自教習，以至成名。當時友悌，無以比焉！"補充一點，白居易從江州司馬

遷任忠州刺史，白行簡也隨白居易前往，并與元稹相逢於長江水面不期而遇，同遊數天，有詩紀實。　月夜：有月光的夜晚。《魏書·李諧傳》："座有清談之客，門交好事之車。或林嬉於月夜，或水宴于景斜。"段成式《酉陽雜俎續集·支諾皋中》："花盛時，每月夜有小人五六，長尺餘，遊於上。"

② 愛弟：最心愛的弟弟。杜甫《奉送蜀州柏二别駕將中丞命赴江陵起居衛尚書太夫人因示從弟行軍司馬佐》："中丞問俗畫熊頻，愛弟傳書彩鷁新。遷轉五州防禦使，起居八座太夫人。"無可《春日送鄘處士歸龍山》："愛弟直霜臺，家山羨獨回。出門時返顧，何日更西來？"　明天：這裏指月光滿天。白居易《寒食夜》："四十九年身老日，一百五夜月明天。抱膝思量何事在？痴男騃女唤秋千。"杜牧《傷友人悼吹簫妓》："玉簫聲斷没流年，滿目春愁隴樹烟。艷質已隨雲雨散，鳳樓空鎖月明天。"　夜寒：寒冷的夜晚。王昌齡《和振上人秋夜懷士會》："白露傷草木，山風吹夜寒。遙林夢親友，高興發雲端。"蔣維翰《古歌二首》二："頻放剪刀聲，夜寒知未寢。"

③ 秋雁：秋天的大雁。鄭愔《秋閨》："征客向輪臺，幽閨寂不開。音書秋雁斷，機杼夜蛩催。"劉長卿《移使鄂州次峴陽館懷舊居》："多慚恩未報，敢問路何長？萬里通秋雁，千峰共夕陽。"　檐影：屋檐投下的影子。杜甫《遣意二首》二："檐影微微落，津流脈脈斜。野船明細火，宿雁聚寒沙。"徐夤《門外閑田數畝長有泉源因築直堤分爲兩沼》："左右澄漪小檻前，直堤高築古平川。十分春水雙檐影，一片秋空兩月懸。"　曉琴：拂曉弄琴。白居易《七言十二句贈駕部吴郎中七兄》："春酒冷嘗三數醆，曉琴閑弄十餘聲。幽懷静境何人別？唯有南宫老駕兄。"吴淵《曉琴》："静夜聽鳴琴，秋風動幽谷。何爲鍾子期，千古無人續？"

④ 悵望：惆悵地看望或想望。徐堅《餞唐永昌》："郎官出宰赴伊瀍，征傳駸駸灞水前。此時悵望新豐道，握手相看共黯然。"王維《寄

荆州張丞相》:“所思竟何在? 悵望深荆門。舉世無相識,終身思舊恩。” 澹澹:廣漠貌。杜牧《登樂游原》:“長空澹澹孤鳥没,萬古銷沉向此中。”趙秉文《大江東去》:“澹澹長空今古夢,只有歸鴻明滅。”漫漫:廣遠無際貌。劉向《九嘆·憂苦》:“山修遠其遼遼兮,塗漫漫其無時。”范成大《題山水横看二首》一:“烟山漠漠水漫漫,老柳知秋渡口寒。”

⑤ 操:琴曲。《史記·宋微子世家》:“紂爲淫泆,箕子諫,不聽……乃被發詳狂而爲奴,遂隱而鼓琴以自悲,故傳之曰《箕子操》。”裴駰集解引應劭《風俗通》:“其道閉塞憂愁而作者,命其曲曰操。操者,言遇菑遭害,困厄窮迫,雖怨恨失意,猶守禮義,不懼不懾,樂道而不改其操也。”酈道元《水經注·汶水》:“昔夫子傷政道之陵遲,望山而懷操,故琴操有《龜山操》焉!” 辛酸:比喻痛苦悲傷。阮籍《詠懷八十二首》一三:“感慨懷辛酸,怨毒常苦多。”杜甫《垂老别》:“子孫陣亡盡,焉用身獨完? 投杖出門去,同行爲辛酸。”

⑥ 兄弟:古代含義衆多:哥哥和弟弟。《爾雅·釋親》:“男子先生爲兄,後生爲弟。”《詩·小雅·常棣》:“凡今之人,莫如兄弟。”鄭玄箋:“人之恩親,無如兄弟之最厚。”曹植《求通親親表》:“婚媾不通,兄弟永絶。”姐妹,古代姐妹亦稱兄弟。《孟子·萬章》:“彌子之妻與子路之妻,兄弟也。”古代對同姓宗親的稱呼。《儀禮·喪服》:“大夫之子于兄弟,降一等。”鄭玄注:“兄弟,猶言族親也。”《詩·小雅·常棣序》:“常棣,燕兄弟也。”孔穎達疏:“兄弟者,共父之親,推而廣之,同姓宗族皆是也。”古代對姻親之間同輩男子的稱呼,因亦借指婚姻嫁娶。《周禮·地官·大司徒》:“三曰聯兄弟。”鄭玄注:“兄弟,昏姻嫁娶也。”孫詒讓正義:“謂異姓兄弟也。”《公羊傳·僖公二十五年》:“其言來逆婦何? 兄弟辭也。”何休注:“宋魯之間名結婚姻爲兄弟。”古代對親戚的統稱。《詩·小雅·伐木》:“籩豆有踐,兄弟無遠。”鄭玄箋:“兄弟,父之黨,母之黨。”《儀禮·士冠禮》:“兄弟畢袗去。”鄭玄注:

“兄弟，主人親戚也。”元稹在父親名下列名最後，這裏的兄弟，應該包含多種含義。　一身：謂獨自一人。《戰國策・趙策》：“世以鮑焦無從容而死者，皆非也。令衆人不知，則爲一身。”王維《老將行》：“一身轉戰三千里，一劍曾當百萬師。”　形影：人的形體與影子。葛洪《抱朴子・交際》：“若乃輕合而不重離，易厚而不難薄，始如形影，終爲参辰。”趙彦衛《雲麓漫抄》卷一一：“余又于左氏二書參焉！若形影然，而世人往往攘臂於其間。”

⑦ 江波：江水，江中波浪。《文選・左思〈蜀都賦〉》：“貝錦斐成，濯色江波。”劉逵注引譙周《益州志》：“成都織錦既成，濯於江水。”朱熹《次敬夫登定王臺韵》：“山色愁無盡，江波去不回。”　無極：無窮盡，無邊際。枚乘《七發》：“太子方富於年，意者久耽安樂，日夜無極。”元稹《奉和竇容州》：“自嘆風波去無極，不知何日又相逢？”　時歲：歲月。《後漢書・桓帝紀》：“比起陵塋，彌歷時歲，力役既廣，徒隸尤勤。”孟郊《憩淮上觀公法堂》：“動覺日月短，静知時歲長。”　闌：將盡，將完。《史記・高祖本紀》：“酒闌，吕公因目固留高祖。”也作晚，遲。《文選・謝莊〈宋孝武宣貴妃誄〉》：“白露凝兮歲將闌。”李善注：“闌，猶晚也。”

[編年]

《年譜》編年本詩於元和五年，理由是：“元詩云：‘況我兄弟遠，一身形影單。江波浩無極，但見時歲闌。’是謫居江陵口吻。”《編年箋注》編年云：“元稹和作是謫居江陵口吻，疑在元和五年（八一〇）。見下《譜》。”《年譜新編》亦編年元和五年，理由是：“白居易原唱爲《别舍弟後月夜》，依韵酬和。”

“謫居江陵口吻”與編年元和五年之間，尚欠缺關鍵的證據，因爲元稹謫居江陵的時間起自元和五年，終於元和九年，爲什麽特指元和五年？没有説出能够讓人信服的道理。《年譜新編》所表明的理由

"謫居",更不能説明任何問題,連限定在江陵任内都不可以,因爲元稹"謫居"並非僅僅祇是江陵一地。而且,元稹元和五年先在洛陽,後在西還長安途中,又在長安,接着在出貶江陵南下途中,在江陵時間祇有半年多,本詩究竟應該作於元和五年的何時?《年譜》、《編年箋注》、《年譜新編》都没有具體説明。

朱金城先生《白居易集箋校》編年白居易原唱於元和五年,這是編年本詩元和五年的重要旁證。白居易原唱有"況是庭葉盡,復思山路寒。如何爲不念,馬瘦衣裳單"之句,詠唱白行簡在路的情景,描述的明顯是深秋的景象,既然原唱作於元和五年的深秋,元稹和作自然應該在其後。而本詩云:"明天照夜寒。"又云:"秋雁拂檐影。"可以斷定本詩應該也作於深秋之際,地點自然在江陵。

◎ 和樂天秋題牡丹叢①

敝宅艷山卉,别來長嘆息②。吟君晚叢詠,似見摧隤色(一)③。欲識别後容,勤過晚叢側④。

録自《元氏長慶集》卷六

[校記]

(一) 似見摧隤色:楊本、叢刊本、《全詩》同,《佩文齋廣群芳譜》作"似見催隤色",語義不同,不改。

[箋注]

① 和樂天秋題牡丹叢:白居易原唱爲《秋題牡丹叢》,詩云:"晚叢白露夕,衰葉涼風朝。紅艷久已歇,碧芳今亦銷。幽人坐相對,心事共蕭條。"可與本詩參讀。　叢:叢生的草木。劉孝標《廣絶交論》:

“叙温郁則寒谷成暄,論嚴苦則春叢零葉。”毛文錫《贊成功》:“蜂來蝶去,任遶芳叢。”量詞,用於聚集或叢生之物。陶弘景《真誥·運象篇》:“其中有石井橋,橋之北小道,直入其間,有六叢杉樹。”周密《武林舊事·乾淳奉親》:“遂至錦壁賞大花,三面漫坡牡丹約千餘叢。”

② 敝宅:謙稱自己的住宅。王維《戲題示蕭氏甥》:“憐爾解臨池,渠爺未學詩。老夫何足似?敝宅倘因之。”白居易《題新居呈王尹兼簡府中三掾》:“敝宅須重葺,貧家乏羨財。橋憑川守造,樹倩府僚栽。”這裹指元稹長安靖安坊的老家。　敝:謙辭。《左傳·隱公四年》:“敝邑以賦與陳蔡從,則衛國之願也。”《史記·吴王濞列傳》:“敝國雖狹,地方三千里。”　山卉:指詩人家中的牡丹花,有元稹自己的作品《答姨兄胡靈之見寄五十韵并序》爲證:“觀松青黛笠,欄藥紫霞英(開元觀古松五株,靖安宅牡丹數本,皆曩時遊行之地)。”梅堯臣《寄題滁州豐樂亭》:“芍藥廣陵來,山卉雜夭冶。”陸游《東村》:“吴地冬未冰,濺濺溝水聲。山卉與野蔓,結實丹漆并。”　嘆息:嘆氣。諸葛亮《前出師表》:“先帝在時,每與臣論此事,未嘗不嘆息痛恨於桓靈也。”温庭筠《郭處士擊甌歌》:“我亦爲君長嘆息,緘情遠寄愁無色。”也作嘆美、讚嘆解。陸游《風雨中望峽口短歌》:“今朝忽悟始嘆息,妙處元在烟雨中。”

③ 吟君晚叢詠:白居易原唱有“晚叢白露夕”之句,本句與其呼應,也與詩題照應。　晚叢:晚上的花叢。羅隱《寄許融》:“燕冷辭華屋,蟬凉咽晚叢。白雲高幾許,全屬採芝翁。”韓琦《四季》:“牡丹殊絶委春風,露菊蕭踈怨晚叢。何似此花榮艷足,四時長放淺深紅?”　摧隤:猶摧頽,摧折,衰敗。元稹《花栽二首》一:“買得山花一兩栽,離鄉別土易摧隤。欲知北客居南意,看取南花北地來。”楊萬里《病中夜坐》:“病身不飲看人醉,乾雪無端上鬢來。後日老衰知健否?如今六九已摧隤。”

④ “欲識别後容”兩句:意謂自己的形象和臉色,與被摧頽,被摧

折的牡丹花一樣,衰敗不堪,一副狼狽。陳子良《夏晚尋于政世置酒賦韵》:“長榆落照盡,高柳暮蟬吟。一返桃源路,别後難追尋。”韓琦《四季》:“牡丹殊絶委春風,露菊蕭踈怨晚叢。何似此花榮艷足,四時長放淺深紅!” 識:知道,瞭解。《詩·大雅·皇矣》:“不識不知,順帝之則。”王安石《送吴顯道五首》二:“眼中了了見鄉國,自是不歸歸便得。欲往城南望城北,此心炯炯君應識。” 别後:分别之後。王維《送楊長史赴果州》:“官橋祭酒客,山木女郎祠。别後同明月,君應聽子規。”王昌齡《送張四》:“楓林已愁暮,楚水復堪悲。别後冷山月,清猿無斷時。” 容:儀容,相貌。《詩·周頌·振鷺》:“振鷺於飛,於彼西雝。我客戾止,亦有斯容。”朱熹集傳:“言鷺飛於西雝之水,而我客來助祭者,其容貌修整,亦如鷺之潔白也。”《楚辭·招魂》:“二八齊容,起鄭舞兮!”王逸注:“言二八美女,其儀容齊一。”臉上的神情和氣色。《孟子·萬章》:“舜南面而立,堯帥諸侯北面而朝之,瞽瞍亦北面而朝之。舜見瞽瞍,其容有蹙。”劉義慶《世説新語·雅量》:“庾太尉與蘇峻戰,敗,率左右十餘人乘小船西奔。亂兵相剥掠射,誤中柂工,應弦而倒,舉船上咸失色分散,亮不動容。” 過:拜訪。《史記·魏公子列傳》:“臣有客在市屠中,願枉車騎過之。”陸遊《老學庵筆記》卷七:“仲殊長老,東坡爲作《安州老人食蜜歌》者,一日與數客過之。”

[編年]

《年譜》編年本詩於元和五年,理由是:“元詩云:‘敝宅艷山卉,别來長嘆息。’‘敝宅’指西京靖安坊宅。‘别來’是謫居江陵口吻。”《編年箋注》編年云:“元稹和作寫於元和五年(八一〇)秋。見下《譜》。”《年譜新編》亦編年元和五年“元稹貶江陵所作其他詩”,理由是:“白居易原唱爲《秋題牡丹叢》,一般酬和。”

我們以爲,朱金城《白居易集箋校》編年白居易原唱於元和五年,這是編年本詩元和五年的重要旁證。詩題曰“和樂天秋題牡丹叢”,

是本詩作於元和五年秋天的第一手證據。詩篇内容通篇吟詠敗落中的牡丹,是本詩作於秋天的最直接證據。本詩應該作於元和五年的秋天,與《和樂天秋題曲江》諸詩作於同時,地點在江陵。

◎ 種竹(并序)①

昔樂天贈予詩云(一):"無波古井水,有節秋竹竿。"② 予秋來種竹廳下(二),因而有懷,聊書十韵③。

昔公憐我直(三),比之秋竹竿④。秋來苦相憶,種竹廳前看⑤。失地顔色改,傷根枝葉殘⑥。清風猶淅淅,高節空團團⑦。鳴蟬聒暮景,跳蛙集幽欄(四)⑧。塵土復晝夜,梢雲良獨難⑨。丹丘信云遠,安得臨仙壇⑩? 瘴江冬草緑(五),何人驚歲寒⑪? 可憐亭亭幹(六),一一青琅玕⑫。孤鳳竟不至,坐傷時節闌⑬。

録自《元氏長慶集》卷二

[校記]

(一) 昔樂天贈予詩云:楊本、叢刊本、《全詩》、《全唐詩録》同,《唐文粹》、《石倉歷代詩選》作"昔樂天贈余詩云",語義相同,不改。

(二) 予秋來種竹廳下:楊本、叢刊本、《全詩》、《全唐詩録》同,《唐文粹》、《石倉歷代詩選》作"余秋來種竹廳下",語義相同,不改。

(三) 昔公憐我直:原本作"昔公憐有直",楊本、叢刊本、《全唐詩録》同,《石倉歷代詩選》作"昔公憐友直",據錢校宋本、《唐文粹》、《全詩》改。

(四) 跳蛙集幽欄:楊本、叢刊本、《唐文粹》、《石倉歷代詩選》、《全唐詩録》同,《全詩》作"跳蛙集幽闌","欄"與"闌"兩字的語義不完全相同，但主要義項相同，不改。

（五）瘴江冬草緑：楊本、叢刊本、《全詩》、《全唐詩録》、《石倉歷代詩選》同，錢校宋本、《唐文粹》作“沿瘴冬草緑”，語義不同，不改。

（六）可憐亭亭幹：楊本、叢刊本同，《唐文粹》、《全詩》、《全唐詩録》、《石倉歷代詩選》作“可憐亭亭榦”，“幹”與“榦”兩字的語義不完全相同，但主要義項相同，不改。

[箋注]

① 種竹：關於本詩，白居易事後有《酬元九對新栽竹有懷見寄（頃有贈元九詩云：‘有節秋竹竿。’故元感之，因重見寄）》：“昔我十年前，與君始相識。曾將秋竹竿，比君孤且直。中心一以合，外事紛無極。共保秋竹心，風霜侵不得。始嫌梧桐樹，秋至先改色。不愛楊柳枝，春來軟無力。憐君别我後，見竹長相憶。長欲在眼前，故栽庭户側。分首今何處？君南我在北。吟我贈君詩，對之心惻惻。”朱金城先生《白居易集箋校》認爲白居易《酬元九對新栽竹有懷見寄》詩篇：“作於元和五年（八一〇），三十九歲，長安，京兆户曹參軍、翰林學士。見汪《譜》。城按：此詩有‘昔我十年前，與君始相識’之句，則知元、白相識於貞元十八年前。白氏有《秋雨中贈元九》詩（卷十三）云：‘莫怪獨吟秋思苦，比君校近二毛年。’此詩作於貞元十八年，三十一歲，可證元、白在校書郎前已相識，與《酬元九對新栽竹有懷見寄》詩所記時間正合，陳《譜》云訂交於貞元十九年，非是。元稹有《種竹》詩，此詩爲和作，元稹貶江陵士曹在元和五年三月，則知元詩當作於是年三月之後。”首先，白詩的“昔我十年前”，應該是“昔我七年前”之誤，我們已經在元稹《和樂天秋題曲江》的“箋注”中給予糾正，讀者可以參看，此不重複。主證已經不復存在，其結論也就成了建立在沙灘上的大廈，難於支持。其次，元稹與白居易相識於貞元十九年之前，除朱金城先生根據錯誤校勘作出的錯誤論斷之外，並無其他證據，因此難於

支持難於認同。第三,所謂的“元、白在校書郎前已相識”,亦即貞元十九年之前已經相識的結論,從元和五年逆推“十年”至貞元十七年,那時元稹白居易尚未相識,也無任何證據給予證明;鎮是整、全之意。王禹偁《北狄來朝頌》:“隴首雲闊,河隍路窮。青塚鎮野,黑山駕空。”羅燁《醉翁談録・意娘與李生相思賦》:“鎮夕厭厭,休言扁鵲能調藥;終宵悄悄,便做陳摶怎生眠?”相隨是謂互相依存。《老子》:“高下相傾,音聲相和,前後之相隨。”又謂伴隨,跟隨。《史記・蘇秦列傳》:“是何慶弔相隨之速也?”劉勰《文心雕龍・論説》:“夫説貴撫會,弛張相隨。”根據元稹“七年鎮相隨”之詩句,從貞元十七年(801)前推“七年”,時間已經到了元和二年(807),意謂在元和三年、元和四年間,元稹與白居易没有“鎮相隨”,而這顯然不符元稹白居易這兩年的生平。第四,白居易有《贈元稹》,詩云:“自我從宦遊,七年在長安。所得惟元君,乃知定交難。豈無山上苗,徑寸無歲寒。豈無要津水,咫尺有波瀾。之子異於是,久處誓不諼。無波古井水,有節秋竹竿。一爲同心友,三及芳歲闌。花下鞍馬遊,雪中杯酒歡。衡門相逢迎,不具帶與冠。春風日高睡,秋月夜深看。不爲同登科,不爲同署官。所合在方寸,心源無異端。”朱金城先生《白居易集箋校》編年《贈元稹》於元和元年之時,應該是没有錯的,但接下來卻不好解釋了:白居易貞元十六年(800)進士及第,開始了白居易的“宦遊”,至元和元年(806),正是“七年在長安”,並非是白居易“宦遊”之始,就得到了元稹這樣的朋友,否則白居易就不會發出“所得惟元君,乃知定交難”這樣的感歎。而“一爲同心友,三及芳歲闌”的表述,正説明在元和元年之時,白居易與元稹結識爲“同心友”才三年而已,故白居易才有“三及芳歲闌”的讚歎。這種表述,符合白居易貞元十九年(803)與元稹相識,至元和元年(806),正是“三及芳歲闌”之時,而不是白居易與元稹“授校書郎前已相識”。　種竹:竹是一種多年生的禾本科木質常緑植物,嫩芽即笋,可食。莖圓柱形,中空,直而有節,性堅韌,可用作建築材料及製造各種器物。葉四季常青，經冬不凋。《詩·衛風·淇奧》："瞻彼淇奧，緑竹猗猗。"韓愈《題百葉桃花》："百葉桃花晚更紅，窺窗映竹見玲瓏。"

② 昔樂天贈予詩：白居易所贈之詩，即作於元和元年的《贈元稹》，《贈元稹》之編年參見朱金城《白居易年譜》以及拙稿《元稹評傳》。白居易《贈元稹》："自我從宦遊，七年在長安。所得惟元君，乃知定交難。豈無山上苗？徑寸無歲寒。豈無要津水？咫尺有波瀾。之子異於是，久處誓不諼。無波古井水，有節秋竹竿。一爲同心友，三及芳歲闌。花下鞍馬遊，雪中杯酒歡。衡門相逢迎，不具帶與冠。春風日高睡，秋月夜深看。不爲同登科，不爲同署官。所合在方寸，心源無異端。"幸請讀者對照起來閲讀。　昔：從前；過去，與"今"相對。《書·堯典》："昔在帝堯，聰明文思，光宅天下。"杜審言《渡湘江》："遲日園林悲昔遊，今春花鳥作邊愁。獨憐京國人南竄，不似湘江水北流。"　贈詩：贈送詩篇以達意傳情。杜甫《中丞嚴公雨中垂寄見憶一絶奉答二絶》一："雨映行宫辱贈詩，元戎肯赴野人期。江邊老病雖無力，强擬晴天理釣絲。"元稹《酬張秘書因寄馬贈詩》："丞相功高厭武名，牽將戰馬寄儒生。四蹄荀距藏雖盡，六尺鬛頭見尚驚。"

③ 秋：秋季。《詩·衛風·氓》："將子無怒，秋以爲期。"《韓詩外傳》卷七："夫春樹桃李，夏得陰其下，秋得食其實。"韓愈《酬馬侍郎寄酒》："秋到無詩酒，其如月色何？"這裏指元和五年的秋天，元稹在江陵，白居易在長安。　廳：官署中聽事問案之處。任昉《到大司馬記室箋》："謹詣廳奉白箋謝聞。"白居易《昭應官舍》："繞廳春草合，知道縣家閒。行見雨遮院，卧看人上山。"這裏指元稹在荆南節度府任職士曹參軍時的辦公地點。　懷：懷念，思念。《詩·周南·卷耳》："嗟我懷人，寘彼周行。"曹操《苦寒行》："延頸長嘆息，遠行多所懷。"

④ 公：對平輩的敬稱，本詩之"公"指白居易。《史記·平原君虞卿列傳》："〔毛遂〕曰：'……公等録録，所謂因人成事者也。'"元稹《店

卧聞幕中諸公徵樂會飲因有戲呈三十韵》："濩落因寒甚，沉陰與病偕。藥囊堆小案，書卷塞空齋。"　憐：喜愛，疼愛。嚴維《九日登高》："詩家九日憐芳菊，遷客高齋瞰浙江。漢浦浪花摇素壁，西陵樹色入秋窗。"顧况《寄祕書包監》："一别長安路幾千？遥知舊日主人憐。賈生只是三年謫，獨自無才已四年。"　直：公正，正直。《韓非子・解老》："所謂直者，義必公正，公心不偏黨也。"《新唐書・李夷簡傳》："夷簡致位顯處，以直自閑，未嘗苟辭氣悦人。"也指公平正直的人。《論語・爲政》："舉直錯諸枉，則民服；舉枉錯諸直，則民不服。"有理，正義。《國語・周語》："夫君臣無獄，今元咺雖直，不可聽也。"　竹竿：指竹子，或竹子的主幹。白居易《酬元九對新栽竹有懷見寄》："昔我七年前，與君始相識。曾將秋竹竿，比君孤且直。"劉駕《苦寒吟》："竹竿有甘苦，我愛抱苦節。鳥聲有悲歡，我愛口流血。"

⑤ 秋來：秋天以來。王維《相思》："紅豆生南國，秋來發故枝。願君多采擷，此物最相思。"裴迪《宫槐陌》："門前宫槐陌，是向欹湖道。秋來山雨多，落葉無人掃。"　苦：苦於，困於。杜甫《逃難》："疏布纏枯骨，奔走苦不暖。"曾鞏《謝雨文》："前歲苦飢，去歲苦盜。"副詞，猶甚，很，表示程度。曹丕《善哉行二首》一："上山采薇，薄暮苦饑。"蘇軾《辛丑十一月十九日與子由别後賦詩寄之》："君知此意不可忘，慎勿苦愛高官職。"　相憶：相思，想念。《樂府詩集・飲馬長城窟行》："上言加餐飯，下言長相憶。"韋莊《謁金門》二："空相憶，無計得傳消息。"　種竹：栽種竹子，以慰愛戀之意、思念之情。岑參《范公叢竹歌(職方郎中兼侍御史范公乃於陝西使院内種竹，新製〈叢竹詩〉以見示，美范公之清致雅操，遂爲歌以和之)》："世人見竹不解愛，知君種竹府城内。此君託根幸得地，種來幾時聞已大。"杜甫《春日江村五首》三："種竹交加翠，栽桃爛熳紅。經心石鏡月，到面雪山風。"

⑥"失地顔色改"兩句：對新栽竹的描述，詩人以此自喻。　失地：謂處非其地。韓維《和提刑千葉梅》一："層層玉葉黄金蕊，漏泄天

香與世人。閑寂未須嗟失地,年年長冠百花春。"王令《吴江長橋》:"老匠鐵手風運斤,一挾刃入千山髡。明堂有在不見用,此爲失地猶濟人。" 顔色:色彩。王維《贈李頎》:"聞君餌丹砂,甚有好顔色。不知從今去,幾時生羽翼?"元稹《酬樂天書懷見寄》:"秦嶺高崔嵬,商山好顔色。月照山館花,裁詩寄相憶。" 傷根:傷殘了植物的根鬚。韓愈《招楊之罘》:"柏移就平地,馬羈入廄中。馬思自由悲,柏有傷根容。"劉敞《殘雪》:"封蟄龍蛇病,傷根竹柏枯。誰能開白日?後土正泥塗。" 枝葉:枝條和樹葉,這裏指竹枝與竹葉葉。《詩·大雅·蕩》:"枝葉未有害,本實先撥。"楊巨源《和令狐舍人酬峰上人題山欄孤竹》:"能讓繁聲任真籟,解將孤影對芳蘭。范雲許訪西林寺,枝葉須和彩鳳看。"

⑦ 清風:清微的風,清凉的風。《詩·大雅·烝民》:"吉甫作誦,穆如清風。"毛傳:"清微之風,化養萬物者也。"杜甫《四松》:"清風爲我起,灑面若微霜。" 淅淅:象聲詞,風聲、雨聲。祖詠《過鄭曲》:"岸勢迷行客,秋聲亂草蟲。旅懷勞自慰,淅淅有凉風。"李咸用《聞泉》:"淅淅夢初驚,幽窗枕簟清。" 高節:這裏指竹子高高的竹節,暗喻爲人的氣節。張九齡《和黄門盧侍御詠竹》:"高節人相重,虚心世所知。鳳皇佳可食,一去一來儀。"張説《答李伯魚桐竹》:"竹有龍鳴管,桐留鳳舞琴。奇聲與高節,非吾誰賞心?" 團團:圓貌。班婕妤《怨歌行》:"裁爲合歡扇,團團似明月。"謝惠連《七月七日夜詠牛女》:"團團滿葉露,析析振條風。"

⑧ 鳴蟬:寒蟬,秋蟬。《文選·潘岳〈河陽縣作〉》:"鳴蟬厲寒音,時菊耀秋華。"李善注引《禮記》:"孟秋,寒蟬鳴。"高適《留别鄭三韋九兼洛下諸公》:"遠路鳴蟬秋興發,華堂美酒離憂銷。" 聒:喧鬧,聲音高響或嘈雜。王逸《九思·疾世》:"鴳雀列兮嘩讙,鴝鵒鳴兮聒余。"王安石《和惠思歲二日二絶》一:"爲嫌歸舍兒童聒,故就僧房借榻眠。" 暮景:傍晚的景象。杜牧《題敬愛寺樓》:"暮景千山雪,春寒百

尺樓。”靈一《自大林與韓明府歸郭中精舍》:“孤烟生暮景,遠岫帶春暉。”指夕陽,景,日光。杜甫《杜位宅守歲》:“四十明朝過,飛騰暮景斜。”　蛙:兩栖動物,捕食昆蟲,對農業有益。種類很多,常見背色青緑者謂之青蛙,又曰雨蛙,背有黄色縱綫者謂之金綫蛙。《禮記・月令》:“〔孟夏之月〕螻蟈鳴。”鄭玄注:“螻蟈,蛙也。”《漢書・五行志》:“武帝元鼎五年秋,蛙與蝦蟆群鬥。”　幽:暗,暗淡。《禮記・樂記》:“明則有禮樂,幽則有鬼神,如此則四海之内合敬同愛矣!”葛洪《抱朴子・嘉遁》:“猶震雷駭則鼙鼓堙,朝日出則螢燭幽也。”　欄:欄杆。庾信《爲梁上黄侯世子與婦書》:“想鏡中看影,當不含啼;欄外將花,居然俱笑。”李煜《虞美人》:“雕欄玉砌應猶在,只是朱顔改。”

⑨ 塵土:細小的灰土。王建《外按》:“夾城門向野田開,白鹿非時出洞來。日暮秦陵塵土起,從東外按使初回。”李正封《洛陽清明日雨霽》:“曉日清明天,夜來嵩少雨。千門尚烟火,九陌無塵土。”　晝夜:白日和黑夜。劉長卿《罪所上御史惟則》:“誤因微禄滯南昌,幽繫圜扉晝夜長。黄鶴翅垂同燕雀,青松心在任風霜。”元稹《元和五年予官不了罰俸西歸三月六日至陝府與吴十一兄端公崔二十二院長思愴曩遊因投五十韵》:“長安車馬客,傾心奉權貴。晝夜塵土中,那言早春至!”　梢雲:高雲,瑞雲。《文選・左思〈吴都賦〉》:“梢雲無以踰,嶰谷弗能連。”劉良注:“言雖梢雲之高亦不能踰也。”《文選・郭璞〈江賦〉》:“梢雲。”李善注引孫氏《瑞應圖》:“梢雲,瑞雲。”一説指山名,産竹,見《文選・左思〈吴都賦〉》李善注。　獨難:特别困難。盧照鄰《早度分水嶺》:“瑟瑟松風急,蒼蒼山月團。傳語後來者,斯路誠獨難。”孟郊《分水嶺别夜示從弟寂》:“南中少平地,山水重疊生。别泉萬餘曲,迷舟獨難行。”

⑩ 丹丘:亦作“丹邱”,傳説中神仙所居之地。《楚辭・遠遊》:“仍羽人於丹丘兮,留不死之舊鄉。”王逸注:“丹丘晝夜常明也。”韓翃《同題仙遊觀》:“何用别尋方外去,人間亦自有丹丘。”　仙壇:指仙人

住處。元結《登九疑第二峰》:"九疑第二峰,其上有仙壇。"劉滄《經麻姑山》:"山頂白雲千萬片,時聞鸞鶴下仙壇。"

⑪ 瘴江:瘴氣彌漫地區的江河,這裏指長江漢水流域。張説《南中送北使二首》二:"待罪居重譯,窮愁暮雨秋。山臨鬼門路,城繞瘴江流。"張均《流合浦嶺外作》:"瘴江西去火爲山,炎徼南窮鬼作關。從此更投人境外,生涯應在有無間。" 冬草:生長在冬季的百草。伍緝之《勞歌二首》:"傷哉抱關士,獨無松與期。月色似冬草,居身苦且危。"陸游《村飲》:"吴中霣霜晚,冬草有未衰。坐令老病叟,遂失凋年悲。" 歲寒:隆冬季節。王績《古意六首》五:"桂樹何蒼蒼?秋來花更芳。自言歲寒性,不知露與霜。"張九齡《庭梅詠》:"芳意何能早?孤榮亦自危。更憐花蒂弱,不受歲寒移。"

⑫ 可憐:可愛。《玉臺新詠·無名氏古詩〈爲焦仲卿妻作〉》:"東家有賢女,自名秦羅敷。可憐體無比,阿母爲汝求。"杜甫《韋諷録事宅觀曹將軍畫馬圖歌》:"可憐九馬争神駿,顧視清高氣深穩。" 亭亭:直立貌,獨立貌。劉楨《贈從弟三首》二:"亭亭山上松,瑟瑟谷中風。"温庭筠《夜宴謠》:"亭亭蠟泪香珠殘,暗露曉風羅幕寒。" 簳:小竹。《文選·王褒〈洞簫賦〉》:"原夫簫簳之所生兮,於江南之丘墟。"李善注:"簳,小竹。" 一一:逐一,一個一個地。《韓非子·内儲説》:"齊宣王使人吹竽,必三百人。南郭處士請爲王吹竽,宣王説之,廩食以數百人。宣王死,湣王立,好一一聽之,處士逃。"陶潛《桃花源記》:"問今是何世?乃不知有漢,無論魏晉。此人一一爲具言,所聞皆嘆惋。" 青琅玕:亦作"青瑯玕",一種青色似珠玉的美石,是孔雀石的一種,又名緑青。杜甫《鄭駙馬宅宴洞中》:"主家陰洞細烟霧,留客夏簟青琅玕。"仇兆鰲注:"青琅玕,比竹簟之蒼翠。"曾幾《題南嶽銓德觀秋聲軒》:"竹君南北美,佩服青瑯玕。"本詩喻竹。皮日休《太湖詩·上真觀》:"琪樹夾一徑,萬條青琅玕。"曾幾《種芭蕉》:"以兹陰凉葉,代彼青瑯玕。"

⑬ 鳳：傳説中的神鳥，雄的叫鳳，雌的叫凰，通稱爲鳳或鳳凰，常常比喻有聖德的人，有時也借喻帝王。　時節：節令，季節。《管子·君臣下》："故能飾大義，審時節，上以禮神明，下以義輔佐者，明君之道。"楊萬里《黄菊》："比他紅紫開差晚，時節來時畢竟開。"　闌：將盡，將完。《史記·高祖本紀》："酒闌，吕公因目固留高祖。"嵇康《琴賦》："於是曲引向闌，衆音將歇。"

［編年］

《年譜》編年本詩於元和五年，編入理由是："居易和詩爲：《酬元九對新栽竹有懷見寄》。《白香山年譜》繫於元和五年。"其後"附録"又云："白居易《贈元稹》云：'無波古井水，有節秋竹竿。'(《全唐詩》卷四二四)元稹《種竹》序云：'昔樂天贈予詩云："無波古井水，有節秋竹竿。"予秋來種竹廳下，因而有懷，聊書十韵。'白居易《酬元九對新栽竹有懷見贈》自注：'頃有《贈元九》詩云："有節秋竹竿。"故元感之，因重見寄。'"《編年箋注》編年意見是："此詩及以下《和樂天贈樊著作》、《和樂天感鶴》俱作於元和五年(八一〇)貶江陵時。"理由是："詳下《譜》。"《年譜新編》亦編年於元和五年，理由是："白居易原唱爲《贈元稹》，依韵酬和。白氏又有酬和元氏之作《酬元九對新栽竹有懷見贈》。元詩云：'昔公憐我直，比之秋竹竿。秋來苦相憶，種竹廳前看……瘴江冬草緑，何人驚歲寒?'"

我們以爲《年譜》編年過於籠統，理由也不充分。不能因爲《白香山年譜》繫白居易酬唱詩歌於元和五年，元稹的原唱詩歌也一定作於元和五年。因爲元和五年元稹先在洛陽後奉調回京，接着出貶江陵，行蹤匆匆飄忽不定。這首詩是有感白居易元和元年時《贈元稹》"無波古井水，有節秋竹竿"而作。本詩中的"瘴江"表明作詩地點在江陵，而"秋來"、"冬草"、"歲寒"表明時間是在暮秋初冬。既然白居易的和詩《酬元九對新栽竹有懷見寄》作於元和五年，序云："頃有贈元九詩云:'有節秋竹竿。'故元感之,因重見寄。”那麼元稹原唱本詩也當作於元和五年暮秋初冬之間。

而《年譜》以及《年譜新編》羅列的元稹白居易唱和詩篇,應該説都是事實,但與本詩的編年理由没有直接關係。我們之所以不厭繁瑣一一抄録,目的是尊重《年譜》、《年譜新編》的作者,以免自己誤導讀者斷章取義而已。

◎ 酬翰林白學士代書一百韻[①](并序此後江陵時作)

玄元氏之下元日[②],會予家居至[(一)],枉樂天《代書詩一百韻》,鴻洞卓犖,令人興起心情[③]。且置别書,美予前和十章[(二)],章次用本韻,韻同意殊,謂爲工巧。前古韻耳!不足難之[(三)],今復次排百韻,以答懷思之貺云[④]。

昔歲俱充賦,同年遇有司[⑤]。八人稱迥拔,兩郡濫相知(同年八人,樂天拔萃登科,予平判入等)[⑥]。逸驥初翻步,鞲鷹暫脱羈[(四)][⑦]。遠途憂地窄,高視覺天卑[⑧]。並入紅蘭署,偏親白玉規[⑨]。近朱憐冉冉,伐木願偲偲[⑩]。魚魯非難識,鉛黄自懶持[⑪]。心輕馬融帳,謀奪子房帷[⑫]。秀發幽巖電,清澄溢岸陂[⑬]。九霄排直上,萬里整前期[⑭]。勇贈栖鸞句,慚當古井詩(予贈樂天詩云'皎皎鸞鳳姿'[(五)],樂天贈予詩云'無波古井水')[⑮]。多聞全受益,擇善頗相師[⑯]。脱俗殊常調,潛工大有爲[⑰]。還醇憑酎酒,運智託圍棊[⑱]。情會招車胤,閑行覓戴逵[⑲]。僧餐月燈閣,醵宴劫灰池(予與樂天、杓直、拒非輩多于月燈閣閑遊,又嘗與秘省同官醵宴昆明池)[⑳]。勝概争先到,篇章競出奇[㉑]。輸贏論破的,點竄肯容絲㉒！山岫當街翠，墻花拂面枝(昔予賦詩云:"爲見墻頭拂面花。"時唯樂天知此)㉓。鶯聲愛嬌小，燕翼玩逶迤㉔。轡爲逢車緩，鞭緣趁伴施㉕。密携長上樂，偷宿静坊姬㉖。僻性慵朝起，新晴助晚嬉㉗。相歡常満目，别處鮮開眉㉘。翰墨題名盡，光陰聽話移(樂天每與予游從，無不書名屋壁。又(六)嘗於新昌宅説《一枝花》話，自寅至巳，猶未畢詞也)㉙。緑袍因醉典，烏帽逆風遺㉚。暗插輕籌箸(七)，仍提小屈卮(予有籭箕草籌筯小盞酒胡之輩，當時嘗在書囊，以供飲備)㉛。本弦纔一舉，下口已三遲㉜。逃席衝門出，歸倡借馬騎㉝。狂歌繁節亂，醉舞半衫垂㉞。散漫紛長薄，邀遮守隘岐㉟。FVÂ幾遭朝士笑，兼任巷童随㊱。苟務形骸達，渾將性命推㊲。何曾愛官序，不省計家資㊳。忽悟成虚擲，翻然嘆未宜㊴。使回躭樂事，堅赴策賢時㊵。寢食都忘倦，園廬遂絶闚㊶。勞神甘慼慼，攻短過孜孜㊷。葉怯穿楊箭，囊藏透穎錐㊸。超遥望雲雨，擺落占泉坻㊹。略削荒凉苑，搜求激直詞㊺。那能作牛後？更擬助洪基(舊説:制策皆以恶訐取容爲美。予與樂天指病危言，不顧成敗，意在决求高等(八)。初就業時，今裴相公戒予慎勿以策苑爲美(九)。予深佩其言，然而怪其多大擬取，有可取，遂切求潜覽。功及累月(一〇)，無所獲。先是，穆員、盧景亮同年應制，俱以詞直見黜。予求獲其策，皆手自寫之，置在筐篋。樂天、損之輩常詛予篋中有不第之祥，而又哂予决求高第之僭也)㊻。唱第聽雞集，趨朝忘馬疲㊼。内人輿御案，朝景麗神旗㊽。首被呼名姓，多慚冠等衰㊾。千官容眷盼，五色照離披㊿。鵷侣從兹洽，鷗情轉自縻[51]。分張殊品命，中外却驅馳[52]。出入稱金籍，東西侍碧墀[53]。鬥班雲洶湧，開扇雉参差[54]。切愧尋常質，親瞻咫尺姿[55]。日輪光照耀，龍服瑞葳蕤[56]。誓欲通愚謇，生憎效喔咿[57]。佞存真妾婦，諫死是男兒[58]。便殿承偏召，權臣懼撓私[59]。廟堂雖稷契，城社有狐貍[60]。似錦言應巧，如弦數易欺[61]。敢嗟身暫黜，所恨政無毗（予元和元年任拾遺，八月十三日延英對(一一)，九月十三貶授河南尉(一二)[62]）。謬辱良由此，昇騰亦在斯[63]。再令陪憲禁，依舊履阽危[64]。使蜀常綿遠，分臺更嶮巇[65]。匿奸勞發掘，破黨惡持疑[66]。斧刃迎皆碎，盤牙老未萎[67]。乍能還帝笏？詎忍折吾支[68]？虎尾元來險，圭文却類疵[69]。浮榮齊壤芥，閑氣詠江蘺[70]。闕下殷勤拜，樽前嘯傲辭[71]。飄沈委蓬梗，忠信敵蠻夷[72]。戲誚青雲驛，譏題皓髮祠（予途中作《青雲驛》詩，病其雲泥一致。作《四皓廟》詩，譏其出處不常）[73]。貪過谷隱寺，留讀峴山碑（寺在亭側）[74]。草没章臺阯，堤横楚澤湄[75]。野蓮侵稻隴，亞柳壓城陴[76]。遇物傷凋换，登樓思漫瀰[77]。金攢嫩橙子，鑒泛遠鸕鷀[78]。仰竹藤纏屋，苫茆荻補籬（南人以大竹爲瓦，用荻爲籬也）[79]。麫梨通蔕朽，火米帶芒炊（麫梨軟爛無味，火米粗糲不精）[80]。葦笋針筒束，鯾魚箭羽鬐[81]。芋羹真底可，鱸鱠漫勞思[82]。北渚銷魂望，南風著骨吹[83]。度梅衣色漬，食稗馬蹄羸（南方衣服經夏謂之度梅，顔色盡涴，馬食菰蔣(一三)，蓋北地稊稗之屬）[84]。院榷和泥鹻，官酤小麯醨[85]。訛音煩繳繞，輕俗醜威儀[86]。樹罕貞心柏，畦豐衞足葵[87]。坳窪饒䞈矮，游惰壓庸緇[88]。病賽烏稱鬼，巫占瓦代龜（南人染病，競賽烏鬼。楚巫列肆，悉賣瓦卜）[89]。連陰蛙張王，瘴瘧雪治醫（雨中井作蛙池，終冬往往無雪）[90]。我正窮於是，君寧念及兹[91]！一篇從日下，雙鯉送天涯[92]。坐捧迷前席，行吟忘結綦[93]。匡床鋪錯繡，几案踴靈芝[94]。形影同初合，參商喻此離[95]。扇因秋棄置，鏡異月盈虧[96]。壯志誠難奪，良辰豈復追[97]！甯牛終夜永，潘鬢去年衰（予今年始三十二，去歲已生白髮）[98]。溟渤深那測？

穹蒼意在誰[99]？馭方輕騾裹,車肯重辛夷[100]？卧轍希濡沫,低顏受頷頤[101]。世情焉足怪！自省固堪悲[102]！溷鼠虚求潔,籠禽方訝飢[103]。猶勝憶黄犬,幸得早圖之[104]！

録自《元氏長慶集》卷一〇

[校記]

(一) 會予家居至:楊本、叢刊本、《全詩》同,宋蜀本作"會予家信至"。元稹在長安家中衹有年幼的保子以及少數僕人而已,何來"家信"? 又是何人所書? 不從不改。

(二) 美予前和十章:原本、楊本、叢刊本、《全詩》均作"美予前和七章",但"七章"云云與元稹白居易唱和的實際不符,疑"七章"是"十章"之刊誤,徑改。

(三) 前古韵耳! 不足難之:楊本、《全詩》同,叢刊本、張校宋本作"前書□,可謂實難之。"語義不同,不改。

(四) 逸驥初翻步,鞲鷹暫脱羈:楊本、叢刊本、《全詩》同,宋蜀本作"逸驥初調步,新鷹忽脱羈",語義不同,不改。

(五) 皎皎鸞鳳姿:原本、楊本、叢刊本、《全詩》均作"皎彼鸞鳳姿",但查閲元稹《酬樂天》原詩,應該是"皎皎鸞鳳姿",據改。《元稹集》已經指出其誤,而《編年箋注》失校。

(六) 又:本字以下至注末十九字,原本、楊本闕失,叢刊本據宋本抄補。

(七) 暗插輕籌箸:《全詩》同,叢刊本作"暗擅輕籌箸",語義不同,不改。

(八) 意在决求高等:《全詩》同,宋蜀本、叢刊本作"意在决求高第",語義相類,不改。

(九) 今裴相公戒予慎勿以策苑爲美:《全詩》同,宋蜀本"今裴相國戒予慎勿以策苑爲美”，語義相類，不改；叢刊本作“今裴相國戒予慎勿以策苑爲虞”，語義不同，不改。

（一〇）功及累月：《全詩》同，宋蜀本、叢刊本作“功費累月”，語義相類，不改。

（一一）八月十三日延英對：原本作“八千三日延英對”，叢刊本、《全詩》作“八十三日延英對”，疑兩者均誤，今據下文“九月十日”文義推測，應爲“八月十三日”，徑改。岑仲勉《讀全唐詩札記》認爲“八十三日”是“八月十三日”之誤，可從。

（一二）九月十三：《全詩》同，楊本、叢刊本作“九月十日”，岑仲勉指出“景明董氏本”作“十日”。《元稹集》採録岑仲勉這兩條意見，我們以爲兩者表達的意思並不相同，不從不改。

（一三）馬食菰蔣：《全詩》同，楊本作“馬食爪蔣”，宋蜀本、叢刊本作“馬食瓜蔣”，語義相類，不改。

［箋注］

① 酬翰林白學士代書一百韵：翰林學士：官名，唐玄宗开元初以张九龄、张说、陆坚等掌四方表疏批答、应和文章，号“翰林供奉”，与集贤院学士分司起草诏书及应承皇帝的各种文字。唐德宗以后，翰林学士成为皇帝的亲近顾问兼秘书官，常值宿内廷，承命撰拟有关任免將相和册后立太子等事的文告，有“内相”之称。李唐后期，往往即以翰林学士升任宰相。《舊唐書·楊國忠傳》：“國忠之黨，翰林學士張漸、竇華、中書舍人宋昱、吏部郎中鄭昂等，憑國忠之勢，招来賂遺，車馬盈門，財貨山積。”《舊唐書·常衮傳》：“常衮……寶應二年選爲翰林學士、考功員外郎中知制誥，依前翰林學士。永泰元年，遷中書舍人。” 代書：即代書詩，以詩代書。張九齡《南還以詩代書贈京師舊寮》：“不諂詞多忤，無容禮益卑。微生尚何有？遠迹固其宜。”宋之問《遊陸渾南山自歇馬嶺到楓香林以詩代書答李舍人適》：“晨登歇馬

嶺，遥望伏牛山。孤出群峰首，熊熊元氣間。"元稹本詩，是應和白居易之作，白居易原唱是《代書詩一百韵寄微之》，詩云："憶在貞元歲，初登典校司。身名同日授，心事一言知（貞元中與微之同登科第，俱授秘書省校書郎，始相識也）。肺腑都無隔，形骸兩不羈。疏狂屬年少，閑散爲官卑。分定金蘭契，言通藥石規。交賢方汲汲，友直每偲偲。有月多同賞，無杯不共持。秋風拂琴匣，夜月卷書帷。高上慈恩塔，幽尋皇子陂。唐昌玉蕊會，崇敬牡丹期（唐昌觀玉蕊、崇敬寺牡丹，花時多與微之有期）。笑勸迂辛酒，閑吟短李詩（辛大丘度性迂嗜酒，李二十紳體短能詩，故當時有'迂辛短李'之號）。儒風愛敦質，佛理賞玄師（劉三十二敦質有儒風，庾七玄師談佛理有可賞者）。度日曾無悶，通宵靡不爲。雙聲聯律句，八面對宫棋（雙聲聯句、八面宫棋，皆當時事）。往往遊三省，騰騰出九逵。寒銷直城路，春到曲江池。樹暖枝條弱，山晴彩翠奇。峰攢石緑點，柳宛曲塵絲。岸草烟鋪地，園花雪壓枝。早光紅照耀，新溜碧逶迤。幄幕侵堤布，盤筵占地施。徵伶皆絶藝，選妓悉名姬。粉黛凝春態，金鈿耀水嬉。風流誇墜髻，時勢鬥啼眉（貞元中，城中復爲墜馬髻、啼眉妝也）。密坐隨歡促，華樽逐勝移。香飄歌袂動，醉落舞釵遺。籌插紅螺椀，觥飛白玉卮。打嫌調笑易，飲訝卷波遲（抛打曲有調笑令，飲酒曲有卷白波）。殘席諠嘩散，歸鞍酩酊騎。酡顔烏帽側，醉袖玉鞭垂。紫陌傳鐘鼓，紅塵塞路歧。幾時曾蹔别？何處不相隨！荏苒星霜换，回環節候催。兩衙多請假，三考欲成資。運偶千年聖，天成萬物宜。皆當少壯日，同惜盛明時。光景嗟虚擲，雲霄竊暗窺。攻文朝矻矻，講學夜孜孜。策目穿如札（時與微之集策略之目，其數百十），鋒毫鋭若錐（時與微之各有鐵鋒細管筆，携以就試，相顧輒笑，目爲毫錐）。繁張獲鳥網，堅守釣魚坻（謂自冬至夏，頻改試期，竟與微之堅守制試也）。並受夔龍薦，齊陳晁董詞。萬言經濟略，三策太平基。中第争無敵，專場戰不疲。輔車排勝陣，犄角搴降旗（並謂同輔席共筆硯）。雙闕紛容衛，千僚儼等衰(謂制舉人欲唱第之時也)。恩隨紫泥降,名向白麻披。既在高科選,還從好爵縻。東垣君諫諍,西邑我馳驅(元和元年同登制科,微之拜拾遺,予授盩厔尉)。再喜登烏府,多慚侍赤墀(四年,微之復拜監察,予爲拾遺學士也)。官班分内外,遊處遂參差。每列鵷鸞序,偏瞻獬豸姿。簡威寒凛冽,衣彩繡葳蕤。正色摧强禦,剛腸嫉喔咿。常憎持禄位,不擬保妻兒。養勇當除惡,輸忠在滅私。下韝驚燕雀,當道懾狐狸。南國人無怨,東臺吏不欺(微之使東川,奏冤八十餘家,詔從而平之,因分司東都)。理冤多定國,切諫甚辛毗。造次行於是,平生志在兹。道將心共直,言與行兼危。水暗波翻覆,山藏路險巇。未爲明主識,已被幸臣疑。木秀遭風折,蘭芳遇霰萎。千鈞勢易壓,一柱力難支。騰口因成痏,吹毛遂得疵。憂來吟貝錦,謫去詠江蘺。邂逅塵中遇,殷勤馬上辭。賈生離魏闕,王粲向荆夷。水過清源寺,山經綺季祠。心摇漢皋佩,泪墮峴亭碑(並途中所經歷處也)。驛路緣雲際,城樓枕水湄。思鄉多繞澤,望闕獨登陴。林晚青蕭索,江平緑渺瀰。野秋鳴蟋蟀,沙冷聚鸕鷀。官舍黄茅屋,人家苦竹籬。白醪充夜酌,紅粟備晨炊。寡鶴摧風翮,鰥魚失水鬐。暗雛啼渴旦,凉葉墮相思(此四句兼含微之鰥居之思)。一點寒燈滅,三聲曉角吹。藍衫經雨故,驄馬卧霜羸。念涸誰濡沫?嫌醒自歠醨。耳垂無伯樂,舌在有張儀。負氣冲星劍,傾心向日葵。金言自銷鑠,玉性肯磷緇?伸屈須看蠖,窮通莫問龜。定知身是患,當用道爲醫。想子今如彼,嗟予獨在斯。無憀當歲杪,有夢到天涯。坐阻連襟帶,行乖接履綦。潤銷衣上霧,香散室中芝。念遠緣遷貶,驚時爲别離。素書三往復,明月七盈虧(自與微之别經七月,三度得書)。舊理非難到,餘歡不可追。樹依興善老,草傍静安衰(微之宅在静安坊,西近興善寺)。前事思如昨,中懷寫向誰?北村尋古柏,南宅訪辛夷(開元西北院,即隋時龍村佛堂,有古柏一枝,至今存焉!微之宅中有辛夷兩樹,常與微之遊息其下)。此日空搔首,何人共解頤?病多知夜永,年長覺秋悲。

不飲長如醉，加飧亦似饑。狂吟一千字，因使寄微之。"可與本詩並讀。

② 玄元氏：唐代奉老子爲始祖，於乾封元年二月追號爲"太上玄元皇帝"，天寶二年正月又加尊號"大聖祖"三字，天寶八載六月再加尊號爲"聖祖大道玄元皇帝"。杜甫《喜聞盜賊總退口號五首》五："大曆三年調玉燭，玄元皇帝聖雲孫(疏曰：四時和氣，温潤明照，故曰玉燭。又釋：親孫之子爲曾孫，曾孫之子爲玄孫，玄孫之子爲來孫，來孫之子爲昆孫，昆孫之子爲仍孫，仍孫之子爲雲孫)。"李紳《贈毛仙翁》："憶昔我祖神仙主，玄元皇帝周柱史。"　下元：節日名，舊時以陰曆十月十五爲下元節。韋應物《酬鄭户曹驪山感懷》："蒼山何鬱盤！飛閣凌上清。先帝昔好道，下元朝百靈。"李賀《仁和里雜叙皇甫湜》："明朝下元復西道，崆峒叙别長如天。"與"下元節"相關的是"上元節"、"中元節"。上元：節日名，俗以農曆正月十五日爲上元節，也叫元宵節。《舊唐書·中宗紀》："〔景龍四年〕丙寅上元夜，帝與皇后微行觀燈。"羊士諤《上元日紫極宫門觀州民然燈張樂》："山郭通衢隘，瑶壇紫府深。燈花助春意，舞綬織歡心。"中元指農曆七月十五日，舊時道觀於此日作齋醮，僧寺作盂蘭盆會，民俗亦有祭祀亡故親人等活動。韓鄂《歲華紀麗·中元》："道門寶蓋，獻在中元。釋氏蘭盆，盛於此日。"令狐楚《中元日贈張尊師》："偶來人世值中元，不獻玄都永日閑。寂寂焚香在仙觀，知師遥禮玉京山。"

③ 家居：這裏指元稹的家中之人，元稹妻子韋叢亡故之後，衹留下了女兒保子，所謂家人就是保子以及一二僕人而已。張説《九日進茱萸山詩五首》一："家居洛陽下，舉目見嵩山。刻作茱萸節，情生造化間。"元稹元和五年初夏時詩《張舊蚊幬》："逾年間生死，千里曠南北。家居無見期。況乃異鄉國！"元稹在《張舊蚊幬》中流露的情感，促成了元稹將女兒接來江陵的最後决心。　鴻洞：融通，連續貌。《淮南子·原道訓》："靡濫振盪，與天地鴻洞。"高誘注："鴻，大也。

洞,通也。"《文選·王褒〈洞簫賦〉》:"風鴻洞而不絶兮,優嬈嬈以婆娑。"李善注:"鴻洞,相連貌。" 卓犖:超絶出衆。《後漢書·班固傳》:"卓犖乎方州,羡溢乎要荒。"李賢注:"卓犖,殊絶也。"白居易《哭微之二首》二:"文章卓犖生無敵,風骨英靈殁有神。" 興起:因感動而奮起。《孟子·盡心》:"奮乎百世之上,百世之下,聞者莫不興起也,非聖人而能若是乎?"葉適《蔡知閣墓誌銘》:"親至學宫,課率諸生,勸教有義,士人興起。" 心情:心神,情緒,興致,情趣。王建《眼病寄同官》:"天寒眼痛少心情,隔霧看人夜裹行。"元稹《酬樂天嘆窮愁》:"老去心情隨日減,遠來書信來年聞。"

④ 别書:分别書寫,另外作書。《魏書·蕭寶夤傳》:"經奏之後,考功曹别書於黄紙、油帛。一通則本曹尚書與令、僕印署,留於門下;一通則以侍中、黄門印署,掌在尚書。"楊巨源《送陳判官罷舉赴江外》:"練思多時冰雪清,拂衣無語别書生。莫將甲乙爲前累,不廢烟霄是此行。" 美:稱美,讚美。《莊子·齊物論》:"毛嬙、麗姬,人之所美也。"《穀梁傳·僖公元年》:"齊師、宋師、曹師城邢。是向之師也,使之如改事然,美齊侯之功也。" 前和十章:這裹指元稹次韵酬和白居易的十首詩篇,它們分别是:《酬樂天書懷見寄》、《酬樂天登樂遊園見憶》、《酬樂天早夏見懷》、《酬樂天勸醉》、《酬樂天八月十五夜禁中獨直玩月見寄》、《和樂天初授户曹喜而言志》、《和樂天贈吴丹》、《和樂天秋題曲江》、《和樂天别弟後月夜作》、《和樂天秋題牡丹叢》,元稹的十首詩歌雖然在江陵分兩次賦詠而成,但白居易在長安却是前後相隔不長時間收到,故一次作書回答。 次用本韵:亦即"次韵",依次用所和詩中的韵作詩,也稱步韵。世傳次韵始於白居易、元稹,稱"元和體"。元稹《酬樂天餘思不盡加爲六韵之作》:"次韵千言曾報答,直詞三道共經綸。"原注:"樂天曾寄予千字律詩數首,予皆次用本韵酬和,後來遂以成風耳!"章孝標《次韵和光禄錢卿二首》一:"大隱嚴城内,閑門向水開。扇風知暑退,樹影覺秋來。"根據我們對元稹白

居易唱和詩篇的仔細比對,發現在元稹白居易的次韵唱和中,往往是白居易首唱,然後元稹次韵酬和,這種情況占元稹白居易唱和詩篇的絶大多數。次韵唱和,一説始於南北朝。明人焦竑《焦氏筆乘・次韵非始唐人》:"楊衒之《洛陽伽藍記》載王肅入魏,捨江南故妻謝氏,而娶元魏帝女,故其妻贈之詩曰:'本爲薄上蠶,今爲機上絲。得路遂騰去,頗憶纏綿時。'繼室代答,亦用絲時兩韵,是次韵非始元白也。"録以備考。　韵同意殊:意謂雖然韵脚相同,但表達的意思並不相同。白居易《崔湖州贈紅石琴薦焕如錦文無以答之以詩酬謝》:"頳錦支緑綺,韵同相感深。千年古澗石,八月秋堂琴。"白居易《和微之詩二十三首序》:"大凡依次用韵,韵同而意殊,約體爲文,文成而理勝,此足下素所長者,僕何有焉!今足下果用所長,過蒙見窘。"　工巧:技藝高明。《戰國策・秦策》:"貞女工巧,天下願以爲妃。"《後漢書・曹世叔妻》:"女有四行……婦容,不必顔色美麗也;婦功,不必工巧過人也。"指巧藝。歐陽修《有美堂記》:"今其民幸富完安樂,又其俗習工巧,邑屋華麗。"精緻美妙。王充《論衡・自紀》:"文不與前相似,安得名佳好稱工巧?"　古韵:指先秦漢語音韵,東漢時鄭玄言古今音異,北周沈重作《毛詩音義》,書佚,僅見于唐陸德明《經典釋文・詩・邶風》。宋代吴棫發明葉韵之説,元戴侗、明焦竑陳第等人力辨其非。宋代鄭庠辨析古韵爲六部,嗣後研究不斷深入,分部日趨精密,如章炳麟分古韵爲二十三部,黄侃分爲二十八部,王力考定《詩經》時代古韵爲二十九部,《楚辭》時代爲三十部。也泛指古漢語(上古、中古)音韵。宋人嚴羽《滄浪詩話・詩體》:"有今韵,有古韵。如退之'此日足可惜'詩,用古韵也。"清代錢泳《履園叢話・古韵》:"今所用韵與《唐韵》不同,以今音葉唐詩者誤矣!而昧於學者,以《唐韵》葉三百篇尤誤。要知古今言語各殊,聲音遞變,漢魏以還,已不同於《詩》《騷》,況唐宋乎?且一方有一方之音,豈能以今韵葉古韵乎?"　懷思:懷念,思念。《左傳・昭公七年》:"孤與其二三臣,悼心失圖,社稷之不皇,况能懷思君德。”江淹《雜體詩·效謝惠連〈贈别〉》:“風雪既經時,夜永起懷思。” 貺:特指他人贈與的書信或詩文。《後漢書·趙壹傳》:“輒誦來貺,永以自慰。”陶潛《答龐參軍詩序》:“三復來貺,欲罷不能。”

⑤ 昔歲:已經過去的歲月。孟郊《擢第後東歸書懷獻座主吕侍御》:“昔歲辭親泪,今爲戀主泣。去住情難并,别離景易戢。”温庭筠《題僧泰恭院二首》一:“昔歲東林下,深公識姓名。” 充賦:猶凑數,被官吏薦舉給朝廷的謙詞。《漢書·晁錯傳》:“今臣窋等乃以臣錯充賦,甚不稱明詔求賢之意。”顔師古注:“如淳曰:‘猶言備數也。’臣瓚曰:‘充賦,此錯之謙也,云如賦調也。’”白居易《策林·策尾》:“謬膺詔選,充賦天庭。”這裏指參加科舉考試。 有司:官吏,古代設官分職,各有專司,故稱。“有”字,是名詞的助詞,無義。柳宗元《與太學諸生喜詣闕留陽城司業書》:“〔太學生〕有淩傲長上,而誶駡有司者。”這裏指元稹貞元十八年冬至十九年春參加科舉考試,與白居易等人同年登第,一起成爲秘書省的校書郎一事,參閲白居易原唱《代書詩一百韵寄微之》“憶在貞元歲,初登典校司”。

⑥ 八人稱迥拔:與元稹白居易一起及第者一共八人,《登科記考·貞元十九年》“拔萃科”登第名單爲:“白居易、李復禮、吕頻、哥舒恒、元稹、崔玄亮。”如果再加上在“博學宏詞科”登第的吕炅、王起,正好是八人,元稹《酬哥舒大少府寄同年科第》詩云:“九陌爭馳好鞍馬,八人同著彩衣裳(同年科第,宏詞:吕二炅、王十一起;拔萃:白二十二居易;平判:李十一復禮、吕四頻、哥舒大烦、崔十八玄亮逮不肖,八人同奉榮養)。”《編年箋注》在本句下所注《唐大詔令集》與《資治通鑑》材料,是元稹白居易元和元年制科及第時的十五人名單,與“八人”不合。《編年箋注》所引《唐大詔令集》文云:“才識兼茂明於體用科人第三次等元稹、韋惇,第四等獨孤郁、白居易、曹景伯、韋慶復,第四次等羅讓、元修、薛存慶、韋珩,第五上等蕭俛、李蟠、沈傳師、柴宿。達於

吏理可使從政科第五上等陳岵,咸以待問之美,觀光而來,詢以三道之要,復於九變之選,得失之間,粲然可觀,宜膺德懋之典,或叶言揚之舉。其第三次等人,委中書門下優與處分;第四等、第五上等,中書門下即與處分。”其中漏録“第四次等”第一人“崔韶”,是有意漏録還是無意疏忽,不得而知。對照兩個名單,除元稹、白居易之外,其他人員並不相同。《編年箋注》接着又云:“所謂迥拔之八人,當不出第三、第四等十人之列。”但“第三、第四等”衹有六人,何來“十人”? 加上“第四次等”的四人,才是“十人”。而且,既然是“十人”,元稹又爲什麼要稱“八人”?《編年箋注》又引《資治通鑑·唐憲宗元和元年》:“四月‘於是校書郎元稹、監察御史獨孤郁、校書郎下邽白居易、前進士蕭俛、沈傳師出焉。’”所引又衹有“五人”,與元稹所云的“八人”又不合。其實,《編年箋注》所據楊本在本句下注云:“同年八人,樂天拔萃登科,予平判入等。”與元稹在《酬哥舒大少府寄同年科第》所云完全一致,不知《編年箋注》爲何視而不見,另闢荒謬的“新説”? 讓人莫名其妙,哭笑不得!《編年箋注》在諸多“箋注”中,屢次將元稹後兩次的考試,亦即貞元十九年的吏部乙科考試與元和元年才識兼茂名於體用的制科考試互相混淆,誤導他人,幸請讀者注意。　迥拔:高超特出。杜確《岑嘉州詩集序》:“其有所得,多入佳境,迥拔孤秀,出於常情。”裴次元《題望京山》:“積高依郡城,迥拔淩霄漢。”　兩郡:元稹郡望洛陽,白居易郡望太原,這裏的兩郡分别指代元稹與白居易。白居易《喜罷郡》:“五年兩郡亦堪嗟,偷出遊山走看花。自此光陰爲己有,從前日月屬官家。”杜牧《池州送孟遲先輩》:“三年未爲苦,兩郡非不達。秋浦倚吴江,去檝飛青鶻。”　濫:用同“爛”,程度深。如“濫熟”,爛熟,熟悉,熟練。虞世南《侍宴應詔得前字》:“緑野明斜日,青山澹晚烟。濫陪終宴賞,握管類窺天。”杜甫《奉酬嚴公寄題野亭之作》:“拾遺曾奏數行書,懶性從來水竹居。奉引濫騎沙苑馬,幽栖真釣錦江魚。”　相知:互相瞭解,知心。陶潛《擬古九首》八:“不見相知人,惟見古時丘。”韓愈《論薦侯喜狀》:“或接膝而不相知,或異世而相慕,以其遭逢之難,故曰士爲知己者死。”兩句所言,即白居易原唱《代書詩一百韵寄微之》“身名同日授,心事一言知(貞元中與微之同登科第,俱授秘書省校書郎,始相識也)”的另一種説法。

⑦ 逸驥:古代稱善奔的駿馬。潘尼《贈河陽》:“逸驥騰夷路,潛龍躍洪波。”駱賓王《上司刑太常伯啓》:“側聞魯澤祥麟,希委質於宣父;吴阪逸驥,實長鳴於孫陽。” 翻:這裏作駿馬飛舞、奔騰解。王維《輞川閑居》:“青菰臨水映,白鳥向山翻。”杜甫《觀李固請司馬弟山水圖三首》三:“高浪垂翻屋,崩崖欲壓床。” 韝:皮革製造的臂套。杜甫《見王監兵馬使説近山有白黑二鷹羅者久取竟未能得王以爲毛骨有異他鷹恐臘後春生騫飛避暖勁翮思秋之甚眇不可見請余賦詩二首》一:“一生自獵知無敵,百中争能耻下韝。”仇兆鰲注:“韝,捍臂也,以皮爲之。”王昌齡《塞上曲》:“遥見胡地獵,韝馬宿巖霜。” 韝鷹:被鏈條束縛的鷹。韓愈《送侯參謀赴河中幕》:“今君得所附,勢若脱韝鷹。”劉禹錫《酬樂天感秋凉見寄》:“檐燕歸心動,韝鷹俊氣生。” 脱羈:原指馬脱籠頭,鳥脱鏈條,後即謂不受羈絆。白居易《送毛仙翁》:“孰能脱羈鞅? 盡遭名利牽!”温庭筠《秋日》:“復此遂閑曠,翛然脱羈縶。”

⑧ “遠途憂地窄”兩句:意謂詩人當時抱負遠大,覺得天地太小,難於施展自己的手脚,實現自己的理想,這與白居易原唱《代書詩一百韵寄微之》“疏狂屬年少,閑散爲官卑”用意相似。 遠途:謂長途。周賀《送僧歸江南》:“洗足北林去,遠途今已分。麻衣行嶽色,竹杖帶湘雲。”程俱《九日雨中對菊忽忽塊坐用雨中對花韵三首》三:“力行無遠途,積縷成重錦。” 地窄:地方狹小,這裏借喻政治前途政治遠景。李白《送長沙陳太守二首》二:“七郡長沙國,南連湘水濱。定王垂舞袖,地窄不迴身。”李白《荆州賊平臨洞庭言懷作》:“水窮三苗國,地窄三湘道。歲宴天峥嶸,時危人枯槁。” 高視:向高處看。揚雄《甘泉

賦》:“仰撟首以高視兮,目冥眴而亡見。”劉滄《夏日登西林白上人樓》:“幾到西林清浄境,層臺高視有無間。”傲視,小看。曹植《與楊德祖書》:“德璉發迹於此魏,足下高視於上京。”張九齡《奉敕送學士張説上賜燕序》:“文王多士,周室以寧;武帝得人,漢家爲盛。而高視前古,獨不在於今乎?” 天卑:天空低矮。《郊廟歌辭·太和》:“昭昭有唐,天俾萬國。列祖應命,四宗順則。”方回《柴性初道存説》:“《易繫》有云:知崇禮,卑崇效,天卑法地,天地設位而易行乎其中矣!”

⑨ 並:副詞,一起,一同。《詩·秦風·東鄰》:“既見君子,並坐鼓瑟。”《後漢書·黨錮傳序》:“尚書霍諝、城門校尉竇武並表爲請,帝意稍解。”《編年箋注》所據底本楊本作“並”,馬本、《唐詩紀事》、《全詩》、《古今事文類聚新集》、《佩文韻府》、《分類字錦》同,未見有作“并”的文獻,但《編年箋注》擅自改爲“并”,“并”字無“一起,一同”之義項,屬於誤改。 紅蘭署:秘書省的別稱。王溥《唐會要·秘書省》:“龍朔二年二月四日改爲蘭臺,其監爲蘭臺太史、少監蘭臺,侍郎丞爲蘭臺大夫。咸亨元年十月二十三日各復舊額,光宅元年九月五日改爲麟臺監,餘並隨名改。神龍元年二月五日復改爲秘書監如舊。”《歷代職官表》:“《新唐書·職官志》:校書郎、正字,掌讎校典籍、刊正文章。”既然有“讎校典籍、刊正文章”的職責,故也稱紅蘭署。白玉規:不詳,估計是“讎校典籍、刊正文章”的規矩。《編年箋注》在本條下云:“貞元十八年(八〇二)白居易登書判拔萃科,次年元稹中書制拔萃第四等,二人同署秘書省校書郎。”大誤,元稹與白居易貞元十八年參加吏部乙科考試,貞元十九年(803)同時登第,白居易登第肯定在貞元十九年,貞元十八年衹是元稹白居易到吏部報到登録的時間,貞元十九年才是元白兩人同時登第的時間,“貞元十八年(八〇二)白居易登書判拔萃科”之説肯定是錯誤的。元稹登第也在貞元十九年,白居易爲拔萃科登第,元稹爲平判登第,不存在“元稹中書制拔萃第四等”之説,元稹《酬哥舒大少府寄同年科第》:“前年科第偏年

少,未解知羞最愛狂。九陌争馳好鞍馬,八人同着綵衣裳(同年科第:宏詞吕二炅,王十一起;拔萃白二十二居易,平判李十一復禮、吕四頻、哥舒大熉、崔十八玄亮,逮不肖,八人皆奉榮養)。"就是明證。《編年箋注》所注,衹有"二人同署秘書省校書郎"云云不誤。

⑩ 冉冉:形容柔媚美好。蔡邕《青衣賦》:"嘆兹窈窕,生於卑微……修長冉冉,碩人其頎。"陶翰《晚出伊闕寄河南裴中丞》:"退無偃息資,進無當代策。冉冉時將暮,坐爲周南客。" 伐木:《詩·小雅》篇名。其詩云:"伐木丁丁,鳥鳴嚶嚶……嚶其鳴矣,求其友聲。"後因以"伐木"爲表達朋友間深情厚誼的典故。張九齡《酬王六寒朝見詒》:"漁爲江上曲,雪作郢中詞。忽枉兼金訊,長懷伐木詩。"駱賓王《初秋于竇六郎宅宴得風字詩序》:"諸君情諧伐木,仰登龍以締歡。" 偲偲:互相勉勵。《論語·子路》:"朋友切切偲偲。"朱熹集傳引馬融曰:"切切偲偲,相切責之貌。"白居易《代書詩一百韵寄微之》:"分定金蘭契,言通藥石規。交賢方汲汲,友直每偲偲。"

⑪ 魚魯:文字校勘中常見的錯誤,謂將"魚"誤寫成"魯",或者將"魯"字誤寫成"魚",泛指文字因形近而舛訛。《唐大詔令集·鄭朗監修國史等制》:"動契春秋之旨,化成爲重。豈惟魚魯之文,勉弘大猷!"王起《和李校書》:"憶昨謬官在烏府,喜君對門討魚魯。"也作"魯魚亥豕",葛洪《抱朴子·遐覽》:"諺曰:'書三寫,魚成魯,虚成虎。'"《吕氏春秋·察傳》:"有讀《史記》者曰:'晉師三豕涉河。'子夏曰:'非也,是己亥也。夫己與三相近,豕與亥相似。'"後以"魯魚亥豕"泛指書籍傳寫刊印中的文字錯誤,這與元稹白居易的校書郎身份相切合。鉛黄:古人校改錯字方法的簡稱。白居易《酬盧秘書二十韵》:"世家標甲第,官職滯麟臺。筆盡鉛黄點,詩成錦繡堆。"周召《雙橋隨筆》卷六:"《館閣新書》:浄本有誤處,以雌黄塗之。常校改字之法,刮洗則傷紙,紙貼之又易脱,粉塗之則字不没,塗數遍方能漫滅。惟雌黄一漫則滅,仍久而不脱,古人謂之'鉛黄'。"

⑫ 馬融帳：亦作“馬公帳”、“馬帳”，《後漢書·馬融傳》：“融才高博洽，爲世通儒，教養諸生，常有千數……善鼓琴，好吹笛，達生任性，不拘儒者之節。居宇器服，多存侈飾。常坐高堂，施絳紗帳，前授生徒，後列女樂，弟子以次相傳，鮮有入其室者。”李嶠《范蜀公挽詩十章》一〇：“清無馬融帳，榮預李膺舟。河漢德星隕，山川英氣收。”子房：西漢開國大臣張良的字，曾行刺秦始皇，未遂，逃亡下邳，秦末農民戰爭中爲劉邦重要謀士，漢朝建立之後封留侯。劉長卿《歸沛縣道中晚泊留侯城》：“訪古此城下，子房安在哉？白雲去不反，危堞空崔嵬。”李白《經下邳圯橋懷張子房》：“子房未虎嘯，破産不爲家。”帷：以布帛製作的環繞四周的遮蔽物。《周禮·天官·幕人》：“掌帷、幕、幄、帟、綬之事。”鄭玄注：“在旁曰帷，在上曰幕；幕或在地，展陳於上。帷、幕皆以布爲之，四合象宫室曰幄，王所居之帷也。”馮待徵《虞姬怨》：“歲歲年年事征戰，侍君帷幙損紅顔。不惜羅衣沾馬汗，不辭紅粉著刀環。”從“心輕馬融帳”、“謀奪子房帷”的詩句，可以看出元稹年輕時不甘人後的心態，這與元稹一生的人生目標以及由此産生的遭遇緊密相連。

⑬ 秀發：形容詩文書法俊逸不群，這裏是指白居易的文章與書法。杜甫《石硯》：“平公今詩伯，秀發吾所羨。奉使三峽中，長嘯得石研。”方干《寄謝麟》：“越國雲溪秀發時，蔣京詞賦謝麟詩。後來若要知優劣，學圃無過老圃知。”　幽巖：深而幽暗的山巖。李世民《度秋》：“桂白發幽巖，菊黄開灞涘。運流方可嘆，含毫屬微理。”徐賢妃《擬小山篇》：“仰幽巖而流盼，撫桂枝以凝想。將千齡兮此遇，荃何爲兮獨往。”　清澄：清明，清澈。《楚辭·遠遊》：“保神明之清澄兮，精氣入而粗穢除。”張衡《西京賦》：“消雰埃於中宸，集重陽之清澂。”溢岸：水滿而流出岸堤。李商隱《病中早訪招國李十將軍遇挈家遊曲江》：“十頃平波溢岸清，病來惟夢此中行。相如未是真消渴，猶放沱江過錦城。”梅堯臣《觀水序》：“庚辰秋七月，汝水暴至溢岸，親率縣徒

以土塞郭門，居者知其勢危，皆結庵於木末，傍徨愁嘆，故作是詩。”陂：堤防，堤岸。《詩·陳風·澤陂》：“彼澤之陂，有蒲與荷。”毛傳：“陂，澤障也。”孔穎達疏：“澤障，謂澤畔障水之岸，以陂内有此二物，故舉陂畔言之，二物非生於陂上也。”姚合《遊春十二首》一〇：“晴野花侵路，春陂水上橋。”

⑭ 九霄：原指天之極高處，高空，這裏喻皇帝居處。杜甫《臘日》：“口脂面藥隨恩澤，翠管銀罌下九霄。”也借指帝王。黄滔《敷水廬校書》：“九霄無詔下，何事近清塵？” 直上：向上，向前。蔡孚《奉和聖製龍池篇》：“歌臺舞榭宜正月，柳岸梅洲勝往年。莫疑波上春雲少，祇爲從龍直上天。”丘爲《尋西山隱者不遇》：“絶頂一茅茨，直上三十里。扣關無僮僕，窺室唯案几。” 萬里：極言其遠。李世民《宴中山》：“驅馬出遼陽，萬里轉旂常。對敵六奇舉，臨戎八陣張。”上官昭容《綵書怨》：“葉下洞庭初，思君萬里餘。露濃香被冷，月落錦屏虚。”前期：對未來的預期，打算。沈約《别范安成》：“生平少年日，分手易前期。”韓愈《赴江陵途中寄贈王十二補闕李十一拾遺李二十六員外翰林三學士》：“失志早衰换，前期擬蜉蝣。”

⑮“栖鸞”句：這裏指元稹的《酬樂天》，《酬樂天》作於元稹白居易制科登第之後，元稹拜授左拾遺，白居易出任盩厔縣尉，詩中有句云：“放鶴在深水，置魚在高枝。升沈或異勢，同謂非所宜。君爲邑中吏，皎皎鸞鳳姿。顧我何爲者，翻侍白玉墀？” 古井詩：這裏指白居易元和五年贈送元稹的《贈元稹》，其中有句云：“自我從宦遊，七年在長安。所得惟元君，乃知定交難……無波古井水，有節秋竹竿。一爲同心友，三及芳歲闌。”元稹本年暮秋初冬，亦即在賦詠本詩之前有《種竹》酬和。

⑯“多聞全受益”兩句：這裏有三種含義：其一意謂祇有善於學習，才能受益。陳祥道《論語全解》卷四：“子曰：蓋有不知而作之者，我無是也。多聞，擇其善者而從之，多見而識之，知之次也。”又曰：

“君子之於學也,遠則聞而知之,近則見而知之,多聞患於不能擇,能擇則知所從。多見患於不能識,能識則知所辨,此特知之而已。吾道一以貫之,則知之上也。孔子曰:生而知之者,上也。學而知之者,次也。則知之次者,學者之事也。曾子、子貢皆聞一貫於孔子,曾子能唯而不能辨,子貢知聽而不知問,則知之上者,聖人之事也。”其二意謂祇有善於選擇朋友,才能有益。陳祥道《論語全解》卷四又曰:“孔子曰:益者三友,損者三友。友直,友諒,友多聞,益矣!友便辟,友善柔,友便佞,損矣!”又曰:“直者所以正己之惡,諒者所以輔己之信,多聞者所以博己之知。便者便人之所欲,辟者避人之所惡,此反於直者也。善柔則能從人而已,便佞則能悦人而已,損友以此爲最。故益友先直次諒而後多聞,損友先便辟次善柔而後便佞。蓋直者能忠,諒者能信,爲學之道。先忠信以尊德性,然後博學以道問學,則取友之術,亦若是而已。”其三,也要從不善者那裏吸取應有的教訓。陳祥道《論語全解》卷四又曰:“子曰:三人行,必有我師焉!擇其善者而從之,其不善者而改之。”又曰:“善者,吾師也;不善者,亦吾師也。師其不善,所以自修,此所以三人行必有我師也。若夫師其善而不師其不善,則内無以自省,外無以自觀,其欲至於君子,難矣!然則不善之師,其可忽哉!老子以强梁爲教父,釋氏以邪盗之類爲人師,亦此意也!”詩人在這裏既是對白居易的讚美,也是對自己人生的點驗。　聞:知識,見聞,消息。《論語·季氏》:“友直,友諒,友多聞,益矣!”司馬遷《報任少卿書》:“僕竊不遜,近自託於無能之辭,網羅天下放失舊聞,略考其行事,綜其終始,稽其成敗興壞之紀。”接受。《戰國策·秦策》:“義渠君曰:‘謹聞令。’”姚宏注:“聞,猶受也。令,教也。”。《左傳·昭公十三年》:“寡君聞命矣!”　受益:得到好处,受到利益。韋應物《登高望洛城作》:“熙熙居守化,泛泛太府恩。至損當受益,苦寒必生温。”吕温《道州觀野火》:“家有京坻詠,人無溝壑慼。乃悟焚如功,來歲終受益。”　善:吉祥,美好。《禮記·中庸》:“禍福將至,善,必先知之,不善,必先知之。故至誠如神。”柳宗元《遊黄溪記》:“其間名山水而州者以百數,永最善。”善行,善事,善人。《易・坤》:“積善之家,必有餘慶。”韓愈《送孟秀才序》:“善雖不吾與,吾將强而附;不善雖不吾惡,吾將强而拒。” 相師:互相學習與仿效。韓愈《師説》:“巫、醫、樂師、百工之人,不耻相師。”蘇軾《上神宗皇帝書》:“好利之黨,相師成風。”

⑰ 脱俗:脱離世俗。姚鵠《送賀知章入道》:“若非堯運及垂衣,肯許巢由脱俗機?太液始同黄鶴下,仙鄉已駕白雲歸。”殷文圭《賀同年第三人劉先輩鹹辟命》:“甲門才子鼎科人,拂地藍衫榜下新。脱俗文章笑鸚鵡,淩雲頭角壓麒麟。” 常調:原爲固定的音調,引申爲陳舊的論調,也作按常規遷選官吏。高適《宋中遇劉書記有别》:“幾載困常調,一朝時運催。”岑參《冀州客舍酒酣貽王綺寄題南樓》:“夫子傲常調,詔書下徵求。知君欲謁帝,秣馬趨西周。” 有爲:有作爲。《易・繫辭》:“是以君子將有爲也。”蘇軾《學士院試孔子先進論》:“君子之欲有爲於天下,莫重乎其始進也。”有所爲,有緣故。于濆《擬古諷》:“草木本無情,此時如有爲。”周密《齊東野語・胡明仲本末》:“蓋此書有爲而作,非徒區區評論也。”

⑱ 醇:酒味淳厚。《文選・嵇康〈琴賦〉》:“蘭肴兼御,旨酒清醇。”李善注:“醇,厚也。”也指味道淳正濃厚的酒。段成式《酉陽雜俎・酒食》:“酪、㦸、醇,漿也。” 酎:反復多次釀成的醇酒。《禮記・月令》:“〔孟夏之月〕天子飲酎。”鄭玄注:“酎之言醇也,謂重釀之酒也。”《史記・孝文本紀》:“高廟酎。”裴駰集解引張晏曰:“正月旦作酒,八月成,名曰酎,酎之言純也。” 運智:運用才智。嵇康《答难养生论》:“或運智御世,不嬰禍,故以此自貴。”石介《觀棋》:“運智奇復詐,用心險且傾。” 託:凭借,依赖。《韩非子・外储说》:“夫獵者,託車輿之安,用六馬之足,使王良佐轡,則身不勞而易及輕獸矣!”曹丕《典论・论文》:“不假良史之辭,不託飛馳之勢,而聲名自傳於後。” 圍棋:棋類的一種,古代叫弈,傳爲堯作,春秋戰國時代即有關於圍棋

的記載，漢墓殉葬物中曾發現有石製的棋盤，早先棋盤上有縱横各十一、十五、十七道綫幾種，唐以後爲縱横各十九道，交錯成三百六十一個位，雙方用黑白棋子對着，互相圍攻，吃掉對方棋子，佔據其位，占位多者爲勝，故名"圍棋"。《方言》第五："圍棋謂之弈。"韓愈《送靈師》："圍棋鬥白黑，生死隨機權。"

⑲ 車胤：事見《晉書·車胤傳》："車胤，字武子，南平人也。曾祖浚，吴會稽太守。父育，郡主簿。太守王胡之名知人，見胤於童幼之中，謂胤父曰：'此兒當大興卿門，可使專學。'胤恭勤不倦，博學多通。家貧，不常得油，夏月則練囊盛數十螢火以照書，以夜繼日焉！及長，風姿美劭，機悟敏速，甚有鄉曲之譽。"李瀚《蒙求》："三王尹京，二鮑糾慝。孫康映雪，車胤聚螢。"《新唐書·藝文志》："車胤《講孝經義》四卷。"　戴逵：《世説新語》卷下："王子猷居山陰，夜大雪，眠覺，開室，命酌酒。四望皎然，因起彷徨詠左思《招隱詩》(《中興書》曰：'徽之任性放達，棄官東歸，居山陰也。左詩曰：'杖策招隱士，荒塗横古今。岩穴無結構，丘中有鳴琴。白雲停陰岡，丹葩曜陽林。')忽憶戴安道，時戴在剡，即便夜乘小船就之。經宿方至，造門不前而返，人問其故，王曰：'吾本乘興而行，興盡而返，何必見戴？'"劉長卿《哭張員外繼》："自此辭張邵，何由見戴逵？獨聞山吏部，流涕訪孤兒。"司空圖《狂題十八首》二："别鶴凄凉指法存，戴逵能耻近王門。世間第一風流事，借得王公玉枕痕。"

⑳ 月燈閣：長安城南地名，《陝西通志·風俗》卷四五："新進士則于月燈閣置打球之宴，或賜宰臣以下酴醾酒，卽重釀酒也(《輦下歲時記》)。"王建《早登西禪寺閣》："莫説城南月燈閣，自諸樓看總難勝。"《唐摭言·慈恩寺題名遊賞賦詠雜紀》："乾符四年，諸先輩月燈閣打毬之會，時同年悉集。"　醵宴：聚集宴會。鄭谷《賀進士駱用錫登第》："題名登塔喜，醵宴爲花忙。好是東歸日，高槐蕊半黄。"孫棨《北里志·鄭舉舉》："鄭舉舉者，居曲中，亦善令章……有名賢醵宴，

辟數妓,舉舉者預焉!” 劫灰池:顧炎武《歷代帝王宅京記》卷六:“武帝初,穿池得黑土。帝問東方朔,朔曰:‘西域胡人知之。’乃問之,西域人曰:‘劫燒之餘灰也!’德宗貞元十三年,命京兆尹韓皋充使浚之,追尋漢制,引交河灃水合流入池。” 昆明池:亦即劫灰池,湖沼名,漢武帝元狩三年於長安西南郊所鑿,以習水戰,池周圍四十里,廣三百三十二頃,宋以後湮没。《漢書·武帝紀》:“〔元狩三年春〕發謫吏穿昆明池。”顔師古注引臣瓚曰:“《西南夷傳》有越嶲、昆明國,有滇池,方三百里。漢使求身毒國,而爲昆明所閉。今欲伐之,故作昆明池象之,以習水戰,在長安西南,周回四十里。”

㉑“勝概争先到”兩句:兩句回憶元稹與白居易在京城遊覽勝景、鬥勝文章的往事。 勝概:美景,美好的境界。李白《夏日陪司馬武公與群賢宴姑熟亭序》:“此亭跨姑熟之水,可稱爲姑熟亭焉! 嘉名勝概,自我作也。”李咸用《寄修睦上人》:“衣服田方無内客,一入廬雲斷消息。應爲山中勝概偏,惠持惠遠多蹤迹。” 篇章:篇和章,泛指文字著作。王充《論衡·别通》:“儒生不博覽,猶爲閉暗,况庸人無篇章之業,不知是非,其爲閉暗甚矣!”特指詩篇。賈島《寄韓潮州愈》:“隔嶺篇章來華岳,出關書信過瀧流。”

㉒輸贏:勝負。白居易《放言五首》二:“不信君看奕棋者,輸贏須待局終頭。”徐鉉《棋賭賦詩輸劉起居》:“刻燭知無取,争先素未精。本圖忘物我,何必計輸贏!” 破的:箭射中靶子。韓偓《送人棄官入道》:“側身期破的,縮手待呼盧。”亦喻發言正中要害。杜甫《敬贈鄭諫議十韵》:“諫官非不達,詩義早知名。破的由來事,先鋒孰敢争?” 點竄:删改,修改。元稹《獻滎陽公詩五十韵》:“衛磬琤鍧極,齊竽僭濫偏。空虚慚炙輠,點竄許懷鉛。”李商隱《韓碑》:“點竄堯典舜典字,塗改清廟生民詩。” 容絲:意謂舉奏文稿認認真真,一絲不苟。邵雍《觀棋大吟》:“應機如破的,迎刃不容絲。勿訝傍人笑,休防冷眼窺。”邵雍《首尾吟一百三十五首》五:“堯夫非是愛吟詩,詩是堯夫可愛時。

寶鑑造形難著髮,鸞刀迎刃豈容絲!”這兩句喻指元稹和白居易在京城言官任上不容自己尸位素餐,向皇上直言敢諫不公不法的往事。

㉓ 山岫:山洞。曹植《七啓》:“出山岫之潛穴,倚峻崖而嬉遊。”也作山峰、山巒解。駱賓王《艷情代郭氏答盧照鄰》:“也知京洛多佳麗,也知山岫遙虧蔽。” 當街:臨街。柳宗元《東門行》:“當街一叱百吏走,馮敬胸中函匕首。”裴度《夏日對雨》:“登樓逃盛夏,萬象正埃塵。對面雷嗔樹,當街雨趁人。” 墻花拂面枝:見於元稹《才調集》卷五元稹《壓墻花》,詩云:“野性大都迷里巷,愛將高樹記人家。春來偏認平陽宅,爲見墻頭拂面花。” 墻花:攀援在墻壁或依傍在院墻上的花樹。元稹《古豔詩二首》一:“春來頻到宋家東,垂袖開懷待好風。鶯藏柳暗無人語,惟有墻花滿樹紅。”白居易《有木詩八首》二:“色求桃李饒,心向松筠妒。好是映墻花,本非當軒樹。” 拂面枝:吹拂人面的花枝或樹枝。元稹《酬李甫見贈十首》四:“曾經綽立侍丹墀,綻蕊宫花拂面枝。雉尾扇開朝日出,柘黄衫對碧霄垂。”

㉔ 鶯聲:黄鶯的啼鳴聲。陳子昂《居延海樹聞鶯同作》:“邊地無芳樹,鶯聲忽聽新。間關如有意,愁絶若懷人。”崔道融《春晚》:“三月寒食時,日色濃於酒。落盡墻頭花,鶯聲隔原柳。”多比喻女子宛轉悦耳的語聲。司空圖《杏花》:“詩家偏爲此傷情,品韵由來莫與争。解笑亦應兼解語,只應慵語倩鶯聲。” 燕翼:燕的翅膀。劉兼《春晚閑望》:“雁行斷續晴天遠,燕翼參差翠幕斜。歸計未成頭欲白,釣舟烟浪思無涯。”郭紹蘭《寄夫》:“我婿去重湖,臨窗泣血書。殷勤憑燕翼,寄與薄情夫。” 逶迤:形容舞姿與體態的優美。《後漢書・邊讓傳》:“振華袂以逶迤,若游龍之登雲。”陳子昂《鴛鴦篇》:“音容相眷戀,羽翮兩逶迤。”這裏形容燕子的優美舞姿。兩句以黄鶯、燕子喻指元稹白居易游宴時結識的女伴。

㉕ 轡:駕馭馬的韁繩。《詩・邶風・簡兮》:“有力如虎,執轡如組。”朱熹集傳:“轡,今之韁也。”韓愈《祭穆員外文》:“草生之春,鳥鳴

之朝。我轡在手,君揚其鑣。” 鞭:馬鞭。《左傳·宣公十五年》:“雖鞭之長,不及馬腹。”柳宗元《鞭賈》:“馬相踶,因大擊,鞭折而爲五六。”

㉖ 長上:武官名,唐時九品,其職爲守邊和宿衛宮禁。《晉書·慕容寶載記》:“寶發龍城……次於乙連,長上段速骨、宋赤眉因衆軍之憚役也,殺司空樂浪王宙,逼立高陽王崇。” 樂:指樂工。《論語·微子》:“齊人歸女樂,季桓子受之,三日不朝,孔子行。”杜甫《觀公孫大娘弟子舞劍器行》:“梨園弟子散如烟,女樂餘姿映寒日。” 静坊:長安城内衹有静安坊、静恭坊,並無静坊,疑爲静安坊、静恭坊的簡稱,或者是安静之坊,“密携”、“偷宿”就是秘密地携帶、偷偷地嫖宿,即透露了其中玄機,待解。 姬:以歌舞爲業的女藝人,與上句的“樂”對舉成文。王績《詠妓》:“妖姬飾靚妝,窈窕出蘭房。日照當軒影,風吹滿路香。”崔液《踏歌詞二首》一:“綵女迎金屋,仙姬出畫堂。鴛鴦裁錦袖,翡翠貼花黄。”

㉗ 僻性:怪僻的性格。姚合《拾得古硯》:“僻性愛古物,終歲求不獲。昨朝得古硯,黄河灘之側。”姚合《武功縣中作三十首》二九:“自知狂僻性,吏事固相疏。衹是看山立,無嫌出縣居。” 慵:懶惰,懶散。宋璟《奉和御製璟與張説源乾曜同日上官命宴都堂賜詩應制》:“丞相邦之重,非賢諒不居。老臣慵且憊,何德以當諸?”杜甫《王十七侍御掄許携酒至草堂奉寄此詩便請邀高三十五使君同到》:“老夫卧穩朝慵起,白屋寒多暖始開。” 朝:天亮,明亮。潘岳《哀永逝》:“聞鳴雞兮戒朝,咸驚號兮撫膺。”劉禹錫《和樂天誚失婢榜者》:“把鏡朝猶在,添香夜不歸。鴛鴦拂瓦去,鸚鵡透籠飛。” 新晴:天剛放晴,剛放晴的天氣。潘岳《閑居賦》:“微雨新晴,六合清朗。”秦觀《望海潮·洛陽懷古》:“金谷俊遊,銅駝巷陌,新晴細履平沙。” 嬉:戲樂,遊玩。張説《送喬安邑備》:“老人驂馭往,童子狎雛嬉。”韓愈《進學解》:“業精於勤,荒於嬉。”

㉘ 相歡:共歡樂,交歡。《西京雜記》卷四:“宛修頸而顧步,啄沙磧而相歡。”王安石《魚兒》:“繞岸車鳴水欲乾,魚兒相逐尚相歡。” 滿目:充滿視野。曹丕《與鍾大理書》:“捧匣跪發,五内震駭,繩窮匣開,爛然滿目。”秦觀《如夢令》五:“池上春歸何處?滿目落花飛絮。” 别處:分别之處。張説《還至端州驛前與高六别處》:“舊館分江口,悽然望落暉。相逢傳旅食,臨别换征衣。”劉長卿《江州留别薛六柳八二員外》:“江海相逢少,東南别處長。獨行風嫋嫋,相去水茫茫。” 開眉:笑,開顔,亦喻舒心。白居易《偶作寄朗之》:“歧分兩回首,書到一開眉。”范仲淹《登表海樓》:“一帶林巒秀復奇,每來憑檻即開眉。”

㉙ 翰墨:筆墨。張衡《歸田賦》:“揮翰墨以奮藻,陳三皇之軌模。”劉禹錫《奉酬湖州崔郎中見寄五韵》:“山陽昔相遇,灼灼晨葩鮮。同遊翰墨場,和樂埙篪然。” 題名:古人爲紀念科場登録、旅遊行程等,在石碑或壁柱上題記姓名。張籍《送遠曲》:“願君到處自題名,他日知君從此去。”馬鑒《續事始》:“慈恩寺題名:開游而題其同年姓名於塔下,後爲故事。” 光陰:時間,歲月。高正臣《晦日置酒林亭》:“柳翠含烟葉,梅芳帶雪花。光陰不相借,遲遲落景斜。”韓偓《青春》:“光陰負我難相偶,情緒牽人不自由。” 話:指説唱的故事。元稹本詩的這條材料,是中國話本小説最早的文字記載,非常寶貴。其實,“説話”活動在隋唐時期就已經悄然出現。隋代的侯白因爲擅長“説話”,引人注目,受到歡迎,因而其“所在之地,觀者如市”。他的頂頭上司楊素常常强他爲自己“説話”,“從旦至晚始得歸”。楊素之子楊玄感也常常要求:“侯秀才可以(與)玄感説一個好話。”唐代的宦官頭目高力士曾經爲“移仗西内”的“太上皇”唐玄宗“説話”。而德宗、憲宗時期的官僚韋綬,罷官後則成了説書消遣的“積極分子”。著名詩人元稹、白居易、白行簡也曾讓説書藝人演説《一枝花話》,元稹《酬翰林白學士代書一百韵》有“光陰聽話移”的描述,並在其下自注云:“又嘗於新昌宅説《一枝花話》,自寅至巳猶未畢詞也。”這裏的“話”就是

“説話”，而《一枝花話》即當時名聞遐邇的名妓李娃的故事，後來元稹和白行簡分别撰有《李娃行》、《李娃傳》傳世。歷時十二個小時都没有“畢詞”，可見説話内容的精采豐富，情節的曲折起伏。清代末葉發現的大量敦煌遺文中，其中不少是唐五代時期的變文，其變文《韓擒虎話本》、《廬山遠公話》等亦應該屬於“説話”之列。但隋唐時期的“説話”活動，主要活躍在官僚集團和文人階層之間，很少涉及民間，普通的市民尚没有參與進來。時至宋代，由於城市經濟的逐步繁榮，以手工業主、中小商人爲主體的市民階層逐漸擴大。爲了適應市民階層的對文化活動的迫切需要，在一些公共場所出現了以文化娱樂爲職業的藝人群體，其中自然也包括講説故事的“説話人”。而同一故事在不同場所、不同時日裏反反復復演説，不少“説話人”常常將故事的梗概記録下來。依據這些故事的梗概，“説話人”在講説故事時再臨場發揮，加上許多與此相關相近的内容，以加强故事的生動性、趣味性，吸引招徠更多的聽衆，某些“話本”也在這樣不斷修改、陸續補充中形成成熟的公認的本子。在唐代以前的文獻中，我們無法找到有關的書證，祇能在元明文獻中尋找書證：董解元《西廂記諸宫調》卷一：“曲兒甜，腔兒雅，裁剪就雪月風花，唱一本兒倚翠偷期話。”《初刻拍案驚奇》卷九：“這本話乃是元朝大德年間的事。”流傳至今的唐宋以來説話藝人説唱故事所用的底本有《京本通俗小説》、《清平山堂話本》、《全相平話五種》等。　移：離去。《楚辭·大招》：“魂乎歸徠！思怨移只。”王逸注：“移，去也，言美女可以忘憂去怨思也。”顧況《棄婦詞》：“十五許嫁君，二十移所天。”　新昌宅：在長安延興門至延平門東西大街北側東第一坊，白居易當時寓居於此坊：其《自題新昌居止因招楊郎中小飲》：“地偏坊遠巷仍斜，最近東頭是白家。”其《和答詩十首并序》：“五年春，微之從東臺來，不數日又左轉爲江陵士曹掾。詔下日，會予下内直歸，而微之已即路，邂逅相遇於街衢中，自永壽寺南，抵新昌里北，得馬上話别。”其《早朝賀雪寄陳山人》云：“長安盈尺雪,早朝賀君喜。將赴銀臺門,始出新昌里。"其《竹窗》又云:"今春二月初,卜居在新昌。"　《一枝花》話:即《李娃傳》,作者爲白行簡,但白行簡創作之前,應該有説話人的説唱活動。劉克莊《後村詩話》卷一:"鄭畋名相,父亞亦名卿。或爲《李娃傳》,誣亞爲元和,畋爲元和之子。小説因謂畋與盧携並相,不咸,携詬畋身出倡妓。按畋與携皆李翱甥,畋母,携姨母也。安得如娃傳及小説所云!唐人挾私忿騰虚謗,良可發千載一笑!亞爲李德裕客,白敏中素怨德裕及亞父子,娃傳必白氏子弟爲之,託名行簡。又嫁言天寶間事,且傳作於德宗之貞元,追述前事可也。亞登第於憲宗之元和,畋相於僖宗之乾符,豈得預載未然之事乎!其謬妄如此!如《周秦行紀》,世以爲德裕客韋絢所作,二黨真可畏哉!"筆者以爲劉克莊所云託名白行簡云云,實爲荒謬不經之論,元稹這篇詩歌,就足以説明。　自寅至巳:古人以把一晝夜分爲十二個時辰,用十二地支表示。　寅:相當於今北京時間午前三點鐘至五點鐘。　巳:即上午九時至十一時。元稹白居易他們當時在校書郎任,時時上朝候君,故有早起的習慣。

㉚ 緑袍:《舊唐書·太宗紀》:"(貞觀四年)八月丙午,詔三品已上服紫,五品已上服緋,六品七品以緑,八品九品以青,婦人從夫色。"校書郎屬於九品,不應服緑,此緑袍應該是指平時閑居之衣衫,所以可以典當,與下句"烏帽"相呼應。白居易《江樓宴别》:"樓中别曲催離酌,燈下紅帬間緑袍。縹緲楚風羅綺薄,錚鏦越調管弦高。"韋莊《送崔郎中往使西川行在》:"拜書辭玉帳,萬里劍關長。新馬杏花色,緑袍春草香。"　典:抵押,典當。杜甫《曲江二首》二:"朝回日日典春衣,每日江頭盡醉歸。"唐無名氏《兩京童謡》:"不怕上蘭單,惟愁答辨難。無錢求案典,生死任都官。"　烏帽:黑帽,古代貴者常服,隋唐後多爲庶民、隱者之帽。《宋書·明帝紀》:"於時,事起倉卒,上失履,跣至西堂,猶著烏帽。"白居易《池上閑吟二首》二:"非道非僧非俗吏,褐裘烏帽閉門居。"　遺:遺失,丢失。《莊子·天地》:"黄帝遊乎赤水之

北，登乎昆侖之丘而南望，還歸，遺其玄珠。”《淮南子·説林訓》：“猶客之乘舟，中流遺其劍，遽契其舟桅，暮薄而求之，其不知物類亦甚矣！”

㉛ 籌箸：竹籌和筷子。元稹《痁卧聞幕中諸公徵樂會飲因有戲呈三十韵》：“纖身霞出海，艷臉月臨淮。籌箸随宜放，投盤止罰啀。”元稹《遣春十首》一〇：“波渌紫屏風，螺紅碧籌箸。” 屈卮：有曲柄的酒杯。李賀《浩歌》：“箏人勸我金屈卮，神血未凝身問誰？”孟元老《東京夢華録·宰執親王宗室百官入内上壽》：“御筵酒盞皆屈卮，如菜碗樣，而有手把子。”

㉜ 下口：這裏指佐餐的食品，唐宋之前，未見其他合適的書證。《水滸傳·吴學究説三阮撞籌 公孫勝應七星聚義》：“阮小七道：‘有什麽下口？’小二哥道：‘新宰得一頭黄牛，花糕也似好肥肉。’”《警世通言·崔衙内白鷂招妖》：“右手把著酒，左手把著心肝做下口。”

㉝ 逃席：宴會中途不辭而去。元稹《黄明府詩序》：“有一人後至，頻犯語令，連飛十二觥，不勝其困，逃席而去。”唐彦謙《春深獨行馬上有作》：“衆飲不歡逃席酒，獨行無味放遊韁。年來與問閑遊者，若個傷春向路旁？” 倡：娼妓。《新唐書·張延賞傳》：“〔李晟〕及還，以成都倡自隨，延賞遣吏奪取，故晟銜之。”洪邁《夷堅甲志·古田倡》：“〔陳築〕爲福州古田尉，惑邑倡周氏。”

㉞ 狂歌：縱情歌詠。杜甫《贈李白》：“痛飲狂歌空度日，飛揚跋扈爲誰雄？”辛棄疾《水調歌頭·湯朝美司諫見和用韵爲謝》：“説劍論詩餘事，醉舞狂歌欲倒，老子頗堪哀。” 繁節：繁密的音節。顔延之《赭白馬賦》：“捷趫夫之敏手，促華鼓之繁節。”元稹《曹十九舞緑鈿》：“凝眄嬌不移，往往度繁節。” 醉舞：猶狂舞。李白《邠歌行上新平長兄粲》：“趙女長歌入彩雲，燕姬醉舞嬌紅燭。”辛棄疾《滿江紅·題冷泉亭》：“醉舞且摇鸞鳳影，浩歌莫遣魚龍泣。”

㉟ 散漫：無拘無束，任意随便。謝惠連《雪賦》：“其爲狀也，散漫

交錯,氛氳蕭索。”李白《懷仙歌》:“一鶴東飛過滄海,放心散漫知何在?”　長薄:綿延的草木叢。《文選·陸機〈挽歌〉》:“按轡遵長薄,送子長夜臺。”李周翰注:“草木叢生曰薄。”王勃《春思賦》:“桃花萬騎喧長薄,蘭葉千旗照平浦。”　邀遮:攔阻。荀悦《漢紀·平帝紀》:“如遇險阻,銜尾相隨。虜邀遮前後,危殆不測。”李白《秦女休行》:“直上西山去,關吏相邀遮。”　隘:狹窄,狹小,險要處。《左傳·昭公三年》:“初,景公欲更晏子之宅,曰:‘子之宅近市,湫隘囂塵,不可以居,請更諸爽塏者。’”杜預注:“隘,小。”楊伯峻注:“隘,狹小。”韓愈《岳陽樓别竇司直》:“軒然大波起,宇宙隘而妨。”　岐:同“歧”,分支,分岔。孔穎達《禮記正義序》:“上自游夏之初,下終秦漢之際,其間岐塗詭説,雖紛然競起,而餘風曩烈,亦時或獨存。”劉禹錫《發華州留别張侍御》:“臨岐無限意,相視却忘言。”

㊱ 朝士:朝廷之士,泛稱中央官員。張九齡《劾牛仙客疏》:“昔韓信淮陰一壯夫,羞與絳灌爲伍。陛下必用仙客,朝士所鄙,臣實耻之。”賀知章《答朝士》:“鈒鏤銀盤盛蛤蜊,鏡湖莼菜亂如絲。鄉曲近來佳此味,遮渠不道是吴兒?”　巷童:活躍、玩耍在大街小巷的小孩。梅堯臣《依韵答達觀禪師穎公》:“老便林室静,坐厭巷童聲。盡日都無語,逢人亦强吟。”張鎡《張郎中尤少卿相繼過訪未果往謝先成古詩寄呈》:“煨芋室中殊可憐,半碗草茶不直錢。登車出門尚回盼,鄰媪巷童驚走看。”

㊲ 形骸:人的軀體。《莊子·天地》:“汝方將忘汝神氣,墮汝形骸,而庶幾乎?”范縝《神滅論》:“死者之形骸,豈非無知之質邪?”也指外貌,容貌。唐寅《感懷》:“鏡裏形骸春共老,燈前夫婦月同圓。”　性命:中國古代哲學範疇,指萬物的天賦和禀受。《易·乾》:“乾道變化,各正性命。”孔穎達疏:“性者,天生之質,若剛柔遲速之别;命者,人所禀受,若貴賤夭壽之屬也。”朱熹本義:“物所受爲性,天所賦爲命。”齊己《酬元員外見訪》:“易中通性命,貧裏過流年。”宋明以來理

學家專意研究性命之學,因以指理學。也指生命。韓愈《東都遇春》:“譬如籠中鳥,仰給活性命。”

㊳ 官序:官吏的等級次第。孫逖《送李補闕攝御史充河西節度判官》:“昔年叨補袞,邊地亦埋輪。官序慚先達,才名畏後人。”杜甫《秋日寄題鄭監湖上亭三首》二:“官序潘生拙,才名賈傅多。舍舟應轉地,鄰接意如何?” 家資:家中的財産。韓愈《鄭群贈簟》:“日暮歸來獨惆悵,有賣直欲傾家資。誰謂故人知我意,卷送八尺含風漪?”白居易《吾廬》:“新昌小院松當户,履道幽居竹繞池。莫道兩都空有宅,林泉風月是家資。”

㊴ 虚:副詞,徒然,不起作用。《後漢書·段熲傳》:“案奐爲漢吏,身當武職,駐軍二年,不能平寇,虚欲修文戢戈,招降獷敵,誕辭空説,僭而無徵。”《文選·班固〈西都賦〉》:“鳥驚觸絲,獸駭值鋒,機不虚掎,弦不再控。”劉良注:“機,弩牙也。掎,發也。不虚發,言必中也。” 擲:投,抛。杜甫《石笋行》:“安得壯士擲天外,使人不疑見本根?”引申指抛棄。韓愈《南溪始泛三首》三:“羸形可輿致,佳觀安可擲?” 翻然:迅速轉變貌。《隋書·煬帝紀》:“若有識存亡之分,悟安危之機,翻然北首,自求多福。”李頎《緩歌行》:“棄我翻然如脱屣,男兒立身須自强。十年閉户潁水陽,業就功成見明主。”

㊵ 耽:玩樂,沉湎。耽樂:過度享樂,沉溺享樂。《書·無逸》:“生則逸,不知稼穡之艱難,不聞小人之勞,惟耽樂之從。”孔傳:“過樂謂之耽。”李翱《與翰林李舍人書》:“終日矻矻,耽樂富貴。” 策:古代考試取士,以問題令應試者對答謂策。韓愈《唐故秘書少監贈絳州刺史獨孤府君墓誌銘》:“元和元年,對詔策,拜右拾遺。”《新唐書·元稹傳》:“元稹……元和元年舉制科,對策第一,拜左拾遺。”

㊶ 寢食:睡覺和吃飯,亦用以泛指正常的日常生活。《列子·天瑞》:“杞國有人憂天地崩墜,身亡所寄,廢寢食者。”謝靈運《齋中讀書》:“懷抱觀古今,寢食展戲謔。” 忘倦:謂專注於某物或被其事吸

引而忘却疲倦。李世民《帝京篇十首》三："驚雁落虚弦,啼猿悲急箭。閲賞誠多美,於兹乃忘倦。"鄭谷《府中寓止寄趙大諫》:"密邇都忘倦,乖慵益見憐。雪風花月好,中夜便招延。"　園廬:田園與廬舍。張衡《南都賦》:"於其宫室,則有園廬舊宅,隆崇崔嵬。"杜甫《無家别》:"寂寞天寶後,園廬但蒿藜。"　窺:觀看。王充《論衡・别通》:"開户内光,坐高堂之上,眇升樓臺,窺四鄰之廷,人之所願也。"韓愈《感二鳥賦》:"過潼關而坐息,窺黄流之奔猛。"

㊷ 勞神:這裏指耗損精神。李中《獻喬侍郎》:"杜宇聲方切,江蘺色正新。卷舒唯合道,喜愠不勞神。"牟融《贈楊處厚》:"十年學道苦勞神,贏得尊前一病身。"　戚戚:憂懼貌,憂傷貌。《論語・述而》:"君子坦蕩蕩,小人長戚戚。"何晏集解引鄭玄曰:"長戚戚,多憂懼。"孟郊《哀孟雲卿嵩陽荒居》:"戚戚抱幽獨,宴宴沈荒居。不聞新歡笑,但睹舊詩書。"　孜孜:勤勉,不懈怠,專心一意。《書・益稷》:"予何言?予思日孜孜。"孔穎達疏:"孜孜者,勉功不怠之意。"李德裕《奏銀妝具狀》:"臣有生多幸,獲遇昌期,受寄名藩,每憂曠職,孜孜夙夜,上報國恩。"

㊸ 葉怯穿楊箭:謂射箭能于遠處命中楊柳的葉子,極言射技之精明,語本《戰國策・西周策》:"楚有養由基者,善射,去柳葉者百步而射之,百發百中。"薛業《晚秋贈張折冲》:"位以穿楊得,名因折桂還。"後常常泛指技藝高超,用作讚揚科舉及第之譽。辛文房《唐才子傳引》:"故章句有焦心之人,聲律至穿楊之妙。"這里暗喻元稹因詩藝精湛而考試及第。　囊藏透穎錐:這裏用毛遂自薦的典故,《史記・平原君虞卿列傳》:"秦之圍邯鄲,趙使平原君求救,合從於楚。約與食客門下有勇力文武備具者二十人偕,平原君曰:'使文能取勝則善矣!文不能取勝,則歃血於華屋之下,必得定從而還。士不外索,取於食客門下足矣!'得十九人,餘無可取者,無以滿二十人。門下有毛遂者,前自贊於平原君曰:'遂聞君將合從於楚,約與食客門下二十人

偕,不外索。今少一人,願君即以遂備員而行矣!'平原君曰:'先生處勝之門下幾年於此矣?'毛遂曰:'三年於此矣!'平原君曰:'夫賢士之處世也,譬若錐之處囊中,其末立見。今先生處勝之門下三年於此矣!左右未有所稱誦,勝未有所聞,是先生無所有也。先生不能,先生留!'毛遂曰:'臣乃今日請處囊中耳!使遂蚤得處囊中,乃穎脱而出,非特其末見而已!'平原君竟與毛遂偕,十九人相與目笑之,而未發也。" 囊:袋子。《易·坤》:"六四,括囊,無咎無譽。"孔穎達疏:"囊,所以貯物。"韓愈《送文暢師北遊》:"出其囊中文,滿聽實清越。" 穎:物之尖端。左思《吴都赋》:"鉤爪鋸牙,自成鋒穎。"李白《與韓荆州書》:"願君侯不以富貴而驕之,寒賤而忽之,則三千賓中有毛遂,使白得穎脱而出,即其人焉!" 錐:锥子。《管子·海王》:"行服連軺輦者,必有一斤一鋸一錐一鑿,若其事立。"白居易《四不如酒》:"刀不能剪心愁,錐不能解腸結。"

㊹ 超遥:超遠距離。儲光羲《同王十三維偶然作十首》四:"迢遞别東國,超遥來西都。見人乃恭敬,曾不問賢愚。"李群玉《池州封員外郡齋雙鶴丹頂霜翎仙態浮曠罷政之日因呈此章》:"顧慕稻粱惠,超遥江海情。應携帝鄉去,仙闕看飛鳴。" 雲雨:《後漢書·鄧騭傳》:"託日月之末光,被雲雨之渥澤。"因用"雲雨"比喻恩澤。曹植《封二子爲公謝恩章》:"洪恩罔極,雲雨增加。"葉適《寄李季章參政》:"誤蒙兼金重,自視一羽輕。唯當刮老眼,雲雨看施行。" 擺落:撇開,擺脱。陶潛《飲酒二十首》一二:"擺落悠悠談,請從余所之。"元稹《祭亡友文》:"君雖促齡,實大其志,呼吸風雲,擺落塵膩。" 泉:泉下,指人死後埋葬的地方。潘岳《悼亡詩三首》一:"之子歸窮泉,重壤永幽隔。"白居易《十年三月三十日别微之於澧上》:"往事渺茫都似夢,舊遊零落半歸泉。"歐陽修《祭王深甫文》:"念昔居潁,我壯而子方少年。今我老矣,來歸而送子於泉。" 坻:水中小洲或高地。《詩·秦風·蒹葭》:"遡游從之,宛在水中坻。"柳宗元《至小丘西小石潭記》:"近

岸,卷石底以出,爲坻,爲嶼,爲嵁,爲巖。"

㊺"略削荒凉苑"兩句:詳情請參見本詩作者自注。所謂"荒凉苑",所謂"激直詞",就是違背"惡訐取容"的慣例,以"指病危言,不顧成敗"爲目標,將朝廷的弊政以直言不巧飾的方式加以揭露。　穆員:《新唐書·穆員傳》:"(穆)員字與直,工爲文章。杜亞留守東都,署佐其府,蚤卒。兄弟皆和粹,世以珍味目之。"許孟容《穆公集序》:"吾友河南穆員,字興直……其文融朗恢徤,沉深理辨,墉闔四會,精鋌百煉,結而爲峻極,散而爲遊演。其工也,異今而從古。其旨也,懲惡而聳善。"　盧景亮:《新唐書·盧景亮傳》:"盧景亮,字長晦,幽州范陽人。少孤,學無不覽,第進士、宏辭,授秘書郎。張延賞節度荆南,表爲枝江尉,掌書記。入遷右補闕。朱泚反,景亮勸德宗曰:'陛下罪己不至則感人不深!'帝然之。景亮志義崒然,多激發,與穆質同在諫争地,書數上,鯁毅無所回。宰相李泌劾景亮等嘗衆會,漏所上語言,引善在己,即有惡歸之君。帝怒,貶爲朗州司馬,質亦斥去,廢抑二十年。至憲宗時,由和州别駕召還,再遷中書舍人。景亮善屬文,根於忠仁,有經國志,嘗謂:'人君足食足兵而又得士,天下可爲也。'乃興軒、項以來至唐,劉治道之要,著書上下篇,號《三足記》。又作《答問》,言挽運大較及陳西戎利害,切指當世。公卿伏其達古今云。元和初卒,贈禮部侍郎。"

㊻牛後:牛的肛門,比喻處於從屬地位。《戰國策·韓策》:"臣聞鄙語曰:'寧爲鷄口,無爲牛後。'今大王西面交臂而臣事秦,何以異於牛後乎?"王安石《樓種》:"行看萬壟空,坐使千箱有。利物博如此,何慚在牛後!"　洪基:大業,多指世代相襲的帝業。《後漢書·邊讓傳》:"繼高陽之絶軌,崇成莊之洪基。"《郊廟歌辭·來儀舞》:"洪基永固,景命惟新。肅恭孝享,祚我生民。"

㊼唱第:科舉考試後宣唱及第進士的名次。何薳《春渚紀聞·畢漸趙諗》:"畢漸爲狀元,趙諗第二,初唱第,而都人急於傳報。"劉禹

錫《同樂天和微之深春二十首》一四:“何處深春好？春深唱第家。名傳一紙榜,興管九衢花。” 聽雞集:意謂聽到公雞啼明,就匆匆趕往朝廷公佈及第名單的地方,等待放榜。宋璟《蒲津迎駕》:“雒上黄雲送,關中紫氣迎。霞朝看馬色,月曉聽雞鳴。”常建《泊舟盱眙》:“平沙依雁宿,候館聽雞鳴。鄉國雲霄外,誰堪羈旅情?” 趨朝:上朝。沈作喆《寓簡》卷八:“宰相趨朝,騶唱過門。”孟元老《東京夢華録・天曉諸人入市》:“每日交五更,諸寺院行者打鐵牌子或木魚循門報曉……諸趍朝入市之人,聞此而起。” 忘馬疲:意謂爲了早一點趕到公佈及第名單之處,竟然忘記了一直快速奔跑馬匹的疲勞。戴叔倫《宿靈巖寺》:“馬疲盤道峻,投宿入招提。雨急山溪漲,雲迷嶺樹低。”元稹《望雲騅馬歌》:“憶昔先皇幸蜀時,八馬入谷七馬疲。肉綻筋攣四蹄脱,七馬死盡無馬騎。”

㊽ 内人:這裏指宫中女官。《後漢書・和熹鄧皇后紀》:“康以太后久臨朝政,心懷畏懼,託病不朝,太后使内人問之。”蜀太妃徐氏《和題丹景山至德寺》:“武士盡排青嶂下,内人皆在講筵中。我家帝子傳王業,積善終期四海同。” 御案:帝王專用的桌子。温庭筠《過華清宫二十二韵》:“重瞳分渭曲,纖手指神州。御案迷萱草,天袍妒石榴。”楊億《喜賀梁三入翰林》:“趨朝御案香盈袖,侍宴仙莖露滿杯。五色天書看視草,懸知獨有長卿才!” 朝景:早晨的景色。韋應物《西亭》:“亭宇麗朝景,簾牖散暄風。小山初搆石,珍樹正然紅。”元稹《表夏十首》:“烟花雲幕重,榴豔朝景侵。華實各自好,詎云芳意沉?” 神旗:這裏指皇宫前面的旗子。王建《贈李愬僕射二首》一:“和雪翻營一夜行,神旗凍定馬無聲。遥看火號連營赤,知是先鋒已上城。”劉禹錫《闕下口號呈柳儀曹》:“彩仗神旗獵曉風,雞人一唱鼓蓬蓬。銅壺漏水何時歇？如此相催即老翁。”

㊾ 首被呼名姓:元和元年,元稹與白居易等人參加了名爲“才識兼茂明於體用”的制科考試,結果元稹以第一名登第,故詩云“首被呼

名姓”。《唐大詔令集·放制舉人敕》文云:“才識兼茂明於體用科人第三次等:元稹、韋惇;第四等:獨孤郁、白居易、曹京伯、韋慶復;第四次等:崔韶、羅讓、元修、薛存慶、韋珩;第五上等:蕭俛、李蟠、沈傳師、柴宿。達于吏理可使從政科第五上等:陳岵、(蕭睦)等。咸以待問之美,觀光而來。詢以三道之要,復於九變之選,得失之間粲然可觀。宜膺德茂之典,式葉言揚之舉。其第三次等人委中書門下優與處分。第四等、(第四次等)、第五上等中書門下即與處分。”據《舊唐書·元稹傳》記載:“二十八應制舉才識兼茂明於體用科,登第者十八人,稹爲第一。”而上列名單衹有十六人,其中漏列的有“崔琯”、“蕭睦”兩人,元稹本年詩篇《紀懷贈李六户曹崔二十功曹五十韵》中提及的“甲科崔並鶩,柱史李齊昇”就是重要的證據。另外《舊唐書·崔琯傳》:“(崔)頲有子八人,皆至達官,時人比漢之荀氏,號曰‘八龍’。長曰琯,貞元十八年進士擢第,又制策登科,釋褐諸侯府。”所謂“制策登科”,應該就是元和元年的“才識兼茂明於體用科”。　等衰:猶等差。《左傳·桓公二年》:“天子建國,諸侯立家,卿置側室,大夫有貳宗,士有隸子弟,庶人工商各有分親,皆有等衰。”劉知幾《史通·品藻》:“若孔門達者,顔稱殆庶,至於他子,難爲等衰。”司馬光《階級札子》:“上至都指揮使,下至押官長行,等衰相承,粲然有叙。”

㊿ 千官:衆多的官員。岑參《奉和中書舍人賈至早朝大明宫》:“金闕曉鐘開萬户,玉階仙仗擁千官。”權德輿《奉和聖製九日言懷賜中書門下及百寮》:“令節在豐歲,皇情喜久安。絲竹調六律,簪裾列千官。”　眷盼:眷顧,依戀地回顧。柳宗元《爲李京兆祭楊凝郎中文》:“公之元兄復惠德音,優游多暇,眷盼逾深,情言盈耳,尺素相尋。”孟棨《本事詩·崔護》:“崔辭去,送至門,如不勝情而入。崔亦睠盼而歸,爾後絶不復至。”　五色:青、赤、白、黑、黄五種顔色,古代以此五者爲正色。《書·益稷》:“以五采彰施於五色,作服,汝明。”孫星衍疏:“五色,東方謂之青,南方謂之赤,西方謂之白,北方謂之黑,天

謂之玄,地謂之黄,玄出於黑,故六者有黄無玄爲五也。”也泛指各種顔色。《老子》:“五色令人目盲,五音令人耳聾,五味令人口爽。”韓愈《謝自然詩》:“檐楹蹔明滅,五色光屬聯。” 離披:這裏可以有多種解釋,均可以説通:一、盛貌,多貌。《西京雜記》卷六引漢劉勝《文木賦》:“麗木離披,生彼高崖。拂天河而布葉,横日路而擢枝。”二、摇盪貌,晃動貌。陸龜蒙《鶴媒歌》:“媒歡舞躍勢離披,似諂功能邀弩兒。”

㊿ 鵷侶:猶“鵷行”,朝中同僚。温庭筠《病中書懷呈友人》:“鳳闕分班立,鵷行竦劍趨。”羅隱《送光禄崔卿赴闕》:“鵷侶寂寥曹署冷,更堪嗚咽問田園。”這裏指白居易。 洽:和諧,融洽,這裏指與白居易的友誼日益和諧融洽。《詩·大雅·江漢》:“矢其文德,洽此四國。”陶潛《答龐參軍》:“歡心孔洽,棟宇惟鄰。” 鷗情:指隱退的心情,義近“鷗閑”、“鷗盟”,余靖《留題澄虚亭》:“魚戲應同樂,鷗閑亦自來。”陸游《夙興》:“鶴怨憑誰解?鷗盟恐已寒。” 縻:這裏是拴縛,束縛,牽制的意思。《晉書·文帝紀》:“吾當以長策縻之,但堅守三面。”陸游《芳華樓夜飲》二:“難覓長繩縻日住,且憑羯鼓唤花開。”

52 分張:分離,離散。《宋書·王微傳》:“昔仕京師,分張六旬耳!”李白《白頭吟》:“甯同萬死碎綺翼,不忍雲間兩分張。” 品命:官階,品位。杜甫《哭台州鄭司户蘇少監》:“會取君臣合,寧銓品命殊。”仇兆鰲注:“品命殊,位卑也。”《新唐書·于志寧傳》:“品命失序,經紀不立。”這裏指自己任職左拾遺,而白居易出任盩厔縣尉。 中外:這裏指朝廷内外,中央和地方。劉義慶《世説新語·言語》:“孔融被收,中外惶怖。”司馬光《與吴相書》:“竊見國家自行新法以來,中外恟恟,人無愚智,咸知其非。” 驅馳:這裏喻自己與白居易一樣奔走效力,一樣勤勞,一樣辛苦。陳子昂《夏日暉上人房别李參軍崇嗣》:“四十九變化,一十三死生。翕忽玄黄裏,驅馳風雨情。”元稹《進馬狀》:“自慚駑鈍之姿,莫展驅馳之效。”

53 金籍:懸籍金馬門,猶金榜。温庭筠《酬友人》:“甯復思金籍,獨此卧烟林。”顧嗣立注:“謝朓《始出尚書省》詩:既通金閨籍,復酌瓊筵醴。注:金閨,金馬門也。籍者爲二尺竹牒,記其年紀名字物色懸之宫門。案:省相應乃得入也。”殷文圭《經李翰林墓》:“詩中日月酒中仙,平地雄飛上九天。身謫蓬萊金籍外,寶裝方丈玉堂前。”　碧墀:美稱青石臺階,亦指殿堂的玉石臺階。元稹《紀懷贈李六户曹崔二十功曹五十韵》:“昔冠諸生首,初因三道徵。公卿碧墀會,名姓白麻稱。”劉禹錫《葡萄歌》:“野田生葡萄,纏繞一枝蒿。移來碧墀下,張王日日高。”

㊿ 門班:上朝時的一種儀式,群臣分兩班在香案前左右相對站立。元稹《酬東川李相公十六韵》:“昔附赤霄羽,葳蕤遊紫垣。門班香案上,奏語玉晨尊。”《舊唐書・武宗紀》:“臣等請御殿日昧爽,宰相、兩省官門班於香案前,俟扇開,通事贊兩省官再拜,拜訖,升殿侍立。”　汹湧:形容氣勢盛大。張説《過漢南城嘆古墳》:“舊國多陵墓,荒凉無歲年。汹湧蔽平岡,泊若波濤連。”黄滔《融結爲河嶽賦》:“剛柔隨之而汹湧,嗜欲繼之而隆崇。”　開扇:皇帝出殿升座的儀式之一:皇帝入座之後,宫女才能將雉扇打開,然後近臣得以觀瞻皇帝的聖容。《舊唐書・武宗紀》:“元日御含元殿,百官就列。唯宰相及兩省官,皆未開扇前立於欄檻之内。及扇開,便侍立於御前。”和凝《宫詞百首》六八:“玉殿朦朧散曉光,金龍高噴九天香。摵鞭聲定初開扇,百辟齊呼萬歲長。”　參差:紛紜繁雜貌。武元衡《春題龍門香山寺》:“山河杳映春雲外,城闕參差茂樹中。欲盡出尋那可得?三千世界本無窮。”杜牧《阿房宫賦》:“瓦縫參差,多於周身之帛縷。”

㊺ 切愧:非常慚愧。郭子儀《謝河東節度表》:“乞停范陽,而手詔曲垂,不蒙允許,退就私室,切愧明時素餐之詩。”周必大《寧遠徐宰》:“深荷勤至,弟切愧頌諭。”　尋常:平常,普通。杜甫《曲江二首》二:“酒債尋常行處有,人生七十古来稀。”劉禹錫《烏衣巷》:“舊時王謝堂前燕,飛入尋常百姓家。”　質:素質,稟性。《史記・樂書》:“中

正無邪,禮之質也;莊敬恭順,禮之制也。"張守節正義:"質,本也。"杜甫《行次昭陵》:"讖歸龍鳳質,威定虎狼都。"本句是元稹的自謙之辭。瞻:仰望,敬視,仰慕,敬仰。王維《謁璿上人》:"夙從大導師,焚香此瞻仰。"薛戎《遊爛柯山》四:"昔作異時人,今成相對寂。便是不二門,自生瞻仰意。" 咫尺:周制八寸爲咫,十寸爲尺,謂接近或剛滿一尺,形容距離近。《左傳·僖公九年》:"天威不違顏咫尺。"牟融《寄范使君》:"未秋爲别已終秋,咫尺婁江路阻修。" 姿:容貌,姿態,這裏指唐憲宗的容貌。董思恭《三婦艷》:"大婦裁紈素,中婦弄明璫。小婦多恣態,登樓紅粉妝。"白居易《簡簡吟》:"殊姿異態不可狀,忽忽轉動如有光。"兩句意謂自己衹是平平常常的一個普通臣子,有幸近距離瞻仰皇帝的丰姿,言下流露出自得之意。

㊺ 日輪:這裏指帝王車駕。高瑾《上元夜效小庾體》:"燈光恰似月,人面併如春。遨遊終未已,相歡待日輪。"鮑溶《讀淮南李相行營至楚州詩》:"來年二月登封禮,去望台星扈日輪。" 照耀:强烈的光綫映射。《尸子》卷上:"五色照曜,乘土而王。"李白《夢遊天姥吟留别》:"青冥浩蕩不見底,日月照耀金銀臺。" 龍服:皇帝乘坐的車子,亦借指皇帝。鮑照《爲柳令讓驃騎表》:"功半下列,爵超上賞,奮迹騰光,參駕龍服。"錢振倫集注:"《易林》:'驂駕六龍。'《詩》:'兩服上襄。'箋:'兩服,中央夾轅者。'"《樂府詩集·周宗廟樂舞詞章德舞》:"想龍服,奠犧樽,禮既備,慶來臻。" 葳蕤:華美貌,艷麗貌。《文選·左思〈蜀都賦〉》:"敷蕊葳蕤,落英飄颻。"張銑注:"葳蕤,花鮮好貌。"劉禹錫《觀舞柘枝二首》一:"胡服何葳蕤,仙仙登綺墀。"

㊼ 謇:正直。《楚辭·招魂》:"弱顏固植,謇其有意些。"王逸注:"謇,正言貌也。"《新唐書·魏徵傳》:"帝曰:'當今忠謇貴重無逾徵,我遣傅皇太子,一天下之望,羽翼固矣!'"也指指忠直之言。來鵠《聖政紀頌》:"執言直注,史文直敷,故得粲粲朝典,落落廷謇。" 喔咿:獻媚强笑貌。《楚辭·卜居》:"將哫訾栗斯,喔咿儒兒,以事婦人乎?

甯廉潔正直以自清乎?"朱熹集注:"喔咿儒兒,强語笑貌。"白居易《代書詩一百韵寄微之》:"正色摧强禦,剛腸嫉喔咿。"本詩兩句正是回答白居易的讚譽。

⑱ 佞:用花言巧語諂媚人。《資治通鑑·陳宣帝太建五年》:"百官佞我,皆稱太子聰明睿智,唯運所言忠直耳!"佞諂就是諂媚奉承。葛洪《抱朴子·臣節》:"先意承指者,佞諂之徒也;匡過弼違者,社稷之鯁也。"也作奸邪解。洪適《隸釋·漢成陽令唐扶頌》:"囹圄空虚,國無佞民。"佞,也謂諂佞邪惡之術。班固《白虎通·誅伐》:"孔子爲魯司寇,先誅少正卯。謂佞道已行,亂國政也;佞道未行,章明遠之而已。"　妾婦:小妻,側室,泛指婦女,特指奴婢,在封建社會裏,人們對妾婦的評價極低。元稹《説劍》:"勸君慎所用,所用無或苟。潛將辟魑魅,勿但防妾婦。"文天祥《虎頭山》:"妾婦生何益!男兒死未休。"諫:諫諍,規勸。劉向《説苑·臣術》:"有能盡言於君,用則留之,不用則去之,謂之諫;用則可生,不用則死,謂之諍。"杜甫《北征》:"雖乏諫諍姿,恐君有遺失。君誠中興主,經緯固密勿。"　諫死是男兒:這是元稹繼承先祖的優良傳統,也是元稹一生奉行的做人準則。詩人所以能够如此堅持自己的志向,履行諫官的責職,一個重要的原因是元稹受到元氏家族和舅族的深刻影響,如元稹的親族吴湊爲了禁止宫市禍害百姓冒險進奏,《新唐書·吴湊傳》:"吴湊,章敬皇后弟也。繇布衣與兄溆一日賜官,封皆等,而湊畏太盛,乞解太子詹事,换檢校賓客兼家令,進累左金吾衛大將軍。湊才敏鋭而謙畏自將,帝數顧訪,尤見委信。是時令狐彰、田神功等繼没,其下乘喪挾兵,輒偃蹇摇亂。湊持節至汴滑,委悉慰説,裁所欲爲奏,各盡其情,亦度朝廷可行者,故軍中歡附。帝才其爲,重之……丁後母喪解職,既除,拜右衛將軍。德宗初出爲福建觀察使,政勤清,美譽四騰。與宰相竇參有憾,參數加短毁,又言湊風痹不良趨走。帝召還驗其疾,非是,繇是不直參。擢湊陜虢觀察使,代李翼。翼,參黨也。宣武劉玄佐死,以湊檢校兵

部尚書領節度使馳代。未至汴軍亂，立玄佐子士寧。帝欲遣兵内湊，而參請授士寧以沮湊，還爲右金吾衛大將軍……初府中易湊貴戚子，不更簿領，每有疑獄，時其將出，則遮湊取决，幸蒼卒得容欺。湊叩鞍一視，凡指擿盡中其弊，初無留思，衆畏服，不意湊精裁遣如此。僚史非大過不榜責，召至廷，詰服原去，其下傳相訓勖，舉無稽事。文敬太子、義章公主仍薨，帝悼念，厚葬之，車土治墳，農事廢。湊候帝間徐言，極争不避。或勸論事宜簡約，不爾爲上厭苦，湊曰：'上明睿，憂勞四海，不以愛所鍾而疲民以逞也，顧左右鉗噤自安耳！若反復啓寤，幸一聽之，則民受賜爲不少。橋舌阿旨固善，有如窮民上訴，叵云罪何？'以能進兼兵部尚書。及屬病，門不内醫巫不嘗藥，家人泣請，對曰：'吾以庸謹起田畝，位三品，顯仕四十年，年七十，尚何求？自古外戚令終者可數，吾得以天年歸侍先人地下，足矣！'帝知之，詔侍醫敦進湯劑，不獲已，一飲之。卒，年七十一，贈尚書右僕射，謚曰成。先是街樾稀殘，有司蒔榆其空，湊曰：'榆非人所蔭玩。'悉易以槐，及槐成而湊已亡，行人指樹懷之。唐興，后族退居奉朝請者，猶以事失職，而湊任中外，未嘗以罪過罷，爲世外戚表云。"元稹舅族鄭雲逵抛妻棄子逃歸長安不從藩鎮叛亂的舉動，也深深影響着元稹：《舊唐書·鄭雲逵傳》："鄭雲逵，滎陽人。大曆初舉進士，性果誕敢言。客遊兩河，以畫干于朱泚。泚悦，乃表爲節度掌書記，檢校祠部員外郎，仍以弟滔女妻之。泚將入覲，先令雲逵入奏。及泚至京，以事怒雲逵，奏貶莫州參軍。滔代泚後，請爲判官。滔助田悦爲逆，雲逵諭之不從，遂棄妻、子馳歸長安。帝嘉其來，留於客省，超拜諫議大夫。奉天之難，雲逵奔赴行在，李晟以爲行軍司馬，戎略多以咨之。歷秘書少監、給事中，尋拜大理卿，遷刑部、兵部二侍郎，遷御史中丞，充順宗山陵橋道置頓使……雲逵元和元年拜右金吾衛大將軍，歲中改京兆尹，五年五月卒。"尤其是其六代祖元巖强項直諫對詩人的深刻影響，《隋書·元巖傳》："宣帝嗣位，爲政昏暴。京兆郡丞樂運乃輿櫬詣朝堂，陳帝八失，言甚切。至帝大怒，將戮之。朝臣皆恐懼，莫有救者。巖謂人曰：‘臧洪同日，尚可俱死，其況比干乎！若樂運不免，吾將與之俱斃。’詣閣請見，言於帝曰：‘樂運知書奏必死，所以不顧身命者欲取後世之名。陛下若殺之，乃成其名落其術内耳！不如勞而遣之，以廣聖度。’運因獲免。後帝將誅烏丸軌，巖不肯署詔。御正顔之儀切諫不入，巖進繼之，脱巾頓顙三拜三進，帝曰：‘汝欲党烏丸軌邪?’巖曰：‘臣非黨軌，正恐濫誅失天下之望！’帝怒，使閹豎搏其面，遂廢於家。高祖爲丞相，加位開府民部中大夫。及受禪，拜兵部尚書，進爵平昌郡公，邑二千户。巖性嚴重，明達世務。每有奏議，侃然正色，庭諍面折無所回避，上及公卿皆敬憚之。時高祖初即位，每懲周代諸侯微弱以致滅亡，由是分王諸子權，侔王室以爲磐石之固。遣晉王廣鎮并州，蜀王秀鎮益州，二王年並幼稚，於是盛選貞良有重望者爲之寮佐。于時巖與王韶俱以骨鯁知名，物議稱二人才具侔于高熲，由是拜巖爲益州總管長史，韶爲河北道行臺右僕射。高祖謂之曰：‘公，宰相大器，今屈輔我兒，如曹參相齊之意也。’及巖到官，法令明肅，吏民稱焉！蜀王性好奢侈，嘗欲取獠口以爲閹人，又欲生剖死囚取膽爲藥。巖皆不奉教，排閣切諫，王輒謝而止。憚巖爲人，每循法度，蜀中獄訟，巖所裁斷，莫不悦服。其有得罪者，相謂曰：‘平昌公與吾罪，吾何怨焉！’上甚嘉之，賞賜優洽。十三年卒官，上悼惜久之。益州父老莫不隕涕，於今思之。巖卒之後，蜀王竟行其志，漸致非法造諢天儀、司南車、記里鼓，凡所被服擬于天子。又共妃出獵，以彈彈人。多捕山獠，以充宦者。寮佐無能諫止。及秀得罪，上曰：‘元巖若在，吾兒豈有是乎！’”正因爲如此，所以詩人雖然遭打擊但並無後悔之意。認爲向皇上進諫既是諫官的本職，也是元氏家族鄭氏家族祖先的一貫傳統，更是自己與生俱來的本性。據元稹《夢遊春七十韵》的自述，詩人面對黑暗的社會腐敗的朝政，感到“不言意不快”，以一吐爲快以一吐爲榮。雖然身處逆境但初衷不改志向不變，並以松柏山花自喻自己堅貞的品質,勉勵自己要像荷花那樣"荷葉水上生,團團水中住。瀉水置葉中,君看不相污"。正因爲詩人的决心如此堅定,所以元稹能够"諫垣陳好惡"而無所顧忌,身受貶斥而能遵道守志。詩人的所作所爲誠如白居易《唐河南元府君夫人滎陽鄭氏墓誌銘》所言:"讜言直聲,動於朝廷。"受到時人的由衷稱許。

㊾ 便殿承偏召:參閲元稹下面的自注:"予元和元年任拾遺,八月十三日延英對,九月十三貶授河南尉。"所謂"便殿承偏召",就是"八月十三日延英對"。這次"延英對"招來宰相杜佑的嫉恨,導致元稹的第一次貶職河南尉。　便殿:正殿以外的别殿,古時帝王休息消閒之處。《漢書·武帝紀》:"夏四月壬子,高園便殿火。"顔師古注:"凡言便殿、便室、便坐者,皆非正大之處,所以就便安也。園者,於陵上作之,既有正寢以象平生正殿,又立便殿爲休息閑宴之處耳!"陸遊《監丞周公墓志銘》:"孝宗皇帝召對便殿,論奏合上指。"承:接受,承受。王嘉《拾遺記·魏》:"靈芝聞别父母,歔欷累日,泪下霑衣。至升車就路之時,以玉唾壺承泪,壺則紅色。"錢起《和李員外扈駕幸温泉宫》:"輕寒不入宫中樹,佳氣常薰仗外峰。遥羡枚皋扈仙蹕,偏承霄漢渥恩濃。"　偏:副詞,表程度,最,很,特别。《莊子·庚桑楚》:"老聃之役,偏得老聃之道。"成玄英疏:"庚桑楚最勝,故稱偏得也。"劉禹錫《同樂天和微之深春好二十首(同用家花車斜四韵)》一三:"迎呼偏熟客,揀選最多花。飲饌開華幄,笙歌出鈿車。"　召:徵召,特指君召臣。《晉書·李密傳》:"密以祖母年高,無人奉養,遂不應命……乃停召。"陶翰《古塞下曲》:"欲言塞下事,天子不召見。東出咸陽門,哀哀泪如霰。"　權臣:有權勢之臣,多指掌權而專横的大臣。《晏子春秋·諫》:"今有車百乘之家,此一國之權臣也。"周曇《秦門·胡亥》:"鹿馬何難辨是非?甯勞卜筮問安危?權臣爲亂多如此,亡國時君不自知!"　撓:擾亂,阻撓。崔顥《澄水如鑑》:"潔白依全德,澄清有片心。澆浮知不撓,濫濁固難侵。"《舊唐書·段秀實傳》:"將紓國難,詭收寇

兵,撓其凶謀,果集吾事。” 私:與“公”相對,私情,私心,屬於個人的不可告人也是不能讓皇上知道的秘密。《書·周官》:“以公滅私,民其允懷。”孔傳:“從政以公平滅私情,則民其信歸之。”《韓非子·大體》:“不以智累心,不以私累己。”本詩中的“權臣”是指杜佑,元稹在左拾遺任上,曾有《論追制表》,涉及對杜兼的任命與追制,得罪了宰相杜佑。元稹認爲作爲一名諫官,隨時隨地舉奏發生在朝廷内外不合朝規的事情是其職責之所在。元稹擔任左拾遺之後不久,就針對李唐朝廷朝令夕改的現狀獻上《論追制表》,以“追之是則授之非,授之是則追之非”嚴密的非此即彼的論證方法,提出“以非爲是者罰必加,然後人不敢輕其舉;以是爲非者罪必及,然後下不敢用其私”的處置意見,讓人無言對答也無法回避。《新唐書·元稹傳》云:“于時論倕、高弘本、豆盧靖等出爲刺史,閱旬追還詔書,稹諫:‘詔令數易,不能信天下。’”從正面給予介紹和評價,元稹《論追制表》文云:“臣聞令之必行於下者,信也。令苟不信,患莫大焉!今陛下初臨寓内,務切黎元,至於牧守字人之官所宜詳擇,苟未得人不當虚授,苟或任使不可屢遷。臣竊見近作甯州刺史論倕、虔州刺史高宏本、通州刺史豆盧靖,曾不涉旬並已追制。又以杜兼爲蘇州刺史,行未半途復改郎署。臣不知誰請于陛下而授之?誰請于陛下而追之?追之是則授之非,授之是則追之非。以非爲是者罰必加,然後人不敢輕其舉;以是爲非者罪必及,然後下不敢用其私。此先王所以不令而人從不言而人信,豈異事哉,率是道也。今陛下如綸之令朝降,反汗之詔夕施,紛紛紜紜無所歸咎。臣竊恐陛下之令未能取信於朝廷,而況於取信天下乎?臣伏願陛下徵舉者之詞,察追者之請。若舉者之詞直,則請而追之者不得無過;若追之者理勝,則舉而授之者不得無辜。賞罰是非,所宜明當。況陛下肇臨黎庶,教化惟新,誥令之間,四方所仰,小有得失,天下必聞。臣實庸愚,謬居諫列,職當言責,不敢偷安,苟有所裨,萬死無恨。無任愚迫懇款之至,謹詣東上閤門奉表以聞。”但上引《新唐書·元稹傳》還是回避了一個非常重要的史實，那就是對蘇州刺史杜兼的追改。請注意元稹《論追制表》文中“又以杜兼爲蘇州刺史……然後下不敢用其私”的一段文字，而“舉而授”杜兼者是宰相杜佑，“請而追”杜兼者還是宰相杜佑。元稹因與三朝宰相杜佑較真，種下了自己被貶斥的禍因。而《新唐書·杜兼傳》文云：“元和初入爲刑部郎中，改蘇州刺史。比行，上書言李錡必反，留爲吏部郎中，尋擢河南尹。佑素善兼，終始倚爲助力。”參照元稹的《論追制表》的舉奏與《新唐書·杜兼傳》的記載，結合“元和初”杜佑在宰相位的史實，人們不難得出與我們同樣的結論：元稹實實在在得罪了宰相杜佑，使杜佑處在無言以對的尷尬境地。

⑥⓪ 廟堂：朝廷，指人君接受朝見、議論政事的殿堂。宋鼎《贈張丞相》“義申蓬閣際，情切廟堂初。”范仲淹《岳陽樓記》：“居廟堂之高，則憂其民；處江湖之遠，則憂其君。” 稷契：稷和契的並稱，唐虞時代的賢臣。蔡邕《再讓高陽侯印綬符策表》：“臣聞稷契之儔，以德受命，功德靡堪。”杜甫《客居》：“稷契易爲力，犬戎何足吞！” 城社有狐狸：即“城狐社鼠”，城墻洞中的狐狸，社壇裏的老鼠，比喻有所憑依而爲非作歹的人。語本《晏子春秋·問》：“夫社，東木而塗之，鼠因往托焉！熏之則恐燒其木，灌之則恐敗其塗，此鼠所以不可得殺者，以社故也。”亦省作“城狐”。李商隱《哭虔州楊侍郎》：“甘心親垤蟻，旋踵戮城狐。”本詩元稹的兩句意謂朝廷雖然有如稷契一般的賢臣，這裏指裴垍等人，但仍然有難於消滅的狐狸，這裏指杜佑。

⑥① “似錦言應巧”兩句：兩句意謂巧言應對的奸邪小人紛紛升職，而直言抗上的賢臣反而受到懷疑不得重用。 巧言：表面上好聽而實際上虛僞的話。《詩·小雅·雨無正》：“哿矣能言，巧言如流，俾躬處休。”《漢書·東方朔傳》：“二人皆僞詐，巧言利口以進其身。” 弦：喻正直。語本《後漢書·五行志》：“順帝之末京都童謡曰：‘直如弦，死道邊；曲如鉤，反封侯。’”因以“弦直”指正直。《後漢書·李固

傳贊》:"燮同趙孤,世載弦直。"　欺:欺負,淩侮。杜甫《茅屋爲秋風所破歌》:"南村群童欺我老無力,忍能對面爲盜賊。"韓愈《黄家賊事宜狀》:"德既不能綏懷,威又不能臨制,侵欺虜縛,以致怨恨。"

㉂ 黜:貶降,罷退。韓愈《黄陵廟碑》:"元和十四年春,余以言事得罪,黜爲潮州刺史。"也作放逐解。《公羊傳·襄公二十七年》:"黜公者,非吾意也。"何休注:"黜,猶出逐。"又作貶斥解。柳宗元《送元十八山人南遊序》:"太史公嘗言:世之學孔氏者,則黜老子;學老子者,則黜孔氏,道不同不相爲謀。"這裏指元稹被出貶江陵士曹參軍。　毗:輔佐,説明。《書·微子之命》:"永綏厥位,毗予一人。"孔傳:"長安其位,以輔我一人。"陸贄《渾瑊侍中制》:"論道經邦,興戎定亂,執是二柄,毗予一人。得諸全才,康濟大難,懋官胙土,備舉彝章。"　延英:即延英殿,唐代宮殿名,在延英門内。《唐六典·尚書·工部》:"宣政之左曰東上閤,右曰西上閤,次西曰延英門,其内之左曰延英殿。"肅宗時宰相苗晉卿年老,行動不便,天子特地在延英殿召對,以示優禮,後沿爲故事。白居易《寄隱者》:"昨日延英對,今日崖州去。"高承《事物紀原·延英》:"《唐書》:'韓皋曰:延英之置,肅宗以苗晉卿年老難步,故設之耳!'後代因以爲故事。《宋朝會要》:'康定二年八月,宋庠奏:唐自中葉已還,雙日及非時大臣奏事,别開延英賜對,今假日御崇政、延和是也。'"　河南:即河南縣,河南府屬縣之一。《舊唐書·地理志》:"河南:隋舊。武德四年權治司隸臺,貞觀元年移治所於大理寺,貞觀二年徙理金墉城,六年移治都内之毓德坊,垂拱四年分河南、洛陽置永昌縣,治於都内之道德坊。永昌元年改河南爲合宮縣,神龍元年復爲河南縣,廢永昌縣,三年復爲合宮縣,景龍元年復爲河南縣。"　縣尉:官名,秦漢縣令、縣長下置尉,掌一縣治安,歷代因之。元和元年,元稹因得罪宰相杜佑,九月十三日自左拾遺出貶爲河南尉,與裴度同路出貶,元稹因母親九月十六日病故,中途返回西京守制。韓翃《别汜水縣尉》:"自憐寂寞會君稀,猶著前時博士衣。

我欲低眉問知己，若將無用廢東歸？”韓愈《崔十六少府攝伊陽以詩及書見授因酬三十韵》：“崔君初來時，相識頗未慣。但聞赤縣尉，不比博士漫。”

⑥③ “謬辱良由此”兩句：意謂自己在左拾遺任上受辱，貶職河南尉是因爲直言敢諫，而因此受到宰相裴垍的賞識，被拔爲監察御史。謬：謬誤，差錯，本句是暗喻朝廷對元稹不公正的貶職。《書・冏命》：“繩愆糾謬，格其非心，俾克紹先烈。”孔穎達疏：“繩其衍過，糾其錯謬。”任昉《爲蕭揚州薦士表》：“豈直鼮鼠有必對之辯，竹書無落簡之謬。” 辱：侮辱。馬永易《實賓録・田舍漢》：“唐太宗朝罷，怒曰：‘會須殺此田舍漢！’文德皇后謂帝曰：‘誰觸忤陛下？’帝曰：‘魏徵每廷辱我，常不自得！’后退而具朝服立於廷，帝大驚曰：‘皇后何爲若是？’對曰：‘妾聞主聖臣忠，今陛下聖明，故魏徵得直言，妾幸備後宫，安敢不賀？’”司馬光《與王介甫書》：“或詬罵以辱之，或言於上而逐之。”受耻辱。司馬遷《報任少卿書》：“僕誠以著此書，藏諸名山……則僕償前辱之責，雖萬被戮，豈有悔哉！”韓愈《唐故河南令張君墓誌銘》：“君以再不得意於守令，恨曰：‘義不可更辱，又奚爲於京師間！’” 升騰：升官，發迹。李昭象《山中寄崔諫議》：“全家欲去干戈後，大國中興禮樂初。從此升騰休説命，秖希公道數封書。”梅堯臣《依韵和宋中道見寄》：“舊朋升騰皆俊良，歿不發語生括囊。”

⑥④ 憲禁：法律、禁令。王符《潛夫論・衰制》：“故政令必行，憲禁必從，而國不治者，未嘗有也。”王安石《進熙寧編敕表》：“體堯蹈禹，永念憲禁之舊。”這裏指元稹元和四年因宰相裴垍的提拔，出任監察御史之事。 依舊：照舊。《南史・梁昭明太子統傳》：“天監元年十一月，立爲皇太子。時年幼，依舊居内。”趙璜《題七夕圖》：“明年七月重相見，依舊高懸織女圖。” 阽危：臨近危險，危險。《漢書・食貨志》：“既聞耳矣！安有爲天下阽危者若是而上不驚者！”顔師古注：“阽危，欲墜之意也。”王禹偁《黄州重修文宣王廟壁記》：“黄州文宣王

廟舊殿三間阽危不可入,以十數柱扶持之,猶懼其顛覆,以至遷像設於門廡之下。"

㉟ 使蜀:元和四年三月七日,元稹出使東川,按御案犯任敬仲,並彈劾東川節度使嚴礪枉法以及山南西道節度使違規徵收百姓草料的問題,五六月間歸西京,接着分臺洛陽。孫逖《送靳十五侍御使蜀》:"天使出霜臺,行人擇吏才。傳車春色送,離興夕陽催。"杜甫《送十五弟侍御使蜀》:"喜弟文章進,添余别興牽。數杯巫峽酒,百丈内江船。"　綿遠:遙遠,漫長。《册府元龜》卷八四四:"裴耀卿爲濟州刺史,玄宗車駕東巡。州當大路,道里綿遠,而户口寡弱,耀卿躬自條理,科配得所。時大駕所歷凡十餘州,耀卿稱爲知頓之最。"胡宏《五峰集·帝王别姓》:"按史載,五帝三王,惟包羲爲别姓,自炎帝而下皆同宗也。歷世綿遠,雖不可考其然否,以理推之,則或可信。"　嶮巇:原指險峻崎嶇,這裏喻人事艱險或人心險惡。李白《古風》五九:"世途多翻覆,交道方嶮巇。斗酒强然諾,寸心終自疑。"李商隱《荆門西下》:"一夕南風一葉危,荆雲迴望夏雲時。人生豈得輕離别?天意何曾忌嶮巇!"

㊱ 匿:隱藏,隱瞞。《史記·季布欒布列傳》:"季布匿濮陽周氏。"《魏書·昭成帝紀》:"時國中少繒帛,代人許謙盜絹二匹,守者以告,帝匿之。"　發掘:這裏指把人們不容易發現的事物揭露或揭示出來,也就是揭發奸惡之事。王昌齡《長歌行》:"寶玉頻發掘,精靈其柰何?人生須達命,有酒且長歌。"韓愈《題廣昌館》:"白水龍飛已幾春?偶逢遺迹問耕人。丘墳發掘當官路,何處南陽有近親?"　破:擊潰,攻破。《史記·孫子吴起列傳》:"齊因乘勝盡破其軍,虜太子申以歸。"韓愈《平淮西碑》:"道古攻其東南,八戰,降萬三千,再入申,破其外城。"破除,解除。《商君書·慎法》:"破勝黨任,節去言談,任法而治矣。"杜甫《諸將》:"多少材官守涇渭,將軍且莫破愁顔。"歐陽澈《虞美人》:"那人音信全無個,幽恨誰憑破?"　黨:朋黨,同夥。《淮南

子·泛論訓》:“攝威擅勢,私門成黨,而公道不行。”高誘注:“黨,群。”這裏的“黨”指杜佑、潘孟陽等實權人物以及洛陽的權貴等。　持疑:猶豫,遲疑,懷疑。《宋書·柳元景傳》:“義恭、元景等憂懼無計,乃與師伯等謀廢帝立義恭,日夜聚謀,而持疑不能速决。”孫樵《武皇遺劍録》:“武皇曾不持疑,卒詔有司,驅群髡而發之,毁其居而田之。”元稹這裏所言,是指他在東川揭發嚴礪,在洛陽懲辦權貴以及杜兼,得罪權貴之事。從表面上來看,元稹的東川之行取得了全面的勝利;但如從深層次上來認識的話,元稹並没有取得最後的勝利,眼前的勝利至多也衹能説是暫時的勝利。因爲元稹懲辦的雖衹是少數違法的官員,但打擊的却是所有不法的權倖和跋扈的方鎮,因此必然招來他們的痛恨,他們懷着刻骨的仇恨而必將對元稹進行加倍的報復。而且處理剛剛結束,新任東川的節度使潘孟陽爲了自己今後能够中飽私囊時没有障礙,以十分消極的態度執行中書省的臺旨。並秘密上疏爲嚴礪鳴冤叫屈,並且變换手法,以新的名目繼續盤剥那些苦主。潘孟陽爲什麽如此,讀讀《舊唐書·潘孟陽傳》也許就有了答案,文云:“潘孟陽,禮部侍郎炎之子也。孟陽以父蔭進,登博學宏辭科,累遷殿中侍御史,降爲司議郎。孟陽母,劉晏女也,公卿多父友及外祖賓從,故得薦用,累至兵部郎中。德宗末王紹以恩幸,數稱孟陽之材,因擢授權知户部侍郎,年未四十。順宗即位,永貞内禪,王叔文誅,杜佑始專判度支,請孟陽代叔文爲副。時憲宗新即位,乃命孟陽巡江淮省財賦,仍加鹽鐵轉運副使,且察東南鎮之政理。時孟陽以氣豪權重,領行從三四百人,所歷鎮府但務遊賞,與婦女爲夜飲。至鹽鐵轉運院,廣納財賄補吏職而已。及歸,大失人望,罷爲大理卿。三年出爲華州刺史,遷梓州刺史、劍南東川節度使。與武元衡有舊,元衡作相復召爲户部侍郎判度支,兼京北五城營田使,以和糴使韓重華爲副。太府卿王遂與孟陽不協,議以營田非便,持之不下,孟陽忿憾形於言。二人俱請對,上怒不許,乃罷孟陽爲左散騎常侍,明年復拜户部侍郎。

孟陽氣尚豪俊,不拘小節。居第頗極華峻,憲宗微行至樂游原,見其宏敞,工猶未已,問之,左右以孟陽對,孟陽懼而罷工作。性喜宴,公卿朝士多與之游,時指怒者不一。俄以風緩不能行,改左散騎常侍。元和十年八月卒,贈兵部尚書。憲宗每事求理,常發江淮宣慰使,左司郎中鄭敬奉使,辭,上誡之曰:'朕宫中用度一匹已上皆有簿籍,唯賑恤貧民無所計算。卿經明行修,今登車傳命,宜體吾懷,勿學潘孟陽奉使所至但務酣飲遊山寺而已。'其爲人主所薄如此!"潘孟陽受到杜佑的恩遇與重用,又與武元衡有舊,而杜佑與元稹有過節,對元稹的所作所爲自然不會支持。潘孟陽迎合杜佑的喜惡,不問是非曲直拒不執行因元稹出使東川之後中書省所下的旨意,則是非常自然的事情。後來即元和十五年,武元衡之從父弟武儒衡在元稹拜職祠部郎中知制誥之後譏諷侮辱元稹,大概也與潘孟陽有一定的關聯。當然這已經是後話,我們到後面再向讀者介紹吧! 在潘孟陽的鼓動下,許多受過處罰的官員也開始爲自己翻案,並向苦主反攻倒算。隨後而來的事實恰好證實了元稹極不願意證實的現實,而元稹本人也爲此付出了沉重的代價,詩人事後撰寫的《表奏》云:"會潘孟陽代礪爲節度使,貪過礪,且有所承迎。雖不敢盡廢詔,因命當得所籍者皆入資,資過其稱。摧薪盗賦無不爲,仍密狀礪不當得醜謚。予自東川還,朋礪者潜切齒矣!"《酬樂天聞李尚書拜相以詩見賀》注文也云:"予爲監察御史,劾奏故東川節度使嚴礪籍没衣冠等八十餘家,由是操權者大怒。"這裏的"操權者"與"朋礪者"就是位高權重的時相杜佑以及對潘孟陽有好感的東川鄰郡之西川節度使武元衡等一幫人。正因爲如此,所以潘孟陽爲嚴礪翻案竟敢如此肆無忌憚。潘孟陽這樣做,既爲自己的私利,也是爲了迎合杜佑與武元衡的喜好。

㊼"斧刃迎皆碎"兩句:意謂反對元稹執法的利益集團根深蒂固,難於撼動,元稹等人終於因勢單力薄而遭受失敗。　斧刃:斧頭與砍刀,這裏喻指決心破除利益集團的元稹等人。元稹《望雲騅馬

歌》:“橐它山上斧刃堆,望秦嶺下錐頭石。五六百里真符縣,八十四盤青山驛。”《舊唐書·張琇傳》:“開元二十三年,瑝、琇候萬頃於都城,挺刃殺之。瑝雖年長,其發謀及手刃,皆琇爲之。既殺萬頃,繫表於斧刃,自言報讎之狀,便逃奔,將就江外殺與萬頃同謀構父罪者。”盤牙:指盜賊或叛亂者,元稹《唐故朝議郎侍御史内供奉鹽鐵轉運河陰留後河南元君墓誌銘》:“其在于京邑專捕盜者八年,破囊橐,掘盤牙,不可勝數。”元稹《加裴度幽鎮兩道招撫使制》:“冀服于前,燕平於後,而撫御失理,盤牙復生。”

⑱“乍能還帝笏”兩句:意謂我寧願歸還我手中的笏板,即被貶謫出京,也不願改變我的信仰,與權貴同流合污。　乍能:寧可。白居易《和夢遊春詩》:“不忍曲作鉤,乍能折爲玉。”義近“寧可”,表示兩相比較,選取一面。王績《贈學仙者》:“相逢寧可醉,定不學丹砂。”笏:古代臣朝見君時所執的狹長板子,用玉、象牙、竹木製成,也叫手板,後世衹有品官才能執之。《禮記·玉藻》:“凡有指畫於君前,用笏;造受命於君前,則書於笏。”韓愈《釋言》:“束帶執笏立士大夫之行,不見斥以不肖,幸矣!其何敢敖於言乎?”　詎:副詞,表示反詰,相當於“豈”、“難道”。陶潛《讀山海經十三首》一〇:“徒設在昔心,良辰詎可待?”杜審言《贈崔融二十韵》:“思極歡娱至,朋情詎可忘?”支:支撑,維持。《左傳·定公元年》:“天之所壞,不可支也;衆之所爲,不可奸也。”柳宗元《哭連州凌員外司馬》:“本期濟仁義,今爲衆所嗤。滅名竟不試,世義安可支?”

⑲虎尾:老虎的尾巴,在老虎尾巴處,比喻危險的境地。李爲《藺相如秦庭返璧賦》:“蹈虎尾而若閑,過鯨口而無惕。”陸游《小舟》:“宦途危虎尾,閑味美熊蹯。”　圭:古代帝王諸侯朝聘、祭祀、喪葬等舉行隆重儀式時所用的玉製禮器,長條形,上尖下方,其名稱、大小因爵位及用途不同而異。《易·益》:“有孚中行,告公用圭。”《儀禮·聘禮》:“所以朝天子,圭與繅皆九寸,剡上寸半,厚半寸,博三寸。”鄭玄

注:“圭,所執以爲瑞節也,剡上象天圜地方也……九寸,上公之圭也。”賈公彦疏:“凡圭,天子鎮圭,公桓圭,侯信圭,皆博三寸,厚半寸,剡上左右各寸半,唯長短依命數不同。” 疵:小病。《素問·本病論》:“民病温疫,疵發風生。”虞世南《賦得慎罰》:“明慎全無枉,哀矜在好生。五疵過亦察,二辟理彌精。”張九齡《感遇十二首》六:“貴人棄疵賤,下士嘗殷憂。衆情累外物,恕己忘内修。”

⑦⓪ “浮榮齊壤芥”兩句:這是元稹對白居易“憂來吟貝錦,謫去詠江蘺”的回答。 浮榮:虚榮。殷仲文《南州桓公九井作》:“歲寒無早秀,浮榮甘夙殞。”顧况《贈僧二首》二:“更把浮榮喻生滅,世間無事不虚空。” 壤芥:泥土和小草,比喻微賤的事物。唐宋之前,暫無合適的書證。唐甄《潛書·自明》:“寶非己有,猶壤芥也,夫豈非寶不可以爲寶! 以斯譬道,道非己有,夫豈非道不可以爲道!” 閑氣:舊謂英雄偉人上應星象,禀天地特殊之氣,間世而出,故稱。王安石《賀韓魏公啓》:“伏惟某官受天間氣,爲世元龜。”也因無關緊要的事惹起的氣惱。盧仝《自詠三首》二:“萬卷堆胸朽,三光撮眼明。翻悲廣成子,閑氣説長生。”曹唐《勖劍》:“垂情不用將閑氣,惱亂司空犯鬥牛。” 江蘺:也作“江離”,香草名,又名“蘼蕪”。《楚辭·離騷》:“扈江離與辟芷兮,紉秋蘭以爲佩。”王逸注:“江離、芷,皆香草名。”賈島《送鄭長史之嶺南》:“蒼梧多蟋蟀,白露濕江蘺。”

⑦① 闕下:宫闕之下,借指帝王所居的宫廷,也借指京城。元稹《與吴侍御春遊》:“蒼龍闕下陪驄馬,紫閣峰頭見白雲。滿眼流光隨日度,今朝花落更紛紛。”賈島《送韋瓊校書》:“賓佐兼歸覲,此行江漢心。别離從闕下,道路向山陰。” 嘯傲:放歌長嘯,傲然自得,形容放曠不受拘束。郭璞《遊仙十四首》八:“嘯傲遺世羅,縱情在獨往。”常建《燕居》:“嘯傲轉無欲,不知成陸沈。”這是對白居易“邂逅塵中遇,殷勤馬上辭”的回應,元稹白居易的四句詩句,是元和五年元稹與白居易在長安街頭分别情景的描寫與回憶。

⑫ 飄沈：飄泊沉淪。義近"飄没"，飘飞而沉没。《南史·梁邵陵携王纶传》："南浦施安幄帳，無何風起，飄没于江。"叶適《母杜氏墓志》："夫人既歸而歲大水，飄没數百里，室廬什器偕盡。" 蓬梗：謂如飛蓬斷梗，飄蕩無定，比喻飄泊流離。姚鵠《隨州獻李侍御二首》二："風塵匹馬來千里，蓬梗全家望一身。舊隱每懷空竟夕愁眉不展幾經春"李群玉《金塘路中》："山連楚越復吴秦，蓬梗何年是住身？黄葉黄花古城路，秋風秋雨别家人。" 忠信：忠誠信實。《易·乾》："君子進德修業，忠信所以進德也。"歐陽修《朋黨論》："君子則不然，所守者道義，所行者忠信，所惜者名節。" 蠻夷：古代對四方邊遠地區少數民族的泛稱，亦專指南方少數民族。《書·舜典》："柔遠能邇，惇德允元，而難任人，蠻夷率服。"韓愈《潮州刺史謝上表》："單立一身，朝無親党，居蠻夷之地，與魑魅爲群。"

⑬ 戲：開玩笑，嘲弄。《論語·陽貨》："子曰：'二三子，偃之言是也，前言戲之耳！'"鮑照《見賣玉器者詩序》："見賣玉器者，或人欲買，疑其是珉，不肯成市，聊作此詩，以戲買者。" 誚：嘲笑，譏刺。孔稚珪《北山移文》："列壑争譏，攢峰竦誚。"《太平廣記》卷三〇九引薛用弱《集異記·蔣琛》："敢寫心兮歌一曲，無誚余持杯以淹留。" 青雲驛：唐代驛站名，元稹本年前來江陵途中有《青雲驛》詩篇詳細描述，請參閱。 譏：譏刺，非議。《左傳·隱公元年》："段不弟，故不言弟；如二君，故曰克；稱鄭伯，譏失教也。"《史記·遊俠列傳》："韓子曰：'儒以文辭法，而俠以武犯禁。'二者皆譏。"張守節正義："譏，非言也。" 題：古人常常在某處抒發感慨並留題其處的詩篇，往往以"題"冠之。張抃《題衡陽泗州寺》："漂泊漸摇青草外，鄉關誰念雪園東？未知今夜依何處？一點漁燈出葦叢。"庾光先《奉和劉採訪縉雲南嶺作》："幸陪謝客題詩句，誰與王孫此地歸？" 皓髮祠：祠堂名，元稹本年前來江陵途中有《四皓廟》詳細描述，請參閱。

⑭ 谷隱寺：寺院名，在峴山碑旁邊，元稹原注："寺在亭側。"曾鞏

《谷隱寺》:"峴南衆峰外,窅然空谷深。丹樓倚碧殿,敻出道安林。"彭汝礪《和執中游山四詩・谷隱寺》二:"樓閣倚天外,鐘梵落人間。俗客有時去,野僧長日閑。"　峴山碑:晉代羊祜任襄陽太守,有政績,後人以其常遊峴山,故於峴山立碑紀念,稱"峴山碑"。《晉書・羊祜傳》:"襄陽百姓于峴山祜平生遊憩之所建碑立廟,歲時饗祭焉!望其碑者莫不流涕,杜預因名爲墮泪碑。"李涉《過襄陽寄上于司空頔》:"歇馬獨來尋故事,逢人唯説峴山碑。"亦稱"峴首碑"。李商隱《泪》:"湘江竹上痕無限,峴首碑前灑幾多?"

⑮ 章臺:即章華臺,春秋時楚國離宫。《左傳・昭公七年》:"及即位,爲章臺之宫,納亡人以實之。"杜預注:"章臺,南郡華容縣。"張説《岳州宴别潭州王熊二首》一:"古木無生意,寒雲若死灰。贈君芳杜草,爲植建章臺。"　阯:同"址",基址。《史記・孝武本紀》:"禪泰山下阯東北肅然山,如祭后土禮。"韋應物《始至郡》:"洪流蕩北阯,崇嶺鬱南圻。"　楚澤:古楚地有雲夢等七澤,後以"楚澤"泛指楚地或楚地的湖澤。劉長卿《觀校獵上淮西相公》:"龍驤校獵邵陵東,野火初燒楚澤空。"許裳《登淩歊臺》:"江截吴山斷,天臨楚澤遥。"　湄:岸邊,水和草相接的地方。《詩・秦風・蒹葭》:"所謂伊人,在水之湄。"孔穎達疏:"謂水草交際之處,水之岸也。"江淹《别賦》:"怨復怨兮遠山曲,去復去兮長河湄。"

⑯ 野蓮:非人工栽培的荷花。唐彦謙《東韋曲野思》:"淡霧輕雲匝四垂,緑塘秋望獨顰眉。野蓮隨水無人見,寒鷺窺魚共影知。"梅堯臣《訪報本簡長老》:"門臨水若鑑,萬象皆可睹。清净欲誰鄰?野蓮無處所。"　稻隴:成隴的稻子。元稹《酬鄭從事四年九月宴望海亭次用舊韵》:"雪花布遍稻隴白,日脚插入秋波紅。"趙蕃《白水道間》:"一源曲折幾成橋,稻隴蔬畦高下澆。水碓暗鳴蛙吠草,緑雲亂點鷺侵苗。"　隴:通"壟",畦,田塊。《漢書・食貨志》:"苗生葉以上,稍耨隴草,因隤其土以附苗根。"杜甫《晚登瀼上堂》:"雉堞粉如雲,山田麥無

隴。”通“壟”,溝塍。韓愈《詠雪贈張籍》:“度前鋪瓦隴,奔發積墻隈。”錢仲聯集釋引魏懷忠曰:“瓦隴,瓦溝。” 亞柳:低矮的柳樹,此指生長在城墻之上的柳樹。 亞:低矮。元稹《和友封題開善寺十韵》:“亞樹牽藤閣,横查壓石橋。”李昌符《尋僧元皎因贈》:“高松連寺影,亞竹入窗枝。” 城陴:猶城堞,泛指城郭。韓愈《寄崔二十六立之》:“野草花葉細,不辨資菉葹。綿綿相糾結,狀似環城陴。”王安石《雲山詩送正之》:“雲山參差碧相圍,溪水詰屈帶城陴。”

⑰ 遇物:猶言待人接物。《南史·袁粲傳》:“袁濯兒不逢朕,員外郎未可得也,而敢以寒士遇物。”韓愈《薦樊宗師狀》:“謹潔和敏,持身甚苦,遇物仁恕,有材有識,可任以事。” 登樓:這裏指指漢末王粲避亂客荆州,思歸,作《登樓賦》之事。《登樓賦》云:“登兹樓以四望兮,聊暇日以銷憂。”劉良注引《魏志》:“王粲,山陽高平人也。少而聰惠有大才,仕爲侍中。時董卓作亂,仲宣避難荆州,依劉表,遂登江陵城樓,因懷舊而有此作,述其進退危懼之情也。”舊時常作爲文人思鄉、懷才不遇的典故。杜甫《春日江村五首》五:“群盗哀王粲,中年召賈生。登樓初有作,前席竟爲榮。”羅隱《春日投錢塘元帥尚父二首》二:“鹽車顧後聲方重,火井窺來焰始浮。一句黄河千載事,麥城王粲謾登樓。” 漫瀰:猶彌漫,滿。《宋書·符瑞志》:“宣城宛陵廣野蠶成繭,大如雉卵,彌漫林谷,年年轉盛。”韋居安《梅磵詩話》卷下:“曾蒼山作《蘇雲卿歌》……歌云:‘東湖湖面波漫瀰,東湖岸上春土肥。’”

⑱ 攢:簇聚,聚集。《韓非子·用人》:“三者立而上無私心,則下得循法而治,望表而動,隨繩而斵,因攢而縫。”陳奇猷集釋:“攢,簇聚也……謂法既立,則臣下依法而行,猶縫衣,因所簇聚者而縫之則成衣裾。”《文選·張衡〈西京賦〉》:“攢珍寶之玩好。”薛綜注:“攢,聚也。”皎然《述祖德贈湖上诸沈》:“歲晚高歌悲苦寒,空堂危坐百憂攢。” 橙子:橙樹的果實。韓彦直《橘録·橙子》:“橙子,木有刺,似朱欒而小……經霜早黄,膚澤可愛,狀微有似真柑。”曾鞏《橙子》:“家

林香橙有兩樹，根纏鐵鈕淩坡陀。鮮明百數見秋實，錯綴衆葉傾霜柯。”《宋史·趙安仁傳》：“〔韓杞〕舉橙子曰：‘此果嘗見高麗貢。’” 瑿：黑色的琥珀。李時珍《本草綱目·瑿》：“瑿即琥珀之黑色者，或因土色薰染，或是一種木瀋結成，未必是千年琥珀復化也。”蘇軾《石炭》：“豈料山中有遺寶，磊落如瑿萬車炭。”宋應星《天工開物·寶》：“屬紅黄種類者……爲琥珀……琥珀最貴者名曰瑿，紅而微帶黑，然晝見則黑，燈光下則紅甚也。” 鸕鷀：水鳥名，俗叫魚鷹、水老鴉，羽毛黑色，有緑色光澤，頷下有小喉囊，嘴長，上嘴尖端有鉤，善潜水捕食魚類。李時珍《本草綱目·鸕鷀》：“鸕鷀，處處水鄉有之，似鶂而小，色黑。亦如鴉，而長喙微曲，善没水取魚，日集洲渚，夜巢林木，久則糞毒多令木枯也，南方漁舟往往縻畜數十，令其捕魚。”王維《鸕鷀堰》：“乍向紅蓮没，復出清蒲颺。”杜甫《田舍》：“鸕鷀西日照，曬翅滿魚梁。”

⑲ 仰竹：意謂破竹爲瓦，破面向上承接雨水，故曰“仰竹”，亦即元稹原注“南人以大竹爲瓦”之意。李廷忠《寧國太守》：“鳳鳴解谷，正木官用令之秋；騎簇昭亭，仰竹使行春之樂。” 藤纏：意謂藤枝攀爬狀。杜荀鶴《贈廬嶽隱者》：“古樹藤纏殺，春泉鹿過渾。悠悠無一事，不似屬乾坤。”齊己《荆渚感懷寄僧達禪弟三首》二：“鄰峰道者應彈指，薜剥藤纏舊石龕。” 苫茆：用茅草編製的覆蓋物覆蓋屋頂。《爾雅·釋器》：“白蓋謂之苫。”郭璞注：“白茅，苫也。今江東呼爲蓋。”《晉書·郭文傳》：“洛陽陷，乃步擔入吴興餘杭大辟山中窮谷無人之地，倚木於樹，苫覆其上而居焉！亦無壁障。” 荻：多年生草本植物，與蘆同類，生長在水邊，根莖都有節似竹，葉抱莖生，秋天生紫色或白色、草黄色花穗，莖可以編席箔。李時珍《本草綱目·蘆》：“蘆有數種：其長丈許中空皮薄色白者，葭也，蘆也，葦也。短小於葦而中空皮厚色青蒼者，菼也，荻也，萑也。其最短小而中實者蒹也，薕也。”《韓非子·十過》：“公宫之垣，皆以荻蒿楛楚墻之。”《南史·蕭正德

傳》:“及景至,正德潛運空舫,詐稱迎荻,以濟景焉!” 籬:籬笆,亦即元稹原注“用荻爲籬也”之意。陶潛《飲酒二十首》五:“採菊東籬下,悠然見南山。山氣日夕佳,飛鳥相與還。”韓愈《題于賓客莊》:“榆莢車前蓋地皮,薔薇蘸水笋穿籬。” 南人:南方人。《論語·子路》:“南人有言曰:‘人而無恒,不可以作巫醫。’”何晏集解引孔安國曰:“南人,南國之人。”李嘉祐《送弘志上人歸湖州》:“詩從宿世悟,法爲本師傳。能使南人敬,修持香火緣。”劉禹錫《竹枝詞九首》一:“白帝城頭春草生,白鹽山下蜀江清。南人上來歌一曲,北人莫上動鄉情。”

⑳ 麩梨:梨樹果實之一,具體不詳,元稹原注:“麩梨軟爛無味。” 蒂:花或瓜果與枝莖相連的部分。宋玉《高唐賦》:“綠葉紫裹,丹莖白蒂。”韓愈《奏汴州得嘉禾嘉瓜狀》:“或延蔓敷榮,異實並蒂。” 火米:旱稻。李時珍《本草綱目·陳廩米》:“火米有三:有火蒸治成者,有火燒治成者,又有畬田火米,與此不同。”李德裕《謫嶺南道中作》:“愁衝毒霧逢蛇草,畏落沙蟲避燕泥。五月畬田收火米,三更津吏報潮雞。” 芒:稻麥子實外殼上長的細刺,元稹原注:“火米粗糲不精。”疑指没有加工的糙米。《吕氏春秋·審時》:“得時之稻,大本而莖葆,長稠疏穖,穗如馬尾,大粒無芒。”潘岳《射雉賦》:“麥漸漸以擢芒,雉鷕鷕而朝鴝。” “麩梨通蒂朽”以下六句:描述江陵地區與北地大不相同的食品。元稹《送崔侍御之嶺南二十韻序》“古朋友别,皆贈以言。況南方物候、飲食與北土異”云云可以作爲解讀本句的參考。

㉑ 葦笋:即蘆笋,蘆葦的嫩芽,形似竹笋而小,可食用。張籍《江村行》:“南塘水深蘆笋齊,下田種稻不作畦。”潘榮陛《帝京歲時紀勝·時品》:“至於小葱炒麵條魚,蘆笋膾鯚花,勒鮝和羹,又不必憶莼鱸矣!” 鯿魚:淡水魚類之一種,頭小體大,體形側扁,呈菱形,臀鰭堅硬尖利如箭,銀灰色,長三十厘米左右,重四斤,生活在淡水中,草食。吴融《渡漢江初嘗鯿魚有作》:“嘯父知機先憶魚,季膺無事已思鱸。自慚初識查頭味,正是栖栖哭阮塗。”《太平寰宇記·襄州》:“《襄

陽耆老傳》曰：'峴山下漢水中出鯿魚，味極肥而美。'"

㉜ 芋羹：即由芋艿等做成的羹湯。芋即芋艿，植物名，古代也稱蹲鴟，其葉片呈盾形緑色，葉柄肥大而長，可作豬飼料。地下塊莖呈球形或卵形，富含澱粉，可供食用。王維《遊感化寺》："繞籬生野蕨，空館發山櫻。香飯青菰米，嘉蔬緑芋羹。"元稹《酬樂天東南行詩一百韵》："緑粽新菱實，金丸小木奴。芋羹真塹淡，䶑炙漫塗蘇。" 底：的確，確實。《朱子語類》卷一二六："譬如人食物，欲知烏喙之不可食，須認下這底是烏喙，知此物之爲毒，則他日不食之矣！"柳永《滿江紅》："不會得都來些子事，甚恁底死難拚棄。" 鱸鱠：鱸魚膾。《晉書・張翰傳》："張翰，字季鷹，吴郡吴人也……翰有清才，善屬文，而縱任不拘，時人號爲江東步兵……翰因見秋風起，乃思吴中菰菜莼羹鱸魚膾，曰：'人生貴得適志，何能羈宦數千里以要名爵乎？'遂命駕而歸。"許渾《九日登樟亭驛樓》："鱸鱠與莼羹，西風片席輕。潮回孤島晚，雲斂衆山晴。"陸龜蒙《潤州送人往長洲》："汀洲月下菱船疾，楊柳風高酒旆輕。君住松江多少日？爲嘗鱸鱠與莼羹。" 勞思：苦思苦想。《晏子春秋・外篇》："博學不可以儀世，勞思不可以補民。"憂慮，愁思。韓愈《上考功崔虞部書》："是以勞思長懷，中夜起坐，度時揣己，廢然而返。"

㉝ 北渚銷魂望：反映詩人急切盼望北歸、回朝辯白冤屈的心情。北渚：北面的水涯。《楚辭・九歌・湘君》："鼂騁鶩兮江皋，夕弭節兮北渚。"王逸注："渚，水涯也。"陸游《北渚》："北渚露濃蘋葉老，南塘雨過藕花稀。" 銷魂：謂靈魂離開肉體，形容極其哀愁。江淹《别賦》："黯然銷魂者，唯别而已矣！"錢起《别張起居》："有别時留恨，銷魂況在今。" 南風：這裏指從南向北刮的風，反映詩人盼望自己如南風一般北歸的急切心情。《詩・邶風・凱風》："凱風自南。"毛傳："南風謂之凱風。"王周《藕池阻風寄同行撫牧裘駕》："船檣相望荆江中，岸蘆汀樹烟濛濛。路間堤缺水如箭，未知何日生南風？"李建勛《留題愛敬

寺》："南風新雨後，與客携觴行。斜陽惜歸去，萬壑啼鳥聲。" 著骨：刻骨銘心。李廷璧《愁詩》："到來難遣去難留，著骨黏心萬事休。潘岳愁絲生鬢裏，婕妤悲色上眉頭。"楊萬里《梅花》："東風微破野梅心，著骨清香已不禁。緑刺一尖雙苓子，錯書小字帶懸針。"

⑭ 度梅：度過南方黄梅季節。元稹《送崔侍御之嶺南二十韵》："茅蒸連蟒氣，衣漬度梅黵。"唐無名氏《李廷珪藏墨訣》："贈爾烏玉玦，泉清研須潔。避暑懸葛囊，臨風度梅月。" 衣色漬：在南方的梅雨季節裏，衣服特别容易生長黑色的黴點，元稹原注："南方衣服經夏，謂之度梅，顔色盡黦。"白居易《和柳公權登齊雲樓》："樓外春晴百鳥鳴，樓中春酒美人傾。路傍花日添衣色，雲裏天風散珮聲。"元稹《出門行》："銘心有所待，視足無所媿。持璞自枕頭，泪痕雙血漬。" 稗：植物名，稗子，元稹原注："馬食菰蔣，蓋北地稊稗之屬。"《左傳·定公十年》："若其不具，用秕稗也。"杜預注："稗，草之似穀者。"按，《説文·禾部》："稗，禾别也。"王筠句讀："今之稗有數種，自生者，種而生者，生於水者，皆性自爲稗，不得謂之禾别，權稻中生稗，猶穀中生莠，皆貴化爲賤。故俗呼止稗爲稻莠。"杜甫《秋行官張望督促東渚刈稻向畢清晨遣女奴阿稽豎子阿段往問》："東渚雨今足，佇聞粳稻香。上天無偏頗，蒲稗各自長。" 馬蹄：馬的蹄子，這裏借指整匹馬。《莊子·馬蹄》："馬蹄可以踐霜雪，毛可以禦風寒。"杜甫《將赴成都草堂途中有作先寄嚴鄭公五首》三："書簽藥裹封蛛網，野店山橋送馬蹄。" 羸：衰病，瘦弱，困憊。《國語·魯語》："饑饉薦降，民羸幾卒。"韋昭注："羸，病也。"《漢書·鄒陽傳》："今夫天下布衣窮居之士，身在貧羸。"顔師古注："衣食不充，故羸瘦也。"

⑮ 院：官署名。《新唐書·百官志》："〔御史臺〕其屬有三院：一曰臺院，侍御史隸焉；二曰殿院，殿中侍御史隸焉；三曰察院，監察御史隸焉！"趙彦衛《雲麓漫鈔》卷七："唐有三院御史，侍御史謂之臺院，殿中侍御史謂之殿院，監察御史謂之察院。"這裏指當時徵税的官署，

如元稹《唐故朝議郎侍御史内供奉鹽鐵轉運河陰留後河南元君墓誌銘》中述其兄元秬曾經擔任"監察御史知轉運永豐院事"就是其中的一個例子。　榷:專賣,專利。韓愈《論變鹽法事宜狀》:"國家榷鹽,糶與商人。"蘇轍《私試進士策問二十八首》六:"茶之有榷與税非古也。"　鹼:土内所含的一種質料,成分爲碳酸鈉,性滑味鹹,洗衣可去垢污,多用於肥皂、玻璃等的製造。《説文·鹽部》:"鹼,鹵也。"桂馥義證:"鹹地之人,於日未出,看地上有白若霜者,掃而煎之,便成鹼矣!"林逋《出曹州》:"雨濼生新鹻,茅叢夾舊槎。"　酤:買酒。《韓非子·外儲説》:"或使僕往酤莊氏之酒,其狗噬人,使者不敢往,乃酤佗家之酒。"《漢書·高帝紀》:"高祖每酤留飲,酒讎數倍。"李白《叙舊贈江陽宰陸調》:"夕酤新豐醁,滿載剡溪船。"　麯:酒麯。《列子·楊朱》:"朝之室也聚酒千鍾,積麯成封,望門百步,糟漿之氣逆於人鼻。"賈思勰《齊民要術·笨麯並酒》:"作春酒法:治麴欲浄,剉麯欲細,曝麯欲乾。"　醨:即醨酒,薄酒。元稹《酬樂天東南行詩一百韵》:"酢醅荷裹賣,醨酒水淋沽。"李洞《早春友人訪别南歸》:"南歸來取别,窮巷坐青苔。一盞薄醨酒,數枝零落梅。"

㊱ 訛音:不合標準的異音。秦觀《擬韋應物》:"鄰父縮新醅,林下邀同斟。痴兒踏吴歌,婭姹足訛音。"劉弇《高士何君墓誌銘》:"何氏系出武王子叔虞,其後十一世曰萬,食采於韓,《春秋傳》所謂邗晉應韓者也。秦并韓,子孫散處陳楚間,習訛音謂韓爲何,故有何氏銘曰……"　繳繞:謂説理、行文或問題、事情等糾纏不清。白居易《早梳頭》:"年事漸蹉跎,世緣方繳繞。不學空門法,老病何由了?"纏擾不休。洪邁《夷堅丙志·張五姑》:"我平生爲汝累,今死矣!尚復繳繞我?"　輕俗:輕視世俗。《三國志·劉廙傳》:"聖人不以智輕俗,王者不以人廢言。"韓琦《致政王子融侍郎挽辭三首》一:"公昔求還事,年猶未縱心。軒裳輕俗累,水月瑩禪襟。"　威儀:古代祭享等典禮中的動作儀節及待人接物的禮儀。《禮記·中庸》:"禮儀三百,威儀三

千。”孔穎達疏：“威儀三千者，即《儀禮》中行事之威儀。”《後漢書·董鈞傳》：“時草創五郊祭祀，及宗廟禮樂，威儀章服，輒令鈞參議。”莊重的儀容舉止。《書·顧命》：“思夫人自亂於威儀。”孔傳：“有威可畏，有儀可象。”《漢書·薛宣傳》：“宣爲人好威儀，進止雍容，甚可觀也。”指服飾儀表。帝王或大臣的儀仗、扈從。《晉書·衛瓘傳》：“置長史、司馬、從事中郎掾屬，及大車、官騎、麾蓋、鼓吹諸威儀，一如舊典。”《隋書·禮儀志》：“七埒各置埒將，射正、參軍各一人，埒士四人，威儀一人，乘白馬以導。”

㊇ 貞心：堅貞不移的心地。《逸周書·謚法》：“貞心大度曰匡。”孔晁注：“心正而明察也。”李白《湖邊採蓮婦》：“願學秋胡婦，貞心比古松。” 衛足葵：即向日葵。《左傳·成公十七年》：“仲尼曰：‘鮑莊子之知不如葵，葵猶能衛其足。’”杜預注：“葵傾葉向日，以蔽其根，言鮑牽居亂，不能危行言遜。”後因以“衛足”比喻自全或自衛。按：或以爲葵非向日葵。《左傳·成公十七年》楊伯峻注：“葵非向日葵，杜注以向日葵解之，不確……向日葵葉不可食，此葵或是金錢紫花葵或秋葵。古代以葵爲蔬菜，不待其老便掐，而不傷其根，欲其再長嫩葉，故古詩云：‘採葵不傷根，傷根葵不生。’‘不傷根’始合‘衛其足’之意。”

㊈ 坳窪：地面的低窪處。柳宗元《永州龍興寺東丘記》：“凡坳窪坻岸之狀，無廢其故，屏以密竹，聯以曲梁。”范成大《涪州江險不可泊入黔江檥舟》：“黄沙翻浪攻排亭，濆淖百尺呀成坑。坳窪眩轉久乃平，一渦熨帖千渦生。” 尰：指足部水腫。《詩·小雅·巧言》：“既微且尰，爾勇伊何！”毛傳：“骭瘍爲微，腫足爲尰。”鄭玄箋：“此人居下濕之地，故生微、尰之疾。”元稹《痁卧聞幕中諸公徵樂會飲因有戲呈三十韵》：“治尰扶輕杖，開門立静街。耳鳴疑暮角，眼暗助昏霾。”可以互爲注解。 遊惰：遊蕩懶惰。《商君書·墾令》：“則辟淫遊惰之民無所於食。”《三國志·韋曜傳》：“故山甫勤於夙夜，而吴漢不離公門，豈有遊墮哉！” 庸：隋唐時期賦役法規定，成丁者每年服役二十日，

若不服役則每日須納絹數尺,謂之“庸”。《北史·隋文帝紀》:“〔開皇〕三年……始令人以二十一成丁,歲役功不過二十日,不役者收庸。”《新唐書·食貨志》:“用人之力,歲二十日,閏加二日,不役者日爲絹三尺,謂之庸。”庸是唐代“租庸調”的内容之一,導源于北魏到隋代的租、調、力役制度。凡丁男授田一頃,歲輸粟二斛、稻三斛,謂之租;歲輸絹二匹,綾、絁二丈,布加五之一,綿三兩,麻三斤,非蠶鄉則輸銀十四兩,謂之調;役人力,歲二十日,閏加二日,不役者日納絹三尺,謂之庸,有事而加役二十五日者免調,三十日租調皆免。唐開元末年均田制破壞,這種承襲北魏的賦役制度漸不適用;安史之亂後,爲兩税法所代替,元稹在這裏沿用舊説。《資治通鑑·梁簡文帝大寶元年》:“泰始籍民之才力者爲府兵,身租庸調一切蠲之。”《新唐書·高祖紀》:“二月乙酉,初定租庸調法。”

⑻⑼ 烏鬼:湖川地區俗事奉的鬼神名,或稱烏蠻鬼。杜甫《戲作俳諧體遣悶二首》一:“異俗籲可怪,斯人難並居。家家養烏鬼,頓頓食黄魚。”仇兆鰲注:“《蔡寬夫詩話》:元微之《江陵》詩:‘病賽烏稱鬼,巫占瓦代龜。’自注云:‘南人染病,競賽烏鬼。楚巫列肆,悉賣龜卜。’烏鬼之名見於此。巴楚間常有殺人祭鬼者,曰烏野七神頭,則烏鬼乃所事神名耳!或云‘養’字乃‘賽’字之誤,理或然也。邵伯温《聞見録》:夔峽之人,歲正月,十百爲曹,設牲酒於田間,已而衆操兵大噪,謂之養烏鬼。長老言地近烏蠻戰場,多與人爲厲,用以禳之。《藝苑雌黄》謂烏蠻鬼。”另有兩説:一、鸕鷀的别名。沈括《夢溪筆談·藝文》:“克乃按《夔州圖經》,稱峽中人謂鸕鷀爲烏鬼。蜀人臨水居者,皆養鸕鷀,繩繫其頸,使之捕魚。”焦竑《焦氏筆乘·烏鬼》:“鸕鷀,水鳥,似鶂而黑,峽中人號曰烏鬼。子美詩:‘家家養烏鬼,頓頓食黄魚。’言此烏捕魚,而人得食之也。”二、豬的别名,或特指祭鬼神用的豬。胡仔《苕溪漁隱叢話前集·杜少陵》:“《漫叟詩話》云……‘予崇寧間往興國軍,太守楊鼎臣字漢傑,一日約飯鄉味,作蒸豬頭肉,因謂予曰:川人

嗜此肉，家家養豬，杜詩所謂‘家家養烏鬼’是也。每呼豬則烏鬼聲，故號豬爲烏鬼。’”馬永卿《懶真子》卷四：“僕親見一峽中人士夏侯節立夫言：‘烏鬼，豬也。峽中人家多事鬼，家養一豬，非祭鬼不用，故於豬群中特呼烏鬼以别之。’此言良是。” 楚巫：古代楚地的巫覡，善以歌舞迎神。歐陽修《黄牛峽祠》：“潭潭村鼓隔溪聞，楚巫歌舞送迎神。”梅堯臣《泊昭亭山下》：“灘愁江舸澀，祠信楚巫靈。” 列肆：謂開設商鋪。《史記·平準書》：“今弘羊令吏坐市列肆，販物求利。”謂成列的商鋪。張説《城南亭作》：“北堂珍重琥珀酒，庭前列肆茱萸席。” 瓦卜：古代占卜方法之一，擊瓦觀其紋理分析，以定吉凶。杜甫《戲作俳諧體遣悶二首》二：“瓦卜傳神語，畬田費火耕。”仇兆鰲注引王洙曰：“巫俗擊瓦，觀其文理分析，以卜吉凶。”史繩祖《學齋呫嗶·瓦卜》：“今之瓦卜，蓋有取於周太卜之瓦兆。”

⑽ 連陰：連續的陰雨天。元稹《景申秋八首》八：“病苦十年後，連陰十日餘。人方教作鼠，天豈遣爲魚！”白居易《雨夜贈元十八》：“卑濕沙頭宅，連陰雨夜天。共聽檐溜滴，心事兩悠然。” 蛙：兩栖動物，捕食昆蟲，對農業有益，種類很多，常見背色青緑者謂之青蛙，又曰雨蛙，背有黄色縱綫者謂之金綫蛙。《禮記·月令》：“〔孟夏之月〕螻蟈鳴。”鄭玄注：“螻蟈，蛙也。”《漢書·五行志》：“武帝元鼎五年秋，蛙與蝦蟆群鬥。”韓愈《晝月》：“兔入臼藏蛙縮肚，桂樹林株女閉户。” 張王：高漲，熾盛，這裏指青蛙因到處是水而處處鳴叫。韓愈《和侯協律詠笋》：“得時方張王，挾勢欲騰騫。”蘇舜欽《送安素處士高文悦》：“賊氣愈張王，鋒鋭不可觸。” 瘴：瘴癘。元稹《予病瘴樂天寄通中散碧腴垂雲膏仍題四韵以慰遠懷開拆之間因有酬答》：“紫河變鍊紅霞散，翠液煎研碧玉英。金籍真人天上合，鹽車病驥軛前驚。”又稱作“瘴癘”，指感受瘴氣而生的疾病，亦泛指惡性瘧疾等病。《北史·柳述傳》：“述在龍川數年，復徙寧越，遇瘴癘死。” 瘧：病名，瘧疾。元稹《晨起送使病不行因過王十一館居二首》一：“自笑今朝誤夙興，逢

他御史瘧相仍。過君未起房門掩，深映寒窗一盞燈。”白居易《得微之到官後書備知通州之事悵然有感因成四章》三：“人稀地僻醫巫少，夏旱秋霖瘴瘧多。老去一身須愛惜，别來四體得如何?”　雪治醫：未詳，也没有找到合適的其他書證，或者元稹原注“雨中井作蛙池，終冬往往無雪”可以破解，有待智者。

㉑ 窮：困窘，窘急。《墨子・非儒》：“孔某窮于蔡陳之間。”《韓非子・説難》：“〔彼〕自智其計，則毋以其敗窮之。”《戰國策・秦策》：“秦惠王死，公孫衍欲窮張儀。”特指不得志，與“達”相對。《孟子・盡心》：“窮則獨善其身，達則兼善天下。”《戰國策・秦策》：“窮而不收，達而報之，恐不爲王用。”　寧：竟，乃。賈誼《新書・禮》：“湯曰：‘昔蛛蝥作罟，不高，順不用命者，寧丁我網。’”元稹《酬樂天江樓夜吟稹詩因成三十韵》：“思鄙寧通律，聲清遂扣玄。三都時覺重，一顧世稱妍。”

㉒ 一篇：這裏指一封書信，亦即白居易給元稹的書信，也就是包括元稹在本詩詩序中所云的“别書”以及本詩。韋應物《張彭州前與緱氏馮少府各惠寄一篇多故未答張已云没因追哀叙事兼遠簡馮生》：“君昔掌文翰，西垣復石渠。朱衣乘白馬，輝光照里閭。”戴叔倫《贈康老人洽》：“酒泉布衣舊才子，少小知名帝城裏。一篇飛入九重門，樂府喧喧聞至尊。”　日下：指京都，古代以帝王比日，因以皇帝所在地爲“日下”。劉義慶《世説新語・排調》：“荀鳴鶴、陸士龍二人未相識，俱會張茂先坐。張令共語……陸舉手曰：‘雲間陸士龍。’荀答曰：‘日下荀鳴鶴。’”徐震堮校箋：“日下，指京都。荀，潁川人，與洛陽相近，故云。”錢起《送薛判官赴蜀》：“邊陲勞帝念，日下降才傑。”　雙鯉：原指兩條鯉魚。干寶《搜神記》卷一一：“母常欲生魚，時天寒，冰凍，(王)祥解衣將剖冰求之，冰忽自解，雙鯉躍出，持之而歸。”這裏是指一底一蓋兩條鯉魚，把書信夾在裏面的魚形木板，常指代書信。韓愈《寄盧仝》：“先生有意許降臨，更遣長須致雙鯉。”錢仲聯集釋引孫汝

聽曰:"古樂府云:'客從遠方來,遺我雙鯉魚。呼兒烹鯉魚,中有尺素書。'" 天涯:猶天邊,指極遠的地方。語出《古詩十九首·行行重行行》:"相去萬餘里,各在天一涯。"戎昱《桂州臘夜》:"曉角分殘漏,孤燈落碎花。二年隨驃騎,辛苦向天涯。"這裏元稹以江陵比天涯。

⑨③ 前席:《史記·商君列傳》:"衛鞅復見孝公,公與語,不自知膝之前于席也。"後以"前席"謂欲更接近而移坐向前。《漢書·賈誼傳》:"文帝思賈誼,徵之至,入見,上方受厘,坐宣室,上因感鬼神事而問鬼神之本,誼具道所以然之故,至夜半,文帝前席。"李商隱《賈生》:"可憐夜半虛前席,不問蒼生問鬼神。" 行吟:邊走邊吟詠。《楚辭·漁父》:"屈原既放,遊於江潭,行吟澤畔。"李群玉《長沙春望寄涔陽故人》:"風暖草長愁自醉,行吟無處寄相思。" 綦:鞋帶。《儀禮·士喪禮》:"夏葛屨,冬白屨,皆繶緇絇純組綦,繫於踵。"賈公彦疏:"《經》云'繫於踵',則綦當屬於跟後,以兩端向前與絇相連於脚,跗踵足之上合結之,名爲'繫於踵'也。"《禮記·内則》:"屨,著綦。"鄭玄注:"綦,履繫也。"

⑨④ 匡床:安適的床,一説方正的床,古人坐具。《商君書·畫策》:"人主處匡床之上,聽絲竹之聲,而天下治。"劉禹錫《傷往賦》:"坐匡床兮撫嬰兒,何所匃沐兮何從仰飴!" 錯繡:色彩錯雜的錦繡。李白《擬恨賦》:"若乃錯綉轂填,金門烟塵。曉沓歌鐘,晝諠亦復。星沈電滅,閉影潛魂。"元稹《郊天日五色祥雲賦》:"影帶旗常,疑錯繡之遙動。" 几案:桌子,案桌。王粲《儒吏論》:"彼刀筆之吏,豈生而察刻哉?起於几案之下,長於官曹之間,無温裕文雅以自潤,雖欲無察刻,弗能得矣!"《顔氏家訓·治家》:"或有狼籍几案,分散部帙,多爲童幼婢妾之所點污,風雨蟲鼠之所毀傷,實爲累德。" 靈芝:傳説中的瑞草、仙草。《文選·張衡〈西京賦〉》:"浸石菌於重涯,濯靈芝以朱柯。"薛綜注:"石菌、靈芝,皆海中神山所有神草名,仙之所食者。"也比喻傑出人才。杜甫《贈鄭十八賁》:"靈芝冠衆芳,安得闕親近!"這

裹以“靈芝”比喻白居易的奇才以及其作品。

㊽ 形影:人的形體與影子,本來影形相隨,永不分離,詩人這裹以此喻指自己與白居易的深摯友誼。張説《同趙侍御望歸舟》:“山庭迥迥面長川,江樹重重極遠烟。形影相隨高翥鳥,心腸併斷北風船。”李澄之《秋庭夜月有懷》:“遊客三江外,單栖百慮違。山川憶處近,形影夢中歸。” 初合:意謂兩人友誼如初識之時。薛稷《春日登樓野望》:“憑軒聊一望,春色幾芬菲。野外烟初合,樓前花正飛。”張籍《鄰婦哭征夫》:“雙鬟初合便分離,萬里征夫不得隨。今日軍回身獨殁,去時鞍馬别人騎。” 參商:參星和商星,參星在西,商星在東,此出彼没,永不相見。白居易《新樂府·太行路》“與君結髮未五載,豈期牛女爲參商。”秦觀《别賈耘老》:“翳我與君素參辰,孰爲一見同天倫?”這裹比喻元稹與白居易分處江陵與長安。 離:離開,分開。《史記·太史公自序》:“神大用則竭,形大勞則敝,形神離則死。”錢起《鑾駕避狄歲寄别韓雲卿》:“關山慘無色,親愛忽驚離。”

㊾ 扇因秋棄置:漢代班婕妤《怨歌行》:“新裂齊紈素,皎潔如霜雪。裁爲合歡扇,團團似明月。出入君懷袖,動摇微風發。常恐秋節至,凉風奪炎熱。棄捐篋笥中,恩情中道絶。”後因以“秋扇”比喻婦女年老色衰而見棄,這裹比喻元稹自己遭到朝廷見棄出貶江陵。劉孝綽《班婕妤怨》:“妾身似秋扇,君恩絶履綦。”王昌齡《西宫秋怨》:“芙蓉不及美人妝,水殿風來珠翠香。誰分含啼掩秋扇?空懸明月待君王。” 棄置:抛棄,扔在一邊。丘遲《答徐侍中爲人贈婦》:“糟糠且棄置,蓬首亂如麻。”陸游《讀書未終卷而睡有感》:“暮年緣一懶,百事俱棄置。”謂不被任用。曹植《贈白馬王彪》:“心悲動我神,棄置莫復陳。”王維《老將行》:“自從棄置便衰朽,世事蹉跎成白首。” 鏡異月盈虧:意謂月有陰晴圓缺,但鏡子却並不如此,這裹喻自己與白居易的友誼永遠不變。楊憑《樂遊園望月》:“炎靈全盛地,明月半秋時。今古人同望,盈虧節暗移。”白居易《代書詩一百韵寄微之》:“念遠緣

遷貶，驚時爲别離。素書三往復，明月七盈虧。” 盈虧：指月之圓缺。沈括《夢溪筆談·象數》：“日月之形如丸，何以知之？以月盈虧可驗也。”張可久《粉蝶兒·春思》：“落花殘月應何濟，花須開謝，月有盈虧。”

⑰ 壯志：豪壯的志願，襟懷，偉大的志向。駱賓王《邊城落日》：“壯志淩蒼兕，精誠貫白虹。君恩如可報，龍劍有雌雄。”沈佺期《覽鏡》：“恍忽夜川裏，蹉跎朝鏡前。紅顔與壯志，太息此流年。” 奪：强取。《易·繫辭》：“小人而乘君子之器，盗思奪之矣！”杜甫《扬旗》：“公來練猛士，欲奪天邊城。” 良辰：美好的時光。元稹《景申秋八首》二：“簾斷螢火入，窗明蝙蝠飛。良辰日夜去，漸與壯心違。”李商隱《流鶯》：“巧囀豈能無本意！良辰未必有佳期！風朝露夜陰晴裏，萬户千門開閉時。”

⑱ 甯牛：即甯戚飯牛，甯戚，春秋衛人，齊大夫。《楚辭·離騷》：“甯戚之謳歌兮，齊桓聞以該輔。”王逸注：“甯戚修德不用，退而商賈，宿齊東門外。桓公夜出，甯戚方飯牛，叩角而商歌。桓公聞之，知其賢，舉用爲客卿，備輔佐也。”元稹《放言五首》四：“玉英惟向火中冷，蓮葉元來水上乾。甯戚飯牛圖底事？陸通歌鳳也無端！” 終夜：通宵，徹夜。《論語·衛靈公》：“吾嘗終日不食，終夜不寢，以思，無益，不如學也。”錢珝《江行無題一百首》三四：“睡穩葉舟輕，風微浪不驚。任君蘆葦岸，終夜動秋聲。” 潘鬢：潘岳《秋興賦序》：“余春秋三十有二，始見二毛。”後因以“潘鬢”謂中年鬢髮初白，這裏是元稹自喻，是年元稹三十二歲，詩人在本句下自注：“予今年始三十二，去歲已生白髮。”李德裕《秋日登郡樓望贊皇山感而成詠》：“越吟因病感，潘鬢入秋悲。北指邯鄲道，應無歸去時。”王叡《秋》：“蟬噪古槐疎葉下，樹銜斜日映孤城。欲知潘鬢愁多少，一夜新添白數莖。”

⑲ 溟渤：溟海和渤海，多泛指大海。李涉《却歸巴陵途中走筆寄唐知言》：“後輩無勞續出頭，坳塘不合窺溟渤。”元稹《和李校書新題

樂府十二首·縛戎人》:"緣邊飽餧十萬衆,何不齊驅一時發? 年年但捉兩三人,精衛銜蘆塞溟渤。" 穹蒼:蒼天。《詩·大雅·桑柔》:"靡有旅力,以念穹蒼。"孔穎達疏:"穹蒼,蒼天……李巡曰:'古時人質仰視天形,穹隆而高,色蒼蒼然,故曰穹蒼。'是也。"李白《北上行》:"北上何所苦? 北上緣太行。磴道盤且峻,巉巖凌穹蒼。"也指天帝。孟郊《哭李觀》:"自聞喪元賓,一日八九狂。沈痛此丈夫,驚呼彼穹蒼!"

⑩⓪ 騕褭:古駿馬名。《文選·張衡〈思玄賦〉》:"斥西施而弗御兮,縶騕褭以服箱。"李善注:"《漢書音義》應劭曰:'騕褭,古之駿馬也,赤喙玄身,日行五千里。'"鮑溶《暮春戲樊宗憲》:"野船弄酒鴛鴦醉,官路攀花騕褭狂。" 辛夷:植物名,指辛夷樹或它的花,辛夷樹屬木蘭科,落葉喬木,高數丈,木有香氣,花初出枝頭,苞長半寸,而尖鋭儼如筆頭因而俗稱木筆,及開則似蓮花而小如盞,紫苞紅焰,作蓮及蘭花香,亦有白色者,人又呼爲玉蘭,今多以"辛夷"爲木蘭的别稱。《楚辭·九歌·湘夫人》:"桂棟兮蘭橑,辛夷楣兮藥房。"洪興祖補注:"《本草》云:辛夷,樹大連合抱,高數仞。此花初發如筆,北人呼爲木筆。其花最早,南人呼爲迎春。"杜甫《偪仄行贈華曜》:"辛夷始花亦已落,況我與子非壯年。"

⑩① 卧轍希濡沫:落難之人,急需救援,不待時日,典出《莊子》:"莊周家貧,故往貸粟于監河侯,曰:'諾! 我將得邑金,將貸子三百金,可乎?'莊周忿然作色,曰:'周昨來,有中道而呼者,周顧視,車轍中有鮒魚焉!'周問之曰:'鮒魚來! 子何爲者耶?'對曰:'我東海之波臣也,君豈有斗升之水而活我哉?'周曰:'諾! 我將南游吴越之王,激西江之水而迎子,可乎?'鮒魚忿然作色,曰:'吾失我常,與我無所處,吾得斗升之水然活耳! 君乃言,此曾不如早索我於枯魚之肆。'"詩人在這裏有自喻之意。 低顔:猶低頭,頹喪貌,謙遜貌,恭順貌,阿諛奉承貌。杜甫《上水遣懷》:"低顔下邑地,故人知善誘。"劉兼《晚樓寓懷》:"劉毅暫貧雖壯志,馮唐將老自低顔。無言獨對秋風立,擬把朝

簪换釣竿。"　頷頤:動動腮巴,謂點頭以示默認、承諾。白行簡《李娃傳》:"生憒懣絶倒,口不能言,頷頤而已。"段安節《樂府雜録·觱篥》:"曲終汗浹其背,尉遲頷頤而已。"

⑩② 世情:世俗之情,世態人情。陶潜《辛丑歲七月赴假還江陵》:"詩書敦宿好,林園無世情。"杜甫《佳人》:"官高何足論?不得收骨肉。世情惡衰歇,萬事隨轉燭。"　怪:驚異,覺得奇怪。《荀子·天論》:"夫星之隊,木之鳴,是天地之變,陰陽之化,物之罕至者也。怪之,可也;而畏之,非也。"杜甫《羌村三首》一:"妻孥怪我在,驚定還拭泪。世亂遭飄蕩,生還偶然遂。"　自省:自行省察,自我反省。《論語·里仁》:"子曰:'見賢思齊焉,見不賢而内自省也。'"元稹《六年春遣懷八首》八:"小於潘岳頭先白,學取莊周泪莫多!止竟悲君須自省,川流前後各風波。"蘇轍《分司南京到筠州謝表》:"捫必自省,事猶可追。"兩句是詩人體驗人世炎凉之言。　悲:哀痛,傷心。《詩·豳風·七月》:"女心傷悲,殆及公子同歸。"《古詩十九首·西北有高樓》:"上有絃歌聲,音響一何悲!"

⑩③ 溷鼠:厠所裏的老鼠。語本《史記·李斯列傳》:"年少時,爲郡小吏,見吏舍厠中鼠食不絜,近人犬,數驚恐之。斯入倉,觀倉中鼠,食積粟,居大廡之下,不見人犬之憂。於是李斯乃嘆曰:'人之賢不肖譬如鼠矣!在所自處耳!'"薛逢《驚秋》:"長笑李斯稱溷鼠,每多莊叟喻犧牛。五湖烟水盈歸夢,蘆荻花中一釣舟。"李咸用《物情》:"李斯溷鼠心應動,莊叟泥龜意已堅。成是敗非如賦命,更教何處認愚賢?"　虚求潔:意謂老鼠身在厠所之中,即使想要使自己乾乾净净,實際上也是根本不可能的。唐無名氏《液泉賦》:"懸之則潔素,蘊之則澄碧。晝浮光以悠揚,夜含響以淅瀝。"唐無名氏《白鸚鵡賦》:"故對綺琴而傾聽,上金屏而斂翼。蒙正平之翰藻,應司空之寵識。夫元默者動之所求,潔素者默之攸尚。矧聰性以受絏,悲惠心之爲亮。"　籠禽:籠中之鳥,比喻不自由之身。韋應物《送劉評事》:"已想

函關道，遊子冒風塵。籠禽羨歸翼，遠守懷交親。”白居易《戊申歲暮詠懷三首》三：“七年囚閉作籠禽，但願開籠便入林。幸得展張今日翅，不能辜負昔時心。”　方訝飢：意謂受到囚禁的禽鳥，才知道没有自由没有食物的苦惱。韋驤《淩晨馬上得惠詩再次元韵》：“詩筒方訝惠音稀，擊鉢來篇果不遲。定欲擅場專獨勝，豈容遺幗久相持！”李光《詠史》：“入關不守舊山河，漢用張良作網羅。垓下不知兵已合，夜深方訝楚人多。”

⑭ 憶黄犬：典出《史記・李斯列傳》：“二世二年七月，具斯五刑，論腰斬咸陽市。斯出獄，與其中子俱執，顧謂其中子曰：‘吾欲與若復牽黄犬，俱出上蔡東門逐狡兔，豈可得乎？’遂父子相哭而夷三族。”杜甫《故秘書少監蘇公源明》：“得無逆順辨？范曄顧其兒。李斯憶黄犬，秘書茂松意。”儲嗣宗《長安懷古》：“禍稔蕭墻終不知，生人力屈盡邊陲。赤龍已赴東方暗，黄犬徒懷上蔡悲。”　幸得早圖之：詩人感嘆李斯没有能够看破趙高的奸佞，及早作出相應的準備。元稹《和李校書新題樂府十二首・蠻子朝》：“益州大將韋令公，頃實遭時定汧隴。自居劇鎮無他績，幸得蠻來固恩寵。”强至《送張叔毅北歸》：“雲密蛟龍閑未試，霜寒鴻雁急相呼。知君懶愛平湖緑，白日聲名會早圖。”

[編年]

《年譜》編年本詩於元和五年，理由是：“居易原唱爲：《酬翰林白學士代書詩一百韵》。《白香山年譜》繫於元和五年。”《編年箋注》編年云：“白居易元和二年(八〇七)十一月任翰林學士，其原唱《代書詩一百韵寄微之》見《白居易集》卷一三。元稹和篇作於元和五年(八一〇)，時在江陵士曹參軍任。見下《譜》。”未見《年譜新編》編年本詩，但有譜文“十月，家居(一作信)至，白居易附信一封、詩一首，贊元稹和詩七章，元稹復次韵答之。”

我們以爲，一、《年譜》僅僅編年元和五年，顯得籠統，理由僅僅引述《白香山年譜》"繫於元和五年"的結論,顯得不够,並且没有涉及元稹詩篇的編年。《編年箋注》所述理由,其實與本詩編年没有關係。《年譜新編》編年本詩於"十月",比較貼近史實。二、白居易《代書詩一百韵寄微之》:"素書三往復,明月七盈虧(自與微之别經七月,三度得書)。"元稹出貶江陵在元和五年的三月十七日,有《舊唐書·憲宗紀》爲證,據本詩"明月七盈虧"語,白居易的原唱應該賦成於元和五年十月初,而不是籠統的"元和五年"。三、元稹本詩序云:"玄元氏之下元日,會予家居至,枉樂天《代書詩一百韵》……今復次排百韵,以答懷思之貺云。"而"玄元氏之下元日"應該是十月十五日,計其時日以及參照"奮起心情"之語,結合元稹此前此後回酬他人次韵詩篇的能力與速度,本詩應該作於元和五年十月十五日之後一二天之内。

◎ 答姨兄胡靈之見寄五十韵(并序)①

九歲解賦詩②,飲酒至斗餘乃醉③。時方依倚舅族(公舅族滎陽鄭氏也)④,舅憐,不以禮數檢,故得與姨兄胡靈之之輩十數人爲晝夜遊⑤。日月跳擲,於今餘二十年矣⑥!其間悲歡合散,可勝道哉⑦!昨枉是篇,感徹肌骨⑧。適白翰林又以百韵見贈(一),余因次酬本韵,以答貫珠之贈焉⑨!於吾兄不敢變例,復自城至生凡次五十一字⑩。靈之本題兼呈李六侍御,是以篇末有云⑪。

憶昔鳳翔城,齠年是事榮⑫。理家煩伯舅,相宅盡吾兄⑬。詩律蒙親授,朋游忝自迎⑭。題頭筠管縵(二),教射角弓騂(靈之善筆札,習騎射)⑮。矮馬駞鬉韂,犛牛獸面纓⑯。對談依赳赳(三),送客步盈盈⑰。米椀諸賢讓,蠡杯大户傾⑱。一船席外語,三榼拍心精⑲。傳盞加分數,横波擲目成⑳。華奴歌淅淅,媚子舞卿卿(軍大夫張生好屬詞(四),多妓樂。歌者華奴,善歌《淅淅鹽》。又有舞者媚子,善觥令禁言,張生常令綱紀(五)㉑)。鬥設狂爲好(六),誰憂飲敗名㉒?屠過隱朱亥,樓夢古秦嬴㉓。環坐唯便草,投盤暫廢觥㉔。春郊纔爛熳,夕鼓已砰轟㉕。荏苒移灰琯,喧闐勦塞兵㉖。糟漿聞漸足(七),書劍訝無成㉗。抵璧慚虛棄,彈珠覺用輕㉘。遂籠雲際鶴,來狎谷中鶯㉙。學問攻方苦,篇章興太清㉚。囊疏螢易透,錐鈍股多坑(陷也)㉛。筆陣戈矛合,文房棟桷撑㉜。豆萁才敏俊(八),羽獵正峥嵘㉝。岐下尋時别,京師觸處行㉞。醉眠街北廟,閑繞宅南營(予宅在靖安北街,靈之時寓居永樂南街廟中,予宅又南鄰弩營)㉟。柳愛凌寒軟,梅憐上番驚㊱。觀松青黛笠,欄藥紫霞英(開元觀古松五株,靖安宅牡丹數本,皆曩時遊行之地)㊲。盡日聽僧講,通宵詠月明㊳。正躭幽趣樂,旋被宦途縈㊴。吏晉資材枉,留秦歲序更(時靈之作吏平陽,予酬校秘閣,自兹分散)㊵。我髯黳(青黑色)數寸,君髮白千莖㊶。芸閣懷鉛暇,姑峰帶雪晴㊷。何由身倚玉?空睹翰飛瓊㊸。世道難於劍,讒言巧似笙㊹。但憎心可轉,不解跽如擎㊺。始效神羊觸,俄隨旅雁征㊻。孤芳安可駐?五鼎幾時烹(九)㊼?潦倒沉泥滓,欹危踐矯衡㊽。登樓王粲望,落帽孟嘉情(一〇)(龍山落帽臺去府城二十里)㊾。巫峡連天水,章臺塞路荆(章華臺去府十里)㊿。雨摧漁火焰,風引竹枝聲[51]。分作屯之蹇,那知困亦亨[52]!官曹三語掾,國器萬尋楨(此後多述李君定交之由,用報靈之兼呈之意)[53]。逸傑雄姿迥,皇王雅論評[54]。蕙依潛可習,雲合定誰令[55]。原燎逢冰井,鴻流值木罌(一一)[56]。智囊推有在,勇爵敢徒争[57]!迅拔看鵬舉,高音侍鶴鳴[58]。所期人拭目,焉肯自佯盲[59]?鉛鈍丁寧淬，蕪荒展轉耕[60]。窮通須豹變，攖搏笑狼獰(一二)[61]。媿捧芝蘭贈，還披肺腑呈[62]。此生如未死，未擬變平生(一本云今日負平生)[63]。

録自《元氏長慶集》卷一一

［校記］

(一) 適白翰林又以百韵見贈：叢刊本同，楊本、《全詩》作"適白翰林又以百韵見貽"，語義相類，不改。

(二) 題頭筠管縵：楊本、叢刊本、《全詩》同，盧校宋本作"題頭筠管緑"，語義不同，不改。

(三) 對談依赳赳：叢刊本、《全詩》同，楊本作"對談衣赳赳"，語義不同，不改。

(四) 大夫張生好屬詞：叢刊本作"□大夫張生好屬詞"，楊本、《全詩》作"軍大夫張生好屬詞"，語義不同，不改。

(五) 張生常令綱紀：叢刊本同，楊本、《全詩》作"張生常令相撓"，語義不同，不改。

(六) 鬥設狂爲好：蘭雪堂本、叢刊本、《全詩》同，楊本作"鬥説狂爲好"，語義不同，不改。

(七) 糟漿聞漸足：楊本、叢刊本、《全詩》同，盧校宋本作"糟漿聞暫足"，語義不同，不改。

(八) 豆萁才敏俊：蘭雪堂本、叢刊本、《全詩》同，楊本作"豆萁才敏携"，語義難通，不從不改。

(九) 五鼎幾時烹：楊本、《全詩》同，叢刊本作"立鼎幾時烹"，語義不同，不改。

(一〇) 落帽孟嘉情：《全詩》同，楊本、叢刊本作"落帽孟家情"，語義不佳，不從不改。

(一一) 鴻流值木罌:原本作"鴻流值木罃",楊本、叢刊本同,據《全詩》改。

(一二) 攖搏笑狼獰:蘭雪堂本、叢刊本、《全詩》同,楊本作"櫻搏笑狼獰",語義難通,不從不改。

[箋注]

① 答:報禮,答謝,報答,引申爲酬答,古代詩歌酬唱的一種形式。白居易《和答詩十首序》:"其間所見同者,固不能自異;異者亦不能强同。同者謂之和,異者謂之答。"元稹《答子蒙》:"報盧君,門外雪紛紛。紛紛門外雪,城中鼓聲絶。强梁御史人覷步,安得夜開沽酒户?"　姨兄:姨表兄。《三國志·潘濬傳》:"權假濬節,督諸軍討之。"裴松之注引虞溥《江表傳》:"濬姨兄零陵蔣琬爲蜀大將軍。"《魏書·房景遠傳》:"郁曰:'齊州主簿房陽是我姨兄。'"　胡靈之:元稹的姨兄,除了本詩之外,現存元稹詩篇還有數篇,如元稹《寄胡靈之》:"早歲顛狂伴,城中共幾年?有時潜步出,連夜小亭眠。月影侵床上,花叢在眼前。今宵正風雨,空宅楚江邊。"可以參閲。　寄:托人遞送。杜甫《述懷》:"自寄一封書,今已十月後。"陸游《南窗睡起》:"閑情賦罷憑誰寄?悵望壺天白玉京。"有時也作贈送解,但較爲少見,衹能作爲特例。張固《幽閑鼓吹》:"元載子名伯和,勢傾中外,時閩帥寄樂伎十人,既至半歲,無因得達,伺其門下。"王讜《唐語林·德行》:"李師古跋扈,憚杜黄裳爲相,未敢失禮,乃寄錢物百萬並氈車一乘。使者未敢進,乃於宅門伺候。"實際上,這種"寄",其實仍然通過第三人遞送。胡靈之的原唱已經散失,非常可惜。

② 九歲:時值貞元三年(787),當時元稹在鳳翔依倚舅族。李頎《送劉四》:"愛君少岐嶷,高視白雲鄉。九歲能屬文,謁帝遊明光。"郭周藩《譚子池》:"開元末年中,生子字阿宜。墜地便能語,九歲多鬚眉。"　賦詩:吟詩,寫詩。王維《慕容承携素饌見過》:"紗帽烏皮几,

閑居懶賦詩。”杜甫《四松》:“有情且賦詩,事迹可兩忘。”

③ 斗:名詞,古代酒器名。《詩·大雅·行葦》:“酌以大斗,以祈黄耇。”《史記·項羽本紀》:“我持白璧一雙,欲獻項王,玉斗一雙,欲與亞父。”又作量詞,用於量酒。曹植《名都篇》:“我歸宴平樂,美酒斗十千。”從本詩詩序看,應該是後者,可見元稹年幼時酒量就非常驚人,這與北方人的生活習俗有關。

④ 依倚:倚靠,依傍。王充《論衡·論死》:“秋氣爲呻鳴之變,自有所爲。依倚死骨之側,人則謂之骨尚有知,呻鳴於野。”張籍《征婦怨》:“婦人依倚子與夫,同居貧賤心亦舒。夫死戰場子在腹,妾身雖存如晝燭。” 舅族:母親兄弟們及其家庭。元稹《告贈皇考皇妣文》:“依倚舅族,分張外姻,奉祀免喪,禮無遺者。”李翺《歙州長史隴西季府君墓誌銘》:“府君始十餘歲,先夫人以之從喪,歸殯汝州,由是依於舅族。” 公舅族滎陽鄭氏:這是馬元調的注語,意謂元稹母親的娘家是赫赫有名的滎陽鄭氏,白居易《唐河南元府君夫人滎陽鄭氏墓誌銘》:“夫人曾祖諱遠思,官至鄭州刺史,贈太常卿。王父諱□,朝散大夫,易州司馬。父諱濟,睦州刺史。夫人,睦州次女也……天下有五甲姓,滎陽鄭氏居其一。鄭之勛德官爵,有國史在。鄭之源流婚媾,有家牒在。”

⑤ 禮數:這裏指禮節。杜甫《哭韋大夫之晉》:“丈人叨禮數,文律早周旋。”仇兆鰲注:“禮數、周旋,相契之情。”嚴維《書情上李蘇州》:“禮數自憐今日絶,風流空計往年歡。” 十數人:就現在掌握的資料,除了胡靈之之外,與元稹“日夜遊”的夥伴還有吴士矩、吴士則兄弟、“軍大夫張生”以及“歌者華奴”、“舞者媚子”等。

⑥ 日月:時間,時光。韓愈《與崔群書》:“僕自少至今,從事於往還朋友間,一十七年矣! 日月不爲不久!”岳飛《贈方逢辰》:“日月却從閑裏過,功名不向懶中求。” 跳擲:亦作“跳躑”,跳擲與跳躑,這裏都是比喻光陰迅速。元稹《遣興十首》一〇:“光陰本跳躑,功業勞苦

辛。"唐代無名氏《春二首》二:"風師剪翠换枯條,青帝挼藍染江水。蜂蝶繽紛抱香蕊,錦鱗跳擲紅雲尾。" 於今餘二十年矣:從本詩賦詠的元和五年(810)前推"餘二十年",正是元稹寓居鳳翔的貞元三年至貞元八年(787—792)間,時元稹九歲至十四歲間,與詩序所云"九歲"相合。

⑦"其間悲歡合散"兩句:意謂元稹與胡靈之以及吴士矩、吴士則兄弟,二十多年間分分合合,聚少離多,説不盡的悲歡與辛酸。悲歡:悲哀與歡樂。劉長卿《初貶南巴至鄱陽題李嘉佑江亭》:"流落還相見,悲歡話所思。"竇群《初入諫司喜家室至》:"一旦悲歡見孟光,十年辛苦伴滄浪。" 合散:聚合消散,聚集分離。《文選·賈誼〈鵩鳥賦〉》:"合散消息兮,安有常則。"李善注引《鶡冠子》:"同合消散,孰識其時。"吴筠《遊仙二十四首》二四:"變通有常性,合散無定質。不行迅飛電,隱曜光白日。"

⑧感徹:猶感通。《後漢書·和熹鄧皇后》:"自謂感徹天地,當蒙福祚。"《魏書·禮志》:"王者之尊,躬行一日,固可以感徹上靈,貫被幽顯。" 肌骨:猶胸臆,常指内心深處。謝朓《拜中軍記室辭隋王箋》:"撫臆論報,早誓肌骨。"曾鞏《上歐陽學士第二書》:"覬南方之行李,時枉筆墨,特賜教誨,不惟增疏賤之光明,抑實得以刻心思,銘肌骨,而佩服矜式焉!"

⑨"適白翰林又以百韵見贈"三句:這裏指白居易元和五年十月十五日寄贈元稹的《酬翰林白學士代書一百韵》,元稹隨即次韵酬和之事。 貫珠:原指成串的珍珠,這裏比喻白居易寄來的珠圓玉潤的詩文。元稹《和李校書新題樂府十二首·立部伎》"珊珊珮玉動腰身,一一貫珠隨咳唾。"錢珝《史館王相公進和詩表》:"但思參列輔臣,安敢首違聖旨,輒同擊壤,仰和貫珠?"

⑩變例:不符合常例的變通條例。杜預《春秋經傳集解序》:"推變例以正褒貶,簡二傳而去異端,蓋丘明之志也。"《宋史·楊億傳》:

“三年，詔爲翰林學士，又同修國史，凡變例多出億手。” 復自城至生凡次五十一字：本詩除去首句押韵屬於通例之外，本詩應該是五十韵一百句，與詩題“五十韵”相符。但據現存元稹的這一首詩篇，前後共五十三韵一百〇四句，可能是元稹誤計，或者是衍入多餘的兩韵。

⑪ “靈之本題兼呈李六侍御”兩句：李六侍御，即李景儉，因其排行爲六，故稱。元和五年，李景儉正在江陵爲户曹參軍，胡靈之與李景儉想來也是朋友，故胡靈之原唱“兼呈”李景儉，元稹酬唱理應作出對應的回酬。 本題：本來的話題。元稹《奉和浙西大夫李德裕述夢四十韵大夫本題言贈於夢中詩賦以寄一二僚友故今所和者亦止述翰苑舊遊而已次本韵》：“聞有池塘什，還因夢寐遭。攀禾工類蔡，詠豆敏過曹。”胡寅《和堅伯梅六題一孤芳二山間三雪中四水邊五月下六雨後每題二絶禁犯本題及風花雪月天粉玉香山水字十二絶》：“折綿威力漫相侵，根暖怡然獨秀林。萬紫千紅非我對，爲渠無有歲寒心。” 兼呈：兼，副詞，俱，同時。呈是送上與呈报之意，常常被用作謙辭。李頎《雙笋歌送李回兼呈劉四》：“並抽新笋色漸緑，迥出空林雙碧玉。春風解籜雨潤根，一枝半葉清露痕。”劉長卿《秋夜有懷高三十五適兼呈空上人》：“晚節逢君趣道深，結茅栽樹近東林。吾師幾度曾摩頂，高士何年遂發心？” 篇末：詩篇或文章的結尾。《後漢書・馬武傳》：“故依其本第係之篇末，以志功臣之次云爾。”《晉書・列女傳序》：“亦同搜次，附於篇末。”

⑫ 鳳翔：《舊唐書・地理志》：“鳳翔府：隋扶風郡，武德元年改爲岐州……天寶元年改爲扶風郡，至德二年……十月克復兩京，十二月置鳳翔府，號爲西京，與成都、京兆、河南、太原爲五京……後罷京名。舊領縣八，户二萬七千二百八十二，口十萬八千三百二十四。天寶領縣九，户五萬八千四百八十六，口三十八萬四百六十三。在京師西三百一十五里，去東都一千一百七十里。”劉長卿《送陸灃倉曹西上》：“長安此去欲何依？先達誰當薦陸機？日下鳳翔雙闕迥，雪中人去二

陵稀。"岑參《鳳翔府行軍送程使君赴成州》:"程侯新出守,好日發行軍。拜命時人羡,能官聖主聞。"　齠年:童年。蔡邕《議郎胡公夫人哀贊》:"嚴考殞没,我在齠年。母氏鞠育,載矜載憐。"武元衡《送魏正則擢第歸江陵》:"高文常獨步,折桂及齠年。"　是事:事事,凡事。韓愈《戲題牡丹》:"長年是事皆抛盡,今日欄邊暫眼明。"修睦《秋日閑居》:"是事不相關,誰人似此閑?"

⑬ 理家:料理家事。《後漢書·樊曄傳》:"數年遷揚州牧,教民耕田、種樹、理家之術。"崔峒《書懷寄楊郭李王判官》:"慣作雲林客,因成懶漫人。吏欺從政拙,妻笑理家貧。"　伯舅:這裏指母親的哥哥。王維《奉送六舅歸陸渾》:"伯舅吏淮泗,卓魯方喟然。悠哉自不競,退耕東皋田。"李貽孫《歐陽行周文集序》:"君於貽孫言舊故之分,於外氏爲一家,故其屬文之内名爲予伯舅所著者,有《南陽孝子傳》,有《韓城縣尉廳壁記》,有《與鄭居方書》,皆可徵於集。"　相宅:擇地定居。《書·洛誥》:"(周)公不敢不敬天之休,來相宅,其作周匹休。"又舊時迷信,以觀察地形地物判定住屋吉凶的一種方術。何薳《春渚紀聞·烏程三魁》:"余拂君厚,霅川人也。其居在漢銅官廟後,溪山環合。有相宅者言:'此地當出大魁。'"

⑭ "詩律蒙親授"兩句:在元稹的成才之路上,鄭氏,這位極普通極平常的中國婦女,不僅在自己家庭非常困難的景況下含辛茹苦將元稹兄弟撫育成人,而且也是元稹這位在中國文學史上佔有重要地位的偉大詩人的第一個啓蒙老師:《舊唐書·元稹傳》:"稹八歲喪父,其母鄭夫人,賢明婦人也,家貧爲稹自授書,教之書學,稹九歲能屬文。"《新唐書·元稹傳》:"稹幼孤,母鄭賢而文,親授書傳,九歲工屬文。"白居易《唐河南元府君夫人滎陽鄭氏墓誌銘(并序)》"夫人爲母時,府君既没,積與稹方齠齔。家貧無師以授業,夫人親執書,誨而不倦。"白居易《唐故武昌軍節度處置等使正議大夫檢校户部尚書鄂州刺史兼御史大夫賜紫金魚袋尚書右僕射河南元公墓誌銘(并序)》:

“公受天地粹靈，生而岐然，孩而嶷然，九歲能屬文。”元稹《同州刺史謝上表》：“幼學之年，不蒙師訓。因感鄰里兒稚有父兄爲開學校，涕咽發憤，願知《詩》《書》。慈母哀臣，親爲教授。”元稹《叙詩寄樂天書》：“積九歲學賦詩，長者往往驚其可教。”《年譜》貞元三年條下云：“從姨兄胡靈之學詩。”根據是：“教導元稹做詩之人，據《答姨兄》云：‘詩律蒙親授。’”大誤，這裹的“親”是指母親鄭氏，非胡靈之也。　詩律：詩的格律。杜甫《承沈八丈東美除膳部員外郎阻雨未遂馳賀奉寄此詩》：“通家惟沈氏，謁帝似馮唐。詩律群公問，儒門舊史長。”杜甫《遣悶戲呈路十九曹長》：“晚節漸於詩律細，誰家數去酒杯寬？惟吾最愛清狂客，百遍相看意未闌。”　朋遊：朋友交往。《後漢書・朱穆傳論》：“朱穆見比周傷義，偏黨毁俗，志抑朋遊之私，遂著絶交之論。”周弘讓《與徐陵薦方圓書》：“與吾朋遊，積有年歲。”也指朋友。杜審言《贈蘇味道》：“輿駕還京邑，朋游滿帝畿。”

⑮ 題頭：書寫在門頭上的横披或匾額。李綽《尚書故實》：“〔智永禪師〕積年學書，秃筆頭十瓮，每瓮皆數石，人來覓書，并請題頭者如市，所居户限爲人穿穴。”董斯張《吴興備志》卷二五：“右軍孫智永禪師自臨千字文八百本，散與人間，江南諸寺各留一本。永往住吴興永福寺，積年學書，秃筆頭十瓮，每瓮皆數石。人來覓書並請題頭者如市，所居户限爲之穿穴，乃用鐵葉裹之，人謂鐵門限。後取筆頭瘞之，號爲退筆塚，自製銘志。”又作篇目、標題。　筠管：竹管，亦用以指筆管、毛筆。元稹《寄吴士矩端公五十韵》：“脱迹壯士場，甘心暨儒域。矜持翠筠管，敲斷黄金勒。”邵雍《謝人惠筆》：“兔毫剛且健，筠管直而長。”　縵：無文飾的繒帛，也泛指無文飾之物。《周禮・春官・巾車》：“服車五乘，孤乘夏篆，卿乘夏縵。”賈公彦疏：“縵者，亦如縵帛無文章。”《左傳・成公五年》：“君爲之不舉，降服，乘縵。”孔穎達疏：“乘縵，車無文。”　角弓：以獸角爲飾的硬弓。《詩・小雅・角弓》：“騂騂角弓，翩其反矣！”朱熹集傳：“角弓，以角飾弓也。”蘇鶚《蘇氏演

義》卷下:“四人皆持角弓,違者則射之,有乘高窺瞰者,亦射之。” 騂:赤色馬,亦指赤色牛羊等。《詩・魯頌・駉》:“薄言駉者,有騅有駓,有騂有騏,以車伾伾。”毛傳:“赤黄曰騂。”孔穎達疏:“騂爲純赤色,言赤黄者,謂赤而微黄。”《梁書・張率傳》:“懷夏后之九代,想陳王之紫騂。” 筆札:原指毛筆與簡牘等文具用品。《後漢書・曹褒傳》:“慕叔孫通爲漢禮儀,晝夜研精,沈吟專思,寢則懷抱筆札,行則誦習文書。”曹唐《王遠宴麻姑蔡經宅》:“好風吹樹杏花香,花下真人道姓王。大篆龍蛇隨筆札,小天星斗滿衣裳。”也指寫作,書寫。《北齊書・李繪傳》:“素長筆札,尤能傳受,緝綴詞議,簡舉可觀。”徐夤《贈垂光同年》:“逸少家風惟筆札,玄成世業是陶鈞。他時黄閣朝元處,莫忘同年射策人。” 騎射:騎馬和射箭。《戰國策・趙策》:“今吾將胡服騎射以教百姓,而世議寡人矣!”賀朝《從軍行》:“天子金壇拜飛將,單于玉塞振佳兵。騎射先鳴推任俠,龍韜決勝佇時英。”

⑯ 矮馬:王仁裕《開元天寶遺事》卷二:“看花馬:長安俠少每至春時,結朋聯黨,各置矮馬,飾以錦韉金輅,並轡於花樹下往來。使僕從執酒皿而隨之,遇好囿則駐馬而飲。”陳元靚《歲時廣記・駐馬飲》:“天寶遺事:長安俠少每春時,結朋聯黨,各置矮馬,飾以錦韉金絡,並轡於花樹下往来,使僕從執盃酒而隨之,遇好花則駐馬而飲。” 鬃:馬、豬等動物頸部的長毛。徐陵《紫騮馬》:“玉鐙繡纏鬃,金鞍錦覆幪。”吴兆宜注:“鬃,馬鬣也。”韋莊《代書寄馬》:“鬃白似披梁苑雪,頸肥如撲杏園花。” 犛牛:野牛,形狀毛尾全同犛牛,但比犛牛大,一説即犛牛。李時珍《本草綱目・犛牛》:“犛牛出西南徼外,居深山中野牛也,狀及毛尾俱同犛牛。犛小而犛大,有重千斤者……唐、宋西徼諸州貢之。”《山海經・中山經》:“東北百里,曰荆山……其中多犛牛。”郭璞注:“旄牛屬也,黑色,出西南徼外也。”《新唐書・吐蕃傳》:“其宴大賓客,必驅犛牛使客自射,乃敢饋。” 獸面:獸形的面具。《宋書・魏勝傳》:“勝嘗自創如意戰車數百兩、砲車數十兩,車上爲獸

面木牌……可蔽數十人。”《隋書·柳彧傳》：“人戴獸面，男爲女服，倡優雜技，詭狀異形。” 纓：套馬、牛的革帶，駕車用。《儀禮·既夕禮》：“薦馬纓，三就入門，北面交轡，圉人夾牽之。”鄭玄注：“纓，今馬鞅也。”杜甫《述古三首》一：“赤驥頓長纓，非無萬里姿。”

⑰ 赳赳：威武雄健貌。《詩·周南·兔罝》：“赳赳武夫，公侯干城。”毛傳：“赳赳，武貌。”劉禹錫《和汴州令狐相公到鎮改月偶書所懷》：“推誠人自服，去殺令逾嚴。赳赳容皆飾，幡幡口盡鉗。” 盈盈：儀態美好貌。《文選·古詩〈青青河畔草〉》：“盈盈樓上女，皎皎當窗牖。”李善注：“《廣雅》曰：‘嬴，容也。’‘盈’與‘嬴’同。”周邦彦《瑞龍吟》：“障風映袖，盈盈笑語。”

⑱ 米：喻極少或極小的量，猶點滴。《吕氏春秋·察微》：“夫弩機差以米則不發。”米碗，即小的酒碗。白居易《與諸客空腹飲》：“碧籌攢米碗，紅袖拂骰盤。醉後歌尤異，狂来舞不難。” 蠡：瓠瓢。《漢書·東方朔傳》：“以筦窺天，以蠡測海。”顔師古注引張晏曰：“蠡，瓠瓢也。” 大户：酒量較大者。《晉書·苻堅載記》：“陛下當滅燕平六州，願徙汧隴諸氐于京師，三秦大户置之於邊地，以應圖讖之言。”《敦煌變文集·葉净能詩變文》：“帝又問：‘尊師飲户大小？’净能奏曰：‘此尊大户，直是飲流。’”

⑲ 船：指酒杯。蘇軾《坐上賦戴花得天字》：“醉吟不耐欹紗帽，起舞從教落酒船。”楊萬里《送丁卿季吏部赴召》：“雪花能舞梅能言，滿餞使君金玉船。” 榼：古代盛酒或貯水的器具。《左傳·成公十六年》：“使行人執榼承飲。”皎然《酬秦山人出山見呈》：“手携酒榼共書幃，回語長松我即歸。”也泛指盒類容器。《北史·魏彭城王勰傳》：“馬腦榼容三升，玉縫之。”

⑳ 傳盞：即傳杯。鄭獬《次韵丞相柳湖席上》：“令罰艷歌傳盞急，詩成醉墨落箋斜。蘭亭樂事無絲管，待與羲之子細誇。”鄭獬《次韵丞相柳湖席上》：“令罰艷歌傳盞急，詩成醉墨落箋斜。蘭亭樂事無

絲管,待與羲之子細誇。"　分數:這裏指飲酒時評定成績或勝負時所記分的數目。白居易《九日寄微之》:"吴郡兩回逢九月,越州四度見重陽。怕飛杯酒多分數,厭聽笙歌舊曲章。"　横波:比喻女子眼神流動,如水横流。《文選·傅毅〈舞賦〉》:"眉連娟以增繞兮,目流睇而横波。"李善注:"横波,言目邪視,如水之横流也。"歐陽修《蝶戀花》一:"酒力融融香汗透,春嬌入眼横波溜。"借指婦女之目。庾信《擬詠懷二十七首》七:"纖腰减束素,别泪損横波。"張碧《古意》:"手持紈扇獨含情,秋風吹落横波血。"　目成:通過眉目傳情來結成親好。《楚辭·九歌·少司命》:"滿堂兮美人,忽獨與余兮目成。"朱熹集注:"言美人並會,盈滿於堂,而司命獨與我睨而相視,以成親好。"皇甫冉《見諸姬學玉臺體》:"傳杯見目成,結帶明心許。"

㉑"華奴歌淅淅"兩句:原本句下原注:"大夫張生好屬詞,多妓樂。歌者華奴,善歌《淅淅鹽》。又有舞者媚子,善觥令禁言,張生常令綱紀。"　淅淅:根據本句下注,即《昔昔鹽》,樂府《近代曲》名,隋代薛道衡作。"昔昔"是"夜夜"之意;"鹽"是"曲"的别名,内容寫女子懷念出征的丈夫。洪邁《容齋續筆·昔昔鹽》:"薛道衡以'空梁落燕泥'之句爲隋煬帝所嫉,考其詩名《昔昔鹽》,凡十韵:'垂柳覆金堤,蘼蕪葉復齊。水溢芙蓉沼,花飛桃李蹊。采桑秦氏女,織錦竇家妻。關山别蕩子,風月守空閨。常斂千金笑,長垂雙玉啼。盤龍隨鏡隱,彩鳳逐帷低。飛魂同夜鵲,倦寢憶晨雞。暗牖懸蛛網,空梁落燕泥。前年過代北,今歲往遼西。一去無消息,那能惜馬蹄?'唐趙嘏廣之爲二十章,其《燕泥》一章云:'春至今朝燕,花時伴獨啼。飛斜珠箔隔,語近畫梁低。帷卷閑窺户,床空暗落泥。誰能長對此,雙去復雙栖?'樂苑以爲羽調曲。《玄怪録》載籧篨三娘工唱《阿鵲鹽》,又有《突厥鹽》、《黄帝鹽》、《白鴿鹽》、《神雀鹽》、《疏勒鹽》、《滿座鹽》、《歸國鹽》,唐詩媚賴吴娘唱是《鹽》,更奏新聲《刮骨鹽》,然則歌詩謂之'鹽'者,如吟行曲引之類云。今南嶽廟獻神樂曲有《黄帝鹽》,而俗傳以爲《皇帝

炎》,《長沙志》從而書之,蓋不考也。韋縠編《唐才調》詩,以趙詩爲劉長卿,而題爲《别宕子怨》,誤矣!”《全唐詩》收録趙嘏《昔昔鹽》,題下注云:“隋薛道衡有《昔昔鹽》,嘏廣之爲二十章羽調曲,唐亦爲舞曲。昔一作析。”後列《垂柳覆金堤》、《蘼蕪葉復齊》、《水溢芙蓉沼》、《花飛桃李蹊》、《采桑秦氏女》、《織錦竇家妻》、《關山别蕩子》、《風月守空閨》、《恒斂千金笑》、《長垂雙玉啼》、《蟠龍隨鏡隱》、《綵鳳逐帷低》、《驚魂同夜鵲》、《倦寢聽晨雞》、《暗牖懸蛛網》、《空梁落燕泥》、《前年過代北》、《今歲往遼西》、《一去無還意》、《那能惜馬蹄》等二十首樂府曲。　卿卿:劉義慶《世説新語・惑溺》:“王安豐婦常卿安豐,安豐曰:‘婦人卿婿,於禮爲不敬,後勿復爾。’婦曰:‘親卿愛卿,是以卿卿;我不卿卿,誰當卿卿?’遂恒聽之。”上“卿”字爲動詞,謂以卿稱之;下“卿”字爲代詞,猶言你。後兩“卿”字連用,作爲相互親昵之稱,有時亦含有戲謔、嘲弄之意。李賀《休洗紅》:“休洗紅,洗多紅色淺。卿卿騁少年,昨日殷橋見。封侯早歸來,莫作弦上箭!”蘇軾《浣溪沙》:“莫唱黄鷄並白髮,且呼張丈唤殷兄,有人歸去欲卿卿。”　大夫:這裏不是職事或榮銜之名,如御史大夫、光禄大夫、正議大夫、朝議大夫、諫議大夫之類,而應該是爵位之名,如秦漢分爵位爲公士、上造等二十級,其中大夫居第五級,官大夫爲第六級,公大夫爲第七級,五大夫爲第九級。見《漢書・百官公卿表》。隋、唐、明、清的光禄大夫、榮禄大夫原爲文職散官的稱謂,專爲封贈時用。《前漢書・高帝紀》:“四月,項梁擊殺景駒、秦嘉,止薛。沛公往見之,項梁益沛公卒五千人,五大夫將十人(蘇林曰:‘五大夫第九爵名,以五大夫爲將,凡十人)。’”《前漢書・高帝紀》:“異日,秦民爵公大夫以上,令丞與亢禮(應劭曰:‘言從公大夫以上民與令丞亢禮,亢禮者,長揖不拜。’師古曰:‘異日,猶言往日也。亢者,當也,言高下相當,無所卑屈,不獨謂揖拜也。’)”

㉒ 設:肴饌。劉義慶《世説新語・雅量》:“客來蚤者並得佳設,日晏漸罄,不復及精,隨客早晚,不問貴賤。”何遜《聊作百一體》:“逢

施同溝壑，值設乃糠糟。”引申爲飲宴，宴請。柳宗元《爲楊湖南謝設表》：“中使某乙至，奉宣聖旨，賜臣長樂驛設者，恩榮特殊。”　狂：縱情，恣意，這裏指因飲酒過多而失態。《後漢書・蔡邕傳》：“狂淫振蕩，乃亂其情。”白居易《玩半開花贈皇甫郎中》：“醉玩無勝此，狂嘲更讓誰？”　敗名：敗壞名聲。《左傳・僖公二十三年》：“姜曰：‘行也！懷與安，實敗名。’”《後漢書・郭太傳》：“史叔賓者，陳留人也，少有盛名。林宗見而告人曰：‘墻高基下，雖得必失。’後果以論議阿枉敗名云。”

㉓ 朱亥：戰國時俠客，魏大梁人。有勇力，隱于屠肆。秦兵圍趙，信陵君既計竊兵符，帥魏軍，又慮魏將晉鄙不肯交兵權，遂使亥以鐵椎擊殺晉鄙，奪晉鄙軍以救趙。李白《俠客行》：“閑過信陵飲，脱劍膝前横。將炙啖朱亥，持觴勸侯嬴。”高適《古大梁行》：“俠客猶傳朱亥名，行人尚識夷門道。”　秦嬴：原來泛指秦王，秦乃嬴姓，故名。《史記・秦本紀》：“孝王曰：‘昔伯翳爲舜主畜，畜多息，故有土，賜姓嬴。今其後世亦爲朕息馬，朕其分土，爲附庸。’邑之秦，使復續嬴氏祀，號曰秦嬴。”李白《自廣平乘醉走馬六十里至邯鄲登城樓覽古書懷》：“相如章華巔，猛氣折秦嬴。”這裏指趙國的美女，趙姓嬴，故稱。鍾會《菊花賦》：“乃有毛嬙、西施、荆姬、秦嬴，妍姿妖艷，一顧傾城。”弄玉：人名，相傳爲春秋秦穆公女，嫁善吹簫之蕭史，日就蕭史學簫作鳳鳴，穆公爲作鳳臺以居之，後夫妻乘鳳飛天仙去。庾信《蕩子賦》：“羅敷總髮，弄玉初笄。”李白《鳳臺曲》：“曲在身不返，空餘弄玉名。”

㉔ 環坐：圍繞而坐。元稹《論寶二首》二：“鏡懸奸膽露，劍拂妖蛇裂。珠玉照乘光，冰瑩環坐熱。”洪邁《夷堅丁志・仙舟上天》：“見一舟淩虚直上，數道士環坐笑語，須臾抵天表。”　觥：亦作“觵”，盛酒或飲酒器，古代用獸角製造，後也用木或青銅製造，腹橢圓形或方形，底爲圈足或四足，有流，有把手，蓋作成帶角的獸頭形或長鼻上卷的象頭形，也有整體作獸形的，有的觥内附有酌酒用的勺，盛行於商代

和西周前期。《詩·周南·卷耳》:“我姑酌彼兕觥,維以下永傷。”毛傳:“兕觥,角爵也。”儲光羲《同武平一員外遊湖五首時武貶金壇令》:“青林碧嶼暗相期,緩楫揮觥欲賦詩。借問高歌凡幾轉?河低月落五更時。”

㉕ 爛熳:亦作“爛漫”,形容色澤絢麗,光彩四射。杜甫《春日江村五首》三:“種竹交加翠,栽桃爛熳紅。經心石鏡月,到面雪山風。”白居易《春寢》:“是時正月晦,假日無公事。爛熳不能休,自午將及未。” 夕鼓:傍晚報時的鼓聲。庾信《陪駕幸終南山和宇文内史》:“戍樓鳴夕鼓,山寺響晨鐘。新蒲節轉促,短笋籜猶重。”白居易《答元八宗簡同遊曲江後明日見贈》:“坐愁紅塵裏,夕鼓鼕鼕聲。” 砰轟:象聲詞,鼓聲,金鼓聲。石茂良《避戎夜話》卷下:“鉦鼓砰轟地欲裂,斯民嗷嗷將何之?”劉敞《十二月十一日雷電有作》:“何忽雷早聞,因之電争曜?砰轟非常怒,礀磹通夕照。”

㉖ 荏苒:時間漸漸過去,常形容時光易逝。陶潛《雜詩十二首》五:“荏苒歲月頽,此心稍已去。”韓愈《陪杜侍御遊湘西兩寺》:“旅程愧淹留,徂歲嗟荏苒。” 灰琯:亦作“灰管”,古代候驗節氣變化的器具,以葭莩之灰置於律管,故名。《晉書·律曆志》:“又葉時日於晷度,效地氣於灰管,故陰陽和則景至,律氣應則灰飛。”樂伸《閏月定四時》:“斗杓重指甲,灰管再推離。” 喧闐:喧嘩,熱鬧。杜甫《鹽井》:“君子慎止足,小人苦喧闐。”蘇軾《竹枝歌》:“水濱擊鼓何喧闐,相將扣水求屈原。”

㉗ 糟漿:酒漿。鮑溶《山行經樵翁》:“舉案饋賓客,糟漿盈陶尊。”陸龜蒙《奉和襲美酒中十詠·酒城》:“殊無甲兵守,但有糟漿氣。” 書劍:這裏指學書學劍,即謂學文學武。儲光羲《山居貽裴十二迪》:“落葉滿山砌,蒼烟理竹扉。遠懷青冥士,書劍常相依。”孟浩然《自洛之越》:“遑遑三十載,書劍兩無成。” 無成:没有成功,没有成就。《左傳·昭公二十六年》:“若其無成,君無辱焉!”杜甫《客居》:

“儒生老無成,臣子憂四藩。”

㉘ 抵璧:擲璧,謂不以財寶爲重。葛洪《抱朴子·安貧》:“上智不貴難得之財,故唐虞捐金而抵璧。”王禹偁《賦得南山行送馮允中之辛谷冶按獄》:“晝衣畫地免煩苛,抵璧捐金返淳素。”　彈珠覺用輕:典出《莊子》,林希逸《莊子口義》卷九:“今世俗之君子多危身棄生以殉物,豈不悲哉!凡聖人之動作也,必察其所以之與、其所以爲。今且有人於此,以隋侯之珠彈千仞之雀,世必笑之,是何也?則其所用者重而所要者輕也,夫生者豈特隋侯之重哉!”駱賓王《久戍邊城有懷京邑》:“弱齡小山志,寧期大丈夫。九微光賁玉,千仞忽彈珠。”元稹《酬東川李相公十六韵》:“存念豈虚設?並投瓊與璠。彈珠古所訝,此用何太敦!”

㉙ 雲際鶴:即雲鶴,亦即鶴,這裏喻指閑雲野鶴,比喻希望遠離塵世的人。孟郊《送豆盧策歸別墅》:“短松鶴不巢,高石雲不栖。君今瀟湘去,意與雲鶴齊。”白居易《晚秋有懷鄭中舊隱》:“長閑羨雲鶴,久别愧烟蘿。”　狎:馴順。《韓非子·説難》:“夫龍之爲蟲也,柔可狎而騎也。”《新唐書·韋思謙傳》:“雕、鶚、鷹、鸇、豈衆禽之偶?奈何屈以狎之?”　谷中:山谷之中。王維《送崔五太守》:“黄花縣西九折阪,玉樹宫南五丈原。褒斜谷中不容幰,唯有白雲當露冕。”陶翰《柳陌聽早鶯》:“忽來枝上囀,還似谷中聲。乍使香閨静,偏傷遠客情。”　鶯:黄鶯,又稱黄鸝、倉庚等。《禽經》:“倉庚、黧黄,黄鳥也”張華注:“今謂之黄鶯、黄鸝是也。”丘遲《與陳伯之書》:“暮春三月,江南草長,雜花生樹,群鶯亂飛。”温庭筠《南歌子》:“隔簾鶯百囀,感君心。”

㉚ 學問:學習和詢問,語出《易·乾》:“君子學以聚之,問以辯之。”《孟子·滕文公》:“吾他日未嘗學問,好馳馬試劍。”韓愈《答楊子書》:“學問有暇,幸時見臨。”　篇章:篇和章,泛指文字著作,特指詩篇。賈島《寄韓潮州愈》:“隔嶺篇章來華岳,出關書信過瀧流。峰懸驛路殘雲斷,海浸城根老樹秋。”白居易《宣武令狐相公以詩寄贈傳播

吴中聊奉短章用申酬謝》:“辭人命薄多無位,戰將功高少有文。謝朓篇章韓信鉞,一生雙得不如君。”

㉛ 囊疏螢易透:這裏用車胤囊螢的典故,《晉書·車胤傳》:“胤恭勤不倦,博學多通。家貧不常得油,夏月則練囊盛數十螢火以照書,以夜繼日焉!”後以“囊螢”爲勤苦攻讀之典。李商隱《句》:“蘭膏爇處心猶淺,銀燭燒殘焰不馨。好向書生窗畔種,免教辛苦更囊螢。”李中《送相里秀才之匡山國子監》:“已能探虎窮騷雅,又欲囊螢就典墳。目豁乍窺千里浪,夢寒初宿五峰雲。” 錐鈍股多坑:這裏用蘇秦刺股的典故,見《戰國策·秦策》:戰國時魏人蘇秦説秦王,十次上書而不用,資用乏絶,歸家發憤讀書。欲睡,則引錐自刺其股,後因以刺股指勤學苦讀。《隋書·儒林傳序》:“學優入室,勤踰刺股。名高海内,擢科甲第。”孟簡《惜分陰》:“刺股情方勵,偷光思益深。再中如可冀,終嗣絶編音。”

㉜ 筆陣:比喻寫作文章,謂詩文謀篇佈局擘畫如軍陣。杜甫《醉歌行》:“詞源倒流三峽水,筆陣獨埽千人軍。”元稹《奉和浙西大夫李德裕述夢四十韵大夫本題言贈於夢中詩賦以寄一二僚友故今所和者亦止述翰苑舊遊而已次本韵》:“戈矛排筆陣,貔虎讓文韜。” 戈矛:戈和矛,亦泛指兵器。《詩·秦風·無衣》:“王於興師,修我戈矛,與子同仇。”章孝標《錢塘贈武翊黄》:“曾將心劍作戈矛,一戰名顫造化愁。花錦文章開四面,天人科第上三頭。”這裏比喻筆墨等賦詠詩文的工具。 文房:這裏指書房。元稹《酬樂天東南行一百韵》:“文房長遣閉,經肆未曾鋪。”何薳《春渚紀聞·端溪龍香硯》:“史君與其父孝綽字逸老,皆有能書名,故文房所蓄,多臻妙美。” 棟:屋的正梁。《易·繫辭》:“上古穴居而野處,後世聖人易之以宫室,上棟下宇,以待風雨。”韓愈《陪杜侍御遊湘西兩寺》:“大廈棟方隆,巨川檝行剡。” 桷:方形的椽子。《詩·魯頌·閟宫》:“松桷有舄,路寢孔碩。”高亨注:“桷,方的椽子。”嵇康《與山巨源絶交書》:“足下見直木必不可以

爲輪,曲者不可以爲桷,蓋不欲枉其天才,令得其所也。"

㉝ 豆萁才敏俊:這裏以豆萁爲喻,稱頌曹植的文學才華,典出曹植的七步成詩,劉義慶《世説新語·文學》:"文帝嘗令東阿王七步中作詩,不成者行大法;應聲便爲詩曰:'煮豆持作羹,漉菽以爲汁。萁在釜下燃,豆在釜中泣:本自同根生,相煎何太急!'帝深有慚色。"後以"七步成詩"稱人才思敏捷。于志寧《冬日宴群公於宅各賦一字得杯》:"陋巷朱軒擁,衡門緹騎来。俱裁七步詠,同傾三雅杯。"陸游《霜夜》:"若爲可遣閑愁得,獨擁寒爐爇豆萁。"　羽獵:帝王出獵,士卒負羽箭隨從,故稱"羽獵"。《文選·宋玉〈高唐賦〉》:"傳言羽獵,銜枚無聲。"李善注引張晏曰:"以應獵負羽。"楊素《贈薛播州十四首》七:"上林陪羽獵,甘泉侍清曙。"　峥嶸:卓越,不平凡。張説《唐故夏州都督太原王公神道碑》:"卓犖文藝,峥嶸武節。"蘇軾《和劉景文見贈》:"元龍本志陋曹吴,豪氣峥嶸老不除。"

㉞ "岐下尋時别"兩句:這裏指元稹貞元八年因參加明經考試而離開鳳翔,不久,亦即貞元十二年前後,吴士矩、吴士則、胡靈之先後來到京師,與元稹再度重逢。　岐下:這裏代指鳳翔元稹舅族所在之地,朱鶴齡《詩經通義》卷九:"岐下:《地理考異》:'岐山在鳳翔府美陽縣東北十里。'"張繼《酬李書記校書越城秋夜見贈》:"寒城警刁斗,孤憤抱龍泉。鳳輦栖岐下,鯨波鬥洛川。"許渾《下第送宋秀才游岐下楊秀才還江東》:"年來不自得,一望幾傷心。風轉蕙蘭色,月移松桂陰。"　尋時:片刻,不久。《百喻經·得金鼠狼喻》:"道中得一金鼠狼……尋時金鼠變爲毒蛇。"元稹《苦樂相倚曲》:"呼天俯地將自明,不悟尋時已銷骨。"　京師:《詩·大雅·公劉》:"京師之野,于時處處。"馬瑞辰通釋:"京爲豳國之地名……吴斗南曰:'京者,地名;師者,都邑之稱,如洛邑亦稱洛師之類。'其説是也。""京師"之稱始此,後世因以泛稱國都。《公羊傳·桓公九年》:"京師者何?天子之居也。"《史記·儒林列傳》:"教化之行也,建首善自京師始,由内及外。"

一説，陝西鳳翔有山曰京，有水曰師，周文、武建都於此，統名之曰“京師”，詳情見顧炎武《肇域志》。　觸處：到處，隨處，極言其多。《南史·循吏傳序》：“凡百户之鄉，有市之邑，歌謡舞蹈觸處成群，蓋宋世之極盛也。”東方虬《春雪》：“春雪滿空來，觸處似花開。不知園裏樹，若個是真梅？”

㉟“醉眠街北廟”兩句：請參閲元稹本句下原注：“予宅在靖安北街，靈之時寓居永樂南街廟中，予宅又南鄰弩營。”　醉眠：醉酒而眠。岑參《送胡象落第歸王屋别業》：“野花迎短褐，河柳拂長鞭。置酒聊相送，青門一醉眠。”岑參《送楊子》：“斗酒渭城邊，壚頭耐醉眠。梨花千樹雪，楊葉萬條烟。”廟：供祀神、佛或前代賢哲的屋舍。《史記·封禪書》：“趙人新垣平以望氣見上，言‘長安東北有神氣，成五采，若人冠絻焉……’於是作渭陽五帝廟。”高承《事物紀原·宫室居處·廟》：“《軒轅本紀》曰：帝昇天，臣寮追慕，取几杖立廟，於是曾遊處皆祠云，此廟之始也。”段玉裁《説文解字注·廣部》“廟”：“古者廟以祀先祖，凡神不爲廟也。爲神立廟者，始三代以後。”　繞：圍繞，環繞。《莊子·説劍》：“繞以渤海，帶以常山。”曹操《短歌行》：“繞樹三匝，何枝可依？”　弩：用機械發箭的弓。張九齡《郡南江上别孫侍御》：“身負邦君弩，情紆御史驄。王程不我駐，離思逐秋風。”李嶠《弩》：“挺質本軒皇，申威振遠方。機張驚雉雊，玉彩耀星芒。”

㊱ 淩寒：冒寒，嚴寒。戴叔倫《題黄司直園》：“爲憶去年梅，淩寒特地來。”王安石《梅花》：“墻角數枝梅，淩寒獨自開。”　上番：初番，头回，多指植物初生。杜甫《三绝句》三：“無數春笋滿林生，柴門密掩斷人行。會須上番看成竹，客至從嗔不出迎。”仇兆鰲注：“《杜臆》：‘種竹家初番出者壯大，養以成竹，後出漸小，則取食之。’趙注：‘上番，乃川語。’”元稹《赋得春雪映早梅》：“飛舞先春雪，因依上番梅。一枝方漸秀，六出已同開。”

㊲“觀松青黛笠”兩句：請參閲元稹本句下原注：“開元觀古松五

株，靖安宅牡丹數本，皆曩時遊行之地。”　青黛：青黑色的顔料，古代女子常用以畫眉。李白《廬山謡寄盧侍御虚舟》：“影落明湖青黛光，金闕前開二峰長。銀河倒挂三石梁，香爐瀑布遥相望。”岑參《入蒲關先寄秦中故人》：“秦山數點似青黛，渭上一條如白練。京師故人不可見，寄將兩眼看飛燕。”　笠：笠帽，用竹篾、箬葉或棕皮等編成，可以禦暑，亦可禦雨，這裏是形容開元觀五株古松的形態，而青黛則是描繪青松的顔色。《國語·越語》：“夫雖無四方之憂，然謀臣與爪牙之士，不可不養而擇也。譬如蓑笠，時雨既至必求之。”劉義慶《世説新語·言語》：“謝靈運好戴曲柄笠，孔隱士謂曰：‘卿欲希心高遠，何不能遺曲蓋之貌。’謝答曰：‘將不畏影者，未能忘懷。’”　霞英：紅花。白居易《和答詩十首·答桐花》：“山木多蓊鬱，兹桐獨亭亭。葉重碧雲片，花簇紫霞英。”周繇《看牡丹贈段成式》：“金蕊霞英迭彩香，初疑少女出蘭房。”紫霞英即紫色的牡丹花。

㊳ 盡日聽僧講：元稹信奉佛教，但並不精通，一些佛教知識大概從“聽僧講”獲得。　盡日：猶終日，整天。《淮南子·泛論訓》：“盡日極慮而無益於治，勞形竭智而無補於主。”張九齡《江上》：“長林何繚繞？遠水復悠悠。盡日餘無見，爲心那不愁？”　僧講：指僧徒説法講經。張祜《題惠昌上人》：“石上漱秋水，月中行夏雲。律持僧講疏，經誦梵書文。”贊甯《大宋僧史略·僧講》：“士行曹魏時講道行經，即僧講之始也。”　通宵：整夜。韓思彦《酬賀遂亮》：“累日同游處，通宵欵素誠。霜飄知柳脆，雪冒覺松貞。”駱賓王《同張二詠雁》：“霧深迷曉景，風急斷秋行。陣照通宵月，書封幾夜霜。”　月明：月光明朗。劉希夷《嵩嶽聞笙》：“月出嵩山東，月明山益空。山人愛清景，散髮卧秋風。”張説《岳州夜坐》：“炎洲苦三伏，永日卧孤城。賴此閑庭夜，蕭條夜月明。”指月亮，月光。王建《和元郎中從八月十二至十五夜玩月五首》三：“今夜月明勝昨夜，新添桂樹近東枝。立多地濕舁床坐，看過墻西寸寸遲。”李益《从军北征》：“天山雪後海風寒，横笛偏吹行路難。

磧裏征人三十萬,一時回向月明看。"

㊴ 躭:迷戀,酷嗜。《漢書·王嘉傳》:"躭於酒色,損德傷年。"韋昭《博奕論》:"臨事且猶旰食,而何暇博弈之足躭?"洪邁《夷堅乙志·真州異僧》:"平生躭信佛教。" 幽趨:猶幽趣,幽雅的情趣,義近"幽趣",幽雅的趣味。李收《和中書侍郎院壁畫雲》:"映篠多幽趣,臨軒得野情。"梅堯臣《送張中樂屯田知永州》:"莫將車騎喧,獨往探幽趣。" 宦途:做官的道路,官場。白居易《短歌行》:"三十登宦途,五十被朝服。"王禹偁《書齋》:"莫笑未歸田里去,宦途機巧盡能忘?" 縈:牽纏,牽挂。陶潛《辛丑歲七月赴假還江陵夜行途中作》:"投冠旋舊墟,不爲好爵縈。"王安石《寓言九首》三:"婚喪孰不供,貸錢免爾縈。"

㊵"吏晉資材枉"兩句:請注意元稹本詩句下原注:"時靈之作吏平陽,予酬校秘閣,自兹分散。"吏晉,這裏指胡靈之"作吏平陽"之事,時在元稹拜職校書郎期間,亦即貞元十九年至元和元年間。 資材:稟賦,資性。《漢書·薛宣傳》:"吏道以法令爲師,可問而知。及能與不能,自有資材,何可學也?"白居易《和微之詩·和〈寄問劉白〉》:"功用隨日新,資材本天授。"資格和才能。文同《謝中書啓》:"伏念某門地至寒,資材甚淺,宦途蕞品,儒館陳人。" 枉:冤屈。王充《論衡·問孔》:"世間强受非辜者多,未必盡賢人也,恒人見枉,衆多非一。"《新唐書·高仙芝傳》:"〔仙芝〕又顧麾下曰:'……我有罪,若輩可言;不爾,當呼枉。'軍中咸呼曰:'枉!'" 秦:古部落名,嬴姓,相傳是伯益的後代。非子做部落首領時,居於犬丘(今陝西興平東南),善養馬,被周孝王封於秦(今甘肅張家川東),作爲附庸。《説文·禾部》:"秦,伯益之後所封國。"段玉裁注:"鄭《詩譜》曰:'秦者,隴西谷名,於《禹貢》近雍州鳥鼠之山。堯時有伯翳者,實臯陶之子,佐禹治水。水土既平,舜命作虞官,掌上下草木鳥獸,賜姓曰嬴。歷夏、商興衰,亦世有人焉!周孝王使其末孫非子養馬於汧、渭之間。孝王封非子爲

附庸,邑之於秦谷。至曾孫秦仲,宣王又命作大夫,始有車馬禮樂侍御之好,國人美之,秦之變風始作。’按伯益、伯翳實人一,皋陶之子也。”　歲序:歲時的順序,歲月。王僧達《答顏延年》:“聿來歲序暄,輕雲出東岑。麥壟多秀色,楊園流好音。”元稹《酬竇校書二十韵》:“那知暮江上,俱會落英前。款曲生平在,悲涼歲序遷。”　更:改正,改變。《論語·子張》:“君子之過也,如日月之食焉!過也,人皆見之;更也,人皆仰之。”何晏集解引孔安國曰:“更,改也。”劉餗《隋唐嘉話》卷中:“此先朝時事,朕安敢追更先朝之事!”　平陽:地屬晉州,今山西臨汾。《元和郡縣志·晉州》:“《禹貢》:冀州之域,即堯舜禹所都平陽也。春秋時其地屬晉,戰國時屬韓,後韓將馮亭以上黨降趙,又屬趙。在秦爲河東郡地也,今州即漢河東郡之平陽縣也。永嘉之亂,劉元海僭號稱漢,建都於此……後魏太武帝於此置東雍州,孝明帝改爲唐州,尋又改爲晉州,因晉國以爲名也。高齊武城帝於此,置行臺。周武帝平齊,置晉州總管。義旗初建,改爲平陽郡。武德元年罷郡置晉州,三年爲總管府,四年爲都督府,貞觀六年廢府復爲晉州。”岑參《題平陽郡汾橋邊柳樹》:“此地曾居住,今來宛似歸。可憐汾上柳,相見也依依。”薛能《平陽寓懷》:“晉國風流阻洳川,家家弦管路岐邊。曾爲郡職隨分竹,亦作歌詞乞採蓮。”

㊶ 髯:頰毛,亦泛指鬍鬚。《漢書·高帝紀》:“高祖爲人,隆準而龍顏,美須髯,左股有七十二黑子。”顏師古注:“在頤曰須,在頰曰髯。”范成大《滿江紅》:“向尊前、來訪白髯翁。衰何早?”　黳:原本注云:“青黑色。”白居易《和新樓北園偶集從孫公度周巡官韓秀才盧秀才范處士小飲鄭侍御判官周劉二從事皆先歸》:“十指纖若笋,雙鬟黳如鴉。”《宋史·劉審瓊傳》:“審瓊嘗給事外諸侯,雅善酒令博鞠,年八十餘,筋力不衰,髭髮黳黑。”　君髮白千莖:當然,既然元稹稱胡靈之爲“兄”,胡靈之自然年長于元稹,而且本詩“我髯黳數寸,君髮白千莖”云云,更説明如果僅僅從外貌上看,這位姨兄胡靈之應該比元稹

年長不少。杜甫《鄭駙馬池臺喜遇鄭廣文同飲》:“白髮千莖雪,丹心一寸灰。別離經死地,披寫忽登臺。”戴叔倫《口號》:“白髮千莖雪,寒窗懶著書。最憐吟苜蓿,不及向桑榆。”

㊷ 芸閣:亦即芸香閣,秘書省的別稱。因秘書省司典圖籍,故亦以指省中藏書、校書處。盧照鄰《雙槿樹賦》:“蓬萊山上,即對神仙。芸香閣前,仍觀秘寶。”孟浩然《寄趙正字》:“正字芸香閣,幽人竹素園。” 懷鉛:謂從事著述。沈約《到著作省謝表》:“臣藝不博古,學謝專家,乏懷鉛之志,慚夢腸之術。”張説《送宋休遠之蜀任》:“懷鉛書瑞府,横草事邊塵。” 姑峰:山名,即姑射山,在晉州,亦即胡靈之“作吏”之地。《元和郡縣志·晉州·臨汾縣》:“隋開皇元年改平陽縣爲平河縣,三年罷郡縣屬晉州,其年又改平河縣爲臨汾縣。平山一名壺口山,今名姑射山,在縣西八里,平水出焉!”《山西通志》載裴邦奇《宿蓮花洞》詩云:“姑峰千丈插雲隈,綽約蓮垂玉洞開。一夜靈風天外起,三山仙佩月中來。星臨幽窟龍珠動,露灑長松鶴夢回。欲借石床聊偃卧,滿空寒翠濕青苔。” 雪晴:雪止天晴。戴叔倫《轉應詞》:“山南山北雪晴,千里萬里月明。”陸游《雪後尋梅偶得絶句十首》一:“雪晴蕭散曳笻枝,小塢尋梅正及時。”

㊸ 倚玉:劉義慶《世説新語·容止》:“魏明帝使后弟毛曾與夏侯玄共坐,時人謂‘蒹葭倚玉樹’。”案此言二人品貌極不相稱,後以“倚玉”謂高攀或親附賢者。李白《贈宣城宇文太守兼呈崔侍御》:“登龍有直道,倚玉阻芳筵。”韓愈《和席八十二韵》:“倚玉難藏拙,吹竽久混真。”黄滔《元薛推先輩啓》:“雖慚陋質,粗抱丹心。既得地以戴丘,倍推誠而倚玉。” 飛瓊:仙女名,後泛指仙女。《漢武帝内傳》:“王母乃命諸侍女……許飛瓊鼓震靈之簧。”顧況《梁廣畫花歌》:“王母欲過劉徹家,飛瓊夜入雲輧車。”

㊹ 世道:人世間的道路,指紛紜萬變的社會狀態。陳子昂《感遇詩三十八首》一七:“逶迤勢已久,骨鯁道斯窮……世道不相容,嗟嗟

張長公。"蘇軾《和李太白》:"世道如弈棋,變化不容覆。惟應玉芝老,待得蟠桃熟。"難於劍:比蜀道上的劍門關還險阻難行。《元和郡縣志·劍州劍門縣》:"劍門縣本漢葭萌縣地,聖曆二年分普安、永歸、陰平三縣置劍門縣,因劍門爲名也。梁山在縣西南二十四里,即劍門山也。"《舊唐書·地理志》:"劍門:聖曆二年分普安、永歸、陰平三縣地,於方期驛城置劍門,縣界大劍山,即梁山也。其北三十里所有小劍山。大劍山有劍閣道,三十里至險處張載刻銘之所,劍山東西二百三十一里。"是蜀道上出名的險峻之處。盧照鄰《贈益府群官》:"一鳥自北燕,飛來向西蜀。單栖劍門上,獨舞岷山足。"岑參《送蜀郡李掾》:"夜宿劍門月,朝行巴水雲。江城菊花發,滿道香氛氲。" 讒言:説壞話毁謗人,亦指壞話,挑撥離間的話。劉禹錫《浪淘沙》:"莫道讒言如浪深,莫言遷客似沙沉。千淘萬漉雖辛苦,吹盡狂沙始到金。"陸龜蒙《離騷》:"天問復招魂,無因徹帝閽。豈知千麗句,不敵一讒言!" 巧似笙:意謂毁謗他人的話語"巧言如簧",説得比笙管吹奏的音樂還好聽百倍。《詩經·巧言》:"巧言如簧,顔之厚矣!《箋》云:顔之厚者,出言虚僞而不知慚於人。" 笙:管樂器名,由簧片、笙管、斗子三部分組成,能够吹奏出動聽悦耳的音樂。韓愈《長安交遊者贈孟郊》:"陋室有文史,高門有笙竽。"劉禹錫《酬樂天聞新蟬見贈》:"人情便所遇,音韵豈殊常!因之比笙竽,送我遊醉鄉。"

㊺ 轉:這裏作翻轉解。《詩·邶風·柏舟》:"我心匪石,不可轉也。"這裏是反用其義。岑參《漢川山行呈成少尹》:"西蜀方携手,南宫憶比肩。平生猶不淺,羈旅轉相憐。" 跽:兩膝着地,上身挺直。《史記·項羽本紀》:"項王按劍而跽曰:'客何爲者?'"韓愈《祭田横墓文》:"跽陳辭而薦酒,魂髣髴而來享。"引申爲拜伏、敬奉,也指半跪,單膝着地。《史記·范雎蔡澤列傳》:"秦王跽而請。"王伯祥注:"跪而請,半跪在席上請求他。" 擎:舉起,向上托,常常組成"擎跽曲拳",謂行拜跪之禮。《莊子·人間世》:"擎跽曲拳,人臣之禮也。人皆爲

之,吾敢不爲邪!”成玄英疏:“擎手跽足,磬折曲躬,俯仰拜伏者,人臣之禮也。”王安石《雜著·禮論》:“擎跽曲拳,以見其恭。”

㊻ 始效神羊觸:元稹在這裏回顧自己元和四五年間在監察御史任上,爲君爲國爲民執法的舉動得罪權貴與重臣的往事。　神羊:獬豸的别稱,傳説是一種能以其獨角辨别邪佞的神獸,亦指獬豸冠。《後漢書·輿服志》:“獬豸神羊,能别曲直,楚王嘗獲之,故以爲冠。”常衮《奉和聖製麟德殿燕百寮應制》:“雲辟御筵張,山呼聖壽長。玉闌豐瑞草,金陛立神羊。”　俄隨旅雁征:這裏詩人以旅雁自喻,述説自己被貶江陵的感受。　旅雁:指南飛或北歸的雁群。謝靈運《九日從宋公戲馬臺集送孔令》:“季秋邊朔苦,旅雁違霜雪。”張籍《横吹曲辭·望行人》:“秋風窗下起,旅雁向南飛。”

㊼ 孤芳:獨秀的香花,常比喻高潔絶俗的品格。沈約《謝齊竟陵王教撰高士傳啓》:“貞操與日月俱懸,孤芳隨山壑共遠。”韓愈《孟生詩》:“異質忌處群,孤芳難寄林。”也指與衆不同的獨特見解。李白《古風》三六:“浮雲蔽紫闥,白日難回光。群沙穢明珠,衆草凌孤芳。”　五鼎:古代行祭禮時,大夫用五個鼎,分别盛羊、豕、膚(切肉)、魚、臘五種供品。見《儀禮·少牢饋食禮》。《孟子·梁惠王》:“前以三鼎,而後以五鼎與?”白居易《把酒》:“朝飧不過飽,五鼎徒爲爾。”

㊽ 潦倒:舉止散漫,不自檢束。嵇康《與山巨源絶交書》:“足下舊知吾潦倒粗疏,不切事情。”杜甫《戲贈閿鄉秦少府短歌》:“今日時清兩京道,相逢苦覺人情好。昨夜邀歡樂更無,多才依舊能潦倒。”也作頹喪,失意解。沈傳師《次潭州酬唐侍御姚員外游道林嶽麓寺題示》:“嗟余潦倒久不利,忍復感激論元元。”　泥滓:這裏比喻卑下的地位。潘岳《西征賦》:“或被髮左袵,奮迅泥滓。”杜甫《奉先劉少府新畫山水障歌》:“吾獨胡爲在泥滓?青鞋布襪從此始。”　攲危:這裏作危難解。蘇轍《和子瞻新居欲成》:“過此攲危空比夢,年來瘴毒冷如冰。”陸游《永秋》:“小彴攲危度,鄰園曲折通。”　衡:古代樓殿邊上的

欄杆。《史記・袁盎鼂錯列傳》:"臣聞千金之子坐不垂堂,百金之子不騎衡,聖主不乘危而徼幸。"裴駰集解引如淳曰:"衡,樓殿邊欄楯也。"劉禹錫《觀市》:"是日倚衡而閲之,感其盈虚之相尋也速,故著於篇云。"

㊾ 登樓王粲望:蕭常《續後漢書》卷四〇:"王粲字仲宣,山陽高平人。曾祖龔、祖暢皆爲漢三公,父謙,大將軍何進長史。獻帝西遷,粲徙長安,中郎將蔡邕見而奇之。時邕以才學顯貴重朝廷,賓客盈坐,聞粲至門,倒屣迎之。年既稚,弱軀幹短小,一坐盡驚。邕曰:'此王公孫,有異才,吾不如也! 吾家書籍當盡與之!"六臣注《文選・登樓賦》:"善曰:'盛弘之《荆州記》曰:富陽縣城樓王仲宣登之而作賦。善曰:《魏志》曰:王粲字仲宣,山陽人,獻帝西遷,粲從至長安。以西京擾亂,乃之荆州依劉表。後太祖辟爲右丞相掾,魏國建,爲侍中卒。良曰:《魏志》云:王粲,山陽高平人,少而聰慧,有大才,仕爲侍中。時董卓作亂,仲宣避難荆州依劉表,遂登江陵城樓,因懷歸而有此作,述其進退危懼之情也。"盧照鄰《西使兼送孟學士南遊》:"零雨悲王粲,清尊别孔融。裴回聞夜鶴,悵望待秋鴻。"張九齡《候使登石頭驛樓作》:"自守陳蕃榻,嘗登王粲樓。徒然騁目處,豈是獲心遊!" 落帽孟嘉情:請注意本句下所注:"龍山落帽臺去府城二十里。"典出《晉書・孟嘉傳》:"〔嘉〕後爲征西桓温參軍,温甚重之。九月九日,温燕龍山,寮佐畢集。時佐吏並著戎服,有風至,吹嘉帽墮落,嘉不之覺。温使左右勿言,欲觀其舉止。嘉良久如厕,温令取還之,命孫盛作文嘲嘉,著嘉坐處。嘉還見,即答之,其文甚美,四坐嗟嘆。"後因以"落帽"作爲重九登高的典故。李白《九日龍山飲》:"九日龍山飲,黄花笑逐臣。醉看風落帽,舞愛月留人。"錢起《九日閑居寄登高數子》:"酒盡寒花笑,庭空暝雀愁。今朝落帽客,幾處管弦留?"

㊿ 巫峽:長江三峽之一,一稱大峽,西起重慶市巫山縣大溪,東至湖北省巴東縣官渡口,因巫山而得名,兩岸絶壁,船行極險。酈道

元《水經注·江水》:"其間首尾百六十里,謂之巫峽,蓋因山爲名也……每至晴初霜旦,林寒澗肅,常有高猿長嘯,屬引淒異,空谷傳響,哀轉久絶,故漁者歌曰:'巴東三峽巫峽長,猿鳴三聲泪沾裳。'"楊炯《巫峽》:"三峽七百里,惟言巫峽長。"蘇軾《巫山》:"瞿塘迤邐盡,巫峽崢嶸起。" 章臺:即章華臺,原注:"章華臺去府十里。"《史記》卷四〇:"七年就章華臺(《集解》杜預曰:'南郡華容縣有臺,在城内。')"陳子昂《度荆門望楚》:"遥遥去巫峽,望望下章臺。巴國山川盡,荆門烟霧開。"張説《岳州宴别潭州王熊二首》一:"古木無生意,寒雲若死灰。贈君芳杜草,爲植建章臺。" 塞路:充塞道路。陳琳《爲袁紹檄豫州》:"罾繳充蹊,坑穽塞路。"鮑照《蕪城賦》:"崩榛塞路,崢嶸古馗。"

㊿① 漁火:漁船上的燈火。錢起《送元評事歸山居》:"憶家望雲路,東去獨依依。水宿隨漁火,山行到竹扉。"姚合《題河上亭》:"岸莎連砌静,漁火入窗明。來此多沈醉,神高無宿醒。" 竹枝:竹子的小枝。杜甫《示從孫濟》:"萱草秋已死,竹枝霜不蕃。"劉滄《題古寺》:"古寺蕭條偶宿期,更深霜壓竹枝低。"又樂府《近代曲》之一,本爲巴渝一帶民歌,元稹、白居易、劉禹錫據以改作新詞,歌詠三峽風光和男女戀情,盛行於世。後人所作也多詠當地風土或兒女柔情,其形式爲七言絶句,語言通俗,音調輕快。白居易《竹枝詞四首》四:"江畔誰家唱竹枝?前聲斷咽後聲遲。怪來調苦緣詞苦,多是通州司馬詩。"劉禹錫《洞庭秋月》:"蕩槳巴童歌竹枝,連檣估客吹羌笛。"元稹此句雖然重在前者,但也隱含後者之意:在漁火的閃爍中,江風引動江岸的竹枝翩翩起舞,却也隱隱約約傳來了當地的《竹枝歌》聲。

㊿② 屯:艱難,困頓。《莊子·外物》:"心若縣於天地之間,慰暋沈屯。"陸德明釋文引司馬彪云:"屯,難也。"項斯《落第後歸覲喜逢僧再陽》:"見僧心暫静,從俗事多屯。" 蹇:困苦,困厄,不順利。《易·蹇》:"彖曰:蹇,難也,險在前也。"韋莊《寄江南諸弟》:"性拙唯多蹇,家貧半爲慵。" 困:困難。《史記·魏公子列傳》:"以公子高義,爲能

急人之困。”許孟容《奉和武相公春曉聞鶯》:“碧樹當窗啼曉鶯,間關入夢聽難成。千回萬囀盡愁思,疑是血魂哀困聲。”　亨:通達,順利。《後漢書·周燮傳》:“夫修道者,度其時而動。動而不時,焉得亨乎?”元稹《思歸樂》:“我心終不死,金石貫以誠。此誠患不立,雖困道亦亨。”元稹此四句,可爲本句注解。

㊿“官曹三語掾”兩句:請注意元稹本句下原注:“此後多述李君定交之由,用報靈之兼呈之意。”　官曹三語掾:官曹是官吏的辦事機關。杜甫《投簡成華兩縣諸子》:“赤縣官曹擁材傑,軟裘快馬當冰雪。長安苦寒誰獨悲?杜陵野老骨欲折。”李益《入華山訪隱者經仙人石壇》:“三考西嶽下,官曹少休沐。久負青山諾,今還獲所欲。”　三語掾:典出劉義慶《世説新語·文學》:“阮宣子有令聞,太尉王夷甫見而問曰:‘老、莊與聖教同異?’對曰:‘將無同。’太尉善其言,辟之爲掾,世謂‘三語掾’。”後常以“三語掾”作爲幕府官的美稱。《晉書·阮瞻傳》亦載此事,但王衍作王戎,阮修作阮瞻。劉商《雜言哀悼姚倉曹》:“可憐三語掾,長作九泉灰。”蘇軾《虔州景德寺榮師湛然堂》:“欲知妙湛與總持,更問江東三語掾。”　國器:舊指可以治國的人材。劉禹錫《許給事見示哭工部劉尚書詩因命同作》:“漢室賢王后,孔門高第人。濟時成國器,樂道任天真。”崔軒《和主司酬周侍郎》:“滿朝朱紫半門生,新榜勞人又得名。國器舊知收片玉,朝宗轉覺集登瀛。”　萬尋:極言其高。李乂《奉和登驪山高頂寓目應制》:“崖巘萬尋懸,居高敞御筵。行戈疑駐日,步輦若登天。”司馬逸客《雅琴篇》:“亭亭嶧陽樹,落落千萬尋。獨抱出雲節,孤生不作林。”　尋:古代長度單位,一般爲八尺。《詩·魯頌·閟宫》:“是斷是度,是尋是尺。”鄭玄箋:“八尺曰尋,或云七尺、六尺。”《史記·張儀列傳》:“秦馬之良,戎兵之衆,探前趹後蹄間三尋騰者,不可勝數。”司馬貞索隱:“七尺曰尋。”《廣韵·平侵》:“六尺曰尋。”　楨:木名,即女貞。《山海經·東山經》:“又東二百里,曰太山,上多金玉、楨木。”郭璞注:“女楨也,葉冬不凋。”左思

《吴都賦》:“木則楓柙櫲樟,栟櫚枸桹,綿杬杶櫨,文欀楨橿。”這裏比喻李景儉,請參閲元稹《祭亡友文》。

㊿④ 逸傑:猶俊傑。《佩文韵府》卷九八之五:“逸傑:元稹詩:‘逸傑雄姿迥。’”猶“逸士”,節行高逸之士,隱逸者。《後漢書·高鳳傳論》:“先大夫宣侯嘗以講道餘隙,寓乎逸士之篇。”白居易《秋日與張賓客舒著作同游龍門醉中狂歌》:“商嶺老人自追逐,蓬丘逸士相逢迎。” 雄姿:雄壯威武的姿態。《三國志·陳矯傳》:“雄姿傑出,有王霸之略。”杜甫《驄馬行》:“雄姿逸態何崷崒,顧影驕嘶自矜寵。” 皇王:指古聖王,後亦泛指皇帝。《新唐書·劉蕡傳》:“雖臣之愚,以爲未極教化之大端,皇王之要道。”范仲淹《六官賦》:“克勤於邦,致皇王之道。” 雅論:猶高論,雅正之論,亦用爲敬詞。《顔氏家訓·勉學》:“直取其清談雅論,剖玄析微。”杜甫《奉送王信州崟北歸》:“故人持雅論,絶塞豁窮愁。”

㊿⑤ 蕙:香草名,所指有二:一指熏草,俗稱佩蘭,古人佩之或作香焚以避疫。二指蕙蘭,葉似草蘭而稍瘦長,暮春開花,一莖可發八九朵,氣遜于蘭,色也略淡。《楚辭·離騷》:“余既滋蘭之九畹兮,又樹蕙之百畝。”謝靈運《郡東山望溟海》:“采蕙遵大薄,搴若履長洲。” 習:學習。潘尼《迎大駕》:“俎豆昔嘗聞,軍旅素未習。”韓愈《送湖南李正字序》:“李生則尚與其弟學讀書,習文辭,以舉進士爲業。” 雲合:雲集,集合。元稹《酬别致用》:“風行自委順,雲合非有期。”白居易《寄微之三首》三:“狂風吹中絶,兩處成孤雲。風回終有時,雲合豈無因!” 令:謂發出命令讓人執行。《詩·齊風·東方未明》:“倒之顛之,自公令之。”陸機《辯亡論》:“挾天子以令諸侯,清天步而歸舊物。”

㊿⑥ 原燎:原野上大火延燒。左思《魏都賦》:“巢焚原燎,變爲煨燼。”歐陽詹《懷忠賦》:“彼炎炎之原燎,信撲之而不滅。” 冰井:藏冰的地窖。酈道元《水經注·河水》:“朝廷又置冰室於斯阜,室内有冰

井。《春秋左傳》曰:‘日在北陸而藏冰。’”元稹《奉和浙西大夫李德裕述夢四十韵大夫本題言贈於夢中詩賦以寄一二僚友故今所和者亦止述翰苑舊遊而已次本韵》:“冰井分珍果,金瓶貯御醪。”　鴻流:這裏指洪水。劉孝孫《早發成臯望河》:“鴻流導積石,驚浪下龍門。”陸游《賀湯丞相啓》:“譬猶震風淩雨之動地,夏屋愈安;鴻流巨浸之稽天,方舟獨濟。”　木罌:木瓶。罌是一種長頸汲瓶。柳宗元《瓶賦》:“鴟夷蒙鴻,罍罌相追。”王讜《唐語林·補遺》:“其後稍用注子,形若罌,而蓋、嘴、柄皆具。”

㊼ 智囊:稱足智多謀的人,常指爲别人劃策的人。《史記·樗里子甘茂列傳》:“樗里子滑稽多智,秦人號曰‘智囊’。”劉禹錫《和思黯憶南莊見示》:“丞相新家伊水頭,智囊心匠日增修。”　勇爵:《左傳·襄公二十一年》:“莊公爲勇爵,殖綽、郭最欲與焉!”杜預注:“設爵位以命勇士。”後用以指武將。劉禹錫《復荆門縣記》:“無幾何,有由勇爵而授赤社於兹者。”張説《奉和聖製義成校獵喜雪應制》:“勇爵均萬夫,雄圖羅七聖。星爲吉符老,雪作豐年慶。”

㊽ 迅拔:猶迅疾。《文心雕龍·原道》:“觀夫荀結引語事數自環,宋發巧談實始淫麗,枚乘兔園舉要以會新,相如上林繁類以成艷,賈誼鵩鳥致辨於情理,子淵洞簫窮變於聲貌,孟堅兩都明絢以贍雅,張衡二京迅拔以宏富,子雲甘泉搆深偉之風,延壽靈光含飛動之勢。”　鵬舉:謂奮發有爲。曹植《玄暢賦》:“希鵬舉以摶天,蹶青雲而奮羽。”高適《别王徹》:“時輩想鵬舉,他人嗟陸沈。載酒登平臺,贈君千里心。”　高音:聲正音淳的聲音。耿湋《陪宴湖州公堂》:“壺觴邀薄醉,笙磬發高音。末至才仍短,難隨白雪吟。”元稹《周先生》:“寥寥空山岑,冷冷風松林。流月垂鱗光,懸泉揚高音。”　鶴鳴:《詩·小雅·鶴鳴序》:“誨宣王也。”鄭玄箋:“教宣王求賢人之未仕者。”後因以“鶴鳴”指賢者隱居之義。《後漢書·楊震傳》:“今野無《鶴鳴》之嘆,朝無《小明》之悔。”錢起《秋霖曲》:“鶴鳴蛙躍正及時,豹隱蘭凋亦可悲。”

⑲ 拭目：擦亮眼睛，形容殷切期待或注視。《漢書·張敞傳》："今天子以盛年初即位，天下莫不拭目傾耳，觀化聽風。"顔師古注："言改易視聽，欲急聞見善政化也。"陸游《上殿札子》："天下傾耳拭目之時，所當戒者惟嗜好而已。" 佯盲：假裝看不見。義近"佯愚"，僞裝愚笨。王粲《王商論》："閉口而獲誹謗，况敢直言乎？雖隱身深藏，猶不得免，是以甯武子佯愚，接輿爲狂，困之至也。"白居易《放言五首》一："但愛臧生能詐聖，可知甯子解佯愚？"

⑳ "鉛鈍丁寧淬"兩句：意謂自己與胡靈之對自己的詩文反復修改。 鉛鈍：鉛刀，鈍刀，比喻愚魯的資質。韋應物《答徐秀才》："鉛鈍謝貞器，時秀猥見稱。"歐陽修《謝進士及第啓》："竊慚鈆鈍，嘗厠翰場。" 丁寧：言語懇切貌。王建《送人》："丁寧相勸勉，苦口幸無尤。對面無相識，不如豺虎儔。"張籍《卧疾》："童僕各憂愁，杵臼無停聲。見我形顦顇，勸藥語丁寧。" 蕪荒：荒蕪。阮籍《東平賦》："其土田則原壤蕪荒，樹藝失時。"白居易《委順》："山城雖荒蕪，竹樹有嘉色。郡俸誠不多，亦足充衣食。" 展轉：翻來覆去的樣子。劉禹錫《月夜寄微之憶樂天》："知君當此夕，亦望鏡湖水。展轉相憶心，月明千萬里。"王安石《夜夢與和甫别如赴北京時和甫作詩覺而有作因寄純甫》："中夜遂不眠，輾轉涕流離。老我孤主恩，結草以爲期。"

㉑ 窮通：困厄與顯達。《莊子·讓王》："古之得道者，窮亦樂，通亦樂，所樂非窮通也。"白居易《歸田三首》三："何言十年内，變化如此速？此理固是常，窮通相倚伏。" 豹變：謂如豹文那樣發生顯著的變化，幼豹長大退毛，然後疏朗焕散，其毛光澤有文采。《易·革》："上六，君子豹變，其文蔚也。"孔穎達疏："上六居'革'之終，變道已成，君子處之，雖不能同九五革命創制，如虎文之彪炳，然亦潤色鴻業，如豹文之蔚縟。"程頤傳："君子從化遷善，成文彬蔚，章見於外也。"也喻人的行爲變好或勢位顯貴。李白《陳情贈友人》："英豪未豹變，自古多艱辛。"

㉖ 芝蘭：芷和蘭，皆香草，這裏指胡靈之的原唱。劉禹錫《送國子令狐博士赴興元覲省》："相門才子高陽族，學省清資五品官。諫院過時榮棣萼，謝庭歸去踏芝蘭。"元稹《酬盧秘書》："金寶潛砂礫，芝蘭似草萊。憑君毫髮鑒，莫遣翳莓苔！" 肺腑：這裏比喻自己的内心。元稹《酬獨孤二十六送歸通州》："金石有銷爍，肺腑無寒温。分晝久已定，波濤何足煩！"劉得仁《哭翰林丁侍郎》："相知出肺腑，非舊亦非親。"

㊳ "此生如未死"兩句：意謂自己雖然遭到政敵的殘酷打擊，但衹要自己還存留世間，自己的志向絶不改變。句下注："一本云：今日負平生。"不合全詩原意，不取。 平生：指平素的志趣、情誼、業績等。陳子昂《送東萊王學士無競》："寶劍千金買，平生未許人。懷君萬里别，持贈結交親。"元稹《酬樂天書懷見寄》："清見萬丈底，照我平生心。感君求友什，因報壯士吟。"可與本句參讀。

[編年]

《年譜》編年本詩於元和五年"元稹在江陵作"。理由是："元詩《序》云：'昨枉是篇……適白翰林又以《百韵》見貽。'"《編年箋注》編年本詩云："元稹和篇作於元和五年(八一〇)，時在江陵士曹參軍任。見下《譜》。"《年譜新編》編年本詩於元和五年"元稹貶江陵時所作詩"，理由是："次韵酬和。元稹序云：'昨枉是篇，感徹肌骨，適白翰林又以《百韵》見貽……'白居易《代書詩》元和五年作，此詩當作於同時。"

我們以爲，元稹詩序云："適白翰林又以百韵見贈，余因次酬本韵，以答貫珠之贈焉！"據此，本詩應該與元稹《酬樂天代書詩一百韵》作於同時，稍有先後，而《酬樂天代書詩一百韵》序云："玄元氏之下元日，會予家居至，枉樂天《代書詩一百韵》……今復次排百韵，以答懷思之貺云。"而"玄元氏之下元日"應該是十月十五日，計其時日以及參照"奮起心情"之語,結合元稹此前此後回酬他人次韵詩篇的能力與速度,《酬樂天代書詩一百韵》應該作於元和五年十月十五日之後一二天之内,本詩也應該作於同時。而本詩序又云:"靈之本題兼呈李六侍御,是以篇末有云。"結合元稹初到江陵,李六侍御亦即李景儉泛江玩月接待元稹來看,元和五年李景儉正在江陵,元和六年還爲元稹續娶安仙嬪張羅,情况也大致切合。

◎ 酬李六醉後見寄口號(用本韵)(一)①

頓愈頭風疾,因吟口號詩②。文章紛似繡,珠玉布如棋③。健羡觥飛酒,蒼黄日映籬④。命童寒色倦,撫稚晚啼饑⑤。潦倒慚相識,平生頗自奇⑥。明公將有問,林下是靈龜⑦。

録自《元氏長慶集》卷一四

[校記]

(一)酬李六醉後見寄口號:本詩存世各本,包括楊本、叢刊本、《全詩》諸本,未見異文。

[箋注]

① 酬:詩文贈答。李群玉《洞庭驛樓雪夜燕集奉贈前湘州張員外》:"擲筆落郢曲,巴人不能酬。"張耒《屋東》:"賴有西鄰好詩句,賡酬終日自忘飢。"本詩是酬答,但李景儉的原唱已經散失。 李六:即元稹的朋友李景儉,排行六,故稱。元稹《紀懷贈李六户曹崔二十功曹五十韵》:"旅寓誰堪託?官聯自可憑。甲科崔並鶩,柱史李齊昇。"竇鞏《江陵遇元九李六二侍御紀事書情呈十二韵》:"蓬閣初疑義,霜臺晚畏威。學深通古字,心直觸危機。" 口號:古詩標題用語,表示

隨口吟成,和"口占"相似。始見於南朝蕭綱《仰和衛尉新渝侯巡城口號》詩,後爲大多詩人所襲用,如張九齡有《旅宿淮陽亭口號》,張説有《十五日夜御前口號踏歌詞》,李嶠有《奉敎追赴九成宫途中口號》,李白有《口號吴王美人半醉》等。

② 頓:頓時,立刻。陸機《文賦》:"攬營魂以探賾,頓精爽於自求。"王讜《唐語林·容止》:"〔唐玄宗〕謂左右曰:'朕每見張九齡,精神頓生。'" 愈:病情痊癒。《孟子·滕文公》:"今吾尚病,病癒,我且往見。"酈道元《水經注·滱水》:"水出西北暄谷,其水温熱若湯,能愈百疾,故世謂之温泉焉!" 頭風:頭痛,中醫學病症名。元稹曾經患有嚴重的頭風病,而且還受到兩位恩相的關切,屢屢見諸自己的詩文。元稹《感夢》:"前時奉橘丸,攻疾有神功。何不善和療,豈獨頭有風(予頃患痰頭風,踰月不差。裴公教服橘皮朴硝丸,數月而愈。今夢中復徵前説,故盡記往復之詞)。"元稹《獻滎陽公詩五十韵》:"傳癖今應甚,頭風昨已痊。丹青公舊物,一爲變蚩妍。"

③ 文章:文辭或獨立成篇的文字。《後漢書·延篤傳》:"能著文章,有名京師。"杜甫《偶題》:"文章千古事,得失寸心知。" 繡:華麗,精美。王昌齡《朝來曲》:"月昃鳴珂動,花連繡户春。盤龍玉臺鏡,唯待畫眉人。"殷璠《河嶽英靈集·李頎》:"頎詩發調既清,修辭亦綉,雜歌咸善,玄理最長。" 珠玉:珍珠和玉,泛指珠寶。李白《大獵賦》:"六宫斥其珠玉。"也比喻丰姿俊秀的人。《晉書·衛玠傳》:"驃騎將軍王濟,玠之舅也,每見玠輒嘆曰:'珠玉在側,覺我形穢。'" 棋:文娱活動的用具,如圍棋、象棋、軍棋、跳棋等,古時亦通稱博弈的子爲棋。劉向《説苑·善説》:"燕則鬥象棋而舞鄭女。"吴融《寄僧》:"錫倚山根重蘚破,棋敲石面碎雲生。"

④ 健羡:非常仰慕,非常羨慕。封演《封氏聞見記·壁記》:"朝廷百事諸廳皆有壁記……原其作意,蓋欲著前政履歷,而發將來健羡焉!"歐陽修《與王懿敏公仲儀》:"酒絶喫不得,聞仲儀日飲十數杯,既

健羨，又不能奉信。”　觥：亦作“觵”，盛酒或飲酒器，古代用獸角製造，後也用木或青銅製造。腹橢圓形或方形，底爲圈足或四足，有流，有把手，蓋作成帶角的獸頭形或長鼻上卷的象頭形，也有整體作獸形的，盛行于商代和西周前期。《詩·周南·卷耳》：“我姑酌彼兕觥，維以下永傷。”毛傳：“兕觥，角爵也。”《説文·角部》：“觵，兕牛角可以飲者也。從角，黄聲。其狀觵觵，故謂之觵。”　飛酒：輪流敬酒。白居易《醉送李協律赴湖南辟命因寄沈八中丞》：“富陽山底樟亭畔，立馬停舟飛酒盂。曾共中丞情繾綣，暫留協律語踟躕。”李紳《和晉公三首》二：“貂蟬公獨步，鴛鷺我同群。插羽先飛酒，交鋒便著文。”　蒼黄：青色和黄色。白居易《閑忙》：“多因病後退，少及健時還。斑白霜侵鬢，蒼黄日下山。”李商隱《有感二首》二：“御仗收前殿，兵徒劇背城。蒼黄五色棒，掩遏一陽生。”　籬：籬笆。陶潛《飲酒二十首》五：“採菊東籬下，悠然見南山。”韓愈《題于賓客莊》：“榆莢車前蓋地皮，薔薇蘸水笋穿籬。”

⑤ 童：僮僕，奴僕。《漢書·貨殖傳》：“童手指千。”顔師古注引孟康曰：“童，奴婢也。”韓愈《和武相公早朝聞鶯》：“春風紅樹驚眼處，似妒歌童作艷聲。”　寒色：感到寒冷時的氣色。《敦煌變文集·孝子傳》：“父密察之，知騫有寒色，父以手撫之，見衣甚薄，毁而觀之，始知非絮。”《宋史·楊業傳》：“代北苦寒，人多服氈罽，業但挾纊，露坐治軍事，傍不設火，侍者殆僵仆，而業怡然無寒色。”寒冷時節的顔色、景色，如枯草、禿枝、荒涼原野的顔色。宋之問《題張老松樹》：“日落西山陰，衆草起寒色。”許敬宗《冬日宴于庶子宅各賦一字得歸》：“油雲澹寒色，落景靄霜霏。累日方投分，兹夕諒無歸。”　撫稚：撫養兒女。元稹《論子蒙》：“撫稚君休感，無兒我不傷。”李翱《泗州刺史李君神道碑》：“庶務親臨，存孤撫稚。”這裏的“稚”是元稹的女兒保子。　啼饑：因饑餓而號哭。韓愈《進學解》：“冬暖而兒號寒，年豐而妻啼饑。”杜牧《題村舍》：“三樹稚桑春未到，扶床兒女午啼飢。潛銷暗鑠歸何

處？萬户侯家自不知。”

⑥ 潦倒：頹喪，失意。杜甫《登高》：“萬里悲秋常作客，百年多病獨登臺。艱難苦恨繁霜鬢，潦倒新停濁酒杯。”沈傳師《次潭州酬唐侍御》：“嗟余潦倒久不利，忍復感激論元元。” 相識：彼此認識，彼此熟識。《荀子·君道》：“以爲故耶？則未嘗相識也。”顧況《行路難三首》二：“一生肝膽向人盡，相識不如不相識。” 平生：指平素的志趣、情誼、業績等。陶潛《停雲》：“人亦有言，日月于征，安得促席，説彼平生？”王適《蜀中言懷》：“棄置如天外，平生似夢中。蓬心猶是客，華髮欲成翁。” 自奇：自負不凡。韓愈《歸彭城》：“食芹雖云美，獻御固已痴。緘封在骨髓，耿耿空自奇。”蘇軾《孔長源挽詞二首》一：“少年才氣冠當時，晚節孤風益自奇。”

⑦ 明公：舊時對有名位者的尊稱。《東觀漢記·鄧禹傳》：“明公雖建蕃輔之功，猶恐無所成立。”杜甫《徒步歸行》：“明公壯年值時危，經濟實藉英雄姿。國之社稷今若是，武定禍亂非公誰？” 林下：樹林之下，指幽静之地。任昉《求爲劉瓛立館啓》：“瑚璉廢泗上之容，樽俎恣林下之適。”鄭谷《慈恩寺偶題》：“林下聽經秋苑鹿，江邊掃葉夕陽僧。”也指山林田野退隱之處。慧皎《高僧傳·竺僧朗》：“朗常蔬食布衣，志耽人外……與隱士張忠爲林下之契，每共遊處。”靈徹《東林寺酬韋丹刺史》：“相逢盡道休官好，林下何曾見一人？” 靈龜：神龜。《文選·曹植〈七啓〉》：“假靈龜以託喻，寧掉尾於塗中。”李善注：“《莊子》曰：楚使大夫往聘莊子，莊子曰：吾聞楚有神龜，死已三千歲矣！”李中《鶴》：“好共靈龜作儔侶，十洲三島逐仙翁。”也比喻有才之士。權德輿《南亭曉坐因以示璩》：“迹似南山隱，官從小宰移。萬殊同野馬，方寸即靈龜。”許渾《將赴京師留題孫處士山居二首》二：“遊從隨野鶴，休息遇靈龜。長見鄰翁説，容華似舊時。”

[編年]

《年譜》編年本詩於“庚寅至甲午在江陵府所作其他詩”欄内，理由是：“詩云：‘潦倒慚相識。’”《編年箋注》編年：“元稹此詩作于江陵時期。見下《譜》。”《年譜新編》編年本詩於元和六年，理由是：“題下自注：‘用本韵。’景儉原唱佚。”

我們以爲，元稹一生大多潦倒，不知《年譜》、《編年箋注》所徵引的“潦倒慚相識”，與本詩編年江陵有什麼獨特的、令人信服的聯繫？而《年譜新編》的列舉的理由，與編年本詩於“元和六年”又有什麼特别的關係？

我們曾經在拙稿《元稹考論・元稹詩文編年之我見》中批評《年譜》：“我們以爲把這首詩籠統編年元稹江陵任内是不合適的。此詩有兩解，其一，以通常意義理解‘寄’字爲托人遞送。唐杜甫《述懷》詩：‘自寄一封書，今已十月後。’宋陸游《南窗睡起》詩：‘閑情賦罷憑誰寄？悵望壺天白玉京。’詩題曰‘見寄’，應是李景儉離開江陵之後事，至少是元和七年以後詩。元稹與安仙嬪的兒子元荆出生於元和六年，此後一直由安仙嬪操勞一切，不會發生本詩所述的情景。安仙嬪病故於元和九年秋天，元稹從唐州平叛前綫返回江陵之時安仙嬪已病故，家中祇有還不能操持家務的女兒保子和年才四歲的元荆，情景頗爲狼狽。時隔不久，元稹與兒女們一起返回長安。本詩即應作於元和九年秋冬元稹返回長安之前，地點在江陵。其二，這裏的‘寄’字也可以看作‘贈送’解，唐代張固《幽閑鼓吹》：‘元載子名伯和，勢傾中外，時閩帥寄樂伎十人，既至半歲，無因得達，伺其門下。’宋人王讜《唐語林・德行》：‘李師古跋扈，憚杜黄裳爲相，未敢失禮，乃寄錢物百萬，並氈車一乘。使者未敢進，乃於宅門伺候。’本詩云：‘命童寒色倦，撫稚晚啼饑。’兩句詩表明元稹親自撫養女兒，並没有家室代爲操勞。元稹的女兒保子元和五年十月從長安來到江陵，隨同父親生活，小妾安仙嬪與元稹結婚在元和六年晚春。這段時期，亦即元和五年十月保子來江陵之後元稹與安仙嬪結婚之前，頗符合本詩所述單身漢撫養年幼子女的狼狽相。但無論作何種解釋，籠統將本詩編年‘庚寅至甲午在江陵府所作其他詩’欄内是不合適的。”

現在我們需要進一步明確，根據本詩“命童寒色倦，撫稚晚啼饑”兩句，結合元稹的行蹤，我們所假設的第一種可能無法成立，因爲元稹得到朝廷的詔命，匆匆趕回江陵接領小妾與兒女進京的時候，安仙嬪已經病故，元稹《葬安氏誌》：“近歲嬰疾，秋方綿痼。適予與信友約浙行，不敢私廢。及還，果不克見。”元稹安葬安仙嬪之後，領著保子、元荆匆匆回京，根本没有時間也不可能回酬李景儉的詩篇。我們以爲本詩符合我們過去提出的第二種設想：元和五年十月十五日，元稹年幼的女兒保子從長安來到江陵，由父親元稹照料，而元稹既要應付公務，又要照料女兒，作爲一個男人，又不善於操持家務，情景頗爲狼狽，尤其是保子剛剛到達江陵的十月、十一月，境況則更爲尷尬。直到元稹與安仙嬪結婚之後，才免去了這份難堪。而元稹與安仙嬪的兒子在元和六年出生，地球人都知道，根據十月懷胎的自然規律，以及新婚夫婦大致需要一個月經週期才能懷孕的客觀實際，還有孩子出生時間的錯前落後，因此元稹與安仙嬪的結婚時間不能遲於元和六年的春天。而根據“命童寒色倦”的描述，本詩應該作於包括元和五年十月十五日保子來到江陵之後的冬天，亦即作于元和五年的十月十五日至十二月間，而據“寒色”“啼饑”的情景，以保子剛剛來到時最爲可能。這種困難也許引發了李景儉要幫助元稹張羅納妾的動因，元稹《葬安氏誌》“始辛卯歲，予友致用憫予愁，爲予卜姓而授之，四年矣”就揭示了其中的原因。不管《年譜新編》對“見寄”如何解釋，其編年本詩於元和六年肯定是不合適的。

◎ 哀病驄呈致用[(一)][①]

櫪上病驄啼裊裊[(二)]，江邊廢宅路迢迢[②]。自經梅雨長垂耳，乍食菰蔣欲折腰[③]。金絡頭銜光未滅，玉花衫色瘦來燋[④]。曾聽禁漏驚衙鼓，慣蹋康衢怕小橋[⑤]。夜半雄嘶心不死[(三)]，日高饑卧尾還摇[(四)][⑥]。龍媒薄地天池遠，何事牽牛在碧霄[⑦]？

録自《元氏長慶集》卷一七

[校記]

(一) 哀病驄呈致用：楊本、叢刊本、《全詩》卷四一二均收録本詩，歸屬元稹名下。《羅昭諫集》、《全詩》卷六六四亦收録本詩，作者羅隱，題曰"病驄馬"，詩句大致相同，個别字句有異。河南大学唐诗研究室《全唐诗重篇索引》也未标出。今引録如下："櫪上病驄蹄裹裹，江邊廢宅路迢迢。自經梅雨長垂耳，乍食菰漿欲折腰。金絡衛頭光未滅，玉花毛色瘦來焦。曾聽禁漏驚街鼓，慣踏康塵怕小橋。夜半雄聲心尚壯，日中高卧尾還摇。龍媒落地天池遠，何事牽牛在碧霄？"考羅隱一生履歷，未見其仕職京城，故"曾聽禁漏"就無法落實在羅隱身上；羅隱也從未歷職監察御史一類的官職，故羅隱并無"病驄"可哀，據此可以視爲非羅隱所作。而經過我們的"箋注"，詩中所言與元稹經歷一一對應，可以認定本詩爲元稹所作。順便在這裏説一句：《年譜新編》云："此詩《全詩》卷六六四收於羅隱名下，四部叢刊本《甲乙集》卷一〇亦收。柳宗元《亡友故秘書省校書郎獨孤君墓碣》云：'李景儉致用，隴西人。'曾與元稹同參幕於荆南，魚水相得，早於元稹卒。李景儉卒時，羅隱猶未出生，不可能爲作必矣！"《年譜新編》的判斷不錯，但論證不能成立，因爲挂名羅隱的詩篇題名是"病驄馬"，并没有涉及李景儉。引用柳宗元的文章，與論證本詩不屬於羅隱也没有什麽關係。

（二）櫪上病驄啼裊裊：楊本、叢刊本、《全詩》同，張校宋本作"櫪上病驄蹄裊裊"，語義不佳，不改。

（三）夜半雄嘶心不死：楊本、叢刊本、《全詩》作"半夜雄嘶心不死"，語義相類，不改。

（四）日高饑卧尾還摇：原本作"日高饑餓尾還摇"，楊本、叢刊本同，語義不佳，據《全詩》改。

［箋注］

① 哀：悲痛，悲傷。《文心雕龍·哀悼》："以辭遣哀，蓋不泪之悼。"韓愈《汴州亂二首》一："諸侯咫尺不能救，孤士何者自興哀？"憐憫，憐愛，同情。《穆天子傳》卷五："天子作詩三章以哀民。"郭璞注："哀，猶湣也。"元稹《唐故南陽郡王贈某官碑文銘》："我父當得碑，家且貧，無以買其文，卿大夫誰我肯哀者？"　病：重病，傷痛嚴重。《漢書·張良傳》："忠言逆耳利於行，毒藥苦口利於病。"韓愈《河南少尹裴君墓誌銘》："疾病，改河南少尹。輿至官，若干日，卒。"　驄：指御史所乘的馬。王由禮《驄馬》："行行苦不倦，唯當御史驄。"高適《送李侍御赴西安》："行子對飛蓬，金鞭指鐵驄。"這裏的"病驄"指曾經擔任過監察御史而最後被迫離職的元稹。　呈：送上，呈報。《晉書·石季龍載記》："邃以事爲可呈呈之，季龍恚曰：'此小事，何足呈也。'時有所不聞，復怒曰：'何以不呈？'"李頎《答高三十五留別便呈於十一》："累薦賢良皆不就，家近陳留訪耆舊。韓康雖復在人間，王霸終思隱巖竇。"　致用：即元稹的朋友李景儉，致用是李景儉的字，元稹有多篇詩文涉及：《飲致用神麯酒三十韵》、《酬别致用》、《送致用》就是元稹作於江陵時期的詩作。

② 櫪：馬槽，亦指關牲畜的地方。曹操《步出夏門行》："老驥伏

櫪，志在千里。烈士暮年，壯心不已。”王安石《騏驥在霜野》：“騏驥在霜野，低回向衰草。入櫪聞秋風，悲鳴思長道。” 啼：悲哀的哭泣。《禮記・喪大記》：“始卒，主人啼，兄弟哭。”韓愈《祭女挐女文》：“我視汝顔，心知死隔；汝視我面，悲不能啼。”元稹將自己比作病驄，又將驄馬擬人化，請讀者留意。 裊裊：亦作“褭褭”，形容聲音宛轉悠揚。杜甫《猿》：“裊裊啼虚壁，蕭蕭挂冷枝。”許渾《宿開元寺樓》：“誰家歌褭褭？孤枕在西樓。” 江邊廢宅：元稹貶任江陵士曹參軍之後，荆南節度使府一開始安排給元稹的住宅。本詩所謂的“廢宅”，就是《江邊四十韵》中的“壞構”。元稹《江邊四十韵（官爲修宅，卒然有作，因招李六侍御，此後並江陵時作）》：“官借江邊宅，天生地勢坳。欹危饒壞構，迢遞接長郊。”據考證，“官爲修宅”的具體時間在元和五年的冬天。 迢迢：道路遙遠貌。潘岳《内顧詩二首》一：“漫漫三千里，迢迢遠行客。”王縉《文杏館》：“迢迢文杏館，躋攀日已屢。南嶺與北湖，前看復迴顧。”這裏指元稹住宅離節度使府的路程不近，“迢迢”用在這裏，是文學誇張的手法。

③ 梅雨：指初夏産生在長江與淮河流域持續較長的陰雨天氣。因時值梅子黄熟，故亦稱黄梅天。此季節空氣長期潮濕，器物易黴，故又稱黴雨。《太平御覽》卷九七〇引應劭《風俗通》：“五月有落梅風，江淮以爲信風。又有霜霔，號爲梅雨，沾衣服皆敗黦。”《本草綱目・雨水》：“梅雨或作黴雨，言其沾衣及物，皆生黑黴也。芒種後逢壬爲入梅，小暑後逢壬爲出梅。又以三月爲迎梅雨，五月爲送梅雨。” 垂耳：兩耳下垂，形容馴服的樣子。枚乘《七發》：“飛鳥聞之，翕翼而不能去；野獸聞之，垂耳而不能行。”張九齡《酬王六霽後書懷見示》：“作驥君垂耳，爲魚我曝鰓。”這裏既是寫病驄，也是狀詩人。 菰蔣：菰，茭白。李嘉祐《自蘇臺至望亭驛人家盡空春物增思悵然有作因寄從弟紓》：“南浦菰蔣覆白蘋，東吴黎庶逐黄巾。野棠自發空臨水，江燕初歸不見人。”李白《新林浦阻風寄友人》：“海月破圓景，菰蔣生緑

池。”　折腰：彎曲的腰。劉向《列女傳·鍾離春》：“其爲人極醜無雙，臼頭、深目、長指……折腰、出胸，皮膚若漆。”謂彎著腰。王讜《唐語林·補遺》：“折腰而趨，流汗喘乏。”

④ 金絡頭：金飾的馬籠頭。鮑照《代結客少年場行》：“驄馬金絡頭，錦帶佩吴鉤。”李白《答杜秀才五松見贈》：“當時待詔承明裏，皆道揚雄才可觀。敕賜飛龍二天馬，黄金絡頭白玉鞍。”　滅：除盡，使不存在。王珪《詠漢高祖》：“漢祖起豐沛，乘運以躍鱗。手奮三尺劍，西滅無道秦。”庾抱《驄馬》：“迴鞍拂桂白，頳汗類塵紅。滅没徒留影，無因圖漢宫。”　玉花：指華麗的花紋裝飾。庾信《鏡賦》：“玉花簟上，金蓮帳裏。”楊萬里《萬安出郭早行》：“玉花小朵是山礬，香殺行人只欲顛。”　燋：憔悴。《淮南子·氾論訓》：“濁之則鬱而無轉，清之則燋而不謳。”高誘注：“燋，悴也。”陳叔達《自君之出矣》：“自君之出矣！紅顔轉憔悴。思君如明燭，煎心且銜泪。”

⑤ 禁漏：宫中計時漏刻，亦指漏刻發出的聲響。劉禹錫《闕下待傳點呈諸同舍》：“禁漏晨鐘聲欲絶，旌旗組綬影相交。殿含佳氣當龍首，閣倚晴天見鳳巢。”白居易《禁中曉卧因懷王起居》：“遲遲禁漏盡，悄悄暝鴉喧。夜雨槐花落，微凉卧北軒。”　衙鼓：舊時衙門中所設的鼓，用以集散曹吏。白居易《晚起》：“卧聽鼕鼕衙鼓聲，起遲睡足長心情。”王貞白《庾樓曉望》：“子城陰處猶殘雪，衙鼓聲前未有塵。三百年來庾樓上，曾經多少望鄉人！”　康衢：四通八達的大路。《列子·仲尼》：“堯乃微服游於康衢。”《晉書·潘岳傳》：“動容發音，而觀者莫不抃舞乎康衢，謳吟乎聖世。”　小橋：小型橋梁。庾信《詠畫屏風詩二十五首》五：“小橋飛斷岸，高花出迴樓。”白居易《題小橋前新竹招客》：“雁齒小紅橋，垂檐低白屋。橋前何所有？苒苒新生竹。”

⑥“夜半雄嘶心不死”兩句：病驄雖然遭受打擊而病卧，每當半夜時分，還要高聲嘶鳴；太陽當午，饑卧馬欄，但還要不時摇動尾巴，表示自己不放棄不言敗的堅强决心，表達詩人不肯與政敵同流合污

的耿直心態。　夜半：半夜。《史記·孟嘗君列傳》：“孟嘗君得出，即馳去，更封傳，變名姓以出關，夜半至函谷關。”白居易《長恨歌》：“七月七日長生殿，夜半無人私語時：在天願作比翼鳥，在地願爲連理枝。”　雄：剛健，豪放。司空圖《二十四詩品·雄渾》：“返虚入深，積健爲雄。”旺盛，高漲。薛逢《送封尚書節制興元》：“大封茅土鎮褒中，醉出都門殺氣雄。”　嘶：牲畜鳴叫，亦特指馬鳴。《玉臺新詠·古詩爲焦仲卿妻作》：“其日馬牛嘶，新婦入青廬。”吴兆宜注引《正字通·口部》：“嘶，聲長而殺也。凡馬鳴、蟬鳴，聲多嘶。”庾信《伏聞遊獵》：“馬嘶山谷響，弓寒桑柘鳴。”　日高：上午的太陽已經升得很高。李彦遠《採桑》：“採桑畏日高，不待春眠足。攀條有餘態，那矜貌如玉。”孟郊《弔房十五次卿少府》：“日高方得起，獨賞些些春。可惜宛轉鶯，好音與佗人。”　饑餓：肚子很空，想吃東西。饑，通“飢”。《東觀漢記·鄧禹傳》：“軍士饑餓，皆食棗菜。”曾鞏《叙盗》：“有饑餓之迫，無樂生之情。其屢發而爲盗，亦情狀之可哀者。”　尾摇：亦作“摇尾”，動物摇動尾巴，表示自己的意願。皮日休《喜鵲》：“棄羶在庭際，雙鵲來摇尾。欲啄怕人驚，喜語晴光裏。”劉敞《聞隱直欲調官》：“蛟龍居池中，仰活數掬水。虎豹離山林，求食輒摇尾。”

⑦ 龍媒：《漢書·禮樂志》：“天馬徠龍之媒。”顔師古注引應劭曰：“言天馬者乃神龍之類，今天馬已來，此龍必至之效也。”後因稱駿馬爲“龍媒”。《晉書·庾亮傳論》：“馬控龍媒，勢成其逼。”也喻俊才。楊炯《後周明威將軍梁公神道碑》：“於是龍媒間出，麟駒挺生。伯樂多謝於精微，日磾有慚於牧養。”高適《和賀蘭判官望北海作》：“長鳴謝知己，所愧非龍媒。”唐御馬廄六閑之一。《新唐書·兵志》：“又以尚乘掌天子之御。左右六閑：一曰飛黄，二曰吉良，三曰龍媒，四曰騊駼，五曰駃騠，六曰天苑。”　天池：天上仙界之池。杜甫《天池》：“天池馬不到，嵐壁鳥纔通。”韓偓《漫作二首》一：“玄圃珠爲樹，天池玉作砂。”　何事：爲何，何故。左思《招隱二首》一：“何事待嘯歌？灌木自

悲吟。"劉過《水調歌頭》:"湖上新亭好,何事不曾來?"　牽牛:即河鼓,星座名,俗稱牛郎星。《詩・小雅・大東》:"睆彼牽牛,不以服箱。"毛傳:"河鼓謂之牽牛。"這裏借喻奸惡而不爲國家百姓謀利的權貴們。李白《白微時募縣小吏入令臥内嘗驅牛經堂下令妻怒將加詰責白亟以詩謝云》:"素面倚欄鉤,嬌聲出外頭。若非是織女,何得問牽牛?"　碧霄:青天。楊巨源《春日奉獻聖壽無疆詞十首》六:"碧宵傳鳳吹,紅旭在龍旗。"蘇軾《虚飃飃三首》一:"露凝殘點見紅日,星曳餘光横碧霄。"這首詩表面上是詠病馬,明眼人一看就知道詩人是以病馬自喻,表達自己"半夜雄嘶心不死,日高饑卧尾還摇"的决心,發泄對"龍媒薄地天池遠,何事牽牛在碧霄"的不滿。當然,詩歌也隱含詩人對李景儉遭遇不公平貶謫的惋惜,因爲貶謫埋没了李景儉經略王霸之業的才幹。

[編年]

《年譜》編年本詩於"庚寅至甲午在江陵府所作其他詩"欄内,理由是:"詩有'江邊廢宅路迢迢'、'自經梅雨長垂耳'等句。"《編年箋注》編年:"元稹《貽蜀五首序》云:'元和九年(八一四),蜀從事韋臧文告别,蜀多朋舊……因賦代懷五章,而贈行亦在其數。'其中之一即《病馬詩寄上李尚書》。疑《哀病驄呈致用》亦成于同時。見下《譜》。"《年譜新編》編年本詩於元和五年"元稹貶江陵時所作詩",理由是:"詩云:'櫪上病驄啼裊裊,江邊廢宅路迢迢。'元稹宅院修葺之前作。"

我們以爲本詩是可以具體編年的。詩人以病驄自喻,向老朋友李景儉訴説自己内心的不平感受。詩云:"曾聽禁漏驚衙鼓,慣蹋康衢怕小橋。"顯然是元稹剛剛離開京城初到江陵府時的事情,詩人還没有習慣江陵的環境,故誤"衙鼓"爲"禁漏",走慣了京城大道的詩人也害怕經過鄉間的獨木小橋。詩又云:"自經梅雨長垂耳,乍食菰蔣欲折腰。"梅雨是夏天間的物候,菰蔣是秋天成熟的植物,故此詩應作於元和五年的夏秋之後,此爲本詩編年之上限。而詩中有"江邊廢宅路迢迢"之句,也説明此詩應作於官爲元稹修理江邊廢宅之前。據元和六年所作元稹《遣春十首》之六"茸舊良易就,新院亦已羅"之句,元稹廢宅修理應該在元和五年冬天或稍後,此爲本詩編年之下限。據此,本詩應該賦成於元和五年的冬天,地點在江陵。

《編年箋注》的編年多少有一點荒唐,首先《年譜》編年本詩在"庚寅至甲午在江陵府所作其他詩"欄内,前後四年,並不僅僅是"元和九年"一年,一説"四年",一説"一年","見下《譜》"云云如何解釋?其次,以"病馬"、"病驄"相似相近而編年在一起也不可取,在唐代,同一詩人詩篇用詞相似的多不枚舉,是不是都採用這樣的方法將它們編年在一起?另外,本詩是"呈致用"之作,而致用即李景儉離開江陵在元和七年年底之前,本詩又如何可能與"元和九年"扯上關聯?

我們在爲《年譜新編》的編年意見與我們一致而高興的同時,也多多少少有一點遺憾:因爲與《年譜新編》同樣的編年意見,我們已經在《廣西師大學報》二〇〇一年第二期上以《元稹詩文編年别解》的題目發表過。出版於二〇〇四年十一月的《年譜新編》自然應該看到過,因爲《年譜新編》的著者曾經對這篇拙文中的個别問題作過指名道姓的嚴厲批評,雖然我們至今仍然認爲這樣的批評並不成立。别人的"錯誤"完全可以批評,而别人的學術成果也完全可以引用,但批評時指名道姓,嚴厲有餘;而引用時就讓原作者隱姓埋名,自己拿來就用,也不作任何説明,這樣的行爲算是《年譜新編》著者一再批評别人的光明正大的"學術規範"嗎?

◎ 江邊四十韵(官爲修宅,卒然有作,因招李六侍御。此後並江陵時作)①

官借江邊宅,天生地勢坳②。敧危饒壞構,迢遰接長郊③。怪鵩頻栖息,跳蛙頗溷殽④。總無籬繳繞,尤怕虎咆哮⑤。停潦魚招獺,空倉鼠敵猫⑥。土虛煩穴蟻,柱朽畏藏蛟⑦。蛇虺吞檐雀,豺狼逐野麃⑧。犬驚狂浩浩,雞亂響嘐嘐⑨。濩落貧甘守,荒凉穢盡包⑩。斷簾飛熠燿,當户網蠨蛸⑪。曲突翻成沼,行廊却代庖⑫。橋橫老顛枿,馬病裛芻茭⑬。一一床頭點,連連砌下泡⑭。辱泥疑在絳,避雨想經崤⑮。相顧憂爲鱉,誰能復繫匏⑯？誓心來利往,卜食過安爻⑰。何計逃昏墊？移文報舊交⑱。棟梁存伐木,苫蓋愧分茅⑲。金埒排黄荻,琅玕裹翠梢(一)⑳。花磚水面鬥,鴛瓦玉聲敲㉑。方礎荆山採,修椽郢匠鉋㉒。隱椎雷震蟄(二),破竹箭鳴骹(脛也)㉓。正寢初停午,頻眠欲轉胞(三)㉔。囷圓收薄禄,厨敞備嘉肴㉕。各各人寧宇,雙雙燕賀巢㉖。高門受車轍,華廄稱蒲梢㉗。尺寸皆隨用,毫厘敢浪抛㉘!篾餘籠白鶴,枝剩架青鵁(四)㉙。製榻容筐篚(五),施關拒斗筲㉚。欄干防汲井,密室待持膠(六)㉛。庭草傭工薙,園蔬稚子掊㉜。本圖閑種植,那要擇肥磽㉝？緑柚勤勤數,紅榴個個抄㉞。池清漉螃蠏,爪蠹拾螌蝥㉟。曬篆看沙鳥,磨刀綻海鮫㊱。羅灰修藥竈,築垜閲弓弰(七)㊲。散誕都由習,童蒙剩懶教㊳。最便陶静飲,還作解愁嘲㊴。近浦聞歸檝,遥城罷曉鐃㊵。王孫如有問,須爲併揮鞘㊶。

録自《元氏長慶集》卷一三

[校記]

(一) 琅玕裹翠梢:蘭雪堂本、叢刊本、《全詩》同,楊本作"琅玕裹翠稍",不從不改。

(二) 隱椎雷震蟄:蘭雪堂本、叢刊本同,楊本、《全詩》作"隱錐雷震蟄",語義不同,不改。

(三) 貪眠欲轉胞:原本、叢刊本、《全詩》作"頻眠欲轉胞",楊本作"貪眠欲轉胞",語義較佳,據改。

(四) 枝剩架青鵐:《全詩》同,楊本作"材剩架青鵐",語義相類,不改;叢刊本作"□剩架青鵐",不從。

(五) 製榻容筐篚:《全詩》同,叢刊本、蘭雪堂本作"製榻容筐在",楊本作"製榻容筐坐",語義不同,不改。

(六) 密室待持膠:蘭雪堂本、叢刊本、《全詩》同,楊本作"密室待投膠",語義不同,不改。

(七) 箖埰閱弓弰:蘭雪堂本、叢刊本、《全詩》同,楊本作"篥埰閱弓弰",篥:竹名。《山海经·中山经》:"雲山無草木,有桂竹,甚毒,傷人必死。"郭璞注:"交趾有篥竹,實中,勁强,有毒,鋭似刺,虎中之則死,亦此類也。"又作觱篥,古代自西域传入中原的一种管乐器。龚鶱《古风》:"蘆管數聲蠻瘴開,沙壙無人鬼吹篥。"語義不同,不改。

[箋注]

① 江邊:長江邊上。趙冬曦《和燕公岳州山城》:"爲吏恩猶舊,投沙惠此蒙。江邊悠爾處,泗上宛然同。"崔國輔《九日》:"江邊楓落菊花黄,少長登高一望鄉。九日陶家雖載酒,三年楚客已霑裳。" 卒然有作:住宅修成之後,最後詩人寫下這篇詩歌紀實。 卒然:终於,最后。《楚辭·天问》:"齊桓九會,卒然身殺。"朱熹集注:"卒,終也。"王昌齡《贈宇文中丞》:"車服卒然来,涔陽作遊子。鬱鬱寡開顔,默默

獨行李。”　李六侍御：即元稹的朋友李景儉，當時也在江陵，爲户曹參軍。李景儉曾是元稹岳丈韋夏卿的舊僚，元稹有《陪諸公游故江西韋大夫通德湖舊居有感題四韵兼呈李六侍御即韋大夫舊寮也》詩可證。　侍御：唐代稱殿中侍御史、監察御史爲侍御，後世因沿襲此稱。李白有《贈韋侍御黄裳》，王琦注引《因話録》：“御史臺三院，一曰臺院，其僚曰侍御史，衆呼爲端公；二曰殿院，其僚曰殿中侍御史，衆呼爲侍御；三曰察院，其僚曰監察御使，衆呼亦曰侍御。”丁仙芝《戲贈姚侍御》：“新披驄馬隴西駒，頭戴獬豸急晨趨。明光殿前見天子，今日應彈佞倖夫。”孫逖《送靳十五侍御使蜀》：“天使出霜臺，行人擇吏才。傳車春色送，離興夕陽催。”《舊唐書·李景儉傳》：“竇群爲爲御史中丞，引爲監察御史。群以罪左遷，景儉坐貶江陵户曹。”故元稹按照唐代慣例，稱呼李景儉爲“侍御”。

② 官借江邊宅：本詩描寫的是詩人在江陵士曹參軍任上惡劣的生活環境，我們還可以引録元稹的另一段話來加以印證，其《蟲豸詩七篇(并序)》云：“始辛卯年，予掾荆州之地，洲渚濕墊，其動物宜介，其毛物宜翅羽。予所舍又荆州樹木洲渚處，晝夜常有翅羽百族鬧，心不得閑静，因爲《有鳥二十章》以自達。”這裏既有生活困境的真實寫照，更寓有政治苦境的揭示。元稹“掾荆州”亦即以士曹參軍的身份貶任荆州，在元和五年，亦即“庚寅”，所謂“辛卯年”，屬於元稹事後誤記所致。而這一所破舊的房屋，還是由官方出面暫時借來的。　江：古代專指長江。《孟子·滕文公》：“決汝漢，排淮泗而注之江。”李覯《長江賦》：“重裝迭載，踰江越淮。”也作江河的通稱。《書·禹貢》：“九江孔殷。”孔穎達疏：“江以南水無大小，俗人皆呼爲江。”宋祁《宋景文公筆記·釋俗》：“南方之人謂水皆曰江，北方之人謂水皆曰河。”這裏是指前者。　天生地勢坳：更讓人難堪的是這裏地勢低窪，雜草叢生，百蟲遍地。　天生：天然生成。《韓非子·解老》：“夫能自全也而盡隨於萬物之理者，必有在天生。天生也者，生心也。”白居易《長

恨歌》:"天生麗質難自棄,一朝選在君王側。" 地勢:土地山川的形勢。張衡《南都賦》:"爾其地勢,則武闕關其西,桐柏揭其東。"梅堯臣《五月十三日大水》:"我家地勢高,四顧如湖滮。" 坳:地面窪下處。《莊子·逍遙遊》:"覆杯水於坳堂之上,則芥爲之舟,置杯焉則膠,水淺而舟大也。"韓愈《詠雪贈張籍》:"坳中初蓋底,垤處遂成堆。"

③ 欹危:傾斜危險貌,傾斜欲墜貌。陸游《永秋》:"小彴欹危度,鄰園曲折通。"歪斜不平貌。杜甫《江畔獨步尋花七絶句》二:"稠花亂蕊裹江濱,行步欹危實怕春。"也作危難解。元稹《答胡靈之》:"潦倒沉泥滓,欹危踐矯衡。" 壞構:這裏指已經損壞的房屋,與"破屋"義同。白居易《病中得樊大書》:"荒村破屋經年卧,寂絶無人問病身。唯有東都樊著作,至今書信尚殷勤。"司空圖《秋思》:"孤螢出荒池,落葉穿破屋。勢利長草草,何人訪幽獨?" 迢遞:遙遠貌。嵇康《琴賦》:"指蒼梧之迢遞,臨回江之威夷。"杜甫《送樊二十三侍御赴漢中判官》:"居人莽牢落,遊子方迢遰。" 長郊:遠郊,與近郊相對。李白《送梁四歸東平》:"玉壺挈美酒,送别强爲歡。大火南星月,長郊北路難。"王禹偁《送鄭南進士歸洪州》:"霜飄楓葉滿長郊,家指西山舊結茅。訪我謫居龍失水,憐君行路鳥焚巢。"

④ 鵩:鳥名,似鴞。賈誼《鵩鳥賦序》:"鵩似鴞,不祥鳥也。"李善注引《巴蜀異物志》:"有鳥小如雞,體有文色,土俗因形名之曰鵩。不能遠飛,行不出域。"元稹《有鳥二十章》五:"有鳥有鳥名野雞,天姿耿介行步齊……秋鷹迸逐霜鶻遠,鵩鳥護巢當晝啼。" 栖息:止息,寄居。曹丕《鶯賦》:"託幽籠以栖息,厲清風而哀鳴。"韩愈《鸣雁行》:"天長地闊栖息稀,風霜酸苦稻粱微。" 跳蛙:東奔西跳的青蛙。元稹《種竹》:"清風猶淅淅,高節空團團。鳴蟬聒暮景,跳蛙集幽闌。"白居易《效陶潛體詩十六首》二:"村深絶賓客,窗晦無儔侶。盡日不下床,跳蛙時入户。" 蛙:兩栖動物,常見背色青緑者謂之青蛙,背有黄色縱綫者謂之金綫蛙。鄭獬《雨餘》:"長虹挂雨出青嶂,落日翻光燒

赤雲。得水跳蛙惟召鬧，投林栖雀自求群。”張耒《蘄水道中二首》一：“蠶老麥枯田舍忙，誰令四月雨浪浪？未容烏鳥私遺粒，鳴蚓跳蛙欲滿場。”　溷殽：混亂，雜亂。《漢書·谷永傳》：“亂服共坐，流湎媟嫚，溷殽無别。”王符《潜夫論·叙録》：“忠佞溷淆，各以類進。”

⑤ 繳繞：圍繞，纏繞。武元衡《幕中諸公有觀獵之作因繼之》：“豺狼驅盡塞，垣空銜蘆遠。雁愁縈繳繞，樹啼猿怯避。”元稹《韋氏館與周隱客杜歸和泛舟》：“天色低澹澹，池光漫油油。輕舟閑繳繞，不遠池上樓。”　咆哮：野獸、牲畜怒吼。薛用弱《集異記·李汾》：“豕視汾，瞋目咆哮，如有怒色。”洪邁《夷堅乙志·武夷道人》：“夜未久，果有虎咆哮來前。”

⑥ 停潦：積水。張方平《昆山初秋觀稼回縣署與同寮及示姑蘇幕府》：“去秋僅有年，膏田尚停潦。今幸風雨調，皆話天時好。”　獺：獸名，哺乳動物，頭扁，耳小，脚短，趾間有蹼，毛短而軟密，栖息水邊，善游泳，主食魚類，分水獺、旱獺、海獺三種。劉禹錫《有獺吟》：“有獺得嘉魚，自謂天見憐。先祭不敢食，捧鱗望青玄。”陳陶《南昌道中》：“村翁莫倚横浦罾，一半魚蝦屬鵜獺。”　空倉：没有任何儲物的倉庫。儲光羲《野田黄雀行》：“蕭條空倉暮，相引時來歸……水長路且壞，惻惻與心違。”陳師道《烏呼行》：“今年夏旱秋水生，江淮轉粟千里行。不應遠水救近渴，空倉四壁雀不鳴。”詩人在這裏意有所指，如果再結合“鼠敵猫”來看，這種寓意就更爲明顯，社會的邪惡勢力猖狂異常，而地方管理者却無能爲力。

⑦ 穴蟻：洞中的螞蟻。高適《東平路中遇大水》：“仍憐穴蟻漂，益羡雲禽遊。”陸龜蒙《秋日遣懷寄道侶》：“蠹根延穴蟻，疏葉漏庭蟾。”　蛟：古代傳説中的一種龍，常居深淵，能發洪水。《楚辭·九歌·湘夫人》：“麋何食兮庭中？蛟何爲兮水裔？”王逸注：“蛟，龍類也。”《漢書·武帝紀》：“親射蛟江中，獲之。”

⑧ 蛇虺：泛指蛇類，亦用以比喻兇殘狠毒的人。高適《東征賦》：

“寄腹心於梟獍,任手足於蛇虺。”杜甫《雨》:“兵戈浩未息,蛇虺反相顧。悠悠邊月破,鬱鬱流年度。”此句的“蛇虺吞檐雀”與下句的“豺狼逐野麃”意義相同,既是自然界以强欺弱的描述,也是人世間以惡欺善的象徵。而上句“總無籬繳繞,尤怕虎咆哮”的敘述,反映了詩人在政治迫害重壓下膽顫心驚的心境。 豺狼:豺與狼,皆凶獸。《楚辭·招魂》:“豺狼從目,往來侁侁些。”也比喻兇殘的惡人。李白《古風》一九:“俯視洛陽川,茫茫走胡兵。流血塗野草,豺狼盡冠纓。”王昌齡《詠史》:“荷畚至洛陽,杖策遊北門。天下盡兵甲,豺狼滿中原。” 麃:即麅。《管子·地員》:“既有麇麃,又且多鹿。”《古詩境·詩正義引語》:“四足之美有麃,兩足之美有鷮。”也作麇鹿。《史記·孝武本紀》:“其明年,郊雍,獲一角獸,若麃然。”裴駰集解引韋昭曰:“楚人謂麇爲麃。”

⑨ 浩浩:引申爲喧鬧。《舊唐書·柏耆傳》:“元和十五年,王承元歸國,移鎮滑州,朝廷賜成德軍賞錢一百萬貫,令諫議大夫鄭覃宣慰軍人,賞錢未至,浩浩然騰口。”蘇軾《真興寺閣》:“市人與鴉鵲,浩浩同一聲。” 嘐嘐:象聲詞,多指動物叫聲。柳宗元《遊朝陽岩遂登西亭二十韵》:“晨雞不余欺,風雨聞嘐嘐。”蘇軾《黠鼠賦》:“嘐嘐聱聱,聲在橐中。”

⑩ 濩落:原謂廓落,引申謂淪落失意。韓愈《贈族侄》:“蕭條資用盡,濩落門巷空。”王昌齡《贈宇文中丞》:“僕本濩落人,辱當州郡使。” 荒凉:荒蕪,人烟寥落。張九齡《奉和聖製度潼關口號》:“嶙嶙故城壘,荒凉空戍樓。在德不在險,方知王道休。”文天祥《指南録·上岸難》:“城外荒凉,寂無人影。”也作淒凉,淒清解。張説《過漢南城嘆古墳》:“舊國多陵墓,荒凉無歲年。汹湧蔽平岡,泊若波濤連。”李賀《金銅仙人辭漢歌》:“携盤獨出月荒凉,渭城已遠波聲小。”

⑪ 熠耀:磷火,一説螢火。張華《勵志》:“熠耀宵流。”杜甫《秋日荆南送石首薛明府辭滿告别奉寄薛尚書頌德叙懷斐然之作三十韵》:

“但驚飛熠耀，不記改蟾蜍。” 蠨蛸：蜘蛛的一種，脚很長，通稱蟢子。《詩·豳風·東山》：“伊威在室，蠨蛸在户。”孔穎達疏：“蠨蛸，長踦，一名長脚。荆州河内人謂之喜母，此蟲來著人衣，當有親客至有喜也。幽州人謂之親客，亦如蜘蛛爲羅網居之，是也。”馬縞《中華古今注·長跂》：“蠨蛸也，身小足長，故謂長蚑，小蜘蛛長脚也，俗呼爲蟢子。”

⑫ 曲突：指烟囱。張協《雜詩十首》一〇：“里無曲突烟，路無行輪聲。”何遜《七召》：“圜堵常閉，曲突無烟。”有“曲突徙薪”的典故，《藝文類聚》卷八〇引桓譚《新論》：“淳於髡至鄰家，見其灶突之直而積薪在傍，謂曰：‘此且有火。’使爲曲突而徙薪。鄰家不聽，後果焚其屋，鄰家救火，乃滅。烹羊具酒謝救火者，不肯呼髡，智士譏之曰：‘曲突徙薪無恩澤，燋頭爛額爲上客。’蓋傷其賤本而貴末也”。杜牧《李給諫中敏二首》一：“曲突徙薪人不會，海邊今作釣魚翁。”王安石《吴正肅公挽辭三首》二：“曲突非無驗，方穿有不行。” 沼：水池。《詩·小雅·正月》：“魚在於沼，亦匪克樂。”司馬相如《上林賦》：“日出東沼，入乎西陂。” 行廊：即走廊，有頂的走道。元稹《和友封題開善寺》：“古匣收遺施，行廊畫本朝。”歐陽修《浙川縣興化寺廊記》：“興化寺新修行廊四行，總六十四間。” 庖：厨房。《穀梁傳·桓公四年》：“四時之田用三焉，唯其所先得，一爲乾豆，二爲賓客，三爲充君之庖。”范寧注：“先宗廟，次賓客，後庖厨。”《孟子·梁惠王》：“庖有肥肉。”

⑬ 顛柹：跌跌撞撞狀。浩虚舟《木雞賦》：“日就月將，功盡而稍同顛柹，不震不悚，性成而漸若朽株已。”宋庠《再入參乞罷免重任表》：“歷典州符，五新年籥，何意君環之召，復聯公衮之榮！顛柹再條，朽肌還肉。” 裛：通“浥”，沾濕。陶潜《飲酒二十首》七：“秋菊有佳色，裛露掇其英。”王維《送元二使安西》：“渭城朝雨裛輕塵，客舍青青柳色新。” 芻茭：乾草，牛馬的詞料。《書·費誓》：“魯人三郊三

遂,峙乃芻茭。”孔穎達疏:“鄭云:‘茭,乾芻也。’”元稹《樂府古題·陰山道》“萬束芻茭供旦暮,千鍾菽粟長牽漕。”

⑭ 一一:逐一,一個一個地。《韓非子·内儲説》:“齊宣王使人吹竽,必三百人。南郭處士請爲王吹竽,宣王説之,廩食以數百人。宣王死,湣王立,好一一聽之,處士逃。”陶潛《桃花源記》:“問今是何世,乃不知有漢,無論魏晉。此人一一爲具言,所聞皆嘆惋。” 連連:接連不斷。《莊子·駢拇》:“則仁義又奚連連如膠漆纆索,而游乎道德之閑爲哉!”成玄英疏:“連連,猶接續也。”陳琳《飲馬長城窟行》:“長城何連連? 連連三千里。”猶漣漣。唐代酒肆布衣《醉吟》:“一旦形羸又鬓白,舊遊空使泪連連。”《敦煌變文集·醜女緣起》:“珠泪連連怨復嗟,一種爲人面貌差。”

⑮ 辱泥疑在絳:《元和郡縣志·絳州》:“正平縣……晉靈公臺在縣西北三十一里,《左傳》曰:‘晉靈公不君,從臺上彈人,觀其避丸,即此臺也。’”所謂“辱泥疑在絳”,疑即暗喻元稹自己在敷水驛遭到宦官的侮辱。 絳:古地名,春秋晉國舊都,在今山西省翼城縣東南,晉穆侯自曲沃遷都於此,孝公時改名爲翼,及景公遷新田,稱爲新絳,遂稱此爲故絳。這裏指“絳臺”,春秋晉平公在國都絳所建之高臺。一説晉靈公所造。《後漢書·馮衍傳》:“饁女齊於絳臺兮,饗椒舉於章華。”李賢注:“絳,晉國所都。《國語》曰:‘晉平公爲九層之臺。’”李商隱《戲題贈稷山驛吏王會》:“絳臺驛吏老風塵,躭酒成仙幾十春。”馮集梧注:“《説苑》:‘晉靈公造九層之臺。’” 崤:山名,也作“殽”,又名嶔崟山、嶔岑山,在河南省永寧縣北,山分東西二崤,中有谷道,阪坡峻陡,爲古代軍事要地。《元和郡縣志·河南府》:“永寧縣……二崤山又名嶔崟山,在縣北二十八里。春秋時,秦將襲鄭,蹇叔哭送其子曰:‘晉人禦師必于崤,崤有二陵,其南陵,夏后皋之墓。北陵,文王之所避風雨。必死是間!’”鄭世翼《登北邙還望京洛》:“三河分設險,兩崤資巨防。飛觀紫烟中,層臺碧雲上。”李嶠《送光禄劉主簿之洛》:

“函谷雙崤右，伊川二陝東。仙舟音將隔，芳㪺暫云同。”所謂的“避雨想經崤”，疑元稹所云的“避雨”，即用此典。

⑯ 相顧：相視，互看。白居易《長恨歌》：“君臣相顧盡沾衣，東望都門信馬歸。”蘇軾《上神宗皇帝書》：“而相顧不發，中外失望。” 鱉：甲魚，俗稱團魚，爬行綱動物，形態與龜略同，體扁圓，背部隆起，背甲有軟皮，外沿有肉質軟邊，生活在淡水河川湖泊中。《易·説卦》：“離爲火……其於人也，爲大腹，爲乾卦，爲鱉，爲蟹，爲蠃，爲蚌，爲龜。”葛洪《抱朴子·博喻》：“鱉無耳而善聞，蚓無口而揚聲。” 匏：葫蘆的一種，即瓠，本詩是指匏的果實老熟後剖製造的容器。《詩·大雅·公劉》：“執豕於牢，酌之用匏。”鄭玄箋：“酌酒以匏爲爵，言忠敬也。”桓寬《鹽鐵論·散不足》：“古者污尊壞飲，蓋無爵觴樽俎。及其後，庶人器用，即竹柳陶匏而已。”

⑰ 誓心：心中發誓，立定心願。羊祜《讓開府表》：“是以誓心守節，無苟進之志。”白居易《縛戎人》：“誓心密定歸鄉計，不使蕃中妻子知。” 卜食：《書·洛誥》：“我乃卜澗水東，瀍水西，惟洛食。”謂周時以占卜擇地建都，惟有卜洛邑時，甲殼裂紋食去墨迹，認爲吉利，即建都洛邑，後用“卜食”作擇地建都的代稱。陸雲《祖考頌》：“卜食東夏，元龜既襲。”《隋書·高祖紀》：“龍首山川原秀麗，卉物滋阜，卜食相土，宜建都邑。” 爻：《周易》中組成卦的符號，分爲陽爻和陰爻，每三爻合成一卦，可得八卦，稱爲經卦；兩卦(六爻)相重則得六十四卦，稱爲别卦。爻含有交錯和變化之意。《易·繫辭》：“爻者，言乎變者也。”韓康伯注：“爻各言其變也。”杜預《春秋經傳集解序》：“《春秋》雖非一字爲褒貶，然皆須數句以成言，非如八卦之爻，可錯綜爲六十四也。”謝靈運《初發石首城》：“雖抱中孚爻，猶勞貝錦詩。”韓愈《進士策問》之八：“《乾》之爻，在初者曰‘潛龍勿用’。”

⑱ 昏墊：陷溺，指困於水灾，亦指水患，灾害。《書·益稷》：“洪水滔天，浩浩懷山襄陵，下民昏墊。”孔穎達疏：“言天下之人遭此大

水，精神昏瞀迷惑，無有所知，又若沈溺，皆困此水災也。鄭云：‘昏，没也；墊，陷也。禹言洪水之時，人有没陷之害。’”謝靈運《游南亭》：“久痗昏墊苦，旅館眺郊歧。” 移文：舊時文體之一，指行於不相統屬的官署間的公文，亦泛指平行文書，本詩是借指朋友間的書信來往。劉禹錫《和僕射牛相公春日閑坐見懷》：“人於紅藥惟看色，鶯到垂楊不惜聲。東洛池臺怨抛擲，移文非久會應成。”白居易《秘書省中憶舊山》：“厭從薄宦校青簡，悔别故山思白雲。猶喜蘭臺非傲吏，歸時應免動移文。” 舊交：老朋友。《戰國策·秦策》：“竭智能，示情素，蒙怨咎，欺舊交。”綦毋潛《送宋秀才》：“冠古積榮盛，當時數戟門。舊交丞相子，繼世五侯孫。”

⑲ 棟梁：房屋的大梁。趙彦昭《安樂公主移入新宅侍宴應制同用開字》：“一窺輪奂畢，更思棟梁材。”陳希烈《賦得雲生棟梁間》：“一片蒼梧意，氤氲生棟梁。下簾山足暗，開户日添光。” 伐木：砍伐木材。《國語·晉語》：“伐木不自其本，必復生。”杜甫《題張氏隱居》：“春山無伴獨相求，伐木丁丁山更幽。”也以“伐木”爲表達朋友間深情厚誼的典故。《詩·小雅》：“伐木丁丁，鳥鳴嚶嚶……嚶其鳴矣，求其友聲。”駱賓王《初秋于竇六郎宅宴得風字詩序》：“諸君情諧伐木，仰登龍以締歡。” 苫蓋：茅草編的覆蓋物，亦特指茅屋。《左傳·襄公十四年》：“乃祖吾離被苫蓋，蒙荆棘，以來歸我先君。”杜預注：“蓋，苫之别名。”孔穎達疏：“被苫蓋，言無布帛可衣，唯衣草也；蒙荆棘，言無道路可從，冒榛藪也。説其窮困之極耳！”張説《贈吏部尚書蕭公神道碑》：“永淳元年八月，寓吾穰縣，終於苫蓋，春秋五十有七。”也謂貧賤。《文選·劉孝標〈廣絶交論〉》：“斷金由於湫隘，刎頸起于苫蓋。”劉良注：“湫隘、苫蓋謂貧賤。言交結之重在貧賤也。” 分茅：分封王侯，古代分封諸侯，用白茅裹著泥土授予被封者，象徵授予土地和權力，謂之“分茅”。《晉書·八王傳贊》：“有晉鬱興，載崇藩翰，分茅錫瑞，道光恒典。”楊巨源《重送胡大夫赴振武》：“向年擢桂儒生業，今日

分茅聖主恩。”

⑳ 金琯：亦作“金管”，指金屬製造的吹奏樂器，江淹《蕭被侍中敦勸表》：“結象弭於前衡，奏金管於後陣。”李白《江上吟》：“木蘭之枻沙棠舟，玉簫金管坐兩頭。”也指飾金的毛筆管。《太平廣記》卷二〇〇引孫光憲《北夢瑣言·韓定辭》：“昔梁元帝爲湘東王時，好學著書，常記録忠臣義士及文章之美者。筆有三品，或以金銀雕飾，或用斑竹爲管。忠孝全者用金管書之，德行清粹者用銀筆書之，文章贍麗者以斑竹書之。故湘東之譽，振于江表。”　荻：多年生草本植物，與蘆同類，生長在水邊，根莖都有節似竹，葉抱莖生，秋天生紫色或白色、草黄色花穗，莖可以編席箔，也是蓋造房屋的材料。李時珍《本草綱目·蘆》：“蘆有數種：其長丈許中空皮薄色白者，葭也，蘆也，葦也。短小于葦而中空皮厚色青蒼者，薍也，荻也，萑也。其最短小而中實者蒹也，薕也。”盧象《竹里館》：“柳林春半合，荻笋亂無叢。回首金陵岸，依依向北風。”蔣涣《途次維揚望京口寄白下諸公》：“北望情何限，南行路轉深。晚帆低荻葉，寒日下楓林。”　琅玕：形容竹之青翠，本詩指竹，也是蓋造房屋的材料。杜甫《鄭駙馬宅宴洞中》：“主家陰洞細烟霧，留客夏簟青琅玕。”仇兆鰲注：“青琅玕，比竹簟之蒼翠。”梅堯臣《和公儀龍圖新居栽竹二首》二：“聞種琅玕向新第，翠光秋影上屏來。”　翠梢：這裏指竹子的緑色竹稍。李紳《南庭竹》：“烟惹翠梢含玉露，粉開春籜聳琅玕。莫令戲馬童兒見，試引爲龍道士看。”杜牧《題池州弄水亭》：“弄水亭前溪，颭灩翠綃舞。綺席草芊芊，紫嵐峰伍伍。”

㉑ 花磚：表面有花紋的磚，唐時内閣北廳前階有花磚道，冬季日至五磚，爲學士入值之候。元稹《櫻桃花》：“花磚曾立摘花人，窣破羅裙紅似火。”白居易《待漏入閣書事奉贈元九學士閣老》：“衙排宣政仗，門啓紫宸關。彩筆停書命，花磚趁立班。”　鬥：拼合，湊。《敦煌變文集·維摩詰經講經文》：“白玉鬥成龍鳳巧，黄金縷出象牙邊。”韋

莊《和鄭拾遺秋日感事》:“八珍羅膳府,五采鬥筐床。”本詩是指製造粗糙表面並不光滑的劣質磚,詩人有自嘲的成分。　鴛瓦:即鴛鴦瓦。李商隱《當句有對》:“密邇平陽接上蘭,秦樓鴛瓦漢宮盤。”馮延巳《壽山曲》:“鴛瓦數行曉日,鸞旗百尺春風。”本詩是指所用的瓦並非整齊劃一,而是東拼西湊收集起來的,元稹在這裏也是戲謔自己。玉聲:佩玉相擊的聲音,用以節步。《禮記·玉藻》:“既服,習容觀玉聲。”孔穎達疏:“既服,著朝服已竟也,服竟而私習儀容,又觀容聽己珮鳴,使玉聲與行步相中適。”《宋書·樂志》:“多士盈九位,俯仰觀玉聲。”本詩引申爲美妙的聲音,這與詩人欣喜的心情有關。杜牧《閨情代作》:“月照石泉金點冷,鳳酣簫管玉聲微。”

㉒ 礎:柱下石礅。《淮南子·説林訓》:“山雲蒸,柱礎潤。”高誘注:“礎,柱下石礩也。”謝莊《喜雨詩》:“燕起知風舞,礎潤識雲流。”荆山:山名,在今湖北省南漳縣西部,漳水發源於此,山有抱玉岩,傳爲楚人卞和得璞處。《書·禹貢》:“導嶓冢,至於荆山。”孔傳:“荆山在荆州。”酈道元《水經注·江水》:“《禹貢》:‘荆及衡陽惟荆州。’蓋即荆山之稱,而制州名矣!故楚也。”　椽:椽子。《左傳·桓公十四年》:“宋人以諸侯伐鄭……以大宮之椽歸爲盧門之椽。”韓愈《雜詩四首》三:“截橑爲欂櫨,斲楹以爲椽。”　郢匠:楚郢中的巧匠,名石。《莊子·徐無鬼》:“郢人堊漫其鼻端,若蠅翼,使匠石斲之。匠石運斤成風,聽而斲之,盡堊而鼻不傷,郢人立不失容。”後以“郢匠”喻指文學巨匠。駱賓王《夏日游德州贈高四》:“成風郢匠斫,流水伯牙弦。”秦觀《別賈耘老》:“欲託毫素通殷勤,郢匠旁矚難揮斤。”詩人在這裏仍然在嬉戲自己,與上面採用了類似的手法。

㉓ 椎:用椎打擊。《戰國策·齊策》:“秦始皇嘗使使者遺君王后玉連環……君王后引椎椎破之。”《史記·魏公子列傳》:“朱亥袖四十斤鐵椎,椎殺晉鄙。”本詩泛指用重力撞擊,夯實房屋的地基。　蟄:原指動物冬眠,潛伏起來不食不動。梅堯臣《蜜》:“天寒百蟲蟄,割房

霜在匕。"王禹偁《春居雜興》:"一夜春雷百蟄空,山家離落起蛇蟲。"這裏指撞擊、夯實的舉動震醒了冬眠的動物們。　破竹:劈竹子。喻循勢而下,順利無阻。劉長卿《奉陪使君西庭送淮西魏判官得山字》:"破竹從軍樂,看花聽訟閑。遥知用兵處,多在八公山。"柳宗元《賀誅淄青逆賊李師道狀》:"破竹寧比其發機,走丸未喻於乘勝。"　鳴骹:射箭。骹,同"髇",響箭。蘇軾《人日獵城南會者十人以身輕一鳥過槍急萬人呼爲韵軾得鳥字》:"東風吹濕雪,手冷怯清曉。忽發兩鳴髇,相趁飛蝨小。"柳如金《塞上》:"鳴骹直上一千尺,天静無風聲更乾。碧眼健兒三百騎,盡提金勒向雲看。"

㉔ 正寢:謂擺正身體卧下。《後漢書·計子勛傳》:"一旦忽言日中當死,主人與之葛衣,子勛服而正寢,至日中果死。"温庭筠《題翠微寺二十二韵(太宗升遐之所)》:"偃息齊三代,優遊念四方。萬靈扶正寢,千嶂抱重岡。"　停午:正午,中午,"停"通"亭"。酈道元《水經注·江水》:"〔三峽〕重巖疊嶂,隱天蔽日,自非停午夜分,不見曦月。"梅堯臣《庖烟》:"濕薪燒盡日停午,試問霏霏何處浮。"　貪眠:貪圖睡覺,不想起床。白居易《江南喜逢蕭九徹因話長安舊遊戲贈五十韵》:"綵帷開翡翠,羅薦拂鴛鴦。留宿争牽袖,貪眠各占床。"徐積《宿山館十首》九:"解鞍息馬夜將深,倦興貪眠輒廢燈。感物忽驚塵世事,談真却憶舊山僧。"　轉胞:中醫婦科病症名。症狀是小溲淋瀝、急迫頻數或點滴不通,臍下急痛。張仲景《金匱要略·婦人雜病》:"婦人病,飲食如故,煩熱不得卧,而反倚息者,何也?師曰:此名轉胞,不得溺也,以胞系了戾,故致此病,但利小便則愈。"這裏指一般人的憋尿,語出嵇康《與山巨源絶交書》:"每常小便,而忍不起,令胞中略轉,乃起耳!"後以"轉胞"指憋尿。

㉕"囷圓收薄禄"兩句:意謂自己雖然有一個像模像樣的穀倉,但因爲俸禄很少,裏面裝得並不多。但對前來修築的人們,我在簡陋的厨房還是盡力操辦出美味的菜肴來招待大家。　囷:圓形穀倉。

《周禮·考工記·匠人》:“囷窌倉城。”鄭玄注:“囷,圜倉。”賈公彦疏:“方曰倉,圜曰囷。”《詩·魏風·伐檀》:“不稼不穡,胡取禾三百囷兮。” 薄禄:菲薄的俸禄。杜甫《客堂》:“上公有記者,累奏資薄禄。”秦觀《次韵范純夫戲答李方叔饋笋兼簡鄧慎思》:“薄禄養親甘旨少,滿包時賴故人供。” 敝:破爛,破舊。《史記·萬石張叔列傳》:“仁爲人陰重不泄,常衣敝補衣溺褲,期爲不絜清,以是得幸。”孫郃《哭方玄英先生》:“官無一寸禄,名傳千萬里。死著敝衣裳,生誰顧朱紫?” 嘉肴:美味的菜肴。《詩·小雅·正月》:“彼有旨酒,又有嘉殽。”韓愈《祭董相公文》:“旨酒既盈,嘉肴在盛,嗚呼我公,庶享其誠!”

㉖ “各各人寧宇”兩句:意謂每一個人家都盼望有一個固定的住所,我自然也不能例外,就像成雙捉對的燕子也爲新巢的完工而高興一樣。 各各:個個,每一個。元稹《和樂天贈樊著作》:“貽之千萬代,疑信相并傳。人人異所見,各各私所偏。”元稹《遣病》:“其家哭泣愛,一一無異情。其類嗟嘆惜,各各無重輕。” 寧宇:指固定的住所。曾鞏《瀛州興造記》:“賓屬士吏,各有寧宇。”吴泳《繳進明堂御札奏狀》:“疆埸多事,水旱間作,民居未有寧宇。” 雙雙:一對對。儲光羲《田家即事答崔二東皋作四首》一:“玄鳥雙雙飛,杏林初發花。喣偷命僮僕,可以樹桑麻。”柳永《安公子》:“拾翠汀洲人寂静,立雙雙鷗鷺。”

㉗ 高門:原指高大的門,借指富貴之家、高貴門等。《莊子·達生》:“有張毅者,高門縣薄,無不走也。”成玄英疏:“高門,富貴之家也。”《漢書·于定國傳》:“始定國父于公,其閭門壞,父老方共治之。于公謂曰:‘少高大閭門,令容駟馬高蓋車。我治獄多陰德,未嘗有所冤,子孫必有興者。’至定國爲丞相,永爲御史大夫,封侯傳世云。”後因以“高門”指高大其門閭,比喻青雲得志,光耀門庭。劉禹錫《寄樂天》:“于公必有高門慶,謝守何煩曉鏡悲。”元稹《酬樂天餘思不盡加爲六韵之作》也談及于公:“蔡女圖書雖在口,于公門户豈生塵?” 車

轍:車輪碾過的痕迹,車道。孟浩然《宴包二融宅》:"閑居枕清洛,左右接大野。門庭無雜賓,車轍多長者?"白居易《去歲罷杭州今春領吴郡慚無善政聊寫鄙懷兼寄三相公》:"杭老遮車轍,吴童掃路塵。" 華廄:華麗的馬房,也泛指考究的牲口棚。張籍《謝裴司空寄馬》:"騄耳新駒駿得名,司空遠自寄書生。乍離華廄移蹄澀,初到貧家舉眼驚。"温庭筠《寄分司元庶子兼呈元處士》:"緱嶺參差殘曉雪,洛波清淺露晴沙。劉公春盡蕪菁色,華廄愁深苜蓿花。" 蒲梢:古代駿馬名。《史記·樂書》:"後伐大宛,得千里馬,馬名蒲梢。"裴駰集解引應劭曰:"大宛舊有天馬種,蹋石汗血,汗從前肩膊出如血,號一日千里。"李商隱《茂陵》:"漢家天馬出蒲梢,苜蓿榴花遍近郊。"這兩句,仍然是詩人對自己的戲謔之言。

㉘ 尺寸:形容事物些許、細小或低微。《孟子·告子》:"無尺寸之膚不愛焉!則無尺寸之膚不養也。"《漢書·孔光傳》:"臣以朽材,前比歷位典大職,卒無尺寸之效,倖免罪誅,全保首領。" 毫厘:比喻極微細,毫、厘均是微小的量度單位。葛洪《抱朴子·漢過》:"官高勢重,力足拔才,而不能發毫厘之片言,進益時之翹俊也。"韋應物《學仙二首》二:"可憐二弟仰天泣,一失毫厘千萬年。" 浪抛:隨便抛棄。范純仁《寄上西京留守子華相公》:"神仙客佩黄金印,燕趙人斟白玉卮。薄宦浪抛東閣去,君恩未報嘆衰遲。"劉爚《贈張童子》二:"聞君早號張童子,顧我初非韓退之。可惜浪抛洙泗業,只看風鑑學希夷。"

㉙ "篾餘籠白鶴"兩句:意謂用剩下的竹篾編個籠子,讓白鶴安居在裏面。有多餘的支架,允許青鵁停留在上面。 鶴:鳥綱鶴科各種類的統稱,我國常見的有:丹頂鶴、白鶴、灰鶴、黑頸鶴、赤頸鶴、白頭鶴、白枕鶴、蓑羽鶴等。皇甫曾《秋夕寄懷契上人》:"已見槿花朝委露,獨悲孤鶴在人群。真僧出世心無事,静夜名香手自焚。"王建《尋李山人不遇》:"山客長須少在時,溪中放鶴洞中棋。生金有氣尋還遠,仙藥成窠見即移。" 青鵁:水鳥名,即鵁鶄。吴均《酬蕭新浦王洗

馬二首》二:“獨對東風酒,誰舉指南酌?崇蘭白帶飛,青鵁紫纓絡。”猛禽名,又名海东青。庄季裕《鸡肋编》卷下:“鷙禽來自海東,唯青鵁最嘉,故號‘海東青’。兗守王仲儀龍圖以五枚贈威敏孫公,皆皁鵁鴉,不堪搏擊。公作詩戲之曰:‘青鵁獨擊歸林麓,皁頰群飛入網羅。’”

㉚ 榻:狹長而矮的坐卧用具。《後漢書·徐穉傳》:“(陳)蕃在郡不接賓客,唯穉來特設一榻,去則縣之。”杜甫《贈李十五丈别》:“山深水增波,解榻秋露懸。”也作几案解。《三國志·魯肅傳》:“〔孫權〕乃獨引肅還,合榻對飲。”盧弼集解引胡三省曰:“榻,床也,有坐榻、卧榻。今江南又呼几案之屬爲卓床,卓,高也,以其比坐榻,卧榻爲高也,合榻猶言合卓也。” 筐篚:盛物竹器,方曰筐,圓曰篚。《詩·小雅·鹿鳴序》:“鹿鳴,燕群臣嘉賓也,既飲食之,又實幣帛筐篚,以將其厚意。然後忠臣嘉賓,得盡其心矣!”杜甫《種萵苣》:“登于白玉盤,藉以如霞綺。莧也無所施,胡顔入筐篚。” 施關:設立關卡。《晉書·李特載記》:“又令梓潼太守張演于諸要施關,搜索寶貨。”馮時行《游石龍偶成寺僧通首坐飽歷叢林歸老此山故詩多及之》:“石門不施關,榮辱自不來。霜鐘鳴萬壑,日出山霧開。” 斗筲:斗與筲,斗容十升,筲,竹器,容一斗二升,皆量小的容器,這裏指才識短淺的人。陸機《豪士賦序》:“庸夫可以濟聖賢之功,斗筲可以定烈士之業。”李白《望鸚鵡洲懷禰衡》:“魏帝營八極,蟻觀一禰衡。黄祖斗筲人,殺之受惡名。”

㉛ 欄干:以竹、木等做成的遮攔物。崔顥《盧姬篇》:“白玉欄干金作柱,樓上朝朝學歌舞。前堂後堂羅袖人,南窗北窗花發春。”顧況《苔蘚山歌》:“嶮峭嵌空潭洞寒,小兒兩手扶欄干。” 汲井:取水於井。錢起《谷口新居寄同省朋故》:“蕭然授衣日,得此還山趣。汲井愛秋泉,結茅因古樹。”李端《慈恩寺暕上人房招耿拾遺》:“悠然對惠遠,共結故山期。汲井樹陰下,閉門亭午時。” 密室:隱秘的房間。

裴鉶《傳奇·孫恪》:“吾有寶劍,亦干將之儔亞也。凡有魍魎,見者滅没,前後神驗,不可備數,詰朝奉借,倘携密室,必睹其狼狽,不下昔日王君携寶鏡而照鸚鵡也。”花蕊夫人徐氏《宫詞》七〇:“密室紅泥地火爐,内人冬日晚傳呼。今宵駕幸池頭宿,排比椒房得暖無?”　持膠:義同“膠續”,張華《博物志》卷三:“漢武帝時,西海國有獻膠五兩者,帝以付外庫,餘膠半兩,西使佩以自隨。後從武帝射於甘泉宫,帝弓弦斷,從者欲更張弦,西使乃進,乞以所送餘香膠續之……終日不斷。帝大怪,左右稱奇,因名曰續弦膠。”後以“膠續”爲妻死續娶之稱,故亦曰“續弦”。杜甫《病後遇王倚飲贈歌》:“麟角鳳觜世莫識,煎膠續弦奇自見。”此句與元稹隨後續娶小妾安仙嬪的時間與地點一一吻合。

㉜ 庭草:庭中之草。白居易《夜招晦叔》:“庭草留霜池結冰,黄昏鐘絶凍雲凝。碧氈帳上正飄雪,紅火爐前初炷燈。”曹鄴《庭草》:“庭草根自淺,造化無遺功。低回一寸心,不敢怨春風。”　傭工:受雇爲人做工的人。柳宗元《吏商》:“廉吏以行商,不役傭工,不費舟車。”劉禹錫《唐秀才贈端州紫石硯以詩答之》:“此日傭工記名姓,因君數到墨池前。”　薙:除草。《文選·王中〈頭陀寺碑文〉》:“爲之薙草開林,置經行之室。”李善注引鄭玄曰:“薙,翦草也。”元友讓《復遊浯溪》:“昔到纔三歲,今來鬢已蒼。剥苔看篆字,薙草覓書堂。”　園蔬:菜園中的蔬菜。李白《贈閭丘處士》:“野酌勸芳酒,園蔬烹露葵。如能樹桃李,爲我結茅茨。”杜甫《酬高使君相贈》:“古寺僧牢落,空房客寓居。故人供禄米,鄰舍與園蔬。”　稚子:幼子,小孩。寒山《詩》二四八:“余勸諸稚子,急離火宅中。三車在門外,載你免飄蓬。”杜牧《朱坡》“小蓮娃欲語,幽笋稚相携”馮集梧注引宋代姚寬《西溪叢語》:“杜牧之詩云‘小蓮娃欲語,幽笋稚相携’,言笋如稚子,與杜甫‘竹根稚子無人見’同意。”按,杜詩“竹根稚子”指笋。元稹這時並没有兒子,衹有女兒保子一個,年歲最大也衹有七八歲,即使有掊土的動作,

也祇是一種遊戲罷了。　掊：以手、爪或工具扒物或掘土。賈思勰《齊民要術·種瓜》："先卧鋤，耬却燥土，然後掊坑，大如斗口。"貫休《邊上行》："豺掊沙底骨，人上月邊烽。"

㉝ 本圖：本來的意圖，本心。《北齊書·王琳傳》："雖本圖不遂，鄴人亦以此重之，待遇甚厚。"曹鄴《讀李斯傳》："一車致三轂，本圖行地速……難將一人手，掩得天下目。"　種植：栽種培植。白居易《步東坡》："種植當歲初，滋榮及春暮。信意取次栽，無行亦無數。"翁洮《葦叢》："得地自成叢，那因種植功！"　肥磽：土地肥沃或瘠薄。《孟子·告子》："雖有不同，則地有肥磽，雨露之養，人事之不齊也。"常建《空靈山應田叟》："泊舟問溪口，言語皆啞咬。土俗不尚農，豈暇論肥磽！"

㉞ 柚：木名，常緑喬木，葉大而闊，花白色，果實大，圓形或扁圓形，皮厚，果味甜酸，産於我國南部地區。亦指其果實，又名文旦，通稱柚子。《漢書·司馬相如傳》："樝梨梬栗，橘柚芬芳。"顔師古注："柚即橙也，似橘而大，味酢皮厚。"柳宗元《同劉二十八院長禹錫述舊言懷贈二君子》："寒初榮橘柚，夏首薦枇杷。"　勤勤：勤苦，努力不倦。《漢書·王莽傳》："晨夜屑屑，寒暑勤勤，無時休息，孳孳不已者，凡以爲天下，厚劉氏也。"白居易《夢裴相公》："夢中如往日，同直金鑾宫……勤勤相眷意，亦與平生同。"　榴：果木名，即石榴。李時珍《本草綱目·安石榴》："榴五月開花，有紅、黄、白三色。單葉者結實，千葉者不結實，或結亦無子也。實有甜、酸、苦三種。"《文選·左思〈吴都賦〉》："龍眼橄欖，棎榴禦霜。"劉逵注引薛瑩《荆揚已南異物志》："榴，榴子樹也。出山中，實亦如梨，核堅，味酸美，交趾獻之。"張謂《岐玉山亭》："石榴天上葉，椰子日南枝。出入千門裏，年年樂未移。"這裏指石榴的子實。李商隱《石榴》："榴枝婀娜榴實繁，榴膜輕明榴子鮮。"　個個：一個一個，每一個。元稹《見人詠韓舍人新律詩因有戲贈》："喜聞韓古調，兼愛近詩篇。玉磬聲聲徹，金鈴個個圓。"《敦煌

變文集·維摩詰經講經文》:"個個盡如花亂髮,人人皆似月娥飛。"

㉟ 漉:這裏指用網撈取。白居易《寄皇甫七》:"鄰女偷新果,家僮漉小魚。"錢泳《履園叢話·五代》:"又岸上漁人布網漉魚者,蓋取謝宣城詩'洞庭張樂地,瀟湘帝子遊'二語爲境耳!" 螃蠏:蟹的俗稱。皮日休《詠螃蟹呈浙西從事》:"未游滄海早知名,有骨還從肉上生。莫道無心畏雷電,海龍王處也橫行。"《蟹譜·總論》:"蟹,水蟲也,其字從虫,亦曰魚属,故古文從魚,作蠏,以其外骨則曰介蟲,取其横行,目爲螃蟹焉!"

㊱ 曬篆:鳥類留在地上的爪印,古代以爲是鳥篆文字,《資治通鑑》卷五七:"鮮卑寇酒泉,種衆日多,緣邊莫不被毒。詔中尚方(即尚方也屬少府)爲鴻都文學樂松江覽等三十二人圖像立贊,以勸學者。尚書令陽球諫曰:'臣案松覽等皆出於微蔑(蔑者,微之甚,幾於無也),斗筲小人(筲,竹器容,斗二升),依憑世戚,附托權豪,俛眉承睫(睫即涉翻目毛也),徼進明時。或獻賦一篇,或鳥篆盈簡(賢曰:八體書有鳥篆,象形以爲字也)而位升郎中,形圖丹青,亦有筆不點牘,辭不辨心,假手請字,妖僞百品,莫不蒙被殊恩,蟬蛻滓濁(賢曰:《説文》曰:'蛻蟬,蛇所解皮也。)。是以有識掩口(謂掩口而笑也),天下嗟嘆。臣聞圖像之設,以昭勸戒欲,令人君動鑒得失。未聞豎子小人詐作文頌而可妄竊天官垂象圖素者也。" 沙鳥:沙灘或沙洲上的水鳥。李頎《送王昌齡》:"舉酒林月上,鮮衣沙鳥鳴。夜來蓮花界,夢裏金陵城。"劉長卿《登餘干古縣城》:"平江渺渺來人遠,落日亭亭向客低。沙鳥不知陵谷變,朝飛暮去弋陽溪。" 海鮫:《佩文韵府》卷一八:"《爾雅翼》:'海鮫出海狀如鱉而無足,圓廣尺餘,尾長尺許,皮有珠文而堅剛,可以飾物。'又《雲仙雜記》:'凡鼓以海鮫皮爲之,泥以象骨,則雄而清,用雜皮則濁。'元稹詩:'曬篆看沙鳥,磨刀綻海鮫。'"郭祥正《登王知白秀才跂賢亭呈同遊余萬二君》:"主人情深漆與膠,美酒旋漉羅珍肴。亦有鱗脯膾海鮫,痒背只欠麻姑搔。"真德秀《七言》:

"三盆繭已繅冰縷,五色絲新織海鮫。不但綵繒華節物,要成龍兖待親郊。"

㊲ 羅灰:即香灰,見《普濟方》卷四四。李龏所編《唐僧弘秀集·石城金谷》:"晉祚一傾摧,驕奢去不回。只應荆棘地,猶作綺羅灰。"王闢之《澠水燕談録·雜録》:"諫議大夫崔頌,博學君子人也。性有疑疾,防閑閨門過于嚴密。圬者塗室,以帛幕其目,恐竊視其私也,與夫羅灰扃户殆不遠。" 弓弰:弓的兩端末梢。庾信《擬詠懷二十七首》一五:"輕雲飄馬足,明月動弓弰。"也借指弓。王昌齡《城傍曲》:"射殺空營兩騰虎,回身却月佩弓弰。"

㊳ 散誕:放誕不羈,逍遥自在。陶弘景《題所居壁》:"夷甫任散誕,平叔坐談空。"李頎《答高三十五留别便呈於十一》:"散誕由來自不羈,低頭授職爾何爲?" 童蒙:幼稚愚昧。《易·蒙》:"匪我求童蒙,童蒙求我。"朱熹本義:"童蒙,幼稚而蒙昧。"嵇康《遊仙》:"授我自然道,曠若發童蒙。"本詩指無知的兒童。葛洪《抱朴子·正郭》:"中人猶不覺,童蒙安能知?"鄭谷《谷比歲受同年丈人故川守李侍郎教諭衰晏龍鍾益用感嘆遂以章句自貽》:"多感京河李丈人,童蒙受教便書紳。文章至竟無功業,名宦由來致苦辛。"

㊴ 陶静:陶淵明一生正氣,不肯爲五斗米而折腰,死後被尊爲靖節先生。靖,通"静",道家修煉之處。陶弘景《冥通記》卷一:"勿令小兒輩逼壇靖,靖中有真經。"黄生《義府·冥通記》:"靖即静,壇與静,皆道家奉經修事之處。" 解愁:解除愁悶。陸雲《與兄平原書》:"文章既自可羡,且解愁忘憂但作之。"蘇轍《聞子瞻將如終南太平宫溪堂讀書》:"我雖不能往,寄詩以解愁。"

㊵ 歸楫:指歸舟。杜甫《八哀詩·故司徒李公光弼》:"吾思哭孤冢,南紀阻歸楫。"蘇軾《遊金山寺》:"羈愁畏晚尋歸楫,山僧苦留看落日。" 鐃:一種打擊樂器,形制與鈸相似,唯中間隆起部分較小,其徑約當全徑的五分之一,以兩片爲一副,相擊發聲,大小相當的鐃與鈸,

鐃所發的音低於鈸而餘音較長。司空曙《送盧使君赴夔州》:"鐃管隨旌旆,高秋遠上巴。白波連霧雨,青壁斷蒹葭。"劉禹錫《重送浙西李相公頃廉問江南已經七載後歷滑臺劍南兩鎮遂入相今復領舊地新加旌旄》:"江北萬人看玉節,江南千騎引金鐃。鳳從池上遊滄海,鶴到遼東識舊巢。"

㊶ 王孫:原指王的子孫,後泛指貴族子弟,舊時對人的尊稱。《史記·淮陰侯列傳》:"吾哀王孫而進食,豈望報乎?"司馬貞索隱引劉德曰:"秦末多失國,言王孫、公子,尊之也。"《文選·左思〈蜀都賦〉》:"有西蜀公子者,言于東吴王孫。"李善注引張華《博物志》:"王孫、公子,皆相推敬之辭。"蘇軾《送曾仲錫通判如京師》:"應爲王孫朝上國,珠幢玉節與排衙。"　鞘:鞭鞘,拴在鞭子頭上的細皮條。《晉書·苻堅載記》:"長鞘馬鞭擊左股,太歲南行當復虜。"何超音義:"長鞘,馬鞭頭也。"柳宗元《祭外甥崔駢文》:"戲抽佛筴,前次淹限。笑頷即路,鳴鞘不回。"本詩是"修宅"之後詩人稍稍改善的生活情景的再現,詩人以苦作樂,耐心等待被召回京的消息。

[編年]

《年譜》"庚寅至甲午在江陵府所作其他詩"欄内將元稹的《江邊四十韵》詩編入,理由是:"題下注:'此後並江陵時作。'"《編年箋注》云:"此詩如題注所示,作於江陵時期。見下《譜》。"《年譜新編》編年元和五年"元稹貶江陵時所作詩",理由是:"題下注:'官爲修宅,卒然有作,因招李六侍御。此後並江陵時作。'是初到江陵時事。《遣春十首》其六云:'茸舊良易就,新院亦已羅。'《遣春》約元和六年春作,時宅已修茸,故《江邊》約作於元和五年。"

本詩題下注《年譜》没有全部引述,《編年箋注》採納《年譜》意見屬於盲目跟進。全文云:"官爲修宅,卒然有作,因招李六侍御。此後並江陵時作。"全詩描述詩人江邊住宅的荒蕪偏僻以及工匠修建住宅的整個過程，字裏行間流露出詩人興奮不已的心情。題下注"官爲修宅，卒然有作"也透露了同樣的資訊。元稹作於元和六年春天的《遣春十首》之六詩云："茸舊良易就，新院亦已羅。"更進一步透露了修宅的具體時間。據此我們認爲此詩應作於元稹來到江陵之後不久，估計是元和五年冬天，至遲是元和六年元稹續娶安仙嬪之前；它絕不會作於元稹江陵任的後期，因爲詩題注説明當時李六侍御景儉還在江陵，而李景儉離開江陵在元和七年稍後，而"後期"云云也與《遣春十首》所述不相符合。

我們本來可以不再提及《年譜新編》，但它的編年確實與我們意見一致，不得不在這裏再饒舌幾句：我們關於《江邊四十韵》、《遣春十首》的編年結論早就發表在《廣西師大學報》二〇〇一年第二期上，題目是《元稹詩文編年别解》。而且《年譜新編》的著者還爲他以爲筆者搞錯了的問題專門撰文，大興問罪之師，由此可見《年譜新編》的著者是確確實實看到了拙文。但令人不解的是他把拙作中認爲正確的意見加以利用，卻不作任何説明，同時又把拙作中他認爲錯誤的拿出來點名批評，如此翻手爲雲覆手爲雨，手法玩得未免太忘乎所以了。

◎ 酬段丞與諸棋流會宿弊居見贈二十四韵(次用本韵)①

鳴局寧虚日，閑窗任廢時②。琴書甘盡棄(一)，園井詎能窺③？運石疑填海，争籌憶坐帷④。赤心方苦鬥，紅燭已先施(二)⑤。蛇勢縈山合，鴻聯度嶺遲⑥。堂堂排直陣，衮衮逼羸師(三)⑦。懸劫偏深猛，回征特險巇⑧。旁攻百道進，死戰萬般爲⑨。異日玄黄隊，今宵黑白棋⑩。斫營看迥點(四)，對壘重相持⑪。善敗雖稱怯，驕盈最易欺⑫。狼牙當必碎，虎口禍難移[13]。乘勝同三捷，扶顛望一詞(五)[14]。希因送目便，敢待指蹤奇(六)[15]。退引防邊策(七)，雄吟斬將詩[16]。眠床都浪置，通夕共忘疲[17]。曉雉風傳角，寒蓁雪壓枝(八)[18]。繁星收玉版，殘月耀冰池[19]。僧請聞鍾粥(九)，賓催下藥卮[20]。獸炎餘炭在，蠟泪短光衰[21]。俛仰嗟陳迹，殷勤卜後期[22]。公私牽去住，車馬各支離[23]。分作終身癖，兼從是事隳[24]。此中無限興，唯怕俗人知[25]。

録自《元氏長慶集》卷一一

[校記]

(一) 琴書甘盡棄：楊本、叢刊本、《英華》、《全詩》、《古儷府》、《淵鑑類函》同，《全詩》注文作"詩書甘盡棄"，語義不同，不改。

(二) 紅燭已先施：錢校、《英華》、《全詩》、《古儷府》同，楊本、叢刊本、《淵鑑類函》作"紅燭以先施"，語義不佳，不改。

(三) 衮衮逼羸師：楊本、叢刊本、《英華》、《全詩》同，《淵鑑類函》作"滚滚逼羸師"，語義不同，不改。

(四) 斫營看迥點：楊本、叢刊本、《英華》、《全詩》、《淵鑑類函》同，《古儷府》作"斫營看一點"，語義不同，不改。

(五) 扶顛望一詞：楊本、叢刊本、《全詩》、《淵鑑類函》同，錢校、《英華》、《古儷府》作"扶顛望一揞"，語義不同，不改。

(六) 敢待指蹤奇：蘭雪堂本、叢刊本同，楊本、《英華》、《全詩》、《古儷府》作"敢恃指蹤奇"，語義不同，不改。

(七) 退引防邊策：此句及以下各句，《淵鑑類函》無。

(八) 寒蓁雪壓枝：楊本、叢刊本、《全詩》同，錢校、《英華》、《古儷府》作"寒蓁雪墮枝"，語義不同，不改。

(九) 僧請聞鐘粥：原本、楊本、叢刊本作"僧請聞鍾粥"，據《英華》、《全詩》、《古儷府》改。

[箋注]

① 段丞：元稹在江陵任的同僚，本詩的原唱詩篇之主，但原唱已經散失。元稹另有《冬夜懷李侍御王太祝段丞》贈酬，也提及"段丞"，其餘不詳，暫時無考。《舊唐書·段文昌傳》："文昌家於荆州，倜儻有氣義。"疑這位"段丞"是段文昌家族中的某一個人，其時正在荆州亦即江陵的荆南節度府謀事。但"段丞"絶非段文昌本人，段文昌受韋皋之賞識，"韋皋在蜀，表授校書郎"，而韋皋病故於貞元二十一年，段文昌被"表授校書郎"應該在貞元二十一年之前，這時應該不在江陵。棋流：猶棋友。李吕《棋友》："閑尋十九路，坐斷千萬心。運甓何爲者？當知惜寸陰。"猶棋客，善弈棋的人。李德裕《尊師是桃源黄先生傳法弟子》："棋客留童子，山精避直神。"韓偓《社後》："目隨棋客静，心共睡僧閑。歸鳥城銜日，殘虹雨在山。" 會宿：志同道合的朋友夜晚聚集一處，賦詩論道，喝酒下棋。李白《友人會宿》："良宵宜清談，皓月未能寢。醉來卧空山，天地即衾枕。"賈島《寄賀蘭朋吉》："會宿曾論道，登高省議文。苦吟遥可想，邊葉向紛紛。" 弊居：簡陋的居所，亦即元稹在江陵時江邊的居所。白居易《履道西門二首》一："履道西門有弊居，池塘竹樹繞吾廬。豪華肥壯雖無分，飽温安閑即有餘。"謙稱己居。白居易《令狐尚書許過弊居先贈長句》："不矜軒冕愛林泉，許到池頭一醉眠。已遣平治行藥徑，兼教掃拂釣魚船。" 見贈：贈送給我，這是古代詩人最常見的酬唱活動，往往出現在詩題之中。劉長卿《酬滁州李十六使君見贈》："滿鏡悲華髮，空山寄此身……但愁千騎至，石路却生塵。"李白《酬殷明佐見贈五雲裘歌》："我吟謝朓詩上語，朔風颯颯吹飛雨。謝朓已没青山空，後來繼之有殷公。"

② 鳴局：義同"開局"，下棋等遊戲的開始。温庭筠《贈僧雲栖》：

"梵餘林雪厚,棋罷岳鐘殘。開局喜先悟,漱瓶知早寒。"義同"棋局"。葉適《次韵韓仲止》:"莫將新意翻棋局,一等成虧付國工。"　虚日:一天緊跟又一天,中間没有間隔。李咸用《和友人喜相遇十首》一〇:"唯應樂處無虚日,大半危時得道心。命達夭殤同白首,價高磚瓦即黄金。"晁采《子夜歌十八首》九:"信使無虚日,玉醖寄盈觥。一年一日雨,底事太多晴!"　閑窗:地處偏僻面向幽處的窗户。韓翃《題慈仁寺竹院》:"千峰對古寺,何異到西林。幽磬蟬聲下,閑窗竹翠陰。"顧况《江村亂後》:"江村日暮尋遺老,江水東流横浩浩。竹裹閑窗不見人,門前舊路生青草。"　廢時:閑廢的時光。盧照鄰《病梨樹賦(有序)》:"癸酉之歲,余卧病于長安光德坊之官舍,父老云是鄱陽公主之邑司,昔公主未嫁而卒,故其邑廢時有處士孫君思邈居之。"李嶠《神龍曆序》:"廢時亂日,非直羲和湎淫;亡甲喪子,豈唯商辛暴虐?"

③ 琴:樂器名,指古琴。傳爲神農創製,琴身爲狹長形,木質音箱,面板外側有十三徽,底板穿"龍池"、"鳳沼"二孔,供出音之用。上古作五弦,至周增爲七弦,古人把琴當作雅樂。《詩·小雅·鹿鳴》:"我有嘉賓,鼓瑟鼓琴。"王維《竹里館》:"獨坐幽篁裹,彈琴復長嘯。"書:書籍,裝訂成册的著作。《論語·先進》:"何必讀書,然後爲學?"《史記·老子韓非列傳》:"申子、韓子皆著書,傳於後世,學者多有。"園井詎能窺:這裹反用董仲舒三年不窺園井的典故:《漢書·董仲舒傳》:"董仲舒,廣川人也。少治《春秋》,孝景時爲博士,下帷講誦,弟子傳以久次相授業,或莫見其面。蓋三年不窺園,其精如此。"　園井:屋前屋後的園子,花草樹木水井散落其間。劉言史《放螢怨》:"且逍遥,還酩酊,仲舒漫不窺園井。那將寂寞老病身,更就微蟲借光影!"王禹偁《謫居感事》:"賦格欺鸚鵡,儒冠薄鵕鸃。耕桑都不事,園井未曾窺。"

④ 運石:這裹指搬動圍棋之棋子,一個又一個落入棋盤之中,猶如運動石塊填海一般。《北齊書·後主帝紀》:"大寶林寺窮極工巧,

運石填泉,勞費億計,人牛死者不可勝紀。”趙貞吉《中憲大夫陝西行太僕寺少卿趙公墓誌銘》:“廣南人稽顙留公,公曰:‘數百年無廣南知府視篆事,今露宿草昧,奈何留我?’諸酋率伐木運石立署,求居公,公雅意欲留居耳!” 填海:指古代神話中的精衛鳥填海事,這裏比喻圍棋投子行棋之舉。張正見《石賦》:“精衛取而填海,天孫用以支機。”杜甫《寄賈司馬嚴使君》:“浪作禽填海,那將血射天!” 争籌:博戲中以籌碼計算輸贏,多者爲勝,博戲各方互相競争不已。邵雍《觀嬴秦吟》:“轟轟七國正争籌,利害相磨未便休。比至一雄心底定,其如四海血横流。”李元膺《十憶詩·憶博》:“小閣争籌畫燭低,錦茵圍坐玉相歌。嬌羞慣被諸郎戲,袖映春葱出注遲。” 坐帷:即化用張良“運籌帷幄”之典,謂在後方决定作戰策略。《漢書·高帝紀》:“夫運籌帷幄之中,决勝千里之外,吾不如子房。”李諲《妒神頌序》:“運籌帷幄,孫吴詎可比其能?料敵戎旃,衛霍不足方其妙。”這裏比喻各方下棋時暗中算計他人,猶如運籌帷幄之中,决勝臺桌之上。

⑤ 赤心:專一的心志。《荀子·王制》:“功名之所就,存亡安危之所墮,必將于愉殷赤心之所。”王先謙集解:“赤心者,本心不雜貳。”杜甫《承聞河北諸道節度入朝歡喜口號絶句十二首》五:“李相將軍擁薊門,白頭雖老赤心存。竟能盡説諸侯入,知有從來天子尊。” 苦鬥:絞盡腦筋思慮争鬥。元稹《和樂天贈楊秘書》:“刮骨直穿猶苦鬥,夢腸翻出暫閑行。”蘇軾《次韵曾子開從駕二首再和》一:“奉引拾遺叨侍從,思歸少傅羨朱陳。衰年壯觀空驚目,崄韵清詩苦鬥新。” 紅燭:紅色的蠟燭,照明用品。蔣維翰《古歌二首》二:“美人閉紅燭,獨坐裁新錦。”韓浚《清明日賜百僚新火》:“朱騎傳紅燭,天厨賜近臣。” 施:本太陽西斜之義,這裏比喻紅燭即將熄滅。《史記·屈原賈生列傳》:“單閼之歲兮,四月孟夏,庚子日施兮,服集予舍。”裴駰集解:“徐廣曰:施,一作‘斜’。”司馬貞索隱:“施,音移。施,猶西斜也。《漢書》作‘斜’也。”

⑥ 蛇勢縈山合:意謂圍棋一方似蛇如龍,纏繞群山迴旋而行。蛇勢:形容彎曲起伏之狀。沈傳師《次潭州酬唐侍御姚員外遊道林嶽麓寺題示》:"樛枝競鶱龍蛇勢,折幹不滅風霆痕。"閻苑《述賢亭賦》:"雖云蛇勢,實曰龍驤。"這裏以"蛇勢"比喻圍棋棋盤上黑白相間的陣勢,猶如巨蟒在棋盤上游走之勢。　縈:迴旋纏繞。《詩·周南·樛木》:"南有樛木,葛藟縈之。"毛傳:"縈,旋也。"江淹《恨賦》:"蔓草縈骨,拱木斂魂。"　鴻聯度嶺遲:意謂圍棋的另一方如大雁聯行而飛,翻山越嶺,但最終遲了一步,功敗垂成。　鴻聯:大雁聯行而飛。皇甫汸《五日集子安館中同賦》:"兄弟有輝光,翻飛在帝鄉。朝回趨建禮,節賞遇端陽。花綈金門萼,鴻聯玉殿行。"　鴻:大雁。《易·漸》:"鴻漸於干。"李鼎祚集解引虞翻曰:"鴻,大雁也。"阮籍《詠懷詩十七首》一:"孤鴻號外野,朔鳥鳴北林。"

⑦ 堂堂:形容盛大。《文選·何晏〈景福殿賦〉》:"爾乃豐層覆之耽耽,建高基之堂堂。"張銑注:"堂堂,高敞貌。"杜甫《承聞河北諸道節度入朝歡喜口號絶句十二首》一二:"十二年來多戰場,天威已息陣堂堂。神靈漢代中興主,功業汾陽異姓王。"　直陣:中規中矩的陣法。《新唐書·禮樂志》:"日未明,十刻而嚴,五刻而甲,步軍爲直陣以俟。"《新唐書·禮樂志》:"東軍一鼓,舉青旗,爲直陣;西軍亦鼓,舉白旗,爲方陣以應。"　衮衮:神龍捲曲貌。皮日休《補九夏歌·驚夏》:"桓桓其珪,衮衮其衣。出作二伯,天下是毗。"旋轉翻滾貌。元稹《小胡笳引(桂府王推官出蜀匠雷氏金徽琴,請姜宣彈)》:"泛徽胡雁咽蕭蕭,繞指轆轤圓衮衮。"大水奔流貌。杜甫《登高》:"無邊落木蕭蕭下,不盡長江衮衮來。"　羸師:謂藏其精鋭而出示疲弱的軍隊以麻痹敵人。《左傳·桓公六年》:"少師侈,請羸師以張之。"杜預注:"羸,弱也。"李逢吉《奉酬忠武李相公見寄》:"黄閣碧幢惟是儉,三公二伯未爲榮。惠連忽贈池塘句,又遣羸師破膽驚。"

⑧ 劫:圍棋術語,黑白雙方往復提吃對方一子稱劫。徐鉉《圍棋

義例》:“劫:奪也,先投子曰抛,後應子曰劫,乃有實東擊西、棄小圖大之功也。”《南史·王彧傳》:“敕至之夜,景文政與客棋……思行争劫,竟,斂子内奩畢,徐謂客曰:‘奉敕見賜以死。’”《揚州畫舫録·虹橋録》:“懶予曾與客弈於畫舫。一刦未定,鎮淮門已扃。終局後將借宿枝上村,逡巡摸索,未得其門。” 征:圍棋術語。徐鉉《圍棋義例》:“征:殺也,兩邊逐之,殺而不止曰征。”奪取。《孟子·梁惠王》:“王曰‘何以利吾國’?大夫曰:‘何以利吾家’?士庶人曰:‘何以利吾身’?上下交征利而國危矣!”趙岐注:“征,取也。”司馬光《與王介甫第三書》:“今之散青苗錢者,無問民之貧富,願與不願,强抑與之,歲收其什四之息,謂之不征利,光不信也。” 險巇:亦作“險戲”,崎嶇險惡。李白《古風》五九:“世途多翻覆,交道方嶮巇。斗酒强然諾,寸心終自疑。”戎昱《苦辛行》:“誰謂南山高?可以登之遊。險巇唯有世間路,一晌令人堪白頭。”

⑨ 旁攻:輔助主攻的進攻方式。賀鑄《除夜嘆京師賦示周沆》:“神明養内觀,憂患無旁攻。有客聞此言,誚余何不衷!”汪琬《陳氏子哀辭并序》:“少不好舉子業,好唐宋以來大家之文,又好爲小詩,旁攻書畫,運筆皆有法度。” 百道:猶百股,極言其多。沈佺期《奉和春初幸太平公主南莊應制》:“雲間樹色千花滿,竹裏泉聲百道飛。”常建《塞下》:“鐵馬胡裘出漢營,分麾百道救龍城。左賢未遁旌竿折,過在將軍不在兵。” 死戰:拚死戰鬥。《六韜·略地》:“中人絶糧,外不得輸,陰爲約誓,相與密謀,夜出窮寇死戰。”《舊唐書·突厥傳》:“義勇之士,猶能死戰,功合紀録,以勸戎行。” 萬般:總括之詞,謂各種各樣。元稹《岳陽樓》:“悵望殘春萬般意,滿欞湖水入西江。”杜牧《不寢》:“到曉不成夢,思量堪白頭。多無百年命,長有萬般愁。”

⑩ 玄黄:原指血,這裏以“玄黄隊”喻指鬥陣的雙方。《易·坤》:“龍戰於野,其血玄黄。”曹鄴《秦後作》:“東郊龍見血,九土玄黄色。鼙鼓裂二景,妖星動中國。”水神《霅溪夜宴詩》:“雪集大野兮血波洶

洶，玄黄交戰兮旲無全隴。既霸業之將墜，宜嘉謨之不從。”　黑白棋：指圍棋。因其分黑子白子，故稱。劉弇《江館三首》三：“連雲草樹縱横幕，點水凫鷗黑白棋。日晏厨烟青一穗，暑餘窗雨暗千絲。”趙汝燧《胡教授醻杯觀畫圍棋》：“春回畫筆丹青軸，雹落文楸黑白棋。醉客坐間誇俊逸，掀髯連寫數篇詩。”

⑪ 斫營：劫營，偷襲敵營。《魏書·傅永傳》：“永量吴楚之兵，好以斫營爲事。”白居易《奉送三兄》：“少年曾管二千兵，晝聽笙歌夜斫營。”　點：圍棋術語之一。徐鉉《圍棋義例》：“點：破也，深入而破其眼曰點，旁通其子透點。”　對壘：兩軍相持，雙方交戰。《晉書·宣帝紀》：“〔諸葛亮〕數挑戰，帝不出……與之對壘百餘日。”也泛指雙方競争，相互匹敵。劉壎《隱居通議·詩歌》：“山谷翁作司馬文正公挽詞，后山作南豐先生挽詞，水心作高孝兩朝挽詞，皆超軼絶塵，誠可對壘。”　持：圍棋術語之一。徐鉉《圍棋義例》：“持：和也，兩棋相圍而皆不死不活曰‘持’。有兩棋皆無眼者，有兩棋各有劫者，有各一眼活者，有彼棋兩段各一眼而我棋一段無眼間其中而俱活者，蓋取其鷸蚌相持之義，故曰‘持’。”而本詩中的“點”、“持”、“劫”、“征”……云云，均是借喻圍棋兩方互相交戰。

⑫ 善敗：成敗。《左傳·僖公二十年》：“量力而動，其過鮮矣！善敗由己，而由人乎哉？”《韓非子·主道》：“是以明君守始以知萬物之源，治紀以知善敗之端。”善於處理敗局。張儗《棋經·合戰》：“善戰者不敗，善敗者不亂。”本詩指圍棋交戰中善於示弱，最後出奇而制勝。　驕盈：驕傲自滿。《荀子·仲尼》：“抑有功而擠有罪，志驕盈而輕舊怨。”庾信《角調曲》：“志在四海，而尚恭儉；心包宇宙，而無驕盈。”本詩將人世間的驕必敗的道理運用于圍棋弈戰之中。

⑬ 狼牙：比喻險境。暫無唐宋之前的合適書證。明代無名氏《鳴鳳記·易生避難》：“虎吻狼牙幾陷矣！何期此地重相遇。”這裏比喻圍棋博弈中深入險境的孤立之子，很可能馬上被吃掉，亦即所謂的

“當必碎”。　虎口：圍棋術語之一，意即圍棋中的一方如果落子於對方三個子構成三角形中的一點，對方可以馬上提吃，所以説“禍難移”，這個落子即被提吃的點就叫做虎口。元稹《酬李甫見贈十首》七：“無事抛棋侵虎口，幾時開眼復聯行？”戎昱《苦哉行五首》四：“脱身落虎口，不及歸黄泉。苦哉難重陳，暗哭蒼蒼天。”

⑭ 乘勝：意謂趁着勝利的形勢。《後漢書·宋俊傳》：“乘勝逐北數十里，斬首萬餘級。”杜甫《恨别》：“洛城一别四千里，胡騎長驅五六年……聞道河陽近乘勝，司徒急爲破幽燕。”　三捷：三次勝利。《詩經·小雅·采微》：“豈敢定居？一月三捷。”鄭氏箋云：“一月之中，三有勝功，謂侵也，伐也，戰也。”楊巨源《上裴中丞》：“六年西掖弘湯誥，三捷東堂總漢科。政引風霜成物色，語回天地到陽和。”　扶顛：扶持危局。語本《論語·季氏》：“危而不持，顛而不倒。”杜甫《洗兵馬》：“徵起適遇風雲會，扶顛始知籌策良。”蘇軾《次韵周開祖長官見寄》：“仕道固應慚孔孟，扶顛未可責由求。”　一詞：一言，一語。白居易《答四皓廟》：“心不晝一計，口不吐一詞。”孫光憲《北夢瑣言》卷五：“飾非拒諫，斷自己意，幕寮俛仰，不措一詞，唯孔目官楊厚贊成之。”這兩句都在借喻圍棋中的情勢。

⑮ 目：圍棋棋盤有縱横各十九條綫，交錯而成三百六十一個交點，同時也形成三百六十一個目，這是博弈雙方反復争奪的目標，也是最後計算勝負多寡的唯一依據。　指蹤：發蹤指示，比喻指揮謀劃。語本《史記·蕭相國世家》：“夫獵，追殺獸兔者，狗也；而發蹤指示獸處者，人也。”《後漢書·荀彧傳》：“是故先帝貴指縱之功，薄搏獲之賞。”費冠卿《閑居即事》：“子房仙去孔明死，更有何人解指蹤？”比喻指揮。范仲淹《奏乞揀沿邊年高病患軍員》：“若人員不甚得力，則向下兵士，例各驕惰，不受指蹤，多致敗退。”

⑯ 防邊：防守邊地。杜甫《奉送郭中丞兼太僕卿充隴右節度使三十韵》：“松悲天水冷，沙亂雪山清。和虜猶懷惠，防邊不敢驚。”朱

慶餘《長城》:“秦帝防邊繳,關心倍可嗟。一人如有德,四海盡爲家。” 斬將:斬殺敵方將領。于鵠《出塞曲》:“微雪將軍出,吹笳天未明。觀兵登古戍,斬將對雙旌。”高駢《依韵奉酬李迪》:“詩成斬將奇難敵,酒熟封侯快未如。只見絲綸終日降,不知功業是誰書?”這裏仍然是借戰事比喻圍棋的博弈。

⑰ 眠床:卧具,古亦以床爲坐具,故稱卧具之床爲眠床。陶弘景《冥通記》卷四:“持之(九莖紫茵琅葛芝一斤)南行,取己所住户十二步,乃置眠床頭按上。”李建勛《閑遊》:“携酒復携觴,朝朝一似忙。馬諳頻到路,僧借舊眠床。” 浪置:白白準備。暫無唐宋之前合適書證。高攀龍《與蔣恬庵一》:“丈不以此時究身心之實益,求經濟之定計,乃于酒食戲談中浪置,此身豈天所以生吾丈之意乎!” 浪:副詞,徒然,白白地。寒山《詩》七七:“終歸不免死,浪自覓長生。”蘇軾《贈月長老》:“功名半幅紙,兒女浪苦辛。” 通夕:整夜。《淮南子・精神訓》:“病疵瘕者,捧心抑腹,膝上叩頭,蜷局而諦,通夕不寐。”干寶《搜神記》卷一二:“若有穢惡及其所止者,則有虎通夕來守,人不去,便傷害人。” 忘疲:全神貫注於圍棋博弈,忘記了終夜的疲勞。獨孤及《李卿東池夜宴得池字》:“政成機不擾,心愜宴忘疲。去燭延高月,傾罍就小池。”朱慶餘《送浙東陸中丞》:“自愛此身居樂土,詠歌林下日忘疲。”

⑱ “曉雉風傳角”兩句:意謂清晨微風中傳來野雞的鳴叫,猶如軍營的鳴號,遍地的大雪壓着叢叢樹枝,到處都是銀妝素裹。 寒叢:寒天的樹叢。駱賓王《過故宋》:“池文斂束水,竹影漏寒叢。園兔承行月,川禽避斷風。”楊思玄《奉和聖製過温湯》:“遠岫凝氛重,寒叢對影疏。回瞻漢章闕,佳氣滿宸居。” 壓枝:謂冬雪太多,把樹枝壓低。韓愈《喜雪獻裴尚書》:“宿雲寒不卷,春雪墮如簁……妒舞時飄袖,欺梅並壓枝。”白居易《庭松》:“春深微雨夕,滿葉珠蓑蓑。歲暮大雪天,壓枝玉皚皚。”

⑲ 繁星:繁密的衆星。傅玄《雜詩》:“繁星依青天,列宿自成行。”曾鞏《荔枝四首》一:“誰能有力如黄犢,摘盡繁星始下來?” 玉版:玉片,古代常常用以刻字、刻圖的玉片。元稹《青雲驛》:“復聞閶闔上,下視日月低。銀城蕊珠殿,玉版金字題。”司空圖《賀翰林侍郎二首》二:“玉版徵書洞裹看,沈羲新拜侍郎官。文星喜氣連台曜,聖主方知四海安。”這裏指天上的星星映照在玉片之上。 殘月:謂將落的月亮。白居易《客中月》:“曉隨殘月行,夕與新月宿。”柳永《雨霖鈴》:“今宵酒醒何處?楊柳岸、曉風殘月。” 冰池:結冰的池塘。韋應物《除日》:“冰池始泮緑,梅楥還飄素。”白居易《天寒晚起引酌詠懷》:“葉覆冰池雪滿山,日高慵起未開關。寒來更亦無過醉,老後何由可得閑?”

⑳ 僧請聞鐘粥:佛寺有鳴鐘而飯的規矩,早、中、晚無不如此。元稹《元和五年予官不了罰俸西歸三月六日至陝府與吴十一兄端公崔二十二院長思愴曩遊因投五十韵》“酒醒聞飯鐘,隨僧受遺施”就是其中的例子。本句所云,説明元稹當時獨身而居,故招待棋流的早飯,也要由寺僧代勞。 賓催下藥巵:本句説明元稹當時的身體已經有病,故需頻頻用藥,連客人都熟悉元稹用藥的時間。 下藥:用藥。元稹《病醉》:“醉伴見儂因酒病,道濃無酒不相窺。那知下藥還沾底,人去人來剩一巵。”張籍《書懷寄王秘書》:“下藥遠求新熟酒,看山多上最高樓。賴君同在京城住,每到花前免獨遊。”

㉑ 獸炎:亦作“獸焰”指獸形香爐中燃香而生的火焰。李商隱《燒香曲》:“八蠶繭綿分小炷,獸焰微紅隔雲母。”馮浩箋注:“《洞天香録》云:‘銀錢雲母片……可爲隔火。隔火者,用以承香,使隔而燒之也。’句即此意,蓋如今所云煎香。”本詩是指獸炭燃燒發生的火焰,所謂獸炭,是指做成獸形的炭,亦泛指炭或炭火。張南史《雪》:“千門萬户皆静,獸炭皮裘自熱。” 餘炭:還没有完全燃燒完畢的火炭。陳元靚《歲時廣記·捏鳳炭》:“天寶遺事:楊國忠以炭屑用蜜捏塑成雙鳳,

至冬日,則焰於爐中。及先以白檀木鋪于爐底,餘炭不許參雜。"黄之隽《冬十首》一〇:"獸炎餘炭在,閑坐但焚香。席暖飛鸚鵡,裘鮮照鷫鸘。"　蠟泪:即燭泪,指蠟燭燃點時淌下的液態蠟。李賀《惱公》:"蠟泪垂蘭燼,秋蕪掃綺櫳。"陸游《夜宴賞海棠醉書》:"深院不聞傳夜漏,忽驚蠟泪已堆盤。"　短光:漸漸熄滅的蠟燭火焰,但目前尚没有找到合適的書證。

㉒ 俛仰:低頭抬頭,俯視仰望。盧象《嘆白髮》:"我年一何長!鬢髮日已白。俛仰天地間,能爲幾時客?"韋應物《喜於廣陵拜覲家兄奉送發還池州》:"俯仰叙存殁,哀腸發酸悲。收情且爲歡,累日不知饑。"　陳迹:舊迹,遺迹。郎士元《關羽祠送高員外還荆州》:"去去勿復言,銜悲向陳迹。"蘇軾《送芝上人遊廬山》:"團團如磨牛,步步踏陳迹。"　殷勤:情意深厚。《孝經援神契》:"母之於子也,鞠養殷勤,推燥居濕,絶少分甘。"《禮記·曲禮》"國君去其國,止之曰:'奈何去社稷也?'大夫曰:'奈何去宗廟也?'士曰:'奈何去墳墓也?'"鄭玄注:"皆臣民殷勤之言。"元稹《見人詠韓舍人新律詩因有戲贈》:"七字排居敬,千詞敵樂天。殷勤閑太祝,好去老通川。"　後期:指後會之期。徐鉉《十日和張少監》:"重陽高會古平臺,吟遍秋光始下來。黄菊後期香未減,新詩捧得眼還開。"李中《得故人消息》:"多難分離久,相思每泪垂……未必乖良會,何當有後期!"這裏是殷殷勤勤,迫不及待地預定下次相會博弈之期。

㉓ 公私:公家和私人。杜甫《憶昔二首》二:"憶昔開元全盛日,小邑猶藏萬家室。稻米流脂粟米白,公私倉廩俱豐實。"韓愈《寄盧仝》:"至今鄰僧乞米送,僕忝縣尹能不耻?俸錢供給公私餘,時致薄少助祭祀。"　去住:猶去留。蔡琰《胡笳十八拍》:"十有二拍兮哀樂均,去住兩情兮難具陳。"司空曙《峽口送友人》:"峽口花飛欲盡春,天涯去住泪沾巾。"　車馬:車和馬,古代陸上的主要交通工具。《詩·小雅·十月之交》:"擇有車馬,以居徂向。"元稹《酬樂天書懷見寄》:

"新昌北門外，與君從此分。街衢走車馬，塵土不見君。" 支離：分散。《文選·王延壽〈魯靈光殿賦〉》："捷獵鱗集，支離分赴。"李善注："支離，分散貌。"元稹《蠻子朝》："部落支離君長賤，比諸夷狄爲幽冗。"這兩句意謂弈棋的人們黎明時分或因公或因私先後散去，各奔東西。

㉔ 終身：一生，終竟此身。《漢書·司馬遷傳》："蓋鍾子期死，伯牙終身不復鼓琴。"元稹《和李校書新題樂府十二首·上陽白髮人》："日日長看提象門，終身不見門前事。" 癖：嗜好。獨孤及《答李滁州憶玉潭新居見寄》："從來招隱地，未有剖符人。山水能成癖，巢夷擬獨親。"杜牧《上李中丞書》："嗜酒好睡，其癖已痼。往往閉户，便經旬日。" 是事：事事，凡事。韓愈《戲題牡丹》："長年是事皆抛盡，今日欄邊暫眼明。"修睦《秋日閑居》："是事不相關，誰人似此閑?" 隳：通"惰"，懈怠。《韓非子·八奸》："是以賢者懈怠而不勸，有功者隳而簡其業，此亡國之風也。"陳奇猷集釋引太田方曰："隳、墮二字並與惰通。"韓愈《清邊郡王楊燕奇碑文》："四十餘年，或裨或專，攻牢保危，爵位已隮，既明且慎，終老無隳。"

㉕ 無限：没有窮盡，謂程度極深，範圍極廣。《後漢書·杜林傳》："及至其後，漸以滋章，吹毛索疵，詆欺無限。"羊士諤《郡中即事三首》二："紅衣落盡暗香殘，葉上秋光白露寒。越女含情已無限，莫教長袖倚蘭干。" 興：興致。《晉書·王徽之傳》："乘興而來，興盡便返。"楊巨源《答振武李逢吉判官》："近來時輩都無興，把酒皆言肺病同。" 俗人：庸俗的人，鄙俗的人。《荀子·儒效》："不學問，無正義，以富利爲隆，是俗人者也。"一般人，百姓，民衆。《老子》："俗人昭昭，我獨昏昏；俗人察察，我獨悶悶。"白居易《五弦》："嗟嗟俗人耳，好今不好古。所以緑窗琴，日日生塵土。"

[編年]

《年譜》編年本詩於"庚寅至甲午在江陵府所作其他詩",没有説明理由。《編年箋注》編年本詩云:"作於任江陵士曹期間。"理由是千篇一律的"見卞《譜》",不見其補充任何理由,因此也可以説與《年譜》一樣没有説明任何理由。未見《年譜新編》對本詩編年,大概是疏忽導致的遺漏吧!

我們編年本詩於元和五年冬季,理由是:一、本詩云:"眠床都浪置,通夕共忘疲。"又云:"僧請聞鐘粥,賓催下藥卮。"所顯示的顯然是元稹狼狽單身漢的生活情景。在江陵期間,元稹單身漢生涯應該是元和五年,亦即元稹没有續娶安仙嬪之前。至元和六年春天,元稹已經續娶安仙嬪爲妾,在元稹的居所通宵博弈,不太合適;而且第二天清晨要等待寺僧的早餐,也太不合乎常情。本詩又云:"寒叢雪壓枝","殘月耀冰池","獸炎餘炭在",節令應該是冬季無疑。二、元稹《酬李甫見贈十首各酬本意次用舊韵》七:"無事抛棋侵虎口,幾時開眼復聯行。終須殺盡緣邊敵,四面通同掩太荒。"所述與本詩相合,應該是同年之作,而前詩作於元和五年夏秋間。

■ 酬樂天雨雪放朝因懷微之(一)①

據白居易《雨雪放朝因懷微之》

[校記]

(一)酬樂天雨雪放朝因懷微之:元稹本佚失詩所據白居易《雨雪放朝因懷微之》,見《白氏長慶集》、《萬首唐人絶句》、《白香山詩集》、《全詩》,未見異文。

[箋注]

① 酬樂天雨雪放朝因懷微之：白居易《雨雪放朝因懷微之》："歸騎紛紛滿九衢，放朝三日爲泥塗。不知雨雪江陵府，今日排衙得免無？"元稹理應酬和，今存元稹詩文不見，據補。　雨雪：落雨下雪。盧照鄰《雨雪曲》："虜騎三秋入，關雲萬里平。雪似胡沙暗，冰如漢月明。"鄭愔《胡笳曲》："曲斷關山月，聲悲雨雪陰。傳書問蘇武，陵也獨何心？"　放朝：凡盛暑、雨雪、泥潦，酌免群臣朝參，謂之"放朝"。本唐制，後朝因之。王建《宫詞一百首》六："千牛仗下放朝初，玉案傍邊立起居。每日進來金鳳紙，殿頭無事不多書。"《舊唐書・文宗紀論》："朕欲與卿等每日相見，其輟朝、放朝，用雙日可也。"　懷：懷念，思念。劉長卿《春草宫懷古》："君王不可見，芳草舊宫春。猶帶羅裙色，青青向楚人。"韋應物《閶門懷古》："獨鳥下高樹，遥知吴苑園。淒凉千古事，日暮倚閶門。"

[編年]

未見《元稹集》採録，也未見《年譜》、《年譜新編》、《年譜新編》採録與編年。

朱金城先生《白居易集箋校》編年白居易詩於元和五年。白居易詩題《雨雪放朝因懷微之》，詩云："不知雨雪江陵府。"表明白居易詩必定賦作於元和五年的冬天，元稹已經佚失的酬和詩篇也一定撰作於元和五年的冬天，地點在江陵，元稹時任江陵士曹參軍之職。

◎ 冬夜懷李侍御王太祝段丞[①]

浩露烟壒盡，月光閑有餘[(一)][②]。松篁細陰影，重以簾牖疏[③]。泛覽星粲粲，輕河悠碧虚[④]。纖雲不成葉，脈脈風絲紓(二)⑤。丹竈熾東序,燒香羅玉書⑥。飄飄魂神舉,若驂鸞鶴輿⑦。感念夙昔意,華尚簪與裾⑧。簪裾詎幾許?累創吞鈎魚⑨。今聞馨香道(三),一以悟臭帑(巾也)⑩。悟覺誓不惑,永抱胎仙居⑪。晝夜欣所適,安知歲云除⑫?行行二三友,君懷復何如⑬?

録自《元氏長慶集》卷六

[校記]

(一) 月光閑有餘:宋蜀本、蘭雪堂本、叢刊本、《古詩鏡·唐詩鏡》、《全詩》同,楊本作"月光鬧有餘",語義難通,不從不改。

(二) 脈脈風絲紓:楊本、叢刊本、《全詩》同,《古詩鏡·唐詩鏡》作"脉脉風絲舒",語義不同,不改。

(三) 今聞馨香道:楊本、叢刊本、《全詩》同,《古詩鏡·唐詩鏡》作"今聞馨香道",語義不同,不改。

[箋注]

① 冬夜:冬天的夜晚。王昌齡《送程六》:"冬夜傷離在五溪,青魚雪落鱠橙虀。武岡前路看斜月,片片舟中雲向西。"白居易《冬夜與錢員外同直禁中》:"夜深草詔罷,霜月淒凛凛。欲卧暖殘杯,燈前相對飲。" 懷:懷念,思念。《詩·周南·卷耳》:"嗟我懷人,寘彼周行。"曹操《苦寒行》:"延頸長嘆息,遠行多所懷。" 李侍御:元稹的朋友李景儉,當時在江陵爲户曹參軍。此前曾任職監察御史,唐人習慣上稱此前較高的職務,故稱爲侍御。《舊唐書·李景儉傳》:"李景儉,字寬中,漢中王瑀之孫……景儉貞元十五年登進士第,性俊朗博聞强記,頗閲前史,詳其成敗,自負王霸之略,于士大夫間無所屈降。貞元末韋執誼、王叔文東宫用事,尤重之,待以管葛之才。叔文竊政,屬景

儉居母喪，故不及從坐。韋夏卿留守東都，辟爲從事。竇群爲御史中丞，引爲監察御史。群以罪左遷，景儉坐貶江陵户曹……與元稹、李紳相善。”侍御，唐代稱殿中侍御史、監察御史爲侍御。李白有《贈韋侍御黄裳》，王琦注引《因話録》：“御史臺三院，一曰臺院，其僚曰侍御史，衆呼爲端公；二曰殿院，其僚曰殿中侍御史，衆呼爲侍御；三曰察院，其僚曰監察御史，衆呼亦曰侍御。”《編年箋注》認爲：“李侍御爲李顧言。”誤。李顧言，字仲遠，排行三，居住在長安常樂里，元和十年春天病故。元稹有《與楊十二李三早入永壽寺看牡丹》、《别李三》、《酬樂天見憶兼傷仲遠》諸詩，白居易有《村中留李三固言（顧言）宿》、《哭李三》、《憶微之傷仲遠（李三仲遠去年春喪）》諸詩，元稹白居易詩篇中並没有提及李顧言曾經歷官監察御史一事，提及李顧言歷職監察御史的僅僅是留在《太平廣記》中的一則記載，文云：“唐監察御史李顧言，貞元末應進士舉，甚有名稱。歲暮自京西客遊回，詣南省訪知己郎官。適至，日已晚，省吏告郎官盡出。顧言竦轡而東，見省東南北街中有一人挈小囊，以烏紗蒙首北去，徐吟詩曰：‘放榜只應三月暮，登科又較一年遲。’又稍朗吟，若令顧言聞。顧言策馬逼之於省北，有驚塵起，遂失其人所在。明年京師自冬雨雪甚，畿内不稔，停舉。貞元二十一年春德宗皇帝晏駕，果三月下旬放進士榜，顧言元和元年及第（出《續命録》）。”而清人徐松《登科記考》又據此而定李顧言元和元年進士及第：“李顧言，元和元年進士及第，見《太平廣記》引《定命録》。”李昉與徐松所引出處略有不同，疑兩者是《續定命録》之誤，待考。雖然事迹近似，但關鍵是李顧言並没有在江陵的荆南節度使府歷職的重要證據，而李景儉既有歷職監察御史的史書證據，又有當時出貶江陵户曹參軍的鐵證，更有元稹與李景儉在江陵唱和的第一手材料，還有元稹與李景儉此前此後的真摯友情爲憑，此“李侍御”應該是李景儉無疑。　王太祝：《編年箋注》云：“事迹未詳。”元稹有《泛江玩月十二韵》詩，序云：“予以元和五年自監察御史貶授江陵士曹掾,六月十四日張季友、李景儉二侍御,王文仲同録、王衆仲判官兩昆季,爲予載酒炙選聲音,自府城之南橋攀月泛舟,窮竟一夕,予賦詩以紀之。"太祝是官名,商官有六太,其一曰太祝。《周禮》春官宗伯之屬有太祝,掌祭祀祈禱之事。秦漢有太祝令丞,屬太常卿。歷代多因之。《通典·職官》有記載。疑"太祝"是指王文仲同録、王衆仲判官兩昆季中的一人,而"太祝"也許是他們過去的歷職,有如李景儉過去的監察御史,當時仍然稱爲"侍御"一般。 段丞:"段丞"這個稱呼,在現存元稹詩文中一共出現兩次,除本詩外,尚有《酬段丞與諸棋流會宿弊居見贈二十四韵》,兩詩都賦成於江陵荆南節度使府,但名未詳,也許是段文昌家族中的某位成員,正在江陵的府、州、縣歷職府丞、州丞或縣丞之類的職務。

② 浩露:濃重的露水。陸雲《九滑·修身》:"握遺芳而自玩,挹浩露于蘭林。"孟雲卿《夜月江行》:"扣船不能寢,浩露清衣襟。" 烟壒:烟霧塵埃。元稹《玉泉道中作》:"谷深烟壒浄,山虚鐘磬長。"義近"輕壒",微尘。韓愈、孟郊《秋雨聯句》:"白日懸大野,幽泥化輕壒。"錢仲聯集釋:"魏本引樊汝霖曰:壒,塵也。" 月光:月亮的光綫,是由太陽光照到月球上反射出來的。《詩·陳風·月出》:"月出皎兮。"毛傳:"皎,月光也。"《宋史·陸佃傳》:"〔陸佃〕居貧苦學,夜無燈,映月光讀書。"

③ 松篁:松與竹。酈道元《水經注·沔水》:"池中起釣臺,池北亭,虊墓所在也,列植松篁於池側。"韋莊《春愁》:"後庭人不到,斜月上松篁。"辛棄疾《賀新郎·題趙兼善龍圖東山小魯亭》:"快滿眼,松篁千畝。把似渠垂功名泪,算何如、且作溪山主。" 陰影:陰暗的影子。張九齡《臨泛東湖》:"晶明畫不逮,陰影鏡無辨。晚秀復芬敷,秋光更遥衍。"元稹《遣春十首》三:"岸柳好陰影,風裾遺垢氛。悠然送春目,八荒誰與群?" 簾牖:窗户與窗簾。簾,以竹、布等製成的遮蔽門窗的用具。謝朓《和王主簿怨情》:"花叢亂數蝶,風簾入雙燕。"張

耒《夏日》:“落落疏簾邀月影,嘈嘈虚枕納溪聲。”牖,窗户。《書·顧命》:“牖間南向,敷重篾席。”孔穎達疏:“牖,謂窗也。”韓愈《東都遇春》:“朝曦入牖來,鳥唤昏不醒。”

④ 泛覽:隨意觀看,漫不經心地眺望。權德輿《侍從游後湖燕坐》:“絶境殊不遠,湖塘直吾廬。烟霞旦夕生,泛覽誠可娱。”元稹《秋堂夕》:“泛覽昏夜目,詠謡暢煩膺。况吟獲麟章,欲罷久不能。” 粲粲:鮮明貌。《詩·小雅·大東》:“西人之子,粲粲衣服。”朱熹集傳:“粲粲,鮮盛貌。”白居易《和微之詩二十三首·和望曉》“草鋪地茵褥,雲卷天幃幔。鶯雜佩鏘鏘,花饒衣粲粲。” 輕河:指銀河。元稹《含風夕》:“悵望牽牛星,復爲經年隔。露網裹風珠,輕河泛遥碧。”元稹《解秋十首》五:“新月纔到地,輕河如泛雲。螢飛高下火,樹影參差文。” 碧虚:清澈無邊,晴空萬里。李端《巫山高》:“巫山十二峰,皆在碧虚中……愁向高唐望,清秋見楚宫。”徐堅《奉和聖製送張説赴集賢院學士賜宴賦得虚字》:“翠葉濃丹苑,晴空卷碧虚。”

⑤ 纖雲:微雲,輕雲。《文選·傅玄〈雜詩〉》:“纖雲時髣髴,渥露沾我裳。”張銑注:“纖,輕也。”韓愈《八月十五夜贈張功曹》:“纖雲四卷天無河,清風吹空月舒波。” 脈脈:連綿不斷貌。孟浩然《耶溪泛舟》:“白首垂釣翁,新妝浣紗女。相看似相識,脉脉不得語。”白居易《古意》:“脈脈復脈脈,美人千里隔。不見來幾時,瑶草三四碧。” 風絲:指微風。蕭綱《三月三日率爾成詩》:“綺花非一種,風絲亂百條。雲起相思觀,日照飛虹橋。”雍陶《天津橋望春》:“津橋春水浸紅霜,烟柳風絲拂岸斜。翠輦不来金殿閉,宫鶯銜出上陽花。”

⑥ 丹竈:煉丹的爐灶。元結《宿無爲觀》:“山中舊有仙姥家,十里飛泉繞丹灶。如今道士三四人,茹芝煉玉學輕身。”戴叔倫《遊清溪蘭若》:“西看疊嶂幾千重?秀色孤標此一峰。丹灶久閑荒宿草,碧潭深處有潛龍。” 東序:古代宫室的東廂房,爲藏圖書、秘笈之所。班固《典引》:“啓恭館之金縢,御東序之秘寶,以流其占。”杜甫《寄裴施

州》:“金鐘大鏞在東序,冰壺玉衡懸清秋。”泛指東廂房。《書·顧命》:“西序,東向……東序,西向。”孔傳:“東西廂謂之序。”何晏《景福殿賦》:“温房承其東序,凉室處其西偏。” 燒香:舊俗禮拜神佛的一種儀式,禮拜時把香點着插在香爐中,表示誠敬。寒山《詩》六三:“燒香請佛力,禮拜求僧助。”本詩指爲取其香氣或清雅而燃香。杜牧《送容州中丞赴鎮》:“燒香翠羽帳,看舞郁金裙。”陸游《移花遇小雨喜甚爲賦二十字》:“獨坐閑無事,燒香賦小詩。” 玉書:皇家所藏之書。羊士諤《酬吏部竇郎中直夜見寄》:“解巾侍雲陛,三命早爲郎。復以雕龍彩,旋歸振鷺行。玉書期養素,金印已懷黄。”李遠《贈弘文杜校書》:“曉隨鵷鷺排金鎖,静對鉛黄校玉書。漠漠禁烟籠遠樹,泠泠宫漏響前除。”

⑦ 飄飄:漂泊貌,形容行止無定。陸機《從軍行》:“苦哉遠征人,飄飄窮四遐。”劉長卿《睢陽贈李司倉》:“飄飄洛陽客,惆悵梁園秋。” 魂神:魂靈。《後漢書·董祀妻傳》:“登高遠眺望,魂神忽飛逝。”林滋《望九華山》:“籲予比年愛靈境,到此始覺魂神馳。” 驂:乘,駕馭。《楚辭·九章·涉江》:“駕青虬兮驂白螭,吾與重華遊兮瑶圃。”曾覿《瑞鶴仙》:“銀河迢遞,種玉群仙,共驂鸞鶴。” 鸞鶴:鸞與鶴,相傳爲仙人所乘。湯惠休《楚明妃曲》:“驂駕鸞鶴,往來仙靈。”黄滔《大唐福州報恩定光多寶塔碑記》:“烟霞蓊蔚於城隅,鸞鶴盤旋於林表。” 輿:車。《易·剥》:“君子得輿,小人剥廬。”孔穎達疏:“是君子居之則得車輿也。”盧照鄰《行路難》:“春景春風花似雪,香車玉輿恒闐咽。”

⑧ 感念:思念。陸機《爲顧彦先贈婦二首》一:“修身悼憂苦,感念同懷子。”李商隱《五言述德詩一首四十韵獻上杜七兄僕射相公》:“感念殽屍露,咨嗟趙卒坑。” 夙昔:泛指昔時,往日。桓寬《鹽鐵論·箴石》:“故言可述,行可則,此有司夙昔所願睹也。”權德輿《酬李二十二兄主簿馬迹山見寄》:“遠郊有靈峰,夙昔栖真仙。”

⑨ 簪裾：古代顯貴者的服飾，借指顯貴。《南史·張裕傳》："而茂陵之彦，望冠蓋而長懷；渭川之甿，佇簪裾而竦嘆。"裴守真《奉和太子納妃太平公主出降》二："絲竹揚帝熏，簪裾奉宸慶。" 幾許：多少，若干。《古詩十九首·迢迢牽牛星》："河漢清且淺，相去復幾許？"楊萬里《題興甯縣東文嶺瀑泉在夜明埸驛之東》："不知落處深幾許？但聞井底碎玉聲。" 吞鉤：吞下釣鉤，常比喻受騙上當。張衡《歸田賦》："仰飛纖繳，俯釣長流；觸矢而斃，貪餌吞鉤。"張繼《題嚴陵釣臺》："鳥向喬枝聚，魚依淺瀨遊。古來芳餌下，誰是不吞鉤？"

⑩ 令聞：美好的聲譽。杜甫《寄劉峽州伯華使君四十韵》："家聲同令聞，時論以儒稱。太后當朝肅，多才接迹升。"陳師道《寄答王直方》："永懷忘年友，死矣餘令聞。念子頗似之，老我何所恨！" 馨香：散播很遠的香氣。《國語·周語》："其德足以昭其馨香，其惠足以同其民人。"韋昭注："馨香，芳馨之升聞者也。"《古詩十九首·庭中有奇樹》："馨香盈懷袖，路遠莫致之。" 臭：香，香氣。《易·繫辭》："同心之言，其臭如蘭。"《史記·禮書》："側載臭茝，所以養鼻也。"司馬貞索隱引劉氏曰："臭，香也。" 帤：巾，古代擦抹用的布，亦以指大巾。《説文·巾部》："帤，巾帤也。"《方言》第四："大巾謂之帤。"

⑪ 悟覺：覺悟。《孟子·萬章》："予，天民之先覺者也。"趙岐注："我先悟覺者也。"楊簡《葉元吉請誌妣張氏墓》："銘曰：孺人張氏，識高行懿。孝敬至矣！衆善兼美，子頓悟覺。" 不惑：謂遇事能明辨不疑。《論語·子罕》："知者不惑，仁者不憂，勇者不懼。"韓愈《伯夷頌》："一家非之，力行而不惑者寡矣！至於一國一州非之，力行而不惑者，蓋天下一人而已矣！" 仙居：仙人住所，亦借稱清静絶俗的所在。白居易《答微之誇越州州宅》："賀上人回得報書，大誇州宅似仙居。"武元衡《題故蔡國公主九華觀上池院》："朱門臨九衢，雲水藹仙居。曲沼天波接，層臺鳳舞餘。"

⑫ 晝夜：白日和黑夜。富嘉謨《明冰篇》："北陸蒼茫河海凝，南

山闌干晝夜冰。素彩峨峨明月升,深山窮谷不自見。"劉長卿《罪所上御史惟則》:"誤因微禄滯南昌,幽縶圜扉晝夜長。黄鶴翅垂同燕雀,青松心在任風霜。"　適:去,往。《楚辭·離騷》:"心猶豫而狐疑兮,欲自適而不可。"王逸注:"適,往也。"《史記·吴太伯世家》:"〔季札〕去鄭,適衛。"　歲云除:義同"歲云暮",意謂一年即將過去。元稹《三嘆》:"非無鴛鸞侣,誓不同樹栖。飛馳歲云暮,感念雛在泥。"白居易《歌舞》:"秦中歲云暮,大雪滿皇州。雪中退朝者,朱紫盡公侯。"

⑬ 行行:剛强負氣貌。《論語·先進》:"子路,行行如也;冉有、子貢,侃侃如也。子樂。"何晏集解:"鄭曰:'樂各盡其性,行行,剛强之貌。'"元稹《青雲驛》:"上天勿行行,潛穴勿凄凄。吟此青雲諭,達觀終不迷。"　二三:約數,不定數,表示較少的數目,猶言幾。王褒《僮約》:"日暮以歸,當送乾薪二三束。"皎然《詠小瀑布》:"瀑布小更奇,潺湲二三尺。"　何如:如何,怎麼樣,用於詢問。《左傳·襄公二十七年》:"子木問於趙孟曰:'范武子之德何如?'"《新唐書·哥舒翰傳》:"禄山見翰責曰:'汝常易我,今何如?'"

[編年]

《年譜》編年本詩"庚寅至甲午在江陵府所作其他詩",没有説明理由。《編年箋注》編年本詩云:"此詩作於貶江陵士曹期間。"理由是千篇一律的"見卞《譜》",不見其補充任何理由,因此可以説也是没有説明任何理由。未見《年譜新編》對本詩編年,大概是疏忽導致的遺漏吧!

我們以爲,本詩不應該籠統編年於元稹江陵任期之内,而應該作於元和五年年末,理由是:一、詩題《冬夜懷李侍御王太祝段丞》,而李侍御即李景儉,元和五年正在江陵,有《泛江玩月十二韵并序》:"予以元和五年自監察御史貶授江陵士曹掾,六月十四日張季友、李景儉二侍御,王文仲同録、王衆仲判官兩昆季爲予載酒炙,選聲音,自府城之南橋攀月泛舟，窮竟一夕，予賦詩以紀之。”二、詩題曰“冬夜”，詩篇云：“晝夜欣所適，安知歲云除？”就是明確不過的證據。三、詩題中的“段丞”、“李侍御”説明本詩與《酬段丞與諸棋流會宿弊居見贈二十四韵》作於同一時期，而《酬段丞與諸棋流會宿弊居見贈二十四韵》作於元和五年冬季。

◎ 獨夜傷懷贈呈張侍御(張生近喪妻)①

燼火孤星滅，殘燈寸焰明②。竹風吹面冷，檐雪墜階聲(一)③。寡鶴連天叫，寒雛徹夜驚④。秖應張侍御，潛會我心情⑤。

録自《元氏長慶集》卷九

[校記]

(一) 檐雪墜階聲：楊本、叢刊本、《全詩》同，宋蜀本作“檐雪墮階聲”，“墜”與“墮”兩字的義項有相通之處，不改。

[箋注]

① 獨夜：一人獨處之夜。王粲《七哀詩二首》二：“獨夜不能寐，攝衣起撫琴。”杜甫《旅夜書懷》：“細草微風岸，危檣獨夜舟。” 傷懷：傷心。《史記・高祖本紀》：“高祖乃起舞，慷慨傷懷，泣數行下。”曹丕《與朝歌令吴質書》：“清風夜起，悲笳微吟。樂往哀來，愴然傷懷。” 贈呈：詩歌酬贈，改送爲呈，以示敬重。沈約《華陽先生登樓不復下贈呈》：“側聞上士説，尺木乃騰霄……銜書必青鳥，佳客信龍鑣。”義近“贈送”，嚴維《贈送朱放》：“昔年居漢水，日醉習家池。道勝迹常在，名高身不知。”司空曙《贈送鄭錢二郎中》：“梅含柳已動，昨日起東風。

惆悵心徒壯,無如鬢作翁。” 張侍御:即張季友,時在江陵任職,元稹在江陵結識的新朋友。元和五年五月,元稹到達江陵,不久,亦即六月十四日,李景儉與張季友等人邀請新來的元稹“乘月泛舟,窮竟一夕”,其《泛江玩月十二韵》序云:“予以元和五年自監察御史貶授江陵士曹掾,六月十四日張季友、李景儉二侍御,王文仲司録、王衆仲判官兩昆季爲予載酒炙選聲音,自府城之南橋乘月泛舟,窮竟一夕,予因賦詩以紀之。”同游的朋友中除李景儉外,自然是張季友最爲著名,祝穆《古今事文類聚·龍虎榜》有記載云:“唐貞元八年陸贄主司,試《明水賦》、《御溝新柳詩》,其人賈棱、陳羽、歐陽詹、李博、李觀、馮宿、王涯、張季友、齊孝若、劉遵古、許季同、侯繼、穆贄、韓愈、李絳、温商、庾承宣、員結、胡瓊、崔群、邢册、裴光輔、萬瓘。是年一榜多天下孤雋偉傑之士,號“龍虎榜”(《科舉記》)。”張季友大約因爲李絳、崔群、韓愈、庾承宣等同年的關係,更重要的是元稹的所作所爲而與元稹相識相交。除此而外也許還有一個個人生活上的原因,這就是張季友這時也處在喪妻之痛之中:“張生近喪妻。”

② 燼:物體燃燒後剩下的灰燼。《詩·大雅·桑柔》:“民靡有黎,具禍以燼。”朱熹集傳:“燼,灰燼也。”陸游《夜宴》:“酒浪摇春不受寒,燭花垂燼忽堆盤。” 孤星:原指黎明時的殘星,亦指單獨出現的星。王損之《曙觀秋河賦》:“孤星迴泛,狀清淺之沉珠;殘月斜臨,似滄浪之垂釣。”李商隱《河内詩二首》一:“碧城冷落空蒙烟,簾輕幙重金鉤欄。靈香不下兩皇子,孤星直上相風竿。”這裏以黎明前殘星的慢慢消失比喻取暖火盆殘留的火星一一熄滅。 殘燈:將熄的燈,寸焰如豆。白居易《秋房夜》:“水窗席冷未能卧,挑盡殘燈秋夜長。”陸游《東關》:“三更酒醒殘燈在,卧聽蕭蕭雨打篷。”

③ 竹風:竹間之風。杜甫《遠遊》:“竹風連野色,江沫擁春沙。”蘇軾《西齋》:“褰衣竹風下,穆然中微凉。” 吹面:風吹在面上。白居易《橋亭卯飲》:“卯時偶飲齋時卧,林下高橋橋上亭。松影過窗眠始

覺,竹風吹面醉初醒。"薛能《送李倍秀才》:"南朝才子尚途窮,畢竟應須問葉公。書劍伴身離泗上,雪風吹面立船中。" 檐雪:堆積在屋檐上的雪。羅隱《寄楊秘書》:"蕭蕭檐雪打窗聲,因憶江東阮步兵。兩信海潮書不達,數峰稽嶺眼長明。"吴融《送弟東歸》:"偶持麟筆侍金閨,夢想三年在故溪。祖竹定欺檐雪折,稺杉應拂棟雲齊。" 墜階:掉落在臺階之上。義近"墜地",物体落地。张籍《惜花》:"濛濛庭樹花,墜地無顏色。"猶"墜落",下落,掉落。颜之推《颜氏家训·归心》:"星有墜落,乃爲石矣!"

④ 寡鶴:失偶之鶴,亦以喻失偶者,没有了妻子的照料,丈夫自然顧此失彼,叫苦連天。白居易《代書詩一百韵寄微之》:"寡鶴摧風翮,鰥魚失水鬐。暗雛啼渴旦,凉葉墜相思(此四句兼含微之鰥居之思)。"白居易《松下琴贈客》:"寡鶴當徽怨,秋泉應指寒。慚君此傾聽,本不爲君彈。" 連天:連日。杜甫《三川觀水漲二十韵》:"北上惟土山,連天走窮谷。"項斯《彭蠡湖春望》:"湖亭東極望,遠櫂不須迴。遍草新湖落,連天衆雁来。" 寒雛:寒天還没有長大的鳥雛。元稹《小胡笳引》:"秋霜滿樹葉辭風,寒雛墜地烏啼血。"這裏指元稹的女兒保子以及張季友的兒女們,因爲没有母親的細心呵護,白天失於照料,晚上難以安心入睡。故有"只應張侍御,潛會我心情"的哀嘆。徹夜:通宵,整夜。薛道衡《和許給事善心戲場轉韵》:"竟夕魚負燈,徹夜龍銜燭。"元稹《黄草峽聽柔之琴二首》二:"憐君伴我涪州宿,猶有心情徹夜彈。"

⑤ 潛會:暗中相合。崔損《淩烟閣圖功臣賦》:"稽其義,知聖君之膺時;睹其象,知忠臣以應期;葉雲龍之潛會,合魚水之相資。"張階《審樂知政賦》:"堂上堂下,既獻既酢。百拜終禮,八音合樂。天地潛會,鬼神相索。" 心情:心神,情緒。《隋書·恭帝紀》:"憫予小子,奄逮丕愆,哀號承感,心情糜潰。"史達祖《玉樓春·梨花》:"玉容寂寞誰爲主?寒食心情愁幾許?"興致,情趣。元稹《酬樂天嘆窮愁》:"老去

心情隨日減,遠來書信隔年聞。”陸游《春晚書懷》二:“老向軒裳增力量,病於風月減心情。”

[編年]

《年譜》在元和五年條下將本詩編入,理由一是根據陳寅恪《元白詩箋證稿·艷詩及悼亡詩》所云:“……第二十三首《獨夜傷懷贈呈張侍御》,疑皆微之在江陵所作。”二是:“《獨夜傷懷贈呈張侍御》云:‘竹風吹面冷,檐雪墜階聲。’”因而斷定《獨夜傷懷贈呈張侍御》“作於元和五年冬”。《編年箋注》編年本詩云:“作於元和五年(八一〇),元稹時在江陵府士曹參軍任。見下《譜》。”《年譜新編》亦編年元和五年,理由是:“題下注:‘張生近喪妻。’‘張侍御’當爲張季友。詩云:‘……檐雪墜階聲。寡鶴連天叫,寒雛徹夜驚。只應張侍御,潛會我心情。’元稹與張季友均喪妻獨居。”

我們以爲,陳寅恪衹是懷疑《獨夜傷懷贈呈張侍御》是元稹“在江陵所作”,《年譜》、《編年箋注》僅據詩中的冬景,就斷言作於元和五年冬天,未免理由不足,需要補充根據。雖《獨夜傷懷贈呈張侍御》排列在《張舊蚊幬》(作於元和五年五月)之後、《六年春遣懷八首》(作於元和六年寒食節之時)之前,但詩歌的編排不能作爲編年的主要根據,尤其是如元稹詩文這樣經過散亂之後再由後世重行編定的詩文集,更應該慎重對待。即如本卷而言,《感夢》作於元和五年三月十七日貶赴江陵途中,而它後面的《竹簟》作於元和四年的深秋,《聽庾及之彈烏夜啼引》作於元和四年十月十四日之後的冬天至元和五年初春之間,這證明陳寅恪所謂元稹本卷詩歌前後次序與寫作年月先後一致的説法並不可靠。《獨夜傷懷贈呈張侍御》詩中的冬景更不能説明問題,無論是洛陽還是江陵,處處都有冬天,且年年都有冬天,我們以爲《年譜》編年的理由並不充分。詩題中的“張侍御”即元稹在江陵的同事張季友,官職是侍御,元稹《泛江玩月十二韵序》可證,張侍御在江陵目前尚無證據證明他在此後隨即離開江陵,焉知不是元和六年或七年、八年冬天所作?

我們以爲,倒是詩題"獨夜傷懷"云云以及題下所注"張生近喪妻"和詩中詩句爲我們提供了作於元和五年冬天的可靠依據,詩云:"寡鶴連天叫,寒雛徹夜驚。只應張侍御,潜會我心情。"表明元稹與張侍御都是新近喪妻寡居之人,故而同病相憐作詩表情。而元和六年寒食日前後元稹已在李景儉的幫助下續娶安仙嬪爲妾,就不應抒發此類寡居獨宿的感情。而元和四年冬天元稹尚没有貶任江陵没有與張侍御相識,故此詩仍可斷定爲元和五年冬天所作,不過證據必需舉證完備,才能讓讀者心服口服。

而《年譜新編》所言,我們有似曾相識的感覺。翻閲我們的舊作,發現發表於《寧夏社會科學》二〇〇三年第二期的《元稹詩文編年新探》一文已經就本詩編年舉證過同樣的證據,作出過同樣的結論,看來我們與出版於二〇〇四年十一月的《年譜新編》是"所見略同"了。不過,《年譜新編》雖然編年本詩於元和五年意見可取,但對本詩在元和五年的排序仍然不妥,在《年譜新編》中,本詩編排在元和五年十月詩《酬翰林白學士代書一百韵》、同年六月十五日詩《泛江玩月十二韵》等詩之前顯然不妥,因爲本詩是冬天的詩作。

◎ 書樂天紙(一)①

金鑾殿裏書殘紙,乞與荆州元判司②。不忍拈將等閑用,半封京信半題詩③。

録自《元氏長慶集》卷一八

[校記]

(一) 書樂天紙:本詩存世各本,包括楊本、叢刊本、《萬首唐人絶句》、《佩文齋詠物詩選》、《全詩》、《全唐詩録》諸本,未見異文。

[箋注]

① 書樂天紙:紙是用丝絮或植物纤维为主要原料的製成品,可供書寫、繪畫、印刷、包裝之用,是我國古代四大發明之一。《後漢書・蔡倫傳》:"自古書契多編以竹簡,其用縑帛者謂之爲紙。縑貴而簡重,並不便於人。倫乃造意,用樹膚、麻頭及敝布、魚網以爲紙。"《新唐書・蕭廩傳》:"南海多穀紙,倣敕諸子繕補殘書。"在唐代,紙雖然已經使用,但還非常金貴,而詩人賦詩作文肯定離不開紙,因此白居易特地將自己在京城辦公所用節餘下來的紙送給元稹使用,而元稹也將它寫入詩篇之中,元稹白居易的友誼,於此可見一斑。

② 金鑾殿:唐朝宫殿名,文人學士待詔之所。李白《贈從弟南平太守之遙二首》一:"承恩初入銀臺門,著書獨在金鑾殿。"沈括《夢溪筆談・故事》:"唐翰林院在禁中,乃人主燕居之所,玉堂、承明、金鑾殿皆在其間。" 殘紙:已經不能作正規用途的紙張。白居易《裴侍中晉公以集賢林亭即事詩二十六韵見贈猥蒙徵和才拙詞繁廣爲五百言以伸酬獻》:"客有詩魔者,吟哦不知疲。乞公殘紙墨,一掃狂歌詞。"覺範《十二月十八夜大雪注蓮經罷有僧來勸歸廬山僧去作此》:"夜久飢鼯嗅空案,夢驚鬥虎墮層崖。優曇花偈餘殘紙,薝蔔杯香自滿齋。" 判司:古代官名,唐代節度使、州郡長官的僚屬,分别掌管批判文牘等事務,亦用以稱州郡佐吏。白居易《自吟拙什因有所懷》:"謫向江陵府,三年作判司。"陸游《送子龍赴吉州掾》:"判司比唐時,猶倖免笞箠。"

③ 不忍:捨不得。《史記・項羽本紀》:"吾騎此馬五歲,所當無敵,嘗一日行千里,不忍殺之。"韋承慶《折楊柳》:"征人遠鄉思,倡婦

高樓别。不忍擲年華,含情寄攀折。" 等閑:輕易,隨便。白居易《新昌新居》:"等閑栽樹木,隨分占風烟。"朱熹《春日》:"等閑識得東風面,萬紫千紅總是春。" 京信:寄往京城的信,京城寄來的信,這裏是前者。皮日休《奉送浙東德師侍御罷府西歸》:"空將海月爲京信,尚使樵風送酒船。從此受恩知有處,免爲傖鬼恨吴天。"徐鉉《送彭秀才》:"賈生去國已三年,裋褐閑行皖水邊。盡日野雲生舍下,有時京信到門前。" 題詩:就一事一物或一書一畫等,抒發感受,題寫詩句,多寫於柱壁、書畫、器皿之上。高適《人日寄杜二拾遺》:"人日題詩寄草堂,遥憐故人思故鄉。"白居易《桐樹館重題》:"階前下馬時,梁上題詩處……自嗟還自哂,又向杭州去。"

[編年]

《年譜》編年本詩於元和六年,理由是:"詩云:'金鑾殿裏書殘紙,乞與荆州元判司。'作於元和六年四月白居易丁母憂出翰林院之前。"《編年箋注》編年:"此詩作於元和六年(八一一)四月白居易丁母憂出翰林院之前,元稹時在江陵士曹參軍任。見下《譜》。"《年譜新編》一改與《年譜》、《編年箋注》始終保持一致的做法,另立新説,編年本詩元和五年"元稹貶江陵時所作詩"欄内,理由是在引述本詩全文之後云:"元和六年四月白居易丁母憂出翰林院,五年冬白居易曾寄書元稹,疑此詩是時作。"

《年譜》、《編年箋注》的編年結論衹説出了下限,並没有明確上限,有點不妥。元稹元和五年三月十七日出貶江陵時,白居易就已在翰林院任職;而且他與元稹聯繫密切,酬唱不斷,今有元稹白居易的酬唱詩歌爲證。元稹元和五年五月到達江陵任所,故元和五年五月之後的歲月不能排除。荆州與長安來往還算方便,如元稹的女兒保子等人在元和五年的十月十五日在别人的幫助下來到江陵。因此白居易完全有條件將自己在翰林院多餘的"辦公用紙"捎給元稹,時間應在元和五年五月之後元和六年四月之前。以時間計,這段時間,元和五年佔據了大半,以元和五年六月至年底所作可能性較大,故暫時編排在元和五年的七個月內。

我們在二〇〇四年第三期《聊城大学学报》(雙月刊)上發表拙稿,題爲《元稹詩文編年初探》,已經發表了批評《年譜》編年失誤以及我們自己關於本詩的編年結論,與出版於二〇〇四年十一月的《年譜新編》可謂不謀而合了。順便再説一句,"五年冬白居易曾寄書元稹,疑此詩是時作"云云也不妥當,因爲白居易寄書元稹與元稹賦詩應該是兩回事,不好混爲一談吧!

▲道得人心中事(一)①

道得人心中事,此固白樂天長處;然情意失于太詳,景物失于太露,遂成淺近,略無餘蘊,此其所短處②。

録自張戒《歲寒堂詩話》

[校記]

(一)道得人心中事:本句所據張戒《歲寒堂詩話》,又見《説郛》,意思相近,文字基本相同。

[箋注]

① 道得人心中事:"道得人心中事"等七句,劉本《元氏長慶集》、馬本《元氏長慶集》均未見,但《歲寒堂詩話》卷上、《説郛》卷八四下等採録,故據補。宋人張戒《歲寒堂詩話》:"梅聖俞云:'狀難寫之景,如在目前。'元微之云:'道得人心中事。此固白樂天長處,然情意失于太詳,景物失于太露,遂成淺近,略無餘蘊,此其所短處。'"白居易《和

答詩十首并序》:“頃者在科試間,嘗與足下同筆硯,每下筆時輒相顧,共患其意太切而理太周,故理太周則辭繁,意太切則言激。然與足下爲文,所長在於此,所病亦在於。此足下來序,果有辭犯文繁之説,今僕所和者,猶前病也。待與足下相見日,各引所作,稍删其繁而晦其義焉!”兩條材料結合起來看,“長處”“短處”云云,不僅是元稹的觀點,同時也是白居易的觀點。而“長處”與“短處”,不僅是白居易詩文的特點,同時也是元稹詩文的特點。　道得:説得出,説出。李商隱《妓席》:“樂府聞桃葉,人前道得無?勸君書小字,慎莫唤官奴!”陶宗儀《説郛》:“元白張籍詩,皆自陶阮中出,專以道得人心中事爲工。”心中:心里,内心。《國語·晉語》:“使百姓莫不有藏惡於其心中。”歐陽建《臨終詩》:“下顧所憐女,惻惻心中酸。”　事:事情,指人類生活中的一切活動和所遇到的一切現象。《禮記·大學》:“物有本末,事有終始。”毛熙震《河滿子》:“緬想舊歡多少事,轉添春思難平。”

② 長處:特長,優點。于邵《送賈九歸鳴水序》:“苟吾道之可存,居鳴水而何陋?是爲不侵不叛之地,得以長處約矣!”邵雍《閑中吟》:“閑中氣味長,長處是仙鄉。富有林泉樂,清無市井忙。”　情意:感情,多指男女相悦之情。《詩·周南·關雎》:“關關雎鳩。”鄭玄箋:“謂王雎之鳥,雄雌情意至。”《資治通鑑·晉恭帝元熙元年》:“楚之果自齎湯藥往視疾,情意勤篤。”　詳:繁多,周詳。《莊子·天道》:“本在於上,末在於下;要在於主,詳在於臣。”成玄英疏:“詳,繁多也。主道逸而簡要,臣道勞而繁冗。”韓愈《原毁》:“今之君子則不然,其責人也詳,其待己也廉。詳,故人難於爲善;廉,故自取也少。”　景物:景致事物,多指可供觀賞者。陸雲《大安二年夏四月大將軍出祖王羊二公六章》一:“景物臺暉,棟隆玉堂?”葛長庚《摸魚兒》:“問滄江,舊盟鷗鷺,年來景物誰主?”　露:顯露,暴露。王建《田侍中宴席》:“香熏羅幕暖成烟,火照中庭燭滿筵。整頓舞衣呈玉腕,動摇歌扇露金鈿。”冷朝陽《送唐六赴舉》:“秋色生邊思,送君西入關。草衰空大野,葉落

露青山。” 淺近:淺顯,不深奥。杜預《春秋經傳集解序》:“末有穎子嚴者,雖淺近,亦復名家。”顔真卿《干禄字書序》:“所謂俗者,例皆淺近。” 略無:全無,毫無。《三國志·趙雲傳》:“以雲爲翊軍將軍。”裴松之注引《趙雲别傳》:“趙雲身自斷後,軍資什物,略無所棄。”李咸用《分題雪霽望爐峰》:“雪霽上庭除,爐峰勢轉孤。略無烟作帶,獨有影沈湖。” 餘蘊:謂藴藏於中而未全部顯現。《朱子語類》卷二一:“推發此心,更無餘蘊,便是忠處,恕自在其中。”張戒《歲寒堂詩話》卷上:“意非不佳,然而詞意淺露,略無餘蘊。” 短處:缺點。黄庭堅《答洪駒父書》:“東坡文章妙天下,其短處在好罵,慎勿襲其軌也。”林之奇《拙齋文集·記聞》:“劉子駒云:‘孫公澤先生嘗論學者,有志於道,且須看古人長處,於其長處必惟恐不及,其短處則惟恐自家做到如此處。”

[編年]

未見《元稹集》引録,未見《年譜》、《編年箋注》、《年譜新編》引録與編年。

我們以爲,本句應該是在元稹在江陵,白居易在京城,互相討論詩歌創作問題説過的主張,白居易元和五年《和答詩十首并序》就是最好的證明。據此,本句應該是元稹初到江陵時提出的文學主張以及對白居易,對自己詩歌創作的看法,元稹時任江陵士曹參軍。

■ 酬樂天見憶(一)①

據白居易《憶元九》

[校記]

(一) 酬樂天見憶:元稹本佚失詩所據白居易《憶元九》,見《白氏長慶集》、《萬首唐人絶句》、《白香山詩集》、《全詩》,未見異文。

[箋注]

① 酬樂天見憶:白居易《憶元九》:“渺渺江陵道,相思遠不知。近來文卷裏,半是憶君詩。” 見憶:被思念。劉禹錫《酬令狐相公雪中遊玄都見憶》:“好雪動高情,心期在玉京。人披鶴氅出,馬踏象筵行。”元稹《酬樂天見憶兼傷仲遠》:“死别重泉閟,生離萬里賖。瘴侵新病骨,夢到故人家。”元稹詩文集中未見元稹酬篇,據補。

[編年]

未見《元稹集》採録,也未見《年譜》、《年譜新編》、《年譜新編》採録與編年。

朱金城先生《白居易集箋校》編年白居易詩於元和五年,意見可從。據此,元稹本佚失詩也應該編年元和五年,地點在江陵,元稹時任江陵士曹參軍之職。

◎ 有鳥二十章[①](庚寅)

有鳥有鳥名老鴟,鴟張貪狠老不衰[②]。似鷹指爪唯攫肉,戾天羽翮徒翰飛[③]。朝偷暮竊恣昏飽,後顧前瞻高樹枝[④]。珠丸彈射死不去,意在護巢兼護兒[⑤]。

有鳥有鳥毛似鶴,行步雖遲性靈惡[⑥]。主人但見閑慢容,許占蓬萊最高閣[⑦]。弱羽長憂俊鶻拳,疽腸暗著鵷雛啄[(一)⑧]。千年不死伴靈龜,梟心鶴貌何人覺[⑨]!

有鳥有鳥如鸛雀,食蛇抱礐(山多大石)天姿惡[⑩]。行經水滸爲毒流，羽拂酒杯爲死藥⑪。漢后忍渴天豈知？驪姬墳地君寧覺⑫？嗚呼爲有白色毛，亦得乘軒謬稱鶴⑬。

有鳥有鳥名爲鳩，毛衣軟毳心性柔⑭。鶻緣暖足憐不喫，鷂爲同科曾共游⑮。飛飛漸上高高閣(二)，百鳥不猜稱好逑⑯。佳人許伴鵷雛食，望爾化爲張氏鈎⑰。

有鳥有鳥名野鷄，天姿耿介行步齊⑱。主人偏養憐整頓，玉粟充腸瑤樹栖⑲。池塘潛狎不鳴雁，津梁暗引無用鵜⑳。秋鷹迸逐霜鶻遠，鵩鳥護巢當晝啼(三)㉑。主人頻問遣妖術，力盡計窮音響悽㉒。當時何不早量分？莫遣輝光深照泥㉓。

有鳥有鳥群翠碧，毛羽短長心並窄㉔。皆曾偷食渌池魚，前去後來更逼迫㉕。食魚滿腹各自飛，池上見人長似客㉖。飛飛競占嘉樹林，百鳥不争緣鳳惜㉗。

有鳥有鳥群紙鳶，因風假勢童子牽㉘。去地漸高人眼亂，世人爲爾羽毛全(四)㉙。風吹繩斷童子走，餘勢尚存猶在天㉚。愁爾一朝還到地，落在深泥誰復憐㉛？

有鳥有鳥名啄木，木中求食常不足㉜。遍啄鄧林求一蟲(五)，蟲孔未穿長觜秃㉝。木皮已穴蟲在心，蟲蝕木心根柢覆㉞。可憐樹上百鳥兒，有時飛向新林宿㉟。

有鳥有鳥衆蝙蝠，長伴佳人占華屋㊱。妖鼠多年羽翮生，不辨雌雄無本族㊲。穿墉伺隙善潛身，晝伏宵飛惡明燭㊳。大厦雖存柱石傾，暗齧棟梁成蠹木㊴。

有鳥有鳥名爲鴞，深藏孔穴難動摇㊵。鷹鸇繞樹探不得，隨珠彈盡聲轉嬌(六)㊶。主人煩惑罷擒取，許占神林爲物妖㊷。當時幸有燎原火，何不鼓風連夜燒㊸？

有鳥有鳥名燕子，口中未省無泥滓[44]。春風吹送廊廡間，秋社驅將嵌孔裏[45]。雷驚雨灑一時蘇，雪壓霜摧半年死(七)[46]。驅去驅來長信風，暫託棟梁何用喜[47]！

有鳥有鳥名老烏(八)，貪痴突誟天下無[48]。田中攫肉吞不足，偏入諸巢探衆雛[49]。歸來仍占主人樹，腹飽巢高聲響粗[50]。山鵶野鵲閑受肉，鳳皇不得聞罪辜[51]。秋鷹掣斷架上索，利爪一揮毛血落[52]。可憐鵶鵲慕腥膻，猶向巢邊競紛泊[53]。

有鳥有鳥謂白鷳，雪毛皓白紅觜殷[54]。貴人妾婦愛光彩，行提坐臂怡朱顔[55]。妖姬謝寵辭金屋，雕籠又伴新人宿[56]。無心爲主擬銜花，空長白毛映紅肉[57]。

有鳥有鳥群雀兒，中庭啄粟籬上飛[58]。秋鷹欺小嫌不食，鳳皇容衆從爾隨[59]。大鵬忽起遮白日，餘風簸蕩山岳移[60]。翩翾百萬徒驚噪，扶摇勢遠何由知[61]！古來妄説銜花報，縱解銜花何所爲[62]？可惜官倉無限粟，伯夷餓死黄口肥(九)[63]。

有鳥有鳥皆百舌，舌端百囀聲咄喹[64]。先春盡學百鳥啼，真僞不分聽者悦[65]。伶倫鳳律亂宫商，蟠木天鷄誤時節(一〇)[66]。朝朝暮暮主人耳，桃李無言管弦咽[67]。五月炎光朱火盛，陽焰燒陰幽響絶[68]。安知不是卷舌星，化作剛刀一時截[69]？

有鳥有鳥毛羽黄，雄者爲鴛雌者鴦[70]。主人併養七十二，羅列雕籠開洞房[71]。雄鳴一聲雌鼓翼，夜不得栖朝不食[72]。氣息榻然雙翅垂，猶入籠中就顔色[73]。

有鳥有鳥名鷂雛，鈴子眼精蒼錦襦(一一)[74]。貴人腕軟憐易臂，奮肘一揮前後呼[75]。俊鶻無由拳狡兔，金雕不得擒魅狐[76]。文王長在苑中獵，何日非熊休賁屠[77]？

有鳥有鳥名鸚鵡，養在雕籠解人語⑱。主人曾問私所聞，因説妖姬暗欺主⑲。主人方惑翻見疑，趁歸隴底雙翅垂⑳。山鴉野雀怪鸚語，競噪爭窺無已時㉑。君不見隋朝隴頭姥，嬌養雙鸚囑新婦㉒。一鸚曾説婦無儀，悍婦殺鸚欺主母㉓。一鸚閉口不復言，母問不言何太久㉔！鸚言悍婦殺鸚由，母爲逐之鄉里醜㉕。當時主母信爾言(一二)，顧爾微禽命何有㉖？今之主人翻爾疑，何事籠中漫開口㉗？

有鳥有鳥名俊鶻，鷂小雕痴俊無匹(一三)㉘。鞴鴨拂爪血迸天(一四)，狡兔中拳頭粉骨㉙。平明度海朝未食，挾上秋空雲影没(一五)㉚。瞥然飛下人不知，攪碎荒城魅狐窟㉛。

有鳥有鳥真白鶴，飛上九霄雲漠漠㉜。司晨守夜悲鷄犬，啄腐呑腥笑雕鶚㉝。堯年值雪度關山，晉室聞琴下寥廓㉞。遼東盡爾千歲人，悵望橋邊舊城郭㉟。

録自《元氏長慶集》卷二五

[校記]

(一) 疽腸暗著鵶雛啄：楊本、叢刊本、《全詩》、《古詩鏡·唐詩鏡》同，原本在"著"下注"一作'把'"，兩字語義相類，不改。

(二) 飛飛漸上高高閣：楊本、叢刊本、《全詩》同，盧校宋本作"飛飛漸向高高閣"，語義相類，不改。

(三) 鵩鳥護巢當晝啼：叢刊本、《全詩》、《古詩鏡·唐詩鏡》同，楊本作"鵬鳥護巢當晝啼"，語義不佳，不從不改。

(四) 世人爲爾羽毛全：楊本、叢刊本、《全詩》同，盧校作"世人謂爾毛羽全"，語義相類，不改。

(五) 遍啄鄧林求一蟲：原本作"遍啄鄧林求一蟲"，楊本、叢刊本、《全詩》同，語義不佳，據盧校宋本改。

（六）隨珠彈盡聲轉嬌：楊本、叢刊本、《全詩》同，盧校宋本作“隨珠彈盡聲轉驕”，語義不同，不改。

（七）雪壓霜摧半年死：原本作“雲壓霜摧半年死”，楊本、叢刊本、《全詩》同，語義不佳，據宋蜀本、《全詩》句下注改。

（八）有鳥有鳥名老烏：宋蜀本、《全詩》同，楊本、叢刊本、《古詩鏡・唐詩鏡》作“有鳥有鳥名體烏”，語義不佳，不改。

（九）伯夷餓死黄口肥：楊本、叢刊本、《古詩鏡・唐詩鏡》同，《全詩》在“口”字下注云：“一作‘烏’。”語義不同，不改。

（一〇）蟠木天鷄誤時節：楊本、叢刊本、《古詩鏡・唐詩鏡》同，《全詩》作“盤木天鷄誤時節”，語義不佳，不從不改。

（一一）鈴子眼精蒼錦襦：楊本、叢刊本同，《全詩》作“鈴子眼睛蒼錦襦”，兩詞意近，不改。

（一二）當時主母信爾言：楊本、叢刊本同，《全詩》亦作“當時主母信爾言”，但在“信”下注云：“一作‘聽’。”語義相類，不改。

（一三）鶵小雕痴俊無匹：楊本、《全詩》同，但《全詩》在“鶵”字下注云：“一作‘鷄’。”語義不同，不改，叢刊本作“鷄小雕痴俊無匹”

（一四）雛鴨拂爪血迸天：《全詩》同，楊本、叢刊本作“雛鴨拂鶵血迸天”，語義不同，不改。

（一五）挾上秋空雲影没：蘭雪堂本、叢刊本同，楊本、《全詩》作“拔上秋空雲影没”，語義不佳，不從不改。

[箋注]

① 有鳥二十章：關於鳥的二十篇詩歌，“有”是無義助詞。關於本組詩，愛新覺羅・弘曆有模仿之作，其《御製樂善堂全集定本・有鳥二十章》序云：“孔子教小子曰：‘詩可以興。’又曰：‘多識於鳥獸草木之名。’鳥獸草木中，觸吾性情，有興機焉！若徒追琢字句，强裁聲

韵,烏可與言詩哉? 唐元微之作《有鳥二十章》,備載鴟鴞、老烏諸惡鳥之可憎,雖疾世之憤辭,然不失《三百》詩人之旨。余讀而慕之,仿其體,亦成二十章,所詠者皆鳳皇、鵷鷺諸名禽。微之以刺而示戒,余以美而示勸,其有助於性情,一也。至於風格之高,錘鍊之雅,余固未能及古人,觀者取其意而略其辭焉!"其一云:"有鳥有鳥百鳥王,雄爲鳳兮雌爲皇。朝栖昆圃飲玉露,夕宿蓬島餐琳琅。九苞六德耀文明,恢恢天宇恣翱翔。厥惟聖人修至德,來巢阿閣呈嘉祥。藹藹吉士馳王路,千秋萬載邦家光。"其二:"有鳥有鳥名朱鷺,波静昆明常顧步。漢鼓曾標樂府聲,周舞亦載詩人賦。振振有序羽翮聯,和鳴未許雜孤鶩。玉笋班中識爾名,由來博得人人慕。"其三:"有鳥有鳥雙鴛鴦,接翼交頸遊方塘。共宿蘭沼何容與? 同飛鏡浦相迴翔。若有人兮翠袖裳,思夫君兮天一方。春朝步兮春池旁,睹佳禽兮增慨慷。"其四:"有鳥有鳥在水滸,飛鳴行摇如相語。如相語,相急難,相急難兮食不安。遠羅網兮泛清瀾。啄蘆頭兮心共閑,君不見悌有鶺鴒孝有烏,人稟秀靈如不如?"其五:"有鳥有鳥聲緡蠻,遷喬求友出谷間。楚楚金衣緑陰裏,諧鳴玉管叫春闌。高齋日午簾幙悄,側耳徐聽音未了。生平不少素心人,關山迢遞予懷渺。"其六:"有鳥有鳥曰靈鵲,羽族本天似先覺。但不告憂惟告樂,惠迪則吉宜忖度。憑兹作喜易舛錯,鳥智人愚非見誚。"其七:"有鳥有鳥名布穀,高唤枝頭村柳緑。村老聞聲急荷鋤,趁時耕作還相勖。東鄰西舍催耕遍,喉吻苦乾飲水曲。不似籠中雙畫眉,巧言但博主人肉。"其八:"有鳥有鳥枝上啼,啼聲風送到深閨。聲聲催織當春日,織女聽罷顰雙眉。飽蠶方作繭,那易成新絲? 新絲還要賣,匹帛安可期? 我願拖綾曳錦者,常念茅檐忍凍時。"其九:"有鳥有鳥如輕舟,毛衣皓潔名沙鷗。穩宿洞庭秋夜月,閑泛瀟湘烟水流。將雛命侣頗自得,對爾還似逍遥遊。"其一〇:"有鳥有鳥名鴻雁,秋去春來期不變。成群飲宿向沙洲,蘆葦蕭騷波瀲灎。古人重爾信義敦,嘉禮親迎用致奠。如何世人轉不如,糟糠富貴分欣厭?"其一一:"有鳥有鳥雉將雛,雛兒聲澀學母呼。壠上風摇麦浪緑,引雛拾蟲却相逐。大堤年少挾金丸,見雉此意不肯彈。彈雉雛兒誰爲哺?彈雛却憐雉心寒,收弓擲丸不復看。"其一二:"有鳥有鳥慈烏鴉,飛集庭樹聲啞啞。聲啞啞,引其雛,羽毛翩翩尾畢逋。尾畢逋,雛亦長,烏老更借其雛養。母爲慈兮子爲孝,禽鳥亦識人之道。"其一三:"有鳥有鳥清秋隼,獨韵金風利爪吻。勁氣狰獰似駿驄,眼疾身輕雙翅敏。晴皋一下萬山青,狐兔燕雀藏伏盡。"其一四:"有鳥有鳥名黄鵠,軒軒霞舉超凡俗。矯翮翩躚來玉京,却向太液池邊浴。随仙去後空餘樓,入琴彈罷猶思曲。冥冥灝氣恣翺翔,引我欲窮千里目。"其一五:"有鳥有鳥雲錦文,巴山靈禽夙所聞。的的彩色映日麗,煌煌繪羽翻風新。奇姿藻耀欺凡鳥,雕籠飲啄爲君老。却勝塒頭村雞鳴,瘦立風霜報天曉。"其一六:"有鳥有鳥呈符瑞,援毫作歌紀其事。伊昔明皇即位初,貝州飛蝗害苗穗。乃有白鳥凡數千,一一喙啄蝗盡斃。當時姚宋作相公,調和燮理稱郅治。開元天寶易治亂,玉妃擅寵昭陽殿。禄山食人如食禾,嗟此蝗兮可若何?安得白鳥大如盖,食此蝗兮安内外。"其一七:"有鳥有鳥志不移,啣石填海無已時。海却何時滿,石亦何時斷。但見羽毛秃兀爪,喙疲咄哉!汝鳥尚有志,人而無志鳥所嗤。"其一八:"有鳥有鳥雙白鵰,清秋玉立菰蒲灘。踏波緩舞藻文動,澄流照影翩珊珊。性情高潔如其色,自首至尾無點黑,俗眼欲看看不得。"其一九:"有鳥有鳥金翠斑,厥名孔雀産巴山。産巴山,來帝里,屏張藻耀文明起。羽儀爲國獻嘉祥,不甘戢翼巖阿裏。"其二〇:"有鳥有鳥雲間鶴,萬年枝上欣所託。勁羽梳風意態孤,清聲韵月響深壑。常伴仙家丹鼎烟,不慮虞人施矰繳。有時灑翮一高飛,迢迢天路翔寥廓。"我們不厭其煩,特地抄録,拜請讀者對照閲讀。而元稹此組詩,屬於典型的"感物寓意"作品,幸請讀者留意焉!關於"感物寓意"的寫作手法,元稹自已有《上令狐相公詩啓》加以説明,文云:"稹自御史府謫官於今十餘年矣!……有詩千餘首,其間感物寓意可備蒙瞽之風者有之。"元稹對自己詩歌中的"感物寓意"手法頗爲重視,這自然也應引起我們的密切注意。所謂"感物寓意"詩篇,我們認爲也就是因物而有所感想有所寓意有所寄託的詩篇,但它不同於純粹的詠物詩。撰寫這一類近似寓言詩的詩歌,是由於詩人不滿現實而又不能暢所欲言的緣故,這與他的"謫官"生活有關。"感物寓意"詩歌除了感嘆個人不幸的詩篇而外,還有相當比例的詩篇是對國家前途的憂慮和對百姓苦難的關心,而寫這類詩歌的目的乃是備人采之傳之信之,以匡時弊濟萬民泄憤怨。這組詩歌每一篇都有詩人譏諷的物件、抨擊的目標,但有些今天已經難以一一確指,讀者可以自己細細加以體味。

② 有鳥有鳥:某些詩歌固定的樣式之一。《續搜神記》云:"遼東城門有華表柱,忽一白鶴飛集,言曰:'有鳥有鳥丁令威,去家千載今來歸。城郭皆是人民非,何不學仙冢纍纍!'"《盛京通志》卷九二《仙釋·後漢》:"丁令威,遼東人,學道於太平府靈波山。後化鶴來集於遼陽華表柱,歌曰:'……'又《搜神記》云:'遼東城門有華表柱,忽有一白鶴集柱頭。時有少年舉弓欲射之,鶴乃飛去,徘佪空中而言如是,遂高上冲天。今遼東諸丁氏云其先世有升仙者,不知名字。" 鴟:鳶屬,鷂鷹。李時珍《本草綱目·鴟》:"鴟似鷹而稍小,其尾如舵,極善高翔,專捉鷄雀。"李嶠《茅》:"楚甸供王日,衡陽入貢年。麏包青野外,鴟嘯綺楹前。"　貪狠:兇暴貪婪。《舊唐書·吐蕃傳》:"蕃性貪狠,徵求無度。北庭近羌,凡服用食物所資必强取之,人不聊生矣!"《册府元龜·諫諍部》:"然而兵破於陳涉,地奪於劉氏者,何也?秦王貪狠暴虐,殘賊天下,窮困萬民,以適其欲也。"亦作"貪很",貪婪兇暴。《淮南子·主術訓》:"上好取而無量,下貪很而無讓。"《史記·龜策列傳》:"欲無猒時,舉事而喜高,貪很而驕。"　不衰:不衰退,不減弱。《楚辭·九章·涉江》:"余幼好此奇服兮,年既老而不衰。"王逸注:"衰,懈也。"張衡《思玄賦》:"潛服膺以永靚兮,綿日月而不衰。"本

詩是以老鴟的貪婪兇狠,比喻唐代盤踞各地爲禍百姓的藩鎮;以老鴟"護巢兼護兒"的形象比喻,揭示藩鎮盤踞當地、世代相襲的極可惡極危險的本質。

③ 指爪:趾甲,爪子。李白《西岳雲臺歌送丹丘子》:"雲臺閣道連窈冥,中有不死丹丘生。明星玉女備灑掃,麻姑搔背指爪輕。"劉駕《秦娥》:"秦娥十四五,面白於指爪。羞人夜採桑,驚起戴勝鳥。" 攫:鳥獸以爪抓取。《荀子·哀公》:"鳥窮則啄,獸窮則攫。"《漢書·黄霸傳》:"吏出,不敢會郵亭,食於道旁,烏攫其肉。"顔師古注:"攫,搏持之也。" 戾:乖張,違逆。《詩·小雅·節南山》:"昊天不惠,降此大戾。"鄭玄箋:"戾,乖也。"韓愈《上賈滑州書》:"讀書學文十五年,言行不敢戾於古人。"暴虐,暴戾。《荀子·儒效》:"殺管叔,虚殷國,而天下不稱戾焉!"楊倞注:"戾,暴也。"司空圖《銘秦坑》:"秦術戾儒,厥民斯酷。秦儒既坑,厥祀隨覆。" 羽翮:指鳥羽,翮,羽軸下段不生羽瓣而中空的部分。《周禮·地官·羽人》:"羽人掌以時徵羽翮之政於山澤之農,以當邦賦之政令。"鄭玄注:"翮,羽本。"指翅膀。何遜《仰贈從兄興甯寘南》:"相顧無羽翮,何由總奮飛?"杜甫《獨坐》:"仰羨黄昏鳥,投林羽翮輕。" 翰飛:高飛。《詩·小雅·小宛》:"宛彼鳴鳩,翰飛戾天。"竇牟《元日喜聞大禮寄上翰林四學士中書六舍人二十韵》:"玉輦迴時令,金門降德音。翰飛鴛别侶,蘗植桂爲林。"

④ "朝偷暮竊恣昏飽"兩句:意謂這些老鴟早上偷晚上竊,把肚子塞飽,前顧後瞻找一枝高高的樹枝,安然自得,昏昏欲睡。 後顧:回頭顧視。《顔氏家訓·止足》:"前望五十人,後顧五十人。"《魏書·李冲傳》:"朕以仁明忠雅,委以台司之寄,使我出境無後顧之憂。" 前瞻:朝前看。韋應物《經少林精舍寄都邑親友》:"息駕依松嶺,高閣一攀緣。前瞻路已窮,既詣喜更延。"皇甫冉《出塞》:"吹角出塞門,前瞻即胡地。三軍盡迴首,皆灑望鄉泪。" 樹枝:樹木的枝條。《管

子·輕重丁》:"請以令沐途旁之樹枝,使無尺寸之陰。"姚合《遊春十二首》二:"樹枝風掉軟,菜甲土浮輕。"

⑤"珠丸彈射死不去"兩句:意謂珠丸如雨,但彈射萬千仍然不肯離去,目的無他,就是他們既要護住自己的地盤,又要安排自己一個個子女的將來。詩人在這裏寓物寓意,抨擊地方藩鎮盤踞地方、世襲軍政大權的醜態,抨擊李唐朝廷縱容姑息的不作爲態度。《古詩鏡·唐詩鏡》評云:"近情切裹,原自老杜脱胎,第其筋力緩縱。"　珠丸:用珠玉做的弹丸,或对弹丸的美称。刘孝威《东飞伯劳歌》:"珠丸出彈不可追,空留可憐持與誰?"宋祁《宋景文公笔记·杂说》:"珠丸之珍,雀不祈彈也;金鼎之貴,魚不求烹也。"　彈射:用弹丸射击。《汉书·宣帝纪》:"其令三輔毋得以春夏擿巢探卵,彈射飛鳥。"陆龟蒙《练渎》:"彈射盡高鳥,杯觥醉潛魚。"　不去:不離開。劉長卿《題曲阿三昧王佛殿前孤石》:"迥出群峰當殿前,雪山靈鷲慚貞堅。一片孤雲長不去,莓苔古色空蒼然。"韋應物《寄劉尊師》:"世間荏苒縈此身,長望碧山到無因。白鶴徘徊看不去,遥知下有清都人。"　護:救助,保護。《史記·蕭相國世家》:"高祖爲布衣時,何數以吏事護高祖。"司馬貞索隱:"《説文》云:'護,救視也。'"何薳《春渚紀聞·古斗樣鐵護研》:"慨惜之餘,乃取以漆固而鐵護其外,中固無傷也。"　巢:鳥類及蜂蟻等的窩。《詩·召南·鵲巢》:"維鵲有巢,維鳩居之。"韓愈《琴操·別鵠操》:"雄鵠銜枝來,雌鵠啄泥歸。巢成不生子,大義當乖離。"這兒引申爲巢穴,根據地。

⑥鶴:鳥綱鶴科各種類的統稱,我國常見的有丹頂鶴、白鶴、灰鶴、黑頸鶴、赤頸鶴、白頭鶴、白枕鶴、蓑羽鶴等,古代詩詞圖畫中常指丹頂鶴或白鶴。李時珍《本草綱目·鶴》:"鶴大於鵠,長三尺,高三尺餘,喙長四寸,丹頂赤目,赤頰青脚,修頸凋尾,粗膝纖指,白羽黑翎。亦有灰色,蒼色者。嘗以夜半鳴,聲唳雲霄。"劉孝孫《遊清都觀尋沈道士得仙字》:"聊袪塵俗累,寧希龜鶴年。無勞生羽翼,

自可狎神仙。”　行步：行走。《顔氏家訓·涉務》：“及侯景之亂，膚脆骨柔，不堪行步，體羸氣弱，不耐寒暑，坐死倉猝者，往往而然。”杜甫《示從孫濟》：“阿翁懶惰久，覺兒行步奔。”　遲：徐行貌。《説文·辵部》：“遲，徐行也。從辵，犀聲。《詩》曰：‘行道遲遲。’”《釋名·釋言語》：“遲，頹也，不進之言也。”　性靈：内心世界，泛指精神、思想、情感、性情等。《晉書·樂志》：“夫性靈之表，不知所以發於詠歌；感動之端，不知所以關於手足。”孟郊《怨别》：“沉憂損性靈，服藥亦枯槁。”

⑦ 主人：指君主。韓愈《祭穆員外文》：“主人信讒，有惑其下；殺人無罪，誣以成過。”元稹《蟲豸詩七篇·蟻子三首》二：“床上主人病，耳中虚藏鳴。雷霆翻不省，聞汝作牛聲。”　但見：衹看見。張九齡《入廬山仰望瀑布水》：“絶頂有懸泉，喧喧出烟杪。不知幾時歲，但見無昏曉。”陳子昂《感遇詩三十八首》三：“漢甲三十萬，曾以事匈奴。但見沙場死，誰憐塞上孤?”　閑慢：清閑而無足輕重者。劉長卿《送鄭司直歸上都》：“因君報情舊，閑慢欲垂綸。”歐陽修《論内臣馮承用與外任事劄子》：“其馮承用，伏乞早與一外任閑慢差遣，便令出京，可以戒勵後人，外弭物論，取進止。”　蓬萊：這裏指蓬萊宫，唐代宫名，在陝西省長安縣東，原名大明宫，高宗時改爲蓬萊宫。宋之問《送司馬道士遊天台》：“羽客笙歌此地違，離筵數處白雲飛。蓬萊闕下長相憶，桐柏山頭去不歸。”杜甫《莫相疑行》：“憶獻三賦蓬萊宫，自怪一日聲烜赫。”　最高閣：喻指朝廷位高權重的職位。本詩以位居“蓬萊最高閣”的形象比喻，矛頭直指那些弄權誤國的宰相，揭示他們在“行步雖遲”與“閑慢容”的外表掩蓋下，“性靈”可惡的“梟心”以及貪戀權位、不肯退位的“不致仕”私心，於不知不覺中謀取自己的私利。白居易有《不致仕》：“七十而致仕，禮法有明文。何乃貪榮者，斯言如不聞？可憐八九十，齒墮雙眸昏。朝露貪名利，夕陽憂子孫。挂冠顧翠緌，懸車惜朱輪。金章腰不勝，傴僂入君門。誰不愛富貴？誰不戀君

恩？年高須告老，名遂合退身。少時共嗤誚，晚歲多因循。賢哉漢二疏！彼獨是何人？寂寞東門路，無人繼去塵！”可與本詩並讀。細味兩詩，似乎是呼應之作，矛頭指向正在相位而又不肯退隱的杜佑。

⑧ 弱羽：謂羽毛未豐，指飛行力弱的小鳥。駱賓王《蓬萊鎮》："將飛憐弱羽，欲濟乏輕舠。賴有陽春曲，窮愁且代勞。”王僧孺《栖雲寺雲法師碑》："庭栖弱羽，檐挂輕蘿。” 長憂：長期的憂患、憂慮。鮑照《學陶彭澤體》："長憂非生意，短願不須多。”白居易《東城桂三首》二："霜雪壓多雖不死，荆榛長疾欲相埋。長憂落在樵人手，賣作蘇州一束柴。” 俊鶻：矯健之鶻。杜甫《朝二首》一："野人時獨往，雲木曉相參。俊鶻無聲過，饑烏下食貪。”元稹《有鳥二十章》二："弱羽長憂俊鶻拳，疽腸暗著鵷雛啄。千年不死伴靈龜，梟心鶴貌何人覺？” 疽腸：猶言狠毒的心腸，腐爛的心腸。目前没有找到合適的書證。 鵷雛：亦作"鵷鶵"，傳説中與鸞鳳同類的鳥。《莊子·秋水》："夫鵷鶵，發於南海而飛於北海，非梧桐不止，非練實不食，非醴泉不飲。”蘇頲《春晚紫微省直寄内》："直省清華接建章，向來無事日猶長。花間燕子栖鳷鵲，竹下鵷雛繞鳳皇。”

⑨ 千年：極言時間久遠。陶淵明《挽歌詩》："幽室一已閉，千年不復朝。”沈約《齊故安陸昭王碑文》："蓋百代之儀表，千年之領袖。” 靈龜：龜的一種，蠵之别名，亦指神龜，這裹喻指最高統治者即皇帝。《文選·曹植〈七啓〉》："假靈龜以托喻，甯掉尾于塗中。”李善注："《莊子》曰：楚王使大夫往聘莊子，莊子曰：吾聞楚有神龜……”李中《鶴》："好共靈龜作儔侶，十洲三島逐仙翁。” 梟心：凶心，野心。張祜《華清宫和杜舍人》："兔迹貪前逐，梟心不早防。”《舊唐書·劉闢傳》："劉闢生於士族，敢蓄梟心，驅劫蜀人，拒扞王命。” 鶴貌：外貌如仙鶴一般安逸。張籍《送楊州判官》："應得烟霞出俗心，茆山道士共追尋。閑憐鶴貌偏能畫？暗辨桐聲自作琴。”楊萬里《黄御史集原序》："當其訪物外之高蹤，得沙間之逸致，雲心瀟洒以薦往，鶴貌飄飖而疊至。”

⑩ 鸛雀:即鸛,水鳥名。《詩·豳風·東山》:“鸛鳴於垤。”陸璣疏:“鸛,鸛雀也。似鴻而大,長頸赤喙,白身黑尾翅。樹上作巢,大如車輪,卵如三升杯。望見人按其子令伏,徑舍去。一名負釜,一名黑尻,一名背灶,一名阜裙。又泥其巢一傍爲池,含水滿之,取魚置池中,稍稍以食其雛。”《舊五代史·周書·齊藏珍傳》:“揚州地實卑濕,食物例多腥腐,臣去歲在彼,人以鱔魚饋臣者,視其盤中虯屈,一如蛇虺之狀,假使鸛雀有知,亦應不食,豈況於人哉!” 蛇:爬行動物,體圓而細長,有鱗,無四肢,種類很多,有的有毒,有的無毒,捕食蛙、鼠等小動物,大蛇也能吞食大的獸類。劉向《説苑·君道》:“齊景公出獵,上山見虎,下澤見蛇。”韓愈《雜説四首》三:“其形有若蛇者。” 礐:多大石的山。《爾雅·釋山》:“多大石,礐。”邢昺疏:“山多此盤石者名礐。”李賀《堂堂》:“蕙花已老桃葉長,禁院懸簾隔御光。華清源中礐石湯,裴回百鳳隨君王。” 天姿:天賦之資質,天然之材質。《史記·儒林列傳》:“孝文帝時,徐生以容爲禮官大夫。傳子至孫徐延、徐襄。襄,其天姿善爲容,不能通《禮經》。”韓愈《省試學生代齋郎議》:“自非天姿茂異,曠日經久……則不可得而齒乎國學矣!”

⑪ 水滸:水邊。《詩·大雅·綿》:“率西水滸,至於岐下。”毛傳:“滸,水厓也。”王勃《九成宫頌序》:“獲秦餘於故兆,地擬林光;訪周舊於遺風,山連水滸。” 毒流:含有毒素的水流。徐珩《日暮望涇水》:“毒流秦卒斃,泥糞漢田腴。獨有迷津客,懷歸軫暮途。”陸龜蒙《漁具詩·藥魚》:“香餌綴金鉤,日中懸者幾?盈川是毒流,細大同時死。” 酒杯:喝酒用的杯子。王維《戲題盤石》:“可憐盤石臨泉水,復有垂楊拂酒杯。若道春風不解意,何因吹送落花來?”沈遘《次韵和少述秋興》:“勝事祇隨詩句盡,壯懷猶向酒杯舒。” 死藥:致人或動物於死命的藥。李群玉《感興四首》二:“昔竊不死藥,奔空有嫦娥。盈盈天上艷,孤潔栖金波。”白居易《海漫漫(戒求仙也)》:“海漫漫,

直下無底傍無邊，雲濤烟浪最深處。人傳中有三神山，山上多生不死藥。”

⑫“漢后忍渴天豈知”兩句：意謂雖然朝廷里發生如吕后毒酒殺人、驪姬爲子奪位這樣的大事，但身爲大臣的你是否知道是否挺身相救？　汉后：這裏指吕后雉，常常以鴆酒殺人，《史記·吕太后本紀》："吕后最怨戚夫人及其子趙王，乃令永巷囚戚夫人，而召趙王。使者三反，趙相建平侯周昌謂使者曰：‘高帝屬臣趙王，趙王年少。竊聞太后怨戚夫人，欲召趙王幷誅之，臣不敢遣王。王且亦病，不能奉詔。’吕后大怒，乃使人召趙相。趙相徵至長安，乃使人復召趙王。王來未到，孝惠帝慈仁，知太后怒，自迎趙王霸上，與入宫，自挾與趙王起居飲食。太后欲殺之，不得間。孝惠元年十二月，帝晨出射。趙王少，不能蚤起。太后聞其獨居，使人持酖飲之。犂明孝惠還，趙王已死，於是乃徙淮陽王友爲趙王……太后遂斷戚夫人手足，去眼，煇耳，飲瘖藥，使居厠中，命曰‘人彘’。居數日，乃召孝惠帝觀‘人彘’。孝惠見，問知其戚夫人，乃大哭，因病，歲餘不能起。使人請太后曰：‘此非人所爲！臣爲太后子，終不能治天下。’孝惠以此日飲爲淫樂，不聽政，故有病也。二年，楚元王、齊悼惠王皆来朝。十月，孝惠與齊王燕飲太后前，孝惠以爲齊王兄，置上坐，如家人之禮。太后怒，乃令酌兩卮酖，置前，令齊王起爲壽。齊王起，孝惠亦起，取卮欲俱爲壽。太后乃恐，自起泛孝惠卮。齊王怪之，因不敢飲，詳醉去。問知其酖，齊王恐，自以爲不得脱長安，憂。齊内史士説王曰：‘太后獨有孝惠與魯元公主，今王有七十餘城，而公主乃食數城。王誠以一郡上太后，爲公主湯沐邑，太后必喜，王必無憂。’於是齊王乃上城陽之郡，尊公主爲王太后。吕后喜，許之。乃置酒齊邸，樂飲，罷歸齊王。”沈佺期《奉和洛陽玩雪應制》："周王甲子旦，漢后德陽宫。灑瑞天庭裏，驚春御苑中。”齊己《和李書記》："繁極全分青帝功，開時獨占上春風。吴姬舞雪非真艷，漢后題詩是怨紅。”　驪姬：春秋時驪戎之女，晉獻公伐驪

戎,獲姬歸,立爲夫人,生奚齊。王當《春秋臣傳·晉里克》:"姬毒而獻之公,祭之地,地墳;與犬,犬斃;與小臣,小臣亦斃,申生恐而出奔新城。"岑參《驪姬墓下作》:"驪姬北原上,閉骨已千秋。澮水日東注,惡名終不流。"

⑬ 嗚呼:嘆詞,表示悲傷。《書·五子之歌》:"嗚呼曷歸,予懷之悲。"葉適《厲領衛墓誌銘》:"虜既卒叛盟,而君竟坐貶死。嗚呼!可哀也已!" 白色毛:這裏指混同於仙鶴的白色羽毛,轉喻高位大臣妝模作樣的斯文相。《浙江通志》卷一〇七:"白鷴:《雁山志》:形似鷄而大,白色毛,有黑花細紋,長尾,生深谷溪澗中。" 乘軒:乘坐大夫的車子。《左傳·閔公二年》:"衛懿公好鶴,鶴有乘軒者。"杜預注:"軒,大夫車。"後用以指做官。劉向《説苑·善説》:"前雖有乘軒之賞,未爲之動也。"鮑照《擬古八首》六:"不謂乘軒意,伏櫪還至今。" 謬:詐僞,裝假。《史記·范雎蔡澤列傳》:"應侯知蔡澤之欲困己以説,復謬曰:'何爲不可?'"《三國志·孫晧傳》:"宴罷之後,各奏其闕失。迕視之咎,謬言之愆,罔有不舉。"

⑭ 鳩:鳥名,古爲鳩鴿類,種類不一,如雉鳩、祝鳩、斑鳩等,亦有非鳩鴿類而以鳩名的如鳲鳩(布穀)。今爲鳩鴿科部分鳥類的通稱,常指山斑鳩及珠頸斑鳩兩種。《詩·衛風·氓》:"于嗟鳩兮,無食桑葚。"毛傳:"鳩,鶻鳩也。"《吕氏春秋·仲春紀》:"蒼庚鳴,鷹化爲鳩。"高誘注:"鳩,蓋布穀鳥也。" 毛衣:禽鳥的羽毛。《漢書·五行志》:"未央殿輅軨中雌鷄化爲雄,毛衣變化而不鳴。"杜甫《杜鵑行》:"毛衣慘黑貌憔悴,衆鳥安肯相尊崇?" 毳:鳥獸的細毛。劉向《説苑·尊賢》:"〔鴻鵠〕背上之毛,腹下之毳,無尺寸之數,去之滿把,飛不能爲之益卑。"崔珏《和友人鴛鴦之什三首》三:"紅絲毳落眠汀處,白雪花成蹙浪時。" 心性:性情,性格。葛洪《抱朴子·交際》:"今先生所交必清澄其行業,所厚必沙汰其心性。"柳永《紅窗睡》:"二年三歲同鴛寢,表温柔心性。"

⑮ 鶻：鳥類的一科，翅膀窄而尖，嘴短而寬，上嘴彎曲並有齒狀突起，飛得很快，善於襲擊其他鳥類，也叫隼。李時珍《本草綱目·鴟》："鶻，小於鴟而最猛捷，能擊鳩、鴿，亦名鷸子，一名籠脱。"杜甫《義鶻行》："斯須領健鶻，痛憤寄所宣。"元稹《兔絲》："俊鶻度海食，應龍升天行。靈物本特達，不復相纏縈。"　鷂：鳥類的一屬，屬鷹科，我國常見的有白尾鷂、鵲鷂、白頭鷂等。韋應物《鳶奪巢》："霜鸇野鷂得殘肉，同啄羶腥不肯逐。可憐百鳥紛縱橫，雖有深林何處宿？"元稹《馴犀》："建中之初放馴象，遠歸林邑近交廣。獸返深山鳥搆巢，鷹雕鷂鶻無羈鞅。"　同科：同一種類。杜甫《甘林》："喧静不同科，出處各天機。"孟郊《寄崔純亮》："百川有餘水，大海無滿波。器量各相懸，賢愚不同科。"　共遊：一起遊玩。崔融《留别杜審言並呈洛中舊遊》："斑鬢今爲别，紅顔昨共遊。年年春不待，處處酒相留。"張説《南中别陳七李十》："二年共遊處，一旦各西東。請君聊駐馬，看我轉征蓬。"

⑯ 飛飛：飄揚貌。謝莊《宋孝武宣貴妃誄》："旌委鬱於飛飛，龍逶遲於步步。"韓愈《池上絮》："池上無風有落暉，楊花暗後自飛飛。"飛行貌。徐陵《鴛鴦賦》："飛飛兮海濱，去去兮迎春。"韓愈《南山有高樹行贈李宗閔》："飛飛擇所處，正得衆所希。"　高高閣：非常高大的樓閣。《後漢書·樊宏傳》："其所起廬舍，皆有重堂高閣。"王勃《滕王閣》："滕王高閣臨江渚，佩玉鳴鸞罷歌舞。"　百鳥：各種禽鳥。庾信《至老子廟應詔》："野戍孤烟起，春山百鳥啼。"韓愈《感春四首》一："春風吹園雜花開，朝日照屋百鳥語。"　好逑：好配偶，本詩轉喻爲好鳥。《詩·周南·關雎》："窈窕淑女，君子好逑。"陸德明釋文："逑音求，毛云'匹也'，本亦作仇，音同。"元稹《陽城驛》："平生附我者，詩人稱好逑。私來一執手，恐若墜諸溝。"

⑰ 佳人：這裏作美好的人，指君子賢人，暗喻李唐的最高統治者。《楚辭·九章·悲回風》："惟佳人之永都兮，更統世而自貺。"韋

應物《過扶風精舍舊居簡朝宗巨川兄弟》:“佳人亦攜手,再往今不同。” 鵷雛:亦作“鵷鶵”,傳説中與鸞鳳同類的鳥。陳大章《詩傳名物集覽》卷二:“《山海經》:南禺之山有鳳凰鵷雛,丹穴之山有鳥如鷄,五采而文,名曰鳳凰。”也比喻有才華的幼兒。楊巨源《送司徒童子》:“兩經在口知名小,百拜垂髫稟氣殊。况復元侯旌爾善,桂林枝上得鵷雛。”白居易《予與微之老而無子發於言嘆著在詩篇今年冬各有一子戲作二什一以相賀一以自嘲》:“一園水竹今爲主,百卷文章更付誰? 莫慮鵷鶵無浴處,即應重入鳳皇池。” 張氏鉤:干寶《搜神記》卷九:“京兆長安有張氏,獨處一室,有鳩自外入,止於床。張氏祝曰:‘鳩來! 爲我禍也,飛上承塵;爲我福也,即入我懷!’鳩飛入懷,以手探之,則不知鳩之所在,而得一金鉤。遂寶之,自是子孫漸富,資財萬倍。蜀賈至長安聞之,乃厚賂婢,婢竊鉤與賈。張氏既失鉤,漸漸衰耗,而蜀賈亦數罹窮厄,不爲己利。或告之曰:‘天命也! 不可力求!’於是賫鉤以反張氏,張氏復昌,故關西稱張氏傳鉤云。”

⑱ 野鷄:雉的别名。《史記·封禪書》:“野鷄夜雊。”裴駰集解引如淳曰:“野鷄,雉也。”李商隱《西南行却寄相送者》:“百里陰雲覆雪泥,行人只在雪雲西。明朝驚破還鄉夢,定是陳倉碧野鷄。” 天姿:指天然風姿。郎士元《關公祠送高員外還荆州》:“將軍稟天姿,義勇冠今昔。走馬百戰場,一劍萬人敵。”蘇軾《定惠院海棠》:“自然富貴出天姿,不待金盤薦華屋。” 耿介:原指明亮的甲胄,引申爲雄武。《楚辭·九辯》:“既驕美而伐武兮,負左右之耿介。”王逸注:“恃怙衆士被甲兵也。”洪興祖補注:“〔耿〕明也,逸以介爲介胄。”劉希夷《將軍行》:“將軍闢轅門,耿介當風立。” 行步:行走。杜甫《江畔獨步尋花七絶句》二:“稠花亂蕊畏江濱,行步欹危實怕春。詩酒尚堪驅使在,未須料理白頭人。”王建《新開望山處》:“故欲遮春巷,還來繞暮天。老夫行步弱,免到寺門前。”

⑲ 偏養:偏心養育。元稹《大觜烏》:“呦鷕呼群鵩,翩翻集怪鴟。

主人偏養者,嘯聚最奔馳。”　整頓:整飭,整治。《史記·張耳陳餘列傳》:“今范陽令宜整頓其士卒以守戰者也。”楊萬里《聖筆石湖大字歌》:“石湖仙人補天手,整頓乾坤屈伸肘。”　玉粟:粟的美稱。張耒《梅花十首》五:“玉粟勻圓官樣黄,領巾借與十分香。衝寒不爲生春物,自要晨霜爲洗妝。”謝薖《罌粟》:“鉛膏細細點花梢,道是春深雪未消。一斛千囊蒼玉粟,東風吹作米長腰。”　充腸:猶充饑。《淮南子·齊俗訓》:“貧人則夏被褐帶索,含菽飲水以充腸,以支暑熱。”杜甫《發秦州》:“充腸多薯蕷,崖蜜亦易求。”　瑤樹:傳説中一種玉白色的樹。《淮南子·墬形訓》:“掘昆崙以下地……絳樹在其南,碧樹、瑤樹在其北。”陳子昂《感遇詩三十八首》六:“世人拘目見,酣酒笑丹經。昆崙有瑤樹,安得采其英?”也作樹之美稱。宋昱《題石窟寺》:“檐牖籠朱旭,房廊挹翠微。瑞蓮生佛步,瑤樹挂天衣。”史達祖《齊天樂》:“見説西風,爲人吹恨上瑤樹。”

⑳ 池塘:蓄水的坑,一般不太大,也不太深。謝靈運《登池上樓》:“池塘生春草,園柳變鳴禽。”楊師道《春朝閑步》:“池塘藉芳草,蘭芷襲幽衿。”　狎:戲謔,狎玩。韓愈《司徒兼侍中中書令贈太尉許國公神道碑銘》:“公與人有畛域,不爲戲狎,人得一笑語,重於金帛之賜。”陳鴻《東城老父傳》:“三尺童子,入鷄群,如狎群小。”　雁:候鳥名,形狀略似鵝,頸和翼較長,足和尾較短,羽毛淡紫褐色,善於游泳和飛行。《詩·小雅·鴻雁》:“鴻雁於飛,肅肅其羽。”毛傳:“大曰鴻,小曰雁。”韓愈《量移袁州酬張韶州》:“北望詎令隨塞雁,南遷纔免葬江魚。”　津梁:橋梁。《國語·晉語》:“豈謂君無有,亦爲君之東游津梁之上,無有難急也。”曾鞏《李立之范子淵都水使者制》:“川澤河渠之政、津梁舟楫之事,置使典領,禮秩甚隆。”　鵜:鵜鶘。水鳥,體長可達二米,翼大,嘴長,尖端彎曲,嘴下有一個皮質的囊,羽毛灰白色,翼上有少數黑色羽毛,善於游泳和捕魚,捕得的魚存在皮囊中,多群居在熱帶或亞熱帶沿海。李時珍《本草綱目·鵜鶘》:“鵜鶘處處有

之，水鳥也。似鶚而甚大，灰色如蒼鵝。喙長尺餘，直而且廣，口中正赤，頷下胡大如數升囊。好群飛，沈水食魚，亦能竭小水取魚。"《詩·曹風·候人》："維鵜在梁，不濡其翼。"劉孝綽《太子洑落日望水詩》："寒烏逐查漾，饑鵜拂浪翔。"

㉑ 鷹：鷹屬鳥類，性兇猛，以捕食小獸及其他鳥類爲食。蘇頲《邊秋薄暮》："海外秋鷹擊，霜前旅雁歸。邊風思鞞鼓，落日慘旌麾。"張説《送王尚一嚴嶷二侍御赴司馬都督軍》："白露鷹初下，黄塵騎欲飛。明年春酒熟，留酌二星歸。" 迸逐：驅逐，斥逐。迸，通"屏"。《晉書·潘岳傳》："或避晚關，迸逐路隅，祇是慢藏誨盜之原。"靈一《雨後欲尋天目山問元駱二公溪路》："昨夜雲生天井東，春山一雨幾回風？林花迸逐溪流去，欲上龍山道不通。" 霜鶻：即鶻，鶻鳥性猛鷙兇殘，故稱。杜甫《寄岳州賈司馬六丈巴州嚴八使君兩閣老五十韵》："浦鷗防碎首，霜鶻不空拳。地僻昏炎瘴，山稠隘石泉。"陸游《九月十日如漢州小獵於新都彌牟之間投宿民家》："角弓寒始勁，霜鶻飢更怒。" 鵩鳥：猫頭鷹一類的鳥，舊傳爲不祥之鳥。賈誼《鵩鳥賦序》："誼爲長沙王傅，三年，有鵩鳥飛入誼舍。"錢起《江行無題一百首》七七："江草何多思？冬青尚滿洲。誰能驚鵩鳥，作賦爲沙鷗？" 護巢：保護巢穴。杜甫《重題鄭氏東亭》："紫鱗衝岸躍，蒼隼護巢歸。向晚尋征路，殘雲傍馬飛。"元稹《有鳥二十章》一："朝偷暮竊恣昏飽，後顧前瞻高樹枝。珠丸彈射死不去，意在護巢兼護兒。" 當晝：白天。儲光羲《喫茗粥作》："當晝暑氣盛，鳥雀静不飛。"韓愈《庭楸》："當晝日在上，我在中央間。"

㉒ 頻問：頻繁詢問。元稹《夢成之》："燭暗船風獨夢驚，夢君頻問向南行。覺來不語到明坐，一夜洞庭湖水聲。"翁承贊《書齋謾興二首》一："池塘四五尺深水，籬落兩三般樣花。過客不須頻問姓，讀書聲裏是吾家。" 妖術：旁門左道用以欺人惑衆的法術。《魏書·孝文幽皇后》："高祖又讓後曰：'汝母有妖術，可具言之。'"張鷟《朝野僉

載》卷三:“趙州祖珍儉有妖術,懸水瓮於梁上,以刃斫之,繩斷而瓮不落。” 力盡:力氣用盡。李白《古風》四七:“但求蓬島藥,豈思農鳸春?力盡功不贍,千載爲悲辛。”杜甫《雲山》:“京洛雲山外,音書静不來。神交作賦客,力盡望鄉臺。” 計窮:謂再無辦法可想。韓愈《試大理評事王君墓誌銘》:“翁曰:‘誠官人邪?取文書來!’君計窮吐實。”元稹《賽神(村落事妖神)》:“德勝妖不作,勢强威亦尊。計窮然後賽,後賽復何恩?” 音響:聲音。劉義慶《世説新語·言語》:“若不一叩洪鐘,伐雷鼓,則不識其音響也。”元稹《清都夜境》:“南廂儼容衛,音響如可聆。”

㉓ 當時:指過去發生某件事情的時候。劉商《姑蘇懷古送秀才下第歸江南》:“秋高露白萬林空,低望吴田三百里。當時雄盛如何比?千仞無根立平地。”劉商《哭蕭掄》:“何處哭故人?青門水如箭。當時水頭别,從此不相見。” 何不:猶言爲什麽不,表示反問。《孟子·盡心》:“道則高矣!美矣!宜若登天然,似不可及也,何不使彼爲可幾及而日孳孳也?”嚴維《哭靈一上人》:“一公何不住?空有遠公名。共説岑山路,今時不可行。” 量分:思量自己的本分。韓愈《寄崔二十六立之》:“老翁不量分,累月笞其兒。”也作“量己審分”,意即估量自己,省察本分。《南齊書·劉瓛傳》:“吾性拙人閑,不習仕進……量己審分,不敢期榮。” 輝光:光輝,光彩。《漢書·李尋傳》:“夫日者,衆陽之長,輝光所燭,萬里同晷,人君之表也。”曹植《登臺賦》:“同天地之矩量兮,齊日月之輝光。”

㉔ 翠碧:即翠鳥,鳥名,頭大,體小,嘴强而直,羽毛以翠緑色爲主,生活在水邊,吃魚蝦等。陸龜蒙《翠碧》:“紅襟翠翰兩參差,徑拂烟華上細枝。春水漸生魚易得,莫辭風雨坐多時。”陸游《小雨雲門溪上》:“離黄穿樹語斷續,翠碧銜魚飛去來。” 毛羽:鳥的羽毛。《史記·蘇秦列傳》:“毛羽未成,不可以高蜚。”《東觀漢記·光武帝紀》:“鳳凰五,高八尺九寸,毛羽五采。”元稹《大觜烏》:“群烏飽粱肉,毛羽

色澤滋。” 短長:短與長,矮與高。《管子·明法解》:“尺寸尋丈者,所以得短長之情也,故以尺寸量短長,則萬舉而萬不失矣。”李白《金陵酒肆留别》:“請君試問東流水,别恨與之誰短長。” 心窄:猶“褊狹”指心胸、氣量、見識等狹隘。《史記·禮書》:“化隆者閎博,治淺者褊狹,可不勉與!”劉勰《文心雕龍·事類》:“才學褊狹,雖美少功。”

㉕ 偷食:謂苟且度日。食,食禄。《左傳·昭公元年》:“吾儕偷食,朝不謀夕,何其長也?”杜預注:“言欲苟免目前,不能念長久。”蕭衍《禁奢令》:“昔毛玠在朝,士大夫不敢靡衣偷食。”這裏指偷吃。淥池:清澈的池塘。孔稚珪《北山移文》:“塵游躅於蕙路,污淥池以洗耳。”王屮《頭陀寺碑文》:“帝獻方石,天開淥池。” 前去:謂到某處去。《南史·梁武帝紀》:“今以南康置人手中,彼挾天子以令諸侯,節下前去爲人所使,此豈歲寒之計?”戴司顔《江上雨》:“非不欲前去,此情非自由。” 後來:遲到,後到。《楚辭·九歌·山鬼》:“余處幽篁兮終不見天,路險難兮獨後來。”劉義慶《世説新語·雅量》:“支道林還東,時賢並送於征虜亭,蔡子叔前坐近林公,謝萬石後來,坐小遠。”逼迫:猶窘迫。曹操《上書謝策命魏公》:“歸情上聞,不蒙聽許,嚴詔切至,誠使臣心俯仰逼迫。”《晉書·李勢載記》:“逼迫倉卒,自投草野。”

㉖ 滿腹:塞滿肚子。盧象《贈廣川馬先生》:“經書滿腹中,吾識廣川翁。年老甘無位,家貧懶發蒙。”劉長卿《贈别於群投筆赴安西》:“風流一才子,經史仍滿腹。心鏡萬象生,文鋒衆人服。” 各自:各人自己。《史記·孟嘗君列傳》:“孟嘗君客無所擇,皆善遇之。人人各自以爲孟嘗君親己。”干寶《搜神記》卷一:“一旦分别,豈不愴恨,勢不得不爾,各自努力。”隱巒《牧童》:“看看白日向西斜,各自騎牛又歸去。” 見人:謂與人相見。王涯《宫詞三十首》一:“宫人宜著紫衣裳,冠子梳頭雙眼長。新睡起來思舊夢,見人忘却道□常。”陳羽《從軍行》:“海畔風吹凍泥裂,枯桐葉落枝梢折。横笛聞聲不見人,紅旗直

上天山雪。”

㉗ 嘉樹：佳樹，美樹。《左傳・昭公二年》：“既享，宴于季氏，有嘉樹焉！宣子譽之。”《楚辭・九章・橘頌》：“后皇嘉樹，橘徠服兮。”劉禹錫《早夏郡中書事》：“華堂對嘉樹，簾廡含曉清。” 鳳：傳説中的神鳥，雄的叫鳳，雌的叫凰，通稱爲鳳或鳳凰。韓愈《送何堅序》：“吾聞鳥有鳳者，恒出於有道之國。”韋莊《喜遷鶯》：“鳳銜金榜出門來，平地一聲雷。”這裏仍然是暗喻李唐的最高統治者，下文各詩的“鳳”與“鳳皇”義同。

㉘ 紙鳶：俗稱鷂子，用細竹爲骨紮成鳥形，以紙或薄絹蒙糊其上，斜綴以綫，可以引綫乘風而上。亦有作蝴蝶、蜈蚣、美人、星、月等狀者，紙鳶在古代曾被用於軍事通訊，相傳爲韓信所作。五代李鄴于宫中作紙鳶，引綫乘風爲戲，於鳶首以竹爲笛，使風入作聲如筝鳴，故又稱風筝，後民間多用作春季室外娱樂之具。劉得仁《訪曲江胡處士》：“卜居天苑畔，閑步禁樓前。落日平沙岸，微風上紙鳶。”陸游《觀村童戲溪上》：“竹馬踉蹡冲淖去，紙鳶跋扈挾風鳴。”詩人意在諷刺那些被人掌控、爲虎作倀的傀儡們。 假勢：憑藉勢力。《後漢書・和帝紀》：“委任下吏，假勢行邪。是以令下而奸生，禁至而詐起。”王勃《上劉右相書》：“投形巨壑，觸舟浦而雷奔；假勢靈飈，指青霄而電擊。” 童子：兒童，未成年的男子。《儀禮・喪服》：“童子唯當室緦。”鄭玄注：“童子，未冠之稱。”韓愈《師説》：“彼童子之師，授之書而習其句讀者，非吾所謂傳其道、解其惑者也。”古代指未成年的僕役。《儀禮・既夕禮》：“朔月，童子執帚却之，左手奉之。”鄭玄注：“童子，隸子弟若内豎寺之屬。”庾信《道士步虚詞》：“青衣上少室，童子向蓬萊。”

㉙ 去地：離開地面。白居易《短歌曲》：“青雲去地遠，白日經天速。從古無奈何，短歌聽一曲。”陸龜蒙《縹緲峰》：“葛洪話剛氣，去地四千里。苟能乘之遊，止若道路耳。” 人眼：指能看到自己的人的眼睛。杜甫《少年行二首》一：“莫笑田家老瓦盆，自從盛酒長兒孫。傾

銀注瓦驚人眼,共醉終同卧竹根。”王建《尋橦歌》:“纖腰女兒不動容,戴行直舞一曲終。回頭但覺人眼見,矜難恐畏天無風。” 世人:世間的人,一般的人。《楚辭・漁父》:“世人皆濁,我獨清;衆人皆醉,我獨醒。”李頎《古行路難》:“世人逐勢争奔走,瀝膽隳肝惟恐後。” 羽毛:鳥獸的毛。《墨子・非樂》:“今之禽獸麋鹿蜚鳥貞蟲,因其羽毛,以爲衣裘。”羅隱《繡》:“花隨玉指添春色,鳥逐金針長羽毛。”

㉚ 童子:古代指未成年的僕役。《儀禮・既夕禮》:“朔月,童子執帚卻之,左手奉之。”鄭玄注:“童子,隸子弟若内豎寺之屬。”韓愈《秋懷詩十一首》八:“童子自外至,吹燈當我前。” 餘勢:未完全消失的勢頭。曹植《魏德論》:“軍蘊餘勢,襲利乘權。”徐積《還崔秀才唱和詩》:“元白有餘勢,孟韓無困辭。子美骨格老,太白文采奇。”

㉛ “愁爾一朝還到地”兩句:詩人表面上是爲紙鳶擔憂,其實在譏諷那些現在位高權重的官員,不要作威作福欺壓他人,一旦失勢,恐怕連個憐憫的人也不會有。 深泥:很深的泥濘。《周禮・考工記・輪人》:“參分其輻之長,而殺其一,則雖有深泥,亦弗之溓也。”獨孤及《癸卯歲赴南豐道中聞京師失守寄權士繇韓幼深》:“猛虎嘯北風,麕麚皆載馳。深泥駕疲牛,踸踔余何之!”韓愈《贈崔立之》:“吾身固已困,吾友復何爲?薄粥不足裹,深泥諒難馳。”

㉜ 啄木:啄木鳥,常見者身體上部青色,下部淡緑色,有暗色横斑,脚短,趾端有锐利的爪,善於攀援樹木,嘴尖而直,很堅硬,能啄開木頭,用細長而尖端有鉤的舌頭捕食樹洞裏的蟲。傅玄《啄木》:“啄木高翔鳴喈喈,飄摇林薄著桑槐。”白居易《寓意詩五首》五:“借問蟲何食?食心不食皮。豈無啄木鳥,觜長將何爲?”這裏詩人借啄木鳥暗喻那些尸位素餐、没有盡心盡職的御史們。 求食:求取食物果腹。元稹《大觜烏》:“陽烏有二類,觜白者名慈。求食哺慈母,因以此名之。”白居易《王夫子》:“行道佐時須待命,委身下位無爲耻。命苟未來且求食,官無卑高及遠邇。”

㉝ 鄧林:古代神話傳説中的樹林,這裏象徵李唐的天下。《山海經·海外北經》:"誇父與日逐走,入日。渴欲得飲,飲於河渭,河渭不足,北飲大澤,未至,道渴而死。棄其杖,化爲鄧林。"《列子·湯問》:"夸父不量力,欲追日影,逐之於隅谷之際。渴欲得飲,赴飲河渭,河渭不足,將走北飲大澤。未至,道渴而死,棄其杖,尸膏肉所浸,生鄧林,鄧林彌廣數千里焉!"皎然《效古》:"暍死化爝火,嗟嗟徒爾爲? 空留鄧林在,摧折令人嗤。"

㉞ 木皮:樹皮。《漢書·晁錯傳》:"胡貉之地,積陰之處也,木皮三寸,冰厚六尺。"元結《舂陵行》:"朝飡是草根,暮食是木皮。" 木心:樹幹内的木心。孟郊《杏殤九首》四:"冽冽霜殺春,枝枝疑纖刀。木心既零落,山竅空呼號。"齊已《蠹》:"蠹不自蠹,而蠹於木。蠹極木心,以豐爾腹。" 根柢:草木的根,柢,即根。鄒陽《獄中上書自明》:"蟠木根柢,輪囷離奇。"章孝標《玄都觀栽桃十韵》:"根柢終盤石,桑麻自轉蓬。"比喻事物的根基,基礎。《後漢書·王充王符傳論》:"百家之言政者尚矣,大略歸乎寧固根柢,革易時敝也。" 覆:滅亡,覆滅。《書·仲虺之誥》:"殖有禮,覆昏暴。"孔傳:"有禮者封殖之,昏暴者覆亡之。"《左傳·哀公八年》:"今子以小惡而欲覆宗國,不亦難乎?"

㉟ 可憐:值得憐憫。《莊子·庚桑楚》:"汝欲返性情而無由入,可憐哉!"成玄英疏:"深可哀滑也。"白居易《賣炭翁》:"可憐身上衣正單,心憂炭賤願天寒。" 有時:有時候,表示間或不定。《周禮·考工記·序》:"天有時以生,有時以殺;草木有時以生,有時以死。"張喬《滕王閣》:"疊浪有時有,閑雲無日無。"謂有如願之時。李白《行路難》:"長風破浪會有時,直挂雲帆濟滄海。"劉氏雲《婕妤怨》:"君恩不可見,妾豈如秋扇? 秋扇尚有時,妾身永微賤!" 新林:初植的樹林。《吕氏春秋·諭大》:"井中之無大魚也,新林之無長木也。"儲光羲《寄孫山人》:"新林二月孤舟還,水滿清江花滿山。借問故園隱君子,時

時來往住人間?”

㊱ 蝙蝠:哺乳動物,頭部和軀幹似鼠,四肢和尾部之間有膜相連,常在夜間飛翔,捕食蚊、蛾等昆蟲。視力很弱,靠自身發出的超聲波來引導飛行。焦贛《易林·豫之小畜》:“蝙蝠夜藏,不敢晝行。”馬縞《中華古今注·蝙蝠》:“蝙蝠,一名仙鼠,一名飛鼠。”《伊索寓言》中有《蝙蝠和黄鼠狼》的故事:有一蝙蝠先後被仇鳥和仇鼠的黄鼠狼逮住,皆隨機應變,以其似鼠又似鳥的外形,分別詭言自己是鼠和鳥,得以保全性命,後來常常因以“蝙蝠”指騎墻派。　華屋:華麗的房屋。李頎《夏宴張兵曹東堂》:“重林華屋堪避暑,况乃烹鮮會佳客。主人三十朝大夫,滿座森然見矛戟。”劉禹錫《酬樂天見寄》:“元君後輩先零落,崔相同年不少留。華屋坐來能幾日?夜臺歸去便千秋。”這裏暗喻李唐的宫殿。本詩詩人以“感物寓意”的手法把宦官比作“不辨雌雄無本族”、“長伴佳人占華屋”的蝙蝠,其中的“佳人”,暗喻的是李唐的最高統治者,與上文的“佳人”義同。詩歌揭露蝙蝠們“穿墉伺隙善潛身,晝伏宵飛惡明燭”的陰暗心態,指出他們對國家對人君造成“大廈雖存柱石傾,暗齧棟梁成蠹木”的嚴重危害。本詩既在諷刺挖苦宦官,同時也在提醒最高的統治者,與元稹詩文一貫的思想一致,同時也貫徹到詩人一生的行動之中。

㊲ 妖鼠:對奇形怪狀蝙蝠的蔑稱,下面“晝伏宵飛惡明燭”云云就清楚表明是蝙蝠而不是老鼠。孔武仲《龜石》:“奸狐妖鼠已破膽,山魖野魅見亦驚。波神吞氣不敢喘,四面長漪鋪席平。”《法苑珠林·妖怪篇》:“《京房傳》曰:‘臣私禄罔干厥妖鼠巢也。’”　羽翮:指鳥羽,翮,羽軸下段不生羽瓣而中空的部分,也指翅膀。陳子昂《鴛鴦篇》:“飛飛鴛鴦鳥舉翼相蔽虧……音容相眷戀,羽翮兩逶迤。”杜甫《獨坐》:“滄溟恨衰謝,朱紱負平生。仰羨黄昏鳥,投林羽翮輕。”　不辨雌雄無本族:意謂分不清蝙蝠到底是雌是雄,也不知道它們又是從何而來。元稹借蝙蝠説事,將宦官男不男女不女、没有妻子也没有子女

的屬性挖苦一番，宣泄自己對宦官專權的痛恨與不滿。　雌雄：雌性和雄性。《詩・小雅・正月》："具曰予聖，誰知烏之雌雄？"《晉書・五行志》："惠帝元康中，吴郡婁縣人家聞地中有犬子聲，掘之，得雌雄各一。"指女性和男性。《管子・霸形》："令其人有喪雌雄。"尹知章注："失男女之偶。"吕巖《五言》一〇："姹女住離宫，身邊産雌雄。"　本族：猶"同族"，同一宗族，亦指同族之人。劉言史《苦婦詞》："况非本族音，肌露誰爲憐？"盧綸《赴池州拜覲舅氏留上考功郎中舅》："孤賤易蹉跎，其如酷似何？衰榮同族少，生長外家多。"

㊳ 墉：城墻。《詩・大雅・皇矣》："與爾臨衝，以伐崇墉。"毛傳："墉，城也。"柳宗元《永州崔中丞萬石亭記》："御史中丞清河男崔公來涖永州，閑日登城北墉。"墻垣。《詩・召南・行露》："誰謂鼠無牙？何以穿我墉？"毛傳："墉，墻也。"皎然《同李洗馬入餘不溪經辛將軍故城》："高墉暮草遍，大樹野風悲。"　隙：壁縫，空隙。《孟子・滕文公》："鑽穴隙相窺，踰墻相從。"王安石《酬吴仲庶小園之句》："花影隙中看裊裊，車音墻外聽轔轔。"　潛身：藏身隱居。《後漢書・袁閎傳》："潛身十八年……閎誦經不移。"元稹《和李校書新題樂府十二首・縛戎人》："陰森神廟未敢依，脆薄河冰安可越！荆棘深處共潛身，前困蒺藜後䟫𨇤。"　晝伏宵飛：白天隱蔽不動夜晚飛出覓食。《山海經・北山經》："〔北囂之山〕有鳥焉！其狀如烏……宵飛而晝伏。"《戰國策・秦策》："伍子胥橐載而出昭關，夜行而晝伏。"秦觀《奇兵策》："依叢薄而晝伏，乘風雨而夜行。"　明燭：明亮的燭。謝惠連《雪賦》："燎薰爐兮炳明燭，酌桂酒兮揚清曲。"劉禹錫《苦雨行》："天人信遐遠，時節易蹉跎。洞房有明燭，無乃酣且歌。"

㊴ 大廈：高大的房屋。王褒《四子講德論》："大廈之材，非一丘之木；太平之功，非一人之略也。"蘇軾《謝兼侍讀表》："大廈既構，尚求一木之支。"這裏以大廈借喻李唐朝廷。　柱石：頂梁的柱子和墊柱的礎石。《漢書・師丹傳》："關内侯師丹端誠於國，不顧患難……

確然有柱石之固。"劉禹錫《望衡山》:"東南倚蓋卑,維嶽資柱石。前當祝融居,上拂朱鳥翮。" 暗囓:暗中囓咬。元稹《蟲豸詩七篇·浮塵子三首》三:"暗囓堪銷骨,潛飛有禍胎。然無防備處,留待雪霜摧。" 囓:咬。《後漢書·孔融傳》:"至於輕弱薄劣,猶昆蟲之相囓,適足還害其身。"沈括《夢溪筆談·雜誌》:"主人則捧而横囓,終不能咀嚼而罷。" 棟梁:房屋的大梁。《莊子·人間世》:"仰而視其細枝,則拳曲而不可爲棟梁。"《舊唐書·趙憬傳》:"大廈永固,是棟梁榱桷之全也;聖朝致理,亦庶官群吏之能也。" 蠹木:外表完好但内裏已經腐朽的木材。周賀《送友人》:"彈琴多去情,浮檝背潮行。人望豐壖宿,蟲依蠹木鳴。"黄庭堅《次韵冕仲考進士試卷》:"少來迷翰墨,無異蟲蠹木。諸生程藝文,承詔當品目。"

㊵ 鴞:鳥名,又稱猫頭鷹,喙和爪皆呈鉤狀,鋭利,兩眼位於正前方,狀如猫目,眼四周羽毛呈放射狀,毛褐色有斑紋,稠密而鬆軟,飛行時無聲,黄昏到夜間活動,主食鼠類,間或捕食小鳥或大型昆蟲,古人認爲是惡聲之鳥,禍鳥。《詩·陳風·墓門》:"墓門有梅,有鴞萃止。"毛傳:"鴞,惡聲之鳥也。"張説《伯奴邊見歸田賦因投趙侍御》:"去國逾三歲,兹山老二年。寒鴞鳴舍下,昏虎卧籬前。" 孔穴:洞孔,穴洞。班固《白虎通·情性》:"山亦有金石累積,亦有孔穴出雲布雨,以潤天下。"元稹《分水嶺》:"偶值當途石,蹙縮又縱横。有時遭孔穴,變作嗚咽聲。"

㊶ 鷹鸇:鷹與鸇,比喻忠勇的人。語出《左傳·文公十八年》:"見無禮於其君者,誅之,如鷹鸇之逐鳥雀也。"杜甫《秋日夔府詠懷奉寄鄭監李賓客一百韵》:"乘威滅蜂蠆,戮力效鷹鸇。" 隨珠:亦即隨侯之珠,傳説古代隨國姬姓諸侯見一大蛇傷斷,以藥敷之而愈,後蛇於江中銜明月珠以報德,因曰隨侯珠,又稱靈蛇珠。《史記·魯仲連鄒陽列傳》:"故無因至前,雖出隨侯之珠、月光之璧,猶結怨而不見德。"張衡《西京賦》:"流懸黎之夜光,綴隨珠以爲燭。"

㊷ 煩惑:亦作"煩或",煩悶惑亂,煩躁疑惑。揚雄《反離騷》:"舒中情之煩或兮,恐重華之不纍與。"《隋書·經籍志》:"張禹本授《魯論》,晚講《齊論》,後遂合而考之,删其煩惑。" 擒取:捉拿。杜牧《守論》:"今者及吾之壯,不圖擒取,而乃偷處恬逸,第第相付,以爲後世子孫背脅疽根,此復何也?"《舊唐書·突厥傳》:"朕終示以信,不妄討之。待其無禮,方擒取耳!" 神林:堯陵的俗稱。《詩地理考·帝堯嘗遊成陽葬焉舜漁於雷澤》:"《郡縣志》:雷澤縣本漢郕陽縣,古郕伯國,周武王封弟季載於郕漢,以爲縣。堯陵在縣西三里,自堯即位至永嘉三年,二千七百二十一年記于碑。"《臨汾縣誌·古迹記》:"〔陶唐氏陵在城東七十里〕土人謂之神林,又謂之神臨。陵高一百五十尺,廣二百餘步,旁皆山石,惟此地爲平土,深丈餘。其廟正殿三間,廡十間。山後有河一道。有金泰和二年碑記。" 物妖:妖物。黄履《再賦二首》二:"農事土牛知早晚,物妖桃梗盡驅除。魯侯昌熾邦人詠,長與天鈞幹慘舒。"唐元《題陳生明皇洗馬圖》二:"舞馬筵前豈物妖!銀鞍倉猝授天驕。范陽孰使遺腥穢?賜浴温泉洗未銷。"

㊸ 燎原:火延燒原野,比喻勢態不可阻擋。潘尼《火賦》:"及至焚野燎原,埏光赫戲……遂乃衝風激揚,炎光奔逸。"張繼《送鄒判官往陳留》:"火燎原猶熱,波揺海未平。應將否泰理,一問魯諸生。" 鼓風:扇風。李德裕《黄冶賦》:"圓方爲爐,造化爲冶,鼓風爲槖,熾陽爲火。"王仁裕《開元天寶遺事·紅汗》:"貴妃每至夏月,常衣輕綃,使侍兒交扇鼓風,猶不解其熱。" 連夜:夜以繼日,徹夜。宋之問《廣州朱長史座觀妓》:"歌舞須連夜,神仙莫放歸。"蘇軾《中秋月三首寄子由》三:"鄭子向河朔,孤舟連夜行。"當天夜裏。陳玄祐《離魂記》:"遂匿倩娘于船,連夜遁去。"

㊹ 燕子:家燕的通稱。《樂府詩集·楊白花》:"秋去春還雙燕子,願銜楊花入窠裏。"杜甫《絶句二首》一:"泥融飛燕子,沙暖睡鴛鴦。" 未省:未曾,没有。白居易《尋春題諸家園林》:"平生身得所,

未省似而今。”蘇軾《再遊徑山》:“平生未省出艱險,兩足慣曾行犖確。” 泥滓:泥渣。葛洪《抱朴子·博喻》:“日月挾蟲鳥之瑕,不妨麗天之景;黄河含泥滓之濁,不害淩山之流。”吴曾《能改齋漫録·方物》:“以今觀之,昌陽待泥土而生,昌蒲一有泥滓則死矣!”

㊺ 春風:春天的風。宋之問《折楊柳》:“玉樹朝日映,羅帳春風吹。拭泪攀楊柳,長條踠地垂。”李嶠《燕》:“天女伺辰至,玄衣澹碧空。差池沐時雨,頡頏舞春風。” 廊廡:堂前的廊屋。《史記·魏其武安侯列傳》:“所賜金,陳之廊廡下。”《漢書·竇嬰傳》引此文,顔師古注:“廊,堂下周屋也。廡,門屋也。”儲光羲《石瓮寺》:“遙山起真宇,西向盡花林。下見宫殿小,上看廊廡深。” 秋社驅將嵌孔裏:意謂秋分之後,燕子南歸避冬,在深岩穴、枯木中栖身,等待春天的到來,然後重新北上。朱翌《猗覺寮雜記》卷上:“世謂燕子秋分即去之海上,海上有燕子國,如小説所謂烏衣國者,是大不然。往往入於深岩穴枯木中,向寒不復出,泥塗其身,毛羽皆脱,至春暖即生羽飛去。晉郤鑒爲兗州刺史,掘野鼠蟄燕食之,終無叛者,此可見矣!元微之云:‘有鳥有鳥名燕子,口中未省無泥滓。春風吹送廊廡間,秋社吹將嵌孔裏。’亦其據也。”周必大《蟄燕》:“予嘗記歲暮舟行吉水江路,值天氣暄甚,偶岸圮,蟄燕滿江而飛。又寓昆山時,婦家折舊土橋,易以甎石,其中皆蟄燕,以此闢海上烏衣國之説。後見朱翌新仲《猗覺寮雜記》,亦載此事,且引晉郤鑒爲兗州刺史掘野鼠蟄燕食之,又引元稹詩‘春風吹送廊廡間,秋社吹將嵌孔裏’,其理甚明。”朱翌、周必大兩人所言極是,也與元稹本詩“雷驚雨灑一時蘇,雪壓霜摧半年死”之句一一相印證。 秋社:古代秋季祭祀土神的日子。白居易《寓意詩五首》五:“眼看秋社至,兩處俱難戀。所託各暫時,胡爲相嘆羨!”陸游《秋夜感遇十首以孤村一犬吠殘月幾人行爲韵》二:“牲酒賽秋社,簫鼓迎新婚。”

㊻ “雷驚雨灑一時蘇”兩句:意謂燕子在在深岩穴、枯木中栖身

越冬,度過了秋霜摧殘冬雪壓迫的半年秋冬生涯,在沉睡中,聲聲春雷驚醒了它們,陣陣春雨淋沐了它們,它們舒展翅膀,準備再度北上。蘇:蘇醒,復活。《左傳·宣公八年》:"晉人獲秦諜,殺諸絳市,六日而蘇。"杜甫《寒雨朝行視園樹》:"林香出實垂將盡,葉蒂辭枝不重蘇。"半年:一年的一半。王建《别李贊侍御》:"同受艱難驃騎營,半年中聽揭槍聲。草頭送酒驅村樂,賊裏看花著探兵。"元稹《志堅師》:"初因怏怏薙却頭,便繞嵩山寂師塔。淮西未返半年前,已見淮西陣雲合。"這裏指秋天和冬天。　死:指蟄伏。《山海經·南山經》:"〔柢山〕有魚焉……其名曰鯥,冬死而夏生。"郭璞注:"此亦蟄類也,謂之死者,言其蟄無所知如死耳!"《異魚圖贊補·鯥魚》:"鯥,好陵居,魼羽蛇尾,音如留牛,夏生冬死。"

㊼ 信風:隨時令變化,定期定向而至的風。于鵠《舟中月明夜聞笛》:"浦裏移舟候信風,蘆花漠漠夜江空。更深何處人吹笛?疑是孤吟寒水中。"李肇《唐國史補》卷下:"自白沙泝流而上,常待東北風,謂之信風。"在低空由副熱帶高氣壓帶吹向赤道地區的風,北半球盛行東北信風,南半球盛行東南信風。法顯《佛國記》:"泛海西南行,得冬初信風,晝夜十四日,到師子國。"任隨風力,猶言隨風。孟浩然《宿天台桐柏觀》:"海行信風帆,夕宿逗雲島。緬尋滄洲趣,近愛赤城好。"

㊽ 烏:鳥名,烏鴉,又稱"老鴰"、"老鴉",羽毛通體或大部分黑色。顧況《烏啼曲二首》一:"玉房掣鎖聲翻葉,銀箭添泉繞霜堞……此是天上老鴰鳴,人間老鴰無此聲。"張碧《惜花三首》二:"老鴉拍翼盤空疾,准擬浮生如瞬息。阿母蟠桃香未齊,漢皇骨葬秋山碧。"　貪痴:佛教語,謂貪欲與痴愚。蕭衍《遊鍾山大愛敬寺》:"二苦常追隨,三毒自燒然。貪痴養憂畏,熱惱坐焦煎。"吕巖《方契理》:"舉世人生何所依,不求自己更求誰?絶嗜慾,斷貪痴,莫把神明暗裏欺!"　突誖:魯莽,反常。除元稹本詩的例證外,目前暫時没有找到其他合適的書證。　天下:古時多指中國範圍内的全部土地。孫元晏《梁·馬

仙埤》:“齊朝太守不甘降,忠節當時動四方。義士要教天下見,且留君住待袁昂。”徐鉉《送從兄赴臨川幕》:“今日好論天下事,昔年同受主人恩。石頭城下春潮滿,金柅亭邊緑樹繁。”

㊾ 田中:田地之中,田野之中。《韓非子·五蠹》:“田中有株,兔走,觸株折頸而死。”葛洪《抱朴子·道意》:“昔汝南有人於田中設繩罥以捕麞。”也指鄉村。《史記·張釋之馮唐列傳》:“夫士卒盡家人子,起田中從軍,安知尺籍伍符?”韋應物《答暢校書當》:“偶然棄官去,投迹在田中。日出照茅屋,園林養愚蒙。” 攫:鳥獸以爪抓取。《漢書·黄霸傳》:“吏出,不敢舍郵亭,食於道旁,烏攫其肉。”顔師古注:“攫,搏持之也。”李頎《愛敬寺古藤歌》:“古藤池水盤樹根,左攫右拏龍虎蹲。横空直上相陵突,丰茸離纚若無骨。” 不足:不充足,不够。《荀子·禮論》:“斷長續短,損有餘,益不足,達愛敬之文,而滋成行義之美者也。”王績《田家三首》二:“抽簾持益炬,拔簀更燃爐。恒聞飲不足,何見有殘壺!” 諸巢:衆多巢穴,本詩引申爲百鳥的巢穴。《舊唐書·劉君良傳》:“大業末,天下饑饉。君良妻勸其分析,乃竊取庭樹上鳥鶵,交置諸巢中,令群鳥鬥競。”高翥《自題信天巢(有序)》:“因榜其所居曰信天巢,正甫老于文學,爲予作記,故併刻諸巢中。” 雛:小鷄,泛指幼禽或幼獸《淮南子·時則訓》:“天子以雛嘗黍。”高誘注:“雛,新鷄也。”白居易《晚燕》:“百鳥乳雛畢,秋燕獨蹉跎。”

㊿ 歸來:回来。《楚辭·招魂》:“魂兮歸來! 反故居些!”李白《长相思》:“不信妾腸斷,歸來看取明鏡前。” 聲響:發出的聲響。王符《潛夫論·相列》:“人之相法,或在面部,或在手足,或在行步,或在聲響。”王融《游仙詩五首》五:“遠翔馳聲響,流雪自飄飖。” 粗:粗魯,粗野。宋祁《宋景文公笔记》卷中:“《漢書》:‘驢非驢馬非馬,龜兹王乃騾也。’如此語麄甚,可削去也。”粗鄙,粗贱。费昶《行路難五首》一:“當年翻覆無常定,薄命爲女何必粗。”梅堯臣《王知章尉河内》:“漢朝吾遠祖,不道此官粗。”也谓生性粗厉。《戰國策·趙策》:“夫智

伯之爲人也，粗中而少親，我謀未遂而知，則其禍必至，爲之奈何？”

㉛ 鵶：即鴉，鳥類的一屬，體型較大，羽色灰黑，喙及足皆强壯，多巢於高樹，雜食穀類、果實、昆蟲、鳥卵與雛以及腐敗的動物屍體。廣布于全球，分佈於我國的有大嘴烏鴉、禿鼻烏鴉、寒鴉、渡鴉等。《莊子·齊物論》：“鴟鴉耆鼠。”成玄英疏：“鴟鳶鵶鳥便嗜腐鼠。”孟郊《招文士飲》：“梅芳已流管，柳色未藏鵶。”　鵲：鳥名，頭背黑褐色，背有青紫色光澤，肩、頸、腹等白色，尾巴長，鳴聲喈喈，通稱喜鵲。性最惡濕，又稱乾鵲。《詩·召南·鵲巢》：“維鵲有巢，維鳩居之。”《淮南子·原道訓》：“故夫烏之啞啞，鵲之喈喈，豈嘗爲寒暑燥濕變其聲哉！”　鳳皇：亦作“鳳凰”，古代傳説中的百鳥之王，雄的叫鳳，雌的叫凰，通稱爲鳳或鳳凰，羽毛五色，聲如簫樂，常用來象徵瑞應，本詩暗喻李唐天子。《詩·大雅·卷阿》：“鳳皇鳴矣！于彼高岡。”韓愈《與崔群書》：“鳳皇、芝草，賢愚皆以爲美瑞；青天、白日，奴隸亦知其清明。”　罪辜：猶罪咎。《史記·宋微子世家》：“殷既小大好草竊奸宄，卿士師師非度，皆有罪辜。”柳宗元《上李中丞獻所著文啓》：“宗元幸緣罪辜，得與編人齒於部内。”

㉜ 鷹：鳥類的一科，一般指鷹屬的鳥類，上嘴呈鉤形，頸短，脚部有長毛，足趾有長而锐利的爪。性兇猛，捕食小獸及其他鳥類。李時珍《本草綱目·鷹》：“鷹出遼海者上，北地及東北胡者次之。北人多取雛養之，南人八九月以媒取之。乃鳥之疏暴者。”王昌齡《觀獵》：“角鷹初下秋草稀，鐵驄抛鞚去如飛。少年獵得平原兔，馬後横捎意氣歸。”白居易《送令狐相公赴太原》：“詩作馬蹄隨筆走，獵酣鷹翅伴觥飛。北都莫作多時計，再爲蒼生入紫微。”　掣：牽曳，牽引。《吕氏春秋·具備》：“吏方將書，宓子賤從旁時掣摇其肘。吏書之不善，則宓子賤爲之怒。”杜甫《寓目》：“羌女輕烽燧，胡兒掣駱駝。”　利爪：尖利的爪子。杜淹《詠寒食鬥鷄應秦王教》：“長翹頻掃陣，利爪屢通中。飛毛遍緑野，灑血漬芳藂。”李咸用《送人》：“不甘長在諸生下，束書携

劍離家鄉。利爪韝上鷹，雄文霧中豹。”　毛血：動物的毛與血。杜甫《雕賦》：“觀其夾翠華而上下，卷毛血之崩奔，隨意氣而電落，引塵沙而晝昏……斯亦足重也。”《舊唐書・崔沔傳》：“未有火化，茹毛飲血，則有毛血之薦。”

㊸ 腥膻：指肉食。《梁書・劉杳傳》：“天監十七年，自居母憂，便長斷腥羶，持齋蔬食。”徐夤《溪隱》：“絶却腥羶勝服藥，斷除杯酒合延年。”難聞的腥味。葛洪《抱朴子・明本》：“山林之中非有道也，而爲道者必入山林，誠欲遠彼腥膻，而即此清浄也。”沈約《需雅八首》三：“終朝采之不盈掬，用拂腥羶和九穀。”　紛泊：紛紛落下，飛揚。張衡《西京賦》：“起彼集此，霍繹紛泊。”《文選・左思〈蜀都賦〉》：“毛群陸離，羽族紛泊。”劉逵注：“紛泊，飛薄也。”吕延濟注：“紛泊，飛揚也。”

㊹ 白鷳：鳥名，又稱銀雉，雄鳥的冠及下體純藍黑色，上體及兩翼白色，故名。劉歆《西京雜記》卷四：“閩越王獻高帝石蜜五斛、蜜燭二百枚、白鷳黑鷳各一雙。”李白《和盧侍御通塘曲》：“青蘿嫋嫋挂烟樹，白鷳處處聚沙堤。”　雪毛：白色羽毛。章孝標《鷹》：“星眸未放瞥秋毫，頻掣金鈴試雪毛。”李遠《過舊遊見雙鶴愴然有懷》：“朱頂巑岏荒草上，雪毛零落小池頭。”　皓白：純白，潔白貌。《漢書・張良傳》：“四人者從太子，年皆八十有餘，須眉皓白，衣冠甚偉。”崔顥《江畔老人愁》：“江南年少十八九，乘舟欲渡青溪口。青溪口邊一老翁，鬢眉皓白已衰朽。”　紅觜：紅色的鳥嘴。薛能《鄜州進白野鵲》：“輕毛疊雪翅開霜，紅觜能深練尾長。”温庭筠《詠山鷄》：“繡翎翻草去，紅觜啄花歸。”本詩詩人以自己慣用的“感物寓意”手法，以“雪毛皓白紅觜殷”、“白毛映紅肉”的詩句具體描繪了宦官的形象，“白鷳”們因此而得到“貴人妾婦”亦即皇帝老兒、宫廷妃子們的深深喜愛而形影不離，“行提坐臂怡朱顔”，而它們的内心深處則是“無心爲主”，目的僅僅是爲了自身利益，即所謂的“銜花”，而一旦“妖姬謝寵辭金屋”，“白鷳”們又“雕籠又伴新人宿”，取寵于新的主子。對宦官本質的揭露如此

深刻,抨擊的情感又如此强烈,本詩與本組詩之九可謂是異曲同工的姐妹之篇。

⑤⑤ 貴人:女官名,後漢光武帝始置,地位次於皇后。歷代沿用其名,而其位尊卑不一。曹操《内誡令》:"今貴人位爲貴人,金印藍紱,女人爵位之極。"高承《事物紀原·貴人》:"漢光武置貴人爲三夫人,歷代不常有,宋朝真宗復置貴人也。"　妾婦:小妻,側室。《左傳·襄公十二年》:"夫婦所生若而人。妾婦之子若而人。"泛指婦女。《孟子·滕文公》:"以順爲正者,妾婦之道也。"元稹《白氏長慶集序》:"王公、妾婦、牛童、馬走之口無不道。"　光彩:光輝,光芒。舊題漢代伶玄《飛燕外傳》:"真臘夷獻萬年蛤,光彩若月。"孟浩然《秋宵月下有懷》:"秋空明月懸,光彩露霑濕。"光輝和色彩。曹丕《芙蓉池作》:"上天垂光采,五色一何鮮!"韓愈《謁衡嶽廟遂宿嶽寺題門樓》:"粉墻丹柱動光彩,鬼物圖畫填青紅。"　行提:原爲行文提取人犯、案卷或有關之物。何喬新《奏議集略》:"本年六月,内有頭目柳靖男柳春因與土民杜齊賢争奪水槽,被杜齊賢將情並柳春調戲父妾袁氏等情具告本司,行提到官,問擬發落訖。"本詩指像一個寵物一樣被呼來喝去。朱顔:紅潤美好的容顔。鮑照《芙蓉賦》:"陋荆姬之朱顔,笑夏女之光髮。"李煜《虞美人》:"雕欄玉砌依然在,只是朱顔改。"和悦的臉色,表示親熱信任。《漢書·淮陽王劉欽傳》:"博自以棄捐,不意大王還意反義,結以朱顔,願殺身報德。"美色,美女。曹植《雜詩六首》四:"時俗薄朱顔,誰爲發皓齒?"余冠英注:"朱顔爲美色。"蕭綱《美女篇》:"朱顔半已醉,微笑隱香屏。"

⑤⑥ 妖姬:美女,多指妖艷的侍女、婢妾。陳叔寶《玉樹後庭花》:"妖姬臉似花含露,玉樹流光照後庭。"韓愈《齪齪》:"妖姬坐左右,柔指發哀彈。"　金屋:華美之屋。柳惲《長門怨》:"無復金屋念,豈照長門心。"于鵠《送宫人入道歸山》:"自傷白髮辭金屋,許著黄裳向玉峰。"　雕籠:指雕刻精緻的鳥籠。禰衡《鸚鵡賦》:"閉以雕籠,剪其翅

羽。”杜甫《八哀詩·故著作郎貶台州司户滎陽鄭公虔》:“孔翠望赤霄,愁思雕籠養。” 新人:新娶的妻子,對先前的妻子而言。《玉臺新詠·〈古詩〉一》:“新人雖言好,未若故人姝。”杜甫《佳人》:“但見新人笑,那聞舊人哭?”指新得的姬妾。《韓非子·内儲説》:“夫人知我愛新人也,其悦愛之甚於寡人。”

57 無心:猶無意,没有打算。陶潛《歸去來辭》:“雲無心以出岫,鳥倦飛而知還。”杜甫《畏人》:“門徑從榛草,無心走馬蹄。” 銜花:鳥類口啣花朵的自然行爲,這裏暗喻宦官取悦主人的舉動。岑參《春興戲題贈李侯》:“黄雀始欲銜花來,君家種桃花未開。長安二月眼看盡,寄報春風早爲催。”顧况《春鳥詞送元秀才入京》:“春來繡羽齊,暮向竹林栖。禁苑銜花出,河橋隔樹啼。” 白毛:白色的毛。《三國志·馬良傳》:“鄉里爲之諺曰:‘馬氏五常,白眉最良。’良眉中有白毛,故以稱之。”駱賓王《詠鵝》:“鵝,鵝,鵝,曲項向天歌。白毛浮緑水,紅掌撥清波。”

58 雀:麻雀的别稱。《詩·召南·行露》:“誰謂雀無角,何以穿我屋。”泛指小鳥。《左傳·襄公二十五年》:“〔然明〕對曰:視民如子,見不仁者,誅之,如鷹鸇之逐鳥雀也。”《文選·宋玉〈高唐賦〉》:“衆雀嗷嗷,雌雄相失。”李善注:“雀,鳥之通稱。” 中庭:古代廟堂前階下正中部分,爲朝會或授爵行禮時臣下站立之處。《管子·中匡》:“管仲反入,倍屏而立,公不與言;少進中庭,公不與言。”《禮記·檀弓》:“孔子哭子路於中庭。”陳澔集説:“哭於中庭,於中庭南面而哭也。不於阼階下者,别於兄弟之喪也。”阼階、堂前東階。廳堂正中,廳堂之中。《漢書·朱買臣傳》:“坐中驚駭,白守丞,相推排陳列中庭拜謁。”李商隱《齊宫詞》:“永壽兵來夜不扃,金蓮無復印中庭。”庭院,庭院之中。司馬相如《上林賦》:“醴泉湧於清室,通川過於中庭。”鮑照《梅花落》:“中庭雜樹多,偏爲梅咨嗟。” 粟:穀物名,北方通稱“谷子”。李紳《古風二首》一:“春種一粒粟,秋成萬顆子。”糧食的通稱。晁錯《論貴粟疏》:“粟者,王者大用,政之本務。”韓愈《原道》:“農之家一,而食粟之家六。”　籬:籬笆。《楚辭·招魂》:“蘭薄户樹,瓊木籬些。”王逸注:“柴落爲籬。”《三國志·先主傳》:“舍東南角籬上有桑樹生高五丈餘,遙望見童童如小車蓋。”陶潛《飲酒二十首》五:“結廬在人境,而無車馬喧……採菊東籬下,悠然見南山。”

59 “秋鷹欺小嫌不食”兩句:意謂老鷹嫌麻雀形體太小没有下口,而鳳凰看到麻雀衆多隨便它們跟隨在自家的身後。　秋鷹:秋天的大鷹。蘇頲《邊秋薄暮》:“海外秋鷹擊,霜前旅雁歸。邊風思鞞鼓,落日慘旌麾。”劉長卿《題元録事開元所居》:“幽居蘿薜情,高卧紀綱行。鳥散秋鷹下,人閑春草生。”　鳳皇:亦作“鳳凰”,古代傳説中的百鳥之王。雄的叫鳳,雌的叫凰,通稱爲鳳或鳳凰。羽毛五色,聲如簫樂,常用來象徵瑞應。《詩·大雅·卷阿》:“鳳皇鳴矣!於彼高岡。”韓愈《與崔群書》:“鳳皇、芝草,賢愚皆以爲美瑞;青天、白日,奴隸亦知其清明。”

60 大鵬:即鵬,傳説中的大鳥。王符《潛夫論·釋難》:“是故大鵬之動,非一羽之輕也;騏驥之速,非一足之力也。”《莊子·逍遥遊》:“鵬之徙於南冥也,水擊三千里。”成玄英疏:“大鵬既得適南溟,不可决然而起,所以舉擊兩翅,動蕩三千,踉蹌而行,方能離水。”　白日:太陽,陽光。《楚辭·九辯》:“白日晼晚其將入兮,明月銷鑠而減毁。”韓愈《洞庭湖阻風贈張十一署》:“雲外有白日,寒光自悠悠。”　餘風:大鵬起飛時帶起的强大旋風。祖詠《家園夜坐寄郭微》:“月出夜方淺,水凉池更深。餘風生竹樹,清露薄衣襟。”李白《臨路歌》:“大鵬飛兮振八裔,中天摧兮力不濟。餘風激兮萬世,遊扶桑兮挂左袂。”　簸蕩:飄蕩。鮑照《擬行路難十八首》八:“陽春沃若二三月,從風簸蕩落西家。”杜甫《沙苑行》:“角壯翻同麋鹿遊,浮深簸蕩黿鼉窟。”　山岳:高大的山。《左傳·莊公二十二年》:“山岳則配天。”孫綽《游天台山賦》:“天台山者,蓋山岳之神秀也。”

㉛ 翩翾：小飛貌。《文選・張華〈鷦鷯賦〉》："育翩翾之陋體兮，無玄黄以自貴。"劉良注："翩翾，小飛貌。"杜甫《秋日夔府詠懷一百韵》："紫鸞無近遠，黄雀任翩翾。"閃爍貌，摇曳貌。沈佺期《和元舍人萬頃臨池玩月戲爲新體》："熠爚光如沸，翩翾景若摧。" 百萬：形容數目極大。劉希夷《謁漢世祖廟》："列營百萬衆，持國十八年。運開朱旗後，道合赤符先。"薛能《楊柳枝》："汴水高懸百萬條，風清兩岸一時摇。隋家力盡虚栽得，無限春風屬聖朝。" 驚噪：驚異鼓噪。《後漢書・五行志》："〔延熹〕九年三月癸巳，京都夜有火光轉行，民相驚譟。"《晉書・五行志》："太安元年，丹陽湖熟縣夏架湖有大石，浮二百步而登岸，民驚噪相告曰'石來'。" 扶摇勢遠何由知：典出《莊子》："有鳥焉，其名爲鵬，背若泰山，翼若垂天之雲，摶扶摇羊角而上者九萬里，絶雲氣，負青天，然後圖南。" 扶摇：《莊子口義》卷一："扶摇，風勢也。"沈佺期《被彈》："有風自扶摇，鼓蕩無倫匹。安得吹浮雲，令我見白日？"盧象《青雀歌》："啾啾青雀兒，飛來飛去仰天池。逍遥飲啄安涯分？何假扶摇九萬爲！"

㉜ 古來：自古以來。謝靈運《擬魏太子鄴中集詩序》："古來此娱，書籍未見。"王翰《凉州詞二首》一："醉卧沙場君莫笑，古來征戰幾人回？" 妄説：猶胡説。班彪《北征賦》："何夫子之妄説兮，孰云地脈而生殘？"袁宏《後漢紀・獻帝紀》："卓曰：'我爲將百戰百勝，卿勿妄説！且污我刀鋸。'"指虚妄荒謬之言。劉知幾《史通・雜説》："如《隋書》王劭、袁充兩傳，唯録其詭辭妄説，遂盈一篇。" 銜花：參閲《會稽志・高僧傳》："法華從朗法師居蕭山祇園寺，年踰百歲，門常晝掩。每誦蓮經，衆鳥銜花匝坐。潘閬一日謁之，仍閉門不納。閬留詩于門云：'門掩多年生緑苔，想師心地似寒灰。勞心擾擾休來此，我是閑人尚不開。'"張九齡《三月三日申王園亭宴集》："藉草人留酌，銜花鳥赴群。向來同賞處，惟恨碧林曛。"岑参《春興戲題贈李侯》："黄雀始欲銜花來，君家種桃花未開。長安二月眼看盡，寄報春風早爲催。"

㊸ 可惜:值得惋惜。袁宏《後漢紀·靈帝紀》:"甑破可惜,何以不顧?"杜甫《莫相疑行》:"男兒生無所成頭皓白,牙齒欲落真可惜。" 官倉:官府的倉廪。《隋書·食貨志》:"〔魏天平元年〕於諸州緣河津濟,皆官倉貯積,以擬漕運。"曹鄴《官倉鼠》:"官倉老鼠大如門,見人開倉亦不走。" 無限:猶無數,謂數量極多。《史記·河渠書》:"漢中之穀可致,山東從沔無限,便於砥柱之漕。"張守節正義:"無限,言多也。"白居易《詔授同州刺史病不赴任因詠所懷》:"白髮來無限,青山去有期。" 伯夷:商代歷史人物,其弟爲叔齊,兩人都是商末孤竹君之子。相傳其父遺命要立次子叔齊爲繼承人,孤竹君死後,叔齊讓位給伯夷,伯夷不受,叔齊也不願登位,先後都逃到周國。周武王伐紂,二人叩馬諫阻。武王滅商後,他們耻食周粟,采薇而食,餓死於首陽山。《論語·公冶長》:"伯夷叔齊不念舊惡,怨是用希。"邢昺疏引《春秋少陽篇》:"伯夷姓墨,名允,字公信,伯,長也;夷,謚。叔齊名智,字公達,伯夷之弟,齊亦諡也。"岑參《東歸晚次潼關懷古》:"暮春别鄉樹,晚景低津樓。伯夷在首陽,欲往無輕舟。" 黄口:雛鳥的嘴,借指雛鳥,這裏指麻雀的雛鳥。劉向《説苑·敬慎》:"孔子見羅者,其所得者皆黄口也。孔子曰:'黄口盡得,大爵獨不得,何也?'"李白《空城雀》:"提携四黄口,飲乳未嘗足。食君糠粃餘,嘗恐烏鳶啄。"

㊹ 百舌:即百舌鳥,又名烏鶇,益鳥,喙尖,毛色黑黄相雜,善鳴,其聲多變化。《淮南子·説山訓》:"人有多言者,猶百舌之聲。"高誘注:"百舌,鳥名,能易其舌效百鳥之聲,故曰百舌也。"蘇軾《安國寺尋春》:"卧聞百舌呼春風,起尋花柳村村同。" 舌端:舌尖,舌頭。《韓詩外傳》卷七:"君子避三端:避文士之筆端,避武士之鋒端,避辯士之舌端。"元稹《和樂天贈樊著作》:"是時游夏輩,不敢措舌端。" 百囀:鳴聲婉轉多樣。劉孝綽《詠百舌》:"孤鳴若無時,百囀似群吟。"賈至《早朝大明宫呈兩省僚友》:"千條弱柳垂青瑣,百囀流鶯繞建章。" 咄嗟:猶"咄咄",感嘆聲,表示感慨。《後漢書·嚴光傳》:"咄咄子陵,

不可相助爲理邪?”陸機《東宫》:“冉冉逝將老,咄咄奈老何!”

㉟ 先春:猶早春。王維《晚春嚴少尹與諸公見過》:“烹葵邀上客,看竹到貧家。鵲乳先春草,鶯啼過落花。”吕温《衡州歲前遊合江亭見山櫻蕊未折因賦含彩吝驚春》:“山櫻先春發,紅蕊滿霜枝。幽處竟誰見?芳心空自知。” 真僞:真假。白居易《放言五首》三:“周公恐懼流言後,王莽謙恭未篡時。向使當初身便死,一生真僞復誰知?”黄滔《省試一一吹竽》:“齊竽今歷試,真僞不難知。欲使聲聲别,須令個個吹。” 悦:歡樂,喜悦。《孫子·火攻》:“怒可以復喜,愠可以復悦。”陶潛《歸去來辭》:“悦親戚之情話,樂琴書以消憂。”

㊱ 伶倫:傳説爲黄帝時的樂官,古代以爲是樂律的創始者。《吕氏春秋·古樂》:“昔黄帝令伶倫作爲律。”樂人或戲曲演員的代稱。沈既濟《任氏傳》:“某,秦人也,生長秦城,家本伶倫。”《舊唐書·德宗紀論》:“解鷹犬而放伶倫,止榷酤而絶貢奉。” 鳳律:《吕氏春秋·古樂》:“〔伶倫〕次制十二筒,以之阮隃之下,聽鳳皇之鳴,以别十二律,其雄鳴爲六,雌鳴亦六,以比黄鍾之宫,適合。黄鍾之宫,皆可以生之,故曰黄鍾之宫,律吕之本。”後世因以“鳳律”指音律。《樂府詩集·昭順樂》:“樂鳴鳳律,禮備鶏竿。”張文恭《七夕》:“鳳律驚秋氣,龍梭静夜機。星橋百枝動,雲路七香飛。” 宫商:五音中的宫音與商音。《毛詩序》:“聲成文。”鄭玄箋:“聲成文者,宫商上下相應。”吴兢《樂府古題要解》卷下:“我情與君,亦猶形影宫商之不離也。”泛指音樂、樂曲。《韓詩外傳》卷五:“人有六情,目欲視好色,耳欲聽宫商。”嚴羽《滄浪詩話·詩評》:“孟浩然之詩,諷詠之久,有金石宫商之聲。”泛指音律。《敦煌曲子詞·内家嬌》:“善别宫商,能調絲竹,歌令尖新。” 蟠木:傳説中的山名,一説即扶桑。《大戴禮記·五帝德》:“〔顓頊〕乘龍而至四海,北至於幽陵,南至於交趾,西濟於流沙,東至於蟠木。”孔廣森補注:“《海外經》曰:東海中有山焉!名曰度索,上有大桃樹,屈蟠三千里,裴駰謂蟠木即此也。”庾信《週五聲調曲·宫調

曲四》:"陰陵朝北附,蟠木引東臣。"　天鷄:神話中天上的鷄。任昉《述異記》卷下:"東南有桃都山,上有大樹,名曰'桃都',枝相去三千里,上有天鷄,日初出,照此木,天鷄則鳴,天下鷄皆隨之鳴。"李白《夢遊天姥吟留别》:"半壁見海日,空中聞天鷄。"　時節:合時而有節律。《國語·晉語》:"夫德廣遠而有時節,是以遠服而邇不遷。"韋昭注:"作之有時,動之有序。"《漢書·魏相傳》:"君動静以道,奉順陰陽,則日月光明,風雨時節。"

㊼ 朝朝暮暮:義同"朝暮",早晚,但語氣更爲强烈。《周禮·春官·世婦》:"大喪,比外内命婦之朝莫哭不敬者,而苛罰之。"韋應物《休暇東齋》:"由來束帶士,請謁無朝暮。"時時。《孟子·公孫丑》:"孟子爲卿於齊,出吊於滕,王使蓋大夫王驩爲輔行。王驩朝暮見,反齊滕之路,未嘗與之言行事也。"李益《塞下曲》一:"蕃州部落能結束,朝暮馳獵黄河曲。"　桃李無言:典出《史記·李將軍列傳》:"太史公曰:傳曰'其身正,不令而行,其身不正,雖令不從',其李將軍之謂也。余睹李將軍,悛悛如鄙人,口不能道辭。及死之日,天下知與不知,皆爲盡哀,彼其忠實心誠信於士大夫也。諺曰'桃李不言,下自成蹊',此言雖小,可以諭大也。"竇庠《段都尉别業》:"曾識將軍段匹磾,幾場花下醉如泥。春來欲問林園主,桃李無言鳥自啼。"杜牧《紫薇花》:"曉迎秋露一枝新,不占園中最上春。桃李無言又何在?向風偏笑艷陽人。"元稹在這裏有自喻之意,是對自己含冤出貶的自我評價與自我期待。　管弦:亦作"管絃"、"筦弦"、"筦絃",管樂器與絃樂器,亦泛指樂器。《淮南子·原道訓》:"夫建鐘鼓,列管弦。"張華《情詩五首》三:"北方有佳人,端坐鼓鳴琴。終晨撫管弦,日夕不成音。"

㊽ 炎光:陽光。《文選·揚雄〈劇秦美新〉》:"震聲日景,炎光飛響。"李善注:"炎光,日景也。"謝朓《夏始和劉孱陵》:"春色卷遥甸,炎光麗近邑。"韓愈孟郊《納涼聯句》:"熙熙炎光流,竦竦高雲擢。"暑氣。柳永《二郎神》:"炎光謝,過暮雨、芳塵輕灑。"李清照《采桑子》:"晚來

一陣風兼雨，洗盡炎光。” 朱火：指夏天，暑气。陈子昂《感遇三十八首》一三：“閑卧觀物化，悠悠念群生。青春始萌達，朱火已滿盈。”李白《金門答蘇秀才》：“君還石門日，朱火始改木。春草如有情，山中尚含緑。” 陽：我國古代哲學認爲宇宙中通貫物質和人事的兩大對立面之一，與“陰”相對，如天、火、暑是陽，地、水、寒是陰。《易·繫辭》：“一陰一陽之謂道。”高亨注：“一陰一陽，矛盾對立，互相轉化，是謂規律。”《素問·陰陽離合論》：“黄帝問曰：‘余聞天爲陽，地爲陰，日爲陽，月爲陰。’” 絶：竭，盡。《淮南子·本經訓》：“是以松柏箘露夏槁，江河三川絶而不流。”高誘注：“絶，竭也。”李白《贈華州王司士》：“淮水不絶波瀾高，盛德未泯生英髦。”

⑲ 安知：怎麼知道。李嶠《中秋月二首》二：“圓魄上寒空，皆言四海同。安知千里外，不有雨兼風？”駱賓王《帝京篇》：“山河千里國，城闕九重門。不睹皇居壯，安知天子尊？” 卷舌星：星宿名。《晉書·天文志》：“捲舌六星，在昴北，主口語，以知佞讒也。曲吉直而動，天下有口舌之害。”皮日休《酒中十詠·酒星》：“唯憂犯帝座，只恐騎天駟。若遇卷舌星，讒君應墮地。” 剛刀：古代利器。《晉書·載記》：“又造百鍊剛刀，爲龍雀大環，號曰‘大夏龍雀’，銘其背曰‘古之利器’。” 一時：即时，立刻。劉義慶《世説新語·容止》：“始入門，諸客望其神姿，一時退匿。”元稹《和李校書新題樂府十二首·縛戎人》：“緣邊飽餧十萬衆，何不齊驅一時發？年年但捉兩三人，精衛銜蘆塞溟渤。”

⑳ 毛羽：獸毛和鳥羽。羽，鳥翼上的長毛。《左傳·隱公五年》：“皮革、齒牙、骨角、毛羽，不登於器。”柳宗元《封建論》：“人不能搏噬，而且無毛羽，莫克自奉自衛。”鳥的羽毛。《史記·蘇秦列傳》：“毛羽未成，不可以高蜚。”元稹《大觜烏》：“群烏飽粱肉，毛羽色澤滋。” 鴛鴦：鳥名，似野鴨，體形較小，嘴扁，頸長，趾間有蹼，善游泳，翼長，能飛。雄的羽色絢麗，頭後有銅赤、紫、緑等色羽冠，嘴紅色，脚黄色，稱

鴛。雌的體稍小,羽毛蒼褐色,嘴灰黑色,稱鴦。栖息于内陸湖泊和溪流邊,在我國内蒙古和東北北部繁殖,越冬時在長江以南直到華南一帶,爲我國著名特産珍禽之一。舊傳雌雄偶居不離,古稱"匹鳥"。《詩·小雅·鴛鴦》:"鴛鴦於飛,畢之羅之。"毛傳:"鴛鴦,匹鳥也。"崔豹《古今注·鳥獸》:"鴛鴦,水鳥,鳧類也。雌雄未嘗相離,人得其一,則一思而死,故曰匹鳥。"

⑦① 主人:本詩及以下兩詩中的"主人"、"貴人"、"主母"義同前面詩篇的"主人"、"鳳皇"。　七十二:古以爲天地陰陽五行之成數,亦用以表示數量多。《史記·封禪書》:"古者封泰山禪梁父者七十二家,而夷吾所記者十有二焉!"《玉臺新詠·〈相逢狹路間〉》:"入門時左顧,但見雙鴛鴦。鴛鴦七十二,羅列自成行。"李白《梁甫吟》:"東下齊城七十二,指揮楚漢如旋蓬。"　羅列:分佈,排列。《樂府詩集·鷄鳴》:"鴛鴦七十二,羅列自成行。"來鵠《賣花謠》:"紫艷紅苞價不同,匝街羅列起香風。"　洞房:幽深的内室,多指卧室、閨房。《楚辭·招魂》:"姱容修態,絙洞房些。"沈亞之《賢良方正能直言極諫策》:"市言唯恐田園陂地之不廣也,簪珥羽鈿之不侈也,洞房綺闥之不邃也。"

⑦② "雄鳴一聲雌鼓翼"兩句:雄者向雌者鳴叫示愛,雌者鼓動翅膀以示響應,爲此它們忘寢廢食,早晚不離。　鳴:鳥獸昆蟲叫。《易·中孚》:"鶴鳴在陰,其子和之。"韓愈《秋懷十一首》二:"寒蟬暫寂寞,蟋蟀鳴自恣。"　鼓翼:猶振翅。張衡《歸田賦》:"王雎鼓翼,倉庚哀鳴。"《宋書·符瑞志》:"鳳凰鼓翼而舞。"　朝食:早晨進餐,吃早飯。《詩·陳風·株林》:"乘我乘駒,朝食於株。"陸機《從軍行》:"朝食不免胄,夕息常負戈。"

⑦③ 氣息:呼吸,呼吸出入之氣。《莊子·人間世》:"獸死不擇音,氣息茀然,於是並生心厲。"曹植《上書請免發取諸國士息》:"今部曲皆年耆,卧在床席,非糜不食,眼不能視,氣息裁屬者,凡三十七人。"　榻然:微弱貌。暫無其他合適的書證。　雙翅:一雙翅膀。張籍《朱

鷺》:“翩翩兮朱鷺,來泛春塘栖緑樹。羽毛如翦色如染,遠飛欲下雙翅斂。”元稹《生春二十首》一五:“開眼猶殘夢,擡身便恐融。却成雙翅蝶,還繞庳花叢。” 顔色:面容,面色。《禮記·玉藻》:“凡祭,容貌顔色,如見所祭者。”江淹《古離别》:“願一見顔色,不異瓊樹枝。”表情,神色。《論語·泰伯》:“正顔色,斯近信矣!”《新唐書·韋思謙傳》:“性謇諤,顔色莊重,不可犯,見王公,未嘗屈禮。”姿色。《墨子·尚賢》:“不論貴富,不嬖顔色。”貫休《偶作五首》五:“君不見西施緑珠顔色可傾國,樂極悲來留不得。”

㉔ 鷂雛:幼鷂。除本詩外,目前暫時没有找到其他合適的書證。鈴子:鈴鐺。張祜《王家五弦》:“五條弦出萬端情,撚撥間關漫態生。唯羨風流田太守,小金鈴子耳邊鳴。”《水滸傳》第四九回:“只聽得拽鈴子響,樂和道:‘甚麽人?’” 眼精:眼球。《宋書·江夏文獻王義恭傳》:“斷析義恭支體,分裂腸胃,挑取眼精,以蜜漬之,以爲鬼目粽。”江休復《江鄰幾雜誌》:“我前畫大蟲,猶用金泊貼眼,我便不消得一對金眼精。” 襦:短衣,短襖,襦有單、複,單襦則近乎衫,複襦則近襖。喬知之《下山逢故夫》:“春風罥紈袖,零露濕羅襦。羞將憔悴日,提籠逢故夫。”劉禹錫《和樂天題真娘墓》:“薝蔔林中黄土堆,羅襦繡黛已成灰。芳魂雖死人不怕,蔓草逢春花自開。”

㉕ 腕:臂下端與手掌相連可以活動的部分。《墨子·大取》:“斷指與斷腕,利於天下相若,無擇也。”韋莊《菩薩蠻》:“爐邊人似月,皓腕凝雙雪。” 臂:胳膊。《左傳·襄公十四年》:“公孫丁授公轡而射之,貫臂。”韓愈《汴泗交流贈張僕射》:“側身轉臂著馬腹,霹靂應手神珠馳。” 肘:上下臂相接處可以彎曲的部位。《左傳·成公二年》:“自始合,而矢貫余手及肘。”薛昭藴《幻影傳·陳季卿》:“翁乃於肘受解一小囊,出藥方寸,止煎一杯。” 揮:舞動,摇動。郭璞《山海經圖贊·夔牛》:“西南巨牛……雖有逸力,難以揮輪。”沈佺期《鳳笙曲》:“憶昔王子晉,鳳笙遊雲空。揮手弄白日,安能戀青宫!” 呼:呼唤。

《史記·陳涉世家》:"陳王出,〔其故人〕遮道而呼涉。"杜甫《客至》:"肯與鄰翁相對飲,隔籬呼取盡餘杯。"命令,吩咐。《儀禮·特牲饋食禮》:"凡祝呼佐食,許諾。"鄭玄注:"呼,猶命也。"韓愈《喜侯喜至贈張籍張徹》:"呼奴具盤飧,飣餖魚菜贍。"

⑯ 俊鶻:矯健之鶻。杜甫《朝二首》一:"野人時獨往,雲木曉相參。俊鶻無聲過,飢烏下食貪。"元稹《兔絲》:"桂樹月中出,珊瑚石上生。俊鶻度海食,應龍升天行。"　無由:没有門徑,没有辦法。《儀禮·士相見禮》:"某也願見,無由達。"鄭玄注:"無由達,言久無因緣以自達也。"李德裕《二猿》:"無由碧潭飲,争接緑蘿枝。"　狡兔:品性狡猾的兔子。王珪《詠淮陰侯》:"吉凶成糾纏,倚伏難預詳。弓藏狡兔盡,慷慨念心傷。"劉禹錫《題于家公主舊宅》:"鄰家猶學宫人髻,園客争偷御果枝。馬埒蓬蒿藏狡兔,鳳樓烟雨嘯愁鴟。"　金:像金子的顔色,這裏美雕的顔色。《詩·小雅·車攻》:"赤芾金舄,會同有繹。"鄭玄箋:"金舄,黄朱色也。"司空圖《虞鄉北原》:"老人惆悵逢人訴,開盡黄花麥未金。"　雕:猛禽。李時珍《本草綱目·雕》:"雕似鷹而大,尾長翅短,土黄色,鷙悍多力,盤旋空中,無細不睹。"《淮南子·原道訓》:"鷹雕搏鷙,昆蟲蟄藏。"《北齊書·斛律光傳》:"見一大鳥,雲表飛颺,光引弓射之,正中其頸。此鳥形如車輪,旋轉而下,至地乃大雕也。"　魅狐:舊謂狐能魅人,故稱魅狐。元稹《有鳥二十章》一九:"平明度海朝未食,挾上秋空雲影没。瞥然飛下人不知,攪碎荒城魅狐窟。"《太平廣記·田氏子》:"唐牛肅有從舅,常過澠池,因至西北三十里謁田氏子。去田氏莊十餘里,經岋險,多櫟林,傳云中有魅狐。"

⑰ "文王長在苑中獵"兩句:意謂如果文王一直在自家苑中打獵,又怎麼能够發現吕尚,結束他釣魚屠牛生涯。此段典故出《史記·齊太公世家》:"太公望吕尚者,東海上人。其先祖嘗爲四嶽,佐禹平水土甚有功。虞夏之際封於吕,或封於申,姓姜氏。夏商之時,

申、吕或封枝庶子孫,或爲庶人,尚其後苗裔也。本姓姜氏,從其封姓,故曰吕尚。吕尚蓋嘗窮困,年老矣!以魚釣奸周西伯。西伯將出獵,卜之,曰:'所獲非龍非彲,非虎非羆,所獲霸王之輔。'於是周西伯獵,果遇太公於渭之陽,與語大説,曰:'自吾先君太公曰:當有聖人適周,周以興。子真是邪?吾太公望子久矣!'故號之曰'太公望',載與俱歸,立爲師。" 文王:周代賢明君主。《史記·周本紀》:"古公有長子曰太伯,次曰虞仲。太姜生少子季歷,季歷娶太任,皆賢婦人,生昌,有聖瑞。古公曰:'我世當有興者,其在昌乎?'長子太伯、虞仲知古公欲立季歷以傳昌,乃二人亡如荆蠻,文身斷髪,以讓季歷。古公卒,季歷立,是爲公季。公季修古公遺道,篤於行義,諸侯順之。公季卒,子昌立,是爲西伯,西伯曰文王。"韋嗣立《上巳日祓禊渭濱應制》:"乘春祓禊逐風光,扈蹕陪鑾渭渚傍。還笑當時水濱老,衰年八十待文王。"常建《太公哀晚遇》:"日出渭流白,文王畋獵時。釣翁在蘆葦,川澤無熊羆。"

⑱ 鸚鵡:鳥名,頭圓,上嘴大,呈鉤狀,下嘴短小,舌大而軟,羽毛色彩美麗,有白、赤、黄、緑等色,能效人語,主食果實。《禮記·曲禮》:"鸚鵡能言,不離飛鳥。"段成式《酉陽雜俎·羽篇》:"鸚鵡,能飛,衆鳥趾前三後一,唯鸚鵡四趾齊分。凡鳥下瞼眨上,獨此鳥兩瞼俱動,如人目。" 解人語:意謂鸚鵡能够理解人類的話語也能够模仿一些簡單的人類語言。蘇郁《鸚鵡詞》:"莫把金籠閉鸚鵡,個個分明解人語。忽然更向君前言,三十六宫愁幾許?"李流謙《洞仙歌·憶别》:"雲窗霧閣,塵滿題詩處。枝上流鶯解人語。道别來、知否瘦盡花枝?春不管,更遣何人管取?"

⑲ "主人曾問私所聞"兩句:意謂主人亦即君王曾經多次詢問鸚鵡,私下裹有没有聽到什麽?鸚鵡借此向君王進言,那些活動在君王周圍的人,曾經一而再再而三欺騙君主。聯繫元稹此前左拾遺任的經歷,詩人似乎在暗暗訴説宰相杜佑的欺騙行爲,元稹《酬翰林白學

士代書一百韵》可以作爲兩句的最好注解,互爲呼應:“便殿承偏召,權臣懼撓私。廟堂雖稷契,城社有狐貍。似錦言應巧,如弦數易欺。敢嗟身暫黜,所恨政無毗(予元和元年任拾遺,八月三日延英對,九月十三貶授河南尉)。” 妖姬:美女,多指妖豔的侍女、婢妾。阮籍《詠懷八十二首》六四:“念我平居時,鬱然思妖姬。”韓愈《齪齪》:“妖姬坐左右,柔指發哀彈。” 欺:欺騙,欺詐。《論語·子罕》:“吾誰欺?欺天乎?”葛洪《抱朴子·吴失》:“主昏於上,臣欺於下。”

⑳“主人方惑翻見疑”兩句:元稹拋棄了個人的私心雜念,毫不猶豫地向唐憲宗直陳一切,揭發當朝宰相杜佑的所作所爲。這個時候的元稹,還天真地相信唐憲宗一定會支持自己爲國爲君的正義舉動。被一再激怒的宰相杜佑,在早就已經不滿元稹一再進諫、阻止自己縱私欲報私情的憲宗的默許下,於九月十三日出貶元稹爲河南尉。但他們又矢口否認這是“貶官”,美其名曰是正常調動,元稹《元和五年罰俸西歸》詩云:“拾遺天子前,密奏昇平議。召見不須臾,憸庸已猜忌。朝陪香案班,暮作風塵尉。” 見疑:受到懷疑。《晏子春秋·雜》:“見疑於齊君,將出奔。”李白《古風》三三:“抱玉入楚國,見疑古所聞。良寶終見棄,徒勞三獻君。”

㉑ 山鵶:即烏鴉,鳥類的一屬,山指其活動的範圍。韓維《村居曉起》:“天星何寥寥!野曠風露清。田父出門望,山鵶繞舍鳴。”歐陽修《秋郊曉行》:“寒郊桑柘稀,秋色曉依依。野燒侵河斷,山鴉向日飛。” 野雀:麻雀的别稱,野是對麻雀的貶稱。《詩·召南·行露》:“誰謂雀無角,何以穿我屋。”綦毋潛《送儲十二還莊城》“西阪何繚繞?青林問子家。天寒噪野雀,日晚度城鴉。” 競噪争窺無已時:意謂烏鴉、野雀紛紛指責鸚鵡的多嘴多舌,公開叫噪没完没了,暗中偷偷看笑話的也不在少數,詩人暗喻嘲諷幫杜佑説話的各個層次的官員。

㉒ 君不見:古代詩歌中常見的句首詞,用於引出下文。李德裕

《鴛鴦篇》:“君不見昔時同心人,化作鴛鴦鳥。和鳴一夕不暫離,交頸千年尚爲少。”薛逢《君不見》:“君不見馬侍中,氣吞河朔稱英雄。君不見韋太尉,二十年前鎮蜀地。” 隴頭:隴山,借指邊塞。陸凱《贈范曄詩》:“折花逢驛使,寄與隴頭人。”蘇軾《行香子》:“别來相憶,知是何人?有湖中月,江邊柳,隴頭雲。” 姥:婆婆,丈夫的母親。《玉臺新詠·古詩〈爲焦仲卿妻作〉》:“便可白公姥,及時相遣歸。”《玉臺新詠·古詩〈爲焦仲卿妻作〉》:“勤心養公姥,好自相扶將。”老婦的通稱。《晉書·王羲之傳》:“會稽有孤居姥養一鵝,善鳴……姥聞羲之將至,烹以待之。”沈括《夢溪筆談·人事》:“許懷德爲殿帥,嘗有一舉人,因懷德乳姥求爲門客,懷德許之。” 嬌養:嬌生慣養。白居易《路上寄銀匙與阿龜》:“小子須嬌養,鄒婆爲好看。銀匙封寄汝,憶我即加餐。”薛能《野園》:“野園無鼓又無旗,鞍馬傳杯用柳枝。嬌養翠娥無怕懼,插人頭上任風吹。” 新婦:稱新娘子。《戰國策·衛策》:“衛人迎新婦。”王建《賽神曲》:“男抱琵琶女作舞,主人再拜聽神語:新婦上酒勿辭勤,使爾舅姑無所苦。”稱兒媳。《後漢書·周郁妻傳》:“鬱驕淫輕躁,多行無禮。郁父偉謂阿曰:‘新婦賢者女,當以道匡夫。’”白居易《皇甫郎中親家翁赴任絳州宴送出城贈别》:“慕賢入室交先定,結援通家好復成。新婦不嫌貧活計,嬌孫同慰老心情。”

⑧③ 無儀:没有威儀。《詩·小雅·斯干》:“乃生女子……無非無儀,唯酒食是議,無父母詒罹。”毛傳:“婦人質無威儀也。”一説没有專善。鄭玄箋:“儀,善也。婦人無所專於家事,有非,非婦人也;有善,亦非婦人也,惟議酒食爾,無遺父母之憂。”朱熹集傳:“儀,善……蓋女子以順爲正,無非足矣!有善則亦非吉祥可願之事也。” 主母:婢妾、僕役對女主人之稱。《史記·蘇秦列傳》:“居三日,其夫果至,妻使妾舉藥酒進之。妾欲言酒之有藥,則恐其逐主母也;欲勿言乎,則恐其殺主父也。於是乎詳僵而棄酒。”元稹《樂府古題·將進酒》:“將

進酒，將進酒，酒中有毒酖主父，言之主父傷主母。”

㉔ 閉口：沉默，緘默。《史記·張儀列傳》：“楚王曰：‘願陳子閉口毋復言，以待寡人得地。’”韓愈《崔十六少府攝伊陽以詩及書見投因酬三十韵》：“白頭趨走裏，閉口絶謗訕。”　不言：不説話。孫綽《天台山賦》：“恣語樂以終日，等寂默於不言。”韓愈《秋懷詩十一首》九：“空堂黄昏暮，我坐默不言。”

㉕ 悍婦：潑婦，兇悍之已婚女子。劉知幾《史通·品藻》：“〔秋胡妻〕乃凶險之頑人，强梁之悍婦，輒與貞烈爲伍，有乖其實者焉！”王炎《過浯溪讀中興碑》：“牝咮鳴晨有悍婦，孽狐嘷夜有老奴。”鄉里：周制，王及諸侯國都郊内置鄉，民衆聚居之處曰里，因以“鄉里”泛指鄉民聚居的基層單位。《吴子·治兵》：“鄉里相比，什伍相保。”《晉書·陶潛傳》：“吾不能爲五斗米折腰，拳拳事鄉里小人邪！”家鄉，故里。《後漢書·劉盆子傳》：“〔楊音〕與徐宣俱歸鄉里，卒於家。”王績《田家三首》二：“平生唯酒樂，作性不能無。朝朝訪鄉里，夜夜遣人酤。”

㉖ 當時：指過去發生某件事情的時候。元稹《鶯鶯傳》：“棄置今何道？當時且自親。還將舊來意，憐取眼前人。”慎氏《感夫詩》：“當時心事已相關，雨散雲飛一餉間。便是孤帆從此去，不堪重上望夫山。”　微禽：微小的禽鳥。張華《鷦鷯賦》：“惟鷦鷯之微禽兮，亦攝生而受氣。”皮日休《喜鵲》：“棄羶在庭際，雙鵲來摇尾……何况佞倖人，微禽解如此。”

㉗ 漫：隨意，胡亂。杜甫《九日諸人集於林》：“舊采黄花賸，新梳白髮微。漫看年少樂，忍泪已霑衣。”杜甫《聞官軍收河南河北》：“却看妻子愁何在，漫捲詩書喜欲狂。”　開口：指説話。《史記·魏公子列傳》：“公子誠一開口請如姬，如姬必許諾。”高適《漁父歌》：“世人欲得知姓名，良久問他不開口。笋皮笠子荷葉衣，心無所營守釣磯。”

㉘ 俊鶻：矯健之鶻。杜甫《朝二首》一“俊鶻無聲過，飢烏下食

貪。病身終不動,摇落任江潭。"傅察《又次申教授直宿三首》二:"擾擾浮名絆此身,相逢樽酒眼還明。君如俊鶻方摶翮,我似彎弓不受檠。" 無匹:無雙,無可匹比。温庭筠《西州詞》:"西州風色好,遥見武昌樓。武昌何鬱鬱!儂家定無匹。"歐陽修《漁家傲》:"惟有海棠梨第一。深淺拂,天生紅粉真無匹。"

⑧⑨ 雛鴨:幼鴨。楊萬里《插秧歌》:"唤渠朝餐歇半霎,低頭折腰只不答。秧根未牢蒔未市,照管鵝兒與雛鴨。"陸游《題齊壁》:"風翻半浦亂荷背,雨放一林新笋梢。隔葉晚鶯啼谷口,唼花雛鴨聚塘坳。" 粉骨:粉身碎骨。《南齊書·王僧虔傳》:"一門二世,粉骨衛主,殊勛異績,已不能甄,常階舊途,復見侵抑。"《資治通鑑·梁武帝太清二年》:"臣寧堪粉骨,報命讎門。乞江西一境,受臣控督。"

⑨⓪ 平明:猶黎明,天剛亮的時候。《荀子·哀公》:"君昧爽而櫛冠,平明而聽朝。"李白《遊太山六首》三:"平明登日觀,舉手開雲關。" 度海:渡過海洋。《資治通鑑》卷二一九:"又遣兵馬使董秦將兵以葦筏度海,與大將田神功擊平原、樂安,下之。"《通志》卷一九四:"梁天監六年,有晉安人度海,爲風所飄至一島。登岸有人居止,則如中國,而言語不可曉。" 秋空:秋天的天空。盧殷《悲秋》:"秋空雁度青天遠,疏樹蟬嘶白露寒。階下敗蘭猶有氣,手中團扇漸無端。"徐凝《八月十五夜》:"皎皎秋空八月圓,常娥端正桂枝鮮。一年無似如今夜,十二峰前看不眠。" 雲影:雲的影像。蕭繹《夜宿柏齋》:"燭暗行人静,簾開雲影入。"葉夢得《滿江紅》:"雲影淡,天容窄。曉風漪十頃,暖浮晴色。"

⑨① 瞥然:忽然,迅速地。白居易《與微之書》:"平生故人,去我萬里;瞥然塵念,此際暫生。"元稹《酬樂天八月十五夜禁中獨直玩月見寄》:"宴移明處清蘭路,歌待新詞促翰林。何意枚皋正承詔,瞥然塵念到江陰?" 攪碎:攪和破碎。姚勉《霜天曉角·湖上泛月歸》:"雨晴波面滑。艇子慢摇歸去,莫攪碎、一湖月。"徐伸《二郎神》:"悶來彈

鵲,又攪碎一簾花影。" 荒城:荒凉的古城。杜甫《謁先主廟》:"絶域歸舟遠,荒城繫馬頻。"蘇軾《周教授索枸杞因以詩贈録呈廣倅蕭大夫》:"荒城古塹草露寒,碧葉叢低紅菽粟。"指荒墳。歐陽修《祭石曼卿文》:"此自古聖賢亦皆然兮,獨不見夫纍纍乎曠野與荒城?" 魅狐:舊謂狐能魅人,故稱魅狐。《太平廣記・田氏子》:"豎曰:'適至櫟林,爲一魅狐所絆,因蹷而仆,故傷焉!'問:'何以見魅?'豎曰:'適下坡時,狐變爲婦人,遽來追我,我驚且走。狐又疾行,遂爲所及,因倒且損。吾恐魅之爲怪,强起擊之,婦人口但哀祈,反謂我爲狐屢云。'"《太平廣記・陳羨》:"道士云:此山魅狐者,先古之淫婦也。名曰阿紫,化爲狐,故其怪多自稱阿紫也(出《搜神記》)。"

⑨② 鶴:鳥綱鶴科各種類的統稱,李時珍《本草綱目・鶴》:"鶴大於鵠。長三尺,高三尺餘,喙長四寸,丹頂赤目,赤頰青脚,修頸凋尾,粗膝纖指,白羽黑翎。亦有灰色,蒼色者。嘗以夜半鳴,聲唳雲霄。"虞世南《飛來雙白鶴》:"飛來雙白鶴,奮翼遠凌烟。俱栖集紫蓋,一舉背青田。"王維《送王尊師歸蜀中拜埽》:"大羅天上神仙客,濯錦江頭花柳春。不爲碧鷄稱使者,唯令白鶴報鄉人。" 九霄:天之極高處,高空。葛洪《抱朴子・暢玄》:"其高則冠蓋乎九霄,其曠則籠罩乎八隅。"武元衡《同幕中諸公送李侍御歸朝》:"珠履會中簫管思,白雲歸處帝鄉遥。巴江暮雨連三峽,劍壁危梁上九霄。" 漠漠:密佈貌。許渾《送薛秀才南游》:"繞壁舊詩塵漠漠,對窗寒竹雨瀟瀟。"歐陽修《晉祠》:"晉水今入并州裏,稻花漠漠澆平田。"迷蒙貌。杜甫《茅屋爲秋風所破歌》:"俄頃風定雲墨色,秋天漠漠向昏黑。"廣闊貌。羅隱《省試秋風生桂枝》:"漠漠看無際,蕭蕭别有聲。"

⑨③ 司晨:謂雄鷄報曉。陶潜《述酒》:"流泪抱中嘆,傾耳聽司晨。"李咸用《早鷄》:"錦翅朱冠驚四鄰,稻粱恩重職司晨。" 守夜:司夜,夜間當值,本詩兼指公鷄與狗類。《韓詩外傳》卷二:"君獨不見夫鷄乎?頭戴冠者文也,足搏距者武也,敵在前敢鬥者勇也,見食相呼

者仁也,守夜不失時者信也。"《後漢書·楊秉傳》:"宦豎之官,本在給使省闥,司昏守夜,而今猥受過寵,執政操權。" 鷄犬:公鷄司晨,狗類守夜,各有其責。包融《武陵桃源送人》:"武陵川徑入幽遐,中有鷄犬秦人家。先時見者爲誰耶?源水今流桃復花。"王維《早入滎陽界》:"漁商波上客,鷄犬岸旁村。前路白雲外,孤帆安可論?" 雕鶚:雕與鶚,猛禽。宋玉《高唐賦》:"虎豹豺兕,失氣恐喙;雕鶚鷹鷂,飛揚伏竄。"譚用之《塞上》二:"牛羊集水烟黏步,雕鶚盤空雪滿圍。"比喻奸佞。《後漢書·張衡傳》:"雕鶚競於貪婪兮,我修絜以益榮。"李賢注:"喻讒佞也。"

⑭ 堯年:古史傳説堯時天下太平,因以"堯年"比喻盛世。沈約《四時白紵歌·春白紵》:"佩服瑤草駐容色,舜日堯年歡無極。"元稹《賦得數蓂》:"堯年始今歲,方欲瑞千齡。" 關山:關隘山嶺。《樂府詩集·木蘭詩》:"萬里赴戎機,關山度若飛。"朱希濟《謁金門》:"秋已暮,重疊關山歧路。嘶馬摇鞭何處去?曉禽霜滿樹。" 晉室聞琴下寥廓:《韓非子》卷三:"平公提觴而起,爲師曠壽,反而問曰:'音莫悲於清徵乎?'師曠曰:'不如清角!'平公曰:'清角可得而聞乎?'師曠曰:'不可!昔者黄帝合鬼神于泰山之上……今主君德薄,不足聽之,聽之將恐有敗!'平公曰:'寡人老矣!所好者音也!願遂聽之!'師曠不得已而鼓之,一奏而有玄雲從西北方起,再奏之,大風至,大雨隨之,裂帷幕,破俎豆,隳廊瓦,坐者散走,平公恐懼,伏於廊室之間。晉國大旱,赤地三年,平公之身遂癃病。故曰不務聽治而好五音不已,則窮身之事也!"

⑮ "遼東盡爾千歲人"兩句:陶淵明《搜神後記》卷一:"丁令威,本遼東人,學道於靈虚山。後化鶴歸遼,集城門華表柱。時有少年舉弓欲射之,鶴乃飛,徘徊空中而言曰:'有鳥有鳥丁令威,去家千年今始歸。城郭如故人民非,何不學仙冢累累?'遂高上冲天。今遼東諸丁云其先世有升仙者,但不知名字耳!"詩人本組詩"有鳥有鳥"的形

式,是否受其啓示,待考。　遼東:指遼河以東的地區,今遼寧省的東部和南部。戰國、秦、漢至南北朝設郡。《史記·匈奴列傳》:"燕亦築長城,自造陽至襄平,置上谷、漁陽、右北平、遼西、遼東郡以拒胡。"袁淑《效曹子建樂府白馬篇》:"訊此倦遊士,本家自遼東。"　悵望:惆悵地看望或想望。李端《酬前大理寺評事張芬》:"聞鐘投野寺,待月過前溪。悵望成幽夢,依依識故蹊。"武元衡《長安叙懷寄崔十五》:"延首直城西,花飛緑草齊。迢遙隔山水,悵望思遊子。"　城郭:城墻,城指内城的墻,郭指外城的墻。《禮記·禮運》:"大人世及以爲禮,城郭溝池以爲固。"孔穎達疏:"城,内城;郭,外城也。"杜甫《越王樓歌》:"孤城西北起高樓,碧瓦朱甍照城郭。"泛指城市。《史記·萬石張叔列傳》:"城郭倉庫空虚,民多流亡。"

[編年]

《年譜》編年本組詩於元和五年,理由是:"題下注:'庚寅。'"《編年箋注》編年云:"庚寅:時當元和五年(八一〇),元稹時在江陵士曹任。見卞《譜》。"《年譜新編》編年本組詩於元和六年,理由是:"《有鳥二十章》題下注:'庚寅'(元和五年),但《蟲豸詩》序云:'始辛卯年,予掾荆州之地,洲渚濕墊,其動物宜介,其毛物宜翅羽。予所舍,又荆州樹木洲渚處,晝夜常有翅羽百族鬧,心不得閑静,因爲《有鳥二十章》以自達。''辛卯'爲元和六年。今姑以《蟲豸詩》序所言爲是。"

有元稹自己的題下注"庚寅"佐證,本組詩作於元和五年應該没有任何問題。但從二十首詩篇中流露出來的憤憤不已的情緒來看,從詩篇所採用的感物寓意的寫作手法來看,本組詩作於元稹初到江陵的可能性比較大,當時詩人滿腔怒氣,但剛剛來到貶地,不便發泄也無處發泄,故衹能採取這種較爲隱蔽又可以發泄憤恨的方式來抒發内心的情感。我們以爲,本組詩應該作於元和五年的夏秋之間,地點自然是江陵。

《年譜新編》的判斷是錯誤的，其一，有元稹自己的題下注“庚寅”爲證，其作於元和五年應該没有疑問。其二，《蟲豸詩》序云：“始辛卯年，予掾荆州之地……”所言是元稹元和五年以是曹參軍的身份貶職荆州事，此事時在元和五年（庚寅），與元稹的生平、史書的記載一一相符，其中“辛卯年”云云是元稹誤筆所致。《蟲豸詩》作於八年之後的元和十三年，時過境遷，經過大病之後的元稹偶然誤筆，不足爲奇不足爲證。